KIM FABER & JANNI PEDERSEN

BLUT LAND

Ein Fall für Juncker und Kristiansen

Deutsch von Franziska Hüther

blanvalet

Die Originalausgabe erschien 2021 unter dem Titel »KVÆLER«
bei JP/Politikens Hus, Kopenhagen.

Sollte diese Publikation Links auf Webseiten Dritter enthalten,
so übernehmen wir für deren Inhalte keine Haftung, da wir uns
diese nicht zu eigen machen, sondern lediglich auf deren Stand
zum Zeitpunkt der Erstveröffentlichung verweisen.

Penguin Random House Verlagsgruppe FSC® N001967

2. Auflage
Copyright der Originalausgabe © Kim Faber & Janni Pedersen and JP/Politikens
Hus A/S 2019 in agreement with Politiken Literary Agency
Copyright der deutschsprachigen Ausgabe © 2022
by Blanvalet in der Penguin Random House Verlagsgruppe GmbH,
Neumarkter Str. 28, 81673 München
Redaktion: René Stein
Umschlaggestaltung und -motiv: www.buerosued.de
JaB · Herstellung: sam
Satz: Buch-Werkstatt GmbH, Bad Aibling
Druck und Bindung: CPI books GmbH, Leck
Printed in Germany
ISBN 978-3-7645-0731-2

www.blanvalet.de

Wenn du durch die Hölle gehst, geh weiter.

29. Oktober

Kapitel 1

Er schlägt die Augen auf und weiß nicht, wo er ist. Oder wo er war, als er das Bewusstsein verlor. Sein Mund ist trocken, ihm ist übel, und sein Kopf fühlt sich an, als stecke er in einer Schraubzwinge.
Er ist unruhig und hat Angst.
Irgendjemand wimmert, und er dreht den Kopf, aber ein Vorhang ist um die drei für ihn sichtbaren Seiten des Bettes gezogen, sodass er nichts sieht außer dem Stoff, der im Halbdunkel grau und steril erscheint.
Er schaut an sich herab. Die Decke reicht nur bis zum Bauchnabel, trotzdem hat er nicht das Gefühl zu frieren. Es fällt ihm schwer, seinen Körper zu spüren.
Auf seiner Brust kleben Elektroden, und als er den linken Arm hebt, sieht er, dass ein kleines Plastikteil an seinem Zeigefinger steckt und eine graublaue Manschette um seinen Oberarm gewickelt ist.
Plötzlich fällt ihm alles wieder ein, und er wird von einer unangenehmen Wirklichkeit direkt in die nächste geschleudert.
Er steckt die Hand unter die Decke und tastet nach seinem Glied, doch zum ersten Mal in sechzig Jahren kommt es ihm nicht wie ein Teil von ihm vor. Es ist zu einem Fremdkörper geworden.
Ein Plastikschlauch steckt in seiner Harnröhre. Er will

die Decke anheben, um nachzusehen, was sie mit ihm gemacht haben, hält jedoch inne. Er traut sich nicht und zieht die Hand zurück. Obwohl er die Zähne aufeinanderpresst und sich dagegen wehrt, laufen ihm Tränen über die Wangen.

Krankenhäuser sind unbekanntes Terrain. Er war noch nie zuvor ernstlich krank und verirrte sich im Großen und Ganzen höchstens mal in eine Klinik, um andere zu besuchen. Nur ein einziges Mal ist er bislang operiert worden, und das ist über fünfzig Jahre her.

Er schließt die Augen und sieht sich selbst allein in einem langen Gang mit hellgrün gestrichenen Wänden und schwarz-weißem Terrazzoboden auf einer harten dunkelbraunen Bank sitzen. Er trägt ein weißes Hemd, das bis zu den Knien geht. Seine Füße baumeln in der Luft, die Beine schwingen nervös vor und zurück. Eine Nonne in einem langen grauen Gewand kommt auf ihn zu. Das kalte Licht der Deckenleuchten spiegelt sich in ihrer randlosen Brille, daher kann er nicht erkennen, ob der Ausdruck in ihren Augen freundlich ist, aber er hofft darauf. »So, jetzt bist du an der Reihe«, sagt sie. Er rutscht von der Bank, kommt auf zitternden Beinen zum Stehen. Sie nimmt ihn an der Hand, ihre ist kühl und trocken. Sanft, aber bestimmt führt die Nonne ihn zu einer Tür und öffnet sie. Starr blickt er ins Halbdunkel. »Mama«, flüstert er und tritt ins Zimmer.

Er schaut sich um und erblickt eine zweite Nonne, die mitten im Raum in einem grellen Lichtkegel auf einem Stuhl sitzt. Sie trägt eine dunkelgrüne Gummischürze, er kann sich schon denken, wieso sie sie anhat, und kämpft mit den Tränen, als er durch den Raum zu ihr geführt wird. Das Gesicht der Nonne ist eine bleiche Maske mit großen Augen und schmalen, zusammengekniffenen Lippen. Schweigend fasst sie ihn um die Taille, hebt ihn auf ihren Schoß und zieht ihn nach hinten. Er versucht, sich zu wehren, stemmt verzweifelt die Hände gegen das kühle, glatte Gummi um ihre Hüfte und die Oberschenkel, doch die Nonne, deren Atem nach Eukalyptusbonbon riecht, verstärkt bloß den Griff.

Die zweite kommt dazu. »Du brauchst keine Angst zu haben, Kleiner«, sagt sie, »es geht schnell, ich wette, du schaffst es nicht mal, bis zwanzig zu zählen.« Dann beugt sie sich vor und drückt ihm eine Stoffmaske auf Nase und Mund. Sie ist mit einer beißend riechenden Flüssigkeit getränkt, und er hält die Luft an, bis er nicht mehr kann und die Ätherdämpfe in seine Lunge inhaliert. Eins, zwei, drei, vier, fünf, sechs, sieben ... zehn ... fünfzehn ...

Er schlägt die Augen auf. Die Sache war völlig banal damals – ein denkbar simpler chirurgischer Eingriff. Niemand stirbt, weil ihm Mandeln und Polypen entfernt werden. Aber die Angst des kleinen Jungen steckt noch immer in ihm.

Und diesmal ist es schlimmer.

Er dreht den Kopf und sieht aus dem Augenwinkel das Bedienpanel über dem Kopfteil des Bettes und die vielen Apparate mit leuchtenden Kurven und Zahlen, die seine Vitalfunktionen überwachen. Er beginnt zu zittern.

Es ist viel schlimmer.

6. November

Kapitel 2

Signe Kristiansen quetscht ihr Auto zwischen einen Streifenwagen und ein Lieferfahrzeug, dann stellt sie den Motor ab. Einen Moment lang bleibt sie mit den Händen am Steuer sitzen und starrt durch die Frontscheibe. Sie spürt immer noch das Gewicht seiner linken Hand auf der Schulter, das Gefühl von Ekel und die aufwallende Wut, die sie ums Haar die Fassung verlieren ließ. Seine diskrete Art, sie wissen zu lassen, dass sich im Laufe des einen Jahres, das sie der Abteilung für Gewaltkriminalität fern gewesen ist, nichts verändert hat. Dass ihrer beider kleines Geheimnis noch immer gewahrt ist.

Dass das Gesetz des Schweigens nach wie vor gilt.

Wie sie Troels Mikkelsen hasst.

Signe versucht, den Kopfschmerz zu ignorieren, der sich hinter ihrer Stirn bemerkbar macht. Sie öffnet das Handschuhfach, nimmt das Schild mit der Aufschrift *POLIZEI* heraus und legt es hinter die Windschutzscheibe. Dann steigt sie aus und schnuppert einen Moment wie ein eifriger Jagdhund in der Luft. Augen und Kehle beginnen zu brennen, Reste des Tränengases hängen noch immer im feuchtkalten Novembernebel. Es ist kurz nach drei Uhr nachmittags, die Dunkelheit ist noch nicht hereingebrochen, aber das spielt zu dieser Jahreszeit ohnehin keine Rolle. Nacht oder Tag? So oder so fließt alles in Grautönen zusammen.

Sie schaut sich um. In der normalerweise recht ruhigen Straße von Nørrebro wimmelt es von Menschen, darunter Horden von Journalisten und Fotografen, die rastlos wie Hyänen auf der Suche nach jemandem umherstreifen, der etwas *gesehen* hat – oder zumindest eine *Meinung* hat dazu, was passiert ist. Signe hat vor einem gepflegten fünfstöckigen Gebäude geparkt. Sie schaut an der Fassade hinauf. Trotz der Kälte stehen viele Fenster weit offen, und die Bewohner haben neugierig die Köpfe herausgestreckt, um das Geschehen unten auf der Straße mitzuverfolgen. Auch wenn man, gelinde gesagt, in Nørrebro Tumult auf den Straßen gewohnt ist, arten die Dinge doch selten so aus wie bei den blutigen Ereignissen innerhalb der letzten Stunde.

Signe öffnet den Kofferraum und nimmt eine Tüte mit weißem Schutzanzug, Mundschutz und Einwegüberzügen für die Schuhe heraus. Polizisten in voller Einsatzmontur stehen schweigend in Grüppchen zusammen, und fünfzig Meter weiter parken zwei Mannschaftswagen mit leuchtendem Blaulicht quer auf der Straße. Signe fröstelt und stößt einen leisen Fluch aus, schon jetzt merkt sie, dass die Windjacke, die sie heute Morgen über einen nicht sonderlich dicken Wollpulli gezogen hat, völlig unzureichend ist. Aber sie hat ja nicht ahnen können, dass ihr erster Tag zurück an ihrem alten Arbeitsplatz so enden würde.

Sie geht auf den Balders Plads zu und kommt an vier auf dem Bürgersteig stehenden Kollegen vorbei.

»Scheiße, Kristiansen.«

Eine hochgewachsene Gestalt tritt vor und zieht die Sturmhaube aus.

»Teis«, sagt sie und schlägt dem Beamten lächelnd auf

die Schulter. Im letzten Jahr, während ihrer Versetzung zur Schutzpolizei, ist sie unzählige Schichten mit Teis Olsen Streife gefahren.

»Na, schön, die Uniform wieder los zu sein?«, fragt er.

Sie zuckt mit den Schultern. »Tja ... schon, auf jeden Fall. Davon abgesehen, dass ich mir gerade den Arsch abfriere.«

»Das kann ich von mir nicht gerade behaupten. Wir hatten in der letzten Stunde ausreichend Bewegung.«

»Mann, ja, kann ich mir denken.«

»Aber was machst du hier?«

»Habt ihr gar nicht Bescheid bekommen? Einer ist an seinen Verletzungen gestorben. Höchstwahrscheinlich ein Neonazi, aber er ist noch nicht eindeutig identifiziert. Anscheinend wurde er mit einem Messer erstochen. Bei ein paar weiteren ist der Zustand kritisch.«

»Ja, den Sanis war anzusehen, dass es um mehrere der Verwundeten ziemlich schlecht stand.«

»Was war eigentlich los? Die Sache scheint ja total aus dem Ruder gelaufen zu sein.«

»Kann man so sagen. Also, wir waren hier, um Claes Sidenius zu schützen, diesen rechten Vollidioten. Er hatte ordnungsgemäß eine Demo angemeldet und im Voraus verkündet, öffentlich ein paar Korane abfackeln zu wollen. Deshalb waren wir mit dreißig Mann vor Ort, um sein verfassungsmäßiges Recht zu sichern, seinen geistigen Gülle-Ergüssen freien Lauf zu lassen – um es mal freiheraus zu sagen.«

»Dreißig? Hört sich von der Größenordnung her doch eigentlich okay an.«

»Erst lief es auch gut. Jedenfalls weitgehend. Es gab natürlich eine Gegendemo ... Flüchtlingssympathisanten,

Bandenmitglieder und Autonome, du weißt schon, und die hatten wir so weit auch im Griff. Bis ...« Er schüttelt den Kopf.

»Bis was?«

»Bis auf einmal praktisch aus dem Nichts an die drei Dutzend Neonazis vom Tagensvej anmarschiert kamen. Nicht lange, dann haben sich alle möglichen Schlägertypen und Bandenmitglieder aus der Gegend dazugesellt, und ruckzuck war Polen offen. Erst jetzt beruhigen sich die Leute so langsam wieder, von kleineren Keilereien in den Straßen mal abgesehen. Bis wir Feierabend machen können, dürfte es noch ein Weilchen dauern.«

»Weißt du, wo der Einsatzleiter ist?«

»Als ich seinen Wagen das letzte Mal gesehen habe, stand er ... also, wenn du auf den Balders Plads kommst, links, am Spielplatz vorbei und dann die Baldersgade runter.«

»Wer ist es?«

»Der Einsatzleiter? Damgaard.«

»Axel Damgaard, na dann, wenigstens etwas.«

»Auf jeden Fall. Na dann, wir sehen uns, Kristiansen.«

Ein Stück weiter weist sich Signe gegenüber zwei Beamten aus, die die Leute zurückhalten. Sie taucht unter dem rot-weiß gestreiften Absperrband durch und geht Richtung Baldersgade. Die Bäume haben ihre Blätter abgeworfen, die nasse bunte Schlitterbahnen auf den genoppten Betonplatten bilden. Axel Damgaard steht neben dem Befehlskraftwagen, wie es im Amtskauderwelsch so prägnant heißt, und spricht mit einem uniformierten Beamten. Signe hat schon etliche Male mit Damgaard zu tun gehabt. Er ist bei einer langen Reihe von Einsätzen auf der Straße dabei gewesen, behält stets den

Überblick und greift nie zu schwererem Geschütz als notwendig.

»Signe Kristiansen! Zurück in Zivil!«, sagt er mit einem Lächeln, das Signe erwidert.

»Jepp. Ein neues Leben hat begonnen. Na ja, wobei, was heißt neu …«

»Nein, an diesem Punkt warst du ja sozusagen schon mal. Und du bist natürlich wegen des Toten da.«

Sie nickt. »Scheint ja recht heftig gewesen zu sein.«

»Aber hallo.« Er nimmt seine Kappe ab, kratzt sich das spärliche Haar und setzt die Kappe wieder auf. »Es wird immer brutaler.«

»Und ihr musstet echt Tränengas einsetzen?«

»Ja. Selbst mit der nachrückenden Verstärkung hätten wir sie ohne das Gas wahrscheinlich nicht trennen können. Und dann hätte es ziemlich sicher noch mehr Tote gegeben.«

Signe reibt sich die Hände, um sie ein bisschen warm zu bekommen. »Wie konnten sich überhaupt so viele Nazis zusammenrotten, ohne dass wir es mitkriegen? Die sehen ja nicht eben aus wie eine Gruppe friedliebender Touristen.«

»Gute Frage. Hätten wir gewusst, dass sie im Anmarsch sind, hätten wir natürlich ganz anders reagiert.«

Sie dreht sich um und blickt über den Platz. »Wo wurde er abgestochen?«

»Da drüben, auf der anderen Seite steht eine Tischtennisplatte.«

Signe tritt ein paar Schritte zur Seite.

»Siehst du sie?«

Sie nickt. »Mhm. Vollgesprüht mit Graffiti?«

»Genau. Da haben wir ihn gefunden. Eine riesige Blutlache, nicht zu übersehen.«

»Könntest du dafür sorgen, dass der Fundort abgesperrt wird?«

»Na klar, mach ich sofort.«

Am Platz gibt es eine Kaffeebar, in der Signe schon ein paarmal gewesen ist. Tische und Bänke des Außenbereichs liegen umgeworfen über eine größere Fläche verteilt. Sie kann genauso gut hier anfangen, nach Zeugen der Messerstecherei zu fragen, und die Gelegenheit nutzen, um etwas Heißes zu trinken; doch sie bemüht sich vergeblich, weder die Gäste noch die Bedienung haben etwas gesehen, also kauft sie einen großen Latte to go und tritt wieder auf den Platz.

Allmählich wird es dunkel. Die Kriminaltechniker und Signes Kollegen aus der Abteilung für Gewaltkriminalität sind angekommen. Sie zieht ihre Schutzausrüstung über und geht hinüber zur Tischtennisplatte. Hinter der Absperrung sind zwei Techniker bereits mit der Spurensicherung beschäftigt. Signe grüßt die drei Ermittler.

»Wo kommst du denn her?«, fragt Geir Jensen, ein dürrer, humorloser Typ mit roten Haaren, der stets so aussieht, als sei er gerade aus einem Windkanal getreten. Er ist in Signes Alter, schon ewig in der Abteilung für Gewaltkriminalität, länger als Signe, und Leiter einer der drei Mordsektionen. Signe weiß nicht zu sagen, ob er fähig ist oder bloß geschickt darin, fähig zu wirken.

»Von der Kaffeebar da drüben. Ich wollte mich erkundigen, ob jemand etwas gesehen hat. Leider nein. Leitest du die Ermittlungen?«

Geir nickt. »Wir sollten wohl nicht damit rechnen, dass die Techniker allzu viel finden. Das Ganze hier ist garantiert ein Cocktail aus Blut und DNA-Material. Und soweit ich weiß, wurde keine Tatwaffe gefunden, wenn wir also ehrlich sind, dürfte unsere einzige Chance darin bestehen, jemanden aufzutreiben, der etwas gesehen hat.«

»Und dann brauchen wir außerdem so viel Glück, dass diejenigen, die eventuell etwas mitbekommen haben, uns auch davon erzählen möchten«, sagte Signe. »Auf die Bandenmitglieder sollten wir wohl besser keine großen Hoffnungen setzen, die würden sich lieber eine Hand abhacken, als uns zu helfen – selbst wenn es dazu beitragen würde, ihre Todfeinde zu stürzen. Und dasselbe gilt in der Regel für die Autonomen und die Neonazis.«

»Stimmt, aber wir kennen ja das Spiel. Ich schlage vor, wir drehen eine Runde und klingeln bei allen Wohnungen, die zum Platz zeigen. Wer weiß, vielleicht haben wir Glück, und jemand hat etwas gesehen.«

Kapitel 3

Signe probiert es bei vier Wohnungen, ehe sie im dritten Stock Erfolg hat.

»Ja, ich habe alles mitverfolgt, oder jedenfalls das meiste«, sagt der junge Mann, der die Tür öffnet. Sein Name ist Johan Garn.

»Perfekt. Darf ich reinkommen?«

»Na klar.«

Sie gehen ins Wohnzimmer, dessen Fenster zum Balders Plads ausgerichtet sind. Signe setzt sich auf ein zerschlissenes Sofa, Johan Garn an den Esstisch.

»Ich weiß nicht, ob Sie es mitbekommen haben, aber einer der Beteiligten wurde tödlich verletzt.«

»Ja, die Zeitungen haben online davon berichtet.«

»Er wurde tot bei der Tischtennisplatte aufgefunden, die ja von Ihrem Fenster aus recht gut zu sehen ist.«

»Genau, da wurde er auch abgestochen.«

»Das haben Sie gesehen?«

»Ja.«

»Können Sie mir erzählen, was genau passiert ist?«

»Kann ich machen. Aber wollen Sie es sich nicht lieber angucken?«

»Angucken?« Signe rutscht auf dem Sofa vor. »Haben Sie …?«

»Ja, ich habe alles gefilmt.«

Sie steht auf, zieht einen Stuhl heran und setzt sich neben ihn. Er klickt ein paarmal auf seinem Laptop herum, dann dreht er das Display so, dass Signe mitgucken kann.

Die Bildqualität ist erstaunlich gut, und Signe schickt einen stillen Dank an den Gott, der für die rasend schnelle Entwicklung der Smartphone-Kameras gesorgt hat. Bei Minute zwei wird auf die Tischtennisplatte gezoomt, wo zwei Neonazis von gut zehn schwarz gekleideten Typen umringt werden. Die Nazis schlagen mit Baseballschlägern um sich, und einer der beiden hält etwas in der linken Hand, das stark nach einem Messer aussieht. Ein schwarz Gekleideter packt den Nazi von hinten, schlägt ihm das Messer aus der Hand und hält ihn fest.

»Jetzt kommt es«, sagt Johan Garn.

Eine Gestalt tritt vor den Nazi, hebt den rechten Arm auf halbe Höhe, dann blitzt etwas auf, und er sticht ihm dreimal schnell hintereinander in den Bauch. Für einen kurzen Moment scheint die Gruppe wie erstarrt. Dann wankt der Nazi drei Schritte nach vorn und fällt um.

Signes Wangen glühen. »Das Video müssen Sie mir sofort schicken«, sagte sie.

»Klar, kann ich machen. Nur … ich hatte überlegt, ob ich es nicht erst der Presse anbiete. Ein Freund von mir hat damals, als es wegen der Räumung des Jugendhauses im Jagtvej 69 zu den Krawallen kam, direkt nebendran gewohnt und gefilmt, wie sich die Polizei aus Helikoptern aufs Dach abgeseilt hat. Das Video hat er an die Presse verkauft und einen Sack voll Kohle damit verdient.«

Signe steht auf. »Vergessen Sie's. Ein Film, auf dem zu sehen ist, wie ein Mann getötet wird … das dürfen Sie nicht der Presse zuspielen. Damit verstoßen Sie gegen diverse Bestimmungen«, sagt sie, ist sich jedoch nicht ganz sicher, ob das so wirklich stimmt. Jedenfalls fällt ihr auf Anhieb kein Paragraf im Strafgesetzbuch ein, der es verbieten würde.

»Oh, na gut«, sagt Johan Garn kleinlaut. »Ich schicke es Ihnen sofort.«

Als Signe wieder unten auf dem Platz steht, ruft sie Geir Jensen an.

»Ich hab was«, sagt sie. »Ein Anwohner hat den Mord gefilmt. Praktisch aus der ersten Reihe.«

»Na, das klingt doch gut. Kann man den Täter erkennen?«

»Nicht so richtig. Man sieht genau, was passiert, aber der Typ hat eine Kapuze auf und ein Tuch übers Kinn gezogen. Auf Anhieb lässt er sich also nicht identifizieren.«

»Hm«, sagt Geir Jensen enttäuscht. »Aber dann müssen wir das Video eben jemandem zeigen, der sich in der Szene auskennt, und hoffen, dass er ihn erkennt. Hast du eine Idee, an wen wir uns dafür wenden können? An die Kollegen von der organisierten Kriminalität?«

»Ja, vielleicht«, meint Signe. »Ich fahre nach Teglholmen.«

»Super. Dann machen wir derweil hier weiter.«

Kapitel 4

Als Signe gestern Morgen das unscheinbare Gebäude der Kopenhagener Polizei in der Teglholm Allé 4 betrat und die Treppe zur Abteilung für Gewaltkriminalität hinaufging, hatte sie gemischte Gefühle. Die vielen Stunden auf der Station Bellahøj und im Streifendienst haben ihr nochmals in aller Deutlichkeit bewusst gemacht, was ihr ohnehin schon klar war: dass sie sich damals für eine Laufbahn bei der Polizei entschieden hatte, weil sie richtige Verbrechen aufklären wollte. Schwere Verbrechen, keine Ladendiebstähle und Verkehrsdelikte. Deshalb hatte sie sich darauf gefreut, an ihren alten Arbeitsplatz zurückzukehren. Und nicht zuletzt darauf, wieder mit Juncker und Erik Merlin zusammenzuarbeiten.

Gegraut hatte es ihr hingegen vor den täglichen Begegnungen mit Troels Mikkelsen, dem Mann, der sie vor vier Jahren in einem Hotelzimmer vergewaltigt hat. Nur einem einzigen Menschen hatte sie davon je erzählt: der Psychologin, die das Debriefing mit ihr durchführte, nachdem Signe während der dramatischen Ermittlungen in Sachen Terroranschlag auf den Kopenhagener Weihnachtsmarkt im Dezember 2016 nur Millimeter am Tod vorbeischrammte. Niemand außer der Psychologin – und Troels Mikkelsen – weiß, was in jener Nacht in dem Hotelzimmer geschehen ist.

Sie hatte gehofft, dass ein Jahr ohne die tägliche Konfrontation mit ihm ihren Hass auf ihn mildern könnte. Dass die Zeit auch diese Wunde heilen würde. Gestern war sie ihm aus dem Weg gegangen, aber heute Morgen kam er auf sie zu, mit breitem Lächeln und wie gewöhnlich umgeben von einer Wolke Aramis; und als er seine Hand auf ihre Schulter legte, wurde ihr bewusst, dass nichts sich verändert hatte. Sie spürte eine so heftige Abscheu, dass es sie selbst erschreckte.

So kann es nicht weitergehen, dachte sie.

Ihre Versetzung zur Schutzpolizei vor einem Jahr war wenig überraschend gekommen. Sie hatte sich einem unmissverständlichen Befehl widersetzt und auf eigene Faust Ermittlungen angestellt, wer dafür verantwortlich war, dass ein Terroranschlag auf den Nytorv nicht verhindert wurde, obwohl der militärische Geheimdienst zuvor eine Warnung erhalten hatte. Wer so vorgeht, handelt sich unweigerlich Ärger ein.

Glücklicherweise fiel die Disziplinarstrafe relativ milde aus, was sie ohne Zweifel ihrem Chef Merlin zu verdanken hatte. Zusätzlich zu der Versetzung rutschte sie eine Stufe auf der Rangleiter hinunter, von der Polizeikommissarin zur Polizeiassistentin ersten Grades. Zu ihrer eigenen Überraschung schmerzte es, dass die Königskrone auf ihrer Schulterklappe durch zwei Sterne ersetzt wurde, denn eigentlich hatte sie gedacht, solche Dinge seien ohne Bedeutung für sie. Aber so lernt man immer wieder etwas Neues über sich selbst, und es gab definitiv Schlimmeres.

Bevor sie vor einem Jahr die Abteilung für Gewaltkriminalität verlassen musste, hatte sie eine der drei Mordsektionen geleitet. Jetzt ist sie als einfache Ermittlerin zurück, was so gesehen auch völlig in Ordnung ist. Bloß ist sie wenig begeistert davon, einen Schreibtisch zugeteilt bekommen zu haben, der mitten in einer Bürolandschaft steht, während sie sich vormals ein Büro mit den beiden anderen Sektionsleitern teilte. Vorsichtig formuliert ist Signe Kristiansen alles andere als ein Fan von Großraumbüros. Der einzige Trost ist, dass sie neben Juncker sitzt – den sie noch gar nicht begrüßen konnte, weil er Überstunden abfeiert.

Sie nimmt eine Aufbewahrungsbox mit persönlichen Gegenständen vom Schreibtisch und stellt sie neben den Drehstuhl. Sie hat noch keine Zeit gehabt auszupacken. Die Box enthält einige Fotos von Niels und den Kindern sowie ein paar Bücher und Ordner, jedoch nicht die grüne Geldkassette mit Troels Mikkelsens Haaren und Hautschuppen sowie Einwegbechern, aus denen er getrunken hat – all das, was sie in den letzten Jahren gesammelt hat, wann immer sich die Gelegenheit bot. Die Geldkassette ist jetzt in ihrem Kleiderschrank zu Hause in Vanløse versteckt, hinter einem Stapel Pullis, die sie nie anzieht. In der Box liegt stattdessen ein Plastiktütchen, das mehrere von Troels Mikkelsens graumelierten Haaren enthält. »Für Notfälle.«

Sie öffnet ihr E-Mail-Fach, klickt auf den mitgesendeten Link, lädt Johan Garns Video herunter und spult vor. Sie schaut sich um. Vier Kollegen sitzen an ihren Schreibtischen. Signe hebt die Stimme.

»Kennt sich hier einer mit dem Bandenmilieu in der Gegend um Mjølnerparken aus?«

Ein junger Typ reckt die Hand.

»Ich. Warum?«

»Zeit, dir kurz was anzuschauen?«

Signe hat ihn noch nie gesehen, er muss einer der Neuen

sein, die im letzten Jahr eingestellt wurden. Sie reicht ihm die Hand. »Ich bin Signe, ich glaube, wir kennen uns noch nicht.«

»Laust Larsen, freut mich.«

»Laust, schau dir das mal an.«

Er zieht einen Stuhl heran, und sie drückt auf *Play*. Eine gute Minute starren sie schweigend auf den Bildschirm. Laust richtet sich auf. Er ist mittelgroß, trägt Jeans, ein hellblaues Hemd und ein dunkelblaues Sakko, kurzes blondes Haar, die Haut rein und glattrasiert. Müsste Signe ihren jüngeren Kollegen spontan beschreiben, würde »langweilig« ganz knapp gegen »gut aussehend« gewinnen.

»Wahnsinn«, sagt er. »Das ist der Mord auf dem Balders Plads, oder?«

Sie nickt. »Erkennst du den Typen mit dem Messer zufällig?«

Er schüttelt langsam den Kopf. »Nein, nicht wirklich.«

»Kommt dir kein bisschen bekannt vor?«

»Schwer zu sagen, die haben ja alle ihre Kapuzen hochgezogen. Ein paar von den anderen kenne ich, glaube ich, aber den Täter nicht. Man sieht ja auch kaum etwas von seinem Gesicht.«

»Nein, leider nicht.«

Er steht auf. »Es wäre wohl gut, wenn das Video nicht an die Öffentlichkeit gelangt. Man kann ja leicht erkennen, aus welcher Wohnung gefilmt wurde, und das könnte schnell problematisch für die Leute werden, die dort wohnen.«

»Das stimmt. Ich habe dem Mann, der das Video aufgenommen hat, auch gesagt, dass er es auf keinen Fall weiterschicken darf. Danke dir.«

»Gerne.« Damit geht Laust zurück an seinen Platz.

Signe nimmt ihr Handy und wählt eine Nummer, die sie schon lange nicht mehr gewählt hat. Es klingelt fünfmal, dann antwortet eine Stimme, so sonor und wohlmoduliert, dass sie schon überlegt hat, sie als Klingelton zu verwenden.

Die Eltern von X stammen aus dem Irak. Er ist in Mjølnerparken aufgewachsen, nur einen Steinwurf vom Balders Plads entfernt, studierter Elektroingenieur, inzwischen aber als Imam tätig. Signe hatte zum ersten Mal vor fünf Jahren mit ihm zu tun, als sie in einem Fall von Ehrgewalt in einer palästinensischen Familie ermittelte. X arbeitete in einer Organisation, die Opfer von solchen Verbrechen unterstützt, und half Signe, den Fall aufzuklären. Er war charmant, weltgewandt und gebildet wie nur wenige andere in ihrem Bekanntenkreis – und dazu der attraktivste Mann, dem sie je begegnet ist. Seitdem ist X Signes beste Quelle in Bezug auf alles, was sich im Migrantenmilieu in Nørrebro abspielt, wo er enormen Respekt genießt.

Sein richtiger Name lautet Abdal-Aziz Hassan, doch selbst für einen Mann mit seinem Ansehen wäre es gefährlich, käme heraus, dass er mit einer Polizistin in Verbindung steht. Deshalb hat Signe seinen wahren Namen noch nie benutzt oder erwähnt, nicht einmal gegenüber ihren Kollegen. Sicherheitshalber nennt sie ihn auch selbst im Geiste immer nur X.

»Lange nicht mehr gehört, Signe. Ich dachte schon, du hättest mich vergessen.«

Sie lächelt. »X, wie könnte ich dich vergessen?«

»Ha. Mit Schmeicheleien kommst du bei mir nicht weiter, das weißt du.«

Sie hört an seiner Stimme, dass er ebenfalls lächelt.

»Aber was kann ich für dich tun? Oder willst du mich einfach nur sehen und Kaffee trinken?«

»Klar, ich will immer gern Kaffee mit dir trinken. Nein, es gibt da tatsächlich etwas, wobei du mir vielleicht helfen kannst.«

»Etwas, das mit dem Balders Plads zu tun hat, würde ich tippen.«

»Richtig getippt. Wir haben den Mord auf Video. Ich muss den Täter identifizieren. Kannst du mir dabei helfen?«

»Ich kann's versuchen. Der Tote war Neonazi, richtig?«

»Er ist noch nicht eindeutig identifiziert, aber ja, so sieht es auf dem Video aus. Und es sieht auch so aus, als wäre der Täter …« Signe sucht nach dem richtigen Wort.

»Einer von uns, ein Kanake«, sagt X säuerlich.

»… jemand mit Migrationshintergrund«, beendet Signe den Satz.

»Anyway, Neonazis sind ja auch in gewisser Weise Kinder Gottes, und Morde müssen aufgeklärt werden. Ich nehme an, du willst mir das Video nicht schicken?«

»Ungern. Wo können wir uns treffen?«

»Ich bin in Malmö, Familie besuchen, aber ich fahre heute Abend zurück. Also morgen. Früher Vormittag?«

»Super.«

Sie verabreden sich für neun Uhr in einem Café am Sortedam Dossering. Als Signe aufgelegt hat, bückt sie sich und stellt die Box auf den Tisch, drapiert die Fotos von Niels und den Kindern und sortiert anschließend die Bücher und Ordner ins Regal. Das Tütchen mit den Haaren legt sie vor sich auf den Tisch. Einen Moment sitzt sie da und starrt darauf. Dann steckt sie das Tütchen in ihre Tasche.

Kapitel 5

Sie hätten eine nervenerhaltende Operation durchgeführt, hatte der Oberarzt der Urologie im Herlev Hospital Juncker am Tag nach der OP im Entlassungsgespräch erklärt.
»Nervenerhaltend? Was heißt das?«
»Hat man Sie vor dem Eingriff nicht aufgeklärt?«
»Kann schon sein. Ja, bestimmt«, murmelte er hilflos, statt zuzugeben, wie es wirklich war: Er hatte nicht den Hauch einer Erinnerung an die Tage, bevor er unters Messer kam.
»Bei einer nervenerhaltenden Operation entfernen wir nur die Prostata, nicht aber das umliegende Gewebe, wodurch wir die Nerven schonen. Dieses Verfahren war möglich, da wir anhand der Ultraschallaufnahmen davon ausgehen können, dass sich der Tumor nicht ausgedehnt hat. Und das ist natürlich gut. Unter anderem weil ...«
»Weil was?«
»Na ja, weil so auch weiterhin die Chance besteht, dass Sie eine Erektion bekommen können.«
Juncker räusperte sich. »Eine *Chance*?«
»Ja, eine Chance. Und zwar eine gar nicht mal so kleine, würde ich sagen. Ist gut möglich, dass Sie ... wie soll ich es ausdrücken ... die Flagge zumindest wieder auf Halbmast hissen können.« Der Oberarzt lächelte schief. »Dafür würden viele Männer, denen die Prostata entfernt wurde,

einiges geben. Sie werden beim Orgasmus auch keinen Samenerguss mehr haben.« Er sah Juncker eindringlich an. »Sagen Sie, all das hat man Ihnen doch erklärt, oder?«

Juncker nickte. Ja, mit Sicherheit. Und er hatte sein Bestes getan, es zu verdrängen, was ihm offenbar außerordentlich gut gelang. Der Arzt schaute in die Unterlagen, die vor ihm auf dem Tisch lagen.

»Ihre Werte sehen gut aus. Aber wie fühlen Sie sich? Rein körperlich?«

Total beschissen, dachte er. Er fühlte sich mindestens zehn Jahre älter. »Ich bin müde. Wahnsinnig müde«, sagte er. »Mir tut der Bauch weh. Und die rechte Schulter.«

»Das ist ganz normal. Immerhin haben wir insgesamt sechs kleinere Einschnitte unterhalb des Nabels gemacht, durch die wir die Kamera und chirurgischen Instrumente eingeführt haben. Minimalinvasiv oder auch ›Schlüssellochmethode‹ nennt man das. Und die Schmerzen in der Schulter rühren daher, dass wir den Bauchraum mit CO_2 gefüllt haben, um ihn aufzublähen und auf diese Weise besser arbeiten zu können. Dadurch wird das Zwerchfell gereizt, was typischerweise zu Schmerzen in der rechten Schultergegend führt. Die verschwinden recht schnell wieder. Bis dahin bekommen Sie natürlich Schmerzmittel.«

Juncker hatte den heftigen Wunsch verspürt, Charlotte neben seinem Bett sitzen zu wissen. Zu spüren, wie sie seine Hand nahm und ihm ohne Worte zeigte, dass nichts und niemand ihnen etwas anhaben konnte, solange sie beide zusammen waren. Dass es keine Rolle spielte, wenn er womöglich keine Erektion mehr bekam; es gab andere Arten, sich nahe zu sein. Doch dann war erneut die Wut in ihm hochgekocht, wie immer, wenn er sich nach ihr sehnte, was mehrmals am Tag vorkam. Nein, verdammt, auf ihr Mitleid konnte er gut und gern verzichten.

»Der Blasenkatheter wird in einer Woche entfernt«, fuhr der Arzt fort. »Dazu kommen Sie in unsere Ambulanz. Der nächste Termin ist dann die Kontrolluntersuchung in drei Wochen. Bis dahin haben wir auch den histologischen Befund.«

Juncker rutschte auf dem Stuhl herum, um eine Position zu finden, die nicht schmerzte. »Histologischer Befund?«

»Durch die histologische Analyse des entfernten Prostatagewebes erhalten wir ein genaues Bild davon, wo der Tumor sitzt und ob er restlos entfernt werden konnte. Anschließend werden wir eine Blutuntersuchung durchführen, um den PSA-Wert zu bestimmen, der möglichst bei null oder höchstens knapp darüber liegen sollte.«

»Und wenn er das nicht tut?«

Der Arzt wiegte den Kopf. »Tja, dann haben wir ein Problem.« Er schaute auf die Uhr und klatschte auf den Tisch. »Aber jetzt wollen wir uns mal nicht voreilig Sorgen machen. Es gibt allen Grund zur Annahme, dass die Operation erfolgreich war. Haben Sie sonst noch Fragen?«

Juncker hob den Blick und sah dem Arzt in die Augen. »Ist der Krebs weg?«

»Das lässt sich noch nicht sagen.« Der Arzt lächelte. »Aber die Chancen stehen gut.«

Juncker nickte. Sollte er nun erleichtert sein? Vermutlich schon. Vor allem, wenn man bedachte, dass er seine Symptome viel zu lange ignoriert hatte. Dass er sich erst zusammengerissen und einen Arzt aufgesucht hatte, als sein Urin schon aussah wie Campari Soda.

Er hatte wirklich unfassbares Glück gehabt, dass der Krebs sich offenbar noch nicht ausgebreitet hatte.

Der Arzt stand auf. »Haben Sie jemanden, der sich in nächster Zeit ein wenig um Sie kümmern kann? Jemanden, mit dem Sie sprechen können?«

»Ja«, log er.

»Gut. Denn das werden Sie wahrscheinlich nötig haben.«

Das Gespräch mit dem Arzt liegt nun eine Woche zurück. Der einzige Mensch, mit dem er seither gesprochen hat, ist die Kassiererin im Supermarkt die drei Male, die er das Haus verlassen hat, um einkaufen zu gehen. Die Zahl der insgesamt zwischen ihnen gewechselten Worte beläuft sich auf zwölf:

»Beleg?«

»Können Sie wegschmeißen.«

Mal drei.

Es war die längste Woche seines Lebens.

Sechs Monate ist es her, seit er von Sandsted zurück nach Kopenhagen gezogen ist. Charlotte und er hatten sich darauf geeinigt, es noch einmal miteinander zu versuchen, weil beide überzeugt waren, den anderen noch immer zu lieben, und es damit eine Basis gab, auf der sie aufbauen konnten. Außerdem waren sie Großeltern geworden. Also zog Juncker zurück in das Haus in den Kartoffelreihen, wie die Reihenhaussiedlung am Rande der Kopenhagener Innenstadt auch genannt wird.

Fünf Monate ist es her, seit Charlotte gemerkt hat, dass es doch keine so gute Idee war.

Deshalb ist er zur Untermiete in eine Zweizimmerwohnung in Kopenhagen-Nordvest eingezogen, die frei geworden war, weil ein junger Kollege für ein paar Jahre bei Europol in Den Haag arbeitet. Junckers Erbe von seinen Eltern würde zwar reichen, um sich selbst etwas zu kaufen, aber zu diesem Projekt hat er sich bis jetzt noch nicht aufraffen können. Schon gar nicht im Moment.

Vor der Operation hatte er nirgends Schmerzen gehabt oder sich unwohl gefühlt. Da war nur die Sache mit dem Pinkeln, die ihm Probleme bereitete, und zum Schluss dann das Blut im Urin. Aber an die Schwierigkeiten beim Wasserlassen hatte er sich gewöhnt, es war zum Normalzustand geworden, außerdem ging es den meisten älteren Männern ähnlich. Alles in allem geht es ihm jetzt also schlechter als vor der OP. Genau genommen schlechter denn je zuvor.

Die Schmerzen und die Müdigkeit nach dem Eingriff waren allerdings nicht das Schlimmste. Das Schlimmste war der Katheter – schon der bloße Gedanke daran! Und der Beutel am Bein, das warme Gefühl, wenn seine Blase sich entleerte. Die physische Erinnerung an den Stand der Dinge. Der hoffentlich nur temporäre Verlust der Kontrolle über die Körperfunktionen, derer er von sehr klein auf Herr gewesen war.

Er konnte es kaum ertragen, sich selbst anzuschauen. Die beiden Male, die er in der letzten Woche duschen war, hat er fast mit geschlossenen Augen durchgeführt.

»Sie müssen Kneifübungen machen, um den Beckenboden zu trainieren«, sagte die Krankenschwester der urologischen Ambulanz ihm heute Vormittag, nachdem sie endlich den Katheter entfernt hatte.

Kneifübungen? Beckenboden? Er hatte keine Ahnung gehabt, dass auch Männer mit so einem Teil ausgestattet sind.

Sie konnte offenbar seine Gedanken lesen. »Viele Männer glauben, nur Frauen hätten einen Beckenboden. Aber das stimmt nicht. So wie Inkontinenz kein reines Frauenproblem ist«, sagte sie lächelnd und erklärte ihm, wie er die Übungen ausführen sollte und warum. »Jetzt am Anfang gewöhnen Sie sich am besten feste Zeitabstände fürs Pinkeln an. Bis Sie die neue Situation im Griff haben. Und ich würde Ihnen raten, ein paar Einlagen zu kaufen, nur zur Sicherheit. Ich gebe Ihnen eine Packung mit, neue können Sie dann in der Apotheke besorgen.«

Einlagen?

Juncker verließ die urologische Ambulanz am Rande einer handfesten Depression.

Er steht vom Sofa auf, stellt sich zum Gott weiß wievielten Mal ans Wohnzimmerfenster und schaut hinaus. Selbst an einem strahlenden Sommertag würde das alte Arbeiterviertel trist aussehen. Doch ungeachtet der trostlosen Atmosphäre wohnt Juncker gern hier. Die Gegend um den Bahnhof Nørreport ist einer der wenigen Orte in Kopenhagen, die von Gentrifizierung, explodierenden Immobilienpreisen und übereifrigen Stadtplanern bislang weitgehend unberührt geblieben sind. Die anarchistische Mischung aus sanierungsbedürftigen Wohngebäuden, Autowerkstätten, Fabrikanlagen von Novozymes, verschiedenen Ausbildungsinstitutionen, der großen schiitischen Moschee und einer kleinen Handvoll Lokale, die noch nicht von bärtigen Baristas und hohlwangigen Veganern übernommen worden sind … das alles erinnert Juncker an die vielseitige Stadt, die er schon immer geliebt hat, von der es aber zunehmend weniger gibt.

Er überlegt, ob er Karoline anrufen soll. Aber was soll er ihr sagen? Er weiß, dass sie selbst durchs Telefon die winzigste Schwankung in seinem Gemütszustand registrieren kann, und so labil, wie er gerade ist, würde sie sofort spüren, dass irgendetwas faul ist. Und Kasper? Nein. Was bringt es, seinen Kindern zu erzählen, dass er krank ist? Außer, dass sie sich Sorgen machen.

Er hat den Arzt gefragt, wann er wieder anfangen könne zu arbeiten. Er solle einfach auf seinen Körper hören, dann würde er schon merken, wann er sich wieder bereit fühle, antwortete der. Außerdem solle er in der ersten Zeit möglichst nicht niesen, husten, lachen, rennen oder schwer heben. Das mit dem Lachen erledigt sich von selbst, dachte Juncker zynisch, und das Schwerste, was er bei der Arbeit hebt, sind die Papierstapel, die er auf seinem Schreibtisch herumschiebt.

Also heißt es morgen zurück zur Arbeit. Noch einen Tag länger in der Wohnung allein mit seinen Gedanken, und sie können ihm die Zwangsjacke anlegen und ihn einweisen.

Er hat die Wohnung sparsam möbliert übernommen. Im Regal stehen keine Bücher, dafür aber jede Menge CDs. Das Einzige, was Juncker bisher neben seiner Kleidung, einigen wenigen persönlichen Habseligkeiten und einem Umzugskarton aus dem Haus in den Kartoffelreihen mitgenommen hat, sind die CDs und seine Anlage. Letzteres hat Charlotte sicher gefreut; sie hat seine großen schwarzen Harman-Kardon-Lautsprecher, die ihn treu durch einen Großteil seines Erwachsenenlebens begleitet haben, schon immer gehasst.

Er zieht *Heroes* heraus, legt die CD ein und lehnt sich auf dem Sofa zurück. Mit seiner Stimmung von Verfall und Untergang passt das Album beinahe perfekt an diesen Ort.

In der vergangenen Woche hat er seinen Rotweinkonsum drastisch reduziert, oder besser gesagt: Er hat keinen Tropfen angerührt. Jetzt aber spürt er ein heftiges Bedürfnis, wieder ein wenig Normalität in sein Leben zu bringen. Er überlegt, ob er in der Kneipe an der Ecke vorbeischauen soll, in die er schon häufiger gegangen ist, seit er hier lebt. Aber es ist vielleicht ein bisschen arg gewagt, die Funktionsfähigkeit seines Schließmuskels an einem öffentlichen Ort auszutesten. Wenn es im wahrsten Sinne des Wortes in die Hosen geht, ist es immer noch besser, es passiert zu Hause. Er geht in die Küche und greift zu dem Drei-Liter-Karton auf der Anrichte, überlegt es sich jedoch anders. Heute besteht ja wohl Grund zum Feiern, wo er nun endlich diesen verfluchten Katheter los ist. Er öffnet den Kühlschrank, nimmt eine Flasche amerikanischen Pinot noir heraus, die er teuer erstanden hat, und geht damit ins Wohnzimmer.

Es schmeckt so gut, dass ihm die Tränen kommen, und zu den Klängen von Bowies Berlin-Trilogie leert er die ganze Flasche. Dreimal muss er pinkeln und stellt zu seiner unendlichen Erleichterung fest, dass er sowohl deutlich spürt, wann er muss, als auch halbwegs im Griff hat, wann das Wasserlassen erfolgen soll. Dass er tatsächlich, wie der Arzt es ausgedrückt hat, »anspannen und dichthalten« kann. Er schickt einen tiefen Dank und das Versprechen ewiger Treue an seinen neuen Freund, Mr. Beckenboden – der sich anonym und ohne Aufmerksamkeit zu fordern straff und in Form gehalten hat, trotz des allmählichen und unaufhaltsamen Verfalls des restlichen Körpers.

Er schaut in den Badezimmerspiegel. Murmelt beinahe lautlos: »Es wird schon.«

Zurück im Wohnzimmer schaltet er den Laptop ein, setzt sich an den Esstisch und googelt »Prostatakrebs«. *Sie haben diese Seite schon mehrfach aufgerufen*, steht unter den meisten Treffern. Eine Weile sitzt er wie versteinert da. Dann klappt er den Laptop zu.

Es wird ein langer Abend und eine lange Nacht werden.

7. November

Kapitel 6

X ist schon da und winkt ihr von einem Tisch in der hintersten Ecke des Cafés zu. Signe bestellt einen großen Latte und ein Schokocroissant. Als sie an den Tisch kommt, steht er auf und gibt ihr die Hand. In seine Haare haben sich ein paar graue Strähnchen geschlichen, auch der Bart hat ein paar graue Streifen, seit sie sich das letzte Mal gesehen haben. Wie üblich trägt er einen schwarzen Anzug, der wie angegossen sitzt, und ein schneeweißes Hemd, dessen oberster Knopf offen ist. Die Schuhe sind so schwarz und blankpoliert, dass man meinen könnte, er wäre hierhergeflogen. Das ist seine Uniform. Auf dem Stuhl neben ihm liegt ein schwarzer Mantel, natürlich sorgsam zusammengelegt.

Signe trägt Jeans, Sweatshirt und eine unförmige Daunenjacke. Die Füße stecken in gefütterten Stiefeln mit dicker Gummisohle, deren positivste Eigenschaft ist, warm und wasserfest zu sein. Wie immer in Gesellschaft von X kommt sie sich vor wie Restware in einem Secondhandladen.

»Schön, dich zu sehen, Signe. Es ist lange her«, sagt er und lächelt.

Signes Herz macht einen Hüpfer. »Gleichfalls. Ja, wann war das letzte Mal?«

Er überlegt. »War das nicht in Verbindung mit dem Terroranschlag?«

»Das müsste hinkommen. Also vor fast zwei Jahren.«

»Wahnsinn, zwei Jahre.« Er schüttelt ungläubig den Kopf. »Die Zeit vergeht schnell. Wie geht es deinem Mann? Und den Kindern?«

»Gut. Anne steckt mitten in der Pubertät, und bei Lasse ist es auch bald so weit. Und deiner Familie?«

»Auch gut. Der Älteste kommt nächstes Jahr in die Oberstufe. Falls der Fußball nicht dazwischenfunkt. Er spielt wirklich gut, und die großen Vereine umschwärmen ihn schon.«

»Bist du nicht irre stolz?«

»Doch ... natürlich. Ich mache mir nur Sorgen, dass dadurch die Schule zu kurz kommt.«

»Meinst du nicht, er schafft beides? Wenn er nach dir schlägt?«

»Hoffentlich. So, was soll ich mir anschauen?«

Signe zieht ihren Laptop aus der Tasche und rutscht mit ihrem Stuhl neben X. Sie tippt ihr Passwort ein und öffnet das Video. Es ist auf lautlos gestellt. Eine Minute lang schauen sie schweigend zu, wie die gewaltsamen Ereignisse über den Bildschirm laufen. X hebt die Hand.

»Kann ich das noch mal sehen?«

Signe spult zurück. Als der Angriff vorbei ist, lehnt X sich mit verschränkten Armen zurück.

»Erkennst du den mit dem Messer?«, fragt Signe.

»Ich habe jedenfalls eine Vermutung.«

»Und zwar?«

X räuspert sich. »Es könnte Jamaal Rashad sein. Sagt dir der Name etwas?«

Signe überlegt. »Schon mal gehört, ja. Aber ich glaube, ich habe ihn noch nie getroffen.«

»Er ist in letzter Zeit im Rang aufgestiegen. Wie du ja

weißt, gab es einen ziemlich heftigen internen Konflikt bei den Brothas, sodass die Bande jetzt gesplittet ist: in die alten Brothas und in die NNV. Das steht für Nørrebro und Nordvest. Jamaal ist jetzt *Captain* der NNV.«

»Captain? Also zweiter Befehlshaber?«

»Sie sind ziemlich lose organisiert, aber so was in der Art, ja.«

»Woher kennst du ihn?«

»Er war in einen Fall von Ehrgewalt verwickelt, bei dem es um seine große Schwester ging. Das war vor acht oder neun Jahren. Sie hat sich geweigert, einen Cousin zu heiraten, den die Familie für sie ausgesucht hatte, und war ganz generell etwas rebellisch; hat sich geweigert, ein Kopftuch zu tragen, Salman Rushdie und Ayaan Hirsi Ali gelesen, solche Sachen«, sagt er und fügt nach einer kurzen Pause hinzu: »Bei der Familie handelt es sich um Palästinenser.«

Signe zuckt mit den Achseln. »Warum bin ich nicht überrascht?«

»Tja, aber bei den Nordafrikanern sieht man auch Fälle von Ehrverbrechen. Bei den Pakistanern genauso. Und bei den Irakern und Iranern. Wie auch immer: Die Schwester wurde bedroht und verfolgt, sodass sie zum Schluss untertauchen musste, weil sie um ihr Leben fürchtete. Sie hat lange in einem Safe House irgendwo in Jütland gelebt. Jamaal war ganz klar der Bedrohlichste in der Familie. Seiner Schwester, aber auch mir gegenüber und denen, mit denen ich zusammenarbeite.«

»Lebt ihre Familie immer noch in Mjølnerparken?«

»Die Eltern sind weggezogen, mir fällt gerade nicht ein, wohin. Ich meine, der Vater ist inzwischen verstorben.«

»Und Jamaal?«

»Er wohnt immer noch in Mjølnerparken.«

»Okay. Bist du dir sicher, dass er es ist?«

X überlegt einen Moment. Dann schüttelt er leicht den Kopf. »Nicht zu einhundert Prozent.«

»Aber was lässt dich glauben, dass er es ist?«

»Zunächst mal Größe und Statur. Jamaal ist recht groß gewachsen, aber kein solches Muskelpaket wie sonst viele von ihnen. Außerdem zieht er das rechte Bein nach. Vor einem halben Jahr war er in eine Messerstecherei involviert, bei der ihm in den Fußballen gestochen wurde.«

»In den Fußballen? Reichlich komische Stelle.«

X lächelt schief. »Das ist zurzeit in Mode bei den Banden. Die neue Form der Rache, wenn man gedemütigt wurde. Es ist äußerst schmerzhaft und wird als besonders entwürdigend für das Opfer und dementsprechend große Genugtuung für den Täter aufgefasst. Und sollte der Messerführende in Polizeigewahrsam genommen werden, kann er nicht wegen Tötungsversuchs belangt werden, denn so unangenehm ein Messerstich in den Ballen auch ist, sterben tut man nicht daran.«

Signe schüttelt den Kopf. »Mann, Mann, das ist echt 'ne schräge Welt.«

Eine Weile schweigen sie.

»Die äußerlichen Merkmale, die du genannt hast, bringen uns schon mal weiter, aber es dürfte kaum reichen, um ihn festzunageln. Gibt es nicht noch irgendetwas anderes, das auf ihn hindeutet?«, fragt Signe dann.

»Spiel den Clip noch mal ab.«

Signe drückt auf Play.

»Stopp.« X beugt sich vor und studiert die rechte Hand des Täters, mit der er das Messer führt.

»Schau dir mal die Tätowierung hier an. Das könnte doch ein C sein, oder? C wie in Captain.«

Signe geht näher an den Bildschirm heran. »Stimmt, sieht so aus.«

»Ich bin ziemlich sicher, dass er es ist.« X schweigt einen Moment. »Das ist ungewöhnlich«, sagt er dann.

»Was?«

»Dass hochrangige Bandenmitglieder so etwas wie das hier tun. Um die Drecksarbeit kümmern sich normalerweise die einfachen Fußsoldaten.«

»Stimmt. Aber es war ja keine normale Situation, die sie im Voraus planen konnten. Sie waren im Adrenalinrausch, und da tut man manchmal unüberlegte Dinge.«

X nickt und schaut zu den großen Fenstern des Cafés. Er zieht die Brauen zusammen, dann rutscht er tiefer in den Stuhl, als wolle er sich hinter Signe verstecken. Sie dreht den Kopf und blickt in dieselbe Richtung.

»Was ist los?«, fragt sie.

»Da kam gerade jemand aus Mjølnerparken vorbei.«

»Ein Bandenmitglied?«

»Nein.«

»Hat er dich gesehen?«

»Ich glaube nicht. Hoffentlich nicht.«

»Aber selbst wenn er dich erkannt hat, muss das nicht heißen, dass er auch mich erkannt hat. Zumal ich seitlich zum Fenster saß.«

X nickt. »Hoffentlich hast du recht.«

»Wie ist so ganz generell die Stimmung da draußen?«

»Nicht sonderlich gut. Es herrscht große Verbitterung wegen des neuen Ghetto-Gesetzes. Viele empfinden es als Ausdruck von Rassismus und Diskriminierung seitens der Regierung. Die Leute haben Angst, dass sie jetzt zwangsumgesiedelt werden, was ich durchaus verstehen kann.«

»Ich auch«, sagt Signe. »Aber ... was soll ich sagen, es braucht wohl drastische Mittel, wenn die Strukturen wirklich aufgebrochen werden sollen.«

»Ja, schon. Aber die Kommunen haben diese Viertel jahrelang als soziale Mülleimer benutzt, und erst wenn die Probleme zu groß geworden sind, greift man ein und zerstört die Existenz etlicher Menschen, die nichts mit Bandenkriminalität zu tun haben. Das geht einfach nicht.« X trinkt seinen Kaffee aus und schaut auf die Uhr. »Tja, aber daran können weder du noch ich etwas ändern. Ich muss jetzt los.« Er steht auf und zieht seinen Mantel an. »Signe, ich weiß, wie vorsichtig du bist. Aber du darfst wirklich nicht mal im Entferntesten andeuten, dass ich dich auf Jamaal Rashad hingewiesen habe. Wenn das rauskommt, bin ich ein toter Mann.«

»Natürlich. Du weißt, ich passe auf. Niemand, wirklich niemand weiß, wer X ist.«

Er schüttelt ihr die Hand. »Mach's gut, bis wir uns wiedersehen.«

Signe klopft an die Tür zu Geir Jensens Tür und spürt einen Stich von Neid, als sie ihn auf dem Platz sitzen sieht, der früher ihrer war.

Er schaut von seinem Bildschirm auf.

»Ja, Signe?«

Sie setzt sich. »Wir können dem Messerstecher jetzt einen Namen zuordnen. Oder zumindest haben wir eine Vermutung.«

»Sehr gut, und wer ist es?«

»Ein Typ namens Jamaal Rashad.«

Geir runzelt die Stirn. »Jamaal Rashad?« Er legt die Hand auf die Maus und klickt ein paarmal. »Ha«, sagt er

dann. »Dachte ich doch, dass mir der Name bekannt vorkommt. Er ist einer von denen, die wir gestern in Gewahrsam genommen haben. Woher hast du seinen Namen?«
»Von einem Informanten.«
Geir nickt. »Ist dein Informant sicher?«
»Nicht hundertprozentig. Aber ich kenne den Betreffenden gut. Er würde es nicht sagen, wenn er sich nicht so gut wie sicher wäre.«
»Okay.« Geir schaut auf sein Handy. »Die Anhörung von Rashad und neun weiteren beginnt in Kürze. Fährst du zum Gericht?«
»Ich mach mich sofort auf den Weg.«

Signe parkt auf dem Nytorv. Als sie über den Platz geht, steigt ihr Puls, wie immer, wenn sie an dem Ort ist, wo vor bald zwei Jahren eine Bombe in die Luft ging und neunzehn Menschen in den Tod riss. Das Bild des kleinen, blutbefleckten Kinderstiefels, den sie wenige Stunden nach der Explosion auf den Pflastersteinen liegen sah, erscheint vor ihrem inneren Auge. Es hat sich auf ewig in ihre Netzhaut eingebrannt.

Sie geht am Haupteingang des Gerichtsgebäudes mit seinen sechs ionischen Säulen vorbei und biegt in die Slutterigade ab. Am Eingang zum Annex, wo die Anhörungen stattfinden, stehen vereinzelte Grüppchen von Männern, und zwischen ihnen und der Tür zehn Polizisten mit automatischen Schusswaffen in den Händen. Signe bemerkt, dass die Gesichter von mehreren der Personen zum Teil verhüllt sind, ein offensichtlicher Verstoß gegen das Vermummungsverbot, aber es dürfte eine kluge Entscheidung ihrer Kollegen sein, heute mal darüber hinwegzusehen.

Sie geht an der Schlange vorbei zur Sicherheitskontrolle und zeigt dem Personal ihren Ausweis. Auf der Treppe zum Gerichtssaal 22 sitzt eine Horde Journalisten mit ihren Laptops auf den Knien. Die Anhörungen finden offenbar unter Ausschluss der Öffentlichkeit statt, der Presse wurde also der Zugang zum Saal verwehrt. Die Polizei ist davon allerdings ausgenommen, und so geht Signe hinein. Sie setzt sich in die erste Reihe der Zuschauerplätze, sucht den Blick der Staatsanwältin Anne Marie Olsen und gibt ihr so diskret wie möglich ein Time-out-Zeichen. Die Anklägerin nickt und beantragt eine zehnminütige Pause bei der Richterin.

»Ich habe etwas für Sie«, sagt Signe, als Anne Marie Olsen zu ihr kommt. Die beiden haben schon in mehreren Fällen zusammengearbeitet. Signe reicht ihr einen USB-Stick und erklärt mit gedämpfter Stimme, was darauf ist. Anne Marie Olsen geht zu ihrem Platz und steckt den Stick in ihren Laptop. Signe sagt ihr, ab welcher Minute im Video die entsprechende Szene zu sehen ist, und die Staatsanwältin sieht es sich an.

»Und ihr seid euch sicher, dass es Jamaal Rashad ist?«, fragt sie.

»Wir haben die starke Vermutung.«

»Okay. Wir beschuldigen ihn zunächst einmal der Körperverletzung mit Todesfolge.«

Zehn Minuten später quetscht sich Signe die Treppe mit den vielen Journalisten hinunter. Rashad wurde in Untersuchungshaft genommen. Jetzt wissen wir zumindest, wo wir ihn in den nächsten Wochen haben, denkt sie.

Kapitel 7

Signe geht in die Küche, um sich einen Kaffee in ihrem Becher mit dem großen schwarzen S zu holen, den anzurühren sie jedem in der Abteilung strengstens untersagt hat. Auf dem Weg zurück prallt sie um ein Haar frontal mit Juncker zusammen.

Für ein paar Sekunden stehen die beiden sich wie zwei Fremde gegenüber. Sie weiß, wie sehr er es hasst, von anderen als seinen engsten Familienangehörigen berührt zu werden, aber sie ignoriert es und greift seinen linken Oberarm.

»Gut, dich zu sehen«, sagt sie, lächelt und schüttelt seinen Arm ganz leicht. Bei seinem müden, abgezehrten Anblick zerreißt es ihr das Herz. Normalerweise ist er ohnehin schon hager und ausgemergelt, nun hat er nochmals an Gewicht verloren. Die Furchen um den Mund haben sich tiefer gegraben, das Gleiche gilt für die Falten auf der Stirn. Die Haare sind grauer. Und der Ausdruck in seinen Augen ...

»Wie geht's dir?«, fragt sie in aufgesetzt lockerem Ton.

Juncker wendet den Blick ab und schaut zu Boden. »Sehr gut. Du weißt ...«

»Du hast Überstunden abgebaut, hab ich gehört? Warst du verreist?«

»Nein, ich war nur zu Hause. Oder was heißt zu

Hause...« Sein Blick driftet ab. »Du weißt, dass Charlotte und ich uns scheiden lassen?«

»Ja. Charlotte hat es mir erzählt. Tut mir leid.«

»Sprecht ihr beiden oft?«

»Na ja, oft kann man nicht gerade sagen. Wir trinken ab und an ein Glas Wein zusammen. Nach allem, was vorletzten Sommer passiert ist, sind wir ...« *Freundinnen* trifft es vielleicht nicht ganz, aber ihr fällt kein passenderer Begriff ein. »... so etwas wie Freundinnen geworden, kann man wohl sagen.«

Juncker nickt. »Dann weißt du auch, dass ›zu Hause‹ nicht länger Kartoffelreihen bedeutet. Ich habe eine Wohnung in Nordvest gemietet.«

»Ja, ich weiß.« Schweigen. Sie wechselt das Thema. »Ich habe den Schreibtisch neben dir bekommen.«

»Das wusste ich nicht. Wie schön.«

Sie versucht, seinen Blick einzufangen, um zu sehen, ob er es ernst meint. Aber er schaut weg.

»Möchtest du auch einen Kaffee?«, fragt sie.

Er schüttelt den Kopf. »Ich versuche, weniger zu trinken.«

»Vernünftig. Okay, ich muss los, ich bin mit einem Kollegen von der organisierten Kriminalität am Telefon verabredet, der mich zu einem Verdächtigen briefen soll, bevor ich den Betreffenden in einer Stunde vernehme. Von dem Messermord auf dem Balders Plads hast du gehört, oder?«

»Ja. Na dann, bis bald.«

Komisch, wie steif wir miteinander umgehen, denkt sie. »Arbeitest du eigentlich gerade an einem Fall?«

»Nein.«

»Könntest du dann nicht bei dem hier einspringen?«

»Tja ... Fehlen euch Leute?«

»Fehlen uns nicht immer Leute?« Sie lächelt. »Nein, im Ernst, es scheint eine ziemlich schwierige Ermittlung zu werden. Wir brauchen alle guten Kräfte.«

»Hm, ja, vielleicht schon. Das muss Merlin entscheiden.«

»Na klar. Frag ihn.«

»Rashads Leben ist in vielerlei Hinsicht so stereotyp verlaufen, wie es nur geht. Also stereotyp für diejenigen der jungen Migranten, die auf die schiefe Bahn geraten.«

Signe hat den Kollegen von der organisierten Kriminalität am Apparat, der Jamaal Rashads »Karriere« seit mehreren Jahren verfolgt.

Er erzählt, dass Rashad das zweitälteste von sechs Kindern ist und bereits als Zehnjähriger anfing, in einem Kebab-Imbiss in der Nørrebrogade abzuhängen. Seine kriminelle Laufbahn begann mit kleineren Diebstählen. Polizei und Jugendhilfe statteten den Eltern, die beide arbeitslos waren, mehrere Besuche ab, und beide gelobten Besserung.

Während des Bandenkonflikts 2010 wurde einer von Jamaal Rashads ehemaligen Klassenkameraden getötet. Jamaal, der dem Bandenmilieu bis dahin nicht angehört hatte, wurde Mitglied der Brothas, um seinen Freund zu rächen, und lebt seither nach dem alten Klan- und Bandenkodex: ich gegen meinen Bruder, ich und mein Bruder gegen meinen Cousin, ich, mein Bruder und mein Cousin gegen den Rest der Welt.

»Und trotzdem unterscheidet er sich deutlich vom typischen Bandenmitglied.«

»Inwiefern?«, fragt Signe.

»Er ist formgewandter. Drückt sich gewählt aus, und soweit ich gehört habe, ist er recht charmant. Er kann sogar höflich sein, wenn er will, und diese Fähigkeit besitzen nicht viele Bandenmitglieder. Er ist nach der Neunten von der Schule gegangen, trotzdem erhält man leicht den Eindruck, er hätte studiert, wenn man mit ihm spricht. Außerdem war er in Syrien.«

»Wann?«

»Dem PET zufolge ist er 2013 dorthin gereist, und sie sind ziemlich sicher, dass er für den IS gekämpft hat. Er kam gerade noch rechtzeitig zurück, ehe das Parlament beschlossen hat, dass es für dänische Staatsbürger strafbar ist, für den IS in den Krieg zu ziehen.«

»Vorstrafen?«

»Keine. Was auch recht ungewöhnlich ist. Wir haben ihn wegen etlicher Straftaten im Verdacht, unter anderem wegen des Mordes am Mitglied einer rivalisierenden Bande. Aber wir haben ihm nie auch nur eine Geschwindigkeitsübertretung nachweisen können, außer den Kleinkram, bei dem er noch nicht strafmündig war.«

»Klingt, als wäre er ein Mensch mit vielen Gesichtern.«

»Genau. Denn man darf sich nicht täuschen. Hinter der charmanten und geschliffenen Fassade verbirgt sich ein Mann, der brutal und gnadenlos ist gegenüber jedem, der sich ihm in den Weg stellt. Sie haben sicher gehört, wie er seine Schwester behandelt hat, als die sich weigerte, sich dem Willen der Familie zu fügen, oder? Sie musste flüchten, weil ihr Leben bedroht war. Er kann ein Teufel sein.«

»Ein gerissener Teufel, wie es scheint.«

»Das können Sie laut sagen. Wäre schön, wenn wir ihn endlich drankriegen würden.«

»Wir werden tun, was wir können«, sagt Signe.

Der Vernehmungsraum ist leer und schummrig. Signe schaltet das Licht ein, und sie und ein jüngerer Ermittler, den Signe nur vom Namen her kennt, setzen sich an den Tisch in der Mitte des Raumes. Sie legt ihr Handy und einen Ordner mit Unterlagen vor sich ab, packt ihren Laptop aus und wirft einen Blick auf die Uhr. Eine Minute vor neun.

Einen Augenblick später geht die Tür auf. Jamaal Rashad kommt in Begleitung von zwei Vollzugsbeamten und seinem Anwalt herein. Rashad streckt einem der beiden Beamten die Arme entgegen, woraufhin dieser die Handschellen aufschließt und abnimmt. Beide verlassen den Raum, der Beschuldigte reibt sich die Handgelenke und setzt sich neben seinen Anwalt gegenüber den beiden Ermittlern.

Signe lehnt sich auf dem Stuhl zurück und betrachtet Jamaal Rashad. Er ist achtundzwanzig Jahre alt, groß, mit sorgfältig getrimmtem Bart. Ziemlich attraktiv, ein wenig erinnert er an X. Nicht so penibel gekleidet, aber mit seiner armeegrünen Chino und dem marineblauen Cardigan über einem grauen Poloshirt würde er in einem Golfclub sicher nicht weiter auffallen.

Signe beugt sich vor und schaltet den Recorder auf ihrem Handy ein.

»Vernehmung von Jamaal Rashad. Neben dem Beschuldigten anwesend sind dessen Verteidiger Mikkel Jahn Erlandsson sowie Markus Nielsen und Signe Kristiansen von der Kopenhagener Polizei. Jamaal Rashad, Sie wissen, dass Ihnen Körperverletzung mit Todesfolge gegen den vierundzwanzigjährigen Per Justesen vorgeworfen wird?«

Rashad nickt.

»Bitte bestätigen Sie es laut.«

»Ja, das weiß ich.«

»Und Sie wurden darüber aufgeklärt, dass Sie als Beschuldigter keine Aussage machen müssen?«

»Ja.«

»Gut. Können Sie uns zunächst einmal sagen, wo Sie sich vorgestern um … sagen wir zwölf oder dreizehn Minuten nach zwei Uhr nachmittags befunden haben?«

Er lächelt. »Das habe ich der Polizei schon mehrfach gesagt.«

»Das ist mir bewusst. Ich würde Sie dennoch bitten, es zu wiederholen.«

»Ich war auf dem Balders Plads.«

»Könnten Sie das präzisieren? Wo genau auf dem Balders Plads?«

»Ich stand auf der Seite des Platzes, die an die Baldersgade grenzt. Ungefähr zwischen dem Podium und dem roten Spielplatzzaun.«

»Okay. Und da sind Sie sich ganz sicher?«

Jamaal Rashad lächelt erneut. »Absolut sicher. Ich habe Ihren Kollegen bereits Namen und Telefonnummern der beiden Personen gegeben, die bestätigen können, dass wir zu diesem Zeitpunkt dort gestanden und uns unterhalten haben.«

»Zwei Ihrer Freunde, vermute ich?«

»Na ja, was heißt Freunde … Bekannte, würde ich eher sagen.«

Signe nickt. Sie tippt etwas auf ihrem Laptop und dreht ihn mit dem Display zu Rashad und seinem Verteidiger. Die beiden schauen mit mäßigem Interesse auf die Szene, die sich vor ihren Augen abspielt. Nach etwa einer halben Minute dreht Signe den Laptop wieder zurück und drückt auf Stopp.

»Sie beide haben diesen Clip schon gesehen, richtig?«, fragt sie an den Verteidiger gewandt.

»Ja«, bestätigt Mikkel Jahn Erlandsson.

»Können Sie, Jamaal, mir also erklären, was auf diesem Video zu sehen ist?«

Die Arme des Beschuldigten liegen auf dem Tisch, die Hände hat er verschränkt. »Tja, es ist ja ein recht unschöner Clip, muss man sagen.«

»Tut mir leid, dass wir Ihnen die Umstände machen müssen, sich etwas so Widerwärtiges anzusehen«, sagt Signe säuerlich.

Der Anwalt bedenkt sie mit einem vorwurfsvollen Blick. Jamaal Rashad winkt ab.

»Das mache ich gern. Wenn es helfen kann, den Fall aufzuklären«, sagt er ernst. »Aber was wir also sehen, ist ja offensichtlich, dass ein Mann … oder zumindest sieht es aus wie ein Mann … einem anderen Mann mit einem Messer in den Bauch sticht.«

»Ja, drei Mal sogar«, ergänzt Signe. »Und der Mann mit dem Messer sieht unbestreitbar aus wie Sie, oder?«

Jamaal Rashad schüttelt den Kopf. »Das muss ich klar verneinen. Wie schon gesagt, hielt ich mich zum betreffenden Zeitpunkt an einer ganz anderen Stelle auf dem Platz auf.«

»Ja, das sagen Sie. Aber schauen wir uns die Person, die das Messer führt, doch mal genauer an … dieselbe Statur und Größe wie Sie, scheint es, oder nicht?«

»Zum betreffenden Zeitpunkt befanden sich mit Sicherheit mehrere Personen von der Statur und Größe meines Mandanten auf dem Platz. Damit können Sie nichts anfangen«, sagt Mikkel Jahn Erlandsson und klingt dabei, als langweile er sich gerade zu Tode.

Signe lächelt den Strafverteidiger freundlich an. Wie viele ihrer Kollegen hat sie ein etwas angestrengtes Verhältnis zu ihm. Niemand bezweifelt, dass Erlandsson, der häufig als Verteidiger von Bandenmitgliedern, Rockern, Pädophilen und psychopathischen Mördern auftritt, ein ausgezeichneter Anwalt ist. Aber er besitzt auch eine beinahe übernatürliche Fähigkeit, selbst die winzigsten Risse in den Ermittlungsarbeiten von Polizei und Strafanwaltschaft zu finden, und wenn er bei diesen Rissen Hammer und Meißel anlegt, tut er es mit einer Arroganz, dass sich schon viele Ermittler die Frage gestellt haben, weshalb Mikkel Jahn Erlandsson eine solche Aversion gegen die Ordnungsmacht hegt, wie es augenscheinlich der Fall ist.

»Schauen wir mal«, sagt Signe. »Sie haben bestimmt bemerkt, dass der Täter hinkt. Er zieht das rechte Bein leicht nach. Genau wie Sie, Jamaal, richtig?«

»Das stimmt. Ich wurde vor einer Weile mit einem Messer verletzt.«

»Wo? Wo wurden Sie verletzt?«

»Im rechten Ballen.«

»Au. Klingt nicht schön.«

»War es auch nicht.«

»Haben Sie Anzeige erstattet? So etwas darf ja nicht ungestraft bleiben.«

»Nein, habe ich nicht. Das hielt ich für relativ aussichtslos. Davon abgesehen habe ich gehört, dass die Polizei so schon genug um die Ohren hat, da wollte ich euch nicht behelligen.«

Er hat durchaus Humor, denkt Signe. »Also, ein Mann von derselben Größe und Statur wie Sie, der sein rechtes Bein nachzieht ...«

»Hören Sie«, fährt Erlandsson dazwischen. »Auf dem

Balders Plads ist eine Massenschlägerei im Gange, Messer und Baseballschläger kommen zum Einsatz. Im Moment der Messerstecherei befinden sich etliche Menschen auf dem Platz, die aus diesem oder jenem Grund humpeln. Sie können doch nicht ernsthaft glauben, der Umstand, dass der Betreffende groß ist und ein bisschen das Bein nachzieht, sei Anhaltspunkt genug, meinen Mandanten als Täter zu identifizieren?«

Signe geht nicht auf die Frage ein, stattdessen startet sie das Video erneut, pausiert bei einem Bild und dreht das Display abermals den beiden Männern auf der anderen Seite des Tisches zu.

»Sehen Sie sich die rechte Hand des Täters an«, sagt sie. »Sind wir uns einig, dass er dort eine Tätowierung hat?«

Der Verteidiger schüttelt langsam den Kopf. »Ganz sicher nicht. Man sieht, dass der Täter irgendetwas an der Hand hat, aber ob das nun eine Tätowierung ist oder … vielleicht Dreck oder Farbe, das lässt sich nicht feststellen.«

»Also wenn Sie mich fragen, sieht es aus wie eine Tätowierung. Und zwar ganz ähnlich der, die Sie auf der rechten Hand haben, Jamaal. Das ist ein C, oder?«

»Ja, ist es.«

»Darf ich Ihre Hand sehen?«

Er hält sie ihr über den Tisch hin.

»Wofür steht das C?«

»Für Camille. Das ist meine Frau.«

Signe versucht vergeblich, ein Lachen zu unterdrücken. »Tut mir leid, aber das ist so niedlich. Es steht also nicht für ›Captain‹? Den Rang in Ihrer Bande?«

»Keine Ahnung, wovon Sie reden.«

»Also, ich bitte Sie …« Der Verteidiger schiebt den Laptop zurück über den Tisch. »Das auf der Hand kann eine

59

Tätowierung, von mir aus auch ein C, aber auch alles mögliche andere sein. Anhand des Videos lässt sich das unmöglich sagen. Wurde die Tatwaffe gefunden?«

Signe schüttelt den Kopf.

»Soweit mir bekannt, haben Sie das DNA-Profil meines Mandanten in Ihrer Datenbank. Wurde DNA am Tatort gefunden, die von meinem Mandanten stammt?«

»Die Analysen sind noch nicht abgeschlossen. Sie wissen genau, dass das seine Zeit braucht.«

»Aber selbst wenn die DNA meines Mandanten am oder um den Tatort herum gefunden werden sollte, möchte ich der Ordnung halber nochmals betonen, dass mein Mandant nicht bestreitet, sich womöglich irgendwann bei der Tischtennisplatte aufgehalten zu haben. Nur nicht zum Zeitpunkt der Messerstecherei.« Erlandsson schaut Signe an. »Haben Sie weitere Fragen?«

»Im Augenblick nicht.«

»Dann würde ich vorschlagen, dass wir es für heute dabei belassen.«

Arrogantes Arschloch, denkt sie. »Einen Moment noch. Wie stehen Sie zur Rechten, Jamaal? Und zu den Neonazis?«

Er überlegt einen Moment, ehe er antwortet. »Was die Rechten angeht, bin ich der Auffassung, die Leute dürfen politisch denken, was sie wollen. Schließlich leben wir in einer Demokratie, oder? Was die Neonazis angeht … tja, zu denen stehe ich wie zu allen anderen Rassisten und Antidemokraten. Ich habe nicht viel für sie übrig.«

»Sie hassen sie?«

»Ich hasse niemanden. Wie gesagt: Ich habe nicht viel für sie übrig.«

»Sie sind Demokrat, sagen Sie. Wie stehen Sie zur Scharia? Und zum Recht der Frauen auf Selbstbestimmung?«

Der Verteidiger macht eine abwehrende Handbewegung. »Was in aller Welt hat das mit dem Fall zu tun?«

»Stimmt es nicht, dass Sie und andere Mitglieder Ihrer Familie Ihre Schwester verfolgt und ihr mit dem Tod gedroht haben, bis sie zum Schluss untertauchen musste, weil sie sich geweigert hat, den Mann zu heiraten, den Sie für sie ausgesucht hatten?«

Erlandsson legt seinem Mandanten eine Hand auf den Arm. »Das müssen Sie nicht beantworten, Jamaal.« Er wendet sich an Signe. »Erstens sehe ich nicht, worauf Sie mit dieser Frage hinauswollen. Zweitens: Können Sie Ihre Behauptungen dokumentieren? In Form von Beweisen beispielsweise?«

Signe sammelt ihre Papiere zusammen und legt sie in den Ordner. »Ich möchte bloß aufzeigen, dass Ihr Mandant eine von Gewalt und Selbstjustiz geprägte Vorgeschichte hat. Und dass er in keiner Weise das demokratische und friedliebende Unschuldslamm ist, als das er sich hier darzustellen versucht.«

»Darf ich Sie darauf hinweisen, dass – wie Sie sicher bereits wissen – das Strafregister meines Mandanten lupenrein ist? Haben Sie noch Fragen, die in konkretem Bezug zu dem Fall stehen, oder haben Sie vor, sich in allen möglichen weiteren willkürlichen Mutmaßungen zu ergehen? Sollte Letzteres der Fall sein, würde ich meinem Mandanten raten, diese Fragen nicht zu beantworten. Und damit können wir an dieser Stelle ebenso gut Schluss machen, meinen Sie nicht?«

Signe nimmt ihr Handy und schaltet den Recorder aus. »Wir machen Schluss.«

Juncker sitzt an seinem Platz, als sie sich neben ihn an ihren Schreibtisch setzt. Es ist ein gutes Gefühl, ihm wieder nah zu sein.

»Und, wie lief's?«, fragt er.

»Sehr mäßig. Unser Verdächtiger ist ein hochrangiges Bandenmitglied, aber völlig anders als alle anderen mir bekannten Bandenmitglieder. Weder prollig noch trotzig, sondern glatt wie ein Aal. Und Erlandsson ist sein Verteidiger.«

»Oh, verdammt. Aber du meinst, er war es?«

»Auf jeden Fall. Bislang haben wir allerdings nicht mehr als eine Handyaufnahme der Messerstecherei, auf der leider nicht einhundertprozentig sicher zu erkennen ist, dass er es war, daher …« Sie hält inne. »Hast du mit Merlin geredet?«, fragt sie dann. »Darüber, ob es okay ist, wenn du in den Fall einsteigst?«

»Nein. Aber das kann ich jetzt machen«, sagt er und weist mit dem Kinn zur Tür, durch die Merlin soeben getreten ist.

»Was kannst du jetzt machen?«, fragt Merlin.

»Dich fragen, ob ich in dem Fall vom Balders Plads mitermitteln soll.«

»Nein«, sagt Merlin und reicht Juncker einen Zettel. »Ich habe gerade die Meldung erhalten, dass in dem Naturschutzgebiet zwischen Artillerivej und Ørestads Boulevard auf Amager die Leiche einer Frau gefunden wurde. Da fährst du jetzt also sofort hin.«

Mist, denkt Signe.

Kapitel 8

Die Streifenbeamten haben den vom Artillerivej abzweigenden Weg abgesperrt. Er ist relativ breit, einigermaßen neu asphaltiert und mit Randstreifen versehen. Durch das Gebüsch zur Linken erahnt Juncker einige flache rote Holzbauten, rechterhand erstreckt sich eine Wildnis aus hohem Gras, Bäumen und dichtem Gestrüpp. Alles ist nass und die Luft schwer von Feuchtigkeit. Er fröstelt. Ein Stück weiter steht ein junger Beamter und stampft mit den Füßen auf.

»Wo ist sie?«, fragt Juncker, als er bei ihm angekommen ist.

»Etwa fünfzig Meter dort entlang.« Der Beamte zeigt auf eine schmale Spur, wo das Gras teilweise flachgetreten ist und Abdrücke von Fahrradreifen im Matsch zu sehen sind. »Sie liegt auf einer kleinen Lichtung, rechts hinter einem Gebüsch.«

»Habt ihr die Stelle markiert?«

»Nein, wir hatten nichts zum Markieren da. Außerdem wollten wir nicht zu sehr herumtrampeln.«

»Gut. Aber ihr habt euch versichert, dass sie tot ist?«

Der Beamte schluckt. Er sieht sehr jung und bleich um die Nase aus. Was natürlich der Kälte geschuldet sein könnte.

»Sie ist tot. Ganz sicher.«

»Okay. Wer hat sie gefunden?«

»Eine Gassigängerin. Wir haben ihren Namen und die Adresse.«

Juncker nickt. »Hat sich jemand um sie gekümmert?«

»Ja.«

»Gut.«

Er schlüpft in den Schutzanzug, bindet sich den Mundschutz um und setzt die Kapuze auf. Als er sich bückt, um die blauen Überzüge über die Schuhe zu ziehen, schießt ein stechender Schmerz durch seinen Unterleib, und ihm entfährt ein Stöhnen.

»Geht's Ihnen nicht gut?«, fragt der Streifenbeamte. »Soll ich Ihnen helfen?«

»Nein«, antwortet Juncker brüsk und etwas zu laut. »Es geht schon.« Mühsam streift er die Überzüge über die Schuhe und fügt dann entschuldigend hinzu: »Es ist der Rücken, Sie wissen schon. Zu viel am Schreibtisch, zu wenig Bewegung.«

Der junge Beamte nickt verständnisvoll. Juncker zieht ein Paar Latexhandschuhe an und geht in die Wildnis.

Wie immer, wenn er sich einem Tatort näher, spürt er ein warmes Gefühl im Bauch. Er hat sich nie getraut, es jemandem anzuvertrauen, denn wie sollte jemand die Freude verstehen können, die er bei einer so eng mit Tod, Schmerz und Grausamkeit verbundenen Arbeit empfindet? Nicht dass ihn die vielen Fälle, mit denen er gearbeitet hat, kaltlassen. Jeder einzelne von ihnen ist ein Stein, manch einer schwerer als andere, der in einen Rucksack gelegt wird, der eines Tages womöglich zu viel Gewicht haben wird, um ihn weiter mit sich herumzutragen. Aber an diesem Punkt ist er noch nicht. Er spürt noch immer, dass sein Sinn im Leben darin besteht, die mit vielen Mordfällen einhergehenden Rätsel zu lösen. Und er weiß aus bitterer Erfahrung, dass sein psychisches Wohlbefinden komplett davon abhängt, ob er gerade mit einer Ermittlung beschäftigt ist.

Ein Stück die Spur entlang steht ein rotes Damenrad an einen Baum gelehnt. Vorsichtig geht er einen halben Meter neben der Spur weiter, um keine eventuell vorhandenen Abdrücke zu zerstören. Bei der Lichtung angekommen, bleibt er stehen. Die Leiche ist von hier aus nicht zu sehen, sie könnte also schon seit mehreren Tagen dort liegen, ohne dass sie von Spaziergängern entdeckt wurde. In knapp zwanzig Metern Entfernung befindet sich ein Gebüsch. Ein schmaler Streifen flachgetretenen Grases führt von der Spur dorthin. Der Täter oder das Opfer könnte dort langgegangen sein, und sicher auch die Beamten. Juncker überlegt, ob er noch warten und sich der Leiche erst nähern soll, wenn die Techniker da sind, verwirft den Gedanken aber. Er will loslegen. Er geht noch zehn Meter weiter, wendet sich dann nach rechts zwischen einige hohe Bäume und schreckt eine Gruppe Elstern und Krähen auf, die unter lautem Gezeter davonflattern.

Das Erste, was er sieht, ist das volle, lockige kohlschwarze Haar der Toten. Er geht etwas näher heran, und nun kann er auch ihr Gesicht und den Rest des Körpers sehen. Beim Anblick der toten Frau regt sich eine unangenehme Erinnerung, die lange Zeit in ihm geschlummert hat.

Der Kopf der Frau ist leicht nach rechts gedreht, die Augen sind geöffnet und ausdruckslos. Juncker muss an den Mythos denken, dass das Letzte, was ein Mensch im Leben sieht, als eingefrorenes Bild auf seiner Netzhaut bewahrt bleibt. Die Netzhaut würde dementsprechend als eine Art fotografische Glasplatte fungieren. Optografie wurde die Theorie genannt, die, soweit er sich entsinnt, gegen Ende des neunzehnten Jahrhunderts aufkam. Hätte sie sich als richtig erwiesen, würde sich seine Arbeit und die anderer Ermittler wesentlich einfacher gestalten.

Er wendet seine Aufmerksamkeit wieder der Leiche vor sich zu. Die Haut ist kreidebleich und leicht gefleckt, wie bei einer Marmorierung, weist jedoch keine äußeren Zeichen von Verwesung auf. Auf der Stirn und unter dem einen Auge sind mehrere Wunden. Vermutlich stammen sie von den Schnäbeln der Vögel. Der Menge an heruntergefallenen Laubblättern auf der Toten nach zu schließen liegt sie hier schon seit mindestens zwei Tagen. Der lange dunkelbraune Mantel ist oben zugeknöpft, die Enden sind zur Seite geschlagen, wodurch es aussieht, als lägen die Beine auf einer Decke. Unter dem Mantel trägt sie einen weißen Pullover. Zu beiden Seiten des Halses scheint Blut ausgetreten zu sein. Die Arme sind wie in Kreuzeshaltung seitlich vom Körper ausgestreckt. Vom Nabel abwärts ist sie nackt. Auf Höhe der rechten Hand liegt eine schwarze Hose, ordentlich zusammengefaltet, und auf der Hose ein beigefarbener Wollschal, ein Paar schwarze Handschuhe, ein weißer Slip und zwei schwarze Strümpfe. Neben dem Kleiderstapel steht ein Paar schwarze Stiefeletten mit halbhohem Absatz. Eine Handtasche ist jedoch nicht zu sehen. Er geht in die Hocke und tastet vorsichtig die Taschen des Mantels ab. Auch kein Portemonnaie oder eine Brieftasche.

Die Beine sind gestreckt und in einem Winkel von etwa fünfundvierzig Grad gespreizt. Die Zehennägel sind gepflegt und pink lackiert. Etwas, das wie ein Dildo aussieht, steckt in der Vagina. Juncker öffnet den Reißverschluss des Schutzanzugs ein Stück, zieht die Handschuhe aus, fischt sein Handy heraus und macht mehrere Fotos vom Gesicht der Frau. Anschließend geht er zurück zu der Spur, wobei er darauf achtet, seine Füße an die gleichen Stellen zu setzen wie schon auf dem Hinweg.

Als er wieder auf dem asphaltierten Weg ist, halten die »Blut-, Spucke- und Spermaleute«, wie die Kriminaltechniker so prosaisch im internen Jargon genannt werden, in Begleitung von Rechtsmediziner Gösta Valentin Markman auf den jungen Beamten zu.

»Hallihallo, Juncker«, grüßt der aus dem südschwedischen Schonen stammende Markman, der sich abgesehen davon, dass er ein ausgezeichneter Rechtsmediziner ist, durch sein einmaliges Kauderwelsch aus Schwedisch und Dänisch auszeichnet.

»Zurück aus dem Urlaub. War's schön?«, fragt er.

»Ja«, antwortet Juncker knapp und geht hastig zum aktuellen Thema über. »Ich hab mir die Leiche gerade schon angeschaut. Junge Frau, aber das wisst ihr wahrscheinlich schon. Stranguliert, wie es aussieht. Sexuell missbraucht.« Er zieht die Überschuhe aus und steckt sie in die Tasche. »Ich konnte keine Handtasche sehen. Falls ihr einen Geldbeutel, eine Brieftasche oder irgendetwas anderes findet, das sie identifiziert, gebt Bescheid«, sagt er zu den beiden Technikern, von denen er den einen oberflächlich und den anderen, Peter Lundén, sehr gut kennt. Lundén hat als Kriminaltechniker an vielen der Fälle gearbeitet, in denen Juncker in den letzten Jahren ermittelt hat.

»Ich fahre nach Teglholmen und versuche, sie zu identifizieren. Vielleicht komme ich anschließend noch mal her. Markman, du rufst an, falls ihr etwas findet, ja?«

»Aber klar.«

Am Auto angekommen, zieht er den Schutzanzug aus.

Es ist ein wenig umständlich, weil er sich bemüht, Bauch und Unterleib nicht mehr zu beugen, als unbedingt nötig. Er wirft den Overall in den Kofferraum und steigt ein. Obwohl er den großen allradgetriebenen Volvo vor fast einer Stunde verlassen hat, ist es im Wageninneren verglichen mit der feuchten Kälte im Freien immer noch warm. Er lässt den Motor an, legt die Hände aufs Lenkrad – und schaltet ihn wieder aus. Lehnt sich zurück und ergründet das Gefühl, das ihn beim Anblick der Leiche überkommen hat.

Das Gefühl, etwas Ähnliches schon mal gesehen zu haben.

Als die mobile Ermittlergruppe, das sogenannte »Reiseteam«, in der Juncker seinerzeit tätig war, damals eingestellt wurde, kam er stattdessen zur Mordkommission der Polizei Glostrup unweit von Kopenhagen. 2007 verschmolz die Polizeidirektion mit mehreren weiteren, und auf diese Weise begann Junckers Zusammenarbeit mit Troels Mikkelsen, was, von seiner Zeit in Sandsted abgesehen, noch heute der Fall ist. Im selben Jahr, 2007, ermittelten sie beide im Mordfall einer jungen Frau mit Namen Martina Jensen. Sie saß für die Sozialdemokraten im Gemeinderat von Albertslund, war ehemalige Vorsitzende der Sozialdemokratischen Jugend, und man sagte ihr eine große Zukunft in der Partei voraus. Ihre Leiche wurde im nahegelegenen Wald, dem Vestskoven, gefunden. Sie war stranguliert worden, vermutlich erdrosselt mit einem dünnen Stahldraht, der nie gefunden wurde. Auch sie lag in der Position einer Gekreuzigten mit nacktem Unterleib am Boden, allerdings hatte sich der Täter nicht sexuell an ihr vergangen.

Der Mord wurde nie aufgeklärt, was Juncker bis heute nachgeht. Während der Ermittlungen entwickelte er eine enge Beziehung zu Martina Jensens Eltern. Der Kontakt besteht nach wie vor, und er hat sie über mehrere Jahre hinweg in regelmäßigen Abständen besucht. Er versucht, sich daran zu erinnern, wann das letzte Mal war. Es muss über zwei Jahre her sein, wie er mit einem Anflug von schlechtem Gewissen feststellt, bevor er den Motor wieder anlässt.

Zurück auf Teglholmen setzt er sich an den Computer und öffnet das Vermisstenregister. In der letzten Woche wurden zwei neue Fälle gemeldet. Bei einem handelt es sich um einen vierundsiebzigjährigen dementen Mann, im anderen Fall um eine neunundzwanzigjährige Frau. Juncker vergleicht die Bilder, die er eben von der Toten gemacht hat, mit dem Foto der Vermissten im Register. Es ist verpixelt und unscharf und stammt vermutlich von Facebook oder Instagram. Dennoch besteht kein Zweifel. Es *ist* die ermordete Frau. Ihr Name lautet Eva Basel.

Einige Stunden, mehrere Telefonate und eine nicht unbedeutende Anzahl Suchanfragen am Computer später ist Juncker ein gutes Stück schlauer.

Vor vier Tagen, Freitagabend, war Eva Basel mit einer Freundin im Kino. Nach dem Film gingen die beiden Frauen auf ein paar Drinks in eine Bar im Stadtviertel Kødbyen in Vesterbro. Sie trennten sich um kurz vor Mitternacht. Da sie allein in einer Wohnung in Ørestad lebte, vermisste sie übers Wochenende niemand. Eva Basel war Rechtsanwaltsgehilfin, erschien am Montag jedoch nicht zur Arbeit. In ihrem Kalender waren keine Termine für diesen Tag notiert, daher nahmen ihre Kollegen an, dass sie von zu Hause aus arbeitete.

Als sie aber am darauffolgenden Tag wieder nicht auftauchte und wiederholt nicht auf Anrufe reagierte, begann man sich in der Kanzlei Sorgen zu machen. Sie war nicht der Typ, der einfach blaumachte, sondern wurde im Gegenteil als außerordentlich pflichtbewusste und sehr fähige Mitarbeiterin beschrieben. Eine Kollegin fuhr zu ihrer Wohnung, und als niemand aufmachte, kontaktierte ihr Arbeitgeber die Polizei.

Aufgrund der besonderen Umstände und der Beschreibung von Eva Basel als sehr verlässliche Person entschied man, einen Streifenwagen mitsamt Schlüsseldienst zu ihrer Wohnung zu schicken. Sie stellten fest, dass die Wohnung leer war und es keinerlei Hinweise auf Evas Aufenthaltsort gab.

Eine Sache sei noch erwähnenswert in Bezug auf Eva Basel, berichtet der Beamte, der für den Fall der verschwundenen Frau zuständig ist: Sie habe vor acht Jahren einen neuen Namen angenommen und lebe im Opferschutz. Wie sie zuvor geheißen habe, lasse sich nicht feststellen. Juncker dankt ihm für die Informationen.

Eine Weile grübelt er. Dann kommt ihm ein Gedanke, er sucht eine Nummer aus seinen Kontakten heraus und wählt.

»Juncker? Gibt's dich auch noch? Was kann ich für dich tun?«

»Klüver, du arbeitest immer noch mit den Fällen von Ehrgewalt und Bedrohung, oder?«

»Ja, mit dem Opferschutz von Frauen. Ich bin außerdem Vorstandsvorsitzender einer Organisation, Safe heißt sie, die Frauen beim Untertauchen hilft.«

»Dann kannst du mir vielleicht helfen. Ich muss herausfinden, wie eine bestimmte Frau hieß, bevor sie einen neuen Namen bekam.«

»Weißt du, warum sie einen neuen Namen bekommen hat?«

»Nein.«

»Wie heißt sie heute?«

»Eva Basel.«

»Eva Basel? Okay. Gib mir eine halbe Stunde.«

Zwanzig Minuten später klingelt das Telefon.

»Bis vor acht Jahren hieß Eva Basel Jamila Rashad«, sagt Klüver. »Ihr wurde Opferschutz gewährt und sie erhielt einen neuen Namen, weil ihre Familie drohte, sie umzubringen, nachdem sie sich geweigert hatte, eine arrangierte Ehe einzugehen.«

Juncker dankt ihm für die Auskunft.

»Gern. Sag mal, wozu brauchst du die Informationen?«

Juncker erzählt ihm von dem Fund der toten Frau. Am anderen Ende der Leitung wird es still.

»Eva Basel ist tot?«

»Kennst du sie?«

»Ich habe sie einmal getroffen. Sie ist eine ziemlich außergewöhnliche Frau. Und mutig«, sagt Klüver. »In den letzten Jahren ist sie mehrfach öffentlich in Erscheinung getreten und hat ihre Geschichte erzählt. Habt ihr Verdächtige?«

»Noch nicht. Sie wurde erst vor zwei Stunden gefunden«, antwortet Juncker und dankt Klüver erneut für die Hilfe.

Signe kommt herein und setzt sich an seinen Schreibtisch. »Wie sieht's aus? Mit dem Mord auf Amager?«, fragt sie.

»Die Frau wurde wohl stranguliert. Und man hat ihr eine Art Dildo in die Vagina geschoben.«

»Guter Gott. Wisst ihr schon, wer sie ist?«

»Ja, ich habe es gerade herausgefunden. Sie heißt Eva Basel.«

»Weißt du, wie lange sie schon dort liegt? Es war in Ørestad, oder?«

»Ja, im Naturschutzgebiet zwischen Artillerivej und Ørestads Boulevard. Und nein, wir wissen es noch nicht. Aber ich weiß etwas anderes über sie, nämlich dass sie vor acht Jahren einen neuen Namen angenommen hat. Vorher hieß sie ...« Juncker schaut in sein Notizbuch. »Jamila Rashad.«

Signe dreht ihren Stuhl und beugt sich vor. »Was sagst du da?«

»Jamila Rashad.«

»Und warum hat sie ihren Namen geändert?«

»Weil sie von ihrer Familie bedroht wurde. Sie wollte keine ...«

»... Ehe mit einem Mann eingehen, den ihre Familie für sie ausgesucht hatte.«

Juncker nickt. »Gut geraten.«

»Ja, aber weißt du auch, warum? Denn jetzt rate du mal, wie der Mann heißt, den wir wegen der Messerstecherei auf dem Balders Plads verdächtigen und der gerade in U-Haft genommen wurde? Jamaal Rashad. Rashad ist natürlich ein gewöhnlicher arabischer Name, aber *guess what?* Unser Mann war vor acht Jahren die treibende Kraft, als er und seine Familie die große Schwester bedrohten und verfolgten, weil sie selbst entscheiden wollte, wen sie heiratet.«

Juncker runzelt die Brauen. »Wir müssen herausfinden, ob Jamila wirklich Jamaals Schwester ist.«

»Ich glaube, das ist schnell erledigt«, sagt Signe und greift zum Handy.

»X, hier ist Signe«, sagt sie nach wenigen Sekunden. »Du musst mir kurz helfen …« Das Gespräch dauert nicht lange, dann legt sie das Handy weg und nickt. »Sie ist seine ältere Schwester.«

»Also haben wir einen Mann mit einem klaren Motiv, Eva Basel zu töten, als Verdächtigen in einem anderen Mordfall in U-Haft sitzen?«

»Sieht so aus. Wir sollten uns wohl noch mal mit Jamaal unterhalten.«

Juncker schaut sie ausdruckslos an. »Unbedingt. Und wir müssen mit ihrer Freundin sprechen. Der, mit der Eva im Kino war. So schnell wie möglich.«

Kapitel 9

»Sie ist tot. Eva ist tot, oder?«

Selbst durchs Telefon hatte Signe deutlich hören können, wie Eva Basels Freundin Petra Lund um Fassung rang.

Das Treppenhaus in der Nordre Frihavnsgade ist gepflegt und frisch gestrichen, Gleiches gilt für die Wohnungstür. Sie ist angelehnt, und Signe tritt nach einem Klopfen ein. Eine Frau, so groß wie sie, das kräftige blonde Haar zu einem dicken Zopf geflochten und das Gesicht aufgequollen vom Weinen, steht im Flur.

»Kommen Sie rein. Die Schuhe können Sie ruhig anlassen«, sagt sie und geht voran ins Wohnzimmer.

Sie setzen sich. Beide auf die äußerste Kante des Sofas beziehungsweise des Sessels. Petra knetet die Hände im Schoß.

»Es tut mir furchtbar leid«, sagt Signe.

»Von welcher Abteilung kommen Sie, haben Sie gesagt?«, fragt die Frau.

»Von der Abteilung für Gewaltkriminalität.«

»Gewaltkriminalität? Ist Eva … Wurde sie …?«

Signe nickt. »Eva wurde ermordet.«

Petra schlägt sich die Hand vor den Mund. »Wie?«

»So wie es aussieht, wurde sie erdrosselt. Die technischen Untersuchungen sind noch nicht abgeschlossen.«

»Wo?«

»Im Naturschutzgebiet zwischen Artillerivej und Ørestads Boulevard.«

»Das ist ganz in der Nähe ihrer Wohnung.«

Signe nickt.

»Wissen Sie, wann es passiert ist?«

»Nicht genau.«

»Also könnte es passiert sein, als sie nach dem Kino mit dem Fahrrad nach Hause gefahren ist?«

»Das wäre möglich.«

»Also bin ich vielleicht … die Letzte, die sie lebend gesehen hat?«

»Abgesehen vom Täter, ja. Das könnte sein.«

Tränen beginnen über Petras Wangen zu laufen. Sie steht auf und geht in die Küche. Signe folgt ihr. Petra reißt ein Stück Küchenkrepp ab, trocknet sich die Augen, putzt sich die Nase und setzt sich an den Esstisch. Signe bleibt stehen.

»Darf ich Ihnen ein paar Fragen bezüglich Ihrer Beziehung zu Eva stellen? Wie gut kannten Sie sie?«

»Sehr gut. Ich glaube, sie hat mich als ihre beste Freundin betrachtet. Sie war jedenfalls meine.«

»Woher kannten Sie beide sich?«

»Wir haben uns auf einer Studentenparty in Aarhus kennengelernt. Sie hat Jura studiert, ich Sozialwissenschaften.«

»Sie haben gesagt, Sie hätten im Gespür gehabt, dass Eva tot ist. Kannten Sie ihren Hintergrund? Ich denke da an ihr Verhältnis zu ihrer Familie?«

Petra Lund nickt.

»Sie wussten also, dass sie ihren Namen geändert hat?«

Sie nickt wieder.

»Wie war Evas Beziehung zu ihrer Familie in der Zeit, in der Sie sie kannten?«

»Beziehung?« Petra schnaubt. »Es gab keine Beziehung. Sie haben sie dafür gehasst, was sie getan hat. Und für die Person, die sie war.«

»Trotzdem ist sie öffentlich in Erscheinung getreten und hat davon erzählt, was ihr widerfahren ist.«

»Ja. Eva ist der mutigste Mensch, den ich kenne.«

»Wissen Sie, ob sie in letzter Zeit Drohungen erhalten hat?«

»Nein, keine Ahnung. Sie hat mir nichts gesagt.«

»Wissen Sie, ob sie vor einem bestimmten Familienmitglied besondere Angst hatte?«

Die Antwort kommt prompt.

»Ja, vor ihrem Bruder Jamaal. Vor allem, nachdem der Vater gestorben war und er das Oberhaupt der Familie wurde. Vor ihm hatte sie wahnsinnige Angst.«

»Okay.« Signe setzt sich. »Ich muss Sie leider um etwas bitten. Wir müssen Eva offiziell identifizieren lassen. Glauben Sie, Sie schaffen das? Es wäre am Rechtsmedizinischen Institut im Rigshospital.«

Petra schweigt einen langen Moment, dann nickt sie. »Ich denke schon.«

»Sie müssen natürlich nicht.«

»Ich möchte es aber. Ich möchte sie gern sehen.«

Signe weiß, dass dieses Bild in Petras Erinnerung haften bleiben und vor ihrem inneren Auge erscheinen wird, wenn sie heute Abend den Kopf aufs Kissen legt und einzuschlafen versucht. Denn es sind immer diese Bilder, die sich in den Vordergrund drängen. Nicht die Bilder der Toten am Tatort oder aufgeschnitten auf dem Obduktionstisch – es sei denn, das Opfer ist ein Kind. Nein, es sind die eiskalten Sekunden während einer Identifikation, wenn dem Angehörigen klar wird, dass der hoffnungsvolle Zweifel, an den man sich geklammert hat, eine Illusion war. Dass es nicht bloß ein böser Traum ist, aus dem man in Kürze erwacht, sondern die schrecklichste aller Wirklichkeiten.

Es sind diese Momente, denen die Albträume vieler Polizeibeamter entspringen.

Signe hatte ihre Ankunft am Empfang des Rechtsmedizinischen Instituts gemeldet, und drei Minuten später waren sie von einem jungen Mann, den Signe als einen der Rechtsmediziner erkannte, begrüßt worden. Er führte sie in den Keller zum Kühlraum, wo das Krankenhausbett mit den zugedeckten menschlichen Überresten stand, die einmal Eva Basel gewesen waren. Petra trat ans Bett, Signe hielt sich hinter ihr, während sich der Rechtsmediziner auf die gegenüberliegende Seite stellte. Er schaute Eva fragend an, sie nickte, und daraufhin zog er das weiße Tuch zur Seite und entblößte den Kopf der Toten.

»Eva«, flüsterte Petra. »Oh Eva, Süße.« Sie machte einen halben Schritt vor, hielt jedoch in der Bewegung inne und starrte steif wie eine Statue zwei Minuten oder länger auf die Tote. Dann legte Signe ihr eine Hand auf den Arm. Petra drehte sich um, ihre Beine knickten ein, und hätte Signe sie nicht gepackt, wäre sie umgefallen.

Erst als sie wieder draußen auf dem Frederik V's Vej standen, brach Petra weinend zusammen. Signe fuhr sie nach Hause und blieb, bis Petras nicht weit weg wohnenden Eltern kamen und sich um ihre Tochter kümmerten.

Jetzt sitzt Signe im Auto und versucht, sich zu sammeln. Sie ruft Juncker an.

»Was hat sie gesagt, die Freundin?«, fragt er als Allererstes.

»Dass Eva Basel in ständiger Angst vor der Rache ihrer Familie gelebt hat. Und ganz besondere Angst hatte sie vor Jamaal Rashad.«

»Interessant«, murmelt Juncker. »Ich habe auch Neuigkeiten: Erlandsson hat protestiert, aber ich war hartnäckig. Also Vernehmung hier auf Teglholmen in einer Stunde.«

»Bin in zwanzig Minuten da.«

Mikkel Jahn Erlandsson sitzt bereits mit einer Cola Zero und drei grünen Schnellheftern vor sich auf dem Tisch im Vernehmungsraum. Wie üblich strahlt er eine Scheißarroganz aus. An seiner Seite hat er einen jungen und sehr gut gekleideten Rechtsanwaltsgehilfen.

Normalerweise muss ein Strafverteidiger mit ausreichend Vorlauf über eine geplante Vernehmung informiert werden, und wenn es sich um einen gefragten Verteidiger wie Erlandsson handelt, kann sich die Terminfindung als schwierig gestalten.

»Schön, dass Sie es einrichten konnten«, sagt Juncker.

»Nur mit Müh und Not«, erwidert Erlandsson. »In anderthalb Stunden muss ich zur Urteilsverkündung in einem anderen Fall, in dem ich verteidige, zurück im Amtsgericht sein, und der Verkehr ist die Hölle um diese Uhrzeit. Mir wurde fest zugesagt, dass Jamaal bereits hier sein würde.«

»Die Haftanstalt konnte den Transport nicht einrichten, daher holen ihn zwei unserer Kollegen ab. Sie müssten jeden Moment hier sein«, sagt Signe und lächelt den Verteidiger steif an. Wieso geht er ihr so gegen den Strich? Er ist ja unbestreitbar ein äußerst fähiger Anwalt, und alle haben das Recht auf eine gute Verteidigung – und sei es eine Verteidigung, die jedes noch so kleine Detail auseinanderpflückt. Sollte sie selbst jemals auf der Anklagebank landen, würde sie exakt diese Art von Verteidiger wählen. Aber Erlandsson ist außergewöhnlich berüchtigt dafür, Ermittlern und Staatsanwaltschaft mit seinen ewigen Einsprüchen und Anträgen auf Akteneinsicht permanent Knüppel zwischen die Beine zu werfen, wodurch die Prozesse endlos in die Länge gezogen werden und viele Richter irgendwann zu Tode genervt sind.

Und da stellt sich dann doch die Frage, ob das für seine Mandanten so sehr von Vorteil ist.

Der Umstand, dass er praktisch nur Fälle übernimmt, mit denen er in den Medien landen will, macht ihn nicht weniger irritierend.

Sie schielt zu Juncker, der an die Decke starrt. Inzwischen ist es zehn Jahre her, seit sie zum ersten Mal gemeinsam an einem Fall gearbeitet haben, und ihre Zusammenarbeit ist im Großen und Ganzen immer reibungslos verlaufen – außer sie saßen zu zweit in einem Vernehmungsraum. In den letzten Jahren, bevor Juncker nach Sandsted versetzt wurde, haben sie es ganz einfach vermieden, gemeinsam Vernehmungen durchzuführen. Sie haben nie darüber gesprochen, warum es bei diesem Teil ihrer Zusammenarbeit so oft gehakt hat. Signes Theorie nach hat Juncker ganz einfach eine solche Angst davor, die Kontrolle über seine Fälle zu verlieren, dass er die Zügel zu keinem Zeitpunkt aus der Hand gibt. Deshalb müssen die Vernehmungen immer exakt nach seinem Plan verlaufen. Und bei ihr verhält es sich nicht ganz unähnlich, muss sie zugeben.

Aber nun sitzen sie also hier. Vielleicht läuft ja alles glatt, denkt sie, schließlich haben wir uns verändert. Oder jedenfalls er.

Es klopft, und zwei Beamte in Zivil sowie Jamaal Rashad in Handschellen treten ein.

»Sie können sich noch kurz besprechen«, sagt Signe und steht gemeinsam mit Juncker auf.

»Hat er was gesagt?«, fragt sie leise an die beiden Beamten gewandt, als sie auf dem Flur stehen und die Tür geschlossen haben.

Ein Vorteil der Polizei, wenn sie den Häftling selbst abholt, liegt darin, dass sich im Wagen manchmal ein Gespräch zwischen den Beamten und dem Verdächtigen entspinnt. Insbesondere wenn sie wie Jamaal Rashad in Isolationshaft sitzen, haben einige das verzweifelte Bedürfnis, sich mit jemandem zu unterhalten. Selbst mit Polizisten.

»Er hat kein Wort gesagt, hat nur dagehockt und gemurrt«, antwortet der eine der beiden.

Signe holt sich einen Kaffee, dann kehren sie und Juncker in den Vernehmungsraum zurück.

»Ich muss gestehen, dass mir nicht ganz ersichtlich ist, weshalb wir schon wieder hier sitzen«, beginnt Erlandsson. »Mein Mandant hat vorhin klipp und klar ausgesagt, dass er nichts mit der Messerstecherei auf dem Balders Plads zu tun hat. Was also in der Zwischenzeit geschehen sein sollte, dass wir schon wieder einbestellt werden, ist mir ein Rätsel. Haben Sie neue Erkenntnisse?«

Juncker und Signe schauen sich an und nicken. »Ja, ich denke doch schon«, antwortet Signe.

»Wir sind ganz Ohr«, sagt der Verteidiger, lehnt sich zurück und verschränkt die Hände im Nacken.

»Jamaal, tatsächlich geht es mir diesmal nicht um die Messerstecherei. Sondern ich möchte mit Ihnen über Ihre ältere Schwester sprechen.«

Jamaal, der aus dem Fenster geschaut hat, dreht abrupt den Kopf und starrt Signe an. »Ich habe keine ältere Schwester.«

»Doch, haben Sie. Eva. Oder Jamila, wie sie hieß, bevor Sie und Ihre Familie sie zwangen unterzutauchen.«

»Sie ist nicht mehr meine Schwester. Ich habe keine ältere Schwester.«

Juncker räuspert sich. »Nun ist es so, dass man sich von einem Geschwisterteil nicht einfach lossagen kann. Man kann sich nicht scheiden lassen wie von einem Mann oder einer Frau. Geschwister ... an sie ist man gebunden.«

»Tut mir leid, wenn ich mich einmischen muss.« Erlandsson beugt sich vor. »Das ist ja eine hochinteressante Diskussion über Verwandtschaftsbeziehungen, die Sie da gerade führen, aber was genau hat das damit zu tun, dass wir hier sitzen?«

»Das kann ich Ihnen sagen«, antwortet Signe. »Denn in gewisser Weise haben Sie recht, Jamaal. Sie haben keine ältere Schwester. Mehr. Sie wurde nämlich ermordet aufgefunden. Stranguliert.«

Sowohl Signe als auch Juncker beobachten Jamaals Reaktion ganz genau. Signe ist sich absolut sicher, eine Regung in seinem Blick zu sehen, kann jedoch nicht ausmachen, ob es Überraschung oder Angst ist. Aber er ist offenkundig erschüttert. So erschüttert, wie man es eben sein kann, wenn das Tagesgeschäft darin besteht, Liquidierungen von konkurrierenden Bandenmitgliedern anzuordnen und neue Drogenmärkte zu erobern. Aber er gewinnt schnell die Fassung zurück.

»Ich habe vorhin gehört, dass eine tote Frau in Ørestad gefunden wurde. Ist sie das?«, fragt Erlandsson, der wie sein Mandant plötzlich zugänglicher geworden ist.

»Ja.«

»Damit habe ich nichts zu tun, okay?«, sagt Jamaal Rashad.

»Kann sein. Aber Sie verstehen sicher, dass Sie auf der Liste der möglichen Verdächtigen ziemlich weit oben stehen, nachdem wir nun mal wissen, dass Sie und Ihre Familie gedroht haben, sie umzubringen, wenn sie nicht spurt.«

Ohrenbetäubende Stille.

»Wie würden Sie Ihr Verhältnis beschreiben?«, fragt Signe.

»Es gab kein Verhältnis. Sie ist ja abgehauen ...«

»Um ihr Leben geflohen«, unterbricht Juncker.

Jamaal Rashad schüttelt den Kopf. »Abgehauen, und damit war sie tot für mich und den Rest der Familie. Mehr habe ich eigentlich nicht zu sagen.«

»Nicht? Aber wir hätten gern, dass Sie uns schildern, wo Sie Freitagabend gegen Mitternacht und im Laufe des Wochenendes waren«, sagt Signe.

»Wird Jamaal des Mordes an seiner Schwester beschuldigt?«, fragt der Verteidiger.

»Nein«, sagt Signe.

»Dann machen wir an diesem Punkt Schluss«, sagt Mikkel Jahn Erlandsson.

»Alles klar.« Signe macht Anstalten aufzustehen. »So oder so würde ich tippen, dass wir uns schon sehr bald wiedersehen.«

Kapitel 10

Markman öffnet die unterste Schublade seines Schreibtischs und nimmt eine Flasche und zwei Highball-Kristallgläser heraus. Juncker ist auf dem Heimweg beim Rechtsmedizinischen Institut vorbeigefahren, um zu hören, ob es Neuigkeiten zu der getöteten Frau gibt; aber im Grunde genommen auch einfach, um einen Plausch mit Markman zu halten. Es ist eine ganze Weile her, seit sie zuletzt mehr als nur ein paar Worte zur Begrüßung miteinander gewechselt haben. Markman hält Juncker die Flasche hin.

»Ich glaube, wir beide haben einen *stänkare*, ein ›Tröpfchen‹, nötig. Wie er immer so schön sagt, der Mann auf dem Balkon.«

»Der Mann auf dem Balkon?« Juncker schaut ihn verständnislos an.

»Na, bei *Kommissar Beck*. Sein Nachbar. In der Serie.«

»Wessen Nachbar?«

»Martin Becks Nachbar! Lieber Himmel ...« Markman schüttelt ungläubig den Kopf. »Du weißt doch wohl, wer Martin Beck ist? Die Krimis von Sjöwall Wahlöö. Hast du sie nicht gelesen? *Roman über ein Verbrechen*.«

»Vielleicht einen oder zwei davon. Ist ewig her. Kann mich nicht so recht erinnern. Ich bin kein großer Krimileser.«

»Nee, das weiß ich. Deine literarische Unwissenheit

ist ja im Allgemeinen nicht zu überbieten. Aber Sjöwall Wahlöö, mein Gott ... ihre Bücher formen zusammengenommen ein hervorragendes Porträt meines geplagten Heimatlands zu Zeiten, als ich noch jung und attraktiv war.«

Juncker bezweifelt, dass Markman jemals wirklich attraktiv war, zumindest nach klassischen Maßstäben. Aber er ist feinfühlig genug, den Mund zu halten.

»Na, aber wie wär's nun also mit einem Gläschen Whisky, mein lieber Ignorant? Lagavulin. Zwölf Jahre alt.« Markman schraubt den Deckel ab, hebt die Flasche an seine krumme, überdimensionierte Nase und schnuppert mit einem verzückten Ausdruck.

»Nein danke. Ich muss noch fahren.«

»Aber ein kleines Schlückchen geht doch sicher, hm?«

»Na schön, ein Schluck.«

Vorsichtig nippt er am Glas, der rauchige Geschmack verteilt sich brennend im Mundraum und treibt ihm die Tränen in die Augen. Es ist lange her, seit er das letzte Mal Whisky getrunken hat. Das war damals, als er in Sandsted den Barschrank seines Vaters leerte. Er nimmt noch einen kleinen Schluck, dann stellt er das Glas ab.

»Was hast du über Eva Basel rausgefunden? Hast du zum Beispiel den Todeszeitpunkt bestimmen können?«

»Ich kann mit ziemlicher Sicherheit sagen, dass es mehr als drei Tage her ist. Vielleicht auch vier oder fünf.«

»Alles weist darauf hin, dass sie Freitagnacht verschwunden ist.«

»Das könnte gut der Todeszeitpunkt sein. War ja eine kalte Witterung. Morgen nach der Obduktion weiß ich mehr. Sie wurde stranguliert, aber das hattest du ja schon vermutet.«

»Sperma?«

»Nicht an der Leiche.«

»Wurde sie am Fundort getötet?«

»Ja, es gibt keinerlei Hinweise darauf, dass sie bewegt wurde. Die Obduktion wird morgen durchgeführt, wie üblich um halb zehn.«

»Ich komme.«

Juncker schaut auf sein Handy. Es ist kurz nach neun. Schon die wenigen Tropfen Alkohol, die er soeben getrunken hat, haben die scharfen Kanten seines Kummers ein wenig glatter geschliffen. Er ist immer noch müde, fühlt sich aber nicht mehr ganz so erschöpft wie noch vor wenigen Minuten.

Er betrachtet Markman, der sich in Gedanken verloren zu haben scheint. Seit Junckers Rückkehr aus Sandsted haben die beiden begonnen, sich auch außerhalb der Arbeit zu treffen. Der Rechtsmediziner ist der Einzige, bei dem er das Gefühl hat, über sein Privatleben sprechen zu können. Markman ist Charlotte ein paarmal begegnet und hat nie einen Hehl daraus gemacht, dass sie seiner Meinung nach einige Ligen über Juncker spielt. Etwas, worin Juncker Markman im Stillen beipflichtet, was ihn angesichts der aktuellen Situation nur noch trauriger macht.

Es ist das erste Mal, dass er eine freundschaftliche Beziehung zu einem Arbeitskollegen pflegt. Abgesehen einmal von Signe, aber das ist in seinen Augen trotzdem nicht dasselbe. Der Impuls ging von Markman aus, der ihn eines Junitages zum Abendessen in die große Wohnung am Strandboulevarden einlud, die er mit seinem wesentlich jüngeren Lebensgefährten Johannes teilt. Dieses Arrangement haben sie seitdem ein paarmal wiederholt, während Juncker es Markman und Johannes noch schuldig ist, sich seinerseits mit einer Einladung zu revanchieren. Er hat ganz einfach keine Lust, den himmelweiten Unterschied zwischen der stilvoll möblierten Østerbro-Wohnung und seiner vorübergehenden und nicht unwesentlich bescheideneren Bleibe auszustellen. Das würde ihr Verhältnis gewissermaßen in Schieflage bringen. Im Übrigen macht es nicht den Eindruck, als ob Markman irgendwelchen konventionellen Vorstellungen von Einladungen und Gegeneinladungen verhaftet wäre. Das muss also warten, bis sich Junckers Wohnsituation gebessert hat.

Falls er nicht vorher stirbt, denkt er düster und überlegt, ob er Markman von seiner Krankheit erzählen soll, lässt es aber bleiben. Gerade ist er zu müde für ein derart emotionales Thema, und so verabschiedet er sich stattdessen.

Im Auto ruft er Peter Lundén an.

»Tut mir leid, dass ich so spät noch anrufe.«

»Kein Problem, wir sind immer noch hier draußen«, sagt der Kriminaltechniker. »Ist ja nicht gerade der einfachste Ort zum Arbeiten, mit dem ganzen Gestrüpp und dem hohen Gras.«

Juncker bemüht sich, seiner Stimme einen mitfühlenden Klang zu geben. »Kann ich mir vorstellen. Ich wollte auch bloß fragen, ob ihr etwas Erwähnenswertes gefunden habt?«

»Nein, es sieht ziemlich mau aus. Ein einziger Abdruck von einem Schuh mit glatter Sohle nahe der Leiche. Ein paar Haare auf ihrem Mantel und dem Pullover, aber auf den ersten Blick scheinen es ihre eigenen zu sein.«

»Markman sagt, an der Leiche sei kein Sperma gewesen. Habt ihr etwas auf dem Boden gefunden?«

»Nada. Überhaupt haben wir kaum etwas gefunden.

Auch keine Fingerabdrücke auf dem Fahrrad, außer denen der Frau.«

Genauso war es auch damals auch, denkt er.

Auf dem Heimweg nach Nordvest hält er bei einem Netto, der rund um die Uhr geöffnet hat, und kauft eine Flasche Whisky, angeblich ein Malt, aber keine Marke, die Juncker je untergekommen wäre. Mit sechs Jahren auf dem Buckel ein Jungspund im Vergleich zu Markmans Lagavulin, aber dennoch nicht zu verachten, wie er feststellt, als er sich mit dem Glas in Griffweite und dem ultimativen Scheidungsalbum im CD-Player – Springsteens *Tunnel of Love* – auf dem Sofa niedergelassen hat.

Er greift zum Handy und ruft seine Onlinezeitung auf. Etwas weiter unten auf der Seite findet er einen Artikel über den Fund der toten Frau in Ørestad, allerdings nur in einer sehr kurz gefassten Version der Nachrichtenagentur Ritzau. Keine der großen Tageszeitungen befasst sich in der Regel sonderlich mit derlei »banalen« Kriminalfällen, wie ihm Charlotte erzählt hat. Sie hat ihn im Laufe des Tages dreimal angerufen und außerdem eine Nachricht hinterlassen. Er war nicht in der Verfassung, mit ihr zu reden, er schafft es gerade einfach nicht. Auch nicht, ihre Stimme auf der Mailbox zu hören. Es besteht kein Grund, masochistischer zu sein als unbedingt nötig, und die letzten Monate haben ihn bitter erfahren lassen, dass jeglicher Kontakt mit ihr ihn unweigerlich runterzieht. Er leert das Glas und schenkt nach, während der Boss mit wenigen Worten sein Gefühl von Niederlage beschreibt:

Somewhere along the line I slipped off track
I'm caught movin' one step up and two steps back

Aber eine halbe Stunde und zwei Drinks später hat er dennoch das unerklärliche, aber auch angenehme Gefühl, dass er heute Nacht tief und traumlos schlafen wird.

8. November

Kapitel 11

Die Techniker scheinen ihre Arbeit in der Nacht beendet zu haben, die Absperrung am Artillerivej ist jedenfalls weg. Auch das rot-weiße Flatterband um den Tatort wurde entfernt.

Der Alkoholgenuss gestern Abend hat nur moderat Spuren hinterlassen, und Juncker klopft sich selbst auf die Schulter, weil er so vernünftig war, nur einmal nachzuschenken. Oder war es zweimal? Er ist zumindest schnell eingeschlafen, als er gegen Mitternacht ins Bett ging, und als er vor einer Stunde aufgewacht ist, hat er sich wenn auch nicht ausgeschlafen, so doch deutlich fitter gefühlt als seit Langem.

Es ist erst halb sieben. Der Weg ist nicht beleuchtet, und ganz allgemein ist es ziemlich dunkel. Die meisten Frauen würden hier nach Einbruch der Dunkelheit wohl nicht mehr langfahren, Eva Basel aber offenbar schon.

Wenn man vorhat, jemanden zu überfallen, ist dies nicht der schlechteste Ort in Kopenhagen. Keine Gebäude in Sichtweite. Juncker schaut sich um. Gerade liegt der Weg verlassen da. In einer Stunde, wenn der Berufsverkehr beginnt, werden ihn sicherlich viele Radfahrer benutzen, aber stark frequentiert ist die Strecke nicht, und schon gar nicht nachts.

Die Frage ist, ob Eva Basel eine zufällige Passantin war,

oder ob sie ihren Mörder kannte. Juncker ruft sich in Erinnerung, dass mit Abstand die meisten Tötungsdelikte in Dänemark von Bekannten oder Verwandten des Opfers verübt werden. Irgendetwas an diesem Fall lässt Juncker allerdings daran zweifeln, dass es sich diesmal auch so verhält. Er kann nicht genau sagen, was es ist, aber trotz der Brutalität hat das Verbrechen etwas Leidenschaftsloses. Nichts, was darauf schließen ließe, dass die Tat im Affekt geschehen ist. Und Tötungen im familiären oder sozialen Nahraum geschehen häufig im Affekt.

Dann gibt es noch eine dritte Möglichkeit: Der Täter könnte Eva Basel gekannt haben, sie ihn hingegen nicht. Mit anderen Worten: Es war ein eiskalter Psychopath, der ihr aufgelauert hat, oder der Mord wurde in Auftrag gegeben. Jamaal Rashad könnte durchaus der Initiator gewesen sein, jedoch einen seiner Handlanger geschickt haben, um die Tat auszuführen.

Nach einer Viertelstunde geht Juncker wieder. Er hat Merlin versprochen, um sieben in dessen Büro zu sein, damit sie sich vor dem Morgenbriefing schnell kurzschließen können.

Auf dem Rückweg fällt ihm etwas auf, was er bisher nicht bemerkt hat. Ganz außen am Wegesrand hat jemand mit blauer Kreide acht Buchstaben auf den Asphalt geschrieben: ALMA VIØR steht da, gefolgt von einem Herzen.

Juncker betrachtet die Buchstaben. Dann zieht er sein Handy aus der Tasche, macht ein Foto und eilt weiter.

»Könnte dieser Jamaal es gewesen sein?«, fragt Merlin.
»Hm«, brummt Juncker.
Signe schaut ihn an. »Schon möglich. Meinst du nicht, Juncker?«

»Faktisch haben wir nichts gegen ihn in der Hand.«

»Nein, aber wir haben ja auch noch gar nicht angefangen. Und er hat ein glasklares Motiv. Schließlich hat er groß herausposaunt, dass er seine Schwester umbringen will.«

»Stimmt«, räumt Juncker ein.

»Ist es nicht ein wenig ungewöhnlich für Ehrenmord, dass sie auf diese Weise geschändet wurde?«, fragt Merlin.

»Tja, so viele Ehrenmorde hatten wir ja bislang nicht in Dänemark, dass man von gewöhnlich oder ungewöhnlich sprechen könnte«, sagt Juncker.

»Wahrscheinlich haben wir keinen Schimmer, wie viele Ehrenmorde hierzulande tatsächlich verübt werden«, sagt Signe. »Manche gehen davon aus, dass es eine ziemlich hohe Dunkelziffer gibt, weil viele Ehrenmorde als Selbstmorde getarnt werden. Ihr kennt den Begriff ›Balkonmädchen‹, oder? Junge Frauen, die von Familienmitgliedern vom Balkon gestoßen wurden. Aber sollen wir ihn des Mordes an Eva beschuldigen, oder was meint ihr?«

Juncker schüttelt irritiert den Kopf. »Nein. Wie gesagt, dafür haben wir nicht genug gegen ihn in der Hand.«

»Aber das dürfte im Augenblick auch gar nicht nötig sein«, meint Merlin. »Wir wissen ja, wo wir ihn die nächsten vier Wochen haben. Wir können ihn später immer noch beschuldigen, wenn wir auf etwas stoßen. Was habt ihr als Nächstes geplant?«

»Nach der Morgenbesprechung fahre ich zur Obduktion von Eva Basel«, sagt Juncker.

»Und mir ist es wundersamer Weise gelungen, eine weitere Vernehmung von Jamaal Rashad zu arrangieren«, sagt Signe. »Keine Ahnung, was Erlandsson da geritten hat. Vielleicht wird er auf seine alten Tage weich, aber er hat akzeptiert, auch wenn er selbst nicht kann. Er schickt diesen Rechtsanwaltsgehilfen, den geschniegelten Typen, der auch gestern schon mit dabei war. Ich will wissen, welches Alibi Jamaal für die Nacht von Freitag auf Samstag hat. Und es dann überprüfen. Ein Problem wird vielleicht sein, dass Erlandsson über seinen Assistenten Grenzen setzt, wie viel sein Mandant in einem Fall aussagt, in dem er nicht beschuldigt wird, aber das sehen wir dann. Eins noch …« Sie schaut Merlin an. »Jetzt gibt es zwei Stränge in den Ermittlungen um Jamaal Rashad: den Balders Plads und Junckers Fall. Wäre es nicht am schlausten, wenn ich mich auf seine Rolle im Mord an seiner Schwester konzentriere und du jemand anders für die Ermittlungen zum Balders Plads findest?«

»Ja, macht Sinn. So, und jetzt weiter zum Briefing.«

Signe und Juncker stehen auf.

»Ach übrigens«, sagt Merlin. »Ich lasse auch Troels mitermitteln. Das liegt ja eigentlich auf der Hand – bei dem Charakter, den der Mord hat.«

Signe erstarrt. Ihr Gesicht ist auffallend ausdruckslos, und Juncker kann nicht umhin, es zu bemerken.

»Als Ermittlungsleiter?«, fragt sie.

»Nein, das macht Juncker.«

Kapitel 12

»Alles klar bei dir?«

Juncker schaut Signe an. Sie öffnet den Küchenschrank und nimmt ihren Becher heraus.

»Was meinst du?«

»Du hattest nur einen ... etwas komischen Gesichtsausdruck, als Merlin Troels erwähnt hat.«

»Komisch? Hm. So sehe ich eben aus«, erwidert sie gereizt, schenkt sich Kaffee ein und gibt einen ordentlichen Schluck Milch dazu. »Kommst du mit?«

Der Geräuschpegel ist enorm, als sie den vollbesetzten Besprechungsraum betreten. Beide Mordermittlungen, an denen die Abteilung gerade arbeitet, befinden sich in einem so frühen Stadium, dass ein ziemlicher Enthusiasmus und gute Stimmung herrschen, auch wenn Geir Jensen gleich zu Anfang konstatiert, dass im Fall um den Balders Plads keine nennenswerten Fortschritte zu verzeichnen sind. Es gibt jede Menge Blut und DNA, aber haufenweise Leute sind darin herumgetrampelt, aus den Funden dürften sich also nur schwer Erkenntnisse gewinnen lassen. Von den zweiundzwanzig Festgenommenen wurden zwanzig wieder auf freien Fuß gesetzt, gegen alle werden Verfahren wegen einfacher Körperverletzung eingeleitet. Außer Jamaal sitzt auch der Mann, der Per Justesen bei dem Messerangriff festgehalten hat, in Untersuchungshaft. Er ist einer von Rashads Fußsoldaten und weist wie Rashad die Vorwürfe zurück.

»Wir suchen weiter nach aussagewilligen Zeugen. Noch Fragen? Sonst gehen wir zum Mord in Ørestad über. Juncker, machst du weiter?«

»Ja.« Er steht von seinem Platz auf und setzt sich auf die Fensterbank. »Das Opfer heißt Eva Basel. Sie war neunundzwanzig und wurde stranguliert und mit einem Dildo in der Vagina im Naturschutzgebiet zwischen Artillerivej und Ørestads Boulevard aufgefunden. Die Tat geschah wahrscheinlich irgendwann nach null Uhr in der Nacht von Freitag auf Samstag. Gefunden wurde die Leiche gestern Abend. Eva Basel ist – und hier stoßen wir auf einen seltsamen Zufall – die ältere Schwester von Jamaal Rashad. Eva hat vor acht Jahren einen neuen Namen angenommen, weil sie von ihrer Familie, allen voran Jamaal, bedroht wurde. Wir haben ihn natürlich dazu befragt, ob er seine Schwester umgebracht hat, aber das streitet er ab. Wir müssen sein Alibi für Freitagabend und Samstagnacht überprüfen.«

Er steht auf. Die Wunden am Bauch zwicken noch immer, wenn er zu lange in derselben Position sitzt. »Wir sind natürlich dabei, den Weg zu rekonstruieren, den Eva genommen hat, nachdem sie sich von ihrer Freundin verabschiedet hatte. In Anbetracht des Fundorts gehen wir davon aus, dass sie vermutlich von Kødbyen aus am S-Bahnhof Dybbølsbro vorbei zur Brücke am Fisketorvet und von dort rüber nach Islands Brygge auf Amager gefahren ist. Wir schauen gerade die Überwachungsaufnahmen aus der Gegend durch, bis jetzt gibt es aber noch nichts Nennenswertes zu berichten. Stimmt das so weit, Thorkild?«

Thorkild, einer der jüngeren Ermittler, richtet sich auf seinem Stuhl auf. »Na ja, tatsächlich haben wir sie gerade auf einer Aufnahme am Einkaufszentrum Fisketorvet identifiziert. Auf der Amager-Seite haben wir nur eine einzige Kamera auf der Strecke gefunden, die Eva Basel vermutlich langgefahren ist. Die Kamera ist bei einem Netto installiert, Eva Basel ist auf den Aufnahmen aber nirgends zu sehen. Allerdings könnte sie natürlich trotzdem dort vorbeigekommen sein, ohne dass sie von der Kamera eingefangen wurde.«

»Danke.« Juncker setzt sich wieder. »Was den Vergewaltigungsaspekt angeht«, fährt er fort, »so wurde kein Sperma gefunden, weder an der Leiche noch in der Nähe, trotzdem liegt die Vermutung nahe, dass der Täter aus irgendeiner Art sexuellem Antrieb heraus gehandelt hat. Deshalb«, er schaut zu Troels Mikkelsen, der, die Hände in die Hosentaschen gesteckt, an der Wand lehnt, »müssen wir prüfen, wer von den irgendwann mal wegen Vergewaltigung verurteilten Sexualstraftätern derzeit auf freiem Fuß ist.«

Troels Mikkelsen leitet die Sektion für Sexualverbrechen und ist mit großem Abstand der bestgekleidete Mann der Abteilung für Gewaltkriminalität – wenn nicht des gesamten Kopenhagener Polizeiapparats –, wobei sein Stil sich am besten unter moderner englischer Landadel subsumieren ließe. Auch wenn Juncker ähnlich wie viele Kollegen Troels häufig eine Nummer zu selbstgefällig findet, respektiert er ihn. Er ist ganz einfach ein ausgezeichneter Ermittler. Außerdem bewundert Juncker im Stillen Troels' altmodische Eleganz, während er selbst, wie Charlotte einmal halb liebevoll, halb spöttisch bemerkt hat, einen frisch gebügelten Anzug bloß eine Stunde zu tragen braucht, damit es aussieht, als hätte er eine ganze Woche darin geschlafen.

Obwohl Troels und er sich seit vielen Jahren kennen, ist ihre Beziehung nie über das rein Berufliche hinausgegangen. Bis vor einem halben Jahr, als Juncker gerade aus Sandsted zurückgekehrt war. Eines Tages fragte Troels, ob er nicht Lust auf ein Feierabendbier habe. Juncker hatte seinen chronischen Widerwillen gegen jede Form von Spontanität weggesteckt und eingewilligt. Tatsächlich war es ein nettes Treffen gewesen, das sie seither ein einziges Mal wiederholt haben.

Troels lächelt in die Runde. »Tja, ich bin seit gestern dabei, verurteilte Vergewaltiger aufzuspüren.«

»Gut«, sagt Juncker. »Lass hören.«

»Im Großraum Kopenhagen findet sich unter den im letzten Jahr freigelassenen Vergewaltigern derzeit eine Handvoll solcher, die ich mangels treffenderer Bezeichnung als ›gewöhnliche Vergewaltiger‹ titulieren möchte. Dabei handelt es sich um Männer – und jetzt dürft ihr mich nicht falsch verstehen –, die ›nur‹ vergewaltigt haben, ohne dabei eine komplett psychopathische Form von Brutalität an den Tag gelegt oder natürlich getötet zu haben.«

Wieder bemerkt Juncker, dass Signe Troels durchdringend anstarrt.

»Es lässt sich nicht ausschließen, dass einer oder mehrere von ihnen sich in eine unschöne Richtung entwickelt haben. Ebenso gut wäre möglich, dass es sich bei Eva Basels Mörder um einen früheren Bekannten von uns handelt, der sich bloß über die letzten vielen Jahre hinweg ruhig verhalten hat. Oder aber um jemanden, den wir noch gar nicht kennen. In jedem Fall ist es sinnvoll zu prüfen, ob diese Männer ein Alibi haben.« Troels macht eine Kunstpause. »Und dann ist da noch Frank Sejrs«, sagt er.

Es braucht keine weiteren Erklärungen. Ende der Nuller- und Anfang der Zehnerjahre beging Frank Sejrs mehrere äußerst brutale Vergewaltigungen. 2012 wurde er festgenommen und zu acht Jahren Freiheitsstrafe verurteilt. Zum Entsetzen vieler Polizeibeamter wurde er vor einem halben Jahr auf Bewährung entlassen, nachdem er zwei Drittel seiner Strafe verbüßt hatte.

»Damals hofften einige von uns, Sejrs würde in unbefristete Sicherungsverwahrung kommen. Bei einigen der Vergewaltigungen ging er so brutal vor, dass die Opfer nur knapp überlebten. Aber das ist bekanntermaßen nicht passiert, und nun ist er also wieder draußen. In meinen Augen ist der Mann eine tickende Zeitbombe, und er hätte niemals auf freien Fuß gesetzt werden dürfen, aber irgendwelche klugen Köpfe sind offenbar zu der Einschätzung gelangt, dass es zu verantworten ist … und ja-ja, ich weiß natürlich, dass er freigelassen werden muss, sobald er seine Strafe abgesessen hat, aber es auch noch vorzeitig zu tun …« Eine weitere Kunstpause. »Immerhin muss er sich laut Bewährungsauflagen wöchentlich montags bei der Bewährungshilfe melden und weiter an der Therapie teilnehmen.«

»Danke, Troels. Mit ihm müssen wir uns schnellstens in Verbindung setzten«, sagt Juncker.

»Na klar. Wir kümmern uns darum. Ich war damals sogar bei ein paar Vernehmungen dabei und kenne ihn recht gut.«

»Sehr schön.« Juncker schaut auf sein Handy. »Bis auf Weiteres gehen wir also davon aus, dass Eva Samstagnacht in einem Zeitraum zwischen Mitternacht und den frühen Morgenstunden getötet wurde. Ich fahre jetzt zur Obduktion und gebe euch natürlich Bescheid, sollte sich dabei in Bezug auf den Tatzeitpunkt etwas anderes ergeben. Wir schließen hier, es sei denn, jemand möchte noch etwas fragen oder hinzufügen?« Er schaut in die Runde. »Nein? Dann lasst uns loslegen.«

Kapitel 13

Während die anderen den Raum verlassen, kämpft Signe damit, ihre Wut zu zügeln. Sie atmet tief ein, legt die Unterarme auf die Tischplatte und versucht, die Schultern zu lockern, die sich fast bis zu den Ohren hochgezogen haben.

Wäre es nicht so schaurig und widerwärtig, könnte man es beinahe als komisch bezeichnen. Dass der Mann, der an der Spitze der Sektion für Sexualverbrechen steht, selbst ein Vergewaltiger ist.

Sie stellt sich dieselbe Frage, die sie seit bald vier Jahren tagtäglich quält.

Warum hat sie ihn damals nicht einfach angezeigt?

Oder es Niels wenigstens direkt erzählt und reuig eingestanden, dass sie mit einem anderen Mann mitgegangen war, einzig und allein, um mit ihm Sex zu haben? Dann würde es ihr jetzt vermutlich nicht so beschissen gehen.

Aber sie hat ihn nicht angezeigt, aus dem simplen Grund, weil sie weiß, wie Frauen, die eine Vergewaltigung zur Anzeige bringen, vom System behandelt werden. Sie kennt die schon beinahe institutionalisierte Skepsis, die ihnen entgegengebracht wird und bei der stets zu einem Teil mitschwingt, dass sie es in irgendeiner Weise selbst darauf angelegt haben. Durch zu figurbetonte Kleidung. Einen zu tiefen Ausschnitt. Einen zu kecken Blick. Zu aufreizendes Verhalten. Oder ganz einfach dadurch, dass sie eine Frau sind.

Wenn es obendrein um einen – noch dazu hochgeschätzten – Kollegen ging, mit dem sie bei der Weihnachtsfeier vor aller Augen lange und eng getanzt und den sie nicht nur freiwillig, sondern mit Freuden zu später Nachtstunde in ein Hotelzimmer begleitet hatte ... Es wäre ein wahrer Spießrutenlauf geworden.

Darüber hinaus hatte Troels Mikkelsen damals – beinahe mit dem Geschick eines Experten – vermieden, andere Spuren auf Signes Körper zu hinterlassen als einige rote Abdrücke, die rasch wieder verschwanden. Aller Wahrscheinlichkeit nach hätte also Aussage gegen Aussage gestanden, womit der Fall todsicher im Sande verlaufen wäre.

Dass sie Niels nicht gleich, als sie nach Hause kam oder wenigstens in den folgenden Tagen, davon erzählte, hat zwei Gründe: Zum einen hat sie sich geschämt. Teils, weil sie sich mit einem anderen eingelassen hatte, in Wahrheit aber vor allem deshalb, weil sie nicht in der Lage gewesen war, die Situation besser zu handeln. Sie, Signe Kristiansen – die toughe Bullenfrau, die sich nie gescheut hat, ihre männlichen Kollegen herauszufordern, die sich nie hat kleinkriegen lassen, Ungerechtigkeit hasste und stets für die einstand, die in der Klemme steckten –, sie war, als es darauf ankam, nicht im Stande dazu, sich selbst zu verteidigen, sondern wie ein Klecks Butter in der Pfanne geschmolzen.

Zum anderen hatte sie Angst davor gehabt, wie Niels es aufnehmen würde. Damals war ihre Beziehung recht robust. Sie liebten einander, waren beste Freunde, und auch wenn Niels sich darüber beschwerte, dass Signe zu viel Zeit und Energie in die Arbeit steckte, waren sie grundsätzlich gesehen zufrieden mit ihrem gemeinsamen Leben. Sie zweifelte daher nicht daran, dass sie diese Hürde bewältigen würden – auch weil sie trotz allem im entscheidenden Augenblick im Hotelzimmer einen Rückzieher gemacht und Nein gesagt hatte.

Aber sie hatte sich vor Niels' Reaktion gefürchtet, wenn er erführe, was Troels Mikkelsen ihr angetan hatte. An der Oberfläche hat Niels ein ruhiges, beinahe phlegmatisches Gemüt, was Signe schon häufig in den Wahnsinn getrieben hat. Wenn aber jemand einem seiner Lieben auch nur ein Haar krümmt, durchläuft er eine dramatische Wandlung. Mehr als einmal hat er Eltern von Kindern, die seine eigenen Kinder gemobbt oder schikaniert hatten, einen Besuch abgestattet und mit meterhohen Buchstaben klargemacht, dass er, wenn sie nicht in der Lage wären, ihren missratenen Bälgern anständiges Benehmen im Umgang mit anderen beizubringen, es verdammt noch mal selbst tun würde.

Signe war überzeugt, dass Niels Troels Mikkelsen konfrontiert hätte, und sie hatte Angst davor, wie es geendet hätte.

Die Vergewaltigung hatte Signe zudem jegliche Lust auf Sex geraubt. Niels, der nicht ahnen konnte, was in ihrem Kopf vorging, war zum Schluss resigniert, und ihrer Beziehung war still und leise die Luft ausgegangen. Paradoxerweise wurde ein Rettungsring ausgeworfen, als Signe im letzten Sommer ein Verhältnis mit einem Kollegen vom PET anfing und ihre Lust und ihr Verlangen zurückkehrten. Sie konnte Sex wieder genießen, sogar mit ihrem Mann, und seit sie die Affäre vor einem Jahr beendet hat, ist es mit der Beziehung zwischen ihr und Niels bergauf gegangen – auch wenn sie die früheren Höhen nie wieder ganz erreicht hat.

Nichts davon aber hat ihr Bedürfnis gemindert, sich an Troels zu rächen.

Es ist, als würde er auf sie urinieren, wenn er sich vollkommen schamlos über die abscheulichen Taten anderer Vergewaltiger auslässt. Wenn er sie ungeniert zurück in der Abteilung willkommen heißt, indem er ihr die Hand auf die Schulter legt.

Sie muss ihn zu Fall bringen. Irgendwie.

Signe schaut auf ihr Handy, sammelt ihre Unterlagen zusammen und steht auf.

Jamaal Rashad und der Rechtsanwaltsgehilfe sitzen bereits im Vernehmungsraum.

Signe grüßt beide, doch nur der Anwaltsgehilfe erwidert den Gruß. Rashad starrt mit leerem Blick in die Luft. Die Isolation beginnt ihm zuzusetzen, so wie praktisch allen, selbst den abgebrühtesten U-Häftlingen. Es reibt einen auf, fast ununterbrochen allein mit sich selbst und seinen Gedanken zu sein. Vor allem, wenn keine Aussicht auf eine baldige Veränderung der Situation besteht.

»So, Jamaal«, sagt Signe und schaltet den Recorder ein. »Wir wollten uns Ihr Alibi anschauen.«

Der Anwaltsgehilfe räuspert sich. Auch heute sieht er in seinem Anzug – dunkelbraun in diskretem Karo – wieder wie geleckt aus. »Der Ordnung halber möchte ich betonen, dass mein Mandant nicht des Mordes an Eva Basel beschuldigt wird, er jedoch bereit ist, Fragen in diesem Fall zu beantworten, da er dieses Verbrechen natürlich gern aufgeklärt sähe – ungeachtet seines angestrengten Verhältnisses zu seiner Schwester.«

Angestrengtes Verhältnis, am Arsch, denkt Signe. »Ist notiert«, erwidert sie. »Also, Jamaal, erzählen Sie mir, wo Sie zwischen Freitagabend, sagen wir zehn Uhr, und drei Uhr Samstagmorgen waren?«

Jamaal sitzt zurückgelehnt mit verschränkten Armen und ausdruckslosem Gesicht auf seinem Stuhl. »Freitagabend bin ich mit Freunden ein bisschen durchs Viertel gelaufen.«

»Wart ihr nur draußen? Es war ja ziemlich kalt, wenn ich mich recht entsinne.«

»Wir waren in einem Lokal und haben etwas gegessen und eine Tasse Tee getrunken.«

»Und zwar wo?«

Er runzelt die Stirn. »Das weiß ich nicht mehr. Wenn ich jetzt so darüber nachdenke, bin ich auch gar nicht mehr sicher, ob es Freitag oder Samstag war.«

»Dass Sie durchs Viertel gelaufen sind oder …«

»Nein, ob wir Freitag oder Samstag was essen waren.«

»Hm. Es wäre gut, wenn es Ihnen wieder einfallen würde. Und natürlich brauche ich Namen und Kontaktdaten Ihrer Freunde. Hatten Sie Ihr Handy dabei?«

»Ja, aber das war aus.«

»Natürlich war es das«, sagt Signe. »Man muss ja Akku sparen, stimmt's?«

Sie lächelt. Jamaal nicht.

»Aber was war danach? Nachdem Sie durchs Viertel gelaufen waren?«

»Da bin ich heimgegangen.«

»Und war jemand zu Hause?«

»Meine Söhne natürlich. Und meine Frau.«

»Die Camille heißt, richtig?«

»Ja. Das heißt, so nenne ich sie. Eigentlich heißt sie Ermina. Soweit ich mich erinnere, hat sie geschlafen, als ich nach Hause kam. Oder Moment … vielleicht ist sie auch aufgewacht, als ich ins Schlafzimmer kam.«

»Okay.« Signe schiebt Rashad einen Block und einen Kugelschreiber hin. »Ich brauche Namen und Handynummern der Leute, mit denen Sie Freitagabend zusammen waren. Wo ich Ihre Frau finde, weiß ich ja. Dann werden wir ja sehen, ob sich deren Beschreibung mit Ihrer deckt.«

»Da bin ich ganz sicher«, sagt Jamaal Rashad.

Kapitel 14

Die Obduktion von Eva Basel alias Jamila Rashad hat nichts groß Neues ergeben. Sie wurde, wie bereits vermutet, stranguliert, und der Täter hatte reichlich Gelegenheit, seinem Opfer während der vier Minuten, die es in etwa braucht, einem Menschen auf diese Weise das Leben herauszupressen, in die Augen zu sehen.

Laut Markman weist die Leiche einen Großteil der klassischen Verletzungen auf, die bei frontalem Würgen mit den Händen entstehen: »Punktförmige Einblutungen in die Augenbindehäute, die Lidhäute, die Haut im Gesicht und hinter den Ohren, in die Mundschleimhaut und in die Schleimhaut der Epiglottis. Würgemale am Hals. Bruch des Zungenbeins und des rechten Schildknorpelhorns sowie …«

»Danke, das reicht«, unterbrach Juncker die Aufzählung des Rechtsmediziners.

Die Leiche war, abgesehen von den Wunden im Gesicht, gut erhalten, obwohl sie mehrere Tage im Freien gelegen hatte. Das lag natürlich an den relativ niedrigen Temperaturen. Der Todeszeitpunkt konnte nicht näher eingegrenzt werden als bereits angenommen, nämlich auf die Nachtstunden zwischen Freitag und Samstag. Es ließ sich nicht definitiv sagen, ob der Dildo vor oder nach Eintreten des Todes in die Vagina eingeführt worden war. Unter den

Nägeln des Opfers wurden keine DNA-Spuren gefunden, was sich eventuell damit erklären ließ, dass Eva Basel Handschuhe getragen hatte, die in dem Stapel sorgfältig zusammengelegter Kleidung neben der Leiche gefunden worden waren.

Juncker ist auf dem Weg die Treppe vom Obduktionssaal hinunter, als sein Handy klingelt. Es ist Troels.

»Er ist verschwunden«, sagt er.

»Wer ist verschwunden?«

»Frank Sejrs.«

»Was meinst du damit, er ist verschwunden?«

»Na, dass er weg ist. Er ist am Montag nicht gemäß seinen Auflagen bei der Bewährungshilfe erschienen, und zu Hause ist er nicht. Er wohnt in einem gemieteten Zimmer. Ich bin gerade dort.«

»Und warum hat uns niemand Bescheid gegeben, dass er sich nicht bei der Bewährungshilfe gemeldet hat?«

»Tja, gute Frage. Anscheinend gab es irgendeinen Fehler oder ein Missverständnis. Irgendjemand, der dachte, wir seien schon informiert.«

»Das kann doch wohl nicht wahr sein.«

»Sollte man denken. Ist es aber offenbar. Ich hab sie ordentlich runtergeputzt. Wahrscheinlich klingeln ihnen immer noch die Ohren.«

»Wo wohnt er?«

Troels nennt eine Straße in Kastrup.

»Ich bin in einer halben Stunde da.«

Als Juncker aus dem Auto steigt, setzt drüben beim Flughafen gerade ein Flieger zum Abheben an. Dem Geräuschpegel nach zu urteilen kann es allerhöchstens ein paar Hundert Meter weit weg sein. Wie man es aushält, inmitten dieses Lärms zu wohnen, ist ihm ein Rätsel. Man gewöhnt sich daran, hat er mal gelesen, aber er bezweifelt, dass er mit dieser ständigen Beschallung leben könnte.

Drei Stufen führen zu dem kleinen gepflegten Vorgarten vor einem roten Backsteinhaus. Er ist auf dem Weg zur Haustür, als Troels den Kopf aus einem Kellerschacht steckt.

»Hier«, sagt er.

Mit vorsichtigen Schritten und festem Griff um das leicht verrostete Geländer geht Juncker die Treppe hinunter und betritt einen kleinen Flur.

»Die Eigentümer?«

»Ein älteres Ehepaar. Der Mann hat mir aufgeschlossen. Wenn wir uns fertig umgesehen haben, können wir hochgehen und mit ihnen sprechen.« Er schaut Juncker an. »Streng genommen bräuchten wir einen Durchsuchungsbeschluss, oder?«

»Ja ... streng genommen schon. Ist hier unten ein Klo?«

Troels zeigt auf eine Tür. »Toilette und Dusche sind dort. Und eine kleine Teeküche in dem Zimmer nebenan. Und da ist das Zimmer, dass Sejrs gemietet hat«, sagt er und weist mit dem Kinn auf eine Tür am Ende des Flurs.

»Er ist der einzige Mieter?«

»Ja.«

»Ich muss nur kurz ...«, sagt Juncker.

Das Bad ist klein, aber hübsch hergerichtet; beige Fliesen, verziert mit einer eigentümlichen Mischung aus holländischen Windmühlen und Posaunenengeln, grün gesprenkelte Mosaikfliesen und braunes Interieur. Alles gepflegt und sauber. Er pinkelt, nicht übermäßig viel, aber *better safe than sorry*, und wäscht sich die Hände. Auf einem Glasbord über dem Waschbecken liegen Zahnbürste und eine Tube Zahnpasta. In einem Medizinschrank neben dem Spiegel stehen eine Flasche Mundspülung, ein Döschen Zahnstocher, eine gelbe Dose Vaseline und ein Deo.

Juncker geht in Sejrs Zimmer. Es ist etwa fünfzehn Quadratmeter groß. Spärliches Tageslicht fällt durch drei Fenster gegenüber der Tür. Links neben den Fenstern steht ein Kojenbett, ähnlich dem in Junckers Jugendzimmer in Sandsted, mit zwei Ausziehschubladen. Das Bett ist ungemacht; daneben ein weißer, zweitüriger Schrank. Auf der anderen Seite der Fenster hängt ein Regal mit drei Fächern. Verteilt auf die beiden unteren reiht sich eine Lexikonausgabe in zwanzig Bänden. Ein roter Ledersessel steht auf der abgenutzten Nachbildung eines Orientteppichs, und zwischen der Tür und dem Schrank steht ein Klapptisch aus Furnier mit drei lila Sprossenstühlen. Auf dem Tisch liegt ein Laptop. Die einzige Dekoration bildet ein eingerahmtes Poster über dem Bett, das mehrere, an einen Strand gezogene Fischerboote im Licht eines magischen Sonnenuntergangs zeigt.

»Ich hab den Kühlschrank gecheckt«, sagt Troels. »Milch, Garnelenfrischkäse, Aufschnitt, eine Packung Vollkornbrot und drei Dosen Bier.«

Juncker öffnet den Kleiderschrank, der halb gefüllt mit Männerkleidung ist, darunter ein abgetragenes dunkelblaues Jackett mit Messingknöpfen und ein gelber Regenmantel älteren Datums. Troels öffnet die Schublade unter dem Schreibtisch. Der einzige Inhalt sind drei Ausgaben eines Wissenschaftsmagazins.

»Ob er abgehauen ist?«, fragt er.

Juncker setzt sich auf einen der lila Stühle. Er hat seinen Mantel nicht ausgezogen und schwitzt. Die Luft ist stickig, und aus irgendeinem Grund, den er sich erst nicht erklären kann, bedrücken ihn die Einsamkeit und die geistige Armut, die das spartanisch eingerichtete Zimmer ausstrahlen. Die Abwesenheit von menschlicher Nähe. Aber dann wird es ihm klar.

Das Zimmer ist ein Spiegelbild seines eigenen gegenwärtigen Lebens.

Er fährt sich über die Stirn. »Vielleicht. Falls ja, scheint er in aller Hast aufgebrochen zu sein. Seine Zahnbürste liegt noch im Bad. Hat er einen Ausweis? Und einen Führerschein?«

»Keine Ahnung«, sagt Troels.

Juncker steht auf und nimmt den Laptop. »Sollen wir mit den Eigentümern reden?«

Troels betätigt den Türklopfer an der Haustür. Ein rüstiger Mittsiebziger öffnet.

»Kommen Sie rein. Mein Name ist Asger Jonsen. Und das ist meine Frau Kirsten.«

Eine ebenso rüstige Frau gleichen Alters betritt die Diele. Sie grüßt mit einem freundlichen Lächeln, und Juncker stellt sich vor.

»Martin Junckersen, Polizeikommissar, Kopenhagener Polizei, Abteilung für Gewaltkriminalität. Das ist mein Kollege Polizeikommissar Troels Mikkelsen.«

»Wir haben uns schon begrüßt. Kommen Sie, setzen wir uns ins Wohnzimmer«, sagt Asger Jonsen.

Ein gefülltes Bücherregal nimmt eine ganze Wand ein. Helle, funktionalistische Möbel in dänischem Design; Børge Mogensen und Wegner. Moderne Kunst an den Wänden, gemischt mit augenscheinlichen Erbstücken und Nippes, Souvenirs und Töpfereien aus der Produktion der Enkelkinder im Werkunterricht.

Ein typisches dänisches Lehrerhaus, denkt Juncker.

»Wie Sie ja wissen, sind wir auf der Suche nach Ihrem Mieter Frank Sejrs. Haben Sie eine Ahnung, wo er sein könnte?«

»Nein, leider nicht«, sagt Asger Jonsen. »Wir wissen ganz allgemein nicht viel über ihn.«

»Er hat nicht viel über sich erzählt«, ergänzt Kirsten Jonsen. »Wir wissen nichts über seine Familie oder seine Freunde. Ich glaube, er hat noch nie Besuch gehabt. Jedenfalls nicht, soweit wir mitbekommen haben.«

»Nein, er ist ein ruhiger Mieter. Und in den vier Monaten, die er jetzt schon hier wohnt, hat er pünktlich seine Miete gezahlt.«

»Wissen Sie, ob er arbeitet?«

Asger Jonsen schüttelt den Kopf. »Er hat am Flughafen gearbeitet, aber die Stelle hat er wohl vor einem Monat verloren.«

»Darf ich fragen, warum Sie mit Frank sprechen möchten?«, fragt Kirsten Jonsen.

»Wir haben einige Fragen bezüglich eines Falls, in dem wir ermitteln.«

»Eines Falls, in den er verwickelt ist?«

»Dazu können wir leider nichts sagen.«

Kirsten Jonsen wirft ihrem Mann einen Blick zu. Dann dreht sie den Kopf und schaut Juncker in die Augen. »Wir sind uns durchaus bewusst, wer er ist. Wir wissen, was er getan hat«, sagt sie mit ruhiger Stimme.

»Hat er es Ihnen selbst erzählt?«, fragt Troels.

»Nein, aber es konnte uns schlecht entgehen, so wie die Boulevardzeitungen in alle Welt hinausposaunt haben, dass er freigelassen wurde. Mit Namen und Bild. Eine Schweinerei«, sagt sie erzürnt.

»Haben Sie ihm gesagt, dass Sie Bescheid wissen?«

»Nein. Aber ich bin ziemlich sicher, dass es ihm klar ist. Also dass wir es wissen. Das habe ich gespürt.«

»Und Sie hatten überhaupt keine Sorge, einen Mann mit seiner Vergangenheit bei sich wohnen zu haben?«, fragt Juncker.

»Nicht im Entferntesten. Oder, Asger?«

Asger Jonsen schüttelt den Kopf. Es besteht kein Zweifel, wer in dieser Ehe die Hosen anhat, denkt Juncker.

»Wir glauben, dass jeder eine zweite Chance verdient hat. Auch Menschen, die schwere Verbrechen begangen haben. Und wir können nur Gutes über den Frank Sejrs sagen, den wir kennen.«

Juncker nickt. »Bewundernswert«, sagt er. »Das heißt also … Sie haben keine Ahnung, wo er sich befindet oder wann er zuletzt zu Hause war?«

»Nein. Er ist sehr leise. Wir hören ihn so gut wie nie.«

»Sie haben nicht mitbekommen, ob Sejrs Freitagabend zu Hause war?«

»Nein, wie gesagt …«

»Und Sie haben keine Ahnung, wo er hingegangen sein könnte? Zu Freunden oder Bekannten vielleicht?«

»Ich hatte nicht den Eindruck, dass er Freunde hat. Er hat recht einsam auf uns gewirkt. Sehr einsam, um genau zu sein, nicht, Asger?«

Ihr Mann nickt.

»Geht es um den Mord an der Frau in Ørestad?«, fragt sie.

»Darüber können wir nichts sagen.« Juncker und Troels stehen auf. »Vielen Dank, dass Sie sich die Zeit genommen haben.«

»Aber gern. Zeit haben wir genug.« Der Mann lächelt. »Wir sind beide pensioniert. Aber das haben Sie sich vermutlich schon gedacht.«

»Ja. Darf ich fragen, was Sie gearbeitet haben?«
»Wir waren beide Lehrer.«

Der Alte hat's immer noch drauf, denkt Juncker von sich.

Kapitel 15

Der Empfang ist nicht gerade überschwänglich, als Signe sich vorstellt und ihren Ausweis zeigt. Binnen einer Sekunde stürzt Erminas Stimmungsbarometer von »freundlich« an »unbeständig« vorbei abwärts, bis die Nadel auf »Sturm im Anmarsch« landet.

»Darf ich reinkommen?«

Die junge Frau ist einen halben Kopf kleiner als Signe, geradezu bildschön und mit einem so perfekt aufgetragenen Make-up, wie Signe es nie im Leben hinbekäme, und wenn sie eine Woche darauf verwenden würde. Die Frau trägt kein Kopftuch, die Haare sind lang und rabenschwarz, und ihr Körper unter der engen schwarzen Hose und dem ebenfalls recht figurbetonten pinken Oberteil gibt in keiner Weise zu erkennen, dass sie zwei Kinder geboren hat. Sie schaut Signe kühl mit vor der Brust verschränkten Armen an.

»Was wollen Sie? Wenn es um die Sache vom Balders Plads geht, ich weiß nichts. Darüber müssen Sie mit Jamaal reden.«

»Das tun wir auch. Aber deshalb bin ich nicht hier.«

»Warum dann?«

»Ich möchte mich ungern im Treppenhaus mit Ihnen unterhalten. Wenn Sie mich nicht reinlassen, kann ich Sie mit aufs Revier nehmen, falls Ihnen das lieber ist.«

Sie starrt Signe einen langen Moment an. Dann dreht sie sich um, lässt die Tür jedoch offen. Signe zieht ihre Stiefel aus und folgt der Frau ins Wohnzimmer.

Ermina zeigt auf ein weißes Lederecksofa, und Signe setzt sich. Sie schaut sich um. Es sieht aus wie ein x-beliebiges Wohnzimmer in einer x-beliebigen, von einem jungen Paar bewohnten Kopenhagener Wohnung. Keinerlei Hinweise auf die nahöstliche Herkunft der Familie. Keine Bilder der al-Aqsa-Moschee in Jerusalem oder der Kaaba in Mekka in ornamentierten Goldrahmen. An einer Wand hängt stattdessen der größte Flachbildfernseher, den Signe je in einem Privathaushalt gesehen hat, flankiert von zwei Lautsprechern, die aussehen, als könnten sie problemlos ein ganzes Stadion beschallen.

»Wie soll ich Sie nennen? Camille oder Ermina?«

»Camille?«, fragt die Frau überrascht. »Was meinen Sie?«

»Na, Camille«, sagt Signe und lächelt freundlich. »Den Kosenamen, den Ihr Mann für Sie benutzt.«

Sie sieht, dass das Hirn der Frau auf Hochdruck arbeitet.

»Das tätowierte C auf Jamaals rechter Hand. Der Anfangsbuchstabe von Camille, Sie wissen schon. Der Beweis seiner ewigen Liebe«, erklärt Signe.

Ermina räuspert sich, und langsam scheint sie zu schalten. »Ach so, ja ... Camille, genau. So nennt nur er mich. Ab und zu mal.«

»Dann nenne ich Sie Ermina. Ermina, können Sie mir sagen, wo Ihr Mann Freitagabend war?«

»Jetzt am Freitag? Also vor der Sache auf dem Balders Plads?«

Signe nickt.

»Nein, kann ich nicht ... also, warum wollen Sie das wissen?«

»Ermina, sagen Sie mir einfach, wo Jamaal Freitagabend war.«

Die Frau setzt sich auf die Armlehne des Sofas. »Er war ... er war fast den ganzen Abend weg. Wo, weiß ich nicht.«

»Wann ist er nach Hause gekommen?«

»Das weiß ich nicht mehr.«

»Versuchen Sie, sich zu erinnern.«

»Ich glaube, ich habe geschlafen.«

»Sie wissen also nicht, wann er nach Hause gekommen ist?«

»Vielleicht bin ich aufgewacht. Aber falls ja, habe ich nicht auf die Uhr geschaut.«

Signe bemerkt die zunehmende Nervosität der jungen Frau, die Unsicherheit, weil sie nicht weiß, worauf die Fragen hinauslaufen. Gleichzeitig wundert sie sich, dass Ermina so gar nicht versucht, ihrem Mann den Hintern zu retten. Sie hätte durchaus sagen können, dass er, soweit sie sich erinnert, gegen Mitternacht zu Hause gewesen sei. Sie steht nicht unter Eid und hätte ihre Aussage jederzeit korrigieren können, sollte sie sich als belastend für ihn erweisen. Vielleicht ist Ermina wütend auf ihren Mann. Vielleicht geht er fremd. Es wäre nicht das erste Mal, dass eine verschmähte Ehefrau sich auf diese Weise an ihrem untreuen Mann rächt.

»Warum wollen Sie das wissen?«, fragt Ermina erneut.

Signe beugt sich vor. Kurz erwägt sie, es Ermina zu sagen, kommt dann aber zu dem Schluss, dass das keine gute Idee wäre. Wenn es die Runde macht, dass Jamaal ein möglicher Verdächtiger im Mord an seiner Schwester ist, würden im Handumdrehen Dutzende Banden- und Familienmitglieder auftauchen, die bereit wären zu schwören, dass Jamaal zum Tatzeitpunkt mit ihnen zusammen war.

»Das kann ich Ihnen leider nicht sagen«, antwortet sie und hält eine Hand hoch. »Moment.« Sie zieht ihr Handy aus der Tasche und ruft einen Kollegen namens Hans an. »Du hast die beiden Typen, oder?«

»Ja. Wir sind am Hothers Plads.«

Sie will vermeiden, dass Ermina und die beiden jungen Männer, die Freitagabend angeblich mit Jamaal zusammen waren, ihre Aussagen telefonisch abstimmen, sobald sie die Wohnung verlässt.

Signe bedankt sich bei Ermina und verabschiedet sich.

Sie braucht nur wenige Minuten, bis sie da ist. Signe kennt die beiden etwa Zwanzigjährigen, die bei Hans stehen, seit sie elf oder zwölf Jahre alt waren. Der eine heißt Mohammed, kurz Mo, der andere Salim, auf der Straße nur Sal genannt. Insbesondere Mo war damals ein talentierter und netter Junge, der praktisch alles hätte werden können, hätten seine älteren Brüder ihn nichts ins Gangstermilieu eingeschleust, indem sie ihn als Laufburschen benutzten. Früher war er freundlich und höflich, sogar Signe gegenüber. Jetzt schaut er sie mit dem paranoiden und feindlichen Blick an, den offenbar alle Bandenmitglieder bei ihrer Aufnahme als Willkommensgeschenk erhalten.

»Hey, Mo. Hey, Sal. Schön, euch zu sehen«, sagt Signe.

»Was willst du?«, fragt Sal mürrisch.

»Ich möchte euch was fragen.«

»Yo, wer sagt, dass wir mit dir reden wollen?«, entgegnet Mo.

Signe tritt zu ihm. Sie sind etwa gleich groß. Sie schaut ihm direkt in die Augen, und sein Blick beginnt zu flackern.

»Wäre vielleicht ganz schlau, wenn ihr es tut«, sagt sie mit leiser Stimme. »Denn du hast bestimmt keine Lust, mich die ganze Zeit im Nacken sitzen zu haben, oder? Das ist nämlich kein Vergnügen, das weißt du.«

Mo schnaubt, hält jedoch den Mund.

»Komm kurz mit«, sagt Signe und geht den Bürgersteig lang. Mo sieht aus, als hätte er noch nie im Leben etwas so Bescheuertes gehört, folgt ihr jedoch trotzdem mit tief in den Jackentaschen vergrabenen Händen. Als sie außer Hörweite sind, bleibt sie stehen. Mo schaut sie fragend an.

»Was hast du Freitagabend gemacht?«

»*Lak*, red mit meiner Hand.«

»Auf die Gefahr hin, mich zu wiederholen: Ich glaube, es wäre am schlausten, wenn du auf meine Fragen antwortest. Also, Freitagabend …? Na, komm schon.«

Mo stampft mit den Füßen auf, um Wärme in die Zehen zu bekommen. »Schön. Ich war mit Jamaal und Sal zusammen. Kann ich jetzt gehen?«

»Gleich, ich habe noch ein paar Fragen. Was habt ihr gemacht?« Sie schaut ihm in die Augen und entdeckt ein unruhiges Flackern, bevor er wegblickt. Gut, denkt sie, er weiß nicht, worum es geht, und sie haben sich nicht abgesprochen. Bis jetzt wissen sie nur, dass Jamaal wegen des Mordes auf dem Balders Plads in U-Haft sitzt.

»Sind bisschen rumgelaufen und so.«

»Wo genau?«

»Wir war'n auf dem Røde Plads. Und kurz in Nørrebrohallen. Jamaal musste 'ne Nachricht überbringen.«

»Und dann …?«

»Dann ham wir was gegessen.«

»Wo?«

Mo überlegt. »Durum Bar. Nørrebrogade.«

»Wie lange wart ihr drei zusammen?«

Er schaut sie an. Signe sieht, wie es hinter seiner Stirn rattert und dass er nervös ist. Er weiß, dass ihre Fragen auf irgendetwas abzielen, traut sich aber nicht, etwas anderes als die Wahrheit zu sagen, um sich nicht aufs Glatteis zu begeben.

»Bis … etwa zehn«, murmelt er zögernd. Dann nickt er etwas entschiedener. »Ja, bis zehn. Jamaal musste noch irgendwohin. Ich und Sal sind noch 'ne Weile rumgelaufen. Dann bin ich nach Hause.«

»Okay. Danke, Mo.« Sie hebt die Stimme. »Sal, kommst du kurz her?«

Als die beiden Männer auf dem Bürgersteig aneinander vorbeikommen, bemerkt sie, dass Sal seinem Kumpel einen fragenden Blick zuwirft. Sie kann den Ausdruck in Mos Augen nicht sehen, erkennt aber, dass er zur Antwort kaum merklich den Kopf schüttelt.

Sal bestätigt, was Mo erzählt hat. Also ja, Jamaal hat ein Alibi für Freitagabend, aber nur bis zehn Uhr, denkt Signe. Er hätte reichlich Zeit gehabt, sich nach Ørestad zu begeben, um kurz nach Mitternacht seine Schwester umzubringen und anschließend nach Hause zu seiner Frau zu fahren, die keine Ahnung hat, wie spät es war, als ihr Mann sich ins Bett legte.

»Ey, Scheiße, kannst du nicht sagen, worum es geht?«, fragt Mo, als sie und Sal zurückkommen.

Signe schüttelt den Kopf. »Im Augenblick leider nicht. Aber sobald ich kann, werde ich es euch natürlich wissen lassen.«

Der Spuckeklumpen landet einen halben Meter von Signes Stiefel entfernt.

»Verpiss dich, dreckige Rassistin«, zischt Sal.

Ihr Kollege Hans macht einen Schritt vor und will Sal packen, doch Signe hält ihn mit einer Hand auf dem Arm zurück und lächelt das junge Bandenmitglied an.

»Okay, Sal. Easy.«

Sie schaut auf ihr Handy. Noch eine halbe Stunde, bis sie mit X verabredet ist.

Er wollte sich nicht noch mal mit ihr im Café am Sortedam Dossering treffen.

»Das ist zu nah an allen, die mich kennen«, hatte er am Telefon gesagt, als Signe anfragte, ob er ihr noch etwas mehr über Eva Basel erzählen könne und wie sie von der Familie terrorisiert worden sei.

Daher sind sie nun wieder zu ihrem alten Treffpunkt zurückgekehrt, dem runden Café im Strandvejen – mit Aussicht über den Øresund und den Vorort Charlottenborg und damit so ziemlich null Prozent Risiko, »Einwanderern und Nachkommen nicht westlicher Herkunft«, wie es heißt, über den Weg zu laufen.

Sie haben sich einen Tisch möglichst weit von den Fenstern entfernt gesucht. Der Regen peitscht gegen die Scheiben, und der Wind rüttelt an den großen Bäumen im Strandpark auf der anderen Seite der Straße. Signe hat die Hände um ihr Glas Latte macchiato gelegt, um sich die Finger zu wärmen.

»Erzähl«, sagt sie, nachdem sie die einleitenden Höflichkeitsfloskeln hinter sich gebracht haben.

X nippt an seinem Americano und räuspert sich. »Jamilas Fall war einer der gewaltsameren, in die ich damals involviert war. Wir waren uns sicher, dass sie mehrfach verprügelt wurde, und Jamaal war einer derjenigen, die sich aktiv am stärksten an den Abstrafungen beteiligten. Die

Familie fasste es als gravierenden Angriff auf ihre Ehre auf, dass Jamila sich weigerte, den Mann zu heiraten, den sie für sie ausgesucht hatten, irgendeinen Cousin, den sie kaum kannte. Und dass sie ganz generell so selbstständig war und darauf bestand, ein unabhängiges Leben zu führen. Ich weiß nicht mehr, wer sich an uns gewandt und erzählt hat, wie schlimm die Dinge standen, jedenfalls haben wir den Fall untersucht und kamen zu dem Schluss, dass Jamila in Lebensgefahr schwebte. Mehrere Zeugen hatten Jamaal in verschiedenen Zusammenhängen verkünden hören, dass er seine Schwester umbringen würde, sollte sie sich nicht fügen.«

»Und das war nicht einfach Machogetöne? Das ist es ja manchmal, oder?«

»Nein, bei dieser Familie, und vor allem mit Jamaal, bestand unserer Auffassung nach ein reales Risiko, dass sie Ernst machen würden. Deshalb haben wir dafür gesorgt, dass sie aus der Familie geholt und an einem Ort in Jütland untergebracht wurde. Sie hat einen neuen Namen bekommen und lebte im Opferschutz. Aber das alles könnt ihr ja sicher selbst in euren Systemen sehen.«

»Ja, über diesen Teil der Geschichte haben wir einen sehr guten Überblick. Sie hat Jura studiert, und in den letzten Jahren hat sie offen über ihr Leben und das, was sie durchgemacht hat, erzählt. Sie ist sogar in den Medien aufgetreten. Das hat die Familie vermutlich nicht milder gestimmt?«

X schüttelt den Kopf. »Nein, das alles war ganz sicher ein rotes Tuch für jeden einzelnen von ihnen. Vor allem für Jamaal, der seit dem Tod des Vaters das Oberhaupt der Familie ist.«

»Ich habe vorhin Jamaals Frau in ihrer gemeinsamen

Wohnung besucht. Dort sieht es ja aus wie in jeder anderen Wohnung. Man denkt nicht, dass dort ein muslimisches Paar lebt. Keine religiösen Symbole oder irgendwas in der Richtung. Und Ermina, seine Frau, trägt kein Kopftuch und ist im Übrigen auf eine Weise gekleidet, bei der *ich* bei *meiner* Tochter Bedenken hätte, sie zumindest draußen so herumlaufen zu lassen.«

»Signe, hier geht es nicht um Religion. Es geht um Kontrolle. Darum, dass alle in der Familie sich den Interessen des Klans unterzuordnen haben. Lässt man erst mal zu, dass Familienmitglieder tun, was ihnen beliebt, bricht die ganze Struktur zusammen, die über Generationen hinweg aufgebaut wurde. Schon möglich, dass ein Mann wie Jamaal oberflächlich den Eindruck erweckt, als führe er ein modernes Leben, und das tut er auch in gewissen Punkten. Aber in den wichtigsten Bereichen lebt er nach denselben Regeln, nach denen seine Vorväter schon seit Jahrhunderten leben.«

Signe schüttelt den Kopf und blickt eine Weile schweigend aus dem Fenster. Dann wendet sie sich wieder X zu.

»Könnte Jamaal seine Schwester umgebracht haben?«

Er zuckt mit den Achseln. »Kann ich nicht sagen. Aber ich weiß, dass er unter der glatten Oberfläche ein kaltblütiger, brutaler Mann ist. Er ist außerdem recht intelligent, und er weiß, dass alles in seine Richtung deutet. Aber mit in die Gleichung gehört auch, dass ihm eine ganze Bande zu Diensten steht. Es gibt eine Reihe von jungen Kerlen, die bereit sind, alles für ihn zu tun, und die er dazu bringen kann, die Drecksarbeit für ihn zu erledigen.«

Kapitel 16

Merlin hat die Beine auf den Schreibtisch gelegt. Troels sitzt lässig auf einem der beiden Besucherstühle. Signe hat sich einen Platz möglichst weit weg von ihm gesucht, auf einem der vier Stühle um den runden Besprechungstisch, der in eine Ecke des Raumes gequetscht ist. Juncker steht mit dem Rücken an die Tür gelehnt.

Würde man Juncker auffordern, seine Lieblingstruppe aus Ermittlern zusammenstellen, wären Signe, Troels und Merlin die erste Wahl. Obwohl es inzwischen einige Jahre her ist, seit Merlin zuletzt ermittlungstechnisch aktiv war. Und obwohl Troels' Anwesenheit Signe sichtlich Unbehagen bereitet.

Er kann nicht ausmachen, woher diese Antipathie rührt. Eine Sache ist, dass Signe Troels' Art nicht abkann. Das können viele nicht. Aber die offenkundige Abscheu, die sie ausstrahlt, wann immer er in der Nähe ist, lässt sich schwer nachvollziehen. Zumal Signe Troels faktisch ihr Leben verdankt, schließlich hat er sie vor knapp zwei Jahren im Wald bei Sandsted in letzter Sekunde gerettet.

Deshalb muss sie ihn ja nicht gleich anhimmeln, aber ein bisschen Respekt, mein Gott, das wäre wohl angebracht ...

Merlin bricht das Schweigen. »So, Leute, kann es Zufall sein, dass das Mordopfer ausgerechnet Eva Basel war? War sie einfach zum falschen Zeitpunkt am falschen Ort?«

»Könnte durchaus sein«, sagt Juncker. »Vielleicht ist das sogar das wahrscheinlichste Szenario.«

Signe hat bislang aus dem Fenster geschaut. Jetzt wendet sie sich ihnen zu. »Bloß dass wir ihren kleinen Bruder in U-Haft sitzen haben – den, der groß getönt hat, seine Schwester umbringen zu wollen, und der kein Alibi für den Tatzeitpunkt hat.«

Juncker nickt. »Wenn wir nun aber davon ausgehen, dass er es war ...«

»Oder einer seiner Handlanger«, wirft Troels ein.

»Egal, wer es war, dann bedeutet das, dass der Betreffende gewusst haben muss, was Eva an diesem Freitagabend vorhatte und dass sie exakt zu dieser Uhrzeit diesen Weg entlangradeln würde.«

Signe zuckt mit den Achseln. »Der Mörder könnte sich in ihr E-Mail-Postfach gehackt haben. Oder in ihr Handy. Und ihre Routinen und Gewohnheiten gekannt haben.«

»Das wäre natürlich möglich«, gibt Juncker zu. »Ich sage ja nur, dass sie auch gut durch Zufall das Opfer geworden sein könnte. Der Täter könnte einer der üblichen Verdächtigen sein. Oder jemand Neues, mit dem wir bislang noch nicht zu tun hatten.«

Troels schüttelt den Kopf. »Signe hat recht, wenn sie sagt, dass Jamaal oder einer seiner Männer Eva getötet haben könnten. Wenn wir nun aber annehmen, dass jemand anders es getan hat, dann glaube ich nicht, dass es ein Anfänger war.«

»Ich auch nicht«, sagt Juncker.

»Worauf gründet ihr diese Annahme?«, fragt Merlin.

»Vorläufig nur auf ein Gefühl«, antwortet Juncker, und Troels nickt.

»Ein Gefühl? Aber das muss doch irgendwoher kommen«, wendet Merlin ein.

Juncker zieht einen Stuhl hervor und setzt sich zu Signe an den Besprechungstisch. »Erinnert ihr euch noch an den Martina-Mord? Troels, du auf jeden Fall.«

Troels und Merlin nicken. »Die junge Frau aus Albertslund. Sie war Politikerin, nicht?«, fragt Merlin.

»Genau. Das war 2007, der Fall wurde nie aufgeklärt.«

»Und du meinst, es könnte derselbe Mörder sein?«

»Na ja, meinen ist vielleicht zu viel ...«

»Wie kommst du auf den Gedanken, es könnte ein Zusammenhang bestehen?«

Juncker schweigt eine Weile. »Die Art, wie die Leiche dalag. Arrangiert. Der nackte Unterleib. Die gespreizten Beine. Die Art, wie die Arme ausgerichtet waren. Der völlige Mangel an Spuren. Ein Haar wurde gefunden, das war aber auch alles.«

»Aber kein Dildo«, sagt Troels. »Und selbst wenn beide stranguliert wurden, die Methoden waren unterschiedlich. Martina wurde vermutlich mit einem Stahldraht erdrosselt. Und ihre Kleidung ...«

»Ja, die war nicht so penibel zusammengefaltet wie Evas, das stimmt. Aber erstens hat Martina nicht so viel angehabt, es war im Frühsommer, Mai, wenn ich mich recht erinnere. Zweitens lagen die Kleider durchaus auf einem Stapel. Zumindest waren sie nicht wild verstreut.«

»Okay«, sagt Merlin und beginnt sein etwas eigentümliches Ritual, sich mit dem Zeigefinger leicht auf die Nasenspitze zu tippen, während der Blick ins Leere gerichtet ist. Einen langen Moment sagt keiner etwas. Dann schwingt er die Beine vom Schreibtisch und beugt sich vor. »Sollen wir jetzt schon einen Profiler hinzuziehen?«, fragt er.

»Ist das nicht ein bisschen früh? Bis jetzt haben wir ja kaum etwas. Und wir wissen nicht, ob es wirklich derselbe Täter ist. Was ich gesagt habe, gründet ja nur auf einem Gefühl«, erwidert Juncker.

»Aber was haben wir zu verlieren?«, fragt Merlin. »Es kann nie schaden, wenn jemand mit frischen Augen auf die Sache schaut.«

Doch, kann es, denkt Juncker, verkneift sich den Einwand jedoch. Er weiß, dass er mit seiner Skepsis gegen den Einzug von Psychologen und ähnlichen Fachhanseln bei Ermittlungsarbeiten auf verlorenem Posten steht. Die Hinzuziehung von Verhaltenspsychologen und Profilern bei der Aufklärung von Morden und schweren Gewaltverbrechen ist, wie Merlin einmal gesagt hat, Teil einer modernen Ermittlung. In Junckers Augen kommt selten mehr als leeres Geschwätz aus dem Mund eines Psychologen. Allerdings muss er zugeben, dass es durchaus schon einige Fälle gegeben hat, in denen ihre Einschätzung wesentliche Teilchen des Puzzles wurden.

»Ich kümmere mich darum. Hoffen wir, dass der oder die Betreffende gleich morgen auf den Wagen aufspringen kann. Signe, du machst mit Jamaal weiter. Troels und Juncker, ihr sucht weiter nach Sejrs.«

»Das ergibt Sinn«, sagt Troels. »Ich weiß, wie er tickt.«

Signe wendet langsam den Kopf und starrt Troels an.

»Also«, er lächelt und fügt erklärend hinzu: »Ich meine, durch die vielen Vernehmungen, die ich mit ihm geführt habe.«

Kapitel 17

Charlotte hatte das dritte Mal binnen einer Stunde angerufen. Er hatte ihren Namen auf dem Display angestiert, während das Handy bimmelte. Schließlich war er mit einem Seufzen rangegangen.

»Martin, Herrgott«, legte sie los. Seine Exfrau in spe gehört einem Club mit rasant sinkender Mitgliedszahl an: denjenigen, die ihn Martin statt Juncker nennen. Seine verstorbenen Eltern waren darunter. Seine jüngere Schwester Lillian und ihr Mann ebenfalls, aber die sieht er so gut wie nie.

Ob er den Brief von ihrem Anwalt gelesen habe, wollte Charlotte wissen. Die Antwort lautete Nein. Er lag auf dem Esstisch in dem Stapel aus Werbung aus der Lokalzeitung Nordvest, und um ehrlich zu sein, hatte er ihn noch nicht mal geöffnet. Das konnte er ihr so allerdings schlecht sagen, also murmelte er etwas, das sich in mehrere Richtungen auslegen ließ und unter anderem die Wörter »Stress«, »Arbeit« und »verschwitzt« enthielt. Er hörte förmlich durchs Telefon, wie sie den Kopf schüttelte. Konnten sie die langweiligen Formalitäten der Scheidung nicht einfach hinter sich bringen?

»Die Sache macht mir genauso wenig Spaß wie dir«, sagte sie. Das wagte er stark zu bezweifeln, hatte aber keine Lust, eine Diskussion vom Zaun zu brechen.

»Wie wär's mit jetzt gleich?«, fragte sie.

Er schaute auf sein Handy. Es war Viertel nach acht, und um die Wahrheit zu sagen, hatte er die letzte halbe Stunde damit zugebracht, in die Luft zu stieren. So richtig gab es heute Abend nichts mehr zu tun, und er hockte nur deshalb noch immer an seinem Schreibtisch, weil er die Fahrt nach Hause in die Einsamkeit seiner Zweizimmerwohnung möglichst lange aufschieben wollte. Er hätte sie natürlich anlügen und sagen können, dass er noch mehrere Stunden zu tun habe. Oder dass er bereits verabredet sei. Aber wenigstens die letztere der beiden Lügen hätte sie augenblicklich durchschaut. Kein Mensch kennt ihn so gut wie Charlotte, und sie weiß, wie klein beziehungsweise praktisch nicht existent sein Freundeskreis ist. Und was die Ausrede von wegen Arbeit anging ... Er hatte sie in den letzten Monaten so oft angelogen, dass er es ganz einfach nicht mehr fertigbrachte.

Deshalb dreht er jetzt um kurz vor neun in den Kartoffelreihen und der näheren Umgebung auf der Suche nach einem freien Parkplatz seine Runden, was ungefähr so erfolgversprechend ist, wie im Gartenteich Weiße Haie zu angeln. Zum Schluss stellt er sich in der Malmøgade vor ein Hoftor und hofft, dass nur die allerpflichtversessensten Ordnungshüter an einem Novemberabend im strömenden Regen unterwegs sind, um Knöllchen zu verteilen.

Am Haus angekommen überlegt er, ob er klingeln soll, denkt sich aber »Nein, verdammt« und öffnet die Gartentür. Charlotte sitzt auf ihrem Platz am Esstisch. Sie schaut von der Zeitung auf. Dann lächelt sie, und die schrägstehenden grünen Augen funkeln.

»Willst du ein Handtuch?«, fragt sie mit ihrer dunklen,

rauen Stimme, und zum ersten Mal seit der OP regt sich etwas in seinem Schritt, was einerseits erfreulich, andererseits tieftraurig ist, weil es nur betont, was er verloren hat, und zum Gott weiß wievielten Mal verflucht er die Momente vor etwas mehr als zwei Jahren, als er Charlotte betrog und die Katastrophe auslöste. Verflucht seine unfassbare Dummheit.

Er geht wortlos und tropfend zur Küchenanrichte, reißt einen Streifen Zewa ab und trocknet sich damit Gesicht und Haare. Dann setzt er sich Charlotte gegenüber an den Tisch. Auf den Platz, der früher seiner war.

»Kaffee? Wein? Ein Bier?«, fragt sie.

Er schüttelt den Kopf. »Kommen wir gleich zur Sache, was gibt's zu besprechen?«

Sie runzelt die Brauen. »Ach, Martin, das weißt du doch genau. Wir müssen überlegen, wie wir die Sachen aufteilen.« Sie macht eine ausladende Handbewegung, die die gesamte Einrichtung umfasst. »Alles, außer das Haus.«

Das nämlich hat sie vor bald zwanzig Jahren von ihrer Mutter geerbt. Vorsichtig geschätzt ist das Haus inzwischen mindestens zehn oder elf Millionen Kronen wert. Der Kredit ist so gut wie getilgt, sollte Charlotte sich also entscheiden zu verkaufen, wäre sie eine wohlhabende Frau. Es kümmert ihn nicht. Genauso wenig, wie ihn die Möbel, der Nippes und die Putzlumpen kümmern. Seinetwegen kann sie den ganzen Krempel behalten.

»Das Wegner-Sofa? Das hast du doch immer gemocht, oder?«

Er zuckt mit den Achseln.

»Und den Kjærholm-Stuhl. Den haben wir von deinen Eltern zur Kupferhochzeit bekommen. Möchtest du den nicht vielleicht haben?«

Er starrt auf die Tischplatte.

»Martin, können wir die Sache hier nicht anständig regeln? Wir sind doch erwachsene Menschen.«

Auf dem Papier, ja.

Wäre da nicht der Umstand, dass Scheidungen es an sich haben, selbst die reifsten Leute in trotzige Kleinkinder zu verwandeln. Er hat es so oft gesehen. Und jetzt sieht er es bei sich selbst. Das kleine schmollende Kind. Warum kann er seine Verbitterung nicht einfach vergessen, die Sache hier anständig über die Bühne bringen und weiterkommen? Er weiß doch, dass er, wenn er in ein, zwei Stunden in seiner Wohnung in Nordvest sitzt, bereuen wird, ihr nicht die Hand gereicht zu haben.

Aber er kann nicht. Er steckt fest.

Sein Blick wandert zu dem Regal an der Wand und der Statue eines Mannes mit ausladendem Schnurrbart, Hut, knielangem Mantel und in den Hosentaschen vergrabenen Händen. Der sichtbare Beweis, dass Charlotte im Januar den Cavlingpreis, den prestigeträchtigsten Preis des dänischen Journalismus, gewonnen hat, als Auszeichnung für ihre Enthüllungsgeschichte um das ungeheure Behördenversagen, aufgrund dessen der Terroranschlag von 2016 nicht verhindert wurde.

Das letzte Mal, dass die *Morgentidende* den Cavling gewonnen hatte, lag siebzehn Jahre zurück, und der Jubel in der Redaktion, als bekannt wurde, dass Charlotte den begehrten Preis an Land gezogen hatte, war angeblich über weite Teile der Innenstadt hinweg zu hören gewesen.

Der Preis hat ihre ohnehin schon starke Position in der Zeitung gefestigt, und Juncker gönnt ihr den Erfolg von Herzen. Aber die goldene Statuette ist auch ein Symbol dafür, wie es ihnen beiden seit der Trennung jeweils ergangen ist; Charlotte ist aufgeblüht, er ist auf bestem Wege zu verwelken.

»Martin, willst du nicht einfach eine Liste mit den Dingen schreiben, die du behalten möchtest? Du brauchst die Sachen nicht sofort abzuholen, ich habe nicht vor, das Haus auf der Stelle zu verkaufen. Nur damit wir uns schon mal einig werden, wer was bekommt. Ich bin auch damit einverstanden, das Erbe deiner Eltern außen vor zu lassen. Da ich ja schon das Haus habe.«

Er nickt.

Sie schaut ihn eindringlich an. »Wie geht es dir?«

»Gut. Mir geht es gut.«

»Hm. Du siehst aus wie eine wandelnde Leiche.«

»Danke.« Er macht Anstalten aufzustehen.

»Hast du mal wieder mit Karoline gesprochen?«

Juncker sinkt zurück auf den Stuhl.

»Schon eine Weile her«, sagt er.

Die Tochter wohnt mit ihren Mann Majid, dessen Familie aus Pakistan stammt, in Aarhus. Am 20. Februar hat sie Charlottes und Junckers erstes Enkelkind zur Welt gebracht, das den Namen Malik bekommen hat. Junckers Sorge, Majids Familie könnte versuchen, ihnen irgendeine Art von muslimischem Lebensstil aufzudrängen, hat sich – bis auf Weiteres – als vollkommen unbegründet erwiesen.

»Ich fahre sie bald besuchen«, sagt Charlotte.

»Schön«, erwidert Juncker und weiß, welche Frage jetzt kommt.

»Wie oft warst du schon bei ihnen?«

Er schaut sie an. Sie kennt die Antwort ganz genau. Er war direkt nach der Geburt dort. Und zur Namensgebungsfeier.

»Zweimal. Das weißt du doch. Und dann habe ich sie die beiden Male gesehen, die sie hier waren.«

Sie nickt.

»Ich fahre auch bald wieder hin«, ergänzt er.

»Wir könnten Weihnachten zusammen feiern. Alle zusammen.«

»Mit Majids Familie?«

»Ja, warum nicht?«

»Vielleicht.«

»Martin?« Sie beugt sich vor und legt ihre Hände auf seine.

»Ja?«

»Du hast keine Ahnung, was du verpasst.«

Er zieht die Hände zu sich. Er weiß ganz genau, was er verpasst. Aber er sagt nichts.

Als er eine halbe Stunde später die Tür zu seiner Wohnung aufschließt, ist seine Laune exakt so mies, wie er erwartet hat.

9. November

Kapitel 18

»Wir haben einen Zeugen, der behauptet, gesehen zu haben, wie Jamaal mit dem Messer zusticht.«

Das Team sitzt beim Morgenbriefing zusammen. Geir Jensen sieht müde aus, denkt Signe und ist dankbar, dass sie nicht in der Aufklärung des Messermordes vom Balders Plads festhängt, sondern sich stattdessen auf Jamaal Rashads mögliche Rolle im Mord an seiner Schwester konzentrieren kann.

»Der auch bereit ist, in einem Gerichtssaal auszusagen?«, fragt sie.

»Angeblich ja.«

»Na, das ist doch mal was«, sagt Merlin.

»Da wäre nur ein Problem«, fährt Geir fort.

»Nämlich?«

»Bei dem Betreffenden handelt es sich um den zweiten Neonazi, der zusammen mit Per Justesen umringt wurde, anders als das Opfer aber mit Müh und Not entkommen konnte. Und der hat nun also Jamaal als den Messerstecher angegeben.«

»Und er ist sich ganz sicher, dass es Jamaal war?«, fragt Juncker.

»Das ist er bereit zu schwören«, antwortet Geir.

»Mit der Hand auf der Bibel? Oder vielleicht eher auf *Mein Kampf*?«

Geir sieht Juncker ernst an. »Also, das habe ich ihn nicht gefragt.«

»Wie kann er sich so sicher sein, dass Jamaal es war?«

»Er kennt ihn von früher. Die beiden waren auf derselben Schule, der Rådmandsgades Skole.«

Signe hebt die Hand. »Warum will ausgerechnet er mit uns reden? Wo sich all die anderen doch weigern?«

»Gute Frage«, räumt Geir ein. »Die wir ihm ebenfalls gestellt haben. Aber dazu wollte er sich nicht äußern. Vielleicht ist es irgendwas Persönliches zwischen ihm und Jamaal. Das müssen wir versuchen rauszukriegen.«

»Ja, denn sonst können wir mit ziemlicher Sicherheit davon ausgehen, dass Erlandsson es rauskriegt und dazu verwenden wird, den Neonazi in Misskredit zu bringen, der ja allein schon aufgrund seiner … wie soll ich sagen … Überzeugung nicht unbedingt der glaubwürdigste Zeuge ist.«

»Das muss die Staatsanwaltschaft beurteilen«, sagt Merlin. »So oder so wird Jamaals Verteidiger versuchen, die Zeugen auseinanderzunehmen, ganz egal, wen das Gericht letztendlich vorlädt. Das ist sein Job. Wie laufen davon abgesehen die Ermittlungen?«

»Außer der Sache mit dem Zeugen gibt es seit gestern weiter nichts Neues. Von unserem Freund mal abgesehen halten die Bandenmitglieder und Neonazis dicht. ›Lieber lasse ich mir den Schwanz abschneiden, als mit euch zu reden‹, wie einer von ihnen es sehr poetisch ausgedrückt hat. Wir haben mit den Anwohnern um den Platz gesprochen und mehrere ausfindig gemacht, die die Krawalle mitbekommen haben, aber zu der Messerstecherei kann keiner etwas Genaueres sagen. Wir sind sogar auf noch zwei weitere Videos gestoßen, aber auch die helfen uns nicht wirklich weiter. Wenn also nicht irgendein Wunder geschieht, müssen wir uns darauf einstellen, dass es vorerst bei dem einen Video und dem einen Zeugen bleibt. Ob das für eine Anklage reicht ... mal sehen.« Geir strubbelt sich durch die ohnehin schon unbändigen Locken. »Damit übergebe ich an dich, Juncker.«

Juncker steht auf – etwas umständlich, wie Signe bemerkt.

Er räuspert sich. »Wir haben die Anwohner entlang der Strecke befragt, von der wir ziemlich sicher ausgehen, dass Eva sie langgefahren ist. Und da haben wir einen Treffer gelandet, stimmt's, Laust?«

Signe hat Erkundigungen über den jungen Ermittler eingezogen, den mit einem Alter von gerade einmal achtundzwanzig viele als großes Talent sehen. Darunter auch er selbst, ist sich Signe absolut sicher, obwohl sie ihn erst seit wenigen Tagen kennt.

Laust Larsen lächelt schief. »Na ja, Treffer ist vielleicht ein bisschen übertrieben. Aber wir haben mit einem jungen Mann gesprochen, der ziemlich sicher ist, Eva vorbeifahren gesehen zu haben, als er gerade seine Haustür aufschloss. Das war in der Axel Heides Gade auf Amager, was ja gut passt, wenn sie vom Fisketorvet aus über die Bryggebroen gekommen ist. Er kann sich gut an sie erinnern, weil sie ›echt heiß aussah‹, wie er sagt. Unser Mann ist sich sicher, dass sie allein war, wir können also davon ausgehen, dass sie mit niemandem nach Hause gegangen ist. Der Mörder hat mit anderen Worten darauf gewartet, dass sie – oder eine andere Frau – auf dem Weg vorbeikommt.«

»Und wir haben ja noch etwas anderes, richtig?«, sagt Juncker.

»Ja. Wir haben auch noch jemanden gefunden, der so

gegen halb eins, Viertel vor eins einen dunkel gekleideten Mann im Artillerivej in ein Auto hat steigen sehen. Der Mann trug einen kleinen Rucksack, den er abnahm und auf den Beifahrersitz warf.«

»Was für ein Auto?«, fragt Merlin.

»Tja, das ist die Sache«, antwortet Laust. »Es handelt sich um einen älteren Herrn, der mit seinem Hundewelpen Gassi war und leider keine Ahnung von Autos hat. Mit Sicherheit konnte er nur sagen, dass der Wagen weiß und kein Kombi war. Aber er wusste weder Marke noch Kennzeichen. Jetzt müssen wir hoffen, dass wir Glück haben und ein oder mehrere weiße Autos auf einer der insgesamt recht wenigen Überwachungskameras in dieser Gegend finden. Damit haben wir gerade erst angefangen.«

»Gut.« Merlin steht auf, dasselbe tut die Frau, die neben ihm gesessen hat. »Bevor wir schließen, möchte ich euch noch kurz Malene Hanslev vorstellen.«

Die Frau lächelt und nickt. Sie ist groß und schlank und im selben Alter wie Signe, also Mitte vierzig, schätzt sie, vielleicht etwas jünger. Malene Hanslev hat ein langes, schmales Gesicht, ihr hellblondes Haar ist zurückgekämmt und zu einem Pferdeschwanz gebunden. Sie trägt einen eng geschnittenen dunkelblauen Business-Anzug und spitze schwarze Stiefeletten mit Stilettoabsatz.

Signe schaut sich um und bemerkt, dass mehrere ihrer männlichen Kollegen geradezu sabbern. »Oh Mann, Leute, ich fass es nicht«, murmelt sie.

Juncker schaut sie fragend an und mimt das Wort: *Was?*

Sie schüttelt resigniert den Kopf.

»Malene ist Psychologin und Profilerin, sie hilft uns ab heute bei den Ermittlungen im Fall von Eva Basel. Sie hat den Schreibtisch gegenüber von Signe und Juncker bekommen. Malene hat schon bei mehreren Ermittlungen in verschiedenen Polizeidirektionen mitgewirkt, war aber noch nie bei uns, nehmt sie also freundlich auf. Willkommen im Team, Malene. So, dann lasst uns loslegen.«

Die Leute strömen langsam aus dem Raum. Signes Handy klingelt. Es ist eine Kollegin vom Empfang.

»Hier steht ein Mann, der etwas erzählen will. Über etwas, das er gesehen hat.«

Kapitel 19

Juncker ist mit einem Streifenwagen zur Polizeidirektion in Albertslund gefahren, um die Unterlagen zum Martina-Fall zu holen. Zwei Umzugskartons mit Aktenordnern, Vernehmungsprotokollen, Obduktionsprotokoll, Berichten der technischen Untersuchungen – das Resultat Tausender Arbeitsstunden, die die Ermittler in den Versuch gesteckt haben, dieses Verbrechen aufzuklären.

Er kramt einen Moment in den Kisten und findet, was er gesucht hat: die Dokumentation der Tatortarbeit. Er schlägt den Ordner bei der Leitkarte »Fotos« auf und spürt einen Stich im Herzen beim Anblick des ersten Bildes. Es erinnert ihn daran, wie sehr ihn die Ermittlungen in diesem Fall im Vergleich zu all den anderen mitgenommen haben. Zum einen natürlich, weil der Fall nie aufgeklärt wurde, vor allem aber weil Martina seiner Tochter Karoline so frappierend ähnlich war. Äußerlich hätte man sie leicht für Schwestern halten können, und als er, um sich ein Bild von Martinas Persönlichkeit zu machen, mit Familie und Freunden sprach, erstaunte es ihn, dass auch die Beschreibung vom Charakter der jungen Frau beinahe eins zu eins mit den Eigenschaften übereinstimmte, die er selbst seiner Tochter zuschreiben würde: temperamentvoll, empathisch, extrovertiert, kommunikationsfreudig, hilfsbereit und selbstbewusst.

Der Tatortfotograf stand etwa zwei Meter von der Leiche entfernt. Martinas Gesicht ist zur Kamera gedreht, und die Stellung von Armen und Beinen deckt sich mit Junckers Erinnerung; die Arme wie in Kreuzeshaltung seitlich vom Körper ausgestreckt, die nackten Beine gespreizt. Allerdings nicht ganz so breit wie die von Eva Basel, so wie auch Martinas linker Arm ein wenig »hängt« und nicht ganz im Neunziggradwinkel vom Körper absteht. Ihre Hose und ihr Slip liegen einen Meter rechts von ihrem Kopf, die Hose nicht peinlich genau gefaltet, sondern ungefähr so, wie er selbst abends vor dem Schlafengehen seine Sachen auf einen Stuhl legt: nachlässig ein- oder zweimal übereinandergeschlagen.

Malene Hanslev tritt durch die Tür, stellt ihre Tasche auf ihren Schreibtisch und kommt zu ihm herüber. Sie reicht ihm die Hand, er richtet sich halb von seinem Stuhl auf und schüttelt sie. Sie hat einen festen Händedruck.

»Martin Junckersen«, stellt er sich vor.

Sie nickt. »Ich weiß. Juncker, richtig?«

»So werde ich meistens genannt.«

»Dann mache ich das auch«, sagt sie und lächelt, sodass sich ein feines Netz aus Fältchen um ihre Augen bildet.

Ein Hauch ihres Parfüms steigt in seine Nase, und zum zweiten Mal binnen vierundzwanzig Stunden strömt ein warmes Gefühl durch seinen Bauch und weiter nach unten in sein mitgenommenes Geschlechtsorgan.

Sie ist wirklich eine ausgesprochen attraktive Frau, denkt er.

»Haben Sie einen Moment Zeit, um mir einen Überblick über die Fälle zu geben?«, fragt sie.

»Klar«, antwortet er, bückt sich und schiebt die Umzugskartons zur Seite. »Nehmen Sie sich einen Stuhl.«

Sie setzt sich. »Von Merlin weiß ich, dass Sie glauben, es gäbe einen Zusammenhang zwischen dem Mord an Eva Basel und einem alten unaufgeklärten Fall.«

»Glauben ist vielleicht ein bisschen viel gesagt. Es ist eher ein Gefühl, würde ich sagen.«

Sie nickt und deutet auf den Ordner. »Und das auf dem Bild ist …«

»Martina Jensen. Sie wurde 2007 ermordet, im Vestskoven, dem Wald bei Albertslund.«

»Haben Sie ein entsprechendes Tatortfoto von Eva Basel?«

»Ja, hier irgendwo.« Juncker kramt in einigen Stapeln mit Unterlagen, zieht es hervor und legt es neben das andere.

Malene Hanslev beugt sich über den Tisch. Ihr Ellbogen streift Junckers Arm. Dann richtet sie sich auf.

»Ja, eine gewisse Ähnlichkeit zwischen den Tatorten fällt durchaus auf«, sagt sie.

»Denke ich eben auch. Und dazu kommt, dass beide Tatorte sehr wenige, ich würde fast sagen, extrem wenige technische Spuren aufweisen.«

»Was natürlich dafür spricht, dass die Tat geplant und eher keine Affekthandlung war. Ich nehme an, es ist nicht ganz einfach, wirklich keinerlei DNA oder andere Spuren an einem Tatort zu hinterlassen?«

»Nein, zumal wenn der Mord so brutal wie in beiden Fällen ist. Einen Menschen zu strangulieren, dauert lange«, sagt Juncker.

»Gibt es Verdächtige?«

»Im Eva-Basel-Fall liegt unser Hauptaugenmerk aktuell auf ihrem jüngeren Bruder Jamaal Rashad. Er sitzt bereits wegen eines Messerangriffs mit tödlichen Folgen in einem anderen Fall in U-Haft. Er und seine Familie haben Eva beziehungsweise Jamila vor ihrer Aufnahme in den Opferschutz mit dem Tod bedroht, und Jamaals Alibi für den Tatzeitpunkt ist lausig. Außerdem suchen wir nach einem Mann namens Frank Sejrs, der …«

»Ihn kenne ich gut. Tatsächlich habe ich seinen Fall sehr genau studiert. Er ist ein spannender Typ …« Sie lächelt entschuldigend. »Rein fachlich gesehen, meine ich.«

»Hatte ich mir schon gedacht. Mit ihm wollen wir uns natürlich gern unterhalten. Dummerweise ist er verschwunden. Er ist seit ein paar Monaten auf Bewährung draußen und hätte sich am Montag bei der Bewährungshilfe melden sollen, ist aber nicht erschienen. Wir waren bei ihm zu Hause, dort war er aber auch nicht.«

»Frank Sejrs hat noch nie jemanden umgebracht, richtig?«

»Nein, nicht soweit wir wissen, aber er war zweimal nah dran. Er hat mehrere seiner Opfer gewürgt, und laut der Ärzte, die sie untersucht haben, hätte es in diesen beiden Fällen durchaus übel enden können.« Juncker schiebt seinen Stuhl ein Stück zurück. »Lässt sich etwas darüber sagen, inwieweit es derselbe Täter sein könnte?«

Malene Hanslev lehnt sich zurück und verschränkt die Arme. »Das wäre etwas verfrüht, damit würde ich gern noch warten.«

»Können Sie etwas über den Täter sagen? Oder die Täter?«

»Wie gesagt wüsste ich gern mehr, ehe ich allzu selbstsichere Aussagen treffe, aber einige Dinge springen natürlich ins Auge.«

»Nämlich?«

»Wie Sie selbst schon gesagt haben: Wir haben es mit einem sehr kontrollierten und organisierten Täter zu tun.

Es könnte zum Beispiel jemand mit einem militärischen Hintergrund sein.«

»Oder einem polizeilichen«, merkt Juncker an.

»Auch eine Möglichkeit. Allerdings … es gibt ja etliche äußerst organisierte und disziplinierte Menschen, die weder Polizisten noch Militärs sind. Dementsprechend ist das natürlich nur ein Schuss ins Blaue.«

»Können Sie sonst noch etwas sagen? Also, ich will Sie nicht unter Druck setzen …«

»Schon okay. Ich bin ein großes Mädchen, ich kann sagen, wenn ich etwas nicht will.« Sie lächelt und schaut ihm direkt in die Augen.

Das bezweifle ich keine Sekunde, denkt Juncker.

»Wenn wir nun annehmen, dass es sich um ein und denselben Täter handelt – worauf ich mich zum gegenwärtigen Zeitpunkt wie gesagt nicht festlegen möchte –, dann scheint er sich seit dem Martina-Mord auf jeden Fall weiterentwickelt zu haben. Ich denke natürlich primär an den Dildo, aber auch sein Bedürfnis, einen ›ordentlichen‹ Tatort zu hinterlassen, hat sich verändert, ist ausgeprägter geworden. Es könnte sehr gut sein, dass wir nach einem Mann mit irgendeiner Form von Zwangsstörungen suchen.«

»Zwangsstörungen?«

»Ja, oder … jemand mit dem starken Bedürfnis, dass die Dinge auf eine bestimmte Weise stehen oder liegen. Oder in einer bestimmten Reihenfolge ausgeführt werden. So, jetzt werde ich mich aber mal eingehender in die beiden Fälle einlesen und Ihnen nicht weiter die Zeit stehlen.«

»Ach was, ist doch kein Problem.«

Malene Hanslev steht auf und geht zurück zu ihrem Platz. Er folgt ihr mit dem Blick.

Kapitel 20

Signe hat den Mann am Empfang abgeholt und ihn mit in einen der Vernehmungsräume genommen.

»Wollen Sie mich etwa gleich verhören?«, fragt er mit einem »verschmitzten Augenzwinkern«, wie er es, vermutet Signe, wohl selbst bezeichnen würde. Zu ihrem Erstaunen stellt sie fest, dass er ziemlich unverhohlen mit ihr flirtet.

Er heißt Sigurd Povlsen und ist ein Schrank, mindestens einen halben Kopf größer als sie und, soweit sie es beurteilen kann, ausgesprochen muskulös unter dem gutsitzenden dunkelblauen Anzug. Sein blondes Haar ist kurz geschnitten. Die Hände haben die Größe von Bratpfannen. Sie schätzt ihn auf Mitte dreißig und stuft ihn als attraktiv ein – gesetzt den Fall, man steht auf diese Sorte Typ. Signe tut es nicht.

»Na ja, verhören …« Sie zuckt mit den Achseln. »Gerade war eben dieser Vernehmungsraum frei.«

Sie setzen sich. Signe schiebt Povlsen einen Notizblock zu und bittet ihn, Name, Adresse und Kontaktdaten aufzuschreiben.

»Und was haben Sie also gesehen?«, fragt sie ihn, nachdem er ihrer Bitte nachgekommen ist.

Er lehnt sich zurück und streckt seine langen Beine aus. »Vielleicht habe ich den Mörder gesehen.«

»Okay. Erzählen Sie.«

»Es war spät am Freitagabend. Oder besser gesagt in der Nacht auf Samstag. Ich war mit Freunden was trinken, und irgendwann sind wir in Kødbyen geendet. Gegen Mitternacht wollte ich nach Hause, ich musste bis Sonntag noch etwas für die Arbeit fertig machen, aber es war unmöglich, ein Taxi aufzutreiben, also bin ich gelaufen. Dachte, ein bisschen frische Luft kann ja nicht schaden. Ich bin über die Bryggebroen …«

Signe schaut auf ihren Block. »Sie wohnen im Sundholmsvej, sehe ich.«

Sigurd Povlsen nickt. »Ja, ich habe dort eine Wohnung.«

Ganz in der Nähe von Eva Basel, notiert Signe sich im Geiste. Sie hatte im Tom Kristensens Vej gewohnt, direkt bei der IT-Universität und DR Byen, dem Gelände des Dänischen Rundfunks.

»Wohnen Sie allein?«

»Ja.«

»Was machen Sie, wenn ich fragen darf?«

»Ich arbeite in einem Reisebüro, das auf Afrikareisen spezialisiert ist.«

»Interessant. Aber das tut nichts zur Sache, Entschuldigung. Sie sind also über die Bryggebroen gegangen …«

»Genau. Und als ich zum Artillerivej kam, habe ich überlegt, ob ich dort entlang Richtung Njálsgade und so herum nach Hause gehen oder den kürzeren Weg durch das Naturschutzgebiet nehmen soll.«

»Und das haben Sie überlegt, weil …?«

»Na ja, weil der Weg durch das Naturschutzgebiet nachts stockdunkel ist. Null Straßenlaternen. Ich bin dann trotzdem dort langgegangen. Ich war müde, wohl auch etwas angetrunken und wollte nach Hause ins Bett. Jetzt bin ich ja auch nicht eben ein Zwerg, die meisten würden es sich also vermutlich zweimal überlegen, ehe sie mich überfallen.« Er zwinkert ihr vertraulich zu.

Das hast du gerade nicht ernsthaft getan, denkt sie, sagt aber: »Okay. Was ist dann passiert?«

»Ich kam also den Weg lang, und es war wirklich dunkel. Auf einmal sehe ich eine Gestalt aus diesem recht zugewucherten Stück herauskommen, so mit hohem Gras und Gebüsch, wie in der Wildnis.«

»Wie weit waren Sie von der Stelle entfernt, wo die Gestalt aufgetaucht ist? So etwa?«

»Dreißig, vierzig Meter, sage ich mal.«

»Was haben Sie gedacht?«

»Erst fand ich es seltsam, dass jemand mitten in der Nacht da drinnen herumstapft. Aber dann dachte ich, dass die Person bestimmt pinkeln war. Ich musste selbst ziemlich dringend.«

»Und dann?«

»Na ja, dann trat er …«

»*Er*?«

»Ja, ich hatte keine Zweifel, dass es ein Mann war, als er auf den Weg trat. Dann kam er auf mich zu, und wir sind aneinander vorbeigegangen. Es dürfte nicht mehr als ein Meter zwischen uns gewesen sein.«

»Können Sie ihn beschreiben?«

»Er war ziemlich groß, fast so groß wie ich. Vom Körperbau her … was soll ich sagen, recht normal. Aber er wirkte drahtig und durchtrainiert.«

»Inwiefern?«

»Na ja, also … Er war schlank, schmale Taille, der Oberkörper vielleicht etwas weniger breit als meiner, aber … wie gesagt: Er schien fit.«

»Was glauben Sie, wie alt er etwa war?«

»Puh ... Ganz jung war er, glaube ich, nicht. Aber auch nicht alt ... genauer kann ich es nicht sagen.«

»Und seine Kleidung?«

»Schwarz. Oder zumindest dunkel. Eine Art Windjacke, die bis zum Kinn zugezogen war, und er hatte die Kapuze auf. Die Hose sah aus wie eine Trainingshose. Keine schlabbrige Jogginghose, sondern enger anliegend. Und Schuhe oder Stiefel, die auch schwarz aussahen. Er hatte Handschuhe an. Und einen kleinen Rucksack auf.«

»Ihnen sind keine Logos oder Marken auf der Kleidung aufgefallen?«

Er überlegt kurz. Dann schüttelt er den Kopf.

»Ihnen ist trotzdem eine ganze Menge aufgefallen. Beeindruckend.«

»Ich habe eine gute Beobachtungsgabe.«

»Allerdings. Haben Sie sein Gesicht gesehen?«

»Als wir direkt aneinander vorbeigegangen sind, haben wir uns in die Augen geschaut. Für eine halbe Sekunde oder so. Aber sein Gesicht ... nein, ich kann nicht wirklich etwas dazu sagen, wie er aussah. Auch weil die Kapuze einen kleinen Schirm hatte. Sein Gesicht war also fast komplett dunkel.« Er senkt den Blick und schaut auf seine Hände. »Glauben Sie, ich bin dem Mörder begegnet?«

»Das wäre möglich.«

Er schüttelt sich. »Mann, ganz schön gruselig. Wenn man sich vorstellt, dass ganz in meiner Nähe eine ermordete Frau lag ...«

»Sagen Sie«, Signe legt ihren Kuli auf den Tisch, »wieso haben Sie sich nicht direkt an uns gewendet, sobald bekannt wurde, dass eine Frau so nah an der Stelle ermordet wurde, wo Sie langgegangen sind?«

»Wurde sie nicht erst vor zwei Tagen gefunden?«

»Doch, am Mittwochmorgen. Aber seitdem war der Mord ja überall in den Nachrichten, und die meisten Zeitungen haben davon berichtet.«

»Ich lese oder höre nur sehr selten Nachrichten. Schon gar nicht Nachrichten über Gewalt und Mord. Dafür ist das Leben zu kurz. Aber diese Sache habe ich dann doch mitgekriegt.«

»Meinen Sie, Sie könnten mir zeigen, wo genau der Mann aufgetaucht ist?«

»Ja, ziemlich sicher.«

»Haben Sie Zeit, mit mir hinzufahren?«

»Jetzt?«

»Wenn's möglich ist, ja.«

Die Fahrt von Teglholmen dauert nicht lange. Als sie den Weg entlanggehen, denkt Signe, dass sie es sich sehr gut überlegt hätte, bevor sie hier bei Dunkelheit mit dem Fahrrad langgefahren wäre. Wenn es, wie am Freitag der Fall, bewölkt ist, muss es hier wirklich dunkel und unheimlich sein.

Andererseits: Wenn Frauen in der ständigen Angst leben würden, überfallen zu werden … das wäre ja nicht auszuhalten.

Es sagt einiges über Eva Basels Mut, dass sie sich hier langgetraut hat. Zudem noch mit ihrer Vorgeschichte.

Sigurd Povlsen bleibt stehen. »Etwa hier war ich, als ich ihn gesehen habe.«

Sie gehen weiter, bis er erneut stehen bleibt.

»Und hier ist er aufgetaucht.«

»Und da sind Sie sich ganz sicher?«

Er schaut sich um. »Ja. Ich kann natürlich nicht hundertprozentig sagen, ob es zwei Meter weiter links oder rechts war, aber es war jedenfalls hier irgendwo. Er ist wahrscheinlich den Weg da langgekommen, oder?«, fragt er und zeigt auf die Stelle.

»Vermutlich. Fällt Ihnen noch irgendetwas ein, was Sie der Beschreibung hinzufügen könnten? Irgendetwas Besonderes, das Ihnen aufgefallen ist?« Jetzt sag schon, dass er gehumpelt hat.

»Etwas Besonderes? Woran denken Sie?«

»Na ja, also … irgendetwas an der Art, wie er sich bewegt hat, zum Beispiel?«

Pass auf, Schwester, du bewegst dich hart an der Grenze.

Sigurd Povlsen überlegt. Dann schüttelt er den Kopf. »Nein, da ist mir nichts aufgefallen. Soweit ich sehen konnte, ist er ganz normal gelaufen.«

Mist.

»Okay. Vielen Dank für Ihre Hilfe. Falls ich noch Fragen habe, rufe ich Sie an. Soll ich Sie nach Hause fahren?«

»Nein danke, ich laufe. Ist ja nicht weit.«

Zurück im Auto zieht sie ihr Notizbuch hervor und blättert zu der Seite, wo Sigurd Povlsen seine Kontaktdaten aufgeschrieben hat. Einen Moment lang betrachtet sie die straffe, regelmäßige und recht schöne Handschrift. Dann markiert sie die Seite mit einem Eselsohr, zieht ihren Kuli aus der Tasche und malt schnell einen Kringel um seinen Namen.

Schon erstaunlich, wie sicher er sich bezüglich der Details war.

Kapitel 21

Juncker ist schon häufig die braunen Betonreihenhäuser im Nordosten von Albertslund, ganz in der Nähe des Vestskoven, entlanggegangen. Die autofreie Wohnsiedlung mit verschiedenen Gemeinschaftsarealen, die Mitte der Siebziger entstand, war eine der ersten Co-Housing-Siedlungen Dänemarks und galt damals als äußerst progressives Wohnprojekt. Juncker hat mal gelesen, dass die Architekten geradezu voraussetzten, dass man darauf eingestellt war, »einander nahe zu kommen«, wenn man hier wohnte.

Fast schon eine Drohung, denkt er, der nie groß das Bedürfnis nach Kontakt mit seinen Nachbarn verspürt hat. Er verlässt den schmalen Weg zwischen den Häuserreihen, durchquert einen kleinen Vorgarten und klingelt. Nach zehn Sekunden hört er Schritte, und die Tür wird geöffnet.

Hanne Jensen sieht aus wie immer und doch wieder nicht. Ihr Haar ist beinahe vollständig ergraut und ihre Haltung gebeugter. Für einen kurzen Moment bereut er beinahe, dass er vor einer Stunde, nach langem Brüten über den Akten des Martina-Falls, beschlossen hat, Martinas Eltern den Besuch abzustatten, den er ihnen – oder in Wahrheit vielleicht eher sich selbst – schon so lange schuldet.

Sie lächelt, nimmt seine ausgestreckte Hand in beide Hände und drückt sie.

»Ach, was ist es lange her, Juncker. Wie schön, dich zu sehen. Komm rein.«

Hanne Jensen ist eine der stärksten Personen, die Juncker kennt, aber er kann ihr ansehen, dass ihre Ressourcen zur Neige gehen. Der Kampf, sich selbst und ihren Mann am Leben zu erhalten, hat sie ausgelaugt, und sie ist mehr als die zwei Jahre gealtert, die vergangen sind, seit er zuletzt hier gestanden hat.

Juncker nimmt Mantel und Schal ab und hängt die Sachen an die Garderobenleiste. Hanne Jensen legt ihm eine Hand auf den Arm.

»Du musst wissen, dass Bertil vor einem halben Jahr einen Schlaganfall erlitten hat«, sagt sie mit gedämpfter Stimme.

Mein Gott, denkt Juncker. Das auch noch.

»Er hat sich einigermaßen erholt, ist aber auf einer Seite teilweise gelähmt. Zum Glück haben wir keine Treppen im Haus, bislang kommen wir also zurecht. Das Sprechen bereitet ihm Probleme, aber er versteht alles, was du sagst.«

Juncker folgt ihr in den großen, länglichen Raum, der Küche, Essbereich und Wohnzimmer vereint. Bertil Jensen sitzt am Tisch. Eine Krücke hängt über der Armlehne des Stuhls. Die eine Gesichtshälfte ist beinahe unbeweglich, die andere strahlt in einem breiten Lächeln, als er Juncker sieht, und sie begrüßen einander.

Als ihre Tochter ermordet wurde, arbeitete Hanne Jensen als Sekretärin im Bürgermeisterbüro in Albertslund, während Bertil Verwaltungsangestellter in einer großen Brotfabrik in einem nahegelegenen Industriegebiet war. Außerdem war er seit mehreren Jahren Mitglied des Stadtrats für die Sozialdemokraten. Das Paar hatte bereits einige Jahre zuvor einen Schicksalsschlag erlitten, als Martinas älterer Bruder von einem LKW angefahren wurde und tödlich verunglückte. Sie hatten sich durch die Trauer gekämpft und lebten so glücklich weiter, wie eine Familie es nach einer solchen Katastrophe eben tun kann, als ihr Leben zum zweiten Mal zerstört wurde.

Juncker schaut sich um. Alles ist noch genau wie in seiner Erinnerung. Die Essgruppe aus Teakholz mit den zerschlissenen braunen Bezügen auf den Stühlen. Die blaue Sitzgruppe und der Couchtisch aus Eiche. Die beiden Fotos von Martina und ihrem Bruder Jens an der Wand und darunter das grün gestrichene Wandboard mit den beiden Messingleuchtern und den Kerzen, die an jedem einzelnen Tag von früh bis spät brennen.

Im Laufe seines Arbeitslebens hat Juncker mit Hunderten nahen Angehörigen von Mordopfern Kontakt gehabt, doch nur mit Hanne und Bertil hat er ihn langfristig aufrechterhalten, selbst nachdem die Ermittlungen abgeschlossen waren – oder in diesem Fall besser gesagt: zum Erliegen kamen.

Er hat sich oft gefragt, warum, und einer der Gründe ist, dass Martina seiner Tochter so sehr ähnelte. Aber das ist nicht die einzige Erklärung. Hanne Jensen zählt zu den Menschen, die er am meisten bewundert. Er kennt niemanden, der einen solchen Schmerz erfahren hat, ohne daran zugrunde zu gehen.

Eine Weile unterhalten sie sich über dies und das. Sie fragt nach den Kindern. Er erzählt, dass er Großvater geworden ist, und bereut seine Worte, kaum dass er sie ausgesprochen hat. Aber die Freude in ihren Augen, als sie sich über den Tisch beugt und seine Hand drückt, ist echt und bar jeder Trauer darüber, dass sie und ihr Mann dieses Glück nie erleben werden. Das wurde ihnen von einem unaufmerksamen LKW-Fahrer und einem abgestumpften Verbrecher genommen.

»Ach, wie wundervoll, Juncker. Mädchen oder Junge?«

»Junge. Malik heißt er.«

»Ein ganz neues Kapitel, was?«, sagt Hanne.

Er will gerade antworten, dass das in mehr als nur einer Hinsicht stimmt, hält sich aber zurück. In gewisser Weise scheint es pathetisch oder vielleicht eher einfach nur schwach, dass Charlotte und er es im Gegensatz zu den beiden, die so viel durchmachen mussten, nicht geschafft haben, ihre Beziehung aufrechtzuerhalten.

Eine Weile schweigen sie.

»Wir haben in den Nachrichten gesehen, dass eine ermordete Frau gefunden wurde ... war das auf Amager?«, fragt Hanne.

Juncker nickt.

»Bist du an den Ermittlungen beteiligt?«

Er nickt wieder.

»Juncker, bist du deshalb gekommen?«

Er überlegt einen Moment und kommt zu dem Schluss, dass er ebenso gut die Wahrheit sagen kann. Von der allerersten Begegnung mit dem Ehepaar an – das war am Tag nach der Ermordung ihrer Tochter – hat Hanne darauf bestanden, exakt zu erfahren, was passiert war und was passieren würde. Es kam vor, dass Bertil den Raum verlassen musste, wenn Juncker unangenehme Details des Falls schilderte, sie aber blieb immer sitzen. »Erzählen Sie es mir, Juncker, sagen Sie es, wie es ist. Die Wirklichkeit kann nicht schlimmer sein als das, was in meinem Kopf ist.«

»Teils, teils«, sagt Juncker. »Offen gestanden hatte ich ein schlechtes Gewissen, weil mein letzter Besuch so lange her ist. Aber es stimmt auch, dass mich der Mord an Eva Basel dazu gebracht hat, mir Martinas Fall noch mal anzuschauen.«

»Besteht ein Zusammenhang? Glaubst du, Martinas Mörder hat auch Eva getötet?«

»Ich weiß es nicht.«

»Aber du glaubst es? Hast du ein Gefühl?« Sie sieht ihm direkt in die Augen.

»Ja, vielleicht. Die beiden Tatorte gleichen sich. Aber es könnte auch Zufall sein.«

Hanne steht auf, stellt sich hinter ihren Mann und legt ihm die Hände auf die Schultern.

»Juncker, du hast uns damals versprochen, dass ihr den Mann finden würdet, der unsere Tochter umgebracht hat. Wir wissen …« Sie schaut zu ihrem Mann hinunter. »Wir wissen, dass diese Art Versprechen … dass du es gesagt hast, um uns zu trösten. Oder vielleicht«, sie lächelt schief, »auch im Versuch, dich selbst zu trösten.«

»Ich habe es ernst gemeint. Und ich meine …«

»Das wissen wir, Juncker. Du meinst es ernst. Aber wir haben immer gedacht, dass dein Versprechen in Wirklichkeit bedeutete, dass du alles in deiner Macht Stehende tun würdest, um ihren Mörder zu finden. Und das hast du getan.« Sie streicht ihrem Mann über die Wange und setzt sich wieder. »Bertils und mein größter Wunsch seit Martinas Tod ist, dass derjenige, der das getan hat, dingfest gemacht wird. Nicht weil wir Rache wollen oder etwas in der Art. Wir bekommen unsere Tochter nicht zurück, nur weil er verhaftet und ins Gefängnis gesteckt wird. Aber wir haben die ganze Zeit gehofft, dass er geschnappt werden würde, bevor er erneut zuschlägt. Damit keine anderen Eltern durchmachen müssen, was wir …«

Sie verstummt. Schaut zu ihrem Mann, der auf dem Stuhl zusammengesunken ist und mit erloschenen Augen auf die Tischplatte starrt. Dann wendet sie den Blick wieder Juncker zu.

»Schnapp ihn dir.«

Kapitel 22

»Weißt du, wo Juncker ist?« Signe hat den Kopf durch die Tür von Merlins Büro gesteckt.
»Ich glaube, er ist zu Martina Jensens Eltern gefahren.«
»Wieso das?«
Merlin zuckt mit den Achseln. »Er hat all die Jahre hindurch Kontakt mit ihnen gehalten. Vielleicht wollte er sie gern wiedersehen. Vielleicht wollte er sie etwas fragen. Soweit ich mitbekommen habe, hat er sich den Martina-Fall angeschaut.«
»Ja, die Kisten stehen an seinem Platz. Hast du einen Moment?«
Merlin winkt sie herein. Sie setzt sich ihm gegenüber, und er schaut sie fragend an.
»Vielleicht sollten wir überlegen, einen Durchsuchungsbeschluss für Jamaals Wohnung zu beantragen«, sagt sie.
»Wurde die nicht in Verbindung mit seiner Inhaftierung untersucht?«
»Nein.«
»Komisch.«
»Das musst du mit Geir besprechen. Aber ein Zeuge hat sich an uns gewendet, der ungefähr zu dem Zeitpunkt, als Eva vermutlich getötet wurde, einen Mann am Tatort gesehen hat. Der Zeuge hat sehr genau den Ort angegeben, wo er den Mann auf den Weg hat treten sehen,

und das war in direkter Nähe zum Tatort. Außerdem hat er uns eine recht detaillierte Beschreibung der Kleidung gegeben, die der Mann trug, deshalb denke ich, es wäre doch interessant zu schauen, ob Jamaal etwas Ähnliches in seinem Kleiderschrank liegen hat. Und falls ja, ob sich brauchbare DNA-Spuren darauf finden.«

»Klingt nach einer hervorragenden Idee. Ich spreche mit der Staatsanwaltschaft.«

»Gut. Ich habe eine Verabredung mit der Kollegin vom Opferschutz, die damals den engsten Kontakt zu Eva hatte, als sie in Jütland war. Wir zwei sehen uns dann morgen.«

Lise Carlsen winkt ab, als Signe sich für die späte Uhrzeit entschuldigt. Sie hat eine halbe Stunde gebraucht, um die fünfunddreißig Kilometer von Teglholmen nach Solrød zu fahren, und es ist kurz nach halb sieben.

»Kein Problem. Kent, meint Mann, ist beim Badminton, und die Kinder haben schon zu Abend gegessen. Sie machen Hausaufgaben. Hoffe ich. Vielleicht bin ich naiv.« Sie lächelt. »Kommen Sie, setzen wir uns ins Wohnzimmer.«

Signe schaut sich um. Die Einrichtung und überhaupt das ganze Haus sehen ihrem und Niels' Haus in Vanløse zum Verwechseln ähnlich.

»Kent arbeitet in Greve. In der Sozialverwaltung.«

Bingo, denkt Signe. Niels ist Leiter eines Sozial- und Gesundheitszentrums in Nørrebro. »Und Sie sind jetzt auf der Station in Køge, habe ich gesehen?«

»Ja, inzwischen seit zwei Jahren. Vorher war ich in Aarhus. Es geht um den Mord an Eva, richtig? Wie kann ich helfen?«, fragt Lise.

»Sie kannten sie ziemlich gut, nicht?«

»Ja. Ich war Evas Kontaktperson, als sie untertauchte.«
»Was bedeutet das? Jemandes Kontaktperson zu sein?«
»Wir sind mehrere, die eigens dafür ausgebildet sind, diesen Frauen zu helfen. Unter anderem machen wir eine Risikoanalyse, beurteilen also das Bedrohungspotenzial. Viele von ihnen sind völlig am Boden. Sie brauchen Hilfe bei allem Möglichen. Sie benötigen psychologische Unterstützung, sie haben vor fast allem Angst. Viele von ihnen sind auch nicht an so grundlegende Dinge gewöhnt, wie ein Konto und eine Bankkarte zu haben, weil sie nie ein normales Leben führen durften. All so etwas.« Lise schweigt einen Moment. Signe sieht, wie sich ihr Blick verschleiert. »Es hat mich so mitgenommen, als ich gehört habe, was passiert ist.«

»Das verstehe ich. Aber es wäre toll, wenn Sie mir etwas über ihr Leben erzählen könnten. Sagen Sie, Eva hat keine neue Identität erhalten, richtig?«

»Nein. Eine neue Identität anzunehmen, ist äußerst weitreichend. Es bedeutet, dass man sein gesamtes bisheriges Leben aufgeben muss. Nicht nur den Kontakt zur Familie, sondern auch zu Freunden und Bekannten, und die Arbeit, falls man eine hatte. Kurz gesagt, man muss sämtliche Verbindungen zu seinem alten Leben kappen. Und man erhält eine neue Personenkennnummer. Nach außen hin wird man ein völlig anderer Mensch. Bei Eva dagegen war es wie bei den meisten anderen, denen wir helfen: Sie kam in den operativen Opferschutz. Das heißt, sie hat einen neuen Namen angenommen, ihre Personenkennnummer aber behalten, und wenn die Behörden unter der Nummer nachsahen, konnten sie ihre Adresse nicht sehen. Anfangs wohnte sie in einem Safe House, das wir für sie organisiert hatten. Nach einem halben Jahr wurde sie in eine eigene Wohnung geschleust. Deren Adresse kannten auch nur sehr wenige. Überhaupt weiß bei einer Person im Opferschutz nur ein äußerst kleiner Kreis, wo der oder die Betroffene sich aufhält.«

»Aber als sie ermordet wurde, da stand sie nicht unter Schutz?«

»Nein, überhaupt nicht mehr wie anfangs. Während sie in Jütland wohnte, hat sie Jura studiert, und irgendwann entschied sie, dass sie sich nicht länger verstecken wollte. Sie hielt es nicht aus, so zu leben. Also zog sie zurück nach Kopenhagen und war, wie Sie sicher wissen, sehr offen im Umgang mit ihrer Situation. Sie hat unter anderem mehrere Interviews in Zeitungen und Zeitschriften gegeben und erzählt, wie es ist, mit seiner Familie zu brechen und deshalb verfolgt zu werden. Sie meinte, das Beste, was sie für ihre Sicherheit tun könne, sei, dafür zu sorgen, dass möglichst viele über ihre Situation Bescheid wüssten. Aber sie trug weiterhin einen Überfallalarm mit direkter Kopplung zur Polizei bei sich. Wurde der nicht gefunden?«

»Nein. Wir haben keine Handtasche gefunden, und sie hatte nichts in den Hosen- oder Jackentaschen. Sie haben vorhin gesagt, Sie seien ausgebildet, das Bedrohungspotenzial zu analysieren. Wie hoch war es in Evas Fall, als Sie sie zum ersten Mal getroffen haben?«

»Hoch. Sehr hoch tatsächlich.«

»Standen Sie weiter mit ihr in Kontakt, nachdem Sie beide hierher nach Seeland gezogen waren?«

»Ja, wir haben uns in regelmäßigen Abständen getroffen. Ich mochte sie wirklich unheimlich gern.«

»Hatte sie weiterhin Angst vor ihrer Familie? Auch nachdem sie zurück nach Kopenhagen gezogen war?«

»Ja, besonders vor ihrem Bruder Jamaal. Aber sie war auch tough und trotzig. Sie wollte ihnen nicht die Macht geben, über ihr Leben zu bestimmen.« Lise Carlsen lehnt sich auf dem Sofa zurück. »Und jetzt möchten Sie natürlich wissen, ob ich glaube, der Mord an Eva könnte ein Ehrenmord gewesen sein. Ob womöglich Jamaal oder jemand anders aus der Familie sie umgebracht hat.«

Signe lächelt. »Genau.«

Lise Carlsen zögert. »Ich möchte natürlich nicht spekulieren, aber lassen Sie es mich so ausdrücken: Es würde mich nicht im Geringsten überraschen, sollte sich herausstellen, dass er es war. Der sie entweder umgebracht hat oder im Hintergrund steht.«

Es ist kurz vor neun, als Signe vor ihrem Haus in Vanløse parkt. Nachdem sie den Motor ausgeschaltet hat, bleibt sie noch eine halbe Minute lang sitzen und bereitet sich mental auf die passiv-aggressive Stimmung vor, die ihr von Niels, der vermutlich vor dem Fernseher sitzt, entgegenschlagen wird.

»Hallo Familie«, ruft sie halblaut, als sie im Flur steht. Keine Antwort. Sie hört, dass der dreizehnjährige Lars in seinem Zimmer Computer spielt – FIFA, den Geräuschen nach zu urteilen, was sie als mildernden Umstand betrachtet, wenn man bedenkt, dass er auch Counter-Strike, Fortnite oder ein anderes Ballerspiel spielen könnte, bei dem es darum geht, möglichst viele abzuknallen. Aus Annes Zimmer ist kein Laut zu hören, was bedeutet, dass sie entweder Kopfhörer aufhat und eine Serie auf ihrem Laptop schaut oder aber bei einer Freundin zu Besuch ist.

Niels sitzt mit hochgelegten Beinen im Wohnzimmer

und ist kurz vor dem Einnicken, während im Fernsehen irgendeine *Schöner-Wohnen*-Serie läuft.

»Hi, Schatz«, sagt sie von der Tür.

Er reißt sich von der Mattscheibe los und schaut zu ihr.

»Hi. Hol dir eine Tasse, wenn du Kaffee magst. Ich habe grade frischen gekocht.«

»Danke, ich glaube, dafür ist es ein bisschen spät.«

»Er ist koffeinfrei.«

»Ah, okay, dann gern.«

»Was schaust du?«, fragt sie, nachdem sie sich eine Tasse eingeschenkt hat.

Er schüttelt den Kopf. »Keine Ahnung. Beziehungsweise ... irgend so eine Doku-Soap mit einem Maklertypen, der anscheinend ein extrem hässliches Haus ohne jeden Charme für irgendwelche Leute aufmöbelt, damit sie es verkaufen und ein neues Leben beginnen können.«

»Klingt fesselnd.«

»Ja, total«, sagt er, nimmt die Fernbedienung und stellt auf lautlos.

Er wirkt gar nicht sauer, denkt sie und ergreift die Chance.

»Wie war dein Tag?«

Nach Niels' Arbeitstag zu fragen bedeutet sich in gefährliche Fahrwasser zu begeben. Er hat schon lange keine Lust mehr auf seinen Job, und wenn Signe wie aktuell viele Stunden mit ihrem verbringt, wirkt es häufig wie ein rotes Tuch auf ihn. Auf der einen Seite hat er seinen Job satt, verwendet nicht mehr Energie darauf als unbedingt nötig und genießt es durchaus, die so gewonnene Zeit mit den Kindern zu verbringen, sie aufs Kochen zu verwenden und dergleichen. Auf der anderen Seite fühlt er sich bizarrerweise in seinem Stolz verletzt, wenn sie, wie so häufig der Fall, einen Arbeitstag von zwölf oder vierzehn Stunden hat. Als würde er glauben, sie arbeite nur deshalb so viel, weil sie betonen wolle, wie wichtig ihr Job sei.

Zum Glück scheint heute keiner dieser Tage zu sein.

»Ganz normal«, sagt er friedlich. »Tausend Besprechungen. Und die verschiedenen Abteilungen beginnen zu spüren, dass die Grippesaison vor der Tür steht. Wir haben etliche Krankmeldungen und Schwierigkeiten, die Dienste einzuteilen. Wie war's bei dir?«

»Tja ... keine großen Fortschritte in den beiden Fällen, in denen wir gerade ermitteln. Aber es ist schön, wieder mit Juncker zu arbeiten.«

»Wie geht es ihm? Seine Frau und er haben sich scheiden lassen, oder?«

»Ja. Oder sie sind dabei. Und er sieht ziemlich fertig aus. Die Sache scheint ihn übel mitzunehmen. Ich glaube, Charlotte bedeutet ihm noch sehr viel.«

»Dann hätte er vielleicht nicht fremdgehen sollen.«

Signe hat ihrem Mann erzählt, warum Juncker vor zwei Jahren nach Sandsted versetzt wurde, wo er die Leitung einer kleinen Polizeiwache übernahm. Nämlich weil er eine kurze Affäre mit einer Strafverteidigerin in einem Fall hatte, an dem er selbst beteiligt war – eine Affäre, die aufflog. Und so etwas geht nicht.

»Das stimmt natürlich«, sagt Signe leise.

»Allerdings.« Niels nimmt die Beine vom Fußhocker, dreht den Sessel und schaut seiner Frau direkt ins Gesicht. »Morgen ist übrigens Martinsabend.«

»Ach ja, richtig.« Signe hat keine Ahnung, an welchem Datum Martinsabend ist, außer, dass es am Abend vor Sankt Martin und damit irgendwann im November ist.

»Ich habe meine Eltern zum Gansessen eingeladen, aber sie können morgen nicht, deshalb haben wir gesagt, wir machen es stattdessen am Sonntag. Wie sieht es da bei dir aus?«

Here we go again, denkt sie. »Hm, das lässt sich jetzt schwer sagen. Bis dahin kann ja alles Mögliche passieren.«

»Du rechnest also damit, dass du das ganze Wochenende arbeitest?«

»Das wird wohl nicht anders gehen. Aber ich werde auf jeden Fall versuchen, Sonntagabend früh zu Hause zu sein.«

»Das wäre wirklich schön«, sagt er.

Kapitel 23

Zum ersten Mal seit der OP hat Juncker tatsächliche Schmerzen. Ihm fällt ein, dass er vergessen hat, seine Schmerztabletten zum Frühstück zu nehmen. Vielleicht weil er nicht gefrühstückt hat. Er geht in die Küche und schluckt die Tabletten mit einem Glas Wasser.

Im Auto auf dem Heimweg von Hanne und Bertil überkam ihn ein heftiger Anfall schlechten Gewissens, weil er es nicht auf die Reihe kriegt, eine anständige Beziehung zu seinen Kindern aufzubauen. Weil er es ständig wieder aufschiebt, sie anzurufen, da immer irgendetwas dazwischenkommt. Oder vielleicht eher, weil er immer irgendetwas konstruiert, von dem er sich einredet, dass es dazwischenkommt.

Aber ... er leidet unter einer potenziell tödlichen Krankheit. Vielleicht bleibt ihm nicht mehr viel Zeit. Vielleicht muss er sich beeilen.

Letzten Sommer hat Karoline ihn in Sandsted besucht. Zu diesem Zeitpunkt war sie bereits mit Malik schwanger, und in der Woche, die sie da war, kamen sie einander so nah wie schon Ewigkeiten nicht mehr. Jetzt aber ist der Kontakt wieder eingeschlafen und findet nur noch sporadisch statt.

Und Kasper?

Juncker hat immer das Gefühl gehabt, dass sein Sohn

sich, als er in die Pubertät kam, von seinem Vater entfernte. So jedenfalls lautet die Geschichte, die er sich selbst erzählt hat, und seit Kasper erwachsen ist, lässt sich das Verhältnis zwischen ihnen bestenfalls als steif bezeichnen. Während der Jahre, die Kasper als *ski bum* in Amerika und Kanada unterwegs war, haben sie zwei-, dreimal im Jahr geskypt und ansonsten über Karoline Grüße ausgerichtet. Seit Kasper vor einem halben Jahr nach Hause gekommen ist, haben sie sich zweimal getroffen, obwohl Kasper gar nicht weit von Juncker wohnt.

Neben dem Sofa steht ein Umzugskarton. Darin liegen Dutzende schwarze Notizbücher. Die Tagebücher von Junckers verstorbenem Vater, dem Anwalt Mogens Junckersen, die dieser über den Großteil seines Erwachsenenlebens hinweg geführt hat. Karoline hatte sie im Arbeitszimmer ihres Großvaters gefunden. Die Tagebücher haben eine völlig andere, deutlich weichere und verletzlichere Seite von Junckers Vater enthüllt als die tyrannische und großspurige Version, die er für gewöhnlich zur Schau trug. Es war ein Schock für Juncker, als erst Karoline, dann aber zögernd auch er selbst in den Aufzeichnungen zu lesen begann. Sie stellten eine erhebliche Herausforderung für die Grunderzählung dar, um die herum er den Großteil seines Selbstverständnisses aufgebaut hat, nämlich als der Sohn, der die Versuche seines dominanten und lieblosen Vaters, ihn zu unterdrücken, überwunden hat und dessen Schwierigkeiten im Leben letztlich allesamt auf den Vater zurückzuführen sind.

Juncker hat seither nicht mehr in den Tagebüchern gelesen.

Nun öffnet er den Karton, nimmt eines der Bücher heraus und liest ein paar willkürlich aufgeschlagene Passagen. Eine handelt von einem Rotmilan, den der Vater am Himmel über Sandsted gesehen hat, und ist ein außerordentlich gut geschriebenes Loblied auf den großen und eleganten Raubvogel, der früher ein seltener Gast in Dänemark war. Die andere ist eine beißende und – muss Juncker widerstrebend zugeben – recht witzige Beschreibung eines offenbar hoffnungslosen Staatsanwalts der dortigen Polizeidirektion, den Mogens Junckersen verschiedentlich im Gerichtssaal an die Wand geklatscht hat.

Juncker nimmt ein neues Notizbuch aus dem Karton. *August 76*, steht auf der Innenseite des Umschlags, und er liest eine längere Beschreibung von einer Urlaubsreise, die die Eltern nach Norditalien unternommen haben. Der Höhepunkt war der Besuch einer Aufführung von Verdis Oper *Rigoletto* unter dem Nachthimmel in der Arena von Verona. Er blättert weiter. Sein eigener Name auf einer der Seiten fängt seine Aufmerksamkeit, und er liest:

Es ist schwer mit Martin. Als könnte ich nicht zu ihm durchdringen. Liegt es an mir? Mit Sicherheit. Er ist mein Sohn. Meine Verantwortung.

Juncker liest noch etwas weiter, mehr schreibt der Vater aber nicht über ihn, und so verstaut er die Kladde wieder im Karton und legt die Beine aufs Sofa. *Meine Verantwortung?* Er schließt die Augen und besinnt sich an den frostklaren Januarmorgen vor zwanzig Monaten zurück, als er den alten Mann aus dem Gefängnis seiner Demenz befreite, aus dem auszubrechen ihm aus eigener Kraft niemals gelungen wäre. Er sieht sich selbst das Kissen von seinem Gesicht nehmen und dem toten Blick des Alten begegnen.

Er war mein Vater. Meine Verantwortung.

Juncker steht auf. Steht einen Augenblick unentschlossen da. Dann geht er in den Flur und zieht Jacke und Schal an.

Der Fliedergasthof ist kein Gasthof. Und auch kein Restaurant, sondern eine Bar. Ein Lokal, in dem der Kaffee in zwei Varianten erhältlich ist: schwarz oder mit Milch direkt aus der Packung. Wo die Speisekarte aus zwei Gerichten besteht: Arme Ritter und Frikadellentoast. Wo die Musik aus einer Jukebox kommt, deren aktuellste Nummer Los Del Rios unerträglicher Hit *Macarena* aus der Mitte der Neunziger ist und wo einem beim Reinkommen als Erstes eine Kreuzstichstickerei über der Theke mit einem Zitat von Tom Waits ins Auge springt: *I don't have a drinking problem 'cept when I can't get a drink.*

Der Fliedergasthof liegt an einer Straßenecke in der Nähe des S-Bahnhofs Nørrebro Station, im Schatten der Hochbahn, wo die S-Bahn-Züge in regelmäßigen Abständen vorbeirumpeln. Auf dem kleinen Platz vor dem Eingang kämpfen drei verkümmerte, altersschwache Fliederbüsche verbissen um ihre jämmerliche Existenz. Niemand weiß mehr, was zuerst da war, Büsche oder Bar. Kommt man durch die schlammbraune Eingangstür mit dem Bullauge, wissen die Stammkunden, dass zur rechten Seite des Tresens geht, wer offen für eine gewisse Form von sozialem Umgang ist, Gespräche zum Beispiel. Nach links, wer seine Ruhe will. Die Toiletten befinden sich auf der lebhaften Seite. Ist man blind, geht es einfach der Nase nach. Neben der Tür zum WC stehen ein ausgestopfter Königspinguin und eine beinahe ebenso große Weihnachtsmannpuppe mit einem wahnsinnigen Ausdruck in den Glasaugen auf einem Regalbrett. Auch hier weiß niemand mehr, wieso die beiden Figuren dort aufgestellt wurden. Alleinherrscher des Lokals ist der Inhaber Bjarne, ein hagerer, mittelgroßer Mann mit zerfurchtem, schmalem Gesicht, das nie auch nur die kleinste Regung zeigt, und langem, fettigem zurückgekämmtem Haar. Vor zehn Jahren hat er die Kneipe von seinen Eltern übernommen. Zu seiner Unterstützung hat er das Trio Kitty, Lone und Asta. Juncker geht nach links, setzt sich an die Bar und bestellt ein großes Gezapftes bei Kitty, die an diesem Freitagabend Schicht hat. Sowohl in Statur als auch Frisur gleicht sie einer Kugelstoßerin aus der DDR. Er trinkt einen Schluck und schaut sich um. Die Hälfte der Tische ist besetzt. Am Tresen sitzt außer ihm selbst noch Kurt, ehemaliger Maurer und nun Frührentner. Juncker prostet ihm zu, und Kurt erwidert stumm den Gruß. Anschließend nickt Juncker Karina zu, die ebenfalls am Tresen sitzt, allerdings drüben auf der lebhaften Seite. Sie war früher Stewardess bei SAS, verlor jedoch aufgrund von Stellenstreichungen vor einigen Jahren ihren Job und arbeitet jetzt an der Kasse im Supermarkt. Nicht mehr ganz die Jüngste, aber noch immer eine attraktive Frau, geschieden und kinderlos, die konsequent und routiniert die häufigen Annäherungsversuche der männlichen Stammkundschaft zurückweist.

Das Ganze erinnert an eine etwas abgerissene Noir-Ausgabe von Sams *Cheers* in der gleichnamigen Serie, denkt Juncker. Er schließt die Augen und spürt, wie die Traurigkeit langsam von der summenden Freitagsstimmung vertrieben wird, von klirrenden Gläsern und Eiswürfeln, dem Duft jahrzehntealter Bierflecken, der in die Tischplatten und Bodendielen gesickert ist, und dem Gefühl, von anderen Menschen umgeben zu sein. Auch wenn es nur oberflächliche Bekanntschaften sind.

Nach einer Dreiviertelstunde leert er sein Glas, bestellt

ein weiteres und steht auf, um zur Toilette zu gehen. Auf dem Weg kommt er an einem Tisch mit drei jungen Männern vorbei, die sich deutlich von der restlichen Kundschaft abheben. Alle sind für die Jahreszeit auffallend braun gebrannt, haben schnurgerade Seitenscheitel, und aus ihrer lautstark geführten Unterhaltung ist herauszuhören, dass sie aus Hellerup oder einer der anderen exklusiveren Wohngegenden im Norden von Kopenhagen stammen. Außerdem sind sie ziemlich betrunken.

Auf dem Weg zurück zu seinem Platz sieht er, dass einer der Männer aufgestanden ist und sich neben Karina an die Bar gestellt hat. Als Juncker wieder sitzt, beobachtet er, wie der Mann sich zu Karina lehnt und etwas sagt. Sie schüttelt den Kopf und wendet ihm den Rücken zu. Der Mann lehnt sich noch weiter zu ihr, steckt förmlich die Nase in ihr dunkles, lockiges Haar. Sie schüttelt erneut den Kopf und rutscht ein Stück weg. Er streckt den Arm aus und fasst ihr an die Brust.

Karina schiebt wütend seine Hand fort und versucht, ihn wegzuschubsen. »Hey, lass das!«, hört Juncker sie sagen, aber der Typ macht weiter und versucht erneut, sie anzutatschen. Er sagt etwas, und das einzige Wort, das Juncker versteht, ist »Bitch«. Er rutscht von seinem Stuhl und geht um die Bar. Der Mann steht halb mit dem Rücken zu ihm, Juncker tippt ihm auf die Schulter. Er dreht sich um, und als er sieht, wer ihn da angefasst hat, erscheint ein breites Grinsen auf seinem Gesicht.

»Was willst du, Opa?« Der Typ sieht aus, als amüsiere er sich köstlich über die Unterbrechung.

»Lass sie in Ruhe. Setz dich wieder auf deinen Platz. Und wenn du und deine Freunde ausgetrunken habt, geht ihr«, erwidert Juncker ruhig.

Das Lächeln des Mannes gefriert. Er tritt ganz nah an Juncker heran, der sein Aftershave und seine Fahne riecht.

»Verzieh dich, Opa. Ich geh nirgendwohin.« Er kommt noch näher, sodass seine Nasenspitze beinah Junckers berührt. »Ver. Piss. Dich. Sonst mach ich dich alle«, blafft er und hebt die geballte Faust.

Ein alter Bekannter von Juncker, der viele Jahre bei der Sondereinheit zur Bekämpfung organisierter Kriminalität in der Drogen- und Rockerszene war und in Kopenhagens härtesten Milieus gearbeitet hat, hat Juncker mal das Geheimnis einer ordentlichen Kopfnuss erklärt. Zögere nicht. Ziele auf die Nasenwurzel. Triff mit der oberen Stirnhälfte. Und triff hart.

Das Knirschen, als Juncker die vormals wohlgeformte Nase des jungen Mannes bricht, lässt darauf schließen, dass die erste Kopfnuss seines Lebens nicht von schlechten Eltern war. Was durch den Ausdruck von Schmerz und Überraschung in den Augen seines Gegenübers bestätigt wird. Der Verletzte taumelt zurück und greift sich an die Nase.

»Fuck«, schreit der Typ mit schriller Stimme und starrt auf das Blut auf seiner Hand. »Du hast mir die Nase gebrochen, du ...«

»Ach je, tatsächlich? Das tut mir aber leid.«

»Habt ihr das gesehen?«, ruft er und dreht sich zu Kitty hinter dem Tresen. »Hast du das gesehen? Dieser ...«

»Oh, bist du hingefallen?«, sagt Kitty. »So ein Pech aber auch. Hier.« Sie reicht ihm ein paar Servietten. »Pass auf, dass du dein feines Hemd nicht vollblutest.«

»Ruf die Polizei. Dieser Pisser ...«

»Die Polizei? Weil du gestolpert bist und dir die Nase angeschlagen hast? Bisschen übertrieben, meinst du nicht?« Kitty wendet sich ab und nimmt einen Korb mit Gläsern aus der Spülmaschine.

Die beiden Freunde des jungen Mannes stehen auf und machen Anstalten, ihren verletzten Kameraden zu unterstützen. Im selben Augenblick erheben sich vier Männer an den anderen Tischen sowie Kurt an der Bar, woraufhin sich die zwei hastig wieder hinsetzen.

Der blutende Mann wendet sich an die übrigen Kneipengäste. »Alter, ihr habt es doch gesehen. Der Typ hat mir eine Kopfnuss verpasst. Das ist Körperverletzung gemäß Paragraph 244 StGB.« Keiner reagiert.

Der studiert bestimmt Jura, denkt Juncker.

»Wichser«, murmelte der Mann und marschiert zu seinem Tisch, reißt seinen Mantel von der Stuhllehne und stürmt aus der Tür. Die Freunde folgen ihm.

Karina wendet sich Juncker zu. »Danke«, sagt sie und lächelt. »Ich glaube aber, mit dem wäre ich auch gut allein fertig geworden.«

»Das bezweifle ich nicht«, sagt Juncker.

Kurt hebt sein Glas und nickt ihm zu. »Prost.«

»Prost«, erwidert Juncker und reibt sich die Stirn. Er spürt erstaunlich wenig von dem Stoß. Was ist in dich gefahren?, denkt er.

10. November

Kapitel 24

Troels lehnt sich auf dem Beifahrersitz in Junckers schwarzem Volvo zurück und öffnet einen der Ordner zu Frank Sejrs' Fall. Er überfliegt ein paar Seiten.

»Hör dir das an: ›Eine vierundvierzigjährige Erzieherin, tätig in der Kita Mosestykket, nimmt am 27. September 2011 bei einer Personalbesprechung teil; die Anwesenden lassen den Abend in der Bar Teglskægget in der Valby Langgade ausklingen. Nach Verlassen des Lokals wird sie von einem Mann in einen dunklen Hinterhof gezerrt und mit dem Messer bedroht. Er zwingt sie mit den Händen um ihren Hals zum Oralsex, da sie – wie sie ihm gesteht – ihre Periode hat. In der Ambulanz werden punktförmige Einblutungen in den Augen und Hämatome am Hals festgestellt, außerdem wird die DNA des Täters gesichert, akute Lebensgefahr bestand jedoch zu keiner Zeit.‹« Troels schaut auf, lehnt sich ein Stück herüber und schaut auf den Tacho. »Wir müssen um elf da sein. Ich sag's nur.«

Juncker gibt keine Antwort und hält das Tempo bei fünfzig Stundenkilometern. Er kennt die Stellen, wo Verkehrssünder auf dem Weg zur Autobahn üblicherweise geblitzt werden. Zweimal schon hat es ihn auf dieser Strecke erwischt. Troels liest weiter.

»Der nächste Fall, ein halbes Jahr später ... ›Eine Neunzehnjährige nimmt sich ein illegales Taxi von der Innenstadt nach Ejby. Bei Metro im Ejby Industrivej biegt der Fahrer ab, bedroht sie mit einem Messer und vergewaltigt sie vaginal. Der Täter würgt sie derart stark, dass sie zwischenzeitlich in Lebensgefahr schwebt, und lässt sie bewusstlos zurück.‹« Troels hält inne, liest den Rest schweigend und fasst ihn für Juncker zusammen. »Er hatte ihre Hose und ihre Strümpfe ordentlich gefaltet auf einen Haufen gelegt und ihre Beine gespreizt, sodass ihre Scham entblößt war. Sie wurde zufällig von einem Autofahrer gefunden, der spät noch dort in der Nähe tanken war. Die Frau war zu diesem Zeitpunkt stark unterkühlt. Sie konnte sowohl den Mann als auch den Wagen, einen weißen SUV, gut beschreiben. Ein Datenabgleich der laut Funkzellenabfrage zum betreffenden Zeitpunkt in der Gegend befindlichen Handys mit den Informationen im Fahrzeugregister führte zur Ergreifung des achtunddreißigjährigen Frank Sejrs. Seine DNA stimmte mit der DNA in dem ein halbes Jahr zurückliegenden Vergewaltigungsfall der vierundvierzigjährigen Frau überein.« Troels schließt die Akte und schüttelt den Kopf. »Netter Zeitgenosse.«

Es ist Samstagvormittag, und auf der Autobahn herrscht mäßiger Verkehr. Juncker nimmt die Ausfahrt nach Vallensbæk und hält bei der erstbesten Tankstelle.

»Brauchst du was?«, fragt er. Troels schüttelt den Kopf.

Zehn Minuten später sind sie beim Gefängnis Herstedvester. Hier, umgeben von Einfamilienhäusern und Wohnblöcken, wird eine bunte Mischung aus Dänemarks gefährlichsten, auf Lebenszeit verurteilten Verbrechern verwahrt; Terroristen, Brandstifter und Sexualstraftäter, von denen Letztere ein Drittel bilden. Vielen der Häftlinge und Sicherungsverwahrten gemein ist, dass sie psychiatrische Behandlung und Therapie benötigen, bevor sie wieder in die Freiheit entlassen werden. Womit viele von ihnen allerdings niemals rechnen können.

Juncker und Troels melden sich an der Pforte am Haupteingang, legen Handys und Schlüssel in eine Schale, gehen durch die Sicherheitsschleuse und werden durchleuchtet. Eine Frau, die in Junckers Augen sehr jung aussieht, nimmt sie in Empfang, nachdem sie das Sicherheitsprocedere hinter sich gebracht haben. Er bemerkt, wie Troels die Schultern strafft und die Brust herausdrückt.

»Grüße Sie, mein Name ist Nanna Thomsen, ich bin hier als Psychologin tätig. Wir haben telefoniert … Äh, jetzt weiß ich natürlich nicht, mit wem von Ihnen beiden ich gesprochen habe.«

»Mit mir. Troels Mikkelsen. Polizeikommissar.« Troels schenkt ihr ein strahlendes Lächeln.

»Und ich bin Martin Junckersen, ebenfalls Kommissar. Danke, dass Sie sich an einem Samstag Zeit für uns nehmen.«

»Aber gern. Waren Sie schon mal hier?«

Troels nickt. »Mehrmals.«

»In meinem Fall ist es das erste Mal«, antwortet Juncker.

»Möchten Sie eine kurze Führung?«

Juncker schaut zu Troels, der mit den Schultern zuckt.

»Wir haben nicht so viel Zeit«, sagt Juncker.

»Okay. Aber dann lassen Sie mich Ihnen wenigstens die Buchbinderei zeigen. Auf die sind wir wirklich stolz.«

Jetzt zuckt auch Juncker mit den Achseln, und er und Troels folgen der jungen Psychologin. Die Buchbinderei befindet sich in einem flachen roten Gebäude. Obwohl Wochenende ist, arbeiten zwei Männer daran, einige Schatullen mit Samt auszukleiden. Sie schauen auf und grüßen die Gäste höflich. Juncker und Troels erwidern es mit einem Nicken. Juncker kennt keinen der beiden.

»Hier möchten die meisten gern arbeiten, da das Königshaus zu unserem Kundenkreis zählt. Die hier von den Insassen gefertigten Schatullen werden für die höchsten Orden verwendet – den Elefantenorden, die Verdienstmedaille, Großkreuz und Ritterkreuz und dergleichen. Frank Sejrs hat hier gearbeitet.«

Mehrere der Schuldigen in den blutrünstigsten Fällen, in denen Juncker je ermittelt hat, sitzen hier in Herstedvester. Es fällt ihm schwer, sie sich beim Basteln mit Pappe, Papier und Samt vorzustellen.

»Wir versuchen, ihnen wie normalen Menschen zu begegnen, trotz ihrer Vergehen«, sagt Nanna Thomsen, als hätte sie seine Gedanken erraten. »Sie müssen bedenken, dass wir es häufig mit traurigen Schicksalen zu tun haben. Viele von ihnen kommen aus zerrütteten Verhältnissen, häufig waren sie Opfer von Missbrauch und haben selbst die schlimmsten Dinge erlebt. Aber das brauche ich Ihnen sicher nicht zu erzählen. Was hat noch gleich der ehemalige Leiter einer Mordkommission gesagt: Man jagt eine Bestie und fängt einen Menschen.«

Fünf Minuten später sitzen sie in Nanna Thomsens Büro. Jeder hat einen weißen Plastikbecher, gefüllt mit einer übelriechenden schwarzen Flüssigkeit, vor sich, an der Juncker vorsichtig nippt, um sie dann stehen zu lassen.

»Wir wissen, dass Sie uns aufgrund Ihrer Schweigepflicht nur begrenzt Informationen über Frank Sejrs geben können, aber wir möchten Sie trotzdem bitten, uns so viel zu erzählen wie nur irgend möglich. Aktuell haben wir es mit zwei Morden an Frauen zu tun, bei denen der Modus

Operandi des Täters – oder der Täter, denn wir wissen nicht, ob ist derselbe Mann ist – in einigen Punkten deutlich an den von Sejrs erinnert.«

Nanna Thomsen macht ein bekümmertes Gesicht. »Ich weiß nicht, inwiefern ich Ihnen da weiterhelfen kann. Ich glaube, das habe ich schon am Telefon gesagt. Meine Gespräche mit Frank Sejrs sind vertraulich.«

»Das ist uns bewusst«, sagt Juncker. »Aber soweit ich weiß, steht im Handbuch für Therapeuten auch, dass ...«

»Man die Schweigepflicht brechen darf, sofern eine unmittelbare, schwerwiegende Gefahr für das Leben anderer besteht oder die allgemeine Sicherheit hochgradig gefährdet ist. Ja, das weiß ich. Aber, was soll ich sagen ... Von einer hochgradigen Gefährdung der allgemeinen Sicherheit kann hier wohl trotz allem nicht die Rede sein. Und eine unmittelbare, schwerwiegende Gefahr für das Leben anderer ...«

Jetzt ist Troels derjenige, der unterbricht. »Sollte tatsächlich Sejrs die beiden Morde verübt haben, kann ich Ihnen versichern, dass noch weitere Menschen in erheblicher Gefahr sind, solange er auf freiem Fuß ist. Er hat gegen seine Bewährungsauflagen verstoßen, denn er ist verschwunden. Wir wären also sehr dankbar, wenn Sie uns helfen würden, in seinen Kopf zu kommen, damit wir ihn finden können. Es ist ziemlich wichtig, wissen Sie.«

»Was ich machen kann, ist, Ihnen einen allgemeinen Überblick über seine Haftbedingungen zu geben sowie darüber, wie er sich in seiner Zeit hier geführt hat. Das habe ich mit der Vollzugs- und Bewährungsbehörde abgesprochen, aber ich werde Sie unter keinen Umständen in die Gedanken einweihen, die er mir im Rahmen seiner Therapie anvertraut hat.«

Juncker nickt. »Schießen Sie los«, sagt er und versucht, seine Ungeduld zu verbergen.

»Na schön. Wie Sie wissen, wurde Frank zu acht Jahren Freiheitsstrafe verurteilt. Die ersten sechs Monate hatte er im Untersuchungsgefängnis Køge verbüßt, im Anschluss wurde er hierher verlegt. Er wurde als therapiegeeignet eingestuft, er verfügt über eine durchschnittliche Intelligenz und gesteht seine Schuld ein. Nach einiger Zeit begann er daher eine Gesprächstherapie bei mir und einer anderen Therapeutin hier im Gefängnis. Er war Fluraufsicht in seiner Abteilung, arbeitete fest in der Buchbinderei, stand jeden Morgen um sechs Uhr dreißig auf, frühstückte und ging anschließend zur Arbeit. Er gehörte keiner Kochgruppe an, sondern hat sich sein Essen immer selbst zubereitet. Während seiner Zeit hier wurde er Vegetarier. Er war zu keinem Zeitpunkt in Sicherungsverwahrung und hat nie eine Disziplinarstrafe erhalten. Das Einzige, worüber er sich beschwerte, war das spärliche Angebot an Gemüse und getrockneten Linsen im Gefängnisladen.«

Troels lehnt sich zurück und verschränkt die Arme vor der Brust. »Er hat mehrere Vergewaltigungen begangen, davon mindestens eine so brutal, dass das Opfer nur durch Glück überlebt hat. Wie um alles in der Welt kann so ein Mann freigelassen werden, nachdem er erst zwei Drittel seiner Strafe abgesessen hat? Es ist ja kein Gesetz, dass jeder auf Bewährung rauskommen muss.«

»Wegen guter Führung. Es gab keinerlei Suchtproblematik, keine Disziplinarverfahren, er war in der Lage, seine Angelegenheiten zu regeln ...«

»Wissen Sie, ob er Beziehungen zu anderen Insassen hatte?«, fragt Juncker.

»Ja, das hatte er tatsächlich. Er freundete sich mit einem Häftling namens Laurits Mogensen an.«

»Mehr als das?«

»Frank Sejrs ist, soweit ich weiß, heterosexuell.«

»Mag sein, aber in der Not frisst der Teufel bekanntlich Fliegen. Hatten die beiden Ihrer Auffassung nach ein ebenbürtiges Freundschaftsverhältnis?«, fragt Troels.

Nanna Thomsen zögert, bevor sie antwortet. »Für mich besteht kein Zweifel, dass Frank Sejrs der Intelligentere der beiden ist. Ich bin mir außerdem sicher, dass Laurits seinen Freund sehr bewunderte. Aber nach allem, was die anderen und ich hier drinnen beobachten konnten, hat Frank zu keinem Zeitpunkt versucht, Laurits in irgendeiner Weise auszunutzen.«

»Laurits Mogensen wurde ebenfalls entlassen, richtig?«

»Ja.«

»Weswegen saß er ein?«

»Vergewaltigung in zwei Fällen. Weniger schwer als bei Frank.«

»Okay. Aber ich habe Sie unterbrochen. Sie wollten erzählen, warum Frank Sejrs auf Bewährung freikam.«

»Genau. Er war sich seiner Schuld bewusst und hat mit den Themen gearbeitet, die wir im Rahmen der Therapie mit ihm besprochen haben, da möchte ich jetzt nicht konkreter werden. Aber die Entscheidung für oder wider eine vorzeitige Entlassung liegt ja bei der Vollzugs- und Bewährungsbehörde, und hier hat mit Sicherheit auch hineingespielt, dass seine Vergewaltigungen nicht von sadistischen Tendenzen oder anderen bizarren sexuellen Abnormitäten geprägt waren.«

Juncker denkt, dass eine neunzehnjährige Frau auf einem Parkplatz zu vergewaltigen und sie dabei fast zu erwürgen, in seiner Welt ganz entschieden auf der Liste sexueller Abnormitäten steht.

Wieder scheint die junge Psychologin seine Gedanken zu lesen.

»Ich verstehe nur zu gut, wenn Sie sich Ihren Teil denken, aber an diesem Ort haben wir es mit Menschen zu tun, die völlig unterschiedliche Formen von Straftaten begangen haben. Verglichen mit den Sexualstraftaten, von denen wir hier so hören, liegen Franks Vergewaltigungen meiner Einschätzung nach innerhalb der Grenzen einer Durchschnittsvergewaltigung. *Sad to say.* Tatsächlich hat er mir gegenüber gesagt, dass er keinerlei Bedürfnis verspürt habe zu töten, sondern vielmehr von einer Neugier auf erotische Atemkontrolle getrieben worden sei – also Würgen als sexuelles Lustmittel –, und aufgrund seiner Verirrung und seines gestörten Verhältnisses zu Frauen und Sex im Allgemeinen glaubte er tatsächlich, den Frauen würde es gefallen. Aber er hat viel an sich gearbeitet und übernimmt die Verantwortung für das, was er diesen armen Frauen angetan hat.« Sie schaut Juncker durchdringend an. »Sie brauchen es nicht zu verstehen, ich versuche, es bloß zu erklären.«

»Also wurde der Tugendbold Frank Sejrs nach sechs Jahren Vollzug und einer Wandlung zum Vegetarier freigelassen«, erwidert Troels spöttisch.

»Ja, die Reststrafe wurde zu einer Bewährung von zwei Jahren ausgesetzt, unter der Auflage, dass er sich weiterhin psychiatrisch sowie sexualtherapeutisch behandeln lässt, Letzteres einmal wöchentlich an der Sexualklinik des Rigshospitals. Und er meldet sich jeden Montag bei der Bewährungshilfe.«

»Tja, diesen Montag allerdings nicht. Und jetzt ist er

verschwunden. Hat er Ihnen gegenüber bestimmte Orte erwähnt, denen er sich besonders verbunden fühlt? Hat er irgendeinen geheimen Zufluchtsort?«, fragt Troels.

»Jetzt sind wir sehr nah an der Grenze dessen, was ich erzählen möchte.« Nanna Thomsen knetet nervös die Hände und überlegt einen Moment. »Na schön, so viel kann ich sagen, er hat mir gegenüber nie einen geheimen Ort erwähnt.« Sie leert ihren Plastikbecher. »Möchten Sie sonst noch etwas wissen?«

»Überrascht es Sie, dass er verschwunden ist?«, fragt Juncker.

»Ja und nein. Meine klare Einschätzung ist, dass er bei seiner Entlassung bereit war, ein neues Leben zu beginnen, und eine stabile Grundlage dafür bestand. Wir haben hier gemeinsam mit ihm große Fortschritte erzielt, und soweit ich es professionell beurteilen kann, ist er heute für niemanden mehr eine Gefahr. So gesehen also überrascht es mich.«

»Und was an der Sache überrascht Sie dann nicht?«

»Was, glauben Sie, hat er gedacht, als er von dem Mord an der Frau gehört hat? Er war sich so gut wie sicher, dass die Polizei ihn verdächtigen würde und die Medien ihn in diesem Fall lynchen würden. Sein Leben wäre unerträglich geworden.«

»Verstehe ich Sie richtig, Sie glauben also nicht, dass er es war?«

Sie macht eine Vierteldrehung mit ihrem Stuhl und blickt aus dem Fenster. Dann wendet sie sich wieder ihren beiden Gästen zu.

»Wie Sie sich bestimmt schon gedacht haben, habe ich noch keine lange Laufbahn als Psychologin hinter mir. Trotzdem habe ich genug hier erlebt, um mich mit sicheren

Aussagen dazu, was sich im Wesen eines Menschen verbirgt, zurückzuhalten. Unmittelbar glaube ich nicht, dass er Ihr Mann ist.« Sie lächelt freudlos. »Aber ich möchte nicht meine Autorität darauf verwetten.«

Kapitel 25

Ermina Rashad starrt Signe wütend an.
»Was wollen Sie jetzt schon wieder?«
Signe faltet den Durchsuchungsbeschluss auseinander und reicht ihn Jamaals Frau, die ihn durchliest.
»Dürft ihr das wirklich? Einfach so hier eindringen?«
»Ja, dürfen wir. Wenn ein Richter es genehmigt hat. Sind die Kinder zu Hause?«
»Ja, die sind in ihrem Zimmer. Warum?«
»Ich dachte, falls Sie sie ... Falls es jemanden gibt, zu dem sie gehen können, während wir die Wohnung durchsuchen.«
Ermina schnaubt verächtlich. »Wie rücksichtsvoll von Ihnen. Aber ich finde, sie können ruhig mitkriegen, wie die Polizei gewöhnliche Bürger behandelt.«
Signe denkt sich, dass die Kategorie »gewöhnliche Menschen« wohl ziemlich großzügig definiert werden muss, wenn hochrangige Mitglieder extrem gewalttätiger Gangsterbanden und ihre Ehefrauen ebenfalls darunter fallen sollen. Aber sie sagt nichts, zieht stattdessen ihre Stiefel aus und tritt in den Flur. Laust Larsen folgt ihr. Sie bleibt stehen und weist mit dem Kinn hinunter auf seine Schuhe.
»Soll ich auch ...?« Er schaut sie mit einer Mischung aus Erstaunen und Unbehagen an.
»Jepp.«

Während Laust seine Schuhe auszieht, geht Signe mit Ermina ins Wohnzimmer.

»Ihr habt sie ja nicht alle, wenn ihr glaubt, Jamaal hätte seine Schwester umgebracht«, sagt Ermina.

Also ist trotz allem durchgesickert, dass sie ihn auch wegen des Mordes an Eva unter Verdacht haben. Wer hat seine Klappe nicht gehalten?, denkt Signe irritiert. Aber vielleicht hat Ermina oder jemand anders auch einfach zwei und zwei zusammengezählt.

»Wo habt ihr eure Kleidung? Im Schlafzimmer?«

»Ja. Wo sonst?«

»Und euer Schlafzimmer …?«

Ermina zeigt auf eine Tür. Signe öffnet sie und geht hinein, gefolgt von Laust. Sie ziehen Latexhandschuhe über. Der komplett verspiegelte Kleiderschrank nimmt eine ganze Wand ein. Signe schiebt die erste Tür auf. Es scheint Erminas Seite zu sein. Sie durchsucht alle Fächer und Schubladen, ohne fündig zu werden. Laust hat sich die andere Seite vorgenommen. Er zieht eine schwarze Hose heraus und kurz darauf eine weitere. Und einen schwarzen Kapuzenpulli mit Reißverschluss. Signe reißt einen Müllsack von einer Rolle und packt die von Laust aufs Bett gelegte Kleidung hinein. Die Sachen riechen frisch gewaschen. Mist, denkt sie und öffnet eine neue Abteilung mit Hemden sowie einigen Mänteln und Jacken. Aber keine schwarze Windjacke mit Kapuze.

»Bewahrt ihr sonst noch irgendwo Jacken auf?«, fragt sie Rashads Frau, die mit verschränkten Armen in der Tür steht.

»Ja. Im Flur. Wer hätte das gedacht«, erwidert Ermina spöttisch.

Signe geht in den Flur. Die fünf Garderobenhaken hängen voller Jacken. Ganz unten an einem der Haken hängt eine schwarze Windjacke mit Kapuze. Die nimmt sie mit ins Schlafzimmer. Laust schaut sie fragend an. Signe nickt und steckt die Jacke in den schwarzen Sack.

»Eure schmutzige Wäsche?«, fragt sie.

»Bad«, antwortet Ermina, schüttelt genervt den Kopf und verdreht die Augen.

Der Korb enthält nichts weiter als etwas Unterwäsche und ein paar T-Shirts.

»Wir müssen auch das Kinderzimmer durchsuchen«, sagt Signe. »Können Sie die Kinder währenddessen ins Wohnzimmer schicken?«

Ermina nickt. In diesem Moment hört Signe die Wohnungstür aufgehen. Einen Augenblick später stiefeln drei Männer ins Wohnzimmer. Der vorderste von ihnen gleicht einer jüngeren Kopie von Jamaal Rashad, die beiden anderen sind aufgepumpt und haben identische Frisuren: kahlrasiert an den Seiten und im Nacken, das obere Kopfhaar drei, vier Zentimeter lang und zurückgegelt.

»*Yallah*, was läuft hier?«, blafft der Jamaal-Klon.

Signe zückt ihren Ausweis. »Wir haben einen Durchsuchungsbeschluss. Wer sind Sie?«

Er schaut sie kalt an. »Omar.«

»Und Sie sind …?«

»Erminas Schwager.«

»Das hatte ich mir fast gedacht.« Signe lächelt versöhnlich.

Er stiert sie an und wiederholt seine Frage. »*Yallah*, was ist das hier?«

»Das geht Sie eigentlich nichts an. Und ich muss Sie jetzt bitten, die Wohnung zu verlassen.«

Omar Rashad macht einen Schritt nach vorn, und seine beiden Gorillas folgen ihm synchron. Aus dem Augenwinkel sieht Signe Laust unter dem Blazer nach seiner Waffe greifen, die er rechts in einem über der rechten Gesichtshälfte am Gürtel festgeklipsten Holster trägt. Aber er zieht sie nicht. Zum Glück. Sie selbst trägt ihre Pistole in einem Schulterholster.

Hätten sie die Durchsuchung besser mit mehr Leuten durchführen sollen? Es ist immer ein Balanceakt, denn wenn sie mit der ganzen Kavallerie anrücken, kann es leicht provozierend wirken. Viele von ihren Kollegen gehen niemals ein Risiko ein und lösen diese Art Aufgaben mit vollem Back-up. Für gewöhnlich zieht sie es vor, möglichst diskret vorzugehen, aber jetzt würde sie wünschen, sie hätten wenigstens noch zwei Kollegen dabei. Sie macht ebenfalls einen Schritt vor, sodass bestenfalls noch ein Meter zwischen ihnen liegt.

»Haben Sie gehört, was ich gesagt habe? Sie sollen die Wohnung verlassen. Auf der Stelle.« Sie schaut Omar in die Augen.

Zehn Sekunden lang stehen sie einander gegenüber. Dann schlägt er den Blick nieder, dreht sich um und geht. Die beiden Dumpfbacken stieren sie mit leerem Blick an, folgen schließlich aber auch Omar. Signe bleibt stehen, bis sie die Wohnungstür ins Schloss fallen hört. Sie holt tief Luft. Es ist bestimmt nicht verkehrt, Omars Alibi zu untersuchen, denkt sie und wendet sich an Ermina.

»Schicken Sie bitte die Kinder aus dem Zimmer, damit wir es durchsehen können?«

Fünf Minuten später sind sie fertig. Signe füllt eine Quittung über die beschlagnahmten Kleidungsstücke aus und reicht sie Ermina.

»Wie lange wollt ihr Jamaal festhalten?«, fragt Rashads Frau.

»Das weiß ich nicht.«
»Die Jungs vermissen ihren Vater.«
Signe schaut sie an. »Ja, das ist traurig für die Kinder.«

Ihr Auto steht auf dem Parkplatz, der zu dem ehemaligen Güterbahngelände zeigt, das inzwischen zum Mimersparken umgestaltet worden ist.
»Puh«, sagt Laust. »Fast wär's eben brenzlig geworden, was?«
»Ja«, stimmt Signe ihm zu und lächelt. »Gut, dass du nicht gezogen hast.«
»Hatte ich auch nicht wirklich vor. Es war mehr ein Reflex. Bei so zwei Haudraufs, wie er sie da mitgeschleppt hat, weiß man ja nie.«
Signe drückt auf den Autoschlüssel. Als sie die Hand an den Türgriff legt, entdeckt sie, dass sich ein fetter Kratzer über Vorder- und Hintertür zieht.
»Oh Mann, ich fass es nicht. Diese Penner«, schnaubt sie.

Signe setzt Laust bei Teglholmen ab und fährt weiter nach Valby. Den nächsten Punkt auf der Tagesordnung will sie allein erledigen.
Die Wohnblocks mit den aufgepappten gelben Backsteinen und den Laubengängen im Akacieparken sehen aus wie so viele andere Sozialbauten in Dänemark. Früher einmal stand die Siedlung auf der berüchtigten Ghettoliste der Regierung, aber nach zahlreichen Maßnahmen soll es nun angeblich möglich sein, sich hier auch nach Einbruch der Dunkelheit noch zu bewegen, ohne fürchten zu müssen, im Kreuzfeuer zwischen rivalisierenden Banden zu enden, die um die Kontrolle des Drogenmarkts

kämpfen, Müllcontainer abfackeln oder einfach ganz allgemein die Anwohner terrorisieren.

Sie findet die richtige Hausnummer und drückt auf die Klingel.

»Wer ist da?«, erklingt eine dünne Frauenstimme aus der Gegensprechanlage. Signe stellt sich vor. Einen Augenblick darauf ertönt der Summer. Sie nimmt den Aufzug in den vierten Stock.

Die Frau, die die Tür öffnet, ist klein, mindestens einen Kopf kleiner als Signe. Das geblümte Kleid reicht ihr bis zu den Füßen, die in einem Paar lila Kunstpelzpantoffeln stecken. Der Hidschab ist schwarz. Die dunklen Augen hinter den Brillengläsern sind gerötet und vom Weinen verquollen.

»Ja? Was wollen Sie?«

Ihr Dänisch ist gebrochen, aber verständlich.

»Darf ich reinkommen? Ich möchte gern mit Ihnen reden.«

Die Frau zögert, nickt dann aber. Sie führt Signe ins Wohnzimmer, und sie setzen sich jeweils auf ein Sofa. Die Hände der Frau sind im Schoß gefaltet, der Kopf ist gebeugt. Ihr Alter ist schwer einzuschätzen, sie könnte fünfzig sein, aber auch gut zehn Jahre älter.

»Sie heißen Faria, richtig?«

»Ja. Faria Hamid.«

»Nicht Rashad?«

»Nein.«

»Wohnen Sie allein?«, fragt Signe.

Die Frau nickt. »Seit mein Mann vor zwei Jahren gestorben ist.«

»Das tut mir leid. Es ist schwer, wenn man plötzlich allein ist.«

Faria Hamid nickt wieder.

»Darf ich Ihnen auch mein Beileid zum Verlust Ihrer Tochter aussprechen?«

»Beileid? Was bedeutet das?«

»Das bedeutet … dass ich meine Anteilnahme … meinen Respekt für Ihre Trauer ausdrücke.«

»Danke«, antwortet Faria mit leiser Stimme.

Signe überlegt, wie sie zum Grund ihres Besuchs überleiten soll. Die Verbindung zu Faria Hamid wirkt zerbrechlich wie ein Kartenhaus. »Darf ich Ihnen ein paar Fragen über Eva stellen?«

Faria hebt den Blick. »Jamila. Meine Tochter heißt Jamila.«

»Okay. Jamila.« Signe nickt langsam. »Wann haben Sie sie zuletzt gesehen?«

Faria murmelt etwas, das sie nicht versteht.

»Tut mir leid, aber das habe ich nicht verstanden. Könnten Sie etwas lauter sprechen?«

Die Frau räuspert sich. »Vor einem Jahr.«

»Vor einem Jahr? Wo?«

»Hier. Sie saß da, wo Sie jetzt sitzen.« Faria treten Tränen in die Augen.

»Hatten Sie sie eingeladen?«

Faria schüttelt den Kopf. »Nein. Sie hat mich angerufen und gefragt, ob sie kommen darf, wenn ich irgendwann allein bin.«

»Und dem haben Sie zugestimmt?«

Faria nimmt ihre Brille ab und wischt sich mit dem Handrücken über die Augen. »Wie hätte ich Nein sagen sollen? Sie ist meine Tochter. Meine einzige Tochter. Und jetzt ist sie …« Sie schaut Signe verzweifelt an.

»Wie ging es Ihnen damit, dass … also, damit, dass ihre Familie drohte, Jamila umzubringen, sollte sie nicht das tun, was sie von ihr wollten?«

Faria macht eine abwehrende Handbewegung. »Das dürfen Sie mich nicht fragen. Das kann ich jemandem wie Ihnen nicht erklären.«

»Jemandem wie *mir*? Was meinen Sie?«

»Sie können nicht verstehen ... Sie können nicht verstehen, was es bedeutet, wenn eine Familie ihre Ehre verliert. Wenn man ehrlos ist, ist man ...« Sie sucht nach den richtigen Worten. »Wie Dreck auf einem Misthaufen. Man ist ... ausgestoßen.«

Und sie hat ja recht. Signe wird niemals verstehen, wie etwa so Abstraktes wie die Ehre der Familie wichtiger sein kann als das Leben eines Kindes. Niemals.

»Faria, hat Jamaal seine Schwester ... Ihre Tochter umgebracht?«

Die Frau zuckt zusammen. Signe sieht einen Ausdruck von Panik in ihre Augen treten.

Ehe sie etwas sagen kann, hört sie die Wohnungstür aufgehen. Déjà-vu, denkt Signe, als Omar Rashad mit seinen beiden Gorillas im Schlepptau ins Wohnzimmer stapft. Er sagt etwas auf Arabisch zu seiner Mutter. Sie steht auf und antwortet mit dünner Stimme. Er blafft etwas, das wie ein Kommando klingt, und die Mutter setzt sich wieder hin.

Omar wendet sich an Signe. »Was machst du hier, Scheiß-Bullenschlampe?«

Nicht ganz so wortgewandt und stilvoll wie sein Bruder, denkt sie. »Ich spreche mit deiner Mutter«, erwidert Signe mit gezwungener Ruhe.

»Sie hat nichts mit dir zu bereden. Hast du einen ... einen Durchsuchungsbefehl oder wie der Wisch heißt?«

»Ich brauche keinen Durchsuchungsbeschluss, um mit ihr zu sprechen.«

»Das Gespräch ist jetzt jedenfalls vorbei. Sie hat dir nichts zu sagen.«

Signe schaut zu Faria, die wie versteinert dasitzt, und geht ihre Optionen durch. Sie entscheidet, den Rückzug anzutreten, und steht auf.

»Danke für Ihre Zeit, Faria.« Sie stellt sich vor Omar und schaute ihm in die Augen. »Wir sprechen uns sicher noch«, sagt sie und geht zur Tür. Die Türöffnung ist zur Gänze von einem der beiden stummen Muskelprotze gefüllt.

»Machst du Platz?«, fragt sie.

Der Mann rührt sich nicht.

»Mach Platz, habe ich gesagt.«

Er bewegt sich nicht vom Fleck. Signe greift seinen Arm und versucht, ihn zur Seite zu ziehen. Er hebt die geballte Faust.

»Das würde ich dir nicht empfehlen«, sagt sie kalt und wendet sich an Omar. »Dein Freund hier hört offenbar schlecht. Ich weiß nicht, ob du Gebärdensprache kannst oder ob ihr irgendein anderes Signal habt, das ihn dazu bringen kann, sich zu bewegen.«

Omar schaut sie ausdruckslos an. Dann nickt er seinem Mann zu, der sehr langsam zur Seite tritt.

Als sie an ihm vorbeigeht, rammt sie ihm den Ellbogen in die Rippe. Er stößt ein schmerzvolles Grunzen aus. »Ups, tut mir leid«, sagt sie und tritt hinaus auf den Laubengang. Sie bückt sich, um ihre Stiefel anzuziehen, und bemerkt zwei junge Kerle, die am Aufzug stehen. Signe nickt ihnen im Vorbeigehen zu, doch die beiden erwidern den Gruß nicht. Sie nimmt die Treppe nach unten.

Ob Faria schnell Omar benachrichtigt hat, während sie mit dem Aufzug auf dem Weg nach oben war? Wohl kaum. Signe versteht nur einige wenige Worte auf Arabisch, aber auch ohne die Sprache zu können, war deutlich, dass der Sohn seine Mutter angeherrscht hat. Sie ist sich sicher, Faria wäre es lieber gewesen, wenn ihre Familie nicht herausgefunden hätte, dass sie mit der Polizei gesprochen hat. Nein, da ist es wahrscheinlicher, dass jemand Faria beobachtet, vielleicht die beiden Flegel am Aufzug, und derjenige oder diejenigen Omar angerufen haben. Vielleicht erachtet die Familie die Mutter als das schwache Glied.

Wie auch immer: Sie sind offensichtlich nervös wegen irgendwas. Gut zu wissen, denkt Signe und startet den Wagen.

Signe wirft ihre Tasche auf ihren Schreibtisch und geht zu Laust.

»Und, was erreicht?«, fragt er.

Sie erzählt ihm von dem Besuch bei der Mutter und der Wiederholung der Episode mit Omar und seinen Handlangern.

»Sie war augenscheinlich schockiert, als ich sie gefragt habe, ob sie glaubt, Jamaal könnte Eva umgebracht haben. Mein Eindruck war, dass sie diesen Gedanken auch schon gehabt hat, aber ich fürchte, bei ihr kommen wir nur schwer weiter. Ab jetzt wachen sie garantiert mit Argusaugen über sie. Wir können sie natürlich jederzeit vorladen, aber ich möchte sie ungern in größere Schwierigkeiten bringen als unbedingt nötig. Sie ist enorm verwundbar.« Signe schweigt einem Moment. »Was hast du gemacht?«

»Ich habe geschaut, mit was Jamaal und seine Bande so durch die Gegend kurven, aber natürlich hat praktisch keiner von ihnen ein Auto, die sind alle geleast. Ich hab aber nichts gefunden, was auf Jamaals Namen geleast wäre. Dafür aber auf Omars.«

»Und was ist das für ein Wagen?«

»Ein Audi. Willst du die ganzen Details?«

»Spuck aus.«

Laust schaut auf den Bildschirm und liest vor: »Ein RS3 2,5 TFSI SB quattro S tronic.«

»Holla. Klingt nach einem ordentlichen Schlitten.«

»Yes, ma'am. Vierhundert PS, Höchstgeschwindigkeit zweihundertfünfzig Stundenkilometer, von null auf hundert in knapp vier Sekunden. Ein Phallussymbol sondergleichen.«

»Und ... äh ... die Farbe?«

Laust verschränkt die Hände im Nacken. »Tja, interessanterweise ist er weiß.«

»Na, da sieh einer an.« Sie überlegt einen Moment. »Was meinst du? Sollen wir ihn beschlagnahmen und von der Kriminaltechnik untersuchen lassen?«

Er zuckt mit den Achseln. »Um was zu finden? Der Mörder hat die Leiche ja nicht in dem Auto transportiert, in dem er gefahren ist. Und selbst wenn wir Jamaals DNA finden sollten, wäre es nicht weiter verwunderlich. Er könnte sich den Wagen ja geliehen haben. Oder mit seinem Bruder gefahren sein.«

»Das stimmt. Aber wir könnten dem alten Mann, dem mit dem Hund, ein Bild von einem entsprechenden Modell zeigen. Wer weiß, vielleicht erkennt er es. Und so viele von dieser Sorte dürfte es in Dänemark doch wohl nicht geben, oder? Falls er den Wagen also identifizieren kann ...«

Laust macht ein skeptisches Gesicht. »Wir können es probieren. Allerdings würde ich mir keine allzu großen Hoffnungen machen. Er hat ja gesagt, dass er nichts von

Autos versteht, da kann er höchstens einen Ferrari von einem alten Lada unterscheiden. Aber ich kümmere mich drum.«

Signe geht zurück zu ihrem Platz. Sie nimmt einen Kugelschreiber und einen Block, lehnt sich zurück und legt die Beine hoch. Eine Weile starrt sie in die Luft. Dann schreibt sie mit ungelenken Buchstaben – sie hat sich immer schon für ihre kindliche und krakelige Handschrift geschämt:

Rashad–Familie?

Und darunter: *Omar?*

Sie schaut auf ihr Handy. Es ist Viertel nach fünf, außer ihr selbst und Laust sind nur noch zwei junge und ebenso strebsame Ermittler hier, die am Monitor sitzen und Überwachungsvideos durchschauen. Von allen langweiligen Routinepolizeiarbeiten – und die Auswahl ist groß – nimmt diese Tätigkeit Signes Meinung nach den ersten Platz als die mit Abstand langweiligste ein.

Sie überlegt, ob jetzt nicht der Moment wäre, ein bisschen Zeit aufs Familienkonto einzuzahlen. Schließlich ist Samstag, Herrgott. Sie kratzt sich mit dem Kuli am Kopf. Dann steht sie auf.

Einen Moment lang steht sie über den Tisch und den Block gebeugt. Ihr kommt der Mann in den Sinn, der offenbar Eva Basels Mörder auf dem Weg getroffen hatte, und sie schreibt *Sigurd Povlsen* unter die beiden anderen Namen. Und fügt dann hinzu: ??

Kapitel 26

Nach dem Besuch in Herstedvester hat Juncker Troels nach Hause gefahren – zu einem Einfamilienhaus in Brønshøj, wo er schon fast so lange mit seiner Frau lebt, wie Charlotte und Juncker zusammen in den Kartoffelreihen gewohnt haben. Einer ihrer Söhne und dessen Frau kämen zum Martinsessen, erklärte Troels.

»Hoffe, das ist okay. Sollte etwas sein, rufst du natürlich an.«

»Das wird nicht nötig sein. Es ist Samstagabend«, erwiderte Juncker.

Troels sah ihn an. »Sag mal, hättest du Lust mitzuessen? Dann mache ich einen guten Burgunder auf.«

Das Angebot überraschte Juncker. Es stieß zunächst auf seinen instinktiven Widerstand gegen jegliche Form von Spontanität und anschließend auf das Bauchgefühl, dass es trotz ihres guten Verhältnisses etwas zu früh für diesen nächsten Schritt war.

»Das ist nett von dir, aber ich bin schon verabredet«, log er.

Troels blinzelte ihm zu und antwortete: »*Say no more. Nudge, nudge.*«

Es dauerte ein paar Sekunden, bis der Groschen bei Juncker fiel und er die alte, mittlerweile ziemlich ausgelutschte Monty-Python-Replik begriff. Er schüttelte den Kopf. »Nein, nein, überhaupt nicht. Ich treffe mich mit einem alten Schulfreund«, erklärte er.

Er hat keine alten Schulfreunde.

Die Abteilung für Gewaltkriminalität ist mehr oder weniger verlassen. Nur Laust und zwei weitere Kollegen sitzen noch an ihren Schreibtischen.

»Ist Signe schon heimgefahren?«, fragt Juncker.

»Glaube ja. Vor einer halben Stunde«, antwortet Laust.

Juncker setzt sich. Welche Erkenntnisse haben sie durch den Besuch in Herstedvester gewonnen? Nicht allzu viele, muss er zugeben. Was Frank Sejrs angeht, sind sie damit in etwa so weit wie zuvor. Ist der Mann ein möglicher Verdächtiger? Ja, zweifellos. Deutet etwas konkret auf ihn hin? Nein, aktuell nicht. Davon abgesehen, dass er verschwunden ist.

Das Wichtigste, was sie erfahren haben, ist, dass Sejrs einen Kumpel im Gefängnis hatte. Laurits Mogensen. Mit ihm müssen sie schnellstmöglich reden. Es ist keineswegs ungewöhnlich, dass Vergewaltiger einen Helfer haben. Darüber muss er mit Malene Hanslev sprechen.

Er greift in einen der Umzugskartons, zieht einen Aktenordner heraus und öffnet ihn zum Gott weiß wievielten Mal an der Stelle, an der die Plastikhüllen mit den Fotos von Martina Jensens Leiche und dem Tatort abgeheftet sind. Eine Viertelstunde lang studiert er die Bilder im Detail, obwohl er sich im Vorhinein an alles erinnert, nachdem er unzählige späte Abendstunden über dem Material gebrütet hat. Aber insbesondere bei diesem Fall verfolgt ihn die große Angst eines jeden Mordermittlers: dass er etwas übersehen haben könnte. Das scheinbar unbedeutende Detail – die Bagatelle, die sich als von entscheidender Bedeutung herausstellt.

Juncker nimmt einen neuen Aktenordner, der eine Auswahl der vielen im Zuge der Ermittlungen geführten Vernehmungen enthält, und blättert wahllos durch die Kopien.

Einer von Junckers guten Kollegen hat einmal für erhebliches Aufsehen gesorgt, als er im Zusammenhang mit einer der ewigen Debatten über die Angst der Menschen vor zufälliger und sinnloser Gewalt den Medien gegenüber äußerte, dass das Risiko, von jemandem umgebracht zu werden, den man nicht schon im Vorfeld gekannt habe, in Dänemark äußerst gering sei. Nein, wenn die Dänen jemanden fürchten sollten, dann die, mit denen sie Haus und Hof teilten. Der Schoß der Familie sei statistisch betrachtet der mit Abstand gefährlichste Aufenthaltsort – nicht etwa dunkle Straßen und Gassen zu später Abend- und Nachtstunde. Vor allem Frauen hätten – auch wieder statistisch betrachtet – mehr Grund, sich davor zu fürchten, von ihrem Mann als von einem Fremden umgebracht zu werden.

Aber Statistik ist das eine ...

Die männlichen Mitglieder von Martinas Familie hatte man recht schnell von der Liste der Verdächtigen gestrichen, da sie allesamt wasserdichte Alibis hatten. Daraufhin konzentrierten sich die Ermittlungen auf die Männer im sehr großen Bekanntenkreis der jungen Frau, aber auch hier kam man nicht richtig weiter. Bei zweien der Männer bröckelte das Alibi ein wenig, aber der eine der beiden war offen homosexuell, und angesichts der augenscheinlich sexuellen Aspekte des Mordes schlossen die Ermittler ihn sehr bald als möglichen Verdächtigen aus. Davon abgesehen war er ihrer Einschätzung nach nicht einmal fähig, eine Fliege etwas zuleide zu tun. Der andere hatte bei einem Verkehrsunfall fast seinen ganzen linken Arm verloren und wäre schon allein aus diesem Grund schwerlich in der Lage gewesen, eine körperlich derart schwierige Handlung auszuführen, wie jemanden zu erdrosseln.

Sein Handy klingelt. Es ist Markman.

»Rufst du an, weil dir etwas eingefallen ist, das uns direkt zum Mörder führt?«, fragt Juncker. »Oder kann ich etwas für dich tun?«

Der Rechtsmediziner lacht keckernd. »Juncker, du solltest besser fragen, was ich für dich tun kann.«

»Dann tue ich das hiermit. Was kannst du für mich tun?«

»Ich kann dich zum Abendessen einladen.«

»Jetzt?«

»Nein. In einer Stunde.«

Etwas auffällig, wie ihn plötzlich alle zum Abendessen einladen wollen.

»Markman, das ist wirklich nett von dir, und es wäre sicher schön. Aber wie du weißt, habe ich einen Mord aufzuklären.«

»Jaja, aber doch nicht allein. Und irgendwann musst du wohl mal was essen, oder nicht?«

»Schon, aber ...«

»Juncker, verschon mich mit deinen Ausflüchten. Um sieben am Strandboulevarden. Das ist eine dienstliche Order.«

Er seufzt. Welche Alternative hat er schon? Hier vollkommen sinnlos rumsitzen? In der Wohnung hocken und sich das geisttötende Samstagabendprogramm im Fernsehen reinziehen, um anschließend – wenn er es nicht mehr aushält – auf diversen Krebs-Webseiten herumzusurfen, die er alle schon mindestens zehnmal besucht hat, bis er deprimiert ins Bett geht? Oder in den Fliedergasthof gehen und in Gesellschaft von Menschen am Tresen abhängen, die aus verschiedenen Gründen genauso einsam und verschlossen sind wie er selbst?

»Okay. Soll ich etwas …«

»Bis später«, sagt Markman und legt auf.

Johannes ist für das Essen zuständig. Er ist Architekt, fünfzehn Jahre jünger als Markman, hat lange dunkelblonde Haare, die zu einem *man bun* gebunden sind, tiefblaue Augen und einen Adoniskörper. Wenn Markman Juncker damit aufgezogen hat, dass Charlotte mindestens eine Liga zu hoch für ihn sei, hat ihm immer die Erwiderung auf der Zunge gelegen, dass das ja wohl eher auf den Mediziner zutreffe. Markman hat viele Qualitäten, Selbstironie aber zählt nicht dazu, daher hat Juncker es sich verkniffen.

Die Wohnung, die vollgestopft ist mit moderner Kunst und Designmöbeln, ist zweihundertvierzig Quadratmeter groß, von denen die Küche rund vierzig einnimmt. Die Küchenfront ist handgeschreinert und dürfte schätzungsweise das Jahresgehalt eines Polizeikommissars gekostet haben, aber Johannes ist Partner in einem der erfolgreichsten Architektenbüros des Landes, und Markman wurde vor Kurzem zum Leiter des Rechtsmedizinischen Instituts befördert, was ihm vermutlich ebenfalls ein ganz anständiges Einkommen beschert. Dänische Ärzte sind nicht gerade im Niedriglohnsektor angesiedelt.

Juncker und Markman sitzen am Esstisch in der Küche und trinken gekühlten Sancerre, während Keith Jarrett aus den Lautsprechern klingt und Johannes mit Kaisergranat und Steinbutt hantiert.

»Ich hoffe, du kannst damit leben, dass wir keine Ente essen, obwohl Martinsabend ist«, sagt der Koch, und Juncker versichert, dass er das selbstredend kann. Sie plaudern über dies und das. Johannes erzählt von einem Wettbewerb, den sein Büro neulich gewonnen hat; das Projekt soll jetzt in Shanghai realisiert werden. Juncker will den Architekten gerade fragen, ob er keine ethischen und moralischen Skrupel dabei empfindet, in einer nur mäßig kaschierten Diktatur zu arbeiten, als die man China ja wohl bezeichnen muss, aber es besteht kein Grund, die wirklich gute und entspannte Stimmung zu verderben. Markman erzählt begeistert von einer Theatervorstellung, *Die Nacht der Tribaden*, die er kürzlich im Kulturzentrum Krudttønden gesehen hat.

»Jetzt muss der Fisch nur noch eine halbe Stunde in den Ofen«, sagt Johannes. »Ich muss kurz ein Telefonat führen. Wir essen hier in der Küche, oder?«

»Ja, lass uns hier essen«, sagt Markman.

Johannes geht in sein Arbeitszimmer. Markman und Juncker sitzen eine Weile schweigend da und nippen an ihrem Wein.

»Ich muss dir was sagen«, sagt Markman.

»Lass hören.«

»Die Sache ist … na ja … etwas delikat.«

»Okay. Raus damit.«

Markman räuspert sich. »Ich war neulich bei einem Freund zum Abendessen. Er ist auch Arzt. Assistenzarzt. Im Herlev Hospital.«

Juncker setzt sich aufrecht hin. »Ja. Und?«

»In der Urologie …«

»Und was hat er dir gesagt?«

»Er weiß, dass wir beiden uns kennen. Und da ist ihm

etwas rausgerutscht, das er auf keinen Fall hätte erzählen dürfen. Nämlich dass du auf seiner Abteilung operiert worden bist. Wegen Prostatakrebs.«

Juncker spürt Zorn in sich hochkochen und wendet sich ab. Markman greift zur Flasche.

»Noch Wein?«

Juncker nickt.

»Ich verstehe, dass du wütend bist. Das wäre ich auch. Schließlich ist es eine grobe Verletzung der Schweigepflicht ...«

»Es ist schlichtweg strafbar.« Junckers Hände zittern, als er das Glas hebt.

»Absolut. Das habe ich ihm auch gesagt. Aber ... Na ja, er war ein bisschen beschwipst. Man könnte wohl sagen, es war so eine Art ... wie sagt man noch mal auf Englisch ... *a slip of the tongue.*«

»Trotzdem ...« Juncker spürt bereits, wie sein Ärger abflaut. Immerhin hatte er selbst überlegt, ob er es Markman erzählen soll. Damit hätte sich diese Frage erledigt. Er trinkt noch einen Schluck Wein. Markman schaut ihn an.

»Keiner weiß davon, hab ich recht? Außer mir?«

Juncker schüttelt den Kopf.

»Charlotte auch nicht? Und deine Kinder?«

»Nein.«

Jetzt ist es an Markman, den Kopf zu schütteln. »Juncker, Herrgott, du bist ja nicht ganz gescheit.«

Juncker zuckt mit den Achseln. »Was bringt es, ihnen davon zu erzählen? Schließlich können sie nichts daran ändern. Sie würden sich nur Sorgen machen.«

Markman schaut Juncker lange an. Dann schüttelt er resigniert den Kopf. »Juncker, du liegst so was von falsch, ich kann dir gar nicht sagen, wie sehr.« Er lächelt schief, wird dann jedoch wieder ernst. »Wie geht es dir? Ich meine rein körperlich.«

»Wie sagt man? Den Umständen entsprechend gut.«

»Und das Urinieren?«

»Auch gut. Den Umständen entsprechend. Können wir über etwas anderes reden?«

»Klar. Erektion?«

»Wollen wir nicht bald essen?«

11. November

Kapitel 27

Er fährt aus dem Schlaf hoch und stützt sich auf den Ellbogen – eine Bewegung, bei der ihm ein schmerzhaftes Stechen durch den Unterleib schießt. Sein Handy klingelt.
»Ja?«, krächzt er.
»Es wurde noch eine gefunden«, sagt Merlin.
»Eine Frau?«
»Ja.«
»Stranguliert?«
»Das wurde mir noch nicht gemeldet.«
»Wo?«
»Im Fælledparken. Bei der Edel Sauntes Allé. Nicht weit vom Skatepark und vom Wasserspielplatz.«
»Ich fahre sofort los.«

Es ist neunzehn Minuten nach sieben. Er lässt sich wieder zurücksinken, starrt an die Decke und spürt in seinen Körper hinein. Es könnte ihm schlechter gehen, zumal wenn man bedenkt, dass sie gestern Abend zu dritt drei Flaschen Wein getrunken haben und natürlich auch den Kaffee mit ein paar Grappas runterspülen mussten. Zum Glück ist er zeitig genug aufgebrochen, dass er gegen eins zu Hause war, und eingeschlafen, kaum dass sein Kopf das Kissen berührte. Dementsprechend scheint er nun geistig einigermaßen fit zu sein. Es ist eine Erleichterung, dass Markman von seiner Krankheit weiß, wie er jetzt spürt.

Eine Minute lang liegt er reglos da und sammelt sich, dann holt er tief Luft und steht auf. Er geht ins Bad und spritzt sich Wasser ins Gesicht und in die Haare, die wie eine Flaschenbürste abstehen. Er versucht, die widerspenstigen Büschel mit der flachen Hand glattzustreichen und -zuklatschen, was nur bedingt Erfolg hat. Dann fällt ihm ein, dass sein Auto in der Nähe von Markmans Wohnung steht. Er ruft ein Taxi, zieht sich hastig an und eilt aus der Wohnung.

Es ist ein dunkler Sonntagmorgen, und auf den Straßen herrscht so gut wie kein Verkehr. Das Taxi braucht nur zehn Minuten bis zur Junckers Auto, von wo aus er nach weiteren fünf Minuten Fahrt in der Edel Sauntes Allé ist, die sich durch den Fælledparken schlängelt, Kopenhagens größten Park. Er parkt bei zwei quer auf der Straße stehenden Streifenwagen, steigt aus und zieht seine Schutzausrüstung an.

»Es ist da drüben bei den ersten Büschen auf der rechten Seite«, sagt ein uniformierter Beamter und zeigt in die Richtung des Fundorts.

Juncker verlässt die asphaltierte Straße und betritt einen Kiesweg, der über eine große Grasfläche führt. Darauf stehen Bäume unterschiedlicher Höhen, unter anderem mehrere stattliche Kiefern. An einigen Stellen bilden Ansammlungen von Büschen Formen, die an die Kuppeln von Moscheen erinnern. Beim Näherkommen bemerkt Juncker, dass das Gebüsch begehbar ist und eine Art Höhle bildet. Vor einer Öffnung zwischen zwei Ästen bleibt er stehen. In etwa zehn Metern Entfernung hocken einige Elstern und betrachten ihn interessiert. Er muss an die Wunden in Eva Basels Gesicht denken und macht einen drohenden Schritt auf die Vögel zu, die krächzend aufflattern. Dann tritt er in die Dunkelheit und macht einen Körper auf der Erde aus sowie daneben eine in der Hocke sitzende Gestalt in weißem Schutzanzug.

»Hallo«, sagt er halblaut, woraufhin die weiße Gestalt zusammenzuckt und sich hastig aufrichtet.

»Juncker, Scheiße, hast du mich erschreckt«, sagt Signe.

Er tritt unter das grüne Blätterdach. »Du warst aber schnell«, sagt er leicht erstaunt.

»Ich war schon auf dem Weg nach Teglholmen, als der Disponent angerufen hat. Ich muss ganz oben auf der Liste gestanden haben. Aber ich bin auch gerade erst vor fünf Minuten angekommen.«

Die Leiche liegt in derselben Positur wie die von Martina Jensen und Eva Basel, mit seitlich ausgestreckten Armen und gespreizten Beinen. Am Oberkörper trägt die tote Frau eine rote Lederjacke, deren Reißverschluss bis zum Kinn hochgezogen ist. Vom Bauch an abwärts ist sie nackt. Der Mörder hat offenbar Hose, Slip und Strümpfe entfernt, jedenfalls kann Juncker die Kleidung nirgends hier im Halbdunkeln sehen. Dafür liegt einen Meter links vom Kopf der Leiche eine leere gelbe und sorgfältig zusammengefaltete Netto-Tüte mit einem Stein darauf auf dem Boden. Er tritt näher und studiert das Gesicht der Toten. Sie ist hübsch, mit blonden, zu einem Pferdeschwanz gebundenen Haaren und großen braunen Augen, die geradewegs in die Luft starren. Der Mund, dessen Oberlippe einen perfekten Armorbogen bildet, ist präzise mit knallrotem Lippenstift nachgezeichnet. Juncker richtet sich auf und wendet sich an Signe.

»Ist das nicht …?«

Signe nicht. »Ja, das ist Katja Lütsach.«

»Schöne Scheiße«, murmelte er, wohl wissend, dass die

ganze Sache auf einen Schlag eine völlig andere Dimension angenommen hat.

Schon allein der Fund einer weiteren ermordeten Frau wird die Spekulationen bezüglich eines umgehenden Serienmörders befeuern. In der Presse, aber auch in der breiten Bevölkerung. Der Umstand, dass das Opfer eine der gefeiertsten jungen Schauspielerinnen Dänemarks ist, vielfach ausgezeichnet, international berühmt, bekannt bei allen und von den meisten geliebt, wird die Aufmerksamkeit explodieren lassen.

Juncker beugt sich über den Kopf der Frau. Auf den ersten Blick sieht er keine Male an ihrem Hals.

»Hast du die Spurensicherung gerufen?«, fragt Juncker.

»Merlin hat sie benachrichtigt. Ist auf dem Weg«, antwortet Signe.

Juncker biegt ein paar Zweige zur Seite und tritt auf den Weg. Signe folgt ihm. Sie schaut sich um.

»Mann, der Typ ist eiskalt.«

»Was meinst du?«

»Von hier bis zur Straße ist es nicht weit, und selbst wenn der Mord spät gestern Abend oder in der Nacht verübt wurde, fahren doch immer mal Autos dort vorbei.«

»Nicht viele. Und du siehst ja, wie wenig man von der Straße aus erkennt, selbst jetzt, wo es schon langsam hell wird. Spätabends oder nachts ist es stockduster, sobald du dich ein Stück von der Straße entfernst. Aus einem Auto heraus kann man nicht erkennen, was hier draußen in der Dunkelheit passiert.«

»Aber Radfahrer? Oder Fußgänger?«

»Ich glaube nicht, dass hier spätabends oder nachts viele vorbeikommen.«

»Katja Lütsach schon.«

»Offensichtlich, ja.«

»Wie hat er sie dazu gekriegt, mit ins Gebüsch zu kommen?«

Juncker zuckt mit den Achseln. »Er könnte sie mit einer Waffe bedroht und gezwungen haben, ihm, ohne zu schreien, zu folgen. Wer hat sie gefunden?«

»Ein Jogger. Trotz der Dunkelheit war ihm ihre rote Lederjacke zwischen den Zweigen aufgefallen. Er hatte bei den Picknicktischen Pause gemacht, um sich zu dehnen.«

Fünf Minuten darauf ist die Spurensicherung da, und eine halbe Stunde später trifft Markman ein.

»Danke für die Einladung gestern«, sagt Juncker.

»Gern. Was haben wir hier? *Same procedure?*«

»Vielleicht. Es gibt Ähnlichkeiten. Aber auch Unterschiede, soweit ich auf den ersten Blick sehen kann.«

»Okay. Ich mache mich gleich an die Arbeit.«

»Gut. Das Opfer ist übrigens eine bekannte Persönlichkeit.«

»Deren Name mir auch etwas sagt?«

»Davon gehe ich mal aus. Katja Lütsach. Die Schauspielerin.«

Markman reißt die Augen auf. »Katja Lütsach? Nicht dein Ernst.«

Juncker nickt. Markman wirkt erschüttert, was Juncker, soweit er sich erinnert, noch nie bei ihm erlebt hat.

»Ich habe sie gerade erst im Theater gesehen. Letzte Woche. In der Vorstellung, von der ich gestern Abend erzählt habe. *Die Nacht der Tribaden*. Sie hat Siri von Essen gespielt, Strindbergs Frau. Sie war fantastisch.«

Kopfschüttelnd geht er zur Leiche. Juncker schaut sich um. Die beiden Kriminaltechniker sind um die Büsche herum zugange, und drüben bei der Straße sieht er, dass drei Kollegen aus der Abteilung für Gewaltkriminalität eingetroffen sind. Und eine Hundestaffel. Uniformierte Polizisten sind dabei, das Gebiet mit Flatterband abzusperren.

»Haben wir ihr Fahrrad gefunden?«, fragt er Signe.

»Soweit ich weiß, nicht. Aber streng genommen wissen wir ja auch gar nicht, ob sie mit dem Fahrrad oder zu Fuß unterwegs war.«

»Stimmt. Vielleicht war sie auf dem Heimweg von der Abendvorstellung ... die, von der Markman gesprochen hat. Im Kulturzentrum. Versuchst du, die Kollegen ausfindig zu machen, mit denen sie gespielt hat? Und vielleicht gibt es ja auch einen Theaterleiter.«

»Alles klar, mache ich.«

»Dann fahre ich nach Teglholmen und briefe Merlin. Sobald die Öffentlichkeit erfährt, wer das Opfer ist, wird die Hölle los sein, und darauf ist man besser vorbereitet.«

Er geht zu seinem Wagen und steigt ein. So ein Dreck, das alles, denkt er und lässt den Motor an.

Die Tür zu Merlins Büro steht halb offen. Der Raum ist in Dunkelheit gehüllt, die einzige Lichtquelle ist der Schein des Computermonitors, der den Mann hinter dem Bildschirm aussehen lässt wie ein kränkliches Gespenst.

»Soll ich das Licht anschalten?«, fragt Juncker.

Merlin schaut auf. »Was? Äh, ja, mach das.«

Juncker schaltet das Deckenlicht ein und setzt sich seinem Chef gegenüber.

»Beide Boulevardzeitungen haben Eva Basels Hintergrund recherchiert und ausgegraben, dass ihre Familie ihr mit dem Tod gedroht hat.«

»Aber das war ja auch nicht eben ein Geheimnis«, sagt Juncker. »Sie hat es der Presse selbst erzählt.«

»Das stimmt. Die Zeitungen haben außerdem rausgefunden, dass Jamaal Evas Bruder ist, und konzentrieren jetzt die gesamte Berichterstattung darauf, dass es womöglich Ehrenmord war.«

»Was ja im Grunde auch unsere Annahme war«, erwidert Juncker.

»Richtig.« Merlin lehnt sich zurück. »Was sagst du? Fælledparken? Haben wir es mit einem Serienmörder zu tun?«

»Ich bin mir nicht ganz sicher«, sagt Juncker nach kurzem Überlegen. »Es gibt Parallelen. Die Art, wie das Opfer daliegt. Der Unterkörper nackt. Aber kein Dildo. Und auch kein sorgfältig zusammengelegter Stapel mit ihrer Kleidung. Dementsprechend ...«

»Wurde sie auch stranguliert?«

»Das weiß ich nicht. Anders als bei Eva konnte ich bei ihr keine Würgemale am Hals sehen, allerdings auch keine Verletzungen durch Schläge, Schüsse oder Messerstiche. Wir müssen abwarten, was Markman sagt.«

»Ob wir glauben, dass es derselbe Mann ist, der auch Eva Basel getötet hat, ist ja ziemlich entscheidend dafür, ob wir den Verdacht gegen Jamaal Rashad aufrechterhalten können oder nicht. Wenn wir es glauben ... Tja, dann ist Jamaal aus dem Schneider. Den letzten Mord kann er schließlich unmöglich begangen haben.«

Juncker nickt. »Eher schlecht, ja.«

»Wissen wir, wer das neue Opfer ist? Habt ihr schon jemanden gefunden, der sie identifizieren kann?«

»Nein, aber das ist auch nicht nötig. Es ist Katja Lütsach.«

Merlin verstummt. »Das ist nicht wahr«, sagt er dann

und versinkt in Gedanken. Er seufzt. »Tja, damit wäre der Frieden wohl vorbei. Was machen wir?«

»Markman und die Techniker untersuchen gerade den Tatort. Aktuell hat sie in einem Theaterstück im Kulturzentrum mitgespielt. Signe nimmt Kontakt mit der Theaterleitung auf und versucht, Katjas gestrigen Abend zu rekonstruieren. Ich mache ihre Angehörigen ausfindig und sorge dafür, dass sie unterrichtet werden, und dann schaue ich, was sich an Informationen über Katja finden lässt, was vermutlich nicht gerade wenig sein dürfte. Und du?«

»Ich gebe dem Kommunikationschef Bescheid. Und spreche mit Malene Hanslev. Ich würde vorschlagen, wir treffen uns später mit ihr.«

Junckers Handy klingelt.

»Ja, Markman?«

»Ich wollte dir nur sagen, dass wir zwei Haare an der Leiche gefunden haben, die nicht vom Opfer zu stammen scheinen. Lütsach hat hellblonde Haare, diese hier sind grau.«

»Klingt gut. Kannst du sonst noch was sagen? Wie wurde sie umgebracht?«

»Tja, weißt du, das ist etwas tricky. Es gibt keinerlei äußere Anzeichen dafür, dass sie stranguliert wurde. Aber vielleicht liefert die gelbe Plastiktüte, die neben der Leiche lag, eine Erklärung. Vielleicht wurde ihr die über den Kopf gezogen und Lütsach auf diese Weise erstickt. Sollte das der Fall sein, werden die Techniker ihre DNA auf der Innenseite finden. Von Speichel und Schleim. Und ich bin mir ziemlich sicher, dass sie hier getötet wurde. Sie wurde nicht bewegt.«

»Okay. Obduktion?«

»Morgen. Wie üblich um halb zehn.«

Juncker beendet das Gespräch und gibt das Gehörte weiter.

»Hm«, brummt Merlin. »Bei Eva Basel wurden keine fremden Haare gefunden, oder?«

»Nein.«

»Wird er etwa nachlässig? Also, falls es überhaupt derselbe Täter ist.«

»Tja, das ist eben die Frage.«

Juncker steht auf und geht zu seinem Platz. Er räumt die Ordner des Martina-Falls vom Schreibtisch, die er gestern hat liegen lassen, und legt sie zurück in die Umzugskiste. Auf einmal kommt ihm in den Sinn, dass er heute Nacht im Taxi in nur wenigen hundert Metern Entfernung an der Stelle vorbeigefahren ist, wo die Leiche von Katja Lütsach gefunden wurde. Vielleicht sogar, während der Mörder gerade dabei war, sie umzubringen. Die Härchen an seinen Armen stellen sich auf.

Dank des ungewöhnlichen Nachnamens braucht er nicht lange, um herauszufinden, dass die Eltern des Opfers am Leben sind und in Bogense wohnen. Er ruft bei der örtlichen Polizeiwache an und bittet die Kollegen, die schreckliche Nachricht zu überbringen. Anschließend macht er sich daran, im Internet nach Informationen über die Schauspielerin zu suchen, die nicht nur eine der berühmtesten Persönlichkeiten des Landes ist, sondern dementsprechend auch zu den am häufigsten in den Medien porträtierten Leuten zählt. Aus einigen der jüngsten Artikel geht hervor, dass Katja Lütsach dreiunddreißig Jahre alt und kinderlos war – ›Ich möchte gern irgendwann Kinder haben, aber mein Leben lässt sich im Augenblick wirklich schwer mit der Rolle als Mutter verbinden‹, wie sie vor einigen Monaten in einem Interview in einer Frauenzeitschrift gesagt hatte. Aus einem anderen Interview, das erst einen Monat zurückliegt, erfährt er zu seiner Überraschung, dass sie in einer festen Beziehung mit einem Schreiner war.

Juncker notiert sich den Namen des Mannes: Esben. Merlin ruft an und bittet ihn, noch mal in sein Büro zu kommen. Eine halbe Minute später klopft Juncker an die Tür und tritt ein. Auf einem der beiden Besucherstühle vor Merlins Schreibtisch sitzt ein Mann, den er auf Mitte fünfzig schätzt, vielleicht auch etwas jünger. Der Mann steht auf.

»Der legendäre Martin Junckersen«, sagt er mit einem Lächeln und reicht ihm die Hand. »Mein Name ist Peter Rolf.«

Juncker murmelt ein »Guten Tag« und denkt, dass das Legendärste an ihm der monumentale Fehltritt ist, den er sich geleistet hat, als er mit der Strafverteidigerin ins Bett ging.

Peter Rolf ist so groß wie Juncker, aber etwas durchtrainierter. Er hat eine rasierte Glatze, trägt eine schwarze Brille und ist lässig gekleidet mit Jeans, weißem T-Shirt und schwarzem Sakko. Er sieht ein bisschen aus wie eine Kreuzung zwischen einem Kommandosoldaten und einem der Unternehmensberater, die in regelmäßigen Abständen in der Abteilung herumstöbern, wann immer die Polizeiführung die Zeit dafür gekommen sieht, »die Organisation hinsichtlich unausgeschöpfter Rationalisierungspotenziale zu prüfen«, wie es einmal in einer E-Mail an alle Mitarbeiter formuliert wurde.

Juncker und Peter Rolf setzen sich.

»Peter Rolf ist der Sonderberater des Justizministers«,

erklärt Merlin. »Er hat darum gebeten, über den aktuellen Stand der Dinge orientiert zu werden.«

Der Berater nickt. »Ich möchte ganz bestimmt keinen Druck machen, und ich weiß, dass Sie alle hier stets so gewissenhaft und professionell ermitteln, wie nur irgend möglich, was durch die haushohe Aufklärungsrate bestätigt wird. Gleichzeitig möchte ich nicht verheimlichen, dass nach den Unruhen und dem Mord auf dem Balders Plads und nun schon dem zweiten Mord an einer Frau innerhalb von einer Woche sowohl in der Staatskanzlei als auch im Justizministerium ein großes Augenmerk auf die Arbeit der Polizei gerichtet ist.« Er trinkt einen Schluck Kaffee und stellt den Becher ab. »Und der Umstand, dass es sich bei dem letzten Opfer um Katja Lütsach handelt, tut dem ebenfalls keinen Abbruch. Es wäre also toll, wenn Sie mir einen kurzen Überblick über den Ermittlungsstatus der beiden Frauenmorde geben könnten.«

Merlin nickt Juncker zu, der sich räuspert.

»Der Status dürfte so aussehen, dass wir bis auf Weiteres mit ziemlich leeren Händen dastehen. Was den Mord an Eva Basel angeht, gibt es so gut wie keine technischen Spuren. Wie bereits in der Presse berichtet, hatte ihre Familie mehrfach gedroht, sie umzubringen, weil sie sich geweigert hat, ihr Leben nach deren Willen zu führen. Daher haben wir uns bislang auf Evas Bruder, Jamaal Rashad konzentriert, der auch im Tötungsdelikt vom Balders Plads verdächtigt wird. Bislang haben wir aber nichts gefunden, was den Verdacht erhärtet, außer, dass sein Alibi für den Tatzeitpunkt ziemlich dürftig beziehungsweise nicht existent ist. Was den letzten Mord angeht ... Katja Lütsachs Leiche wurde ja erst heute früh gefunden, da stehen wir also noch ganz am Anfang. Allerdings habe ich gerade vom Rechtsmediziner erfahren, dass an der Leiche zwei Haare gefunden wurden, die anscheinend nicht vom Opfer stammen, vielleicht haben wir hier also eine Spur. Die Haare werden natürlich direkt zur DNA-Analyse geschickt.«

Peter Rolf schaut Juncker eifrig an. »Zwei Haare? Das ist doch eine gute Nachricht, oder nicht?«

»Ja«, sagt Juncker. »Es ist besser als nichts.«

»Wann erwarten Sie das Resultat der Analyse?«

»Normalerweise dauert es zwei Wochen, manchmal auch drei«, antwortet Merlin.

»Zwei bis drei Wochen?«, wiederholt Rolf verblüfft. »Das ist ja irre lange.«

»Tja, allerdings. Man kann auch eine Eilanalyse bestellen, dann erhält man das Ergebnis schon nach etwa vierundzwanzig Stunden.«

Peter Rolf breitet die Arme aus. »Na, wunderbar, warum denn nicht einfach so eine bestellen?«

Merlin lächelt schief. »Das Problem ist, dass so eine Eilanalyse hunderttausend Kronen kostet, das machen wir also nicht einfach so mir nichts, dir nichts. Tatsächlich habe ich es in meiner ganzen Zeit als Leiter dieser Abteilung nur ein einziges Mal getan.«

Rolf runzelt die Brauen. »Dann wäre mein Rat – falls Sie ihn hören wollen –, dass dies einer der Fälle ist, wo Sie so eine Eilanalyse in Auftrag geben. Hunderttausend Kronen sollen einem zügigen Vorankommen in den Ermittlungen zum Mord an Lütsach nicht im Wege stehen. Ich bin mir sicher, dass der Justizminister meine Meinung teilt und Ihnen den Rücken stärken wird, sollten Sie später aus diesem Grund Budgetprobleme bekommen.«

Merlin zuckt mit den Achseln. »Soll mir recht sein. Ich kümmere mich darum.«

»Gut«, sagt Peter Rolf. »Ich habe außerdem bereits mit dem Polizeidirektor gesprochen und betont, dass sämtliche Mittel zur Verfügung gestellt werden sollen.« Er wendet sich an Juncker. »Eine letzte Sache noch. Juncker, was meinen Sie? Wurden die beiden Morde vom selben Täter verübt?«

»Gewisse Umstände deuten in diese Richtung. Andere wiederum sprechen dagegen, aber es lässt sich keineswegs ausschließen, dass es sich um denselben Täter handelt.« Den Martina-Fall lässt Juncker unerwähnt.

»Wie auch immer dürfte jedenfalls kein Zweifel bestehen, dass die Medienberichterstattung in diese Richtung gehen wird. ›Serienmörder geht in Kopenhagen um‹, so oder so ähnlich werden die Schlagzeilen unter Garantie lauten«, sagt Peter Rolf.

»Jede Wette«, nickt Merlin.

»Aber jetzt möchte ich Ihnen nicht länger die Zeit stehlen. Der Minister und ich wären sehr dankbar, wenn Sie uns auf dem Laufenden halten, es kann also gut sein, dass ich noch mal vorbeikomme.«

»Immer gern.«

Als Peter Rolf gegangen ist, sagt Merlin mit verblüfftem Tonfall: »Der klang ja fast vernünftig.«

»Ja, tatsächlich«, gibt Juncker zu. »Ob sein Besuch eine Vorwarnung dafür ist, was uns noch erwartet? Ich meine in Bezug auf Einmischung von oben.«

»Davon ist auszugehen. Bei diesem Fall wird eine enorme Aufmerksamkeit auf unserer Arbeit liegen. Und wir wissen ja, dass der Justizminister ein nervöses Gemüt hat und mehr als alles andere fürchtet, nicht ordentlich

Rede und Antwort stehen zu können, wenn der Ministerpräsident ihn etwas fragt. Außerdem ist es ein offenes Geheimnis, wer in Wahrheit die Fäden zieht: die Ministerialdirektorin. Sie kann es nicht ausstehen, wenn sich irgendetwas ihrer Kontrolle entzieht.«

Juncker seufzt. »Das kann ja heiter werden.«

Kapitel 28

Emil Born kämpft, um nicht zusammenzubrechen. Seine Kiefermuskeln zittern, er räuspert sich und schluckt mehrfach.

»Tut mir leid. Es ist ein Schock«, sagt er heiser.

»Sie brauchen sich für nichts zu entschuldigen. Lassen Sie sich Zeit«, sagt Signe.

Der Schauspieler sitzt einen Augenblick schweigend mit geballten Fäusten da und starrt auf den Boden. Dann setzt er sich aufrecht hin und atmet ein paarmal tief durch.

»Okay, ich bin bereit.«

»Gut. Sie spielen aktuell zusammen mit Katja Lütsach in … äh …«

»*Die Nacht der Tribaden.*«

»Ach ja, genau, so hieß das Stück.«

»Ich spiele den schwedischen Schriftsteller August Strindberg. Katja hat die Rolle als seine Frau Siri von Essen.«

»Und gab es gestern Abend eine Vorstellung?«

»Ja.«

»Wann war sie zu Ende?«

»Gegen dreiundzwanzig Uhr.«

»Wissen Sie, ob Katja anschließend direkt nach Hause gefahren ist?«

»Nein, ist sie nicht. Erst mussten wir schnell abgeschminkt werden. Und dann haben wir noch zu viert oder fünft ein Glas Wein getrunken, bevor wir nach Hause gefahren sind. Katja war auch mit dabei.«

»Wie lange ging es?«

»Nicht sehr lange. Bis Mitternacht, vielleicht auch bis kurz danach.«

»Sind Sie zusammen mit Katja aufgebrochen?«

»Ja, wir sind gemeinsam zu unseren Rädern gegangen, dann aber in unterschiedliche Richtungen gefahren. Katja wohnt in Frederiksberg.«

»Fährt sie normalerweise durch den Fælledparken nach Hause?«

»Wenn das der kürzere Weg ist, und das ist es wohl, dann ja, ich denke schon.«

»Hatte sie keine Angst? Also, abends und nachts sind ja kaum Leute dort unterwegs.«

»Katja war nicht ängstlich.«

Signe nickt. »Okay. Kannten Sie sie gut? Ich meine, über das rein Professionelle hinaus?«

»Wir waren Freunde.«

»Gute Freunde?«

»Ja.«

»Mehr als das?«

»Was meinen Sie?«

»Na ja, also ... hatten Sie beide jemals eine Beziehung miteinander?«

Emil Born bedenkt Signe mit einem kühlen Blick. »Warum fragen Sie danach?«

»Das ist eine ganz gewöhnliche Routinefrage. Wir müssen schließlich auch über die privaten Beziehungen das Opfers Bescheid wissen. Also, waren Sie beide ein Paar?«

Er steht auf und geht zum Fenster. Das Haus liegt am

Amager Strandpark, und schon allein die Aussicht über den Øresund mit Blick auf die Brücke nach Schweden dürfte an die 5,6 Millionen wert sein, denkt Signe. Sie mustert den Schauspieler, der mit dem Rücken zu ihr steht. Er ist attraktiv, sogar in ausgeleierter Jogginghose und verwaschenem Pulli. Allerdings attraktiv auf eine etwas glatte Art. Irgendwie fehlt ihm etwas Charakteristisches. Ein Segelohr. Eine schiefe Nase.

Born dreht sich um. »Ja, wir waren zusammen. Fast ... vier Jahre.« Er geht zurück und setzt sich aufs Sofa. »Komisch, dass Sie das nicht wissen. Die Klatschblätter und Illustrierten haben wochenlang praktisch über nichts anderes geschrieben, als unsere Beziehung vor zwei Jahren auseinandergegangen ist.«

»Ich lese weder Klatschblätter noch Illustrierte«, erwidert Signe. »Aber obwohl Sie beide sich getrennt haben, hatten Sie kein Problem damit zusammenzuarbeiten?«

»Natürlich nicht. Wir sind erwachsene Menschen. Und wir sind beide weitergekommen. Katja hat ... das heißt hatte einen neuen Freund.«

»Kennen Sie ihn?«

»Ich habe ihn ein paarmal getroffen, er heißt Esben.«

»Und hat Esben dasselbe entspannte Verhältnis zu den Ex-Freunden seiner Freundin, wie Sie und Katja es zueinander hatten?«

»Das weiß ich wirklich nicht. Das müssen Sie ihn fragen.«

»Haben Sie auch eine Freundin?«

»Im Moment nicht. Ich hatte eine, aber wir haben uns vor zwei Monaten getrennt. Ich muss also das Haus hier verkaufen. Es ist viel zu groß für eine Person. Haben Sie Interesse?«

Es ist auch viel zu groß für zwei, denkt Signe und lächelt schief. »Ich fürchte, das übersteigt das Budget einer einfachen Beamtin. Aber danke für das Angebot.« Sie steht auf. »Und danke für Ihre Zeit.«

Er schaut sie leicht erstaunt an. »War's das schon?«

»Ja, vorläufig. Fürs Erste geht es uns darum, Katjas Abend bis unmittelbar vor ihrer Ermordung nachzuzeichnen, und dabei haben Sie uns geholfen. Aber es kann gut sein, dass ich noch mal auf Sie zurückkomme.«

»Tun Sie das ruhig. Ich hoffe, Sie finden das Schwein, das sie umgebracht hat, und zwar schnell.«

»Ich auch«, sagt Signe.

Er bringt sie zur Tür. Auf der Schwelle bleibt sie stehen und dreht sich zu ihm um.

»Hatten Sie beide weiterhin Sex?«

Sie schaut ihm in die Augen. Ist er wütend? Irritiert? Oder hat er Angst? Vielleicht ein bisschen von allem. Er wendet den Blick ab.

»Nein, hatten wir nicht. Auf Wiedersehen.«

Warum lügt er?, denkt Signe, als sie wieder im Auto sitzt. Denn sie ist sich so gut wie sicher, dass er das tut.

Vielleicht weil Katjas jetziger Freund, Esben, es gar nicht lustig fände, sollte er jemals erfahren, dass Katja weiter mit ihrem Ex ins Bett ging. Und Born kann sich vermutlich ausrechnen, dass Signe, wenn er ihr von seiner Affäre mit Katja erzählt, Esben damit konfrontieren müsste. Man braucht nicht viele True-Crime-Serien im Fernsehen gesehen zu haben, um zu wissen, dass »Eifersucht« auf einer der allerersten Seiten im Motivhandbuch der Polizei steht.

Deep Purple setzt ein. Signe hat seit inzwischen mehreren Jahren den Riff von *Smoke on the Water* als Klingelton auf ihrem Handy. So lange schon, dass sie allmählich überlegt, ihn zu wechseln. Vielleicht gegen etwas von Led

Zeppelin. *Whole Lotta Love* zum Beispiel. Oder *Black Dog*. Was Rock betrifft, ist sie Traditionalistin. Nicht nur was Rock betrifft.

»Was geht, Junker?« Sie weiß, dass er diese Eröffnungsformel hasst, sie sieht seine missbilligende Miene vor sich und kann sich ein Lächeln nicht verkneifen.

»Wo bist du?«

»Amager.«

»Merlin will, dass wir uns treffen … Troels, du und ich mit Malene. In Merlins Büro.«

»Mit wem?«

»Malene. Hanslev. Die Profilerin.«

So, sind wir mit ihr also schon beim Vornamen.

»Okay. Bin gleich da. Bis dann.«

Sie fährt vom Bordstein. Mit einem etwas flauen Gefühl. Auf einmal ist ihr abwechselnd heiß und kalt, als sei eine Grippe im Anmarsch. Dem ist nicht so, und das weiß sie nur zu gut. Sie muss im selben Raum wie Troels Mikkelsen sein. Beim Gedanken daran wird ihr immer ganz anders. Aber es ist nicht nur das. Nicht länger.

Kapitel 29

»Boah, ist hier ein Mief. Kann ich das Fenster aufmachen?«

Signe wartet keine Antwort ab, sondern marschiert direkt zum Fenster und reißt es auf. Die vier anderen Personen in Merlins Büro betrachten sie schweigend.

»Wir freuen uns auch, dich zu sehen«, murmelt Juncker.

Sie wirft ihm einen bösen Blick zu, geht zurück zur Tür und lehnt sich mit dem Rücken dagegen.

»Willst du dich nicht …?«, fragt Merlin und zeigt auf einen der Besucherstühle an seinem Schreibtisch. Troels sitzt auf dem anderen.

Sie schüttelt den Kopf. »Nein danke.«

Malene Hanslev und Juncker sitzen nebeneinander an dem runden Besprechungstisch. Malene trägt dasselbe Parfüm wie beim letzten Mal, bemerkt er. Weiße Bluse, schwarzer knielanger Rock. Schwarze hochhackige Schuhe. Sie dreht den Kopf, und er kann nicht schnell genug wegschauen, bevor sie seinen Blick einfängt und lächelt. Etwas verschämt erwidert er das Lächeln. Zum Glück ergreift Merlin das Wort.

»Ich dachte, wir sammeln mal kurz, was wir bisher wissen«, sagt er. »Und was wir glauben. Darunter auch, ob wir glauben, dass derselbe Mann Martina Jensen, Eva Basel und Katja Lütsach umgebracht hat. Denn wenn wir das tun, haben wir es ja per definitionem mit einem

Serienmörder zu tun. Juncker, fängst du vielleicht an und fasst unseren bisherigen Kenntnisstand zu den drei Morden zusammen? Mit Schwerpunkt auf den Parallelen.«

Juncker räuspert sich. »Kann ich machen. Die Opfer sind allesamt junge oder jedenfalls jüngere Frauen. Martina war dreiundzwanzig, Eva neunundzwanzig und Katja dreiunddreißig. Sie sind alle mehr oder weniger öffentlich bekannt und lassen sich wohl alle drei in gewisser Hinsicht als starke, extrovertierte Frauen bezeichnen. Was die Mordmethode angeht, wissen wir, dass Martina und Eva stranguliert wurden. Martina wurde vermutlich mit einer Art Draht erdrosselt, Eva erwürgt. Wie Katja getötet wurde, wissen wir noch nicht genau, aber Markman vermutet, dass sie mit einer Plastiktüte über dem Kopf erstickt wurde. Neben der Leiche lag eine Einkaufstüte. Allen dreien wurden Hose, Slip, Strümpfe und Schuhe ausgezogen. Außerdem wurden alle in derselben Pose daliegend aufgefunden, die Arme in Kreuzeshaltung und die Beine gespreizt. Weder Martina noch Eva wurden vergewaltigt, und Markmans unmittelbarer Einschätzung nach trifft dies auch auf Katja zu. Jedenfalls gibt es bei ihr keine äußeren Zeichen einer Penetration, Eva wurde als Einzige mit einem Dildo geschändet, der in ihrer Vagina gesteckt hat. Weder auf den Leichen noch an den Tatorten gab es Spermaspuren. Auf den Leichen sowie ganz allgemein an den Tatorten finden sich erstaunlich wenige technische Spuren. Bei Martina wurde keinerlei fremdes DNA-Material entdeckt. Die Resultate der DNA-Analyse aus dem Eva-Mord haben wir noch nicht, aber die Techniker gehen davon aus, dass die auf ihr festgestellten Haare von ihr selbst stammen. Auf Katja dagegen wurden zwei Haare gefunden, bei denen es sich laut den Technikern mit ziemlicher Sicherheit nicht um ihre eigenen handelt. Sie wurden zur Eilanalyse geschickt, hier haben wir also hoffentlich schon morgen ein Ergebnis.«

»Wurden Trophäen genommen?«, fragt Malene Hanslev.

»Alle drei Leichen sind unversehrt. In Evas Gesicht waren Wunden, vermutlich Schnabelspuren von Vögeln.«

»Wie sieht es mit Kleidung aus? Schmuck?«

»Die Kleider, die der Mörder Martina und Eva ausgezogen hat, lagen ordentlich zusammengefaltet neben den Leichen, bei Katja dagegen fehlten sie, der Täter muss sie also mitgenommen haben. Soweit wir bis jetzt herausgefunden haben, wurde Martina und Eva kein Schmuck entwendet. In Katjas Fall wissen wir es noch nicht.«

»Also keine Signatur?«

»Zumindest keine für uns ersichtliche. Außer vielleicht die Art, wie die Leichen positioniert wurden.« Juncker hält inne und lehnt sich auf dem Stuhl zurück.

»Danke. Fragen?« Merlin schaut in die Runde.

»Wie viele dieser Details sind öffentlich bekannt?«, fragt Malene. »Ich meine, wurde in den Medien etwas darüber berichtet, wie Martinas und Evas Tatorte aussahen?«

»Meines Wissens nicht«, sagt Merlin.

Troels schüttelt den Kopf. »Das stimmt nicht ganz. Eine der Boulevardzeitungen hat damals tatsächlich in nebulösen Formulierungen, aber trotzdem ziemlich geschmacklos beschrieben, wie Martina dalag … also das mit den gespreizten Beinen und den Armen. Ich weiß noch, wie wütend wir waren, aber wir haben nie rausgekriegt, wie es durchgesickert ist.«

»Das heißt, wir können die Möglichkeit, dass es sich um einen Trittbrettfahrer handelt, nicht zu einhundert

Prozent ausschließen? Dass also zwei verschiedene Männer Martina und Eva sowie Katja umgebracht haben?«, fragt Malene.

»Nein, das können wir wohl nicht«, räumt Merlin ein.

»Aber können Sie schon etwas über das Profil des Mörders ... oder der Mörder sagen?«

»Ich möchte nach wie vor ungern allzu sehr ins Detail gehen. Aber es gibt natürlich einige recht offenkundige Dinge, für die man kein Profiler zu sein braucht. Tun wir der Einfachheit halber mal so, als wäre es derselbe Mann. Wie im Gespräch mit Ihnen schon gesagt, Juncker, ist er extrem vorsichtig und systematisch. So wenige Spuren zu hinterlassen, wie er es tut, erfordert sorgfältige Planung und Präzision. Das Ganze ist durchdacht, wir können also ausschließen, dass er im Affekt handelt. Außerdem ist er offensichtlich bereit, große Risiken einzugehen. Wenn ich es richtig verstanden habe, wurde Martina an einer relativ abgelegenen Stelle im Vestskoven ermordet, während sowohl Eva als auch Katja an Orten umgebracht wurden, bei denen durchaus die Möglichkeit besteht, dass ziemlich nah am Tatort jemand vorbeikommt. Dieses Risiko geht er vermutlich ein, weil er erstens den Thrill sucht und sich zweitens sicher fühlt, dass er, selbst wenn er von einem zufälligen Passanten entdeckt würde, entkommen könnte. Vielleicht hat er für den Fall, dass etwas schiefgeht, sogar einen Fluchtplan.«

Sie denkt einen Moment nach. Streicht sich die langen blonden Haare, die sie heute offen trägt, hinter die Ohren. Dann fährt sie fort: »Der Umstand, dass er die Frauen mit entblößtem Unterleib und gespreizten Beinen zurücklässt und einer von ihnen obendrein einen Dildo eingeführt hat, legt natürlich die Vermutung nahe, dass die Tat sexuell motiviert war. Aber da bin ich mir in diesem Fall nicht sicher. Nichts deutet darauf hin, dass er am Tatort onaniert hätte, es wurde kein Sperma gefunden ...«

»Äh, Moment mal«, unterbricht Troels sie. »Er könnte doch wohl in ein Taschentuch gewichst haben, oder nicht?«

Signe starrt steif aus dem Fenster.

»Ja, das könnte natürlich sein«, räumt Malene ein. »Aber das glaube ich nicht. Die Tatorte haben etwas Kühles, beinahe Leidenschaftsloses. Die Art, wie das Ganze organisiert und in Szene gesetzt ist ...«

»Aber worum geht es ihm sonst? Was macht ihn an?«, fragt Juncker.

»Der Nervenkitzel. Und Macht«, antwortet sie. »Ganz einfach.«

»Über Frauen«, ergänzt Signe mit leiser Stimme.

Malene Hanslev nickt. »Ja. Aber im Alltag auch über Männer. Die Art intelligenter Psychopath, an die ich denke, kann in einer Beziehung, in der er nicht die Macht hat, schlichtweg nicht funktionieren. Dementsprechend ist es egal, ob er mit Männern oder Frauen zusammen ist. Er hält sich für klüger als andere. Klüger als *alle* anderen. Aber um kurz auf den sexuellen Aspekt zurückzukommen, wäre es durchaus denkbar, dass der Genuss für ihn darin besteht, das Leben aus den Frauen weichen zu sehen. Und in der Demütigung, sie mit entblößter Scham und gespreizten Beinen zurückzulassen. Ich bin mir ziemlich sicher, dass es für ihn von wesentlicher Bedeutung ist, Frauen zu demütigen.«

»Was können wir aus den Unterschieden schließen, die trotz allem zwischen den Tatorten bestehen? Und zwischen den Mordmethoden?«, fragt Juncker.

»Nichts Besonderes, glaube ich. Es ist ein Mythos, dass sich die Tatorte von Serienmördern immer gleichen und sie immer auf exakt dieselbe Weise töten. Allerdings scheint es ihm die Mordmethode Tod durch Ersticken irgendwie angetan zu haben.«

»Und was ist mit dem zeitlichen Abstand zwischen dem Mord an Martina und dem an Eva?«

»Zehn Jahre passives Verhalten sind tatsächlich eine lange Zeit für einen Serienmörder, wenn er erst mal angefangen hat. Schwer zu sagen … Vielleicht war er im Ausland. Zudem haben intelligente Psychopathen häufig eine sehr starke Impulskontrolle. Sie können sich lange zügeln. Kennt ihr den Marshmallow-Test? Nein? Man legt einem Kind etwas Süßes hin, ein Marshmallow zum Beispiel, und sagt ihm, dass es, wenn es mit dem Essen wartet, bis man zurück ist, noch zwei weitere Marshmallows bekommt. Die, die mit dem Essen warten, sind meistens …«

»Die Mädchen«, murmelt Juncker.

Malene Hanslev schaut ihn anerkennend an und nickt. »Genau. Mädchen haben eine bessere Impulskontrolle als Jungs. Schauen wir uns aber die Jungs mit sehr guter Impulskontrolle an, finden wir unter ihnen häufig den intelligenten Psychopathen in spe.«

Zehn Sekunden lang ist es vollkommen still im Büro. Dann bricht Troels das Schweigen.

»Ich dachte, der Begriff Psychopath würde nicht länger verwendet.«

Malene lächelt. »Das stimmt. Die korrekte Bezeichnung für Psychopathie lautet dissoziale Persönlichkeitsstörung. Aber was soll ich sagen, die ›Person mit dissozialer Persönlichkeitsstörung‹ klingt reichlich sperrig, wenn man sich unterhält. Deshalb bleibe ich beim guten alten Psychopathen. Zumindest wenn ich keine Fachartikel schreibe.«

Merlin legt ein Bein auf den Schreibtisch und enthüllt, dass er weiße Tennissocken trägt. »Klingt jedenfalls, als ob Sie glauben, dass alle unsere Morde vom selben Mann verübt wurden.«

Sie schüttelt den Kopf. »Ich sage lediglich, dass es durchaus derselbe Mann sein *könnte*.«

»Mit anderen Worten lässt sich also nicht ausschließen, dass wir es mit verschiedenen Tätern zu tun haben. Es könnten ein, aber auch zwei oder sogar drei verschiedene Mörder sein?«

»Richtig, das lässt sich zum gegenwärtigen Zeitpunkt nicht mit Sicherheit ausschließen.«

»Hm«, brummt Merlin. »Dann wäre es unklug, die Ermittlungen gegen Jamaal Rashad als möglichen Verdächtigen im Eva-Mord einzustellen?«

»Da mische ich mich nicht ein«, antwortet Malene. »Das ist Ihre Entscheidung.«

»Fakt ist, dass Frank Sejrs zum Zeitpunkt von allen drei Morden auf freiem Fuß war. Könnte er es getan haben?«, fragt Troels.

»Unmittelbar gibt es einige Aspekte an den drei Mordfällen, die nicht an seinen Modus Operandi erinnern«, antwortet Malene.

»Nämlich?«

»Frank Sejrs ist ziemlich impulsgesteuert. Und er wurde wegen vollzogener Vergewaltigungen verurteilt …«

»In zwei Fällen hätte er seine Opfer allerdings auch fast erwürgt. Oder jedenfalls eines der Opfer.«

»Das stimmt. Deshalb kann ich auch nicht ausschließen, dass er es war.« Malene schaut Merlin an. »Ich würde jetzt gerne los, wenn es in Ordnung ist. Ich habe meinen Kindern versprochen, in einer halben Stunde mit ihnen essen zu gehen.«

»Na klar. Bis morgen.«

Malene steht auf. Juncker rückt näher an den Tisch heran. Sie legt die Hände auf seine Schultern und schiebt sich an ihm vorbei. Die Härchen auf seinen Arm stellen sich auf. Signe tritt zur Seite, öffnet die Tür, nickt kühl und schließt die Tür hinter ihr.

»So«, sagt Merlin. »Jetzt sind wir ein bisschen klüger.« Er tippt sich leicht mit dem Zeigefinger auf die Nasenspitze. »Ein intelligenter Psychopath. Klingt ja sehr sympathisch.«

»Sollen wir nach Sejrs fahnden lassen?«, fragt Troels.

»Das müssen wir«, sagt Merlin.

»Die Boulevardpresse wird ihn schlachten, wenn rauskommt, dass er verschwunden ist, während wir gleichzeitig in zwei Frauenmorden mit sexueller Komponente ermitteln«, sagt Juncker.

»Zweifellos. Aber uns bleibt keine Wahl. Und selbst wenn er es nicht war, gefunden werden muss er so oder so. Immerhin hat er gegen seine Bewährungsauflagen verstoßen.«

»Soll ich mit Jamaal weitermachen?«, fragt Signe.

»Tu das.«

»Okay. Dann haue ich jetzt ab.« Ehe sie etwas sagen können, ist sie aus der Tür.

Die drei Männer schauen ihr etwas baff hinterher.

»Hat sie was?«, fragt Merlin.

Juncker zuckt mit den Achseln. »Keine Ahnung.«

Troels schüttelt den Kopf. »Vielleicht hat sie ihre … Nein, ich sag nichts mehr.«

12. November

Kapitel 30

Auch Omar Rashad wohnt mit seiner Frau und dem einzigen Kind in Mjølnerparken in einer Wohnung, die von der Einrichtung her stark an die des großen Bruders erinnert. Anders sieht es bei Omars Alibi aus, denn im Gegensatz zu Jamaals bestätigt Omars Frau den wichtigsten Zeitraum, nämlich die Stunden nach dreiundzwanzig Uhr. So wie im Übrigen auch die davor. Er sei den ganzen Abend zu Hause gewesen, behauptet er.

»Wir haben *Let's Dance* geguckt.«

Signe schaut Omars sehr junge Frau skeptisch an. Sie nickt.

»Das stimmt«, sagt sie. Im Gegensatz zu Ermina trägt sie einen Hidschab.

»Du schaust *Let's Dance*?«, fragt Signe das Gangmitglied.

»*Wallah*, normal. Ist doch voll wild.«

»Ohne Witz?«

»Schwör!«

»Dann weißt du vielleicht auch noch, wer am Freitag rausgeflogen ist?«

»War das nicht diese Moderatorin? Signe … irgendwas.« Er schaut seine Frau fragend an.

»Genau, Signe Lindkvist«, sagt sie.

Signe hat die Sendung nicht gesehen und schaut Laust Larsson an, der sie begleitet und zustimmend nickt.

»Und dieser ehemalige Radrennfahrer. Rolf ... *Lak*, wie hieß der noch mal ... Jørgensen ... nein, Sørensen, der hat sich am Bein verletzt und ist ausgeschieden«, fährt Omar fort. »Willst du sonst noch was wissen?«

Und ob. Ziemlich viel sogar. Vermutlich allerdings nichts, was er ihnen zu erzählen gedenkt, also verabschieden sich Signe und Laust.

»Wir kommen sicher wieder«, sagt sie.

»Macht das, aber bringt nächstes Mal einen Durchsuchungsbefehl mit«, knurrt Omar und knallt die Tür zu, kaum dass sie auf der Fußmatte draußen im Treppenhaus stehen.

Zurück auf Teglholmen durchdenkt Signe das weitere Vorgehen. Die Ermittlungen gegen Jamaal Rashad und seine Familie gleichen mehr und mehr all den anderen Fällen im Banden- und Rockermilieu, bei denen sie bislang involviert war. Keiner sagt einen Mucks, weder Verdächtige noch Zeugen, und alle Beteiligten hassen und verachten die Polizei. Persönlich hat sie kein großes Problem damit, die Arbeit jedoch gestaltet sich dadurch mehr als zäh.

Juncker sitzt an seinem Platz. Sie beobachtet ihn aus den Augenwinkeln. Er hat die Nase in einem Aktenordner vergraben, vermutlich einem aus dem Martina-Fall, und kein Wort gesprochen, seit sie gekommen ist. Sonderlich gesprächig war er noch nie, allerdings auch nie so verschlossen wie derzeit. Die Scheidung nimmt ihn natürlich mit, aber da ist noch etwas anderes, was ihm zusetzt.

Troels Mikkelsen kommt herein und stellt sich an die Wand neben der Tür. Er zieht sein Smartphone heraus und beginnt irgendetwas darauf zu lesen. Was muss der Idiot da dumm rumstehen?, denkt sie. Es ist so schon schwer genug, sich in diesem Raum zu konzentrieren, wo dauernd Betrieb herrscht und immer mindestens einer mit dem Handy telefoniert.

Dann kommt auch Merlin durch die Tür.

»Leute, darf ich kurz um eure Aufmerksamkeit bitten?«, sagt er.

Troels steckt das Handy weg und verschränkt die Arme.

»Wie ihr wisst, haben wir eine Eilanalyse der beiden Haare veranlasst, die auf Katja Lütsachs Leiche gefunden wurden. Ich habe eben das Ergebnis bekommen, und es sind gute Nachrichten. Wir haben eine Übereinstimmung.«

»Yes!«, ruft einer, während andere mit den Händen auf die Tische klatschen.

»In welchem Register?«, fragt Signe.

Die zentrale DNA-Datenbank besteht aus zwei separaten Registern: aus einem Personenteil mit DNA-Profilen namentlich bekannter Personen, die wegen Verbrechen angeklagt waren, auf die eine Freiheitsstrafe von mehr als anderthalb Jahren steht, und einem Spurenteil mit DNA-Profilen, die an Tatorten und auf Opfern gefunden wurden, jedoch keiner Person zugeordnet werden können.

»Aus dem mit der nicht identifizierten DNA«, sagt Merlin.

Unter den Ermittlern erklingt ein enttäuschtes Murmeln.

Merlin hebt die Hand. »Nur mit der Ruhe«, sagt er. »Es wäre natürlich schön gewesen, würde die DNA zu jemandem passen, den wir schon kennen. Aber sie stimmt mit dem Profil zweier zur Anzeige gebrachter Vergewaltigungen vom August 2013 im Valbyparken beziehungsweise Mai 2014 im Naturgebiet Uttersløv Mose überein, jetzt haben wir also etwas, womit wir arbeiten können.«

Es dauert einen Moment, ehe Signe die Bedeutung von Merlins Worten bewusst wird. Sie spürt einen eisigen Schauer den Rücken hinablaufen und heftige Übelkeit aufwallen, und es kostet sie all ihre Überwindungskraft, nicht aus dem Raum zu stürzen.

Ohne den Kopf zu bewegen, holt sie tief Luft und schielt zu Troels hinüber. Seine Miene ist ausdruckslos.

Dieses dreckige Schwein.

Stopp. Hör auf, ihn anzuschauen, ermahnt sie sich selbst, aber sie kann dem Drang nicht widerstehen. Einige Sekunden verstreichen, dann dreht er wie eine ferngesteuerte Puppe den Kopf und begegnet ihrem Blick.

Sie hat den Ausdruck in seinen Augen schon einmal gesehen. In jener Nacht in dem Hotelzimmer, als er ihren Hals packte und zudrückte und ihr klar wurde, dass er der eindeutig Stärkere war, dass sie machtlos war und nicht den Hauch einer Chance gegen ihn hatte. Dass er mit ihr tun konnte, was immer ihm beliebte. Der panikerfüllte Moment, in dem sie ihn anflehen wollte, dass er alles mit ihr machen könne, wenn er sie nur am Leben ließ, sie jedoch nichts als ein heiseres Krächzen hervorbrachte und überzeugt war, dass es vorbei sei. Dass sie jetzt sterben würde.

Sie kann sehen, wie es bei ihm Klick macht. Troels hat sich ausgerechnet, was sie getan hat.

Seit er sie vergewaltigt hat, ist sie sich praktisch sicher gewesen, dass er es auch mit anderen gemacht hat. Jetzt weiß sie es.

Und jetzt schwebt sie in Lebensgefahr.

»Beide Vergewaltigungen waren äußerst brutal«, fährt

Merlin fort, »und die Opfer wurden unter anderem anal penetriert. Keine der Frauen war in der Lage, eine genaue Beschreibung des Täters abzugeben. Beide haben ihn als groß, stark und schwarz gekleidet beschrieben, möglicherweise trug er eine Art Jogginganzug, und er hatte eine Sturmhaube übergezogen, das war aber im Grunde auch schon alles, was sie sagen konnten.«

»Wir müssen so schnell wie möglich mit diesen Frauen sprechen«, sagt Juncker.

»Ja«, sagt Merlin. »Leider können wir nur mit einer von beiden sprechen. Die, die 2014 in Utterslev Mose vergewaltigt wurde, hat sich letztes Jahr das Leben genommen.«

Es wird vollkommen still im Raum, der einzige Laut ist das stete Surren der Klimaanlage. Merlin rollt die Papiere zusammen, die er in der Hand hält. Dann wendet er sich an den Leiter der Sektion für Sexualverbrechen, der direkt neben ihm steht.

»Troels, es liegt natürlich auf der Hand, dass du das erste Gespräch mit dem Vergewaltigungsopfer führst, zusammen mit …«

Sein Blick gleitet über die Anwesenden. Und bleibt bei Signe hängen.

Das ist nicht wahr, denkt sie.

»Signe, du gehst mit Troels.«

Sie schüttelt den Kopf. »Also …« Ihre Stimme ist heiser, sie räuspert sich mehrfach. »Das passt total schlecht. Ich bin gerade dabei, Omar Rashads mögliche Rolle zu untersuchen und …«

Merlin winkt ungeduldig ab. »Das muss warten. Diese Spur ist zu wichtig, wir müssen sämtliche Ressourcen darauf verwenden. Deshalb …«

»Tut mir leid, Merlin«, unterbricht sie ihn. »Das halte

ich echt für keine gute Idee. Ich bin mir ziemlich sicher, dass wir mit Omar ...«

»Verdammt noch mal, Signe.« Es kommt extrem selten vor, dass Merlin ernsthaft wütend wird, und sie kann sich nicht entsinnen, dass es je in Gegenwart so vieler Leute geschehen wäre. »Es steht doch völlig außer Frage, dass wir rausfinden müssen, welche Verbindung zwischen dem Mord an Katja Lütsach und den beiden Vergewaltigungen besteht. Und ich *will*, dass im Gespräch mit dem Vergewaltigungsopfer eine Frau dabei ist. Vielleicht erinnert sie sich inzwischen an mehr, als sie uns damals erzählt hat. Gut möglich, dass die Vernehmungen mit ihr damals nicht sehr gründlich durchgeführt wurden. Das kennen wir ja leider von Vergewaltigungsfällen.« Die Körpersprache des Chefs gibt unmissverständlich zu verstehen, dass die Besprechung beendet ist. »Einfach wird es nicht. Aber lasst uns loslegen«, sagt er und geht.

Signe dreht den Stuhl und sinkt, die Unterarme auf die seitlichen Armlehnen gestützt, in sich zusammen. Ihr Herz hämmert. Troels hat zusammen mit Merlin den Raum verlassen. Wie soll sie damit fertig werden? Sie kann mit niemandem sprechen. Sie kann hier nicht klar denken. Aber sie kann sich auch nicht einfach aus dem Staub machen.

Fuck.

Aus dem Augenwinkel sieht sie, dass Junckers Blick auf ihr ruht. Sie will ihm nicht in die Augen schauen.

Kapitel 31

»Was zur Hölle ist los mit ihr?«

Merlin steht am Fenster und blickt nach draußen, wo es schon seit dem frühen Morgen unablässig schüttet.

»Keine Ahnung«, wiederholt Juncker. Er fragt sich, ob es illoyal von ihm ist, mit dem Chef über Signe zu sprechen. Aber er weiß, dass Merlin enorm große Stücke auf sie hält, und kann sehen, dass der Chef ehrlich besorgt ist. Er weiß auch, dass Signe sich eher den Arm abhacken würde, als mit einer Sache, die sie bedrückt, zu Merlin – oder auch zu ihm selbst – zu gehen.

»Ich habe das Gefühl, zwischen ihr und Troels ist irgendetwas vorgefallen«, sagt er.

Merlin wendet sich um. »Also ist es dir auch aufgefallen?«

»Mhm.« Juncker nickt. »Manchmal scheint es, als würde sie ihn richtig hassen. Gerade vorhin zum Beispiel. Da hat sie ihn angestarrt, als wäre er eine Kakerlake.«

»Hast du sie gefragt, ob irgendetwas nicht stimmt?«

»Ja.«

»Und …?«

»Sie sagt, es sei nichts. Außer, dass sie ihn nicht besonders gut leiden kann. Sie findet, er ist ein Idiot. Aber weiter nichts.«

»Soll ich mal versuchen, mit ihr zu reden?«

Juncker zuckt mit den Achseln. »Schaden kann es wohl nicht. Aber ich bezweifle, dass du etwas aus ihr rausbekommst. Du kennst sie ja.«

»Allerdings. Hast du mit Troels gesprochen?«

»Über diese Sache? Nein.«

»Hm.« Merlin kratzt sich im Ohr. »Du warst bei Lütsachs Obduktion dabei, oder? Irgendwas Interessantes?«

»Ja, ich denke schon. Es gab keine äußeren Zeichen einer Strangulation, keine Würge- oder Drosselspuren im Halsbereich, dafür lag aber die zusammengefaltete Plastiktüte neben der Leiche, und laut Markman bestand eine periphere Ausdehnung der Lungen – also an den Rändern. Was die Vermutung bestätigt, dass sie mit der Tüte erstickt wurde. Außerdem wurden Abdrücke an beiden Handgelenken gefunden, die darauf hindeuten könnten, dass er ihr Handschellen angelegt hatte. Markman will die Ergebnisse der forensischen Analyse abwarten, ehe er definitive Schlüsse zieht, aber ich glaube, wir können davon ausgehen, dass sie erstickt worden ist.«

»Also drei verschiedene Erstickungsmethoden ...«

»Ja. Sieht aus, als hätten wir es mit einem Erstickungsfetischisten zu tun.«

»Mein Gott.« Merlin setzt sich. »Hast du schon auf die Onlineseiten der Zeitungen geschaut? Nach dem Mord an Lütsach laufen sie völlig Amok.«

»Keine große Überraschung. Hast du schon mit der Presse gesprochen?«

»Ja, ich hab sie alle durch.«

»Und, wie viel hast du preisgegeben?«

»Vorerst so wenig wie möglich. Sie sind total darauf fixiert, ob ein Serienmörder umgeht.«

»Was recht besehen nicht weiter verwunderlich ist. Das

sind wir ja auch zu einem gewissen Grad, oder? Was hast du ihnen gesagt?«

»Dass wir uns aktuell nicht konkret zu den Ermittlungen äußern können. Dass wir mit verschiedenen Theorien arbeiten. So was halt. Einige haben gefragt, ob wir ausschließen können, dass es sich um einen Serienmörder handelt.«

»Und du hast geantwortet …?«

»Dass wir zum gegenwärtigen Zeitpunkt überhaupt nichts ausschließen können.«

»Hat irgendjemand den Martina-Fall erwähnt?«

»Soweit ich weiß, nicht. Aber das ist nur eine Frage der Zeit. Und dann wird die Stimmung erst so richtig hochkochen.«

»Was schreiben sie?«

»Überschriften wie ›Polizei: Können Serienmörder nicht ausschließen‹ und so ähnlich.«

»Hast du vor, der Presse von der DNA-Analyse und den beiden Vergewaltigungen zu erzählen?«

»Nein, bist du verrückt!« Merlin sieht Juncker entsetzt an. »Das dürfen sie nicht wissen. Jedenfalls noch nicht. Aber apropos, welche Schlüsse können wir jetzt ziehen?«

»Dass wir sowohl Jamaal Rashad als auch Frank Sejrs ausschließen müssen, sofern wir glauben, dass alle drei Morde vom selben Mann verübt wurden. Rashad aus dem einfachen Grund, dass er zum Zeitpunkt des Mordes an Lütsach hinter Gittern saß. Und Sejrs haben wir im Personenteil des DNA-Registers.«

»Bis wir uns aber vollkommen sicher sind, dass wir es mit einem Serienmörder zu tun haben, halten wir den Verdacht gegen beide natürlich aufrecht. Wir haben ja auch noch keine Gewissheit, ob die Haare, die auf Lütsach gefunden wurden, tatsächlich vom Mörder stammen. Wir suchen also weiter nach Sejrs. Und wir müssen unbedingt mit seinem Kumpel aus dem Gefängnis sprechen. Wie hieß der noch mal?«

»Laurits Mogensen. Troels hat versucht, ihn zu erreichen, er wohnt wohl irgendwo in Odsherred. Wir haben einen Kollegen hingeschickt, aber es war keiner zu Hause, und ans Handy ist er nicht gegangen.«

»Ist er etwa auch verschwunden? Was ist hier eigentlich los?« Merlin schüttelt den Kopf.

»Das muss nichts heißen. Er könnte verreist sein oder was weiß ich. Er hat ja keinerlei Auflagen, die ihn in seiner Bewegungsfreiheit einschränken.«

»Das stimmt natürlich. Was hast du als Nächstes vor?«

»Ich will kurz mit Malene Hanslev über die jüngste Entwicklung sprechen.«

Signe ist nicht an ihrem Platz, dafür aber Malene Hanslev.

»Haben Sie zwei Minuten?«, fragt Juncker.

Sie schaut auf und lächelt. »Na klar.«

Sie gehen Richtung Küche, und Juncker spürt, wie sich ein warmes Gefühl in seinem Körper ausbreitet. Auf dem Gang verlangsamt Malene ihre Schritte, damit er zu ihr aufschließen kann.

»Geht's gut?«, fragt sie.

»Tja …« Er zögert. »Es geht so … Bis jetzt haben wir kaum Spuren, dementsprechend …«

»Das meinte ich nicht. Über den aktuellen Ermittlungsstand bin ich ja einigermaßen informiert. Meine Frage hat eher darauf abgezielt, wie es Ihnen persönlich geht.«

»Mir?« Junckers Gesicht verzieht sich zu einer dümmlichen Grimasse. »Äh, also mir geht es …«

Sie schaut ihn interessiert an. »Ja?«

Er räuspert sich. Weiß nicht, was er sagen soll. Sie betreten die Küche, Malene öffnet einen Schrank und nimmt einen Becher heraus.

»Den würde ich an Ihrer Stelle besser nicht nehmen. Das ist Signes Becher, und sie ist ziemlich … Wie soll ich sagen …«

»Echt jetzt?«

Juncker wird bewusst, dass ein junger Mensch Anfang, Mitte zwanzig so etwas sagen würde, seine eigenen Kinder zum Beispiel: Echt jetzt. »Ja. Echt jetzt«, erwidert er.

»Okay.« Malene stellt den Becher zurück und nimmt einen anderen. »Mit dieser Signe ist nicht zu spaßen, was?«

Sie schenkt Kaffee ein.

»Für mich nur eine halbe Tasse«, sagt Juncker.

Malene lehnt sich gegen die Küchenanrichte und betrachtet ihn mit einem neugierigen Blick in den leuchtend blauen Augen. »So, was kann ich für Sie tun?«

»Sie haben von der Analyse der beiden Haare gehört, die auf Katja Lütsach gefunden wurden, und dass es einen Treffer im DNA-Register gab?«

Sie nickt.

»Ergibt es Ihrer Meinung nach Sinn, dass ein Mann, der auf eine Weise mordet, wie bei Lütsach der Fall – und bei Martina sowie Eva Basel –, dass er auch Vergewaltigungen wie die 2013 und 2014 begeht?«

Malene pustet in den Becher und nippt an ihrem Kaffee. »Ich muss mehr über die Vergewaltigungen wissen, bevor ich eine qualifizierte Aussage machen kann.«

Juncker seufzt. Sie schaut ihn an und lächelt entschuldigend.

»Ja, ich weiß, es nervt mit meinen ganzen Vorbehalten.

Aber ich möchte eure Ermittlungen nicht in eine falsche Richtung lenken, weil ich mich basierend auf einer unsicheren Grundlage äußere. Und wo ich schon mal dabei bin, vorsichtig zu sein – hierzulande haben wir keine allzu große Erfahrung mit Serienmördern, und was Serienmorde in Kombination mit Vergewaltigungen angeht ...«

»Der Lolland-Mann«, sagt Juncker.

Malene nickt. »Ja, das war's dann aber auch.«

»Der Unterschied zwischen ihm und dem Täter, mit dem wir es jetzt zu tun haben, ist, dass die Morde des Lolland-Mannes seinen Vergewaltigungen ähnelten«, sagt Juncker, »während ein großer Unterschied zwischen den beiden Vergewaltigungen und der Art besteht, wie die Morde an Eva Basel und Katja Lütsach ausgeführt wurden. Die Morde wirken kühl und klinisch, die beiden Vergewaltigungen dagegen waren äußerst brutal und schienen impulsgetrieben. Aber mit so etwas muss es doch auch Erfahrungen aus dem Ausland geben?«

»Eine ganze Menge sogar. Wie üblich, wenn von Serienmördern die Rede ist, insbesondere aus den USA.«

»Ich frage also noch mal: Kann der Mann, der die drei Frauen umgebracht hat, derselbe sein, der 2013 und 2014 die beiden Frauen vergewaltigt hat?«

Sie lächelt erneut. Nach diesem Lächeln kann man süchtig werden, denkt Juncker. »Ja, das ist möglich.«

»Ist es auch wahrscheinlich?«

»So weit möchte ich nicht gehen. Noch nicht.«

»Aber egal was Sie sagen, besteht in jedem Fall eine eindeutige Verbindung zwischen dem Mord an Lütsach und den beiden Vergewaltigungen. Ich denke an die DNA-Übereinstimmung.«

»Gar keine Frage. Aber nehmen wir einmal an, es war

nicht derselbe Mann, der die Frauen ermordet und die beiden Vergewaltigungen verübt hat, dann liegt eine weitere Möglichkeit auf der Hand«, sagt sie.

»Nämlich?«

»Dass zwei Männer gemeinsam Katja Lütsach umgebracht haben. Und der zweite Beteiligte ist der, der damals die beiden Frauen vergewaltigt hat. Wie Sie wissen, ist es nicht ganz ungewöhnlich, dass Sexualverbrecher einen Helfer haben. Das Alphamännchen und ein Bewunderer.«

Juncker nickt. »Troels und ich waren in Herstedvester, um zu hören, was sie uns über Frank Sejrs sagen können. Eine Psychologin hat uns erzählt, dass Sejrs meist für sich blieb, er aber auch eine freundschaftliche Beziehung zu einem Mithäftling namens Laurits Mogensen aufgebaut hat. Der saß ebenfalls wegen zwei Vergewaltigungen ein, wenn auch nicht vom selben Kaliber wie die von Sejrs.«

»Hatten die beiden ein gleichwertiges Verhältnis?«

»Die Frage haben wir auch gestellt. Die Psychologin meinte, Frank Sejrs sei eindeutig der Klügere der beiden gewesen und dass Laurits Mogensen Sejrs wirklich bewundert hätte. Trotzdem wollte sie nicht so weit gehen, die Beziehung der beiden als ungesund zu bezeichnen.«

»Und dieser Mogensen … ist der mittlerweile auch auf freiem Fuß?«

»Ja.«

»Hm.« Sie verschränkt die Arme. »Es wäre auf jeden Fall gut, Sejrs zu finden.«

»Und Laurits Mogensen.«

»Ja, den auch.«

»Aber die Haare, die wir auf Katja Lütsach gefunden haben, können ja nicht von ihm sein. Wir haben Mogensens DNA-Profil im Register.«

»*I know*. Aber vielleicht weiß Laurits Mogensen etwas von Sejrs. Und wenn es bloß sein Aufenthaltsort ist.«

»Wäre auch denkbar, dass mehr als zwei Männer die Morde verübt haben?«

»Denkbar ist vieles.«

»So eine Art Vergewaltigungsclub?«

»Das wäre nicht das erste Mal in der Geschichte. Es gibt viele frauenhasssende Psychopathen da draußen. Wenn Sie wüssten, was in all den mehr oder weniger geheimen Foren im Darknet so floriert.« Sie schaut auf ihre Armbanduhr. »Kann ich Ihnen sonst noch irgendwie helfen?«

»Im Moment nicht. Danke.«

»Nichts zu danken. Deswegen bin ich schließlich hier.«

Sie stellt ihren Becher in die Spülmaschine und geht zur Tür, wendet sich auf der Schwelle jedoch noch einmal um. »Sie haben meine Frage vorhin nicht richtig beantwortet.«

»Welche Frage?«

»Ob es Ihnen gut geht.«

Er lächelt verlegen. »Äh … Habe ich nicht?«

»Nein, haben Sie nicht.«

»Oh. Also … Mir geht es prima, würde ich sagen.«

»Prima? Würden Sie sagen? Klingt nicht, als würden Sie nur so übersprudeln vor Freude.«

Selbst zu Zeiten, da er mit dem Leben insgesamt recht zufrieden war, wäre Juncker im Traum nicht auf die Idee gekommen, seinen Gemütszustand als vor Freude übersprudelnd zu bezeichnen.

»Ich stecke mitten in einer Mordermittlung, noch dazu ist es ein Fall, der …«

»Ihre Stimmung hängt stark davon ab, wie es auf der Arbeit läuft, stimmt's?«

Sie ist in der Türöffnung stehen geblieben, sodass er nicht an ihr vorbei auf den Gang kommt. Mit einem neuerlichen Lächeln tritt sie zur Seite.

Er denkt, dass sie recht hat. Wenn die Ermittlungen gut laufen, wenn es vorangeht, ist er guter Laune. Wenn nicht, und das ist meistens der Fall, dann ist er ... Ja, was eigentlich?

»Ich lass Sie ja schon in Ruhe«, sagt sie und lächelt wieder auf diese Weise.

Nein, nein.

»Schon gut«, sagt er leise.

Sie gehen los.

»Ich bin geschieden«, sagt sie plötzlich.

Sein Herz macht einen Hüpfer.

»Ich auch«, sagt er, und es klingt gleichzeitig völlig falsch und vollkommen richtig.

Kapitel 32

Unter gar keinen Umständen fährt sie mit ihm mit.

Seit Merlin ihnen vom Ergebnis der DNA-Analyse erzählt hat, ist sie Troels nicht mehr begegnet. Sie weiß nicht, ob er in seinem Büro sitzt oder schon gefahren ist. Er hat das Vergewaltigungsopfer angerufen und mit ihr vereinbart, dass sie bei ihr vorbeikommen, um über das zu sprechen, was ihr vor fünf Jahren widerfahren ist. Er hat Signe eine Nachricht mit dem Namen der Frau sowie Adresse und Uhrzeit geschickt, sonst nichts. *Komme selbst hin*, hat sie geantwortet.

Sie packt ihre Sachen zusammen, geht zur Tür und steckt den Kopf heraus – freie Bahn. Fünf Minuten später sitzt sie im Auto. Sie streckt eine Hand aus und zittert dabei wie ein alter Junkie auf Entzug. Sie schließt die Augen und versucht, tief durchzuatmen.

Nur selten in ihrem Leben hat sie solche Angst gehabt wie jetzt. Einmal nach der Explosion auf dem Nytorv, als sie ihre Schwester mehrere Stunden lang nicht erreichen konnte und dachte, Lisa, ihr Mann und die beiden Kinder seien ums Leben gekommen.

Eine Viertelstunde darauf kreist sie auf der Suche nach einem Parkplatz durch die Gegend um die Rantzausgade. Es dauert weitere zehn Minuten, bis sie eine winzige Lücke in der Griffenfeldsgade findet. Sie quetscht ihr Auto hinein, sodass sie teilweise auf dem Gehweg steht, zieht das Schild mit der Aufschrift POLIZEI hervor und legt es hinter die Windschutzscheibe.

Es bläst kräftig. Sie hat Gegenwind, und Regentropfen peitschen ihr ins Gesicht. Sie ist früh dran und hofft, dass er noch nicht da ist, damit sie allein bei der Frau klingeln und hinaufgehen kann, und dann soll er eben kommen, wann er kommt. Aber als sie um die Ecke biegt, steht er dort bereits in fünfzig Metern Entfernung und wartet auf sie. Tränen brennen ihr in den Augen, doch sie zwingt sich weiterzugehen. Er entdeckt sie und starrt ihr ausdruckslos entgegen. Als sie sich ihm nähert, schaut sie weg und tritt vom Gehweg auf die Straße. Sie ist fast an ihm vorbei, da hebt er den rechten Arm, als würde er eine imaginäre Schusswaffe in der Hand halten, und richtet den ausgestreckten Zeigefinger auf sie.

»Peng«, sagt er leise und lächelt.

Signe muss sich zusammenreißen, um nicht loszurennen. Sie hastet zur Tür, sucht das Klingelschild mit dem Namen der Frau, Marta Olufsen, und drückt auf den Knopf. Eine weibliche Stimme fragt, wer da ist, und Signe stellt sich vor, der Summer erklingt, sie öffnet die Tür und eilt ins Treppenhaus, ohne die Tür aufzuhalten. Sie hört, dass Troels gerade noch den Griff zu fassen bekommt, bevor sie ins Schloss fällt. Zwei Stufen auf einmal nehmend läuft sie in den dritten Stock und kommt außer Puste oben an. Marta Olufsen steht in der Tür.

»Ich dachte, Sie wären zu zweit«, sagt sie.

»Sind wir auch«, sagt Signe. »Mein Kollege kommt gleich.«

»Okay. Sie können Ihre Jacke da an die Garderobe hängen. Wir setzen uns hier rein.« Marta deutet auf eine der Türen.

Signe hört, dass Troels oben angelangt ist, und geht ins Wohnzimmer. Er begrüßt die Frau, seine Stimme ist ruhig und freundlich, sie weiß genau, welches Lächeln er aufgesetzt hat, und denkt, dass sie nie zuvor erlebt hat, wie jemand so eiskalt sein kann, wie er es gerade ist. Dass er es wagt. Er muss sich absolut sicher sein, dass sie ihn nicht wiedererkennt. Oder aber er fährt volles Risiko.

»Wollen Sie sich setzen?«, sagt Marta Olufsen und zeigt auf das Sofa.

Signe nimmt am einen Ende Platz, gegen die Armlehne gepresst, Troels – immer noch freundlich lächelnd – am anderen. Die Frau setzt sich ihnen gegenüber auf einen Sessel.

Grotesker geht es nicht, denkt Signe. Sie weiß, dass Troels außer ihr selbst auch die Frau vergewaltigt hat, die hier vor ihnen sitzt. Troels weiß, dass Signe es weiß. Er weiß außerdem, dass Signe eines der schlimmsten Dinge getan hat, die ein Ermittler tun kann: Sie hat Beweismaterial manipuliert. Marta Olufsen weiß nur, dass sie an einem Augustabend 2013 im Valbyparken vergewaltigt wurde und dass der Mann, der ihr dies angetan hat, nie gefasst und bestraft worden ist. Sie hat keine Ahnung, dass es der Mann ist, dem sie jetzt gegenübersitzt.

Signe überläuft es kalt, und sie hat das starke Bedürfnis, ins Bad zu rennen und sich zu übergeben. Sie betrachtet Marta Olufsen und bemerkt erst jetzt, wie dünn die Frau ist. Etwa eins siebzig groß, schätzt sie, mit graublauen Augen, die unnatürlich groß in dem schmalen, ausgemergelten Gesicht wirken, das von aschblonden, offen über die Schultern fallenden Haaren umrahmt ist. Das blau-weiß gestreifte Langarm-Shirt ist mehrere Nummern zu groß, dasselbe gilt für die grüne schlafanzugähnliche Hose, aber die schlabbrige Kleidung kann nicht verbergen, dass die Frau bis auf die Knochen abgemagert ist.

Sieht stark nach Essstörung aus, denkt Signe.

»Welcher Beschäftigung gehen Sie nach?«, fragt sie.

»Ich studiere Theologie.« Marta Olufsen spielt nervös an einem Silberkettchen herum, dass sie am linken Handgelenk trägt. Ihr Blick huscht ruhelos zwischen den beiden Beamten auf dem Sofa hin und her, bis er bei Signe hängen bleibt.

»Worüber wollen Sie mit mir reden?«, fragt sie mit dünner, heiserer Stimme.

»Es sind neue Informationen in Bezug auf Ihren Fall aufgetaucht, die wir momentan untersuchen«, erklärt Signe.

Marta Olufsen schaut auf ihre im Schoß gefalteten Hände. Dann hebt sie den Blick.

»Hat es mit diesen neuen Fällen zu tun … mit den ermordeten Frauen?«

»Wie kommen Sie darauf?«

Die Frau zuckt mit den dürren Schultern. »Keine Ahnung … Nur so ein Gefühl. Hat es damit zu tun?«

Signe schielt zu Troels, der vollkommen reglos dasitzt, den Blick auf Marta Olufsen gerichtet.

»Wir können Ihnen nur eingeschränkt Auskunft geben. Aber ja, wir haben Grund zu der Annahme, dass zwischen Ihrer Vergewaltigung und dem jüngsten der beiden Frauenmorde eine Verbindung besteht.«

»Dem Mord an Katja Lütsach?«

»Genau. Und außerdem noch zwischen diesem Mord und einem zweiten unaufgeklärten Vergewaltigungsfall …«

»Dem von Lise Sand, stimmt's?«

Signe nickt.

»Sie wissen, dass sie Selbstmord begangen hat?«

»Ja, das wissen wir.«

Marta Olufsen steht auf und geht ans Fenster. Eine Weile blickt sie hinaus ins trostlose Grau. Dann kehrt sie zurück zu ihrem Platz und setzt sich wieder.

»Was ist das für eine Verbindung, die zwischen den Fällen besteht?«

Signe überlegt, ob es ein Problem darstellt, Marta davon zu erzählen, kommt aber zu dem Schluss, dass es das nicht wirklich tut.

»Auf Lütsachs Leiche wurde DNA-Material gefunden, das mit dem DNA-Material des Mannes übereinstimmt, der Sie und Lise Sand vergewaltigt hat.«

»Also wurde sie vom selben Mann umgebracht, der Lise und mich vergewaltigt hat?«

»Das können wir nicht mit Sicherheit sagen.« Signe dreht den Kopf und schaut Troels an. Er hält den Blick weiter auf Marta Olufsen gerichtet. »Aber es wäre möglich.«

»Und wie kann ich Ihnen jetzt helfen?«

»Indem Sie zuerst einmal versuchen zurückzudenken ... ob Ihnen etwas einfällt, was Sie der Polizei damals nicht gesagt haben ... Vielleicht erinnern Sie sich an etwas Neues, wenn Sie ...«

Die junge Frau schaut Signe mit weit aufgerissenen Augen an. »Wissen Sie, wie sehr ich versucht habe zu vergessen, was passiert ist?«

Signe verspürt den Drang aufzustehen, zu Marta hinüberzugehen und ihre Hand zu nehmen. Aber sie bleibt sitzen.

»Ich kann mir nicht ...« Wieder schaut sie zu Troels. »Das heißt ... Keiner von uns kann sich vorstellen, was Sie durchgemacht haben. Und ich bitte Sie auch gar nicht, uns alles, was Sie schon der Polizei erzählt haben, noch mal zu erzählen. Das können wir in den Berichten nachlesen. Aber wie gesagt, wenn Ihnen seitdem noch etwas eingefallen ist, wären wir sehr dankbar, wenn Sie es uns sagen würden.«

Marta spielt wieder an ihrem Silberkettchen. »Wenn es derselbe Mann ist, der uns vergewaltigt und Katja Lütsach ermordet hat ... bin ich dann jetzt in Lebensgefahr?«

Signe überlegt einen Moment. »Sollten wir in irgendeiner Weise zu der Einschätzung gelangen, dass Sie in Gefahr sind, dann passen wir auf Sie auf.« Sie wendet sich an Troels. »Oder, Troels?«

Er nickt langsam. »Ja«, sagt er dann. »Tun wir.«

Eine Träne rollt über Martas Wangen. Sie wischt sie weg. »Das Einzige, was er zu mir gesagt hat, war: ›Wenn du mit der Polizei darüber sprichst, finde ich dich und töte dich.‹ Er hat es mir ins Ohr geflüstert. Ich kann immer noch ...«

Sie hebt die Hand ans Ohr.

Signe nickt. »Ich verstehe gut, dass Sie Angst haben. Das hätte ich an Ihrer Stelle auch. Aber er hat Ihnen seit damals nichts mehr getan, richtig? Und das, obwohl er wissen muss, dass Sie mit der Polizei gesprochen haben. Er ist garantiert ein Feigling. Das trifft auf viele Vergewaltiger zu. Feige Arschlöcher sind das, sonst gar nichts.« Sie beugt sich vor. »Ich weiß, wie schlimm es für Sie ist, das Ganze noch mal zu durchleben. Aber vielleicht können Sie uns helfen, ihn zu fassen.« Signe legt ihre Visitenkarte auf den Couchtisch. »Wir wollen Ihnen nicht weiter die Zeit stehlen, aber rufen Sie mich an, wenn Ihnen etwas einfällt. Egal was. Und egal um welche Uhrzeit. Und rufen Sie auch an, wenn Sie einfach nur das Bedürfnis haben, mit jemandem zu reden.« Signe steht auf. »Vielen Dank, dass

Sie bereit waren, mit uns zu sprechen.« Sie geht um den Couchtisch herum, drückt Martas Arm und lächelt sie an. »Bis dann«, sagt sie und quetscht sich an Troels vorbei, der ebenfalls aufgestanden und auf dem Weg in den Flur ist. Bevor er sich verabschiedet hat, ist sie schon auf der Treppe nach unten.

Es regnet immer noch, und allmählich wird es dunkel. So schnell sie kann, ohne rennen zu müssen, läuft sie die Rantzausgade entlang. Kurz bevor sie die Kreuzung bei der Griffenfeldsgade erreicht, schaut sie sich um. Er ist nirgends zu sehen. Sie biegt um die Ecke, und einen Moment später ist sie bei ihrem schräg geparkten Auto. Sie schließt auf, wirft die Tasche auf den Beifahrersitz und lässt den Motor an. Als sie rückwärts aus der Lücke fährt, erwischt sie beinahe einen Fahrradfahrer, der mit einem kleinen Kind auf dem Gepäckträger angedüst kommt.

»Blöde Kuh!«, brüllt der Radfahrer.

»Vollidiot«, zischt Signe. »Schaff dir gefälligst ein Licht an, wenn du nach Einbruch der Dunkelheit mit deinem Kind durch die Gegend fährst!« Sie atmet tief durch. »Bleib ganz ruhig«, sagt sie sich selbst, legt den Gang ein, fährt los und biegt in die Korsgade ein. Ein paar hundert Meter weiter fährt sie an die Seite und hält an.

Sie beugt sich vor und legt den Kopf aufs Lenkrad. Zwei Fragen zischen in ihrem Kopf herum wie Wassertropfen auf einer glühend heißen Herdplatte.

Kann er es wirklich gewesen sein? Und was in aller Welt soll sie tun?

Es klopft ans Seitenfenster. Ein dunkelhäutiger Mann, er sieht aus wie ein Somalier, mustert sie mit freundlich-besorgten Blick. Regentropfen laufen ihm über Stirn und Wangen.

»Ihnen geht gut?«, fragt er, als sie die Scheibe heruntergelassen hat. »Kann ich helfe mit etwas?«

Sie lächelt matt. »Alles in Ordnung, danke.«

Der Mann erwidert das Lächeln. »Okay. Habe Sie schöne Tag«, sagt er und setzt seinen Weg durch den Regen fort.

Eine gute Minute lang sitzt Signe reglos da und versucht, die Fassung zurückzuwinnen. So kann es einfach nicht weitergehen.

Kapitel 33

Es ist etwa anderthalb Jahre her, seit er zuletzt einen Versuch unternommen hat. An einem lauen Frühsommerabend, erinnert er sich. Sie war die ältere Schwester eines vor langer Zeit verstorbenen Ex-Klassenkameraden und in einem Haus außerhalb von Sandsted aufgewachsen. Sie hieß Maria Nielsen, und als junges Mädchen war sie eine strahlende Schönheit. Oftmals war sie es, an die Juncker dachte, wenn er sich als Teenager abends bei gelöschtem Licht unter der Bettdecke einen runterholte.

Er hatte sie in einer Kneipe am Marktplatz von Sandsted, ganz in der Nähe der örtlichen Polizeistation, wiedergetroffen. Sie arbeitete als Bedienung im Torvecafé und sah noch immer blendend aus – mehrere Jahre jünger, als sie tatsächlich war. Es hatte sofort zwischen ihnen gefunkt. Sie trafen sich mehrfach an ihrem Arbeitsplatz auf ein Glas Wein. Dann lud Juncker sie in die einzige verbliebene anständige Gaststätte der Stadt ein, und ein paar Wochen später fragte sie ihn, ob er nicht zum Abendessen zu ihr nach Hause kommen wolle.

Es wäre gelogen zu behaupten, dass der Gedanke Juncker nicht gestreift hätte. Dass Maria und er zusammen im Bett landen könnten. Bei ihren letzten beiden Treffen hatte diese Möglichkeit im Raum gestanden.

Und es gab so gesehen keine Formalitäten, die ihn

zurückhielten. Technisch gesehen waren Charlotte und er getrennt, und inwiefern es mit einer Scheidung enden würde, hing noch in der Schwebe. Angesichts der Art jedoch, wie seine Frau die Situation angegangen war, hatte Juncker damals das eindeutige Gefühl gehabt, dass es wohl in diese Richtung ging.

Denn Charlotte war wirklich wütend auf ihn.

Deshalb hatte es ihm moralisch betrachtet freigestanden zu tun, was er wollte. Nachdem sie gegessen und die Flasche Calvados, die er mitgebracht hatte, zu gut drei Vierteln geleert hatten, nahm Maria seine Hand und zog ihn Richtung Schlafzimmer. Sein Glied reagierte wie immer: Wenn es darauf ankam, war auf seinen Schwanz Verlass. Doch als sie zum Finale kamen und er auf Maria lag, konnte er nicht. Denn es waren Charlottes Augen, nicht Marias, in die er in jener Sekunde blickte, und er wurde von einem heftigen Anfall schlechten Gewissens gepackt, dass gar nichts mehr ging.

Maria nahm es ihm nicht übel. Sie trafen sich noch eine ganze Weile, bis Juncker vor einem halben Jahr zurück nach Kopenhagen zog. Er lud sie dorthin ein, sie aßen in einem absurd teuren Restaurant, und es war nett – er fand sie noch immer sehr anziehend –, aber beide wussten, dass der Schwung raus war. Oder besser gesagt, *er* hatte es verpatzt. Am Ende des Abends stieg sie daher in den Zug zurück nach Sandsted, während er nach Hause zu seiner Wohnung in Nordvest fuhr.

Er schielt hinüber zu Malene Hanslev, die vertieft in die Arbeit an ihrem Schreibtisch sitzt. Ihre unzweideutige Einladung dröhnt noch immer in seinen Ohren.

Er ist gleichermaßen aufgeregt wie panisch, denn Malene hat ihn daran erinnert, wie lange seine letzte Erektion her ist, und er hat Zweifel, inwiefern überhaupt noch alles funktioniert, wie es soll. Er hat gelesen, dass die größte Belastung für Männer, die an der Prostata operiert wurden, nicht das unfreiwillige Wasserlassen ist. Dieses Problem löst sich über kurz oder lang irgendwie, und man lernt, mit der Unannehmlichkeit zu leben. Nein, die Hauptsorge für die allermeisten ist, ob sie noch im Stande sind, normal Sex zu haben. Oder ob sie sich an eher medikamentöse Lösungen halten müssen.

Ist er bereit, den Versuch zu wagen? Nein, es ist zu früh. Nicht zuletzt, weil sein Bauch nach wie vor einem Schlachtfeld gleicht. Die sechs Wunden sind gut geheilt, aber noch immer flammend rot wie kleine Stopplichter, und an mehreren Stellen sind die blauen Flecken noch nicht verschwunden, sondern haben verschiedene braune und gelbe Tönungen angenommen. Alles in allem nicht der schönste Anblick.

Er steht auf, geht zur Tür und stößt fast mit Signe zusammen. Sie nickt ihm zu, geht zu ihrem Platz und wirft die Tasche auf den Tisch sowie ihre Jacke neben dem Stuhl auf den Boden. Sie sieht vollkommen fertig aus.

»Und, was erfahren?«, fragt Juncker.

Sie schüttelt den Kopf.

»Wie ging es ihr?«

Signe schaut ihn mit einem verzweifelten Ausdruck an, den er noch nie zuvor bei ihr gesehen hat.

»Sie ist komplett am Ende«, sagt sie.

»Inwiefern?«

»Ich weiß nicht ... schwer zu erklären. Ich weiß ja nicht, wie sie war, bevor sie vergewaltigt wurde.«

Juncker nickt. »Okay. Kannst du mir kurz sagen, was du über die zwei Vergewaltigungen weißt?«

»Das erste Opfer im August 2013 war die Frau, mit der wir gerade gesprochen haben. Marta Olufsen heißt sie. Sie war auf dem Heimweg von einer Party in Hvidovre und fuhr mit dem Fahrrad durch den Valbyparken. Damals hat sie in Sydhavnen gewohnt. Ein Mann trat vor ihr auf den Weg und zwang sie anzuhalten. Er war mit einem Messer bewaffnet und zerrte sie in ein Gebüsch, dort musste sie ihren Slip ausziehen und sich auf den Rücken legen. Dann hat er sie vergewaltigt. Erst vaginal und anschließend anal. Irgendwann währenddessen hat er sie gewürgt. Sie hat erzählt, dass sie für einen Augenblick weg war. Dass sie dachte, sie würde sterben. Im ärztlichen Befund steht, auf beiden Seiten des Halses seien deutliche Würgemale festzustellen gewesen. Ihre Stimme ist tatsächlich immer noch recht heiser. Vielleicht haben ihre Stimmbänder dauerhaften Schaden davongetragen.«

»Und das zweite Opfer?«

»Sie hieß Lise Sand, und wie Merlin schon gesagt hat, hat sie letztes Jahr im Dezember Selbstmord begangen. Sie war an einem Abend im Mai 2014 in Utterslev Mose joggen, als sie von einem Mann überfallen wurde, den sie als groß, circa eins neunzig und stark beschrieben hat. Schwarz gekleidet, unter anderem trug er einen Pullover mit zugeschnürter Kapuze, sodass man nicht das ganze Gesicht erkennen konnte. In etwa dieselbe ungenaue Beschreibung wie die, die Marta abgegeben hatte. Beide hat er mit dem Messer bedroht, befohlen, ihn nicht anzuschauen, und beide waren natürlich derart von Sinnen vor Angst, dass sie gemacht haben, was er gesagt hat. Auch Lise Sand wurde sowohl vaginal als auch anal vergewaltigt.«

»Hat er sie auch gewürgt?«

»Ja. Abdrücke am Hals und punktförmige Einblutungen in die Lider sowie in andere Stellen. Lise Sand hat zu keinem Zeitpunkt das Bewusstsein verloren, davon abgesehen sind die Beschreibungen der beiden fast deckungsgleich.«

»Hm.« Juncker lehnt sich zurück. »Das erinnert in vielen Punkten an das Vorgehen von Frank Sejrs. Aber von ihm wissen wir mit Sicherheit, dass er es nicht war, schon allein aus dem Grund, weil er 2013 und 2014 hinter Gittern saß. Außerdem stimmt seine DNA nicht mit den Haaren überein. Dafür war er zu den Zeitpunkten, an denen die drei Frauen ermordet wurden, nicht im Gefängnis.«

»Nein. Was sagt diese Profilerin? Kann es derselbe Mann gewesen sein?«

Juncker schaut sich nach Malene um. Sie hat ihren Platz verlassen, ohne dass er es mitbekommen hat.

»Malene meinte, es wäre möglich. Sie hat außerdem noch eine weitere Möglichkeit erwähnt, nämlich dass einer oder mehrere der Morde von zwei Männern gemeinsam verübt wurden, einem Haupttäter und einem Helfer. In dem Fall könnte der Helfer die beiden Vergewaltigungen begangen und die Haare auf Katja Lütsachs Leiche verloren haben.«

»Klingt das nicht ein bisschen arg weit hergeholt?«

Juncker zuckt mit den Achseln. »Das hat es schon gegeben, die Sache mit dem Helfer. Ich kann mir auch nur schwer vorstellen, dass derselbe Mann sowohl die Morde als auch die Vergewaltigungen verübt haben soll. Es gibt einfach zu viele Unterschiede. Und irgendwas ist seltsam mit diesen zwei Haaren. Irgendwas stimmt nicht.«

Jetzt zuckt Signe mit den Achseln. »Es ist, wie's ist.«

Merlin kommt in Begleitung von Malene durch die Tür und geht zu Juncker und Signe. Er zieht einen freien Schreibtischstuhl heran und setzt sich. Malene bleibt stehen.

»Wir legen die Ermittlungen gegen Jamaal Rashad als möglichen Täter im Eva-Basel-Fall vorerst auf Eis«, sagt er. »Malene hat sich die drei Frauenmorde jetzt genau angeschaut und hält es für wahrscheinlicher, dass es ein und derselbe Täter ist, und diesen Eindruck teile ich. Wir arbeiten ab jetzt also ausgehend von der Annahme, dass wir einen Serienmörder jagen, der wahrscheinlich erneut zuschlagen wird.«

»So oder so haben wir Rashad ja noch ein paar Wochen in U-Haft sitzen«, sagt Juncker. »Suchen wir trotzdem weiter nach Frank Sejrs?«

Merlin nickt. »Ja. Signe, du kümmerst dich wie gehabt um die DNA-Spur und die beiden Vergewaltigungen. Hat das Gespräch mit dem Opfer etwas ergeben?«

»Nein. Sie wirkte sehr angespannt. Es hat sie offensichtlich stark mitgenommen, sich aufs Neue damit auseinandersetzen zu müssen. Aber ich hatte das Gefühl, dass wir ... dass ich etwas erreichen könnte, wenn ich noch mal mit ihr rede.«

»Du meinst, ohne dass Troels dabei ist?«

»Ja.«

»Okay. Mach einen Termin mit ihr aus. Hast du übrigens eine Ahnung, wo Troels ist?«

»Nein. Wir sind nicht zusammen hingefahren. Und auch nicht zurück.«

»Er geht nicht ans Handy. Das ist untypisch für ihn.«

»Der wird schon auftauchen«, sagt Signe und nimmt ihr Smartphone. »Ist es okay, wenn ich jetzt nach Hause fahre? Vielleicht habe ich Glück und bekomme zur Abwechslung mal kurz die Kinder zu Gesicht. Dazu war in letzter Zeit ziemlich selten Gelegenheit.«

»Mach das«, sagt Merlin. »Aber versuch, gleich für morgen möglichst früh einen Termin mit dem Vergewaltigungsopfer auszumachen.«

»*I will.*«

Signe steht auf und zieht ihre Jacke an.

»Bis morgen«, sagt sie zu Juncker und geht zur Tür. Er folgt ihr mit dem Blick, bis sie hinaus ist. Dann steht er auf und folgt ihr auf den Gang.

»Signe«, ruft er.

Sie bleibt stehen und schaut ihn fragend an. »Ja, was ist?«

Er geht zu ihr. »Ich will nur ...«

»Nur was?«

»Also ... Das mit dir und Troels ...«

Sie schüttelt genervt den Kopf. »Fängst du schon wieder damit an?«

»Ich hab gesehen, wie ihr euch angestarrt habt, als Merlin von den Haaren und der DNA-Analyse erzählt hat. Als würdet ihr euch hassen. Ist irgendwas zwischen euch vorgefallen?«

»Ganz im Ernst, Juncker«, sagt sie. »Ich habe dir gesagt, dass ich ihn nicht besonders mag. Ich finde, er ist ein arrogantes Arschloch, und ich kann sein Gehabe nicht ab.«

Juncker spürt Ärger aufsteigen. »Aber er ist ein guter Ermittler. Einer der besten. Und Signe ... Er hat dir damals in Sandsted das Leben gerettet.«

»Das stimmt. Und dafür bin ich ihm dankbar. Aber das macht ihn nicht weniger unsympathisch.«

»Egal was du von ihm hältst, es ist nicht ...«

»Seid ihr beiden etwa plötzlich Freunde?« Sie schaut ihn durchdringend an.

»Freunde? Nein, so kann man es nicht nennen ...«

»Aber ...?«

»Also, seit ich zurück bin, haben wir zweimal ein Feierabendbier getrunken, außerdem arbeiten wir gut zusammen ...«

»Na, dann ist ja alles in bester Ordnung«, sagt sie, dreht sich um und geht los.

»Signe!«

Sie bleibt stehen.

»Weißt du etwas über Troels, das ich nicht weiß?«

Ein Augenblick lang verharrt sie reglos, mit dem Rücken zu ihm gewandt. Dann schüttelt sie den Kopf und geht weiter den Gang entlang.

Kapitel 34

Es regnet immer noch, aber der Wind hat sich gelegt. Signe blickt über den Parkplatz und versucht, sich zu erinnern, wo sie ihr Auto abgestellt hat. Sie flucht stumm. Es ist keine zwei Stunden her, dass sie geparkt hat, trotzdem ist ihr Kopf wie leergefegt. Sie zieht den Schlüssel aus der Tasche und drückt auf den Öffnen-Knopf. Es piept und blinkt irgendwo am komplett anderen Ende des Parkplatzes, und sie beginnt in die Richtung zu gehen, aus der das Geräusch kam. Auf dem Weg dorthin wird ihr bewusst, dass sie immer noch keinerlei Erinnerung daran hat, den Wagen dort abgestellt zu haben. Langsam dämmert ihr, dass sie sich auch an die Fahrt von Nørrebro nach Teglholmen nicht erinnern kann. Zwanzig Minuten ihres Lebens sind offenbar vollkommen aus ihrem Gedächtnis getilgt.

Als sie eingestiegen ist, kommt ihr ein Gedanke, woraufhin sie die Tür wieder öffnet und noch mal aussteigt. Sie geht auf die Knie, beugt Kopf und Oberkörper bis fast zum Asphalt hinunter und schaut unters Auto. Dann streckt sie den Arm aus und tastet die Unterseite des Wagens ab. Das Ganze wiederholt sie hinten sowie auf der anderen Seite. Als sie fertig ist, hockt sie sich neben eine große Pfütze und wäscht sich die Hände, so gut es in dem schlammigen Wasser geht. Sie trocknet sie an der Hose ab, klopft sich den Dreck von den Knien und steigt wieder ins Auto.

Vor knapp anderthalb Jahren vergaß sie zu prüfen, ob jemand einen magnetischen GPS-Tracker unter ihrem Auto angebracht hatte. Ein Fehler, dessen Konsequenz sie ihr Leben lang mit sich herumtragen wird und den sie nicht zu wiederholen gedenkt.

Die Stoßzeit ist vorüber und der Verkehr moderat. Immer wieder schaut sie in den Rückspiegel, aber bei dem Regen und der Dunkelheit ist es praktisch unmöglich zu erkennen, ob jemand ihr folgt. Warum sollte Troels auch? Was kann er ihr hier mitten in der Stadt schon tun? Und schon gar, wenn sie erst zu Hause in Vanløse ist?

Nach nicht mal einer Minute ist die Angst zurück.

Indem sie Troels' Haare auf Katja Lütsachs Leiche platziert hat, hat sie so gesehen erreicht, was sie sich erhofft hatte – durch den Eintrag im Register nämlich die Bestätigung, dass er außer ihr noch andere vergewaltigt hat. Die Frage ist nur, was sie mit diesem Wissen anfangen soll. Schließlich kann sie niemandem davon erzählen, ohne gleichzeitig den gravierenden Gesetzesverstoß zuzugeben, den sie begangen hat.

Zumindest hat sie Troels damit gezeigt, dass sie die Sache nicht vergessen hat. Er weiß jetzt, dass sie es darauf anlegt, ihn bei der ersten sich bietenden Gelegenheit – und zu praktisch jedem Preis – dranzukriegen. Sie ist außerdem in einem Gedanken bestärkt worden, der sie zunächst nur flüchtig gestreift hatte, sich unter dem Eindruck der jüngsten Ereignisse aber zu einem realen Verdacht erhärtet hat.

Vielleicht ist es Troels Mikkelsen, den sie jagen.

Würde man generell die DNA-Profile von allen Ermittlern registrieren, so wie es mit ihren Fingerabdrücken gemacht wird, um keine unnötige Energie auf Ermittlungsarbeit zu verschwenden, ja, dann wäre er geliefert – entlarvt als der dreckige Vergewaltiger, der er ist. Die DNA-Registrierung von Polizeibeamten wurde auf höchster Ebene diskutiert, bis jetzt aber nicht in die Tat umgesetzt, und soweit sie weiß, ist vorerst auch nicht damit zu rechnen.

Also was nun? Für den Anfang wäre es nicht schlecht, wenn sie herausfinden könnte, wo er jeweils war, als die Morde an den drei Frauen verübt wurden. Aber auch das ist so gut wie unmöglich, wenn sie nicht auf die üblichen Methoden zurückgreifen kann. Normalerweise ließe sich mithilfe der Telefongesellschaften überprüfen, ob sein Handy im Falle von Eva Basel und Katja Lütsach in der Nähe der Tatorte geortet wurde, obwohl er es mit Sicherheit ausgeschaltet hätte. Man könnte auch, vorausgesetzt ein Richter segnet es ab, sein Haus durchsuchen sowie seine Computer durchleuchten, aber diese Wege sind verschlossen.

Wüsste sie, wie es geht – und wäre sie nicht der Meinung, dass sie in ihrer Laufbahn schon in ausreichendem Maß gegen das Gesetz verstoßen hat –, könnte sie natürlich versuchen, sich in seine Computer zu hacken, aber sie hat nicht den leisesten Schimmer, wie so was funktioniert.

Normalerweise parkt sie auf der Straße vor ihrem Haus in Vanløse, wo sie, Niels und die Kinder mittlerweile länger wohnen, als sie sich vorstellen mag. Jetzt fährt sie in die Einfahrt, fast bis zur Haustür. Sie steigt aus, schließt ab und geht zurück zu der kaum befahrenen Vorortstraße und schaut sich nach beiden Seiten um. Was für einen Wagen fährt er noch gleich? Sie entsinnt sich, dass er bei der Aktion in Sandsted gegen die beiden Terroristen, als einer der heftigsten Schneestürme seit Jahrzehnten über das Land fegte, mit einem allradbetriebenen Land Rover auftauchte. Aber er hat noch ein Auto, wie sie weiß. Einen Passat, glaubt sie.

Ein Stück die Straße runter steht tatsächlich ein Passat. Sie kann sich nicht erinnern, ihn zuvor schon mal gesehen zu haben. Ihr Herzschlag beschleunigt sich. In der Dunkelheit und aus der Entfernung kann sie nicht erkennen, ob jemand darin sitzt. Instinktiv greift sie unter der Jacke nach ihrer Pistole, da fällt ihr ein, dass sie in einem verschlossenen Schrank auf Teglholmen liegt. Der Passat parkt auf der anderen Straßenseite. Sie überlegt kurz und entscheidet dann, sich so weit zu nähern, bis sie sehen kann, ob das Auto leer ist. Sie macht zehn Schritte. Und noch mal zehn. Dann bleibt sie stehen und kneift die Augen zusammen. Im Wagen sitzt keiner. Sie ist sich sicher.

Sie hört ein Geräusch hinter sich und wirbelt mit geballten Fäusten und erhobenen Armen herum.

»Hallo, Signe.«

Es ist Henrik, ihr Nachbar.

»Was machst du?«

»Äh ... Hallo.« Sie holte tief Luft. »Nichts ... Ich wollte nur ...«

»Ist alles in Ordnung?« Er mustert sie mit leicht besorgtem Ausdruck.

»Jaja. Alles in Ordnung. Ich wollte nur ... Du, ich will schnell rein ins Trockene. Hab noch einen schönen Abend.«

Jetzt entspann dich, denkt sie, während sie zum Haus geht. Was kann er ihr hier schon tun, in einer ruhigen Wohnstraße, umgeben von neugierigen Nachbarn? Außer ihr tierisch Angst zu machen.

Sie schließt auf und ruft »Hallo!«, wie immer, wenn sie

nach Hause kommt. Das Haus ist dunkel und still. Sie zieht die Stiefel aus, geht den Flur entlang und klopft erst an die Tür von Annes Zimmer, dann an die von Lasse, aber beide sind nicht da. Vielleicht macht Niels ausnahmsweise Überstunden. Sie spürt einen Hauch von Enttäuschung. Dann geht sie auf die Toilette. Als sie sich die Hände wäscht, erschrickt sie bei ihrem Anblick im Spiegel. Sie sieht aus wie eine Gothpunkerin, die mit dem Lidschatten Amok gelaufen ist, und sie starrt angeekelt auf die dunklen Ringe unter ihren Augen.

»Ach du Kacke«, murmelt sie und wendet sich ab.

In der Küche öffnet sie den Kühlschrank und betrachtet lustlos die Auswahl an Lebensmitteln darin, unter anderem die Reste der gestrigen Martinsgans. Sie war zu spät von der Arbeit zum Abendessen mit den Schwiegereltern gekommen, aber noch so im Rahmen, dass Niels ihr verzieh und der Abend einigermaßen reibungsfrei verlief. Im Türfach, neben der Milch und dem Joghurt, steht eine halbvolle Flasche Weißwein. Sie nimmt sie heraus, schenkt sich ein Glas ein und nippt vorsichtig daran. Es schmeckt, als hätte jemand eine Zitrone darin ausgepresst. Sie schüttet den Inhalt in die Spüle und greift stattdessen zu der Flasche Rum, die in Gesellschaft einer Flasche Gin und einer Flasche Cognac oben auf dem Kühlschrank steht. Sie schenkt eine nicht geringe Menge der dunkelbraunen Flüssigkeit in das Weinglas und leert es in einem Zug. Ihr Mund brennt wie Feuer, aber Himmel, schmeckt das gut. Sie schenkt sich großzügig nach und nimmt das Glas mit ins Wohnzimmer. Ohne das Licht einzuschalten, geht sie zu dem großen Fenster und blickt eine Weile hinaus in die Dunkelheit. Dann setzt sie sich aufs Sofa und legt die Beine hoch.

Sie nippt an ihrem Glas und spürt, wie der Alkohol langsam, aber sicher ihre Angst und Sorge lindert. Es wird schon werden, so wie immer.

Wie war noch mal dieser Ausdruck, der in Filmen und Serien verwendet wird?

Point of no return.

An diesem Punkt ist sie angelangt, es gibt keinen Weg zurück.

Als Niels eine Stunde später nach Hause kommt, ist sie auf dem Sofa eingeschlafen.

Kapitel 35

Junckers Handy klingelt. Er schaut aufs Display und zögert einen Moment. Dann nimmt er ab.

»Hi, Papa.«

Es ist so lange her, dass er zuletzt mit Kasper gesprochen hat, dass die Stimme seines Sohnes beinah fremd klingt.

»Wie geht's dir?«

»Gut. Und dir, Papa?«

»Och, so weit …«

Pause.

»Du, Papa, ich wollte fragen …« Kasper räuspert sich. »Na ja, ob wir uns nicht mal treffen wollen?«

»Ähm … Klar, gern.«

»Denn wir haben uns ja schon ziemlich lange nicht mehr gesehen, oder?«

»Ja, das stimmt. Wann passt es …«

»Wie wär's mit jetzt? In einer Stunde? Oder in anderthalb?«

»Also …« Er will gerade die übliche Leier abspulen, wie er es im Laufe der Zeit unzählige Male im Zusammenhang mit Kindergeburtstagen, Fußballspielen, Turnvorführungen, Klassenfesten, Spieleabenden und dergleichen mehr getan hat: *Ich stecke mitten in einem komplizierten Mordfall. Nächstes Mal bin ich dabei, versprochen.* Ein Gefühl von Schuld und Verrat schwappt über ihn hinweg. Er besinnt sich.

»Ja, okay«, sagt er.

»Ich weiß, dass du wegen diesen Frauenmorden viel um die Ohren hast. Wenn du also lieber ...«

»Nein, nein«, unterbricht Juncker ihn. »Wir können uns gern treffen. Ich muss den Kopf sowieso ein bisschen frei kriegen.«

Klang das ein wenig, als bräuchte er eine Begründung? Eine Ausrede, um seinen Sohn zu sehen?

»Dann in einer Stunde? Bei dir?«, fragt Kasper.

Eigentlich hat Juncker keine Lust, in seiner Wohnung Besuch zu bekommen. Die nüchterne Einrichtung und die Lage ... und das Fehlen seiner persönlichen Sachen – was auch immer unter »seinen persönlichen Sachen« zu verstehen sein mag – erinnert viel zu sehr an Absturz.

Aber ihm fällt keine Ausrede ein, die auch nur ansatzweise überzeugend klingen würde.

»Hast du die Adresse?«

»Ja, Mama hat sie mir gegeben. Ich bringe Bier und Pizza mit. Was willst du für eine?«

»Keine Ahnung. Überrasch mich. Nur nichts mit Thunfisch und Ananas.«

Kaum hat er aufgelegt, klingelt das Handy schon wieder. Es ist ein Polizeiassistent von der Wache in Holbæk.

»Es geht um Laurits Mogensen. Ich bin vor zwei Stunden bei ihm zu Hause vorbeigefahren und habe ihn tatsächlich angetroffen.«

»Sehr gut.«

»Ich war so frei und habe in Ihrem Namen einen Termin mit ihm vereinbart. Die Sache war ja dringend, richtig? Also morgen früh um neun. Passt Ihnen das?«

»Das passt, danke Ihnen.«

Er schickt Troels eine SMS.

Es gibt nicht viel aufzuräumen. Abgesehen von der benutzten Kaffeetasse neben der Spüle und einem im Schlafzimmer über den Stuhl geworfenen Hemd sowie einem Stapel Zeitungen und einem Laptop auf dem Küchentisch könnte man denken, es handele sich um ein Ferienappartement, das für den nächsten Schwung Gäste bereitsteht.

Die Gegensprechanlage brummt, und Juncker drückt auf den Summer. Es ergibt absolut keinen Sinn, aber er merkt, dass er nervös ist. Er überlegt, ob er die Wohnungstür weit öffnen und seinen Sohn begrüßen soll, aber irgendwie erscheint ihm das falsch. Anmaßend. Das ist nicht die Art Verhältnis, die sie haben, also lässt er die Tür stattdessen halb offen stehen und geht ins Wohnzimmer, bis er Kaspers Schritte im Treppenhaus hört.

»Hallo, Papa.« Kasper lächelt und scheint sich zu freuen, ihn zu sehen.

Juncker tritt in den Flur, und für einen Moment stehen sie einander steif gegenüber. Dann hebt er zögernd den Arm, um seinem Sohn auf die Schulter zu klopfen, wird jedoch in der Bewegung gebremst, als Kasper ihm zwei Pizzakartons und ein Sixpack entgegenstreckt.

»Danke, ich nehm's schon.«

»Darf ich mich umgucken?«, fragt Kasper.

»Fühl dich wie zu Hause, viel zu sehen gibt es aber nicht.«

Kasper steckt den Kopf ins Schlafzimmer und geht anschließend ins Wohnzimmer. Juncker bleibt in der Türöffnung stehen. Kasper lächelt schief und schaut seinen Vater an.

»Ist doch ganz okay«, sagt er.

Juncker zuckt mit den Schultern. »Es kommt nicht ganz an unser Haus in den Kartoffelreihen ran.«

»Nichts kommt an das Haus in den Kartoffelreihen ran, Papa.«

Juncker spürt das schlechte Gewissen zwicken, weil er derjenige war, der die Scheidung provoziert hat, was womöglich dazu führt, dass Charlotte das Haus irgendwann verkauft – das Zuhause, in dem Kasper und Karoline aufgewachsen sind.

Sie gehen zurück in die Küche, und Kasper löst zwei Bierdosen aus der Plastikverpackung, öffnet den Kühlschrank und stellt die restlichen vier Dosen hinein.

»Der große Küchenchef hat sich mal wieder ordentlich mit Leckereien eingedeckt, was?«, bemerkt er beim Anblick des Sortiments in den Fächern: eine Packung Eier, eine halbe Hartwurst, eine Packung Vollkornbrot, ein Päckchen Butter und ein Liter Vollmilch. »Wo setzen wir uns hin?«

»Lass uns ins Wohnzimmer gehen«, sagt Juncker.

Er geht voraus, legt die Pizzakartons auf den Esstisch und tritt zur Anlage, blättert ein wenig in den CDs, zieht dann Paul Simons *Still Crazy After All These Years* heraus und legt die CD ein. Dann setzt er sich an den Tisch gegenüber von Kasper, der die Deckel der Pizzakartons öffnet.

»Eine ist mit Peperoni, die andere mit Kartoffeln und Spanferkel. Auf beiden ist Chili und Knoblauch. Wir teilen, oder?«, sagt Kasper und hebt seine Bierdose. »Prost, Papa.«

Juncker lächelt. »Prost, Sohn.«

Kasper schnappt sich ein Stück und verschlingt es, als hätte er den ganzen Tag noch nichts zwischen die Zähne bekommen. Juncker, der tatsächlich den ganzen Tag nichts gegessen hat, versucht herauszufinden, ob das Grummeln in seinem Bauch allgemeinem Unbehagen oder tatsächlich

Hunger geschuldet ist. Er nimmt ein Stück und stellt fest, dass es lecker schmeckt und er einen Bärenhunger hat.

Eine gute Minute essen sie schweigend. »Wie läuft das Studium?«, fragt Juncker dann.

»Schwer zu sagen. Hab ja erst vor zwei Monaten angefangen. Aber bis jetzt ... ziemlich gut«, sagt Kasper mit vollem Mund.

Erneutes Schweigen.

»International Business and Politics«, ergänzt Kasper und nimmt sich noch ein Stück.

»Was?«

»Ich dachte, du hast dich vielleicht gefragt, welches Fach ich studiere. Und mein Studiengang heißt International Business and Politics. Auf der CBS.«

»Das weiß ich doch«, lügt Juncker mit gespielt verärgertem Ton. Das mit der Copenhagen Business School wusste er noch, nicht aber den Namen des Studiengangs oder was er beinhaltet.

Als sie fertig mit Essen sind, bringt Juncker die beiden leeren Pizzakartons in die Küche und kehrt mit zwei weiteren Bier zurück. Kasper hat sich aufs Sofa gesetzt, Juncker nimmt auf dem Sessel Platz.

»Du siehst erledigt aus, Papa.«

»Ja? Tja ...«

»Und du hast abgenommen.«

»Vielleicht ein, zwei Kilo.«

»Wie geht es dir eigentlich?«

Das ist neu. Danach hat Kasper ihn noch nie gefragt. Überhaupt haben sie beide noch nie über Gefühle gesprochen.

»Mir geht es bestens«, wiegelt er ab und sieht Kasper an, dass er es ihm nicht abkauft. Also wirft Juncker ihm einen Brocken hin. »Die Sache mit deiner Mutter geht mir natürlich nah. Das mit der Scheidung.« Er merkt, dass allein das Wort seinen Sohn zusammenzucken lässt.

»Wie ist es zwischen dir und Mama?«

Juncker zögert. »Sehr gut, finde ich. Wir können miteinander sprechen, ohne uns die Köpfe einzuschlagen.« Eine weitere kleine Lüge. »Wie geht es dir damit, dass wir uns scheiden lassen?«

Vor über einem Jahr, als er in Sandsted wohnte und Charlotte und er getrennt waren, hat er seiner Tochter mehr oder weniger dieselbe Frage gestellt. Karoline hatte es sehr mitgenommen. Es kam überraschend für ihn, dass sie so heftig darauf reagierte. Was ihm bewusst werden ließ, wie wenig er tatsächlich über das Leben seiner beiden Kinder wusste.

Kasper schweigt eine Weile und starrt ins Leere.

»Ich finde es natürlich schade«, sagt er dann. »Aber … wie heißt es so schön? Akzeptiere die Dinge, die du nicht ändern kannst. Und es ist euer Leben, nicht meins. Nicht mehr.«

Gegen Mitternacht bricht Kasper auf. Als er seine Jacke angezogen hat, tritt er zu seinem Vater und umarmt ihn. Einen Augenblick lang steht Juncker steif mit herabhängenden Armen da. Dann fasst er sich ein Herz und drückt seinen Sohn an sich.

»War schön, dich zu sehen«, sagt er.

Kasper nickt. Und dann ist er weg.

Juncker bleibt in der Türöffnung stehen, bis er unten die Haustür ins Schloss fallen hört. Er geht in die Küche, schenkt sich ein großes Glas Whisky ein und nimmt es mit ins Wohnzimmer. Er fühlt sich gleichzeitig erleichtert und traurig. Nein, eher wehmütig. Und extrem unzulänglich.

Er überlegt zu tun, was er in den letzten Wochen so häufig getan hat, nämlich sich an den Laptop zu setzen und »Prostatakrebs« zu googeln. Aber dann muss er daran denken, was Kasper vorhin gesagt hat.

Akzeptiere die Dinge, die du nicht ändern kannst.

Leichter gesagt als getan. Aber er lässt den Laptop zugeklappt.

13. November

Kapitel 36

Sie knallt mit der Hand gegen die Nachttischkante und fegt in der gleichen Bewegung ihr Handy auf den Boden.

»Au, fuck«, stöhnt sie und tastet nach dem Handy, dessen Alarmton in ihr zentrales Nervensystem schneidet. Sie betet, dass sie nicht zum dritten Mal binnen eines Jahres das Display ihres Diensthandys zertrümmert hat. Erleichtert stellt sie fest, dass der Bildschirm intakt ist, und mit leicht zitterndem Zeigefinger bringt sie das nervenzerfetzende Geräuschinferno zum Verstummen, legt sich auf den Rücken und starrt an die Decke, während sich ihr Puls langsam wieder normalisiert. Sie dreht den Kopf und sieht, dass Niels nicht neben ihr liegt. Stattdessen hört sie ihn in der Küche Kaffee machen. Zwei Minuten darauf steht er mit einem Becher und einem Glas Apfelsaft an der Bettkante. Er lächelt, als er sieht, dass sie wach ist.

»Ich hab nur zwei Gläser getrunken«, sagt sie verteidigend.

»Ja. Rum. In einem Weinglas«, präzisiert ihr Mann.

»Schon, aber ...«

»Eine ziemlich effektive Methode, sich acht oder zehn Kurze hinter die Binde zu kippen. In kürzester Zeit.«

Sie schielt zu ihm. Er klingt nicht besonders sauer. Sieht auch nicht sauer aus. Und jetzt beugt er sich herunter, um sie auf den Mund zu küssen, besinnt sich jedoch anders, als er ihren Atem riecht, und drückt stattdessen die Lippen auf ihre Stirn. Dann geht er zurück in die Küche, um die Zeitung zu lesen. Signe bleibt noch einen Moment liegen und versucht, die nötige Kraft zu sammeln, um aufzustehen.

Nichts lässt darauf schließen, dass der heutige Tag weniger von Angst dominiert sein wird als der gestrige.

Das strähnige aschblonde Haar ist eine Spur fettiger, und Marta Olufsen trägt dieselben Klamotten wie am Vortag. Jetzt mit einem dunklen Fleck auf der Innenseite des einen Hosenbeins – Menstruationsblut, vermutet Signe.

»Danke, dass ich noch mal kommen durfte. Es ist toll, dass Sie das schaffen«, sagt sie, als sie sich gesetzt haben.

Marta Olufsen schaut sie an.

»An mir ist gar nichts toll«, sagt sie. »Was wollen Sie? Mir ist seit gestern nichts Neues eingefallen. Es fällt mir schwer, überhaupt daran zu denken.«

Signe nickt. »Das weiß ich. Ich dachte nur ...«

»Dass ich mehr sagen würde, wenn kein Mann dabei ist.« Marta lächelt freudlos. »Wissen Sie, für mich macht es keinen Unterschied, ob ich mit einem Mann oder einer Frau darüber spreche. So oder so ist es ... Na ja, Sie wissen schon ...«

»Ja, ich weiß.«

»Wirklich? Wissen Sie, wie ich mich ...«

Signe schüttelt den Kopf. »Nein. Ich weiß nicht, wie Sie sich fühlen. Wie es für Sie war, etwas so Schreckliches zu erleben.«

»Aber Sie sagen, Sie wissen ...?« Marta schaut sie eindringlich an. »Sind Sie schon mal ... vergewaltigt worden?«

Signes Herz klopft. Mist, verdammter. »Nein«, sagt sie

dann. »Bin ich nicht.« Sie zieht einen Ordner aus ihrer Tasche. »Ich habe gestern gesagt, dass Sie uns nicht im Detail zu erzählen brauchen, was Ihnen an jenem Abend widerfahren ist. Es tut mir leid, vielleicht war ich da etwas voreilig, denn es wäre trotzdem sehr hilfreich für uns, wenn Sie versuchen könnten, die eigentliche ... ja, den Hergang noch mal zu schildern, so gut es Ihnen möglich ist. Vielleicht fällt Ihnen irgendetwas ein, woran Sie bis jetzt nicht gedacht haben. Selbst das kleinste Detail kann wichtig für uns sein, wenn wir herausfinden wollen, ob derselbe Mann, der Sie und Lise vergewaltigt hat, auch der Mörder der Frauen ist.«

»Okay. Ich versuch's.«

»Super. Also, Sie kamen auf dem Fahrrad durch den Valbyparken, und er hat Ihnen hinter einem Gebüsch aufgelauert, richtig?«

»Ja. Er muss den Weg zu beiden Seiten hin im Auge gehabt haben ... und sicher gewesen sein, dass außer mir niemand kam. Ich habe versucht, um ihn herum zu lenken, aber er hat mich gepackt und vom Fahrrad gerissen. Er hat mich mit dem Messer bedroht und gezwungen, ihm hinter ein Gebüsch zu folgen. Und dann hat er gesagt, ich soll meinen Slip ausziehen ... ich hatte ein Kleid an ... und mich auf den Rücken legen.«

»Sie konnten ihn also sehen, also sein Gesicht?«

Marta schüttelt den Kopf. »Nein, nicht wirklich. Erst ... als er mich mit dem Fahrrad zum Anhalten gezwungen hat, hatte ich so eine Angst, dass ... es war, als würde ich alles ... mit einer Art Tunnelblick sehen oder so. Als würden meine Augen nicht mehr normal funktionieren. Und als er mich dann hinter das Gebüsch gezwungen hat, da hat er mir gedroht. Er hat gesagt, ich darf ihn nicht anschauen, sonst würde er mich töten. Ich kann also nur sagen, dass er ziemlich groß war ... kein Riese, aber etwa ... etwa so groß wie der, mit dem Sie gestern hier waren. Und er hat schwarze Kleidung getragen, eine Art Kapuzenpullover, bei dem die Kapuze so zugeschnürt war, dass man nur den oberen Teil seines Gesichts sehen konnte.« Marta schaut sie an. »Ich hab ganz vergessen zu fragen ... Möchten Sie was trinken? Wasser, Tee?«

»Sie brauchen nicht extra wegen mir ...«

»Ich würde mir eh einen Tee machen. Wollen Sie auch einen?«

»Okay, dann gern«, sagt Signe, obwohl sie sonst nie Tee trinkt.

»Dann kommen Sie mit in die Küche.«

Marta füllt den Wasserkocher und schaltet ihn ein.

»Na ja, ich habe mich auf den Boden gelegt, und er hat seine Hose geöffnet und sich auf mich gelegt. Ich habe den Kopf zur Seite gedreht und die Augen zugemacht. Und dann ...«

Signe sieht an Martas Wangen, dass sie die Kiefer fest zusammenpresst, um die Tränen zurückzuhalten. Sie nimmt zwei Becher und hängt je einen Teebeutel hinein.

»Er hat Sie gewürgt, richtig?«

»Ja. Während ich auf dem Rücken lag. Und er ... auf mir.«

»Sie haben erzählt, dass Sie fast das Bewusstsein verloren hätten und dachten, Sie würden sterben.«

»Das stimmt. Aber ... als ich später darüber nachgedacht habe, hatte ich eher das Gefühl, dass er ... hm ... quasi mit mir gespielt hat. Er hat zugedrückt, bis ich fast weg war, und dann den Griff gelockert. Und dann wieder zugedrückt.«

Nachdem Marta den Tee aufgegossen hat, gehen sie zurück ins Wohnzimmer.

»Irgendwann dann ... ich weiß nicht, wie lange es gedauert hat ... hat er ihn rausgezogen und gesagt, dass ich auf alle viere gehen soll. Und dann ...«

»Das ... äh ... brauchen Sie nicht bis ins kleinste Detail zu erzählen, Marta.«

Es ist, als würde sie Signe nicht hören.

»Ein Stein hat mir ins rechte Knie geschnitten. Erst habe ich versucht, es umzulagern, aber dann habe ich gemerkt, dass, wenn ich das Knie noch fester gegen den Stein drücke, dass dann der Schmerz vom Knie den Schmerz von ... den anderen Schmerz überlagert. Zum Schluss hat das Knie so wehgetan, dass es alles ausgefüllt hat.«

Der Becher in Signes Händen ist brühheiß, und sie stellt ihn hastig zurück auf den Tisch. Marta aber hält ihren Becher mit beiden Händen vor dem Schoß, anscheinend ohne zu merken, wie heiß er ist.

»Als er fertig war, ist er quasi über mir zusammengesackt. Lag auf meinem Rücken, mit dem Gesicht ganz nah an meinem. Er war schwer, und der Stein hat noch tiefer in mein Knie geschnitten. Dann hat er geflüstert, dass ich ihm meine Personenkennnummer sagen soll. Und dass er mich finden würde, sollte ich zur Polizei gehen, und dann wäre ich fertig. Das war das Wort, das er benutzt hat. Fertig.«

Sie trinkt von ihrem Tee und stellt den Becher auf den Tisch.

»Dann wurde mir schlecht. Ich hatte solche Angst, mich übergeben zu müssen, während er zusah, und dass er mich dann umbringen würde, weil ...«

Sie schaut Signe in die Augen.

»Es war sein Geruch.«

»Sein Geruch?«

»Sein ... das, wonach er gerochen hat. Sein Aftershave, oder was Männer eben benutzen.«

»Wie hat er gerochen?«

»Es war ein Geruch, den ich kannte. Von meinem Onkel. Er ist inzwischen tot. Ein Idiot, übrigens. Aber er hat jahrelang dasselbe Parfüm benutzt. Ein sehr spezieller, süßlichwürziger Duft, war wohl sehr beliebt in den Achtzigern. Ich habe ihn erst wahrgenommen, als der Mann seinen Kopf ganz nah an meinen gelegt hat.«

Signe versucht, sich zu erinnern, ob Troels Mikkelsen gestern genauso stark nach Aramis gerochen hat wie sonst. Sie glaubt allerdings nicht. Vielleicht war er klug genug, sich für diese Situation nicht damit vollzusprühen.

»Glauben Sie, Sie würden den Duft wiedererkennen?«

Marta nickt. »Ziemlich sicher. Nicht dass ich das Bedürfnis hätte ...«

Signe schaut in ihre Unterlagen. Sie liest ein wenig, blättert und überfliegt einige Seiten.

»Soweit ich sehen kann, steht in den Vernehmungsprotokollen nichts von der Sache mit dem Parfüm. Haben Sie das der Polizei damals erzählt?«

»Ja, hab ich.«

»Ganz sicher?«

»Hundertprozentig.«

»Hm.« Signe schließt den Ordner. »Was ist dann passiert?«

»Er ist aufgestanden und hat gesagt, ich soll auf dem Boden liegen bleiben. Ich lag mit geschlossenen Augen da, keine Ahnung, wie lange. Vielleicht eine Viertel- oder eine halbe Stunde. Irgendwann bin ich dann aufgestanden, es war schwer, weil mir alles wehgetan hat und ich kaum gehen konnte. Ich habe mein Fahrrad und meine Tasche genommen. Und dann habe ich eine Freundin angerufen, die auch in Sydhavnen gewohnt hat, nicht weit von meiner Wohnung. Ich habe ihr gesagt, wo ich bin, und dann kam sie. Und hat die Polizei angerufen. Es hat eine Weile gedauert, bis zwei Polizisten kamen.«

»Wissen Sie noch, wie lange genau?«

»Hm ... eine Stunde vielleicht.«

Vollpfosten, denkt Signe über die beiden Kollegen, die die Anzeige offenbar nicht ernst genommen haben.

»Wie haben sich die Polizisten dann verhalten, als sie schließlich kamen?«

Marta zuckt mit den Schultern. »Sie waren ... hm, ein bisschen ... routinemäßig. Der eine klang, als würde er mir nicht so recht glauben. Obwohl mein Knie geblutet hat und ich Abdrücke am Hals hatte. Vielleicht ist es unfair ihnen gegenüber, aber so kam es mir vor. Sie haben mich ins Rigshospital gebracht, irgendwohin, ich weiß nicht mehr, wie es hieß.«

»In die Ambulanz für Sexualverbrechen?«

»Ja, das klingt richtig. Dort wurde ich von einer Ärztin und einer Krankenschwester untersucht, und danach habe ich mit einem weiteren Polizisten gesprochen. Der trug keine Uniform. Er war nett und hat mir geglaubt, hatte ich das Gefühl. Und am nächsten Tag habe ich noch mit zwei Polizistinnen gesprochen. Die waren auch echt lieb.«

»Haben Sie das mit dem Duft gegenüber einem von ihnen erwähnt?«

»Ja, ich habe es dem Mann gesagt, dem, mit dem ich nachts im Rigshospital gesprochen habe. Aber nicht den beiden Frauen.«

»Warum nicht?«

»Ich habe nicht weiter darüber nachgedacht. Und ich hatte es ja schon einem Polizisten gesagt.«

»Alles klar.« Signe lehnt sich auf dem Sofa zurück. »Was haben Sie eigentlich an Hilfe bekommen?«

»Wie, Hilfe?«

»Therapie zum Beispiel?«

»Ich war direkt danach achtmal bei einer Psychologin. Das wurde bezahlt von … ich glaube, der Krankenkasse. Anschließend sollte ich selbst zahlen, und das Geld hatte ich nicht. Ich musste aus meiner Wohnung im Wagnersvej wegziehen. Die mochte ich eigentlich total gern, aber ich habe mich einfach nicht mehr getraut, so nahe am Valbyparken zu wohnen. Zum Schluss konnte ich kaum noch auf die Straße gehen, weil ich solche Angst hatte. Also habe ich die Wohnung hier gekauft, obwohl sie viel zu teuer für mich ist. Aber meine Eltern haben mich finanziell unterstützt, so gut sie konnten.«

Als Signe geht, ist sie in zwei Punkten fest entschlossen: Marta soll die psychologische Betreuung erhalten, die nötig ist, damit sie wieder auf die Beine kommt. Falls es noch nicht zu spät ist.

Und Marta und Lise soll eine Form von Gerechtigkeit widerfahren. Auch wenn es für Lise zu spät ist.

Kapitel 37

Juncker schielt zu Troels, der schweigend und in sich gekehrt auf dem Beifahrersitz sitzt. Er kann sich nicht entsinnen, seinen Kollegen je über einen so langen Zeitraum so wortkarg erlebt zu haben. Es ist fast eine Stunde vergangen. Eigentlich hatte Juncker vor, die Gelegenheit zu nutzen, um Troels ein wenig nach seinem Verhältnis zu Signe zu fragen und seine Erklärung für deren unverhohlene Verachtung ihm gegenüber zu hören. Aber jetzt ist eindeutig nicht der richtige Moment. Was Juncker im Grunde sehr lieb ist.

Vor zwei Stunden ist er mit einem schwummrigen Gefühl und der schemenhaften Erinnerung an einen Traum aufgewacht. Im Traum war der Großteil seiner Familie um einen großen Tisch versammelt. Es war irgendein trauriger Anlass, allerdings nicht seine eigene Beerdigung, so wie er es einmal geträumt hat, als er mit seinem dementen Vater in Sandsted wohnte. Keiner am Tisch sprach, alle saßen nur da und starrten ihn an, als erwarteten sie, dass er sich äußerte. Aber er hatte ihnen nichts zu sagen. Oder vielmehr: nichts, was er in Worte fassen konnte. Seltsamerweise saß Paul McCartney neben ihm am Tisch. Der Ex-Beatle blickte Juncker mit seinen großen runden Hundeaugen an und legte das Gesicht in ernste Falten. Dann stand er auf und sang ein paar Zeilen aus *Abbey Road*:

And in the end
the love you take
is equal to the love
you make

Juncker erinnert sich selten an seine Träume. Und wenn doch, versteht er so gut wie nie, was sein Unterbewusstsein ihm zu sagen versucht. Aber diesmal ist es ein solcher Wink mit dem Zaunpfahl, dass selbst er es begreift.

Wie viel Liebe hat er im Laufe seines inzwischen doch recht langen Lebens eigentlich »gemacht«? Viel, findet er selbst. Aber was nutzt das, wenn die, die er liebt, nichts davon wissen?

Eine Weile lag er im Bett und starrte an die Decke, während der Traum langsam, aber unabwendbar in sein Unterbewusstsein zurücksickerte, bis einzig die Erinnerung an Paul McCartneys Song mehr oder weniger deutlich hängen blieb. Ihm fiel ein, dass es nur noch eine Woche bis zu seinem Termin im Krankenhaus ist, wo er das Biopsieergebnis der entfernten Prostata erfahren wird – ein Umstand, den er bis dahin über mehrere Tage erfolgreich verdrängt hatte. Was, wenn herauskommt, dass die Ärzte nicht alles entfernen konnten? Was, wenn der Krebs beispielsweise auf die Blase übergegriffen hat? Kein ungewöhnliches Szenario, wie er gelesen hat. Oder was, wenn der PSA-Wert nicht ausreichend gesunken ist?

»Dann haben wir ein Problem«, hatte der Oberarzt gesagt.

Juncker hat genug im Internet recherchiert, um zu wissen, dass dies kein kleines Problem wäre.

Schon möglich, dass sein Leben mehr oder weniger in

Scherben liegt, aber bereit zu sterben? Nein, dazu ist es noch zu früh.

»Die nächste links und dann nach zweihundert Metern noch mal links. Dann ist es das erste Haus rechts«, sagt Troels, nachdem er das Navi auf seinem Handy konsultiert hat. »Sieht aus, als wäre es am Ende eines Feldwegs.«

Kurz darauf biegt Juncker in einen Weg ein, der mehr einer Schotterpiste gleicht. An dessen Ende steht eine kleine weiße Hütte mit abgeblätterten Fensterrahmen und moosbewachsenem Dach. Juncker fährt eine von Unkraut überwucherte Kiesauffahrt hinauf. Ein halbtoter Baum lehnt sich bedrohlich über das unbewohnt wirkende Haus. Troels schaut Juncker fragend an, der zuckt mit den Schultern.

»Hier müsste es sein«, sagt er.

Die Männer steigen aus. Juncker klopft an. Wenig später sind Schritte zu hören, und die Tür wird geöffnet.

Laurits Mogensen ist ein attraktiver junger Mann. Etwa eins fünfundachtzig und von schlankem Körperbau, glattrasiert, frisch geschnittenes weizenblondes Haar, nur die lange Narbe auf der linken Wange stört das Gesamtbild. Er trägt eine dunkelblaue Cordhose und einen grauen Pullover über einem hellblauen Hemd, womit er wie ein Banker aussieht. Was er tatsächlich auch war, bevor er gefasst und wegen der beiden Vergewaltigungen zu vier Jahren Haft verurteilt wurde, wie Juncker aus Mogensens Akte weiß. Aus dieser geht auch hervor, dass der Mann zweiunddreißig Jahre alt und in Rødovre in einer ganz normalen Familie aufgewachsen ist. Zumindest dem Anschein nach.

Kurz gesagt weicht Laurits Mogensen beträchtlich vom allgemeinen Stereotyp eines Sexualstraftäters ab. Er schaut seine Gäste mit freundlichem Lächeln, aber auch mit einem wachsamen und nervösen Ausdruck in den Augen an.

Sie gehen ins Wohnzimmer, wo sie gegen eine Wand aus Wärme prallen. Die Luft ist stickig.

»Angenehme Temperatur haben Sie hier«, bemerkt Juncker.

»So ist das, wenn man so ein Teil da hat«, sagt Laurits Mogensen und zeigt auf den alten Brennofen in der Ecke. »Hier herrscht entweder eine Saukälte oder Bullenhitze.«

Sie setzen sich an den Esstisch.

»Ist das Ihr Haus?«, fragt Troels.

»Nein, noch nicht.«

»Wie meinen Sie das?«

»Es gehört meinen Eltern. Oder besser gesagt meinem Vater. Meine Mutter ist vor einem Jahr gestorben.«

»Das tut mir leid«, sagt Juncker.

»Mein Vater hat COPD. Er liegt im Bett und hustet sich die Lunge aus dem Leib. Die Ärzte sagen, er hat nicht mehr lange. Und dann gehört das Haus mir.«

»Sie haben keine Geschwister?«

Laurits Mogensen schüttelt den Kopf.

»Wir versuchen schon seit Tagen, Sie zu erreichen«, sagt Troels.

»Ja, hab ich mitgekriegt.«

»Wo waren Sie?«

»Das geht Sie eigentlich nichts an, oder?«

»Nein. Aber wären Sie so nett, es uns zu verraten?«

Laurits Mogensen schaut sie an, jetzt mit einem Anflug von Kälte im Blick. »Ich war in Aalborg, zu Besuch bei Freunden.«

»Und das Handy war ausgeschaltet?«

»Die meiste Zeit über, ja.«

»Und Sie haben nicht gemerkt, dass wir versucht haben, Sie anzurufen? Mehrfach?«

»Ich rufe keine unbekannten Nummern zurück.«

»Wenn wir nun also überprüfen, wo sich Ihr Handy befunden hat, wird sich bestätigen, dass Sie in Aalborg waren?«

»Welchen Grund hätten Sie, das zu tun? Aber ja, wird es.« Mogensen lehnt sich mit verschränkten Armen zurück. »Worüber wollen Sie mit mir reden?«

»Wir wüssten gern, ob Sie eine Ahnung haben, wo wir Frank Sejrs finden können.«

Laurits Mogensen nickt langsam. »Dachte ich mir schon. Es geht um die Morde an diesen Frauen, stimmt's?«

»Wissen Sie, wo Frank Sejrs ist?«, wiederholt Juncker.

»Er war es nicht.«

»Sie sind gut mit Sejrs befreundet, richtig?«

Mogensen zuckt mit den Achseln.

»Das hat man uns in Herstedvester gesagt.«

»Die labern nur Müll. Und wissen in aller Regel einen Dreck.«

Das Bankiersimage fängt an, ein wenig zu bröckeln, denkt Juncker. »Wann haben Sie Sejrs zuletzt gesehen?«

»Puh, weiß ich nicht mehr.«

»Innerhalb der letzten Woche?«

»Nein.«

»Vor zwei Wochen? Vor einem Monat? Kommen Sie, Laurits.«

»Vor zwei Wochen. Vielleicht auch vor drei. Wie gesagt, ich weiß es nicht mehr.«

Troels beugt seinen breiten Oberkörper über den Tisch. »Wenn ich Ihnen nun sage, dass ich weiß, dass Sie Frank

Sejrs vor wenigen Tagen getroffen haben, was sagen Sie dann?«

»Dann sage ich, dass Sie Schei...«

Troels erhebt sich halb von seinem Stuhl, die Handflächen auf den Tisch gedrückt. Laurits Mogensen weicht erschrocken zurück.

»Dann sage ich, dass das nicht stimmt. Ehrenwort.«

Troels schnaubt verächtlich. »Wissen Sie was, Ihr Ehrenwort können Sie sich sonst wo hinstecken.«

Juncker räuspert sich. »Laurits, Sie haben gesagt, Frank Sejrs habe die Frauen nicht umgebracht. Wie können Sie sich da so sicher sein?«

»Weil ... na ja, wie Sie vorhin gesagt haben, kenne ich ihn sehr gut. Und Frank ist nicht so. Er ist kein Mörder.«

»Nein, aber in zwei Fällen wäre er fast zu einem geworden. Eine der Frauen hat die ... äh ... Behandlung, die er ihr hat zukommen lassen, nur knapp überlebt.«

»Kann sein. Aber er hatte nicht die Absicht zu töten. Hätte er es gewollt, dann ...«

»Dann was, Laurits?«, unterbricht Juncker ihn.

Der junge Mann schüttelt den Kopf. »Nichts.«

»Wie schon gesagt, haben wir versucht, Ihren Freund zu erreichen, aber ohne Erfolg. Er hätte sich letzten Montag bei der Bewährungshilfe melden sollen, hat es aber nicht getan. Und wenn wir Sie also recht verstehen, wissen Sie auch nicht, wo er steckt?«

Mogensen nickt. »Keine Ahnung.«

»Okay.« Juncker mustert den Mann auf der anderen Seite des Tisches einige Sekunden lang. »Wo waren Sie selbst in der Nacht vom letzten Freitag auf Samstagmorgen?«

Laurits Mogensen erbleicht. »Was wollen Sie damit ... Ich habe doch nicht ...«

»Wo waren Sie?«, wiederholt Juncker.

»Hier. Ich war hier.«

»Und da sind Sie sich ganz sicher? Ohne überhaupt nachdenken zu müssen?«

»Ich bin praktisch immer hier. Außer wenn ich einkaufen gehe.«

»Und Sie waren allein oder …?«

»Ja, ich war allein.«

»Hm. Und in der Nacht zwischen Samstag und Sonntag?«

»Da war ich in Aalborg.«

»Das können die Freunde, die Sie besucht haben, sicher bestätigen, oder?«

Er nickt. Juncker schiebt ihm Notizblock und Kugelschreiber hin.

»Namen und Telefonnummern, bitte.«

Laurits Mogensen zieht sein Handy hervor, tippt ein paarmal und notiert die Angaben.

»Danke«, sagt Juncker und schaut zu Troels. »Ich denke, das war alles. Für jetzt zumindest.«

»Wovon leben Sie eigentlich?«, fragt Troels.

»Im Moment bekomme ich Sozialhilfe.«

»Aha. Und Sie hatten dem Jobcenter natürlich mitgeteilt, dass Sie einen Ausflug nach Aalborg machen und während dieser Zeit nicht für den Arbeitsmarkt zur Verfügung stehen?«

Laurits Mogensen reißt erschrocken die Augen auf. »Wollen Sie etwa …«

»Danke für Ihre Zeit«, sagt Juncker. »Wir finden selbst raus.«

»Glauben wir ihm?«, fragt Juncker nach zehn Minuten schweigsamer Fahrt.

Troels liest etwas auf seinem Handy. Er schaut auf.

»Tja.« Er denkt nach. »Ich bin ziemlich sicher, dass er weiß, wo Frank Sejrs steckt, aber ...«

»Warum glaubst du das?«

»Hauptsächlich ein Gefühl. Dafür kann ich mir eher schwer vorstellen, dass Mogensen unser Mörder ist.«

»Aber davon sind wir ja auch nie wirklich ausgegangen. Ihm hatten wir eher die Rolle als Sejrs' möglichem Assistenten zugedacht, oder nicht?«

»Schon, da wäre nur das Problem, dass die Haare, die auf Katja Lütsachs Leiche gefunden wurden, nicht von Mogensen stammen.«

»Ja.« Juncker schlägt frustriert mit der flachen Hand aufs Lenkrad. »Mann, diese Ermittlung ist so was von vertrackt.«

Troels blickt aus dem Seitenfenster. »Das kannst du laut sagen.«

Kapitel 38

Der Verkehr schleicht im Schneckentempo den H. C. Ørstedsvej entlang, und Signe schaut mit einer Mischung aus Frustration und Neid den Fahrradfahrern auf dem Radweg hinterher, die ungehindert mindestens doppelt so schnell wie die Autos vorbeisausen. Der Verkehr in Kopenhagen wird fast mit jedem Tag schlimmer, und an der Kreuzung Alhambravej und Frederiksberg Allé gerät er vollends ins Stocken. Signe seufzt. Fast schon seit sie denken kann, liegen große Flächen der Stadt wegen des U-Bahn-Baus aufgerissen da, während gleichzeitig jeder freie Quadratmeter mit hässlichen Neubauten zugepflastert wird und offenbar alle beschlossen haben, ausgerechnet dieses Jahr ihre Gebäude zu sanieren. Ihre Kinder kennen die Hauptstadt praktisch nur als einzige große Baustelle.

Sie braucht über eine halbe Stunde für die fünf Kilometer von der Rantzausgade nach Teglholmen. Und als sie endlich an ihrem Schreibtisch ist, läuft ihr der Schweiß den Rücken runter. Sie hängt ihre Jacke über die Lehne, legt ihre Tasche auf den Tisch und sinkt auf den Stuhl. Fünfzehn Sekunden später steht sie auf, zerrt sich das Sweatshirt vom Leib und wirft es über die Tasche.

Sie schaltet ihren Computer ein und öffnet ihr E-Mail-Postfach. Die neueste Nachricht ist eine Erinnerung, dass sie mit ihrem Schießtraining im Verzug ist. Neben ihrer Anstellung in der Abteilung für Gewaltkriminalität gehört Signe dem Reaktionsteam an, umgangssprachlich Romeoteam genannt. Jede Polizeidirektion hat ein Team, das in brenzligen Situationen schnell eingreifen kann, ehe die AKS übernimmt, die Antiterroreinheit des PET. Außer dem obligatorischen halbjährlichen Schießtraining muss Signe deshalb mindestens einmal im Monat ein weiteres Mal zum Schießen. Aber nicht gerade jetzt.

Die nächste E-Mail ist von einer unbekannten Hotmail-Adresse, die aus etlichen Ziffern und Buchstaben besteht. Kein Betreff. Sie runzelt die Brauen und klickt die Nachricht an.

Überleg dir ganz genau, was du tust, liest sie.

Sonst nichts.

Nur *Überleg dir ganz genau, was du tust*.

Sie beginnt am ganzen Leib zu zittern und spürt Schweißperlen auf der Oberlippe hervortreten.

In diesem Moment kommt Laust Larsen mit einem Becher Kaffee in der Hand durch die Tür. Er schaut sie interessiert an.

»Na, Kristiansen, dir scheint ja ganz schön warm zu sein. Melden sich etwa die Wechseljahre?«, fragt er scherzend.

Unter normalen Umständen kann sich Signe auch bei flachen Witzen ein Lächeln abringen. Jetzt starrt sie ihren jungen Kollegen mit einem Blick an, der ihm unmissverständlich zu verstehen gibt, dass es der völlig falsche Scherz zum völlig falschen Zeitpunkt ist. Aber sie sagt nichts, und Laust hastet beschämt zu seinem Platz.

Sie steht auf und geht zur Toilette, schließt die Tür ab, dreht den Wasserhahn auf und trinkt mit großen Schlucken. Dann spritzt sie sich kaltes Wasser ins Gesicht und mustert sich selbst im Spiegel, aber es ist, als könne sie ihren Blick nicht scharfstellen, und der Rand ihres Sichtfelds verschwimmt. Auf einmal dreht sich alles, und sie muss sich am Waschbecken festklammern, um nicht umzukippen. Vorsichtig macht sie einen Schritt nach hinten und lässt sich auf die Klobrille sinken.

Ihr Herz rast wie ein Hochgeschwindigkeitszug. Sie atmet ein paarmal tief durch und versucht, sich zu berappeln. Sie bleibt sitzen, bis der Schwindel so weit nachgelassen hat, dass sie sich aufzustehen traut, dann wirft sie einen erneuten Blick in den Spiegel, zupft ihre kurzen, lockigen Haare notdürftig zurecht und öffnet die Tür. Sie geht zu Merlins Büro. Die Tür ist angelehnt.

»Weißt du, wo Juncker ist?«, fragt sie.

Merlin schaut auf. »Er ist mit Troels in Odsherred. Um mit dem Freund von Frank Sejrs zu sprechen ... Hieß er nicht Lars Mogensen?«

»Laurits Mogensen.«

»Richtig. Sie müssten jetzt auf dem Rückweg sein.«

Wieder an ihrem Platz macht sie sich daran herauszufinden, wo der Beamte, der damals Marta Olufsen im Rigshospital verhört hat, heute ist. Sie braucht nur wenige Minuten, um ihn ausfindig zu machen. Karl Hansen heißt er und ist inzwischen beim Bewilligungs- und Zulassungsbüro der Polizeidirektion Vestegnen tätig.

Sie erwägt, die Sache telefonisch zu erledigen, entscheidet aber, dass der Fehler des Mannes – falls es sich tatsächlich um einen Fehler handelt und nicht um ein bewusstes Weglassen – nach einem persönlichen Anschiss verlangt. Was außerdem den Vorteil hat, dass sie nicht da ist, wenn Troels zusammen mit Juncker zurückkommt.

Eine Dreiviertelstunde später meldet sie ihre Ankunft am Empfang der Polizeistation in Albertslund. Sie hat sich vorab telefonisch versichert, dass Karl Hansen an seinem Arbeitsplatz ist.

Der Mann, der sie empfängt, ist in ihrem Alter, also Mitte vierzig. Bei allem Respekt für die Kollegen im Bewilligungs- und Zulassungsbüro und für die Arbeit, die sie tun, ist eine Stelle dort vielleicht nicht unbedingt der naheliegende Karriereweg für einen ambitionierten Polizisten. Aber es kann natürlich auch private Gründe haben, dass Karl Hansen heute sitzt, wo er sitzt.

»Die berühmte Signe Kristiansen«, sagt er, schüttelt ihr die Hand und lächelt auf eine Weise, bei der sie unschlüssig ist, ob es als Kompliment oder ironisch gemeint ist. »Kommen Sie, wir gehen in mein Büro.«

Keiner von ihnen sagt etwas auf dem Weg dorthin. Karl Hansen setzt sich auf seinen Drehstuhl, stützt die Ellbogen auf den Schreibtisch und legt die Fingerspitzen vor dem Mund zusammen.

»So, was kann ich für Sie tun?«

»Sie haben am 14. August 2013 um ein Uhr vierundvierzig eine junge Frau namens Marta Olufsen in der Ambulanz für Sexualverbrechen im Rigshospital vernommen, nachdem sie zwei Stunden zuvor eine Vergewaltigung im Valbyparken angezeigt hatte. Ist das korrekt?«

»Ja, wenn Sie das sagen.«

»Sie erinnern sich nicht an Marta Olufsen und ihre Anzeige?«

»Das ist über fünf Jahre her, und wir haben jährlich an die vierhundert Anzeigen wegen Vergewaltigung in Kopenhagen. Ich war damals also in etlichen Fällen der Erste, der angebliche Vergewaltigungsopfer vernommen hat. Dementsprechend, nein, spontan kann ich mich nicht erinnern.«

»Angebliche Vergewaltigungsopfer, sagen Sie?«

»Ja, schließlich führen bei Weitem nicht alle Anzeigen zu einem Ermittlungsverfahren – und schon gar nicht zu einer Anklageerhebung.«

»Nein, da haben Sie recht.« Signe zieht einen Ordner aus der Tasche. »Nun ist es so, dass ich gerade zweimal mit Marta Olufsen gesprochen habe. Es hat sich nämlich eine Verbindung zwischen ihrer Vergewaltigung und der einer anderen Frau im Jahr darauf sowie dem Mord an Katja Lütsach ergeben. Davon haben Sie gehört, nehme ich an?«

Signe schaut Karl Hansen an, der nickt.

»Deshalb versuchen wir, jetzt näher zu erfahren, was Marta Olufsen über den Mann sagen kann, der sie damals vergewaltigt hat. Natürlich vorrangig, um herauszufinden, ob ihr in der Zwischenzeit eventuell noch etwas Neues eingefallen ist. Unter anderem hat sie mir erzählt, dass der Täter nach einem ganz bestimmten Parfüm roch, von dem sie ziemlich sicher ist, dass es aus einer Serie stammt, die in den Achtzigern beliebt war. Ein süßlicher und würziger Herrenduft, den sie wiedererkannt hat, weil ihr Onkel dasselbe benutzte. Wenn ich mir jetzt aber das Protokoll Ihrer Vernehmung von Marta Olufsen anschaue …« Signe hält den Ordner hoch. »Dann wird dort mit keinem Wort erwähnt, dass der Vergewaltiger nach einem bestimmten Parfüm gerochen hat. Wie erklären Sie sich das?«

Karl Hansen lehnt sich zurück und verschränkt die Arme. »Wie gesagt, ich erinnere mich nicht an den Fall. Aber die logischste Erklärung wäre wohl, dass sie nichts davon gesagt hat.«

Signe schüttelt den Kopf. »Marta Olufsen sagt, sie hat es erzählt.«

Er lächelt überheblich. »Tja, es wäre ja durchaus möglich, dass sie ...«

»Sie ist sich absolut sicher. Sie weiß sogar noch genau, dass sie es Ihnen gesagt hat, aber nicht den beiden Kolleginnen, die sie am nächsten Tag vernommen haben. Es gibt keinen Grund, ihre Aussage anzuzweifeln.«

Er zuckt mit den Schultern. »Dann war es wohl schlicht ein Versäumnis.«

»Ein Versäumnis? Sie haben ja Nerven.«

»Oder ich habe es als belanglos bewertet, was weiß ich.«

Signe traut ihren Ohren kaum. »Als belanglos bewertet? Jetzt hören Sie mal gut zu: Das ist eine verdammt wichtige Information.«

»So habe ich es nicht gesehen. Und wenn wir Berichte schreiben, sind wir angehalten, nur das mit aufnehmen, was wir als wichtig eracht...«

»Danke, das weiß ich. Und in diesem Fall haben Sie es verbockt. *Big time.*«

Allmählich scheint Karl Hansen nervös zu werden. Als würde ihm erst jetzt klar, dass sein »Versäumnis« recht ernster Natur ist.

»Jetzt, wo wir davon reden, erinnere ich mich doch an sie. Die Vernehmung mit ihr lief ziemlich stockend. Ihre Erzählung war unzusammenhängend, und es hat den Eindruck gemacht, als wolle sie eigentlich nicht darüber reden, was ihr passiert ist.«

Signe schüttelt entgeistert den Kopf. »Oh Wunder. Sie war gerade auf brutalste Weise vergewaltigt und zutiefst gedemütigt worden und wäre dabei, wie es aussieht, fast ums Leben gekommen. Da ist es wohl verständlich, dass sie nicht eben in Topform war, oder was denken Sie?«

Sie steckt den Ordner in ihre Tasche, steht auf und kommt nicht umhin, sich zu fragen, wie viele Verbrecher ihrer Strafe entgehen, weil im Polizeiapparat neben vielen guten Leuten auch Volltrottel wie dieser hier am Werke sind.

»Danke, ich finde selbst raus«, sagt sie.

»Kann diese Sache ... ich meine, riskiere ich ... kann es ernsthaft ...«, stottert er nervös.

»Konsequenzen für Ihre glorreiche Karriere haben? Diese Entscheidung liegt nicht bei mir, und darüber sollten Sie froh sein.« In der Türöffnung bleibt sie stehen und wendet sich zu Karl Hansen um. »Eine Frage noch. Hat jemand Sie gebeten, das mit dem Parfüm des Mannes in Ihrem Bericht unerwähnt zu lassen? Oder ist der Mist ganz allein auf Ihr Konto gewachsen?«

»Was meinen Sie?«

»Das, was ich gefragt habe.«

»Wollen Sie damit andeuten, ich hätte ...«

»Auf Wiedersehen.«

Als sie vom Parkplatz der Polizeistation fährt, klingelt ihr Handy.

»Wo bist du, Kristiansen?«, fragt Merlin.

»In Albertslund. Auf dem Weg nach Teglholmen.«

»Gut. Juncker und Troels sind zurück aus Odsherred, lass uns also eben kurz die Köpfe zusammenstecken, sobald du hier bist.«

Sie hat Lust zu schreien, dass das unmöglich ist. Dass sie andere Pläne hat. Aber das geht natürlich nicht.

Kapitel 39

»So, meine Herren ...«

Merlin legt seine gefalteten Hände auf die kleine Erhebung zwischen Bauch und Brustkasten und schickt zunächst einen verdrießlichen Blick in Junckers und Troels' Richtung, um ihn anschließend Signe zuzuwenden, die wieder mit dem Rücken gegen die Tür gelehnt steht.

»... und meine Dame. Wollen wir nicht mal versuchen, ein bisschen Ordnung in diese chaotische Ermittlung zu bringen?«

»Gern«, sagt Juncker. »Troels und ich haben auf dem Weg hierher auch schon darüber gesprochen, dass es in alle möglichen Richtungen geht.«

»Ach komm, so schlimm ist es auch nicht«, protestiert Signe. »Wir haben Jamaal Rashad als möglichen Verdächtigen im Mord an seiner Schwester abgehakt und unter anderem vor dem Hintergrund der Analysen von Malene Hanslev die Theorie fallen gelassen, dass die Frauen von zwei oder gar drei unterschiedlichen Männern getötet wurden, und jetzt ermitteln wir ausgehend von der Vermutung, dass ein Serienmörder Martina, Eva und Katja Lütsach umgebracht hat. Wir suchen nach Frank Sejrs, und ja, der einzige Grund, weshalb wir ihn verdächtigen, ist der, dass er verschwunden ist. Allerdings kann Hanslev auch nicht ausschließen, dass er unser Mann ist.«

Merlin und Juncker schauen Signe an. Troels blickt aus dem Fenster.

»Mag sein«, sagt Merlin. »Aber ...«

»Herrgott, außerdem arbeiten wir erst seit knapp einer Woche an dem Fall. Länger ist es schließlich nicht her, dass Eva gefunden wurde.«

Juncker räuspert sich. »Die beiden Vergewaltigungen und die Haare ... die DNA-Übereinstimmung ...«

»Ja, was ist damit?«, erwidert Signe kampflustig.

»Abgesehen von den Haaren fällt es schwer, einen plausiblen Zusammenhang zwischen den Morden und den zwei Vergewaltigungen zu sehen. Ja, ich wiederhole mich, aber zwischen der klinischen Vorgehensweise, mit der die Morde ausgeführt wurden, und der Brutalität der Vergewaltigungen besteht ein großer Unterschied.«

»Du findest also nicht, dass es Ausdruck einer gewissen Brutalität ist, dass den drei Frauen auf unterschiedliche Art die Luft abgeschnürt wurde?«

Juncker schaut sie verärgert an. »Du weißt, was ich meine.«

»Beruhigt euch«, sagt Merlin beschwichtigend. »Ungeachtet der möglichen Unterschiede besteht ohne jeden Zweifel eine Verbindung zwischen dem Mord an Katja Lütsach und den beiden Vergewaltigungen. Dieser Tatsache müssen wir natürlich Rechnung tragen.«

»Natürlich«, sagt Juncker, noch immer verärgert. »Ich weise lediglich darauf hin, dass irgendetwas nicht zusammenpasst. Unter anderem, dass der Mörder ganz offensichtlich sehr darauf bedacht ist, keinerlei Spuren zu hinterlassen, während es dem Vergewaltiger herzlich egal war, dass er seine DNA auf den Opfern hinterlassen hat.«

»Na ja, das stimmt so nicht ganz«, sagt Merlin. »Bei Lütsach hat der Mörder schließlich seine Haare hinterlassen.«

»Ja, oder aber sie und der Vergewaltiger kannten sich in irgendeiner Weise und es war bloß ein verdammter Zufall, dass seine Haare bei ihr gelandet sind«, sagt Juncker und fügt hinzu: »In diesem Puzzlespiel gibt es viele Möglichkeiten. Manche wahrscheinlicher als andere.«

»Und was hältst du für das wahrscheinlichste Szenario?«, fragt Merlin.

Juncker schweigt einen Moment. »Ich weiß es nicht«, sagt er dann. »Übrigens stimmt vielleicht auch gar nicht, was ich gerade gesagt habe, dass der Mörder keine Spuren hinterlassen hat. Denn er könnte sehr wohl welche hinterlassen haben, und wir haben sie bloß noch nicht entdeckt.«

Merlin wendet sich an Signe. »Hat dein zweites Gespräch mit Marta Olufsen etwas ergeben?«

Troels schaut Merlin fragend an.

»Ach ja, das hab ich ganz vergessen, dir zu sagen, Troels. Signe und ich waren uns einig, dass es nicht schaden könnte zu probieren, ob Marta Olufsen etwas … gesprächiger sein würde, wenn kein Mann dabei ist. War sie das, Signe?«

»Tja … Sie hat jedenfalls sehr offen geschildert, wie die Vergewaltigung abgelaufen ist, und es war so brutal und entsetzlich wie nur irgend vorstellbar. Sie hat mir auch erzählt, wie sie seither kämpft, um irgendwie weiterzuleben, und es …« Signe taxiert Troels, der wieder aus dem Fenster schaut. »Es zerreißt einem schlicht und ergreifend das Herz. Aber das alles wussten wir ja schon. Dass Vergewaltiger abgestumpfte Schweine sind und ihre Opfer viele, viele Jahre unter den Folgen zu leiden haben.«

Merlin nickt. »Also nichts Neues?«

»Doch. Sie hat mir tatsächlich etwas erzählt, das nicht in den Vernehmungsprotokollen auftaucht. Nämlich dass der Täter nach einem ganz bestimmten Parfüm oder Aftershave mit einem sehr charakteristischen Duft gerochen hat, süßlich und würzig. Sie hat es wiedererkannt, weil ein Familienmitglied, ein Onkel, dasselbe benutzt hat.«

»Aber warum hat sie das 2013 bei ihrer Vernehmung nicht erwähnt?«

»Das hat sie.«

»Warum stand es dann nicht im Bericht?«

»Weil der Idiot, der sie damals vernommen hat, es nicht aufgeschrieben hat. Ich habe mit ihm gesprochen, er heißt Karl Hansen und arbeitet auf der Station Albertslund. Erst hat er behauptet, er könne sich an den Fall nicht erinnern. Als ich seinem Gedächtnis auf die Sprünge geholfen habe, ist es ihm dann doch wieder eingefallen. Und zum Schluss hat er zugegeben, es nicht notiert zu haben, weil es seiner Meinung nach unwichtig war.«

»Das ist nicht dein Ernst!«

»Leider doch. Ich hab ihm einen Anschiss erteilt.«

»Da ist er billig davonkommen. Na, jedenfalls haben wir damit eine Spur mehr.« Merlin setzt sich aufrecht hin. »Troels, Signe, hattet ihr Kontakt mit Familie oder Freunden des zweiten Vergewaltigungsopfers?«

»Nein«, antwortet Signe.

»Hat sie Geschwister?«

»Soweit ich es aus dem Bericht erinnere, hat sie einen Bruder. Und die Eltern wohnen in Herlev.«

»Gut. Troels, Signe, findet heraus, ob das noch aktuell ist, und verabredet euch so schnell wie möglich mit ihnen. Die Chance, dass sie uns etwas erzählen, was das Opfer uns nicht schon damals gesagt hat, ist verschwindend gering, aber ...« Merlin schüttelt resigniert den Kopf. »Vielleicht gab es ja auch in diesem Fall eine Info, die irgendein Genie nicht mit in den Bericht aufgenommen hat. Wie lange ist es her, dass sie Selbstmord begangen hat?«

»Etwa ein Jahr.«

»Vielleicht können die Eltern für uns den Kontakt zu einigen ihrer Freunde herstellen. Vielleicht war sie in einer Beziehung, und der Freund kann sich noch an etwas erinnern.«

Signe lehnt den Kopf gegen die Tür und starrt an die Decke. Nimmt das nie ein Ende? Der Gedanke daran, ein weiteres Mal mit Troels einem nichtsahnenden Menschen gegenübersitzen zu müssen, dessen Leben von ihm zerstört worden ist, lässt sie beinahe die Fassung verlieren und hinausbrüllen, was er getan hat. Aber das kann sie ja nicht. Nicht ohne selbst im Fall mitgerissen zu werden.

»Ist es okay, wenn ich jetzt fahre?«, fragt sie Merlin.

»Warte kurz«, sagt er. »Juncker, wie sehen deine Pläne aus?«

»Ich habe vier Kollegen darangesetzt, den Bekanntenkreis der Mordopfer auf eventuelle Überschneidungen hin zu prüfen. Und dann wollte ich Malene fragen, ob sie inzwischen Näheres zum Profil des Täters sagen kann.«

»Und Frank Sejrs?«

»Auf ihn sind ich weiß nicht wie viele Leute angesetzt, aber bevor wir ihn nicht haben, kommen wir in dieser Richtung schwer weiter. Wir können alle möglichen Mutmaßungen anstellen, inwiefern er der Täter sein könnte, aber das ist ja alles nur Herumgerate.«

»Und Sejrs' Kumpel aus dem Knast? Was hat er gesagt?«

»Nicht viel«, sagt Juncker. »Angeblich hat er keine Ahnung, wo Sejrs steckt.«

»Und glaubt ihr ihm?«

»Nicht wirklich, aber so lautet seine Aussage, und momentan haben wir keine Grundlage, sie in Zweifel zu ziehen.«

»Hm. Na gut, dann bis morgen.«

Merlin hat den Satz kaum beendet, da ist Signe schon aus der Tür.

14. November

Kapitel 40

Es ist Viertel nach acht. Das morgendliche Briefing war schnell überstanden, alle hängen in der Luft, keiner hatte etwas zu vermelden, was sie auch nur ansatzweise weiterbringt. Jetzt ist das Großraumbüro zur Hälfte gefüllt, die meisten sitzen vor ihren Bildschirmen, ein paar Kollegen unterhalten sich gedämpft auf der anderen Seite des Raumes. Juncker gähnt und reibt sich die Augen. Das Gefühl von Frustration und Machtlosigkeit, das er hatte, als die Ermittlungen im Mord an Martina in einer Sackgasse nach der anderen endeten, ist mit voller Wucht zurückgekehrt, nachdem es jahrelang geschlummert hat. Nun ergänzt um ein Gefühl, das Juncker sonst selten in Verbindung mit seiner Arbeit spürt: Angst.

Angst, dass sie ihn nicht rechtzeitig schnappen, ehe er erneut zuschlägt.

Juncker ist nicht der Einzige, der Angst hat. Mehrere Kollegen haben beim Briefing erzählt, dass ihre Frauen, Freundinnen und erwachsenen Töchter sich seit dem Mord an Katja Lütsach nach Einbruch der Dunkelheit nicht mehr allein nach draußen trauen. Von der Furcht in der Bevölkerung hat er aus naheliegenden Gründen nichts mitbekommen, da er außer mit seinen Kollegen praktisch mit niemandem spricht. Er lebt in seiner eigenen kleinen Blase.

Eine der jüngeren Ermittlerinnen kommt zu ihm.

»Juncker, hast du kurz Zeit?«, fragt sie, und bevor er antworten kann, zieht sie bereits einen Stuhl an seinen Tisch und setzt sich.

»Ja, ich habe Zeit«, sagt er gereizt.

»Ich bin auf eine Überschneidung gestoßen.«

»Okay. Lass hören.«

»Katja Lütsach hatte einen guten Bekannten. Ihre Schwester hat mir von ihm erzählt. Er und Katja haben sich vor zwei Jahren auf einer Reise nach Uganda kennengelernt.«

»Und er hat eine Verbindung zu wem?«

»Er saß für kurze Zeit mit Martina Jensen im Stadtrat von Albertslund. Er hat ein Mitglied in Elternzeit vertreten.«

Juncker nickt langsam. »Okay. Das könnte durchaus ...«

»Er heißt Sigurd Povlsen.«

»Sigurd Povlsen?« Juncker runzelt die Stirn. »Da klingelt irgendwas ...«

»Genau. Am Samstag hat Signe erwähnt, dass sie mit einem Mann namens Sigurd Povlsen gesprochen hätte, der letzten Freitag gegen Mitternacht ganz in der Nähe des Tatorts möglicherweise Eva Basels Mörder gesehen hat.«

»Mensch ja, stimmt.« Juncker schaut seine junge Kollegin mit einer Spur von Bewunderung an. »Gut gemacht«, sagt er. »Tut mir leid, aber wie heißt du noch mal?«

»Mascha Rasmussen. Und danke.« Sie lächelt.

»Hat er zufällig auch eine Verbindung zu Eva Basel?«

»Ich habe noch keine gefunden, suche aber natürlich weiter. Sollten wir nicht noch mal mit Sigurd Povlsen sprechen?«

»Doch, unbedingt. Kümmerst du dich darum?«

»*Yessir.*«

Sie geht zurück zu ihrem Platz, und Juncker schaut auf sein Handy. Kurz nach halb neun. Um neun ist er mit Malene Hanslev verabredet. Er steht auf, um sich einen Kaffee zu holen, überlegt es sich auf halbem Weg zur Tür jedoch anders, kehrt zu seinem Schreibtisch zurück und setzt sich, sucht einen Ordner mit alten Vernehmungen von Frank Sejrs heraus und beginnt zu lesen. Er hat Sejrs nie selbst vernommen, und diese Vernehmung wurde von einem Kollegen durchgeführt, dessen Name Juncker auf Anhieb nichts sagt. Er versucht, sich ein Bild davon zu machen, was für ein Typ Sejrs ist, tut sich allerdings schwer damit. Der Kollege, der die Vernehmung durchgeführt hat, ist für Junckers Geschmack unnötig konfrontativ; die Worte auf dem Papier lassen deutlich erkennen, dass er nichts für Sejrs übrighat. Der wiederum ist zugeknöpft und gibt nichts als einsilbige Antworten.

Aber vielleicht liegt es auch daran, dass er unkonzentriert ist. Juncker klappt den Ordner zu, da kommt auch schon Malene Hanslev durch die Tür und schnurstracks auf ihn zu.

»Tut mir leid, ich bin etwas spät.«

»Ach was, doch höchstens ein paar Sekunden.«

Sie schält sich aus ihrem Mantel, wirft ihn auf Signes Schreibtisch und setzt sich.

Juncker dreht seinen Stuhl, sodass er ihr ins Gesicht blickt. Gleichzeitig vermeidet er auf diese Weise, mit seinen langen Beinen gegen ihre zu stoßen, die sie ausgestreckt hat.

»Wir wollten noch mal über das Täterprofil sprechen«, sagt er und hat das Gefühl, wie ein Trottel zu klingen.

»Das letzte Mal haben Sie ihn als ... wie haben Sie es ausgedrückt, äußerst risikobereit, systematisch und machtversessen charakterisiert. Und Sie haben ihn quasi als Prototypen des intelligenten Psychopathen bezeichnet.«

»Richtig. Und ich kann noch ein paar weitere Annahmen bezüglich seiner Eigenschaften hinzufügen.«

»Gut.«

»Er empfindet sich als deutlich überlegen. Ganz generell, aber besonders im Vergleich zu euch, der Polizei. In seinen Augen seid ihr ein Haufen Affen, der keine Chance hat, einen hochintelligenten Typen wie ihn zu überführen.« Sie zieht ihr Handy hervor. »Ich habe mir ein paar Notizen gemacht«, fährt sie fort und scrollt mit dem Daumen. »Ah ja, hier. Also, wir haben darüber gesprochen, dass es trotz der Ähnlichkeiten auch eine Reihe von Unterschieden gibt, und zwar nicht nur hinsichtlich der Art, wie den Frauen die Luft abgeschnürt wurde – auch das Aussehen der Tatorte weicht leicht voneinander ab. Ich denke vor allem an die Kleidung der Opfer. Anders als bei Eva lagen Martinas Sachen nicht sorgfältig gefaltet auf einem Stapel. Und Katjas Kleider, das heißt ihre Hose, ihr Slip und ihre Strümpfe, waren vom Tatort entfernt worden. Das ist mit ziemlicher Sicherheit kein Zufall. Er wollte uns die Möglichkeit in Betracht ziehen lassen, dass die drei Morde von verschiedenen Männern verübt wurden. Wir sollten daran zweifeln, dass es sich um denselben Mann, also um einen Serienmörder handelt. Was uns erneut zu dem Gefühl intellektueller Überlegenheit bringt. Das Ganze ist ein Spiel für ihn. Er foppt uns.«

»Ist das bei Serienmördern nicht oft so?«

»Kommt ein bisschen drauf an, welcher Typ sie sind. Im Falle des intelligenten Psychopathen, ja, da ist es häufig so. Auf die mit geringer Impulskontrolle trifft es dagegen deutlich seltener zu, die sind, wenn ich das so formulieren darf, sehr viel stärker ihren Trieben ausgeliefert als, wie ich glaube, unser Mann.«

»Sie sagen also, er ist nicht durch seine sexuellen Gelüste motiviert?«

»Doch, aber er hat sie gut unter Kontrolle, sie gehen nicht mit ihm durch. Außerdem ist es nicht die Vergewaltigung, die ihn erregt. Den Frauen dabei zuzusehen, wie das Leben aus ihnen weicht, das macht ihn heiß. Deshalb glaube ich auch, dass uns der Dildo bei Eva Basel auf eine falsche Fährte führen sollte. Und dass die Frauen mit gespreizten Beinen und unbekleidet daliegen, ist auch nichts, was ihn anturnt. Jedenfalls nicht nach traditionellem Verständnis. Er spreizt ihre Beine, um zu zeigen, dass er die Macht hat, es zu tun. Um ihre Verwundbarkeit auszustellen.«

»Aber warum? Wenn das Sexuelle nicht sein Hauptantrieb ist, was dann?«

»Mein Tipp wäre, dass es ihm in irgendeiner Weise um Rache geht. Möglich, dass ihm zu irgendeinem Zeitpunkt eine große Ungerechtigkeit widerfahren ist. Es könnte aber auch eine Bagatelle sein, die lange zurückliegt und die er über viele Jahre genährt hat. Typen wie er ... die vergessen niemals.«

»Hm.« Juncker grübelt eine Weile über Malenes Charakterisierung nach. »Wo sollen wir suchen?«

Sie lächelt schief. »Darauf lässt sich schwer eine vernünftige Antwort geben. Außer, dass er vermutlich eine Stellung oder Position innehat, bei der er in irgendeiner Form Macht ausübt. Wie bestimmt schon gesagt, kann er es nicht ertragen, wenn andere Macht über ihn haben.

Aber ob die Macht, die er hat, in Verbindung mit seiner Arbeit steht oder ob es eine Macht ist, über die er in sozialen Zusammenhängen verfügt ... Da möchte ich mich nicht festlegen.«

Sie steht auf und nimmt Mantel und Tasche.

»Danke«, sagt Juncker.

»Gern«, sagt Malene und geht zu ihrem Platz.

Zwei Minuten später landet eine E-Mail in Junckers Posteingang.

Wollen wir nicht mal ein Bier oder ein Glas Wein zusammen trinken? Vielleicht heute Abend?

Er schaut zu ihr hinüber. Sie lächelt ihm zu.

Kapitel 41

Sie war sich unsicher, ob sie zehn Minuten vor oder zehn Minuten nach ihm eintreffen soll, hat sich aber entschieden, lieber zu früh zu kommen. Sie konnte den Gedanken nicht ertragen, Lise Sands Eltern allein in Gesellschaft des Mannes zu wissen, der ihre Tochter vergewaltigt und diese vermutlich in den Tod getrieben hat. Selbst wenn sie keine Ahnung haben, dass er derjenige ist.

Bereits um Viertel vor neun geht sie daher die gefliese Einfahrt eines ganz gewöhnlichen gelben Backsteinreihenhauses in Herlev hinauf, ganz in der Nähe des Krankenhauses.

Michael Sand öffnet die Tür. Er ist ein kräftig gebauter, um nicht zu sagen korpulenter Mann mittleren Alters mit fülligen Locken und freundlichen braunen Augen. Er trägt einen Blaumann und ein Arbeitshemd in der entsprechenden Farbe.

»Ich bin ein bisschen früh dran«, entschuldigt sich Signe.

Michael Sand winkt ab. »Kein Problem. Kommen Sie rein. Ich nehme Ihnen die Jacke ab«, sagt er und hängt sie auf einen Bügel an der Garderobe. »Kommen Sie, wir setzen uns ins Wohnzimmer. Sie haben am Telefon gesagt, Sie kämen in Begleitung eines Kollegen?«

»Ja, er taucht bestimmt gleich auf. Wir sind nicht zusammen hergefahren.«

Sie gehen ins Wohnzimmer. Signe fällt auf, dass die Frau, die sich vom Sofa erhebt und auf sie zukommt, ihr ähnlich sieht. Blaue Jeans und weißer Rollkragenpulli. Kurze blonde Haare und markantes Gesicht.

»Johanne«, stellt sie sich vor. »Bitte, setzen Sie sich. Kaffee?«

»Ja, sehr gern. Und danke, dass Sie so kurzfristig Zeit für uns hatten.«

»Kein Problem. Michael ist krankgeschrieben. Er hat Rückenprobleme. Und ich bin Erzieherin in einem Hort und fange heute erst um zwölf an.«

Sie nehmen Platz.

»Mein Beileid für den Verlust Ihrer Tochter. Es tut mir so leid für Sie.«

»Danke«, sagt Michael Sand.

»Lise hat sich das Leben mit Schlaftabletten genommen, richtig?«

»Ja. Ihr Freund Anton hat sie in ihrer Wohnung gefunden. Sie lag friedlich im Bett. Fast sah es aus, als würde ein Lächeln um ihren Mund spielen. Als würde sie schlafen und etwas Schönes träumen«, antwortet Lises Mutter. »Wir sind uns sicher, dass es völlig undenkbar für sie gewesen wäre, sich von einem Hochhaus zu stürzen, vor einen Zug zu werfen oder ins Meer zu springen. Sie hätte fremden Menschen kein traumatisches Erlebnis zumuten wollen, weil sie selbst es nicht mehr aushielt weiterzuleben.«

Es klingelt. Michael Sand steht auf und geht zur Tür, um Troels hereinzulassen.

Signe hatte gedacht, er würde womöglich nicht auftauchen, dass er sich krankmelden oder irgendeine andere Entschuldigung finden würde.

Dass er trotz allem so viel Anstand besäße.

Warum bleibt er nicht weg? Sie kann sich nur schwer vorstellen, was in seinem kranken Kopf vorgeht. Vielleicht will er ihr damit demonstrieren, dass sie sich abschminken kann, ihn zu brechen. Dass sie mit ihm untergeht, wenn es ihn erwischt. Eine andere Erklärung fällt ihr beim besten Willen nicht ein.

Troels begrüßt Johanne Sand und setzt sich auf einen Sessel so nah bei Signe, dass er nur die Hand auszustrecken bräuchte, um sie zu berühren. Am liebsten würde sie aufstehen und sich ans andere Ende des Sofas setzen, aber das geht natürlich schlecht.

»Hallo, Signe«, sagt er und lächelt sie freundlich an. »Du bist früh.«

Sie schaut ihm direkt in die Augen. »Ja, Troels, das bin ich.«

»Uns ist nicht ganz klar, warum Sie mit uns sprechen möchten«, sagt Michael Sand.

»Das verstehe ich gut«, antwortet Signe. »Ich habe mich am Telefon auch nicht besonders klar ausgedrückt. Es geht um ... Sie wissen, dass Katja Lütsach ermordet worden ist?«

»Ja, davon haben wir gehört. Es ist so schrecklich«, sagt Johanne Sand.

»Auf Katja Lütsachs Leiche wurden einige Haare gefunden, die mit DNA-Material übereinstimmen, das man bei Ihrer Tochter gefunden hat, nachdem sie vergewaltigt wurde. Und bei Marta Olufsen. Wer das ist, wissen Sie, oder?«

»Ja. Lise und Marta haben sich kennengelernt vor ... ich glaube, es war vor drei Jahren im Dannerhuset, bei den Joan-Schwestern. Sie wissen schon, diese Hilfsorganisation für Frauen, die vergewaltigt wurden.«

»Ja, die kennen wir. Sie leisten großartige Arbeit bei der Unterstützung der Opfer.«

»Aber dass die gefundenen Haare mit der DNA übereinstimmen, die bei Lise und Marta gefunden wurde ... was bedeutet das?«, fragt Johanne Sand.

»Dass eine Verbindung zwischen den drei Verbrechen besteht«, sagt Signe.

»Heißt das, die Vergewaltigungen und der Mord wurden vom selben Mann begangen?«

Signe nickt. »Das wäre möglich«, antwortet sie und schaut zu Troels. »Wir haben natürlich den Bericht mit Lises Aussage gelesen, und wir haben mit Marta gesprochen. Wir möchten Sie bitten zu überlegen, ob Lise vor ihrem Tod vielleicht irgendetwas gesagt oder getan hat, was darauf hinweisen könnte, dass ihr noch etwas zu der Vergewaltigung eingefallen ist. Uns ist bewusst, dass das nicht sehr wahrscheinlich ist. Wir würden Sie außerdem bitten, uns zu helfen, Kontakt zu ihren Freunden aufzunehmen ... Und Sie haben gesagt, sie hätte einen festen Freund gehabt. Vielleicht hat sie einem von ihnen irgendetwas erzählt, das sie uns, also der Polizei, damals nicht gesagt hat.«

»Wir helfen selbstverständlich. Spontan fällt mir allerdings nichts ein«, sagt Michael Sand und schaut zu seiner Frau, die den Kopf schüttelt.

»Mir auch nicht. Aber wir werden uns Gedanken machen.«

»Super, vielen Dank.« Einen Moment lang sagt keiner etwas. Troels starrt ausdruckslos in die Luft.

»Wie geht es Ihnen?«, fragt Signe dann.

Johanne Sand blickt zu ihrem Mann. »Hätten Sie uns vor nur drei Monaten gefragt, hätten wir geantwortet, dass wir das hier nicht überleben können. Dass Lises Tod auch unserer sein wird. Aber ...« Sie wischt sich eine Träne weg. »Lises älterer Bruder und seine Frau haben gerade ein Baby bekommen, unser erstes Enkelkind. Und das ist einfach ...« Sie lächelt. »Ein riesiges Glück. Und das hat uns zu dem Schluss kommen lassen, dass es nichts bringt, wenn wir an der Sache vollkommen zugrunde gehen. Also zwingen wir uns ... ja, zu leben. Aber es ist nicht leicht, stimmt's, Michael?«

Er schüttelt den Kopf. »Sie haben gar nicht gefragt, ob die Vergewaltigung der Grund für Lises Selbstmord war.«

»Das stimmt«, sagt Signe. »War sie der Grund?«

Michael Sand zögert. »Das werden wir nie wissen. Sie hatte schon immer etwas Zerbrechliches an sich, schon als kleines Mädchen. Direkt nach der Vergewaltigung ging es ihr natürlich sehr schlecht. Aber sie schien es zu verarbeiten. Sie bekam viel Unterstützung von einer Psychologin und von den Joan-Schwestern, und auch wenn ich nicht glaube, dass man so etwas jemals ganz überwindet, schien es trotzdem, als ...«

Er verstummt. Johanne Sand beugt sich vor und greift seine Hand.

»Wie gesagt, wir wissen nicht, warum Lise es getan hat. Sie hat nie über die Vergewaltigung gesprochen. Jedenfalls nicht mit uns«, sagt sie.

»Ich verspreche Ihnen, dass wir Ihre Tochter nicht vergessen haben. Wir tun alles in unserer Macht, um den Täter zu finden«, sagt Signe und steht auf. »Vielen Dank noch mal, dass Sie die Zeit und die Kraft aufbringen, mit uns zu sprechen.«

Sie zittert innerlich beim Gedanken daran, dass sie in wenigen Augenblicken zusammen mit Troels vor der

Tür stehen wird. Dass sie nicht rechtzeitig wegkommen kann. Sie reicht Michael Sand ihre Karte, er verspricht, ihr Namen und Telefonnummern von Lises Freunden und ihrem Freund zu schicken, und sie verabschieden sich von dem Paar.

Signe marschiert die Einfahrt hinunter. Am Gehweg angekommen, bleibt sie stehen und dreht sich zu ihm um. Er hält ebenfalls inne, in zwei Metern Entfernung zu ihr, mit leicht hängenden Schultern.

»Wie kannst du dich selbst ertragen?«, fragt sie.

Er starrt sie mit zu schmalen Schlitzen zusammengekniffenen Augen an.

»*Du* solltest tot sein, nicht Lise. Schon mal überlegt?«, faucht sie, während die Angst unkontrolliert in ihrem Bauch wächst. Sie geht aufs Auto zu, das etwa zehn Meter die Straße hinunter steht. Hinter sich hört sie, wie er ihr folgt, und sie beginnt zu rennen. Am Auto, die Hand bereits auf dem Türgriff, wendet sie sich um. Er ist nur einen Meter entfernt von ihr stehen geblieben und hebt die geballte Faust. Für einen Moment glaubt sie, er wird zuschlagen.

»Du solltest wirklich gut aufpassen, was du tust, Signe. Du bewegst dich auf sehr gefährlichem Terrain. Denk an dich. Denk an deine Familie«, flüstert er und kommt mit dem Gesicht ganz nah an ihres heran.

»Hau ab. Lass mich in Ruhe!«, blafft sie ihn an, öffnet die Tür und springt ins Auto.

Sie startet den Motor und fährt mit quietschenden Reifen vom Bordstein. Im Rückspiegel sieht sie, dass er steif wie eine Statue dasteht und ihr hinterherschaut.

15. November

Kapitel 42

Juncker ertappt sich leicht erstaunt dabei, wie er auf dem Weg zu seinem Arbeitsplatz im ersten Stock pfeift.

Der gestrige Abend ist in vielerlei Hinsicht nicht schlecht verlaufen. Er hatte alle Scham beiseitegeschoben und Malene Hanslev zu sich nach Hause in seine Zelle in Nordvest eingeladen, wo sie ihre Scheidungserfahrungen und eine Flasche Wein (plus einen Absacker) geteilt und Bowie gehört haben.

But then we move like tigers on vaseline, sang der Brite, und Juncker dachte, dass er sich zum ersten Mal seit Ewigkeiten tatsächlich genauso fühlte. Wie ein Tiger auf Vaseline.

Doch auch wenn Malene eine neue Glut in ihm entfacht hat, war er nervös, ob sie erwarten würde, dass sie miteinander ins Bett gingen – wozu er aus mindestens zwei Gründen nicht im Stande gewesen wäre. Erstens war er sich noch nicht sicher, ob er ihn überhaupt hochbekommen und »performen« könnte. Zweitens – und dieses Zweitens hing natürlich mit Ersterem zusammen – war er mental schlicht nicht bereit für eine so intime Form des Körperkontakts. Schließlich kann er es selbst kaum ertragen, seinen nackten Unterleib anzusehen. Dass eine andere und obendrein schöne Frau wie Malene es täte, wäre absolut grenzüberschreitend.

Als sie irgendwann auf dem Sofa näher zu ihm heranrückte, die Hand auf seine Schulter legte, ihm tief in die Augen blickte und fragte: »Ist es zu früh, Juncker?«, nickte er deshalb. Sie beugte sich vor, küsste ihn auf die Stirn und flüsterte: »Wir haben es nicht eilig.«

So löste sich die Zusammenkunft bereits ganz gesittet vor Mitternacht auf, und das unausgesprochene Fazit des Rendezvous ist, so zumindest deutet es Juncker, dass der Abend nach einer baldigen Wiederholung verlangt.

Er kann sich nicht entsinnen, wann er das letzte Mal gepfiffen hat. Im Übrigen hat er auch keinen Schimmer, was er da eigentlich für eine Melodie pfeift, bis ihm einfällt, dass es ein Ohrwurm von einem stupiden Popsong ist, den er gerade auf dem Weg hierher im Auto gehört hat, und es ärgert ihn, dass auch er auf diese Nullachtfuffzehn-Musik hereinfällt.

Gerade als die Fahrstuhltür aufgeht, klingelt sein Handy.

»Ja, Merlin?«

»Wo bist du?«

»Komme gerade aus dem Aufzug.«

»Mein Büro. Sofort.«

Wenige Sekunden später steht er in der Tür.

»Komm rein und mach zu.«

Die Schreibtischlampe wirft eine scharf abgegrenzte Säule gelblichen Lichts auf die Unterarme und Hände des Chefs, die schlaff wie zwei eigenständige, aber kraftlose Wesen auf der Tischplatte liegen. In dem grauen Halbdunkel sieht der Mann aus wie ein Gespenst. Juncker hat ihn noch nie so gesehen.

»Was ist passiert?«, fragt er.

Merlin schaut ihn mit einem Blick voll Erschütterung und Trauer an, woraufhin Juncker von einer heftigen, beinahe panischen Angst ergriffen wird und denkt: *Nein. Nicht sie. Nicht Signe.*

Da sagt Merlin mit tonloser, brüchiger Stimme: »Troels ist tot.«

Juncker spürt einen Anflug von Erleichterung, die jedoch umgehend vom Zweifel abgelöst wird, ob er richtig gehört hat.

»Was ... Was sagst du?«, stammelt er.

Merlin sitzt reglos da, der große Kopf so tief gesenkt, dass das Kinn beinahe die Brust berührt. Er hebt den Blick und nickt. »Er wurde ermordet.«

»Das kann nicht sein.« Juncker sinkt auf den nächstbesten Stuhl. »Wie?«

»Erschossen, wie es aussieht. So jedenfalls wurde es mir gemeldet.«

»Wo?«

»Er wurde auf einem Parkplatz irgendwo bei Utterslev Mose gefunden. Bei«, Merlin schaut auf einen Zettel, »einem Naturcenter. Was auch immer das ist. Im Rådvadsvej.«

Juncker schaudert. Er versucht, den Schock abzuschütteln und seine Gedanken zu ordnen. »Wo ist Signe?«

»Keine Ahnung«, sagt Merlin. »Ich habe versucht, sie zu erreichen, aber sie geht nicht ran. Sie geht sonst immer ans Handy.«

Na, nicht immer, denkt Juncker, sagt es aber nicht laut. Er probiert es selbst bei ihr, erfolglos.

»Ich bin's«, spricht Juncker auf die Mailbox. »Ruf mich an. Sofort. Es ist dringend.« Er steckt das Handy zurück in die Tasche. »Wann wurde er gefunden?«

»Vor einer Stunde. Von einem Jogger.«

Lise Sand war in Utterslev Mose joggen, als sie vergewaltigt wurde. Zufall wahrscheinlich.

»Hast du schon etwas verlauten lassen?«, fragt Juncker.

»Der Polizeidirektor weiß es. Er ist auf Dienstreise, hat aber wohl den Minister kontaktiert, Peter Rolf hat mich nämlich eben schon angerufen. Er ist auf dem Weg.«

Nach etwa zehn Minuten – die zum Großteil schweigend verstrichen sind – klopft es an der Tür. Juncker steht auf und öffnet.

Der Berater des Justizministers bleibt einen Moment auf der Schwelle stehen, sein Blick wandert zwischen Merlin und Juncker hin und her.

»Was passiert hier?«, fragt er.

Merlin schüttelt langsam den Kopf. »Ich weiß es nicht.«

»Erst werden zwei Frauen ermordet. Und jetzt ein Polizeibeamter.« Rolf setzt sich.

In Junckers Ohren klingt es fast, als würde Peter Rolf Merlin und ihn für die Geschehnisse verantwortlich machen. Rolf ist es offenbar selbst aufgefallen.

»Tut mir leid, das kam völlig falsch rüber. Das Ganze ist ja um Gottes willen nicht Ihre Schuld. Aber, sagen Sie ... besteht ein Zusammenhang?«

»Das wissen wir noch nicht. Eventuell ja. Aber es könnte auch ein Zusammentreffen unglücklicher Umstände sein«, sagt Merlin.

»Mann, aber was für ein Zusammentreffen in dem Fall«, murmelt Rolf. »Juncker, was denken Sie?«

Juncker zuckt mit den Schultern. »Das ist natürlich eine Möglichkeit, die wir untersuchen werden. Denken Sie an etwas Spezielles?«

»Nein. Aber es liegt nahe, oder? Troels Mikkelsen war der Leiter der Sektion für Sexualverbrechen hier in der Abteilung, richtig?«

»Ja«, sagt Merlin. »Schon eine ganze Weile.«

»Und Sie hatten mir gesagt, dass er an den Ermittlungen gegen diesen Vergewaltiger beteiligt war ... Wie hieß er noch gleich?«

»Frank Sejrs.«

»Genau. Der, nach dem Sie gerade fahnden. Ihn zu fassen ist jetzt dringlicher denn je, richtig?«

»Daran arbeiten wir auch recht intensiv«, sagt Juncker und kann den Ärger in seiner Stimme nicht verbergen.

»Das weiß ich natürlich. Ganz davon abgesehen war es ja nicht seine DNA, die auf Katja Lütsachs Leiche gefunden wurde, oder?«

»Nein. Aber wir können nicht ausschließen, dass die Morde womöglich von mehreren Tätern ausgeführt wurden. Oder besser gesagt: Wir können nicht ausschließen, dass der Täter einen Helfer gehabt hat. Mit dieser Möglichkeit müssen wir operieren«, sagt Juncker und fügt hinzu: »So oder so können wir einen Mann mit Sejrs' Vorgeschichte im Moment nicht einfach durch die Gegend laufen lassen, ohne dass wir wissen, wo er steckt. Das versteht sich von selbst. Außerdem hat er gegen seine Bewährungsauflagen verstoßen.«

»Vollkommen richtig. Fassen Sie ihn.« Peter Rolf erhebt sich. »Jetzt will ich Sie nicht länger aufhalten. Danke für das Update. Ich habe es schon mal gesagt und wiederhole mich gern: Der Minister weiß ausgesprochen zu schätzen, dass Sie uns so ausführlich informieren. Die Sache geht ihm sehr nahe, und ihm ist wichtig, gut vorbereitet zu sein, wenn der Ministerpräsident anruft – was so sicher ist wie das Amen in der Kirche.«

»Ich werde Sie auf dem Laufenden halten«, sagt Merlin. »Ich könnte mir vorstellen, dass der Ministerialdirektorin ebenfalls daran gelegen ist.«

»Darauf können Sie wetten«, sagt Peter Rolf mit schiefem Lächeln und schüttelt beiden die Hand.

Als er gegangen ist, versucht Juncker es ein weiteres Mal bei Signe, hat aber wieder kein Glück. Er spürt, wie der Schock über Troels' Tod langsam nachlässt und von der Trauer darüber abgelöst wird, einen guten Kollegen verloren zu haben, dem er in den letzten Monaten nähergekommen ist.

»Was hast du jetzt vor?«, fragt Merlin.

»Zum Tatort fahren.«

»Natürlich.«

»Weiß Troels' Frau Bescheid?«

»Nein.«

»Okay. Dann übernehme ich das. Aber ich warte noch, bis ich den Tatort und Troels gesehen habe. Ich möchte erst etwas genauer wissen, was passiert ist. Das sollte in Ordnung sein.«

Merlin nickt und starrt mit leerem Blick in die Luft.

Der Rådvadsvej ist durch Streifenwagen abgesperrt, die in etwa dreißig Metern Entfernung links und rechts der Einfahrt zum Parkplatz des Naturcenters auf der Straße halten. Troels' dunkelgrüner Land Rover steht nicht auf dem eigentlichen Parkplatz, sondern ein Stück weiter auf einer Grasfläche neben einem schwarzen Holzgebäude.

Die Sonne hat sich noch nicht richtig durchgesetzt, die Luft ist feucht, und der Morgennebel liegt wie eine dicke Watteschicht über der Wiese, die bei vereinzelt stehenden Büschen und kleineren Bäumen endet. Hinter ihnen muss das naturbelassene Gebiet mit den Seen liegen, vermutet Juncker, der noch nie hier gewesen ist. Auf der anderen Seite des Rådvadsvej erstreckt sich einer der größten Friedhöfe der Stadt, der Bispebjerg Kirkegård. Die nächsten Wohnhäuser sind mehrere hundert Meter entfernt, und abends und nachts dürfte es hier ziemlich ausgestorben sein.

Die Kriminaltechniker sind rund um das Auto zugange. Juncker sieht Markmans charakteristisches Profil. Der Rechtsmediziner wartet ein Stück abseits darauf, dass die Techniker fertig werden und er sich an die Arbeit machen kann. Durch die offene Fahrertür erahnt Juncker die Umrisse von Troels' Körper.

Er ruft Markman, der sich umgedreht und auf ihn zukommt. Auch er wirkt erschüttert. Troels hat über die Jahre in vielen Fällen mit Markman zusammengearbeitet. Der Schone schüttelt betrübt den Kopf.

»Er war ein toller Kollege.«

»Das war er. Erschossen, meinte Merlin.«

»Ja. Dreimal in den Kopf aus kurzer Distanz, soweit ich auf den ersten Blick sehen konnte. Kein schöner Anblick.«

»Nein, sicher nicht.« Juncker seufzt. »Kannst du etwas zum Todeszeitpunkt sagen?«

»Dem Rigor nach zu urteilen würde ich tippen irgendwann vor acht bis zwölf Stunden. Aber ich habe ihn mir noch nicht richtig angesehen. Du musst dich also gedulden, bis die Techniker fertig sind.«

»Die Waffe?«

»Sie haben keine Patronenhülsen gefunden, entweder hat der Täter sie also aufgesammelt, oder er hat einen Revolver benutzt. Den Eintrittswunden nach zu schließen, könnte es eine Neun-Millimeter gewesen sein.«

»Hm«, brummt Juncker und denkt: wie eine polizeiliche Dienstwaffe. Doch dann schiebt er den unangenehmen Gedanken beiseite. In der Unterwelt wimmelt es von Pistolen mit diesem Kaliber.

»Ich informiere Troels' Frau. Sie wohnen nicht weit von hier. Könnt ihr mit dem Abtransport der Leiche warten, bis ich zurück bin? Es sollte nicht mehr als eine Stunde dauern.«

»Na klar.«

Laust Larsen, der junge Ermittler, kommt zu ihm.

»Mann, ist das abgefahren«, sagt er.

Vielleicht nicht unbedingt der Ausdruck, den Juncker gebrauchen würde, doch er sagt nur: »Ja.«

»Womit soll ich anfangen?«, fragt Laust.

»Solange Markman und die Techniker zugange sind, ist hier nicht viel zu tun. Vielleicht klingelst du schon mal bei den Anwohnern und schaust, ob sich Zeugen finden?«

»Wo? Auf dem Friedhof? Oder im See?«

Juncker schaut seinen jungen Kollegen an. Nicht so vorlaut, Grünschnabel.

»Ist da nicht ein Wohngebiet neben dem Friedhof? Beziehungsweise sogar auf beiden Seiten?«

»Doch, das stimmt. Soll ich allein gehen?«

»Wer ist noch hier außer dir?«

»Mascha ist gerade gekommen.«

»Dann nimm sie mit.«

Juncker geht zu seinem Auto. Steckt sein Handy in den Halter. Wählt erneut Signes Nummer. Dasselbe Resultat.

Kapitel 43

Er hat Troels' Frau bisher zwei- oder dreimal getroffen. Als er vor dem gepflegten Haus in Brønshøj parkt, wird ihm bewusst, dass er vergessen hat, wie sie heißt. Das Messingnamensschild an der soliden Eichentür verrät ihm jedoch, dass ihr Name Birgitte ist.

Die Frau, die öffnet, begegnet Juncker mit einem Blick, in dem zu lesen ist, dass sie auf Anhieb keine Ahnung hat, wer er ist, dann zu der Erkenntnis gelangt, ihn schon mal gesehen zu haben, bis zum Schluss der Groschen fällt.

»Juncker«, sagt sie mit leichtem Erstaunen in der Stimme. »Troels ist nicht zu Hause. Er ist auf der Arbeit. Nehme ich doch mal an.«

Juncker nickt. Ihm kommt der Gedanke, dass es das zweite Mal in nur etwas mehr als einem Jahr ist, dass er einer Frau, die er kennt, mitteilen muss, dass ihr Mann – den er ebenfalls kennt – ermordet wurde.

»Birgitte, darf ich reinkommen?«

»Ja ...« Sie starrt ihn verwirrt an. »Ja ... Tut mir leid, wie unhöflich von mir. Natürlich darfst du reinkommen«, sagt sie und lächelt. »Ich hatte bloß niemanden erwartet.«

Er hat sie als gut gekleidet auf eine etwas altmodische Art in Erinnerung. Graue oder schwarze Röcke, graue oder schwarze Blazer, Blusen mit einer gebundenen Schleife am Hals, Schuhe mit flachen Absätzen und Schnallen. Jetzt trägt sie einen grauen Jogginganzug mit zwei magentafarbenen Streifen an den Armen. Sie ist schlank, die Hüften sind schmal. Blasses, längliches Gesicht. Zerbrechlich. Durchsichtig.

Das komplette Gegenteil von ihrem Mann.

»Es ist doch nichts mit Troels?«, fragt sie leise, und jetzt ist die anfängliche Verwirrung einer deutlichen Nervosität gewichen.

»Können wir vielleicht ins Wohnzimmer und uns dort setzen?«

»Ja. Ja, selbstverständlich.« Sie geht voran. Hält inne. »Willst du ablegen?«

Juncker nickt, zieht seinen Mantel aus und hängt ihn an einen Haken. Er folgt ihr, und sie deutet auf eine schwarze Ledercouch.

»Darf ich dir etwas anbieten? Kaffee? Tee?«

»Nein danke.«

Sie setzt sich auf einen Ledersessel, ganz vorn auf die Kante. Einige lange Sekunden sagt keiner von ihnen ein Wort. Das einzige Geräusch im Raum ist das distinkte Ticken der großen Wanduhr. Dann räuspert sich Juncker.

»Birgitte, es tut mir schrecklich leid, aber ...«

»Nein«, flüstert sie. »Nein, nein.«

Birgitte Mikkelsens Gesichtsausdruck erstarrt, und ihre Augen werden glasig wie die einer Porzellanpuppe. Sie schüttelt den Kopf und hebt langsam die Hand zum Mund, kann ein tiefes Schluchzen jedoch nicht zurückhalten. Sie beginnt am ganzen Leib zu zittern.

Wäre Signe doch nur dabei. Sie würde aufstehen und zu der entsetzten Frau hinübergehen, sich neben sie setzen und sie in den Arm nehmen oder vielleicht auch nur ihre Hand halten.

Aber er kann das nicht.

Sie weint eine Weile. Nicht heftig, eher zurückhaltend, kontrolliert. Er steht auf und geht in die offen ans Wohnzimmer angrenzende Küche, öffnet einige Schränke, nimmt ein Glas heraus und füllt es mit Wasser.

»Wie?«, fragt sie, nachdem er ihr das Glas gereicht und sich wieder gesetzt hat.

»Ich weiß noch nicht viel. Nur dass er erschossen wurde. Er wurde gar nicht weit von hier gefunden, bei Utterslev Mose. In seinem Auto sitzend. Also im Land Rover.«

Sie schaut ihn ungläubig an. »Er hat doch nicht ...?«

Erst weiß Juncker nicht, was sie meint. Nicht was? Doch dann begreift er. »Nein, nein, es war kein Selbstmord. Troels wurde umgebracht.«

Sie wischt sich mit dem Handrücken über die Augen.

»Darf ich dir ein paar Fragen stellen?«, fragt er.

Sie nickt.

»Troels wurde auf dem Gelände eines Naturzentrums gefunden. Unter anderem lernen Schulklassen dort etwas über Biologie und dergleichen. Es liegt im Rådvadsvej. Kennst du es?«

Sie schüttelt den Kopf.

»Weißt du, wo er gestern Abend oder in der frühen Nacht war?«

»Nein, keine Ahnung. Ich nehme an, es hatte irgendwas mit der Arbeit zu tun. Das weißt du besser als ich. Er hat praktisch nie mit mir über seine Arbeit gesprochen.«

»Aber ... hat es dich gar nicht gewundert, dass er gestern Abend nicht nach Hause kam?«

»Er arbeitet oft bis spätabends. Du doch sicher auch, oder?«

»Ja«, räumt Juncker ein. »Das kommt vor. Aber dass er überhaupt nicht nach Hause kam …?«

»Ich weiß gar nicht, ob das so war. Ich habe seit einiger Zeit Probleme mit dem Einschlafen, deshalb nehme ich jeden Abend gegen zehn eine Schlaftablette, bevor ich ins Bett gehe.«

»Aber als du dann heute Morgen aufgewacht bist und er nicht neben dir im Bett lag?«

»Wenn er bis spät arbeitet, schläft er meistens in seiner Höhle. Heute Morgen dachte ich deshalb, er hätte dort geschlafen und wäre früh wieder zur Arbeit gefahren.«

»Höhle?«

»So nennt er sein Arbeitszimmer. Unten im Keller.«

»Darf ich es sehen? Sein Arbeitszimmer?«

»Ich denke, dagegen spricht nichts«, sagt sie etwas zögernd.

Birgitte Mikkelsen geht gefolgt von Juncker in den Flur. Sie öffnet die Tür zur Kellertreppe und knipst das Licht an. Die Treppe ist relativ steil und führt hinunter in einen Gang. Birgitte geht zur Tür am Ende des Ganges und drückt die Klinke herunter. Es ist abgeschlossen.

»Du hast keinen Schlüssel?«

»Nein. Ich komme so gut wie nie hierher, es ist Troels' Revier. So nennt er es manchmal. ›Mein Revier.‹« Sie lächelt matt. »Ein Jagdausdruck, oder?«

»Ja, glaube ich auch.« Juncker muss an das Arbeitszimmer seines Vaters im Haus in Sandsted denken, das für die restliche Familie ebenfalls tabu war und nur betreten werden durfte, wenn man eingeladen wurde.

»Wer macht da drinnen sauber?«, fragt Juncker.

»Das macht Troels selbst.«

»Ach was.«

»Wir teilen uns das Putzen.«

Juncker hatte Troels nicht als jemanden eingeschätzt, der freiwillig putzt, aber in Menschen kann man sich ja bekanntlich irren.

»In mancherlei Hinsicht ist Troels etwas altmodisch. Aber was das Aufteilen der Hausarbeit angeht … da ist er ziemlich modern.«

»Das überrascht mich etwas«, gibt Juncker zu.

»Das überrascht viele. Na jedenfalls, den Schlüssel hat er sicher an seinem Schlüsselbund«, sagt sie.

»Dann fahre ich zurück an den Tatort und hole ihn. Ich bin gleich wieder da.«

»Du kannst hier raus«, sagt sie und öffnet eine Tür zur außen gelegenen Kellertreppe.

»Bist du okay?«, fragt er. Eine ausgesprochen bescheuerte Frage.

»Nein«, sagt sie. »Aber ich komme zurecht.«

Als er im Auto sitzt, fragt er sich, ob sie gerade kurz davor war, den Satz fortzusetzen mit: »Denn das bin ich gewohnt.«

Kapitel 44

Das Aufgebot an Technikern, uniformierten Polizisten und Ermittlern ist beträchtlich gewachsen, seit Juncker den Tatort verlassen hat. Er parkt mehr oder weniger an derselben Stelle wie zuvor und geht hinüber zu Markman, der mit dem Kriminaltechniker Peter Lundén unter dem Schutzdach des schwarzen Holzgebäudes steht.

»Habt ihr Troels' Schlüsselbund gefunden?«, fragt Juncker.

»Ja«, sagt Lundén, »der war in seiner Jackentasche.«

»Geht es, dass ich ihn mitnehme?«, fragt Juncker.

Lundén zuckt mit den Achseln. »Im Grunde ist er kein Beweismaterial, sollte also kein Problem sein. Quittier einfach, dass du ihn entgegengenommen hast.«

»Gut. Sonst was Neues bisher?«

»Nicht wirklich. Auf dem Parkplatz gibt's natürlich jede Menge Reifenspuren, außer denen von Troels' Wagen sind aber, wie es aussieht, keine ganz frischen dabei. Ich kann also nicht genau sagen, ob der Täter mit dem Auto oder zu Fuß gekommen ist. Vor der Fahrertür, wo er stand, als er geschossen hat – oder sie, wir wissen ja nicht, ob es ein Mann oder eine Frau war –, da ist das Gras ein wenig plattgetreten, aber keine deutlichen Schuhabdrücke. Aber wir nehmen natürlich weiter das ganze Gebiet unter die Lupe.«

»Die Tatwaffe habt ihr nicht gefunden?«

»Fehlanzeige.«

»Okay. Markman, kommst du mit zum …?« Juncker weist mit dem Kopf Richtung Land Rover.

In seiner Zeit als Mordermittler hat Juncker viele übel zugerichtete Körper gesehen, und es hat ihn selten mitgenommen. Aber diesmal ist es anders. Er hat eine klare Vorstellung davon, wie es aussieht, wenn einem Menschen dreimal mit Kaliber neun Millimeter in den Kopf geschossen wurde, und nun ist es die Leiche eines Menschen, mit dem er jahrelang eng zusammengearbeitet hat. Den er in den letzten Monaten auch privat besser kennengelernt hat. Mit dem er Bier getrunken und gelacht hat. Den er gut leiden kann. Fünf Meter vor dem Auto bleibt er stehen. Alles in ihm sträubt sich dagegen, diese Grenze zu überschreiten und näher heranzutreten. Er spürt Markmans Hand auf seiner Schulter. Er atmet tief durch, dann gibt er sich einen Ruck und geht zur Fahrertür.

Sie steht offen. Troels sitzt mit angelegtem Gurt hinter dem Steuer. Er trägt einen marineblauen Dufflecoat und eine braune Cordhose. Auf seiner Schulter, auf dem Schoß, überall glitzern Glassplitter – die Reste der Seitenscheibe, die in tausend Fragmente zersprungen ist, als das erste Projektil das Glas durchschlagen hat.

Der Kopf – oder was davon übrig ist – hängt auf die rechte Schulter hinunter. Mit einer Kraftanstrengung überwindet Juncker sein Unbehagen und beugt sich vor. Ein Schuss hat in den Unterkiefer getroffen, einer in die Schläfe und der dritte in den Hinterkopf. Blut, Knochensplitter, Gewebe und Hirnmasse sind über die Beifahrerseite gespritzt, fast die gesamte rechte Hälfte des Kopfes ist weggeschossen. Juncker richtet sich auf. Der Anblick von

Troels' Kopf, der süßliche, eisenartige Geruch und der Ausdruck in den leblosen Augen lassen Übelkeit in ihm aufwallen. Er holt tief Luft und wendet sich zu Markman um.

»Ziemlich potente Munition.«

»Ja«, bestätigt der Mediziner. »Hohlspitzgeschoss mit vergleichsweise hoher Geschwindigkeit, scheint es.«

»Und neun Millimeter, sagst du. Könnte es etwas sein, das unserer eigenen Munition gleicht?«

»Das würde ich denken.«

»Es sieht aus wie eine regelrechte Hinrichtung. Ist Troels bewaffnet?«

»Ja, seine Waffe steckt im Schulterholster.«

»Er hatte offensichtlich keinerlei Zeit zu reagieren«, sagt Juncker und murmelt: »Ob es jemand war, den er kannte?«

»Was sagst du?«

»Ob der Täter den ersten Schuss abgefeuert und dann gewartet und die letzten beiden gezielt abgegeben hat. Oder ob die Schüsse schnell hintereinander gefallen sind, peng, peng, peng.«

»Schwer zu sagen. Fast unmöglich. Warum?«

Juncker zuckt mit den Achseln. »Ich glaube, sie wurden direkt nacheinander abgefeuert, und zwar von einem ziemlich routinierten Schützen. Denn wenn man zielt, warum dann auf Kiefer, Schläfe und Hinterkopf?«

»Dazu hab ich keine Meinung«, sagt Markman.

Sie gehen zu Peter Lundén zurück.

»Habt ihr sein Handy gefunden?«

»Ja, er hatte sogar zwei bei sich.«

»Zwei? Okay. Ich nehme sie mit nach Teglholmen, nachdem ich bei Troels' Frau war, und sorge dafür, dass sie nach Ejby geschickt werden, damit wir so schnell wie möglich weiterkommen.«

Birgitte Mikkelsen ist stumm, und ihre Augen sind verweint. Sie hat den Jogginganzug gegen eine schwarze Hose und einen schwarzen Cardigan getauscht.

»Wo wohnen eure Söhne?«

»Der Ältere in Kolding. Rune wohnt in Roskilde. Er ist auf dem Weg.«

»Ich habe Troels' Schlüssel, also schaue ich mich ein bisschen in seinem Arbeitszimmer um.«

Sie nickt und setzt sich hin, verschränkt die Hände im Schoß und starrt aus dem Fenster. Sie wirkt zu gleichen Teilen verletzlich und gefasst, wie jemand mit einer sehr starken Selbstkontrolle.

Juncker geht in den Keller. Die Tür zur Höhle ist anders als die übrigen Türen hier unten, die allesamt ältere Holztüren sind und vermutlich aus demselben Baujahr wie das Haus. Juncker klopft leicht gegen die Tür. Sie klingt massiv. Könnte gut eine Brandschutztür oder etwas in der Art sein. Auch das Schloss unterscheidet sich von denen der anderen Türen. Juncker war vor vielen Jahren mal im Einbruchsdezernat tätig und weiß deshalb, dass die übrigen altmodische Danziger-Schlösser sind, während dieses hier ein neues Ruko-Schloss mit recht starker Bohr- wie auch Dietrichsicherung ist. Etwas merkwürdig, denkt er und probiert vier Schlüssel aus, ehe er den richtigen findet. Er schließt auf und betritt das schummrige Zimmer.

Die Vorhänge der beiden Kellerfenster sind zugezogen, bis zur Decke sind es nicht viel mehr als zwei Meter zehn. Der Raum ist etwa zwölf bis fünfzehn Quadratmeter groß. Er erinnert ein wenig an das Zimmer von Frank Sejrs, das Troels und er vor einigen Tagen durchsucht haben. Allerdings nicht, was die Einrichtung anbelangt. Juncker sieht sich nach einem Lichtschalter um, entdeckt ihn und drückt darauf. Eine runde Deckenlampe aus Mattglas gibt einen blassen Schein ab. Er geht zu den Fenstern und zieht die Vorhänge auf.

Es riecht ein wenig muffig und leicht süßlich nach etwas, das Juncker bekannt vorkommt, das er aber nicht genauer ausmachen kann. Er schaut sich um und versteht, weshalb Troels das Zimmer seine Höhle genannt hat. An der einen Wand steht eine Pritsche mit einem weißen Laken. Am einen Ende liegt eine Decke – ordentlich zusammengelegt – und ein Kopfkissen. An der gegenüberliegenden Wand stehen ein alter glänzender Mahagonischreibtisch und ein schwarzer Lederdrehstuhl. Auf dem Tisch ein Computermonitor und eine Tastatur. In der Ecke ein Sessel mit zugehörigem Fußhocker, ebenfalls aus schwarzem Leder. Design von Eames, glaubt Juncker zu wissen, und damit von der teuren Sorte. Außerdem ein großes Regal, vollgestopft mit Büchern, ein Waffenschrank, der vorschriftsgemäß abgeschlossen ist, und an den Wänden so viele Bilder, Poster und Trophäen – Geweihe von Rehen, Rothirschen und einem einzelnen beeindruckenden Damhirsch –, dass kaum ein freier Quadratzentimeter bleibt.

Juncker geht zum Regal und studiert die Buchrücken. Die meisten drehen sich um Waffen, Krieg und Jagd. Neben dem Regal hängen diverse Diplome von Fortbildungskursen – Troels hat es mit seiner Weiterbildung offenbar erheblich genauer genommen als Juncker. Ein Foto von einem jungen Troels in Uniform der Königlichen Leibgarde. Und eines von seiner Abschlussklasse an der Polizeischule. Troels ist leicht zu identifizieren. Juncker meint noch ein paar weitere zu erkennen. In der Klasse sind nur drei Frauen.

Er setzt sich auf den Schreibtischstuhl und öffnet die

Schubladen. In der obersten liegen zwei Notizblöcke, außerdem Briefumschläge, Büroklammern und Kugelschreiber. Die nächste enthält Gebrauchsanweisungen und Quittungen, unter anderem für ein Jagdgewehr und eine Büchse. Darauf folgt eine Schublade mit Jagdzeitschriften und einer einzelnen Ausgabe des *Playboy* vom März 2011. In der untersten Schublade liegen ein karierter A4-Block und darunter ein roter Aktenordner.

Juncker nimmt den Aktenordner heraus und öffnet ihn. Er enthält vergilbte Kopien der Akten aus dem Martina-Fall. Juncker blättert durch die Seiten. Vernehmungsprotokolle und Beschreibungen des Tatorts – Material, über dem er selbst gerade erst wieder stundenlang gebrütet hat. Warum hat Troels die Unterlagen zu Hause in seinem Arbeitszimmer in einer Schublade liegen? Vielleicht hat der ungelöste Mord aus dem Jahr 2007 auch ihn nicht losgelassen, und er hat seine Freizeit darauf verwandt, weiter an dem Fall zu arbeiten? Er wäre nicht der erste Ermittler der Geschichte, dem ein unaufgeklärter Fall keine Ruhe lässt. Juncker will den Ordner gerade zuklappen, da bemerkt er, dass jemand mit rotem Kugelschreiber ein einzelnes Wort auf die Rückseite des letzten Dokuments im Ordner geschrieben hat.

Constrictor?, steht da.

Juncker betrachtet das Wort eine Weile. *Constrictare* ist das lateinische Wort für würgen oder zusammenziehen, daher hat die Boa constrictor ihren Namen, wie er weiß.

Sein Handy piept. Eine SMS von Merlin. *Pressekonferenz um 14:00 Uhr. Treffen uns um 13:00 Uhr auf Teglholmen.*

Er nimmt Troels' Rechner und den roten Ordner mit, als er geht.

Kapitel 45

»Signe ...?« Merlin schaut Juncker fragend an.

Er schüttelt den Kopf. »Ist schon was zur Presse durchgesickert? Über Troels, meine ich.«

»Meines Wissens nicht. Bisher haben keine Journalisten angerufen, was man als kleines Wunder bezeichnen muss.«

»In der Abteilung wissen alle Bescheid, oder?«

»Ja. Direkt nachdem du gefahren warst, habe ich die Leute zusammengerufen.«

»Wie haben sie reagiert?«

»Sie sind natürlich geschockt. Bei einigen war er nicht sehr beliebt, galt als aufgeblasener Schnösel. Aber selbst wenn man kein Fan von ihm war, es ist immer erschütternd, wenn ein Kollege ums Leben kommt, noch dazu auf diese Weise. Und gar nicht so wenige mochten ihn tatsächlich. Er war ein bisschen ein Unikat, von seiner Art gibt es nicht mehr viele. Davon abgesehen war er schlicht und ergreifend ein hervorragender Polizist.« Der Chef schaut Juncker bekümmert an. »Wie sah er aus?«

Juncker schüttelt den Kopf. »Übel. Stell dir das Bild des toten JFK im Krankenhaus in Dallas vor ... Das hier ist schlimmer.«

»Grundgütiger«, murmelt Merlin. »Wie gehen wir die Sache an?«

»Wenn du mich fragst, gibt es nur eine Option. Dass es ein zufälliger Mord war, ist ausgeschlossen. Das Motiv liegt entweder in seinem Privatleben oder in seiner Arbeit verborgen. Also drehen wir sein Leben auf den Kopf, und dann müssen wir sehen, was auftaucht. Fahren wir mit deinem oder meinem Auto ins Präsidium?«

Die Flure des Polizeipräsidiums sind ausgestorben. Das Gerücht über den Mord an Troels Mikkelsen ist offensichtlich bis zu dem grauen Koloss zwischen Tivoli und Hafen vorgedrungen, und praktisch sämtliche Mitarbeiter haben sich in ihren Büros verschanzt, um die Pressekonferenz auf ihren Bildschirmen mitzuverfolgen. Es kommt selten vor, dass dänische Polizeibeamte mit einer Waffe umgebracht werden. Seit dem Zweiten Weltkrieg ist es nur zwölfmal geschehen, und jedes Mal sendet es Schockwellen durch den Polizeiapparat.

Die Pressekonferenz wird in dem überdachten Bereich vor dem Haupteingang des Präsidiums am Polititorvet abgehalten. Auf dem Weg hinunter zu den wartenden Journalisten hallen Junckers und Merlins Schritte in den stillen Gängen mit den hohen Decken wider. Bis die Abteilung für Gewaltkriminalität vor einigen Jahren nach Teglholmen verlegt wurde, war das Präsidium Junckers täglicher Arbeitsplatz. Mittlerweile kommt er nur noch relativ selten her, und jedes Mal wird ihm bewusst, dass er den Ort nicht sonderlich vermisst. Im ersten Jahr schon, inzwischen aber nicht mehr. Die Architektur, von vielen in den höchsten Tönen gelobt, hat in seinen Augen fast schon faschistische Züge, und in den Gardinen hängen zu viele Intrigen, zu viel missverstandener Korpsgeist und zu viele Versuche, eigene Fehler zu vertuschen.

Juncker hasst es, bei Pressekonferenzen aufzutreten, und versucht, sich nach Möglichkeit davor zu drücken. Aber das geht diesmal nicht. Er leitet die Ermittlungen in den beiden Frauenmorden und steht zumindest bis auf Weiteres auch den Ermittlungen im Mord an Troels vor. In Abwesenheit des Polizeidirektors bleibt die öffentliche Kommunikation an Merlin und ihm hängen.

Wobei Merlin normalerweise kein Problem damit hat, vor die Kameras zu treten, und es ihm an einem guten Tag vielleicht sogar Spaß macht.

Aber heute ist kein guter Tag.

Auf dem Weg die letzte Treppe hinunter hört Juncker die Live-Reporterin eines Nachrichtensenders die Pressekonferenz für die Zuschauer ankündigen: »Bislang hat sich die Kopenhagener Polizei sehr bedeckt gehalten. Zu den Ermittlungen in den beiden Frauenmorden sind praktisch keinerlei Informationen nach außen gedrungen, es wird also spannend zu erfahren, was die Polizei nun mitzuteilen hat, acht Tage nachdem die erste Frau, Eva Basel, stranguliert und unseren Informationen zufolge auch vergewaltigt oder sexuell missbraucht in einem Naturschutzgebiet zwischen Artillerivej und Ørestads Boulevard aufgefunden wurde. Und vier Tage ist es her, dass die Schauspielerin Katja Lütsach ermordet, vermutlich erstickt, im Fælledparken gefunden wurde. Ob die Polizei nun einen eventuellen Durchbruch in den Ermittlungen verkünden wird, wissen wir nicht. Möglich wäre auch, dass es Neuigkeiten bezüglich der neun Tage zurückliegenden Ausschreitungen auf dem Balders Plads in Nørrebro und dem dort stattgefundenen Mord an einem Mann aus dem rechtsextremistischen Milieu gibt ...«

Juncker und Merlin haben das Ende der Treppe erreicht,

und die Reporterin, die die beiden entdeckt hat, schließt mit den Worten: »Aber auf diese Fragen werden wir nun vermutlich Antworten erhalten, da, wie ich sehe, der stellvertretende Polizeiinspektor Erik Merlin und Ermittlungsleiter Martin Junckersen jeden Moment bereit sein dürften.«

So ziemlich jeder dänische Gerichtsreporter und noch ein paar weitere aus Südschweden stehen in einem Halbkreis um die aufgestellten Mikrofone. Die Gespräche verstummen, alle Aufmerksamkeit richtet sich auf die beiden Männer hinter den Mikros. Juncker blickt über die Menge. Die meisten hat er schon mal gesehen.

»Ich begrüße Sie zu dieser Pressekonferenz«, sagt Merlin und fährt nach einer kurzen Pause fort: »Was nicht geschehen darf – was niemals geschehen darf –, ist geschehen. Mit großer Trauer muss ich Ihnen mitteilen, dass Polizeikommissar Troels Mikkelsen, unser langjähriger Kollege und fünfundzwanzig Jahre lang im Dienst, zuletzt als Leiter der Sektion für Sexualverbrechen in der Abteilung für Gewaltkriminalität, ermordet aufgefunden wurde.«

Für einen atemlosen Augenblick herrscht vollkommene Stille. Dann beginnen mehrere Handys zu klingeln, trotz der Aufforderung, sie während der Konferenz ausgeschaltet zu lassen. In den Redaktionen des ganzen Landes sind Redakteure und Redaktionsassistenten nun dabei, die Bildschirme in Windeseile mit knalligen Breaking-News-Balken zu versehen.

Merlin fährt fort: »Meine Gedanken sind bei Troels' Angehörigen, bei seiner Frau, seinen Kindern und allen, die ihm nahestanden. Wir haben einen guten Kollegen verloren, einen der besten bei der dänischen Polizei. Wir alle sind zutiefst betroffen, nicht nur hier in Kopenhagen, sondern landesweit auf sämtlichen Polizeistationen. Dies zeigt, dass es keine leere Floskel ist, wenn wir Polizisten täglich zueinander sagen: ›Viel Erfolg bei der Arbeit und pass gut auf dich auf da draußen.‹ Geehrt sei das Andenken an Troels Mikkelsen.«

Merlin verstummt, und Dutzende Hände schnellen in die Höhe.

»Sie werden die Gelegenheit haben, Fragen zu stellen, aber zunächst übergebe ich das Wort an den Ermittlungsleiter Martin Junckersen, der Ihnen die Umstände ausführlicher erläutern wird.«

Juncker tritt einen Schritt näher an die Mikrofone heran. Er räuspert sich. Bisher war er immer recht zufrieden mit seiner Stimme, die er selbst als tief, klar und einigermaßen respekteinflößend erachtet, wenn er sich Mühe gibt. Aber in letzter Zeit kommt es ihm vor, als seien seine Stimmbänder eingerostet. Seine Stimme ist schwächer geworden, heiserer. Eine Weile hat er das Schlimmste befürchtet, nämlich dass er, obwohl er nie geraucht hat, an Kehlkopfkrebs erkrankt sein könnte. Inzwischen hat er sich mit der etwas weniger schwerwiegenden Erkenntnis abgefunden, dass es schlicht und ergreifend ein weiteres Resultat des stetig voranschreitenden und niemals rastenden Alterungsprozesses ist. Neben der nachlassenden Sehstärke und der schwindenden Muskelmasse.

Juncker und Merlin haben abgesprochen, dass er einen guten Teil ihres derzeitigen Kenntnisstandes offenlegt, um einen endlos währenden Kugelhagel teils mehr, teils weniger gescheiter Fragen zu vermeiden.

»Heute Morgen haben wir die Meldung erhalten, dass ein Mann in einem Auto auf einem Parkplatz bei Utterslev Mose gefunden worden sei, genauer gesagt bei einem Naturcenter der Kommune Kopenhagen im Rådvadsvej.

Wie sich herausstellte, handelte es sich um unseren Kollegen Troels Mikkelsen. Als die Polizei vor Ort eintraf, war er bereits tot. Er wurde erschossen, während er in seinem Auto saß. Der exakte Tatzeitpunkt ist uns nicht bekannt, die rechtsmedizinischen Untersuchungen sind noch nicht abgeschlossen, zum gegenwärtigen Zeitpunkt gehen wir aber davon aus, dass es spät gestern Abend oder in der frühen Nacht auf heute passiert ist. Wir bitten daher Personen, die sich im betreffenden Zeitraum in der Nähe des Tatorts aufgehalten oder ganz allgemein etwas Verdächtiges in der Gegend bemerkt haben, sich bei uns zu melden. Zum Motiv können wir bislang nichts sagen, aktuell ermitteln wir daher in alle Richtungen, aber wir sind natürlich tief betroffen und schockiert über den Verlust unseres geschätzten Kollegen und weilen in Gedanken bei seinen Angehörigen. Vielen Dank.«

Juncker tritt vom Mikrofon zurück. Erneut schnellt ein Meer aus Händen in die Luft. Merlin nickt der Reporterin des öffentlich-rechtlichen Fernsehsenders zu.

»Louise, bitte.«

»Sie sagen, Sie wüssten noch nichts über das Motiv, aber können Sie schon etwas zu den Thesen sagen, mit denen Sie arbeiten, unter anderem, ob dieser Mord mit den Frauenmorden in Verbindung stehen könnte, insbesondere da Troels Mikkelsen der Leiter der Sektion für Sexualverbrechen ist, beziehungsweise, tut mir leid, war?«

Merlin nickt Juncker zu, der widerstrebend und leicht verärgert erneut ans Mikrofon tritt.

»Wie gerade schon gesagt, ermitteln wir in alle Richtungen. Aber wir können noch nichts über das Motiv sagen. Das müssen die weiteren Ermittlungen zeigen. Für uns am dringlichsten ist im Augenblick, ob jemand über Informationen verfügt oder etwas gesehen hat. In diesem Fall bitten wir darum, sich schnellstmöglich mit uns in Verbindung zu setzen.«

»Wenn ich kurz eine weitere Frage stellen darf? Troels Mikkelsen hat die Ermittlungen in einer langen Reihe von Fällen geleitet, bei denen die Täter zu langjährigen Haftstrafen verurteilt wurden. Haben Sie eine Vermutung, inwiefern der Tat ein Rachemotiv zugrunde liegen könnte?«

Juncker tritt einen Schritt zurück. Es muss Grenzen dafür geben, wie oft er die absolut nichtssagende Phrase »Wir ermitteln in alle Richtungen« vom Stapel lässt. Merlin ergreift das Wort.

»Ein guter Kollege ist tot, einer der besten, ein rechtschaffener und loyaler Mitarbeiter, dementsprechend setzen wir alles daran, den Fall aufzuklären. Dazu zählt auch, sich die Fälle anzuschauen, an denen er beteiligt war.«

Er wendet sich der Reporterin des Nachrichtensenders zu. »Bitte schön.«

»Troels Mikkelsen wurde in seinem Auto sitzend erschossen. Das klingt fast schon nach einer Liquidierung. Mit welchen Worten würden Sie es beschreiben?«

»Ich möchte mich darauf beschränken zu sagen, dass es immer erschütternd ist, wenn ein Mensch umgebracht wird. Aber es ist ganz besonders erschütternd, wenn es sich um einen Polizeibeamten handelt, einen Repräsentanten der Ordnungsmacht, deren Aufgabe es ist, die Bevölkerung, uns alle, zu schützen.«

»Wissen Sie, welche Tatwaffe verwendet wurde?«

Juncker tritt vor. Sie haben es so aufgeteilt, dass er in erster Linie die konkreten Fragen beantwortet, während Merlin die Antworten übernimmt, bei denen es mehr Pathos bedarf.

»Die technischen Untersuchungen laufen noch, dazu können wir also nicht sagen. Nur dass er erschossen wurde.«

Juncker sieht bereits die Schlagzeilen in der Boulevardpresse sowie aller Wahrscheinlichkeit nach auch in den übrigen Medien vor sich: *Polizeibeamter liquidiert – war es eine Hinrichtung?*

Die beiden größten Fernsehsender haben jeweils ihre Gelegenheit für Fragen gehabt, jetzt sind die anderen Medien dran. Der Gerichtsreporter von einer der auflagenstärksten Boulevardzeitungen hebt die Hand.

»Wie schon erwähnt war Troels Mikkelsen Leiter der Sektion für Sexualverbrechen. Wäre es dann nicht naheliegend zu vermuten, dass eine Verbindung zu den Frauenmorden besteht, in denen er doch bestimmt mitermittelt hat?«

»Tatsächlich war er an den Ermittlungen beteiligt, aber wie gesagt können wir uns aktuell noch nicht festlegen, wir sind breit aufgestellt und drehen jeden Stein um«, antwortet Merlin.

»Können Sie bestätigen, dass an der Leiche von Katja Lütsach DNA-Spuren gefunden wurden, die sich auf zwei Vergewaltigungen hier in Kopenhagen in den Jahren 2013 und 2014 zurückführen lassen? Dass es also eine Übereinstimmung zwischen der DNA aus dem Mordfall und der DNA aus den beiden Vergewaltigungsfällen und damit eine Verbindung zwischen diesen Verbrechen gibt?«

Ein Raunen geht durch die Reihen der Reporter. Juncker schielt zu seinem Chef. Woher wissen die das? Wer hat seinen Mund nicht gehalten?

»Kein Kommentar«, sagt Merlin.

»Mir liegen sichere Informationen vor, dass DNA, die

auf die beiden Vergewaltigungen zurückweist, auf Lütsachs Leiche gefunden wurde und dementsprechend eine Verbindung *besteht*«, beharrt der Journalist.

Juncker bedenkt ihn mit einem wütenden Blick. Genau das hasst er. »Welches Wort haben Sie nicht verstanden, ›kein‹ oder ›Kommentar‹?«, fragt er säuerlich.

Merlin greift beschwichtigend ein: »Zu gewissen Dingen können wir aktuell aus Rücksicht auf die Ermittlungen keine Auskunft geben. Dafür bitten wir um Verständnis.«

»Okay«, sagt der Journalist. »Aber dann lassen Sie mich eine andere Frage stellen. Arbeitet die Polizei ausgehend von der Theorie, dass die beiden Frauenmorde vom selben Täter verübt wurden?«

»Diese Möglichkeit untersuchen wir natürlich. Gewisse Umstände deuten in diese Richtung, andere allerdings sprechen dagegen. Lassen Sie uns nun aber zum eigentlichen Thema dieser Pressekonferenz zurückkehren, nämlich dem Mord an Troels Mikkelsen. Gibt es diesbezüglich noch Fragen?«

Ein Journalist von Charlottes Zeitung hebt die Hand.

»Stimmt es, dass Sie im Zusammenhang mit den Frauenmorden nach Frank Sejrs suchen, der in der Vergangenheit wegen einer Reihe schwerer Vergewaltigungen verurteilt wurde?«

Merlin räuspert sich. »Zuallererst sei betont, dass Frank Sejrs seine Strafe verbüßt hat …«

»Suchen Sie nach ihm?«

»Ja, wir würden gern mit Frank Sejrs sprechen, wissen aber nicht, wo er sich aufhält.«

»Er ist auf Bewährung draußen, richtig?«

»Das ist korrekt. Ich möchte jedoch ausdrücklich festhalten, dass keinerlei Grund zu der Annahme besteht,

Frank Sejrs könnte in irgendeiner Weise mit den beiden Frauenmorden zu tun haben.«

»Warum möchten Sie ihn dann ausfindig machen?«

»Erstens hat er gegen seine Bewährungsauflage verstoßen, sich einmal die Woche bei der Bewährungshilfe zu melden. Zweitens vermuten wir, dass er uns eventuell mit einigen Informationen weiterhelfen kann.«

»Was für Informationen sind das?«

»Dazu kann ich mich nicht äußern.«

»War Troels Mikkelsen damals an den Ermittlungen zu den Vergewaltigungen beteiligt, wegen denen Frank Sejrs verurteilt wurde?«

»Ja, war er.« Juncker hat das Gefühl, dass der Journalist weiß, wo Sejrs steckt. Er ist bekannt dafür, gute Quellen in verschiedenen kriminellen Milieus zu haben.

Eine Viertelstunde später haben die beiden die Aussage »Kein Kommentar« und die Formulierung »Wir ermitteln in alle Richtungen« zum x-ten Mal wiederholt, und Merlin beschließt, dass sie mehr als genug um den heißen Brei herumgeredet haben. Er beendet die ganze Chose mit der Aussicht auf weitere Pressekonferenzen, die stattfinden werden, sobald es etwas Neues gibt, und zwar sowohl hinsichtlich der Tat auf dem Balders Plads als auch auf die beiden Frauenmorde und den Mord an Troels Mikkelsen.

Die Journalisten strömen langsam auf den Polititorvet. Die Kameraleute packen ihre Sachen zusammen, einzelne telefonieren mit ihren Redaktionen. Juncker zieht sein Handy aus der Jacketttasche. Keine Anrufe. Keine Nachrichten. Er holt tief Luft und versucht, seine Nervosität in Schach zu halten, was ihm zunehmend schwerer fällt.

Wo ist sie? Was treibt sie?

Kapitel 46

Signes Mann klingt etwas erstaunt am Telefon.

»Nein, ich habe sie nicht gesehen seit ... Welcher Tag ist heute eigentlich?«

»Donnerstag.«

»Ah, na dann *war* es heute Morgen. Oder besser gesagt, sie kam gestern Abend spät heim, ich habe sie ins Bad gehen hören, aber dann muss ich eingeschlafen sein, denn ich habe nicht mitgekriegt, dass sie ins Bett gekommen ist. Und heute früh muss sie zeitig weg sein, da habe ich nämlich auch nichts von ihr gehört. Vielleicht hat sie sich auch einfach mit einer Decke aufs Sofa gelegt, das macht sie manchmal, wenn sie spät nach Hause kommt oder früh wieder wegmuss.«

»Okay. Und sie hat keine Nachricht dagelassen oder angerufen?«

»Nein.« Am anderen Ende der Leitung wird es still. »Sag mal, ist sie nicht auf der Arbeit?«

»Nein. Äh, doch, klar ist sie das.«

»Aber du weißt nicht, wo sie steckt?«

»Im Augenblick nicht. Aber sie ist bestimmt mit irgendwas beschäftigt, wovon sie mir nur nichts erzählt hat. Das wäre nicht das erste Mal. Ab und zu kann sie ja ein bisschen eigenbrötlerisch sein, unsere Signe.«

»Wem sagst du das«, murmelt Niels.

»Okay, ich will dich nicht länger aufhalten. Falls du etwas von ihr hörst, richtest du ihr dann aus, dass sie mich anrufen soll?«

»Mache ich. Und umgekehrt bitte auch, ja? Übrigens ... furchtbar, das mit eurem Kollegen, mit Troels.«

»Ja, das ist es.«

»Es hat mich wirklich getroffen, als ich davon gehört habe. Ich – und Signe natürlich – sind dem Mann zu großer Dankbarkeit verpflichtet, weil er Signe damals in Sandsted das Leben gerettet hat. Zum Glück hatte ich Gelegenheit, mich bei ihm zu bedanken, als Signe und ich uns mit ihm auf einen Drink getroffen haben. Er hat einen sympathischen Eindruck auf mich gemacht. Ein bisschen speziell vielleicht, aber ... sympathisch. Habt ihr eine Ahnung, wer ihn umgebracht hat?«

»Nein, wir haben überhaupt keinen Anhaltspunkt. Aber wir haben die Ermittlungen ja auch gerade erst aufgenommen.«

»Ich hoffe, ihr findet den Mörder.«

»Das werden wir.« Juncker legt sein Handy auf den Tisch und starrt eine Weile darauf. Dann nimmt er es erneut in die Hand und setzt an, ihre Nummer zu wählen, hält jedoch inne. Er hat sie so oft angerufen und so viele Nachrichten hinterlassen, das kann ihr unmöglich entgangen sein.

Mascha Rasmussen kommt zu ihm.

»Weißt du, wo Signe ist?«, fragt sie.

»Nein, keine Ahnung. Warum?«

»Weißt du noch, der Mann, von dem ich dir erzählt habe? Der bei allen drei ermordeten Frauen in der Vergangenheit auftaucht? Er kommt gleich her, und ich wollte Signe fragen, ob sie bei der Vernehmung dabei sein will. Sie hat ja auch beim ersten Mal mit ihm gesprochen.«

»Das geht jetzt schlecht, aber ich hätte Zeit.«

»Super.«

»Hast du eine Kopie von Signes Vernehmung?«

»Ja, hier.« Sie reicht ihm die Unterlagen.

Er überfliegt die zwei Seiten. »Klingt plausibel, was er erzählt.«

»Definitiv.«

»Er wirkt sehr ... wie soll ich sagen ... beflissen.« Mascha lächelt.

»Was?«, fragt Juncker.

»Beflissen ... Es ist bloß, das Wort habe ich schon lange niemanden mehr benutzen hören.«

»Jetzt hast du es ja gehört«, sagt Juncker und fühlt sich wie ein Ausstellungsstück in einem Heimatmuseum. »Hattest du ihn gebeten herzukommen? So spät noch?«

»Nee, das hat er selbst vorgeschlagen. Bevor ich ihm anbieten konnte, dass ich auch zu ihm kommen kann.«

»Hm. Freundlicher junger Mann, muss man sagen. Wollen wir?« Juncker steht auf.

»Hier saß ich neulich auch schon«, sagt Sigurd Povlsen, während er sich umschaut, und schickt Mascha ein strahlend weißes Lächeln.

»Na, so was«, erwidert sie.

»Hat Signe Kristiansen heute frei?«

»Nein, hat sie nicht.«

»Denn letztes Mal habe ich ja mit ihr gesprochen.«

»Das wissen wir. Aber sie hat anderweitig zu tun.«

»Ah. Konnten Sie mit den Informationen, die ich Ihnen gegeben habe, etwas anfangen?«

»Wir sind immer dankbar, wenn Bürger sich mit Hinweisen an uns wenden. Was Sie uns erzählt haben, fließt gemeinsam mit vielen anderen Informationen in den Fall ein.«

»Okay.« Sigurd Povlsen sieht etwas enttäuscht aus. »Aber worüber wollten Sie dann mit mir sprechen?«

»Wir haben Sie kontaktiert, weil wir in den Ermittlungen im Mord an Katja Lütsach ... davon haben Sie gehört, oder?«

»Ja. Wie ich Ihrer Kollegin schon gesagt habe, sehe oder höre ich selten Nachrichten. Aber das mit Katja habe ich mitbekommen. Ich kenne sie sogar«, sagt er, und seine Miene verdunkelt sich.

»Das ist uns bekannt«, sagt Mascha. »Bei unseren Nachforschungen in Katjas Bekanntenkreis, also Freunde, Kollegen und Verwandte, sind wir auf Ihren Namen gestoßen.«

»Na ja, als Freunde würde ich uns nicht gerade bezeichnen, eher als ...«

»Sie haben sich auf einer Reise nach Afrika kennengelernt, richtig?«

»Das stimmt, in Uganda. Vor zwei Jahren. Katja war zusammen mit einer Freundin unterwegs. Sie wollten in den westlichen Teil des Landes an der Grenze zum Kongo, um Berggorillas zu sehen, und das war auch mein Reiseziel. Bevor wir losgefahren sind, haben wir ein paar Tage in der Hauptstadt Kampala verbracht. Wir haben in derselben Lodge gewohnt. Für mich war es eine Art Recherchereise ... Ich lebe von organisierten Afrikareisen.«

»Wie gut haben Sie Katja kennengelernt?«

»Ganz normal, wie man es halt tut, wenn man auf einer Reise jemanden trifft, mit dem es Spaß macht, Dinge zu unternehmen. Wir haben uns zusammen die Stadt angeschaut. Abends am Pool ein paar Bier getrunken. So was eben.«

»Und das war alles? Bier und Gespräche und Sightseeing?«

»Was meinen Sie?«

»Ich meine, ob zwischen Ihnen und Katja etwas gelaufen ist.«

Sigurd Povlsen blickt sie konsterniert an. »Überhaupt nicht.«

»Sie haben kein bisschen mit ihr geflirtet?«

»Nein, Herrgott. Wieso glauben ...«

»Ich glaube gar nichts. Was war dann, nachdem Sie wieder zu Hause waren? Haben Sie sich weiter getroffen?«

»Ja, ab und zu. Vielleicht alle zwei Monate oder so. Wir sind zusammen essen gegangen. Zweimal waren wir im Theater.«

»Haben Sie Katjas Freund kennengelernt?«

»Nein, habe ich nicht. Sagen Sie, warum ist es so interessant, wie Katja und ich ...«

»Zwei Frauen sind im Abstand von wenigen Tagen ermordet worden. Zwei Verbrechen, die sich in vielerlei Hinsicht ähneln. Natürlich interessiert es uns, wen die beiden Frauen gekannt haben, und insbesondere, ob darunter Personen sind, die in irgendeiner Weise mit beiden in Verbindung standen. Und das trifft auf Sie zu.«

»Sie meinen, weil ich an der Stelle vorbeigekommen bin, wo Eva Basel ermordet wurde, und weil ich Katja kenne ...«

Mascha zuckt mit den Schultern.

»Das ist reiner Zufall«, sagt er aufgebracht.

»Mag ja durchaus sein«, erwidert sie.

Juncker beugt sich vor. »Vor über zehn Jahren wurde eine junge Frau im Vestskoven erdrosselt. Sie hieß Martina Jensen, und Sie kannten sie ebenfalls, richtig?«

Sigurd Povlsen hielt während der ganzen Zeit den Blick

auf Mascha gerichtet. Jetzt dreht er langsam den Kopf und schaut Juncker wachsam an.

»Kannte?«

»Sie saßen eine Weile zusammen im Stadtrat. Da ist es wohl nicht falsch zu sagen, dass Sie sich kannten, finden Sie nicht?«

Er schüttelt den Kopf. »Wir hatten kaum miteinander zu tun.«

»Aber Sie müssen zugeben, dass es ganz schöner Zufall ist. Ich meine ... drei ermordete Frauen, und Ihr Name taucht auf die ein oder andere Weise in allen drei Fällen auf. Das ist schon auffällig.«

»Kann sein. Trotzdem ist es Zufall. Wollten Sie sonst noch etwas wissen?«

Juncker wendet sich an Mascha. »Hast du weitere Fragen?«

Sie schüttelt den Kopf.

»Dann bedanken wir uns vorerst. Es könnte sein, dass wir noch mal auf Sie zurückkommen.«

»Ich begleite Sie nach draußen«, sagt Mascha.

Fünf Minuten später ist sie zurück.

»Und, was halten wir von ihm?«

Juncker kratzt sich die Bartstoppeln. »Tja ...«

»Ein unangenehmer Typ, finde ich.«

»Unangenehm zu sein ist kein Verbrechen.«

»Aber es ist doch echt auffällig, dass er zwei der Opfer kennt und am Tatort des dritten war.«

»Zufälle gibt's.«

»Aber sollen wir ihn dann einfach abhaken?«

Juncker steht auf. »Überprüf ihn sorgfältig. Finde alles über sein bisheriges Leben heraus. Schau, ob es Verbindungen zu verdächtigen Personen gibt.«

»Mache ich. Nur, ich frage mich ein bisschen ... Wenn er tatsächlich unser Mann ist oder auch nur in irgendeiner Form mit dem Mörder in Verbindung steht, warum sollte er dann bewusst unsere Aufmerksamkeit auf sich lenken? Schließlich hat er sich mit uns in Verbindung gesetzt.«

Juncker lächelt schief. »Besprich das am besten mit Malene Hanslev. Ich glaube, sie kann dir viel über Psychopathen und ihr Bedürfnis nach Aufmerksamkeit erzählen sowie ihren Drang, solche wie uns an der Nase herumzuführen.«

Er ist kaum zur Tür hereingekommen, da geht eine SMS von Signes Mann ein.

Schon was von ihr gehört?

Nein, antwortet Juncker.

Was tun wir? Mache mir Sorgen.

Fürchte, wir können im Moment gar nichts tun. Außer uns in Geduld üben. Kümmere mich morgen darum, falls sie bis dahin wider Erwarten nicht aufgetaucht sein sollte.

Er setzt sich aufs Sofa. Klingt ja schön und gut. *Kümmere mich morgen darum.* Aber wie soll das aussehen?

Neue SMS.

Lieber Martin Junckersen, wir möchten Sie daran erinnern, dass Sie am Donnerstag, den 22. November, 9.00 Uhr einen Termin bei uns haben. Mit freundlichen Grüßen Urologie, Herlev Hospital.

Er steht auf, geht in den Flur und hängt seinen Mantel auf. Er überlegt. Das Letzte, was er gegessen hat, war eine halbe Plunderschnecke irgendwann heute Vormittag. Aber er hat keinen Hunger. Oder vielleicht schon, und er hat lediglich das Gespür für die grundlegenden Bedürfnisse seines Körpers verloren. So oder so ist nichts im

Kühlschrank, worauf er Lust hätte, und er ist zu müde, um sich irgendwo etwas zu holen.

Er geht in die Küche, nimmt die halbvolle Whiskyflasche und ein Glas mit ins Wohnzimmer, setzt sich wieder aufs Sofa und schenkt sich ein.

»Prost«, murmelt er.

Was für ein beschissener Tag.

16. November

Kapitel 47

Die Techniker haben die eine Kugel im Armaturenbrett und die beiden anderen in der Vordertür gefunden, und ganz wie Markman vorhergesagt hatte, handelte es sich um Kaliber neun Millimeter. Überhaupt bot die Obduktion von Troels Mikkelsen keine größeren Überraschungen. Die Todesursache war ziemlich offensichtlich; die meisten, um nicht zu sagen alle, sterben ziemlich schnell, wenn ihnen dreimal aus kurzer Distanz mit einer großkalibrigen Waffe in den Kopf geschossen wird. Einmal davon abgesehen, dass er tot war, befand sich Troels für einen Mann Mitte fünfzig in ausgesprochen gutem Allgemeinzustand. Den inneren Organen fehlte nichts, das Herz war gesund und stark, die Lunge glich der eines jungen Mannes, und sein Körper war durchtrainiert und vergleichsweise muskulös. Nichts deutete darauf hin, dass sein toter Kollege sich in Bezug auf Essen und Alkohol kaum etwas versagt hatte. Juncker bemerkte mit einem Anflug von Neid, dass Troels erheblich fitter gewesen zu sein schien als er selbst.

Nur ein Detail fiel auf, und das war so winzig, dass es einem weniger routinierten und gründlichen Obduzenten als Markman leicht hätte entgehen können. Links am Hals, etwa auf Höhe des Adamsapfels, fand sich ein kleiner unscheinbarer bräunlich-gelber Fleck, der wie ein verblasster Bluterguss aussah. Markman prüfte, ob es auf der rechten Seite eine ähnliche Hautverfärbung gab, aufgrund der Schusswunden hatten sich jedoch so große Flecken über den Hals ausgebreitet, dass es unmöglich zu erkennen war.

»Wovon könnte das kommen?«, fragte Juncker.

»Könnte alles Mögliche sein. Die Überbleibsel eines Würgemals zum Beispiel.«

So wie es am Tatort hart für Juncker gewesen war, seinen toten Kollegen zu sehen, war auch die Obduktion schwer zu ertragen, und jetzt, als er auf dem Weg zu einem weiteren Besuch bei Birgitte Mikkelsen im Auto sitzt, ist er erleichtert, es überstanden zu haben.

Eine jüngere Ausgabe von Troels öffnet die Tür.

»Sie müssen Juncker sein. Mein Vater hat viel von Ihnen erzählt. Ich bin Rune.«

»Mein Beileid.«

»Danke. Kommen Sie rein, meine Mutter ist im Wohnzimmer. Der Arzt hat ihr etwas zur Beruhigung gegeben«, sagt der junge Mann mit gedämpfter Stimme.

Birgitte Mikkelsen sitzt auf dem Sofa, kerzengerade, als hätte sie einen Besenstiel im Rücken. Die Hände sind im Schoß gefaltet.

»Grüß dich, Juncker. Setz dich«, sagt sie mit leicht belegter Stimme.

Juncker nimmt Platz, während Rune stehen bleibt.

»Wir haben besprochen, dass wir meinen Vater gerne sehen möchten«, sagt er.

»Davon würde ich abraten. Die Kopfverletzungen sind umfassend.«

»Ich denke, wir bestehen trotzdem darauf.«

Juncker zuckt mit den Achseln. »Das ist eure Entscheidung. Ich gebe der Rechtsmedizin Bescheid.« Er wendet sich an Birgitte Mikkelsen. »Könnten wir uns unterhalten? Ich habe einige Fragen.«

Sie nickt langsam. »Natürlich. Was möchtest du wissen?«

»Ginge es unter vier Augen?«

Sie schaut zu ihrem Sohn, der mit einer Hand auf der Schulter seiner Mutter neben dem Sofa steht.

»Gibt es etwas, das ich nicht hören darf?«, erkundigt dieser sich etwas pikiert.

»Ich würde gern allein mit Ihrer Mutter sprechen.«

»Hm.«

»Wir können uns in Troels' Arbeitszimmer setzen«, schlägt Juncker vor. Der Gedanke scheint die Witwe zu erschrecken. Gut. Er will sie ein bisschen aus der Komfortzone locken. Die Tiefe ihrer Trauer ausloten.

»Ist das in Ordnung?«

»Ja ... ja, ich denke schon«, sagt sie, steht auf und drückt sich etwas wackelig am Couchtisch vorbei.

»Bist du sicher, Mama?«, fragt Rune und fasst seine Mutter am Arm.

Sie schüttelt ihn ab. »Es geht schon.«

Die Tür zur Höhle ist unverschlossen. Birgitte Mikkelsen setzt sich auf die Pritsche. Juncker hat keine Lust, auf dem niedrigen Sessel Platz zu nehmen, und zieht stattdessen den Drehstuhl heran.

»Tut mir leid, dass ich auf diese Weise störe. Aber es ist wichtig, dass wir so schnell wie ...«

Sie winkt ab. »Das brauchst du mir nicht zu erklären. Ich war fast dreißig Jahre lang mit einem Polizisten verheiratet, und auch wenn Troels nicht sehr offenherzig über seine Arbeit gesprochen hat, weiß ich doch immerhin so viel, dass die ersten Stunden in einer Ermittlung wesentlich sind.«

»Das stimmt. Ich habe gestern den Eindruck bekommen, dass Troels ... hm ... dass er neben dem Leben mit dir auch viel allein gemacht hat. Oder täusche ich mich?«

Sie lächelt schwach. »Nein, du hast völlig recht. So war es und ist es immer schon gewesen. Wir hatten ein gemeinsames Leben, und dann hatte er noch sein eigenes. Die Arbeit war ihm sehr wichtig ...« Sie lächelt erneut.

»Ich wette, wenn ich deine Frau frage, ob nicht auch du mit der Arbeit ein Leben hast, an dem sie nicht beteiligt ist und über das sie tatsächlich kaum etwas weiß ... dann würde sie die Frage mit Ja beantworten. So ist es, mit einem Polizisten verheiratet zu sein. Oder zumindest mit einem Ermittler, meinst du nicht?«

»Meine Frau und ich lassen uns gerade scheiden, aber sie würde dir ganz sicher beipflichten.«

»Tut mir leid, das mit der Scheidung. Davon hat Troels nichts erzählt.«

»Schon gut.« Juncker wundert sich, dass er es selbst zur Sprache gebracht hat. »Aber wie würdest du eure Beziehung beschreiben?«

»Als gut.«

»Keine Reibereien?«

»Ich hatte keinen Grund zu klagen.« Sie zieht ihren Rock nach unten, der über die Knie hochgerutscht ist. »Und jetzt möchtest du sicher wissen, ob er mir untreu war. Die Sache ist, ich habe keine Ahnung, und es war mir immer egal. Ich kann dir also nicht sagen, ob es da irgendeine Liebhaberin gab, mit der er Schluss gemacht hat, und die ihn deshalb aus Wut erschossen hat. Die Antwort bleibe ich dir schuldig.«

Er hat sie falsch eingeschätzt. Sie ist scharfsinniger als auf den ersten Blick gedacht.

»Hast du ihn geliebt?«

»Wie gesagt: Ich hatte keinen Grund zu klagen.«

Er schaut sie an, und jetzt ist ihr Blick nicht länger verschleiert, sondern vollkommen klar.

»Hatte Troels enge Freunde?«

»Nicht wirklich. Was einer tatsächlichen Freundschaft wohl noch am nächsten kommt, sind seine Jagdfreunde. Die hat er häufiger getroffen, auch außerhalb der Jagdsaison. Unter anderem sind sie zusammen ins Ausland gereist. Nach Polen und Schweden. Gehst du jagen?«

Juncker schüttelt den Kopf.

»Ach. Ich dachte, das täten alle Polizisten. Aber bei den Jagdfreunden, bei denen könntest du dich natürlich erkundigen.«

»Das werde ich. Kennst du sie?«

»Zwei oder drei von ihnen.«

Sie nennt die Namen, und Juncker notiert sie sich. Er kennt alle drei. Einer von ihnen ist pensioniert. Sie gehören zur alten Schule.

»Troels und du, ihr hattet keine gemeinsamen Freunde?«

»Nein, nicht so richtig. Wir haben uns vor allem mit der Familie getroffen.«

Als Juncker sich eine Viertelstunde später von Mutter und Sohn verabschiedet, ist er sich so gut wie sicher.

Troels hat nicht nur viel Zeit mit seiner Arbeit und der Jagd verbracht. Er hat ein dezidiertes Doppelleben geführt.

Kapitel 48

Die letzten Tage haben ihre Spuren in Merlins Gesicht hinterlassen. Der Chef hat Juncker immer an einen Hund erinnert. An einen gutmütigen Labrador. Jetzt gleicht er einem alten, müden und niedergeschlagenen Boxer. Die Tränensäcke sind geschwollen, und die Furchen um den Mund haben sich tiefer gegraben. Er sieht aus, als würde er nachts nicht schlafen.

Juncker selbst vermeidet es seit mehreren Tagen, in den Spiegel zu schauen. Er setzt sich auf den Stuhl vor Merlins Schreibtisch.

»Hast du heute Morgen schon vom Ministerium gehört?«, fragt er.

»Ja. Peter Rolf hat angerufen, und die Ministerialdirektorin auch. Beide wollten hören, ob es Fortschritte gibt. Sie sind weiterhin freundlich und umgänglich und lassen keine Gelegenheit aus zu betonen, dass sie uns auf ganzer Linie vertrauen. Aber, was soll ich sagen … Es geht natürlich mindestens genauso darum, uns auf nette Art daran zu erinnern, dass sie uns im Auge haben. Jedenfalls gilt das für die Ministerialdirektorin. Sie denkt gar nicht daran, die Zügel aus der Hand zu geben, ganz im Gegenteil. Rolf hat sich recht eingehend danach erkundigt, inwieweit wir mit der Theorie arbeiten, dass der Mord an Troels mit den Frauenmorden zusammenhängt.«

»Tun wir das?«

»Die Annahme, dass eine Verbindung besteht, liegt ja nahe.«

»Vielleicht«, sagt Juncker. »Bloß dass wir bislang auf keinerlei konkrete Hinweise gestoßen sind, die in diese Richtung deuten. Kennst du Troels' Frau?«

»Na ja, kennen wäre zu viel gesagt … Ich habe sie ein paarmal getroffen.«

»Ich komme gerade von dort. Es scheint, als hätten sie und Troels ein … wie soll ich es ausdrücken … Ich glaube, Troels hat zwei Leben geführt. Eines mit seiner Frau, wo er der Paterfamilias war, und dann eines, wo er … ja, ein völlig anderes Leben geführt hat. Was dieses Leben beinhaltet hat, weiß ich nicht, aber das müssen wir rausfinden.«

»Du glaubst also, wir müssen in seinem Privatleben nach dem Grund für den Mord suchen?«

»Ich sage nur, dass diese Möglichkeit besteht. Aber wir müssen uns natürlich auch die Fälle anschauen, mit denen er sich beschäftigt hat. Wie einer der Journalisten bei der Pressekonferenz bemerkt hat, hat Troels eine ganze Reihe von Leuten hinter Schloss und Riegel gebracht. Und wir wissen beide, dass er Verdächtige teils ganz schön hart angegangen ist. Besonders Sexualverbrecher. Viele hegen einen Groll gegen ihn.«

»Ich habe fünf Männer darangesetzt, in seinen alten Fällen zu recherchieren«, sagt Merlin. »Von Signe hast du immer noch nichts gehört?«

»Nein.«

»Es haben schon mehrere Leute nach ihr gefragt. Du hast mit ihrem Mann gesprochen, richtig?«

»Ja. Er hat keine Ahnung, wo sie steckt.«

»Aber wir können ja verdammt noch mal schlecht nach ihr fahnden lassen. Wenn rauskommt, dass eine Mordermittlerin spurlos verschwunden ist, und das, nachdem ein anderer Ermittler und zwei Frauen umgebracht wurden, dann bricht hier aber richtig die Hölle los. Du hast überhaupt keine Idee, wo sie stecken könnte?«

Juncker schüttelt den Kopf.

»Nein, natürlich hast du das nicht. Und du hast auch keine Idee, warum sie weg ist?«

Er zögert kurz. »Nein, keine Ahnung.«

Merlin schaut ihn an. »Sie war in letzter Zeit nicht sie selbst.«

Juncker schweigt.

»Sie und Troels …«, beginnt Merlin.

»Ja, was ist mit ihnen?«

»Du hast es neulich selbst gesagt. Irgendetwas war zwischen den beiden. Sie könnte nicht …«

Junckers Handy klingelt. Es ist Mikkel vom nationalen Cybercrime-Center.

»Haben Sie Zeit herzukommen?«

»Ja. Haben Sie was Interessantes gefunden?«, fragt Juncker.

»Das würde ich denken.«

»Ich bin in einer Dreiviertelstunde da.«

Merlin sieht ihn fragend an.

»NC3«, erklärt Juncker und steht auf. »Sie wird schon auftauchen. Ganz plötzlich. Du kennst sie.«

Das stimmt. Merlin kennt sie, genauso gut wie er selbst. In mancherlei Hinsicht vielleicht sogar noch besser. Der Chef hat eine Schwäche für Signe. Er hat schon mehrfach die Hand über sie gehalten. Für Merlin steht viel auf dem Spiel, sollte sich zeigen, dass Signe sich nach ihrer Rückkehr erneut in irgendein Schlamassel hineinmanövriert hat.

Auf Mikkels Schreibtisch steht ein Haufen Kram, von dem Juncker keinen Schimmer hat, was es ist.

»Das ging ja fix«, sagt er.

»War ja auch easy. Zu seinem Arbeits-PC haben wir natürlich direkten Zugang, und für seinen privaten hat er nicht gerade das ausgeklügeltste Passwort verwendet, das man sich denken kann. *Piece of cake,* das zu knacken«, erwidert der junge Mann, der mit seinem Vollbart, dem Pferdeschwanz und dem grünen Batik-T-Shirt eher einem überwinterten Hippie gleicht als Junckers stereotypem Bild von einem IT-Experten.

»Uns fehlt immer noch eine ganze Menge. Aber als eines der ersten Dinge habe ich mir den Browserverlauf auf seinem privaten Computer angeschaut. Er hat etliche Websites zum Thema Jagd besucht, das ist also offensichtlich eines seiner zwei großen Hobbys.«

»Was ist das zweite?«

»SM.«

Juncker runzelt die Stirn. »Ich verstehe nicht ganz ... meinen Sie SM wie ...«

»Jepp. Wie in Sadomasochismus.«

»Gottverdammmich«, murmelt Juncker. »Was haben Sie gefunden?«

»Auf den ersten Blick sieht es aus, als hätte er Websites besucht, die ... Ich bin kein Experte auf diesem Gebiet, aber wie mir scheint, hat er sich für ziemlich fortgeschrittenen Kram interessiert. Er hatte einen Tor-Browser installiert, aber womit genau er sich im Darknet vergnügt hat, weiß ich noch nicht, und wenn er ein bisschen aufgepasst hat, ist fraglich, ob ich es überhaupt rauskriege.«

Und da glaubt man, man kennt die Leute, denkt Juncker. »Sonst noch was?«

»Ja, wir haben uns auch seine Bankkontos angeschaut. Sieht aus, als hätte er eine Menge Filme gekauft – wetten, das waren ebenfalls Pornos von der harten Sorte? Aber das ist natürlich nur eine Vermutung. Außerdem bin ich über eine regelmäßige MobilePay-Zahlung von 2500 Kronen gestolpert, manchmal erfolgt sie einmal im Monat, manchmal nur jeden zweiten. Das Geld wurde an einen Empfänger namens Avs überwiesen.«

»Avs?«

»Yes. Ich habe im Unternehmensregister gesucht, und Avs ist eine OHG mit zwei Eigentümerinnen«, er wirft einen Blick auf einen Notizblock, »namens Nina Isaksson und Maja Jensen. Das Unternehmen betreibt *Hell's Vestibule*, ein ›Massagestudio mit erweitertem Angebot‹, wie hier steht. Ich schreibe Ihnen die Nummer auf.«

»Wie ist es sonst um Troels' Finanzen bestellt?«

»Er hat sein Gehaltskonto und zwei Kontos …«

»Konten«, murmelt Juncker.

»Hm?«, fragt Mikkel etwas geistesabwesend.

»Im Plural heißt es Konten.«

»Äh, also ich glaube, man kann beides sagen. Aber okay …« Mikkel lächelt. »Er hat noch zwei … *Konten* bei der Danske Bank und eine Hypothek bei Realkredit Danmark. Wir wissen noch nicht, ob er sonst noch irgendwo Schulden hat, laufende Ratenzahlungen zum Beispiel, aber bislang macht alles einen soliden Eindruck. Nichts, was mich stutzen ließe.«

»Gut. Wie sieht's mit seinen Handys aus?«

»Auf dem Arbeitshandy finden sich die letzten Tage nur dienstliche Anrufe von und zu Kollegen und ein einzelner zu seiner Frau. Auf dem anderen Handy sind ein empfangener Anruf sowie ein ausgehender Anruf zur selben Nummer. Prepaidkarte.«

»Okay. Dem solltet ihr natürlich nachgehen.«

»Sind schon dabei.«

»Gibt's sonst noch was?«

»Nein, nichts.«

»Alles klar. Melden Sie sich, wenn Sie etwas Neues haben.«

Im Auto googelt Juncker »Kontos oder Konten« und stellt zu seinem Ärger fest, dass der junge Mann teilweise recht hat. Zwar ist Konten die Grundform, aber daneben ist Kontos wie auch noch eine dritte Form »Konti« erlaubt, was sein chronisches Gefühl, dass die Welt im Ungleichgewicht ist, nur verstärkt. Es ist Viertel nach zwei. Was hat im Augenblick Priorität? Er kommt schnell zu dem Schluss, dass eines wichtiger ist als alles andere: Signe zu finden.

Bevor er nach Sandsted versetzt wurde, damals, als sie mehr oder weniger die ganze Zeit zusammenarbeiteten – damals wusste er so gut wie immer, was und wie sie dachte. So wie auch sie wusste, was in seinem Kopf vorging. Aber jetzt ... Seit er zurück ist, hat er sie nicht lesen können. Er weiß, dass ihr irgendetwas zu schaffen macht, denn was das angeht, ist sie immer noch wie ein offenes Buch. Aber er kommt nicht dahinter, was es ist. Und er hat das Gefühl, als habe die Vertrautheit, die zwischen ihnen bestand, nachgelassen. Früher hätte sie ihm erzählt, was los ist. Oder vielleicht liegt es nicht daran, dass sie nicht will. Vielleicht kann sie nicht.

Als Juncker vom Parkplatz fährt, durchzuckt ihn, dass das letzte Mal, als er hier langgefahren ist, mit Signe war. Als sie vor fünfzehn Monaten in Verbindung mit einem Fall auf dem Weg zum Schrebergartenhaus ihrer Schwester waren.

Er fährt ein paar hundert Meter und hält an einer roten Ampel. Plötzlich kommt ihm ein Gedanke. Geistesabwesend starrt er durch die Frontscheibe. Hinter ihm hupt ein Auto. Die Ampel hat auf Grün geschaltet. Er schaut in den Seitenspiegel, blinkt nach links und wendet auf der Fahrbahn.

Fünf Minuten später biegt er in das asphaltierte Sträßchen der Schrebergartensiedlung ein, an das das Haus der Schwester grenzt – über die Fahrbahnschwellen an der großen Wiese und den flachen weißen Werkstattgebäuden vorbei. Und da, sein Herzschlag beschleunigt sich, da steht ihr Auto.

Er parkt neben Signes Wagen und steigt aus. Im Haus scheint kein Licht zu brennen, aber es ist auch noch nicht dunkel, nur novemberdiesig. Er geht durchs Gartentor und spürt dasselbe beklommene Gefühl wie beim letzten Mal, als er hier langgegangen ist. Als er das Schlimmste befürchtete, und zwar mit gutem Grund, wie sich zeigen sollte. Er holt tief Luft und klopft an die Glasscheibe der Haustür. Keine Reaktion. Er klopft erneut, und jetzt hört er etwas. Schritte.

Signe öffnet und schaut ihn mit einem Blick an, der ihm beinahe Angst macht. Dann lächelt sie, aber es ist ein schwacher Abglanz ihres normalen Lächelns.

»Juncker«, sagt sie.

Er schüttelt den Kopf.

»Mann, Signe.«

Sie dreht sich um und geht ins Wohnzimmer, er folgt ihr.

»Willst du was trinken? Soll ich Kaffee machen?«

Er schüttelt den Kopf. »Weiß Niels ...«

»Ich habe ihn heute Morgen angerufen.«

»Er hatte mir eigentlich versprochen, Bescheid zu sagen, sobald er von dir hört.«

»Ich hab ihn gebeten, es nicht zu tun. Heute Nachmittag hatte ich sowieso vor, nach Teglholmen zu kommen.«

Juncker nimmt sich einen Stuhl und setzt sich. »Warum?«, fragt er.

»Tja, warum? *Overload*, sagt man das nicht so? Wenn kein Platz mehr im Kopf ist? So jedenfalls fühle ich mich. Da ist kein Platz mehr. Oder besser gesagt: war kein Platz mehr. Jetzt geht's mir besser. Es hat geholfen, zwei Tage lang ins Leere zu starren und nichts zu tun, außer Kaffee zu kochen und zwischendurch ein Brot zu schmieren. Jetzt kann ich wieder klar denken.«

»Was hast du gemacht?«

»Nichts. Wie gesagt: ins Leere gestarrt. Nachgedacht.«

»Aber Signe ... ist dir überhaupt nicht in den Sinn gekommen, dass wir uns Sorgen machen? Herrgott, du kannst doch nicht einfach mitten in einer Ermittlung verschwinden.«

Sie schaut ihn an. Einen langen Moment. »Juncker, es musste sein. Glaub mir. Und jetzt geht's mir besser.«

Sie klingt nicht überzeugend.

»So wirklich gut siehst du nicht aus.«

»Das sagt der Richtige. Hast du mal in den Spiegel geguckt?« Sie lächelt ihn an.

»Wie hältst du es hier aus? Nach allem, was letztes Jahr passiert ist?«

»Das ist eines der Gespenster, mit dem ich mich auseinandersetzen muss. Verstehst du das?«

Er ist sich nicht ganz sicher, ob er das tut. »Vielleicht«, sagt er. »Troels ist tot.«

Er achtet auf ihre Reaktion, aber ihr Gesicht zeigt keine Regung.

Sie nickt langsam. »Ich weiß.«

»Woher?«

»Vom Internet hast du schon mal gehört, oder?«

Er ignoriert ihren Sarkasmus. »Wie geht es dir damit?«

Sie überlegt. Wägt ihre Worte ab, scheint ihm.

»Es ist schrecklich. Für seine Familie.«

»Und wie ist es für dich?«

Sie fährt sich durchs Haar. »Du weißt, wie ich zu ihm stand.«

»Keiner hat es verdient, dass ihm dreimal in den Kopf geschossen wird.«

»Na, also ich weiß nicht, ob ich dir da ganz zustimmen kann«, erwidert sie mit einem schiefen Lächeln.

Juncker betrachtet sie wortlos.

Signe steht auf. »Wollen wir los?«

»Ja. Ich muss nur schnell zwei Anrufe machen.«

Der erste geht an Merlin.

»Ich hab sie gefunden.«

Am anderen Ende der Leitung wird es still. »Und …?«, fragt der Chef dann.

»Sie ist okay.«

Juncker meint, Merlin erleichtert aufseufzen zu hören.

»Kommt ihr nach Teglholmen?«

»Wir müssen noch schnell was erledigen. In zwei Stunden sind wir da.« Er legt auf.

»Was müssen wir erledigen?«, fragt Signe.

Er berichtet, was Mikkel herausgefunden hat. Über Troels' Neigungen. Sie nickt, sagt jedoch nichts. Er wählt eine weitere Nummer.

»Hell's Vestibule. Was kann ich für Sie tun?«

»Spreche ich mit Nina Isaksson oder Maja Jensen?«, fragt er. »Mein Name ist Martin Junckersen von der Kopenhagener Polizei. Ich habe einige Fragen im Rahmen einer laufenden Ermittlung.«

»Ich bin Nina.«

»Es geht um einen Ihrer … Kunden. Ich wäre Ihnen sehr verbunden, wenn ich kurz vorbeikommen könnte, am besten so schnell wie möglich.«

»Können Sie in einer halben Stunde da sein?«

»Perfekt.«

Er legt auf. »Komm«, sagt er und hakt Signe unter. »Wir gehen in den Puff.«

Das Hell's Vestibule liegt in Valby in einer ruhigen Straße mit Einfamilienhäusern und kleineren Gewerbeimmobilien. Das Bordell ist in einem zweistöckigen roten Backsteingebäude mit einheitlichen quadratischen, weißen Fenstern und Flachdach untergebracht. Es erfordert eine reichlich lebhafte Fantasie, sich dieses nichtssagende Gebäude als Sündenpfuhl vorzustellen.

Juncker drückt auf die Klingel, und fast im selben Augenblick ertönt der Summer. Er und Signe betreten einen Gang mit weißen Wänden und beige gefliestem Boden.

»Hier drinnen!«, hören sie jemanden rufen und folgen dem Klang der Stimme durch eine offene Tür. Der Raum, ebenfalls weiß gestrichen und mit denselben Fliesen wie im Flur, erinnert an den Empfang einer Zahnarztpraxis.

Die Frau, die hinter dem großen schwarzen, L-förmigen Schreibtischarrangement aufsteht, ist groß und schlank mit langen Beinen und offen über den Rücken fallenden Haaren, die so rabenschwarz und bläulich schimmernd sind, dass sie gefärbt sein müssen, denkt Juncker. Er schätzt sie auf Mitte dreißig. Ihr Lächeln ist freundlich, dasselbe gilt für den Ausdruck in den Augen, und überhaupt ist sie eine bemerkenswert schöne Frau. Sie trägt weiße Sneakers, schwarze, enganliegende Jeans und eine lockere, türkisfarbene Bluse mit hochgekrempelten Ärmeln. Auf der Oberseite des linken Unterarms hat sie ein Tattoo. Eine Mistgabel. Das Werkzeug des Teufels.

Juncker und Signe stellen sich vor.

»Ich bin Nina. Wir beide haben dann wohl am Telefon gesprochen. Wollen Sie sich setzen?«, sagt sie und zeigt auf vier niedrige schwarze Ledersessel. »Was kann ich für Sie tun?«

Juncker zieht ein Foto aus der Innentasche seines Jacketts und reicht es ihr. »Kennen Sie diesen Mann?«

Sie wirft einen schnellen Blick auf das Foto. »Bevor ich etwas sage, darf ich fragen, worum es bei dem Fall geht?«

»Natürlich. Bei dem Mann auf dem Bild handelt es sich um das Opfer in einem Mordfall, in dem wir ermitteln, und wir haben Grund zu glauben, dass er Kunde hier bei Ihnen war. Ist das korrekt?«

Nina Isaksson nickt. »Ja. Er kam seit mehreren Jahren her. Ist er ... Gott, ist das der Polizist, der ermordet wurde?«

»Genau. Er heißt Troels Mikkelsen. Sie haben sein Bild nicht in der Zeitung oder in den Nachrichten gesehen? Die meisten Medien haben Fotos von ihm gebracht.«

»Nein, dann hätte ich es ja gewusst. Ich hatte in den

letzten Tagen keine Zeit zum Fernsehen. Aber Troels, sagen Sie ... Wir kannten ihn als Jesper.«

»Wussten Sie, dass er Polizist war?«

»Er hat es nie gesagt. Aber wir waren uns absolut sicher, dass er es war.«

»Wie das?«

»Ach, wissen Sie, es gibt nichts Leichteres, als einen Polizisten zu erkennen, selbst wenn er in Zivil ist. Vor allem männliche Polizisten. Das lernt man in dieser Branche schnell. Übrigens haben wir mehrere Polizisten als Kunden.«

»Okay«, sagt Juncker.

»Und ganz generell Männer mit Macht, oder?«, fragt Signe, und Nina Isaksson nickt.

»Richtig.«

»Könnten Sie uns etwas darüber erzählen, wie Troels war?«, fragt Juncker.

»Wie er war?«

»Na ja ... wie er sich Ihnen gegenüber verhalten hat.«

Nina Isaksson zögert. »Also, normalerweise garantieren wir unseren Gästen volle Diskretion ...«

»Das ist keine normale Situation«, unterbricht Juncker sie. »Wir ermitteln im Mord an einem Polizeibeamten, und wenn es Ihnen lieber ist, können wir Sie gern als Zeugin aufs Revier laden und eine tatsächliche Vernehmung mit Ihnen durchführen.«

Isaksson überlegt einen Moment. »Sie haben recht, natürlich ist es nicht normal, das alles. Also schön ... Er war freundlich. Nun liegt es in der Natur der Sache, dass wir hier bestimmen. Die Männer müssen tun, was wir ihnen sagen. *That's the game.*«

»So weit kann ich Ihnen folgen. Aber ist es nicht auch

so, dass die Kunden eine Art von Dienstleistung bestellen, die Sie und Ihre Kollegin dann liefern?«

»Eine Dienstleistung? Ja, so kann man es durchaus ausdrücken.«

»Und welche Leistung hat Troels bestellt?«

»Er … Wollen Sie im Detail wissen, was wir mit ihm machen sollten?«

»Im Detail …? Äh, also ich weiß n…«

»Ja danke, wir möchten gern wissen, wie er es haben wollte. Im Detail«, sagt Signe kühl.

»Im Grunde war es recht simpel. Er sollte nackt sein, wir sollten ihm Handschellen anlegen, und er hat sich auf eine Pritsche gelegt. Dann sollten wir ihm einen Dildo in den Hintern schieben, und eine von uns sollte ihm einen blasen, während die andere ihn gewürgt hat. Das war's eigentlich.«

Signe und Juncker tauschen einen Blick.

»Würgen, was heißt das genau?«, fragt Signe.

»Das war eigentlich das Einzige, was etwas tricky war. Wir sollten ihn würgen, bis er das Bewusstsein verlor. Oder beinahe das Bewusstsein verlor. Es war ein Balanceakt. Wenn wir zu früh aufgehört haben, wurde er wütend. Und wenn wir zu weit gingen, haben wir riskiert, ihn umzubringen. Oder ihn zumindest ernsthaft zu verletzen. Das hat eine ganze Menge … ja, fast hätte ich gesagt … ›Fingerspitzengefühl‹ erfordert.« Nina Isaksson setzt sich aufrecht hin. »Sie wissen, was passiert, wenn man jemanden würgt, oder?«

Sie schaut die beiden Polizisten an.

»Nein? Okay. Also, viele glauben, es ginge darum, dass die Luftzufuhr zur Lunge blockiert wird und das Blut, das zum Gehirn fließt, deshalb nicht mit genügend Sauerstoff angereichert wird. Tatsächlich aber wird die Luftröhre nicht vollständig blockiert. Drückt man jemandem mit den Händen fest den Hals zu, blockiert man vielmehr die Venen, sodass das Blut nicht vom Gehirn zurück zum Herzen transportiert werden kann. Zum Schluss ist der Druck im Gehirn so groß, dass kein frisches, sauerstoffreiches Blut mehr zufließen kann. Es ist also der fehlende Abfluss, der einen tötet – nicht die fehlende Luft in der Lunge.«

Juncker kann sein Erstaunen nicht verbergen.

Nina Isaksson lächelt ihn an. »Ich habe drei Jahre Medizin studiert. Und ich wollte nicht angeben, sondern nur verdeutlichen, dass man auf einem schmalen Grat wandert, wenn man mit Würgepraktiken spielt.«

»Atemkontrolle, richtig?«

»Genau. Die Reduktion der Atmung als Mittel zum Lustgewinn.«

»Haben Sie viele Kunden, die darauf stehen?«

»Ein paar.«

»Wissen Sie, ob Troels Kontakt mit einigen der Leute hatte, die hierherkommen?«

»Soweit ich weiß, nicht. Aber es könnte natürlich trotzdem so gewesen sein, ohne dass wir es mitbekommen haben.«

»Gut. Ich denke, das war alles. Danke für Ihre Zeit.«

»Gern. Sie sind immer willkommen.«

Sie stehen auf.

»Eins noch«, sagt Juncker. »Es wäre schön, wenn Sie mit niemandem über diese Sache sprechen würden.«

»Das ist kein Problem. Wie schon gesagt, sprechen wir normalerweise mit niemandem über unsere Gäste. Was im Hell's Vestibule passiert, bleibt im Hell's Vestibule.«

»Das erklärt es«, sagt Juncker auf dem Weg zu ihren Autos.

»Erklärt was?«

»Markman hat die Reste von einem Bluterguss an Troels' Hals gefunden. Jetzt wissen wir, woher er stammt.«

»Ja«, sagt Signe. »Und warum er so häufig Rollkragenpullis anhatte.«

Als Juncker und Signe eine Viertelstunde später zurück in der Abteilung sind, holt Juncker als Erstes den roten Aktenordner aus Troels' Arbeitszimmer hervor. Er blättert langsam durch die Papiere, um sicherzugehen, dass außer dem Eintrag *Constrictor?* nichts auf den fotokopierten Dokumenten hinzugefügt wurde. Er findet nichts und schließt den Ordner wieder. Hat Troels wirklich auf eigene Faust im Mord an Martina ermittelt? Falls ja, warum hat er ihm dann nichts davon erzählt? Es ist nichts Anstößiges daran, wenn ein Ermittler seine Freizeit darauf verwendet, an einem Fall weiterzuarbeiten; außer vielleicht der Gewerkschaft käme niemandem in den Sinn, sich darüber zu beschweren, und sowohl er selbst als auch Troels – ja, das ganze Team damals – waren enorm frustriert darüber gewesen, dass sie Martinas Mörder nicht geschnappt hatten.

Aber warum durfte Juncker nichts davon wissen?

Constrictor? Würger? Ist das ein Spitzname? Oder vielleicht ein Codename? Er ist sich vollkommen sicher, dass Troels dieses Wort ihm gegenüber nie erwähnt hat, weder in Zusammenhang mit der Ermittlung noch allgemein. Troels hatte offenbar einen Fetisch für Atemkontrolle. Vielleicht ist Constrictor jemand, mit dem er diesen Fetisch geteilt hat. Hatte er den Verdacht, Constrictor könnte der Mann sein, der Martina erdrosselt hatte?

Und Eva Basel erwürgt sowie Katja Lütsach erstickt?

Signes Handy klingelt. Sie nimmt es und steht auf. »Merlin«, erklärt sie und verschwindet aus der Tür.

Sein eigenes Handy klingelt.

»Carsten Nielsen von der Polizei Holbæk«, klingt es am anderen Ende. »Wir haben Frank Sejrs gefunden.«

»Sehr gut«, sagt Juncker. »Und er ist in Gewahrsam?«

»Kann man gewissermaßen so sagen. Er ist tot.«

»Was?«

»Ja. Selbstmord, wie's aussieht.«

Juncker schweigt einige Sekunden. »Wie?«

»Er hat sich erhängt. Hat ein Seil über einen Hahnenbalken geworfen und ist von einem Stuhl gesprungen, in dem Haus, in dem er gewohnt hat, seit er ... quasi aus Kopenhagen geflüchtet ist.«

»Wo?«

»In Vig. Anscheinend hatte er im Haus von Freunden gewohnt, die verreist waren. Sie haben ihn gefunden, als sie nach Hause gekommen sind.«

»Weiß man, wann er sich umgebracht hat?«

»Der Arzt schätzt, dass er zwei Tage dort gehangen hat.«

»Und es war ganz sicher Selbstmord? Es gibt eine ganze Menge Leute auf diesem Planeten, die ein Motiv haben, den Mann zu töten.«

»Da stimme ich Ihnen vollkommen zu, und wir untersuchen natürlich, ob irgendetwas verdächtig aussieht, ob es also ein inszenierter Selbstmord sein könnte. Auf den ersten Blick sieht es für mich aber nicht danach aus.«

»Wurde ein Abschiedsbrief gefunden?«

»Ja, und wir prüfen, ob es seine Handschrift ist und all das.«

»Sejrs steht auf der Liste möglicher Verdächtiger im Fall um die Frauenmorde. Haben Sie etwas dagegen, wenn wir ein paar Leute schicken, die bei der Suche nach eventuellem Beweismaterial zur Hand gehen können?«

»Nein, nein. Das geht natürlich in Ordnung.«

Haben wir Sejrs dazu getrieben?, fragt sich Juncker, nachdem er aufgelegt hat. Zusammen mit den Boulevardzeitungen? Vielleicht hat er aber auch einfach erkannt, dass sein Leben erbärmlich war und seine Chancen, es zu verbessern, bei null standen.

Signe kommt zurück und setzt sich. Juncker dreht sich auf dem Stuhl und betrachtet sie wortlos.

»Was?«, fragt sie.

»Das ging schnell. Was hat er gesagt?«

»Es gab nicht viel zu sagen. Er war wütend. Ist wütend«, verbessert sie sich.

»Was wohl verständlich ist.«

»Ja, vermutlich.«

»Aber keine …«

»Strafe? Nein. Er meinte, er hätte gute Lust, mich mit einem kräftigen Arschtritt vor die Tür zu setzen, könnte im Moment aber keinen entbehren. Dann meinte er noch, wenn sich das jemals auch nur im Ansatz wiederholt, wird er persönlich dafür Sorge tragen, dass ich fliege, und zwar so hochkant, dass ich mir abschminken kann, danach je auch nur einen Job als Politesse zu kriegen.«

Klingt, als würde Merlin langsam wieder der Alte, denkt Juncker.

»Frank Sejrs hat Selbstmord begangen«, sagt er.

Signe nimmt die Nachricht ohne sichtbare Gefühlsregung auf. »Kein großer Verlust für die Welt. Davon abgesehen habe ich nie daran geglaubt, dass er unser Mann

ist. Die Morde an Eva und Katja sind viel zu ... ausgeklügelt, zu sorgfältig geplant, als dass er es sein könnte.«
»Vielleicht. Außerdem ist da noch die Sache mit den zwei Haaren.«
»Das auch. Was hast du da?« Sie deutet auf den roten Ordner.
Er erzählt ihr von Troels' Arbeitszimmer, seinem Fund der Martina-Unterlagen in der Schreibtischschublade und dem Wort auf der letzten Seite.
»Constrictor? Was bedeutet das?«
»Constrictare bedeutet würgen oder zusammenziehen. Daneben gibt es noch eine Schlange, die so heißt, Boa constrictor, also Würgeschlange.«
»Würgeschlange?« Sie sieht ihn überrascht an und steht auf. »Komisch. Na ja, aber Merlin meinte, ich soll nach Hause gehen. Wo ich nun schon nicht gefeuert wurde, könnte ich vielleicht auch gleich versuchen zu verhindern, dass mein Mann die Scheidung einreicht, wie er es ausgedrückt hat. Also bis morgen.«

Als Juncker zwei Stunden später die Haustür in Nordvest aufschließen will, bemerkt er, dass ein Päckchen, weißes Papier und braunes Klebeband, auf der obersten Treppenstufe liegt. *Für Martin Junckersen*, steht da. Er bückt sich, verärgert, dass jemand, wahrscheinlich ein unterbezahlter Paketbote in Zeitnot, das Päckchen einfach so hier draußen abgelegt hat. Dann zögert er.
Er hat nichts im Internet bestellt, außerdem ist es kein Päckchen, wie es von einem Onlineshop über ein Transportunternehmen verschickt wird. Die schreiben nicht mit schwarzem Edding und gleichmäßigen Blockbuchstaben.
Also ein Geschenk? Aber warum sollte ihm jemand ein

Geschenk schicken? Es hat seit Ewigkeiten keinen Anlass zum Feiern mehr gegeben.

Er geht zurück zum Auto und holt ein Paar Einweghandschuhe aus dem Kofferraum, ehe er das Päckchen vorsichtig mit Daumen und Zeigefinger hochhebt. Oben in der Wohnung holt er eine Schere aus der Küche, schneidet das Päckchen auf der einen Seite auf und schlägt das Papier auseinander, sodass er den Inhalt sehen kann. Er starrt darauf.

Vor ihm auf dem Tisch liegt eine verwaschene blaue Jeans, sorgfältig zusammengelegt, und darauf ein weißer Slip mit gelblichen Flecken. Als hätte sich eine Frau eingenässt.

Einen Moment lang steht Juncker da und betrachtet die Kleidung. Sein Herz beginnt zu pochen, und seine Arme überziehen sich mit einer Gänsehaut, als ihm dämmert, was das ist. Wessen Kleidung das ist.

17. November

Kapitel 49

Niels hat es gelassen genommen. Überraschend gelassen, wenn man bedenkt, was sie ihm zugemutet hat. Selbst für sehr gut funktionierende Beziehungen wäre es starker Tobak, wenn die eine Partei ohne Vorwarnung für so lange Zeit von der Erdoberfläche verschwindet, ohne sich zu melden.

Er hatte sie die Haustür aufschließen gehört und war in den Flur gekommen. Sie standen einander wortlos gegenüber, bis Signe mit leiser Stimme sagte: »Tut mir leid.«

»Ist schon gut. Warum?«

»Ich weiß nicht. Es kam vieles zusammen, denke ich. Ich weiß nicht ... Ich musste allein sein. Vollkommen allein.«

»Das hättest du doch einfach sagen können.«

»Ja, wahrscheinlich. Aber ich hab's nicht getan.«

»Nein, hast du nicht. Hat es mit dem Mord an Troels zu tun?«

Sie zögert.

»Nein«, sagt sie dann. »Eigentlich nicht.«

»Aber bist du nicht erschüttert?«

»Doch, natürlich. Es ist immer schlimm, wenn ein Kollege im Dienst ums Leben kommt. Aber ich hatte ja kein enges Verhältnis zu ihm.«

»Davon abgesehen, dass er dir das Leben gerettet hat.«

»Ja. Und ich hätte dasselbe getan, wäre die Situation umgedreht gewesen.«

Hätte sie wirklich? Diese Frage hat sie sich seit dem Tag im Wald bei Sandsted vor bald zwei Jahren etliche Male gestellt, und inzwischen ist sie zu dem Schluss gelangt, dass die Antwort vermutlich Ja lautet.

»Die Kinder?«, fragte sie, um das Gespräch von Troels Mikkelsen wegzulenken.

»Sie wissen nicht, dass du verschwunden warst ...«

»Ich war nicht verschwunden.«

»Für mich schon. Und für Juncker. Ich habe Anne und Lasse gesagt, dass du wegen der Frauenmorde viel arbeitest und deshalb auf Teglholmen schläfst.«

»Was haben sie dazu gesagt?«

»Nichts. Was sollten sie auch groß sagen? Es ist ja keine Neuigkeit für sie, dass sie ihre Mutter zwischendurch länger nicht zu Gesicht bekommen.«

Das lief jetzt wiederum weniger gut, dachte sie. Statt aber auf seine passiv-aggressive Bemerkung etwas Schnippisches zurückzugeben, nahm sie seine Hand.

»Lass uns eine Flasche aufmachen«, schlug sie vor und klopfte sich insgeheim selbst auf die Schulter, weil sie die Situation so rational und besonnen anging.

Der restliche Abend verlief auf eine Weise, die in vielerlei Hinsicht an das Leben erinnerte, das sie vor der Vergewaltigung miteinander geführt hatten. Bevor ihr Leben aus der Spur geriet.

Mascha kommt an ihren Tisch.

»Signe, ich weiß nicht, ob Juncker es schon erzählt hat, aber dieser Sigurd Povlsen, mit dem du gesprochen hattest ...«

»Der, der meinte, den Mörder in der Nähe des Tatorts in Ørestad gesehen zu haben?«

»Genau.«

»Was ist mit ihm?«

»Ich habe rausgefunden, dass er sowohl Martina Jensen als auch Katja Lütsach gekannt hat.«

Signe dreht sich auf ihrem Stuhl. »Hm. Das ist allerdings auffällig.«

»Finde ich auch. Deshalb habe ich ihn vorgestern noch mal hergebeten, und Juncker und ich ... na ja, dich hatte ich ja nicht erreicht, deswegen ...«

»Alles gut«, sagt Signe. »Aber wie war seine ...«

»Wenn ich kurz um eure Aufmerksamkeit bitten darf, Leute.« Merlin ist in der Türöffnung erschienen.

Was ist jetzt?, geht es Signe durch den Kopf.

»Es wurde noch eine gefunden. Eine ermordete Frau. In Dragør.«

Merlins Worte treffen Signe wie ein Schlag in die Magengrube. Ihr Herz hämmert, und sie starrt erschüttert auf die Tischplatte. Also ist es doch nicht so, wie sie in den letzten Tagen mit zunehmender Überzeugung gedacht hat: dass er es war.

Sie hat sich total getäuscht!

Okay, ganz ruhig, sagt sie sich und atmet tief durch. Ruhig bleiben. Mag sein, dass er kein Serienmörder war. Aber er war immer noch ein verdammter Serienvergewaltiger!

»Die Situation ist katastrophal«, sagt Merlin. »Die Kopenhagener Frauen trauen sich kaum noch vor die Tür. Bloß dass es diesmal anders war. Wie es aussieht, wurde die Frau in ihrem Zuhause umgebracht.«

»Wissen wir, wer sie ist?«, fragt Signe.

»Tun wir. Alles deutet darauf hin, dass es sich bei der Toten um Trisse Jacobsen handelt.«

Ein Raunen geht durch den Raum.

»Richtig, noch ein Promi«, sagt Merlin.

Signe verfolgt offen gestanden kaum, was in der dänischen Wirtschaftswelt passiert, aber Trisse Jacobsen kennt sie. Die Frau ist erst Ende dreißig, aber bereits CEO in einem großen dänischen Pharmakonzern. Sie hat sich häufig in der öffentlichen Debatte zu Wort gemeldet, insbesondere bei Fragen zum Thema Sexismus und Diskriminierung. Mehrere politische Parteien haben sie auf ihrer Wunschliste ganz oben stehen, aber bis auf Weiteres hat sie das Angebot, in die Politik zu gehen, dankend abgelehnt.

Merlin kommt zu Mascha und Signe.

»Ihr zwei fahrt sofort hin. Sie wurde gerade erst vor einer guten halben Stunde gefunden.«

»Okay. Wo ist Juncker?«

»Er ist in Eiby bei der Kriminaltechnik.« Merlin erzählt von Juncker und dem Päckchen mit der Kleidung. Dann schaut er Signe an, schüttelt resigniert den Kopf und spricht aus, was alle hier im Raum denken: »Drei Morde in nur zwei Wochen. Der verhöhnt uns!«

Das Haus liegt mit Aussicht über den Øresund und das Grünareal südlich des Hafens in Dragør. Die Bebauung entlang des Søndre Strandvej wechselt zwischen Villen, deren Eigentümer sich mit überdimensionalen Erkern und gigantischen Glasflächen ausgetobt haben, und etwas vorsichtigeren Modernisierungsversuchen mit einem gewissen Respekt für den ursprünglichen Stil der Häuser. Trisse Jacobsens weiß verputzter Bungalow mit rotem

Ziegeldach gehört zur letzten Kategorie. Er ist kleiner als die übrigen Häuser in der Straße und allgemein nicht sonderlich prunkvoll.

Zwei Streifenwagen und das Auto der Kriminaltechnik stehen halb auf dem Bürgersteig vor dem Haus. Signe parkt auf der anderen Straßenseite. Als sie und Mascha gerade in die Schutzanzüge geschlüpft sind, quetscht Markman seinen roten Alfa Romeo mit einem munteren Hupen, das angesichts der Situation etwas unpassend wirkt, hinter Signes Auto.

»Hallo, bezaubernde Signe«, grüßt der Rechtsmediziner. »Schön, dich zu sehen.« Dann wendet er sich an Mascha. »Ich glaube, wir kennen uns noch nicht.«

Die junge Ermittlerin reicht ihm die Hand. »Mascha Rasmussen. Ich bin auch noch relativ neu dabei.«

Markman schüttelt ihre Hand. »Und ich bin Gösta Valentin Markman und schon so lange beim Rechtsmedizinischen Institut tätig, dass ich gar nicht daran denken mag. Es ist mir eine Freude, Sie kennenzulernen.« Markman lässt Maschas Hand erst nach einer beträchtlichen Anzahl von Sekunden los. »Geht ruhig schon rein, ich muss noch meine Sachen holen«, sagt er.

»Hat er meine Hand nicht etwas arg lange festgehalten?«, flüstert Mascha leicht entrüstet, als sie außer Hörweite sind.

Signe wirft ihrer jungen Kollegin einen Blick zu. »Markman ist schwul«, antwortet sie lakonisch und nickt den beiden Beamten zu, die am Eingang stehen.

»Wir waren nur drinnen, um sicherzugehen, dass sie tot ist und sich sonst niemand im Haus befindet«, sagt einer der beiden.

»Gut«, sagt Signe. »Wer hat sie gefunden?«

»Eine Freundin. Sie wollten zusammen joggen gehen. Als keiner aufgemacht hat, ist sie ums Haus gegangen und hat durch die Wohnzimmerfenster geschaut, und da hat sie Jacobsen auf dem Boden liegen sehen. Wir haben die Kontaktdaten der Freundin.«

»Wo ist sie?«

»Zu Hause. Sie wohnt ganz in der Nähe.«

»Hm. Vielleicht wär's gut, einen Streifenwagen hinzuschicken, um zu checken, dass sie okay ist.«

Mascha und Signe treten durch die Haustür und in einen großen Raum, der sowohl Küche als auch Essbereich und Wohnzimmer umfasst. Trisse Jacobsen liegt auf dem Parkettboden. Ein Techniker ist dabei, eventuelle Spuren an der Leiche zu sichern, die wie die drei anderen vom Nabel an abwärts nackt ist. Auch ihre Arme sind in Kreuzeshaltung positioniert und die gestreckten Beine gespreizt. Wie Eva Basel wurde ihr ein Dildo in die Scheide geschoben. Die einzige Kleidung, die sie trägt, ist ein graues Langarm-Shirt. Neben ihr auf dem Boden liegen eine schwarze Jogginghose, sorgfältig zusammengelegt, und ein schwarzer Slip.

Ihr Gesicht ist verzerrt, als sei sie unter Schmerzen gestorben.

Er ist es wieder, daran besteht keinerlei Zweifel. Auch wenn ein Detail sich von den anderen Fällen unterscheidet: Auf der Innenseite des rechten Oberschenkels, eine Handbreit unterhalb der Leiste, hat der Täter dem Opfer mit einem scharfen Gegenstand etwas eingeritzt, das aussieht wie ein V und ein I. Drei Blutrinnsale sind am Schenkel hinabgelaufen und haben eine kleine Lache am Boden gebildet.

Signe bleibt in zwei Metern Abstand zur Leiche stehen. Wie bei Katja Lütsach sind auch auf Trisse Jacobsens Hals keine Würge- oder Drosselspuren zu sehen. Markman tritt neben sie und stellt seine Tasche ab.

»Derselbe traurige Fall, wie's aussieht«, sagt er durch den Mundschutz.

»Ja. Und wieder keine Würgemale oder Drosselfurchen am Hals. Katja Lütsach wurde mit einer Plastiktüte über dem Kopf erstickt, richtig?«

»Das scheint mir die logische Erklärung.«

»Gibt es außer einer Tüte über dem Kopf noch andere Erstickungsmethoden, die keine sichtbaren Spuren hinterlassen?«

Markman überlegt einen Moment.

»Mithilfe chemischer Substanzen. Wenn man in den USA Menschen mit der Giftspritze hinrichtet, erstickt man sie in Wahrheit. Injiziert man ihnen zum Beispiel ein Mittel namens Pentobarbital in ausreichend hoher Dosis, kommt es zu einer Lähmung der Atemmuskulatur, was zum langsamen Erstickungstod führt. Sehr raffiniert und äußerst schmerzvoll. Zum Glück wird dort aber meist ein Giftcocktail verwendet, der alibimäßig noch ein Narkotikum enthält«, sagt Markman ironisch.

»Und wie kann man dann herausfinden, ob sie auf diese Art umgebracht wurde?«

»Tja, das ist etwas tricky. Äußerlich würde es keine Spuren geben außer einem kleinen Piks von der Nadel, und danach werde ich natürlich suchen. Die Lunge wäre üblicherweise mit Blut und Flüssigkeit gefüllt, aber nicht zwingendermaßen. Mit Sicherheit lässt sich die Todesursache daher nur durch eine forensisch-toxikologische Untersuchung feststellen.«

»Vielleicht solltest du dafür sorgen, dass so eine Untersuchung möglichst schnell erfolgt.«

»Ja. Ich kümmer mich drum.« Er zeigt auf die zwei Buchstaben auf dem Oberschenkel der Frau. »Das ist neu.«

Signe nickt. Sie geht zum Wohnzimmerfenster, das zum Øresund zeigt. Die Häuser hier stehen relativ nah beieinander, bis zu den Nachbarn sind es nur wenige Meter. Und auch wenn man von den angrenzenden Häusern anscheinend nicht direkt ins Wohnzimmer schauen kann, ist dieser Tatort ein weiterer Beweis dafür, wie eiskalt der Typ ist.

»Komm, Mascha, wir ziehen uns zurück«, sagt Signe. »In der nächsten Stunde sind wir hier nur im Weg, und derweil können wir schon mal mit der Frau anfangen, die die Leiche entdeckt hat. Trisse Jacobsens Freundin. Machst du das? Dann fahre ich zurück nach Teglholmen, ich will ein paar Dinge mit Juncker und Merlin besprechen.«

»Die beiden Buchstaben?«

»Ja. Unter anderem.«

Kapitel 50

Troels' drei Jagdkameraden benutzen alle unabhängig voneinander denselben Ausdruck, um den Toten zu beschreiben.

Er war ein Pfundskerl.

Mit zwei von ihnen hat Juncker telefoniert. Der dritte, Lars Henriksen, wohnt auf Sluseholmen, direkt um die Ecke, bei ihm ist er deshalb vorbeigegangen. Henriksen war den Großteil seiner Karriere bei der Polizei Nordseeland tätig und ist vor einigen Jahren mit dem Titel stellvertretender Polizeiinspektor als rangmäßige Endstation in Pension gegangen. Troels und er haben fast zwanzig Jahre lang zusammen gejagt, und auch wenn sie sich praktisch nur in diesem Zusammenhang gesehen haben, bezeichnet Lars Henriksen ihn als seinen Freund.

Mit seinem Walrossschnauzbart, den buschigen Augenbrauen über den leicht wässrigen, himmelblauen Augen und einem Stakkato-Tonfall, der klingt, als würde er permanent Befehle bellen, gleicht der betagte Beamte einer Parodie auf einen britischen Offizier von damals, als die Sonne niemals über dem alten Imperium unterging. Es überrascht Juncker nicht die Spur, dass der Mann wie Troels früher einmal Gardist war, wie von einem Foto an der Wand hervorgeht.

Dass zwischen ihm selbst und Henriksen nur wenig

mehr als zehn Jahre Altersunterschied bestehen, erstaunt und deprimiert Juncker gleichermaßen. Ob es wohl noch Männer dieses Schlages im Korps gibt?

»Unfassbar, dass er tot ist«, donnert Henriksen. »Ich hoffe, sie erwischen das Schwein schnell, das ihn umgebracht hat. Ein Genickschuss wäre eine zu milde Strafe für diesen Bastard.«

»Wir tun, was wir können. Vielleicht können Sie uns helfen, einige von Troels' privateren Seiten zu beleuchten.«

»Sie haben doch selbst mit ihm zusammengearbeitet, oder? Und zwar jahrelang?«

»Ja«, bestätigt Juncker.

»Dann haben Sie ihn sicher auch gekannt.«

»Angesichts dessen, was wir herausgefunden haben, muss ich sagen: Nein, habe ich nicht. Jedenfalls nicht besonders gut.«

»Was meinen Sie damit?«, fragt Henriksen misstrauisch.

Juncker beschließt, dass sie sich lange genug mit einleitendem Geplänkel aufgehalten haben. »Wussten Sie, dass Troels ins Bordell ging?«

Henriksen starrt Juncker einige Sekunden lang wütend an. Dann hebt er den Blick und fixiert einen Punkt zwanzig Zentimeter über dessen Kopf.

»*De mortuis nil nisi bene*«, sagt er tonlos.

»Wie bitte?«

»Von Toten soll man nur Gutes reden.«

Juncker räuspert sich. »Das ist ein hehres Prinzip, aber für einen Mordermittler etwas schwer, sich danach zu richten. Ich muss Sie bitten, die Frage zu beantworten. Wussten Sie, dass Troels ins Bordell ging?«

Henriksens Blick ist nun beinahe zu Eis gefroren. »Lassen Sie es mich so sagen: Troels' Frau, Birgitte, ist eine nette Person, mir scheint aber auch, dass sie nicht besonders locker in den Hüften ist, wenn ich so sagen darf. Dass Troels also das Bedürfnis hatte, sich bei anderen Frauen ein wenig Erleichterung zu verschaffen – das überrascht mich weder, noch finde ich es verwerflich.«

»Er hat kein ganz gewöhnliches Bordell frequentiert, sondern ein SM-Studio.«

Henriksen schweigt einen langen Moment. Seine Überraschung ist echt, urteilt Juncker.

»Das wusste ich nicht«, sagt er dann mit leiser Stimme.

»Außerdem hat er für eine sehr spezielle Leistung dort bezahlt. War Ihnen bekannt, dass Troels beim Sex auf Würgepraktiken stand?«

Henriksen schüttelt den Kopf.

»Haben Sie jemals über solche Dinge gesprochen?«

»Über Frauen?«

Juncker sieht, dass der Mann mit sich ringt.

»Wenn Männer über längere Zeit zusammen sind und schon etwas intus haben ... natürlich haben wir über Frauen gesprochen. Wie man halt so redet.«

»Aber das mit dem Würgen hat Troels nie erzählt?«

»Himmel, nein.«

»Nicht mal angedeutet?«

»Niemals. Jedenfalls nicht mir gegenüber, das kann ich Ihnen versichern. Und es würde mich wundern, wenn er es einem der anderen gesagt hätte.«

Lars Henriksen starrt eine Weile schweigend auf die Tischplatte.

»Diese Morde ... die Frauen wurden stranguliert beziehungsweise erstickt, richtig?«

Juncker nickt.

»Besteht eine Verbindung zwischen den Morden und dem Mord an Troels?«

»Henriksen, Sie wissen genau, dass ich dazu nichts sagen kann.«

»Besteht eine Verbindung?«, wiederholt er beinahe flehend.

Juncker schüttelt den Kopf. »Ich weiß es nicht.«

Er mustert den Mann vor sich eingehend. Innerhalb kürzester Zeit hat sich seine Attitüde merklich verändert. Er sitzt da und starrt auf seine Füße. Von dem brüsken Gebaren keine Spur mehr.

Juncker steht auf und verabschiedet sich. Als er die Treppe hinuntergeht, wird ihm bewusst, dass er durchaus nachvollziehen kann, wie Troels' altem Freund gerade zumute sein muss.

Signe ist zurück aus Dragør. Er schaut sie fragend an. Sie nickt.

»Derselbe Mann. Hundert Prozent. Die Kleidung, die Arme und die gespreizten Beine …«

»Die Mordmethode?«

»Ja, das ist die Sache. Es gibt keine sichtbaren Indizien für Strangulation oder Ersticken, aber ich habe kurz mit Markman gesprochen, und er hat noch eine Möglichkeit genannt: durch toxische Substanzen herbeigeführtes Ersticken.«

»Was heißt das im Klartext?«

»Wenn man Leute mit einer Giftspritze hinrichtet, zum Beispiel in den USA, geschieht das in der Regel mithilfe eines Giftcocktails oder eines Stoffes namens Pentobarbital, der die Atemmuskulatur lähmt, sodass man langsam erstickt. Offenbar sehr schmerzvoll.«

Ersticken fasziniert ihn, denkt Juncker. Genau wie Troels.

»Okay. Sonst noch was?«

»Ja, es gab tatsächlich ein Detail, das wir noch gar nicht hatten. Auf der Innenseite ihres rechten Oberschenkels hat er zwei Buchstaben in die Haut geritzt. Ein V und ein I.«

»V und I. Was soll das bedeuten?«

»Keine Ahnung«, sagt Signe. »Es könnten Initialen sein oder etwas ganz anderes, was weiß ich. Aber was auch immer es bedeutet, dürfte es eine Nachricht an uns sein, oder?«

»Alles, was er tut, ist eine Nachricht an uns«, erwidert Juncker.

Signe steht auf. »Ich würde vorschlagen, ich lasse jemanden die Berichte über die drei Frauenmorde durchforsten, vielleicht taucht ja etwas auf, das sich in irgendeiner Weise mit den zwei Buchstaben in Zusammenhang bringen lässt.«

»Gute Idee. Was hast du unterdessen vor?«

»Zurück nach Dragør fahren.«

»Alles klar.«

Sie schaut ihn an. »Und dir, wie geht's dir?«

»Wie's mir ...? Puh, keine Ahnung.«

»Nein, das glaube ich dir. Aber jetzt mal im Ernst ... Wir tappen echt total im Dunkeln, oder?«

Er reibt sich die Stirn. »Wir haben keine Ahnung, wer Troels umgebracht hat«, sagt er.

»Und wir haben auch keine Ahnung, wer die Frauen umgebracht hat.«

»Oder ob eine Verbindung zwischen dem Mord an Troels und den Frauenmorden besteht.«

»Wir haben nichts, was auch nur entfernt an eine vernünftige Spur erinnert, in keinem der Fälle. Wir sind total angeschissen«, sagt Signe.

Juncker lächelt freudlos. »Das fasst es ziemlich treffend zusammen. Aber wie du ja selbst bei der Besprechung betont hast, sind wir noch nicht so furchtbar lange an dem Fall dran.«

»Stimmt. Aber so schnell, wie der Typ tötet, sollten wir ihn besser schleunigst finden.« Sie steht auf. »Müssen *wir* Angst haben?«, fragt sie dann.

»Was meinst du?«

»Na ja ... ob wir ... du und ich und vielleicht andere, die an dem Fall arbeiten, uns Sorgen machen sollten? Was, wenn er beschließt, uns, also die, die den Ermittlungen in den Frauenmorden vorstehen, aus der Gleichung zu nehmen? Vielleicht, weil wir ihm, ohne es zu wissen, zu nahe gekommen sind? Was, wenn er versucht aufzuräumen, und Troels dabei nur das erste Opfer war?«

Juncker schaut zu ihr hoch. »Dieses Risiko besteht wohl immer. Mal weniger, mal mehr.«

»Ach was, vor den Pfeifen, die wir normalerweise jagen, braucht man sich nicht zu fürchten. Aber der Kerl hier ... wie hat ihn diese Psychologin genannt ... ›ein intelligenter Psychopath‹, der gerade anscheinend erst richtig in Fahrt kommt.«

»Warum fragst du eigentlich? Hast du selbst das Gefühl gehabt, dass dir jemand folgt oder so?«

»Hm ...«

»Hm was?«

»Nein, hab ich nicht«, sagt sie. »Du?«

»Ich? Nee ... darüber hab ich noch gar nicht nachgedacht.«

»Solltest du vielleicht.«

»Wie meinst du das?«

»Oh Mann, Juncker, der Psychopath hat ein Päckchen für dich vor deiner Tür abgelegt. Das ist ja wohl eine Nachricht: Ich weiß, wo du wohnst.« Sie nimmt ihre Jacke. »Aber war ja nur ein Gedanke. Ich mach mich jetzt auf den Weg.«

Er folgt ihr mit dem Blick. Was, wenn tatsächlich derselbe Mörder auch Troels umgebracht hat? Vielleicht weil Troels ihm auf der Spur war. Ist Signes Sorge dann nicht berechtigt? Haben sie dann nicht allen Grund, nervös zu sein? Nicht zuletzt er selbst?

Er nimmt einen Kugelschreiber und notiert die beiden Buchstaben auf einen Block.

Was versucht er, ihnen zu sagen?

VI?

Was, wenn ... Er lehnt sich auf dem Stuhl zurück.

Was, wenn es keine Buchstaben sind, sondern die Zeichen für die römische Zahl Sechs stehen? Falls dem so ist, ist der Mord an Trisse Jacobsen dann sein sechster Mord?

Das klingt fast zu weit hergeholt. Nein, das *ist* zu weit hergeholt.

Aber Juncker hat das unangenehme Gefühl, dass sein Verdacht der Wahrheit entspricht.

Kapitel 51

Der asphaltierte Weg ist ebenso ausgestorben wie beim letzten Mal, als er vor zehn Tagen hier entlanggegangen ist. Außer einem einsamen Radfahrer begegnet er niemandem auf dem Weg vom Auto zu der schlammigen Spur, die zu der Stelle führt, wo Eva Basel ermordet wurde.

Es ist kühl und nur leicht bewölkt. Das Thermometer hat heute Nacht die Null-Grad-Grenze geknackt, und im Gras sowie auf den Schattenseiten von Büschen und Bäumen sind noch immer Spuren von Raureif zu sehen. Juncker fröstelt und ruft sich in Erinnerung, dass es langsam Zeit wird, die Winterklamotten rauszuholen. Er verlässt den Weg und geht in dieselbe Richtung wie neulich, als er hier war.

Die Leiche lag in der Nähe einer Gruppe von Bäumen, wo das Gras nicht sehr hoch wuchs. Das letzte Mal hat Juncker das Gebiet direkt um den Leichnam untersucht. Jetzt wählt er eine Fläche von etwa zehn mal zehn Metern und macht sich daran, möglichst jeden Quadratzentimeter minutiös unter die Lupe zu nehmen. Fast eine halbe Stunde geht er mit gebeugtem Rücken umher. Ab und an bückt er sich, um einen kleinen Strauch oder ein Grasbüschel zur Seite zu biegen, oder er richtet sich auf, um den Rücken sowie den gelegentlich schmerzenden Unterleib zu strecken. Aber er findet kein Zeichen, nichts, was ansatzweise an eine römische Zahl erinnert.

Eine weitere halbe Stunde verwendet er auf das Gebiet entlang der Spur bis zurück zu dem asphaltierten Weg, ehe er zum Tatort zurückgeht. Jetzt friert er richtig. Er versucht, seine Gedanken zu ordnen. Auf Eva Basels Haut war nichts eingeritzt, so ein Zeichen hätte Markman natürlich entdeckt.

Eingeritzt?

Er umrundet den Baum, unter dem Eva lag. Nichts. Er geht zum nächsten Baum. Nichts. Zum nächsten. Und da ... Junckers Puls steigt.

In anderthalb Metern Höhe, auf der vom Tatort wegzeigenden Seite des Stammes, ist eine etwa fünf Zentimeter hohe römische Zahl eingeritzt, die sich geradezu leuchtend weiß gegen die dunkelgraue Borke abhebt.

IV.

Juncker ballt die Faust. »Volltreffer!«, murmelt er und genießt für einen Augenblick die professionelle Genugtuung, auch wenn sein Fund sie dem Täter nicht näher bringt. Dann zieht er sein Handy hervor und macht einige Bilder von dem Zeichen am Baum sowie der Umgebung, ehe er zurück zum Auto geht.

Im Ordner mit den Tatortfotos von Martina Jensen blättert er vor bis zu einem bestimmten, an das er sich noch erinnert, aufgenommen aus etwa fünf, sechs Metern Entfernung zur Leiche. Er nimmt die Klarsichthülle mit dem Bild heraus und knipst seine Schreibtischlampe an.

Binnen weniger Sekunden sieht er es. Es springt derart ins Auge, dass er kaum fassen kann, es nicht schon vorher bemerkt zu haben. Andererseits ... Er wusste ja nicht, wonach er suchen sollte.

Am Rande des Bildfelds – etwa anderthalb Meter von

der Leiche entfernt – liegt ein Stock, ein etwa dreißig Zentimeter langer Ast, dessen Zweige abgebrochen wurden. Auf dem Boden liegen noch weitere Äste, es ist also nicht groß verwunderlich, dass niemand Notiz von diesem hier genommen hat. Aber mit dem Wissen, über das er nun verfügt, scheint offenkundig, dass der Mörder es neben der Leiche platziert hat. Es ist eine römische Eins. Das Zeichen dafür, dass Martina Jensen sein erstes Opfer war. Und dass er bereits zu diesem Zeitpunkt wusste, dass er erneut töten würde.

Juncker greift zu Troels' rotem Aktenordner mit dem Martina-Fall, blättert zu den Fotos und findet dasselbe Bild vom Tatort. Das Licht der Schreibtischlampe wird von der durchsichtigen Plastikfolie reflektiert, doch als er den Schirm ein Stück zur Seite schiebt und es weniger spiegelt, sieht er es. Mit beinahe unsichtbarer Bleistiftschrift hat Troels ein kleines Fragezeichen neben das Stöckchen gemalt.

Juncker überlegt, ob er zum Fælledparken fahren soll, um an der Stelle, wo Katja Lütsach ermordet wurde, nach einem V zu suchen. Die Zahl muss dort irgendwo sein, da ist er sich sicher. Die drei Ziffern, die bislang gefunden wurden, waren alle auf unterschiedliche Weise dargestellt. Wetten also, dass auch die Nummerierung von Katja Lütsach auf neue Art erfolgt ist?

Eine Weile starrt er gedankenverloren vor sich hin. Dann greift er zum Telefon und ruft den Kriminaltechniker an, dem er vorhin Katjas Hose gebracht hat.

»Habt ihr sie schon untersucht?«

»Ja. Wir haben ein bisschen DNA-Material gefunden, Haare unter anderem. Ich habe sie zur Analyse geschickt.«

»Tun Sie mir einen Gefallen, schauen Sie bitte mal

nach, ob irgendwo etwas auf die Hose geschrieben wurde.«

»Geschrieben? Also Wörter? Ich glaube, da kann ich Ihnen gleich sagen, dass dem nicht so ist. Das wäre mir aufgefallen.«

»Keine Wörter, sondern ein V, und zwar als Großbuchstabe. Es könnte durchaus so klein sein, dass man es nicht auf Anhieb entdeckt, wenn man nicht gerade danach sucht.«

»Okay. Sie hören von mir.«

Juncker nimmt den roten Aktenordner und geht zu Merlins Büro. Merlin telefoniert und winkt Juncker herein. Der setzt sich. Einen Moment später beendet Merlin das Gespräch.

»Und?«, fragt er.

»Ich hab was.«

»Lass hören.«

Juncker erzählt vom Fund der römischen Zahlen an den beiden Tatorten und auf Trisse Jacobsens Schenkel.

»Du willst mir also sagen, er hat sechs Frauen ermordet?«

Juncker nickt.

»Oder fünf Frauen und Troels«, ergänzt Merlin. »Das heißt, falls er derjenige war, der Troels umgebracht hat.«

»Nein. Eva ist Nummer vier, und ich verwette meinen Hintern darauf, dass wir irgendwo im Zusammenhang mit dem Mord an Katja eine römische Fünf finden. Würde Troels also in seiner Rechnung mitzählen, wäre Trisse Jacobsen nicht Nummer sechs, sondern Nummer sieben.«

»Stimmt, hast recht. Also gibt es zwei weitere ermordete Frauen.«

»Sieht so aus. Nummer zwei und Nummer drei in der Reihe.«

»Zwei Morde, von denen wir nichts wissen?« Merlin sieht skeptisch aus.

»Ja.«

»Klingt das nicht arg unwahrscheinlich?«

»Doch, zugegebenermaßen. Natürlich ist es nicht völlig undenkbar, dass er zwei Frauen ermordet hat, die als vermisst gemeldet sind, deren Leichen er anschließend aber so gründlich beseitigt hat, dass sie nie gefunden wurden. In Stücke gehackt mit US Postal zur Verbrennungsanlage geschickt, zum Beispiel. Aber das wäre nicht sein Stil. Er will, dass sie gefunden werden. Das ist Teil seines Spiels.«

»Aber wie erklärst du es dir dann?«

Juncker schüttelt den Kopf. »Keine Ahnung.«

Merlin schaut ihn an.

»Oder ... vielleicht ...«

»Vielleicht was?«

»Vielleicht hat er zwei Frauen im Ausland umgebracht. Malene hat das neulich schon angesprochen«, sagt Juncker.

»Ja, das wäre eine Möglichkeit. Ich kann mich bei Interpol und Europol nach unaufgeklärten Mordfällen im Zeitraum 2008 bis jetzt erkundigen, die an unsere Fälle erinnern.«

»Gut. Hast du Verbindungen in den USA, die uns helfen können?«

»Ich habe tatsächlich ein paar Kontakte beim FBI. Die versuche ich zu erreichen.«

Merlin zeigt auf den roten Ordner, den Juncker auf den Schreibtisch gelegt hat. »Was ist das?«

»Kopien von einem Teil der Akten aus dem Martina-Fall. Ich habe den Ordner in Troels' Arbeitszimmer gefunden.«

»Hat er eigenhändig ermittelt?«

»Sieht fast so aus. Und ich bin auf etwas gestoßen, das uns vielleicht weiterbringt. Auf die Rückseite von einem der Papiere hat er das Wort ›Constrictor‹ geschrieben, gefolgt von einem Fragezeichen.«

»Constrictor? Was bedeutet das?«

»Constrictare bedeutet würgen oder zusammenziehen, man kennt es vor allem von der Schlange Boa constrictor.«

»Könnte das eine Art Spitzname sein?«

»Schon möglich.«

»In seiner eigenen Ermittlung im Martina-Fall hatte Troels also Constrictor im Verdacht, den Mord begangen zu haben?«

»Könnte sein, ja.«

»Oder direkter gesagt: Troels und der Mörder könnten sich gekannt haben.«

»Vielleicht.«

»Hm.« Merlins Miene ist ausdruckslos. »Hast du sonst schon mit jemandem darüber gesprochen?«

»Nur mit Signe.«

»Okay. Am besten, wir behalten es für uns, bis wir mehr wissen. Ich erzähle es Malene Hanslev, aber sonst keinem.«

Als Juncker auf dem Weg zurück zu seinem Platz ist, klingelt sein Handy. Es ist Jens von der Kriminaltechnik.

»Jetzt habe ich Lütsachs Hose noch mal untersucht, und Sie hatten recht. Auf einen der Zettel am Bund, die, auf denen steht, wie man die Sachen waschen soll und wo sie produziert worden sind, hat jemand ein großes V geschrieben. Deutlich sichtbar, mit schwarzem Filzstift.«

Juncker ist nicht überrascht. Trotzdem spürt er eine nervöse Unruhe im Körper. Er hat das mit den römischen Zahlen erst erkannt, als der Mörder es seinem Opfer buchstäblich eingeritzt hat. Was sonst ist ihnen noch entgangen?

Kapitel 52

Die Techniker sind immer noch im Haus in Dragør zugange. Dasselbe Lied wie bei den anderen Morden, sagt einer von ihnen zu Signe.

»So gut wie keine Spuren. Langsam frage ich mich, ob wir tatsächlich einen Menschen und nicht vielleicht ein Gespenst suchen.«

Sie begrüßt zwei ihrer Kollegen. Beide wirken erschöpft und desillusioniert. Dass ein Mörder sie derart vorführt, geht ihnen allmählich wirklich an die Substanz, und die Angst vor dem nächsten Mord steht ihnen ins Gesicht geschrieben. Signe kann es nachempfinden.

Sie schaut sich um. Ihr Gespür für Inneneinrichtung ist praktisch nicht existent, und in ihrer Ehe ist immer Niels derjenige, der die Möbel aussucht und ganz allgemein entscheidet, wie sie wohnen, doch selbst sie kann sehen, dass Trisse Jacobsen ihr Zuhause geschmackvoll gestaltet hat. Einfach und modern, aber auch gemütlich, keine Spur prunkvoll und steril. Sie geht zu einem Regal, das eine ganze Wand einnimmt. Sie selbst schlägt inzwischen nur noch selten ein Buch auf. Früher hat sie recht viel gelesen, aber jetzt endet es eigentlich immer damit, dass sie und Niels irgendeine Serie auf Netflix anschauen. Trisse Jacobsen dagegen scheint eine emsige und vielseitig interessierte Leserin gewesen zu sein. Die Auswahl stellt eine bunte Mischung aus Biografien und Romanen sowie einer Reihe von Krimis dar. Und die meisten Bücher wurden tatsächlich gelesen, wie die Buchrücken bezeugen.

Ein Gang führt zu einem Arbeitszimmer und einem großen Schlafzimmer. Im Arbeitszimmer sieht sie, dass ein Kollege den Rechner mitgenommen hat, und im Schlafzimmer sind sie dabei, Schubladen und Schränke zu durchsuchen. Vom Schlafzimmer geht ein Badezimmer ab. Schwarze und weiße Fliesen. Neben dem Spiegel über dem Waschbecken hängt ein Medizinschrank. Sie öffnet ihn. Er ist gefüllt mit Make-up, Cremes, Reinigungslotions und verschiedenen anderen Kosmetikprodukten, alle mit der Gemeinsamkeit, dass sie ein Heidengeld kosten.

Auf einer Ablage auf der anderen Seite des Spiegels steht die größte Sammlung von Flakons, die Signe je in einem privaten Zuhause gesehen hat. Trotz der riesigen Auswahl erkennt sie auf Anhieb nur zwei davon, die Klassiker Chanel No. 5 und Poison von Dior. Unter dem Spiegel befindet sich eine weitere Ablage. Zahnbürsten, zwei Päckchen Zahnseide und Zahnpasta, eine Haarbürste – nichts Ungewöhnliches. Sie schaut in den Spiegel und schüttelt resigniert den Kopf. Dreht den Hahn auf und spritzt sich etwas kaltes Wasser ins Gesicht. Dann geht sie zurück in das große Wohnzimmer mit der offenen Küche und setzt sich aufs Sofa.

Warum hat er diesmal drinnen getötet? Vielleicht, weil nach den Ereignissen der letzten Wochen abends und nachts so gut wie keine Frauen mehr an abgeschiedenen Orten in Kopenhagen unterwegs sind. Die Beute hat sich schlicht und ergreifend zurückgezogen, also muss auch das Raubtier neue Jagdgründe aufsuchen. Während sie also nicht wissen, ob Martina, Eva und Katja zufällige Opfer waren, können sie sich absolut sicher sein, dass dies auf Trisse Jacobsen nicht zutrifft. Er hat sie ausgewählt, und mit dieser Wahl passen alle vier Opfer ins Profil: Frau unter vierzig, prominent oder zumindest bekannt, erfolgreich und extrovertiert. Aber kann das auch Zufall sein?

Ja, streng genommen schon.

Sie beschließt, zurück nach Teglholmen zu fahren, steht auf und wirft einen letzten Blick auf die Leiche. Als sie schon fast an ihr vorbei ist, krampft sich auf einmal ihr Magen zusammen. Sie bleibt abrupt stehen und wendet sich zu der Toten.

»Darf ich zu ihr hingehen?«, fragt sie einen der Techniker.

»Jaja, wir sind fertig.«

Signe hockt sich neben die Leiche. Sie unterdrückt ihr Unbehagen, stützt sich mit der Hand auf dem Boden ab, beugt den Kopf zum Hals der Leiche hinunter und schnuppert. Trisse Jacobsen riecht nach Parfüm, was angesichts der Auswahl im Badezimmer nicht weiter merkwürdig ist. Ausgesprochen merkwürdig ist allerdings, dass sie nach Aramis riecht, dem bevorzugten Duft von Troels Mikkelsen.

Signe steht auf und kämpft einen Moment mit dem Ekel. Dann geht sie zurück ins Badezimmer und untersucht systematisch die etwa dreißig Flakons auf der Ablage. Keines davon ist Aramis. Warum auch sollte im Bad einer Frau ein Herrenparfüm stehen? Es könnte natürlich einem Liebhaber gehören, aber Trisse Jacobsen war lesbisch, wie Signe weiß.

Natürlich lässt sich nicht ausschließen, dass eine Frau einen Herrenduft so gern mag, dass sie ihn selbst benutzt, aber dann würde er wohl mit den anderen Flaschen auf der Ablage stehen.

Nein, Trisse Jacobsen hat kein Aramis benutzt. *Er* hat es auf sein Opfer gesprüht.

Er kommuniziert mit ihnen. Und das mit dem Parfüm kann nur eines bedeuten.

Kapitel 53

»Der Täter hat Aramis auf die Leiche gesprüht«, sagt Signe.

»Aramis?« Juncker ist so weit auf seinem Stuhl nach vorn gerutscht, dass er fast auf den Boden fällt. Er stützt sich auf den Armlehnen ab und hievt sich ein Stück hoch.

»Ja. Kennst du das Parfüm nicht? Das haben in den Achtzigern haufenweise Männer benutzt, ein ziemlich schwerer, süßlicher Geruch. Aber du hast es demnach nicht getragen?«

Das Einzige, woran sich Juncker bezüglich seiner eigenen Dufthistorie erinnert, ist, dass er sich über viele Jahre allmorgendlich ein Deo von Rexona unter die Achseln gerieben und Charlotte ihm vor langer Zeit mal ein Eau de Toilette von Armani geschenkt hat, das er sich zu feierlichen Anlässen auf den Hals zu sprühen pflegte und das noch immer – halbvoll – in den Kartoffelreihen im Badschrank steht. Sofern seine Ex es nicht weggeworfen hat.

»Nein, habe ich nicht. Woher weißt du, dass sie das Parfüm nicht selbst benutzt hat? Ich meine, auch wenn es ein Herrenparfüm ist, kann ...«

»Hat sie nicht. Er war es. Hundertprozentig.«

»Schön. Und warum ist das von Belang?«

»Troels Mikkelsen hat dasselbe Parfüm benutzt.« Sie schaut ihn erstaunt an. »Die ganze Abteilung hat nach seinem Aftershave gestunken, wenn er sich morgens rasiert hatte. Das muss dir doch aufgefallen sein.«

»Schon. Aber ich wusste nicht, wie es heißt.«

»Jetzt weißt du es«, erwidert Signe. »Wir können es also als sicheres Zeichen dafür werten, dass die beiden, der Täter und Troels Mikkelsen, sich gekannt haben, oder?«

»Wir können jedenfalls daraus schließen, dass der Täter Troels gut genug kannte, um zu wissen, welches Parfüm er benutzt hat.«

»Du hast gesagt, alles, was der Täter tut, birgt eine Nachricht für uns. Was will er uns hiermit sagen?«

Juncker richtet sich vollständig auf. »Die naheliegende Schlussfolgerung wäre, dass er uns auf diese Weise mitteilt, dass er Troels umgebracht hat.«

»Ganz deiner Meinung.«

Juncker versinkt eine Weile in Gedanken. »Diese junge Frau, die im Valbyparken vergewaltigt wurde ...«

Signe betrachtet ihn schweigend.

»Hat sie nicht erwähnt, dass der Täter einen ganz bestimmten Geruch hatte? Nach einem Parfüm, das ihr Großvater ...«

»Onkel.«

»Okay, das ihr Onkel benutzt hat?«

Signe nickt.

»Ein charakteristischer Duft? Süß und würzig?«

Sie nickt abermals.

Junckers Blick schweift ab, bevor er ihn wieder auf Signe richtet. »Allerdings benutzen außer Troels ja sicher noch andere Aramis, oder?«

»Ja, klar.«

Er steht auf und nimmt seinen Mantel.

»Wo willst du hin?«, fragt sie.

»Birgitte Mikkelsen einen Besuch abstatten. Willst du mit?«

Sie schaut weg. Dann schwingt sie die Beine vom Tisch. »Okay, warum nicht?«

Die Witwe macht ein leicht erstauntes Gesicht.

»Juncker? Und ...« Sie schaut Signe an. »Ich glaube, wir kennen uns noch nicht.«

»Signe Kristiansen. Mein Beileid.«

Birgitte Mikkelsen nickt langsam.

»Dürfen wir reinkommen?«, fragt Juncker.

»Mir wäre lieber gewesen, du hättest vorher angerufen. Es ist nicht schön, auf diese Weise überrascht zu werden. Besonders in meiner Situation.«

»Das tut mir ehrlich leid. Aber ...« Er macht einen halben Schritt nach vorn.

Sie bedenkt ihn mit einem kühlen Blick, wendet sich um und geht in den Flur. Juncker und Signe folgen ihr.

»Ist dein Sohn noch hier?«

»Rune ist nach Hause gefahren, um ein paar Dinge zu erledigen. Er kommt morgen wieder. Unser anderer Sohn und seine Familie kommen auch.«

Sie lässt sich an derselben Stelle auf dem Sofa nieder wie beim letzten Mal. Signe nimmt am anderen Ende Platz, während Juncker den weniger tiefen der beiden Sessel auf der gegenüberliegenden Seite des Couchtischs wählt.

Signe schaut sich im Wohnzimmer um. Mit vollkommen ausdruckslosem Gesicht, wie er bemerkt. Birgitte Mikkelsen hat den Blick steif auf eines der beiden großen Fenster zum Garten gerichtet. Juncker hustet.

»Wie du weißt, haben wir uns den Inhalt von Troels' Computer angesehen, und dabei haben wir etwas gefunden, das ...« Er hustet erneut. »Entschuldigung ... das uns überrascht hat.«

Birgitte Mikkelsen wendet langsam den Kopf und schaut abwesend in Junckers Richtung.

»Und was habt ihr gefunden, wenn ich fragen darf? Was ist so wichtig, dass ihr an einem Samstagnachmittag einfach so unangekündigt aufkreuzt?«

»Wir haben herausgefunden, dass Troels etwa einmal im Monat ein Bordell in Valby frequentiert hat. Ein Bordell, das auf SM spezialisiert ist. Also Sado...«

»Danke, ich weiß, wofür SM steht.«

»Wir haben außerdem erfahren, dass dein Mann eine ganz spezielle sexuelle Vorliebe hatte, nämlich Würgen als Teil der ... ähm ... Befriedigung.«

Birgitte Mikkelsen hat den Blick wieder auf das große Fenster gerichtet.

»Wussten Sie von den Neigungen Ihres Mannes?«, fragt Signe mit schneidender Stimme.

Birgitte Mikkelsen ignoriert sie und wendet sich an Juncker. »Wenn ich mich nicht täusche, habe ich dir bereits gesagt, Juncker, dass ich keine Ahnung habe, ob und wenn ja was Troels mit anderen Frauen zu schaffen hatte, und dass es mir auch egal war.« Sie legt einen Arm über die Sofalehne. »Um es unmissverständlich auszudrücken: Welche Nutten Troels gefickt hat und wie er sie gefickt hat, interessiert mich einen Dreck.«

Meine Herrn, denkt Juncker, jetzt ist aber der Deckel vom Dampfkochtopf geflogen. Er muss an den Fall vor etwas über einem Jahr denken, als der ehemalige Partner seines Vaters umgebracht wurde. Dessen Frau reagierte fast auf dieselbe Weise, als sie mit den sexuellen Ausschweifungen ihres Mannes konfrontiert wurde.

Juncker schaut aus dem Augenwinkel zu Signe. Sie sitzt steif wie ein Brett da, die Hände so fest verschränkt, dass die Knöchel weiß hervortreten. Bis sie bemerkt, dass er sie beobachtet. Sie holt tief Luft.

Birgitte Mikkelsen hat die Fassung zurückerlangt. »Was Troels getan hat, war wirklich ohne Bedeutung für mich. Um das also klarzustellen: Solltet ihr glauben, ich könnte meinen Mann umgebracht haben, weil er mit anderen Frauen ins Bett gegangen ist – ob nun mit Prostituierten oder wem auch immer –, dann seid ihr schief gewickelt. Wenn ihr den Mörder meines Mannes finden wollt, seid ihr bei mir an der falschen Adresse. Und jetzt würde ich euch bitten zu gehen.«

Sie sitzen im Auto. Keiner sagt etwas. Bis Signe das Schweigen bricht.

»Sie hasst ihn.«

»Klingt zweifellos so.« Juncker startet den Motor. »Aber genug, um ihm drei Kugeln in den Kopf zu jagen?«

»Hatte Troels seine Dienstwaffe bei sich, als er umgebracht wurde?«

»Ja. Sie hat im Schulterholster gesteckt.«

»Womit wurde er umgebracht?«

»Mit einer Neun-Millimeter.«

»Damals in Sandsted ... Troels hatte nicht die H & K, sondern eine andere Pistole dabei. Irgend so eine tschechische Angeberwaffe.«

»Ja, eine CZ.«

»Hat er die immer noch?«

»Keine Ahnung. Aber falls ja, ist sie vermutlich im Waffenschrank, der in seinem Arbeitszimmer hängt.«

»Vielleicht wäre es gut, das zu checken. Und ob sie in

jüngster Zeit abgefeuert wurde. Haben wir die Patronenhülsen vom Tatort im Rådvadsvej?«

»Nein. Die hat der Täter eingesammelt. Falls er Troels nicht mit einem Revolver erschossen hat. Aber sag mal, glaubst du wirklich ...«

»Ich glaube jedenfalls, dass man Birgitte Mikkelsen nicht unterschätzen sollte«, sagt Signe. »Mag sein, dass sie auf den ersten Blick wie eine kleingehaltene und schüchterne Frau wirkt, aber wie wir gerade erlebt haben ... der Schein trügt.«

Das kann man wohl sagen, denkt Juncker.

Obwohl es Samstagabend ist und auf einundzwanzig Uhr zugeht, sitzen viele Ermittler noch immer an ihren Schreibtischen. Drei Frauenmorde – vier, wenn man Martina Jensen mitzählt – und ein Mord an einem Kollegen werden noch lange Zeit in der Abteilung zu merken sein, wenn die vielen Überstunden abgefeiert werden müssen.

Merlin hatte um achtzehn Uhr zu einem Sonderbriefing einberufen. Junckers Eindruck war, dass der Chef sie hauptsächlich zusammentrommelte, um einen dringend nötigen *Peptalk* zu halten, denn streng genommen gab es in Bezug auf die verschiedenen Ermittlungen nichts Neues zu berichten.

Unter normalen Umständen sind Merlins *Peptalks* Weltklasse. Juncker kennt sonst niemanden, der es wie er versteht, den Leuten frische Energie und neuen Mut einzuhauchen, wenn die Moral im Keller ist. Aber drei Morde an Frauen innerhalb von so kurzer Zeit sind, soweit Juncker weiß, historisch für Dänemark. Dass die Liste obendrein um den Mord an einem Polizisten ergänzt worden ist, macht die Situation bloß noch ungewöhnlicher, und dem Chef ist anzusehen, dass einer seiner Leute unter seiner Ägide ums Leben gekommen ist.

Als Merlin nichts mehr zu sagen hatte, schaute er fast flehentlich zu Juncker, der aber wusste nichts hinzuzufügen. Keine Ideen. Keine neuen Blickwinkel, die ihnen aus dem Nebel, in dem sie herumtappten, hätten heraushelfen können.

Der Großteil der Kollegen war mit den Routinearbeiten einer jeden beliebigen Ermittlung beschäftigt: Überwachungsvideos durchschauen, Anruflisten von den Handys der Opfer durchgehen, die Bekanntenkreise nachzeichnen und im nächsten Schritt nach Überschneidungen suchen – alles in der Hoffnung, dass sich irgendetwas ergibt. Dass irgendein Zusammenhang, der ihnen bislang entgangen ist, auf einmal offenbar wird.

All diese Sisyphusarbeit ist nötig und unvermeidbar, denn viele Fälle werden heutzutage aufgeklärt oder zumindest vorangebracht, weil irgendein Detail in einer Tabelle ein Match mit einem anderen Detail in einer anderen Tabelle ergibt. Oder weil plötzlich etwas oder jemand an einem unerwarteten Ort oder zu einem unerwarteten Zeitpunkt auf einem Video auftaucht.

Aber Juncker ist sich fast sicher, dass es mit diesem Kerl anders ist und sie nur Spuren finden werden, von denen *er* entschieden hat, dass sie sie finden sollen. Spuren, die er selbst gelegt hat.

Ihm kommt ein Gedanke. Sind die beiden Haare, die sie an Katja Lütsachs Leiche gefunden haben, ein Beispiel dafür? Hat der Mörder sie bewusst platziert, um sie auf eine falsche Fährte zu führen?

Er nimmt sein Handy und ruft Malene Hanslev an.

»Tut mir leid, dass ich so spät noch anrufe«, beginnt er.

»Gar kein Problem.«
»Gut. Könntest du morgen herkommen?«
»Ja, das sollte klappen. Um wie viel Uhr?«
»So früh wie möglich.«
»Vormittags habe ich einen Termin. Hat es Zeit bis, sagen wir, so gegen eins?«
»Super, das passt.« Er zögert. »Ich dachte ... Hast du Lust auf ein Glas Wein?«
»Jetzt?«
»Ja, das heißt ... falls du magst.«
»Mögen tue ich schon, aber ich habe Gäste da.«
»Dann vielleicht ein andermal.«
»Anytime.«
»Dann bis morgen.«

Juncker bleibt noch eine Weile sitzen und betrachtet die Unterlagen und Ordner, die verteilt auf dem Schreibtisch liegen. Soll er eine weitere Runde auf Tatortfotos starren, in der Hoffnung, etwas zu entdecken, das er bis jetzt übersehen hat? Wohl wissend, dass die Chance dafür verschwindend gering ist?

Er seufzt. Besser, er fährt jetzt nach Hause und kommt morgen früh wieder einigermaßen ausgeruht zur Arbeit. Er schaltet den Computer aus.

Den rechten Fuß schon auf dem Treppenabsatz und den Schlüssel auf halbem Weg ins Haustürschloss, überlegt er es sich anders. Er hat keine Lust, allein im Wohnzimmer zu hocken, und zum Schlafengehen ist es zu früh. Außerdem hat er das Gefühl, dass der Erzengel Gabriel, der Sensenmann und andere unheilvolle Gestalten vorhaben, ihn heute Nacht in seinen Träumen zu besuchen, und denen möchte er jetzt wirklich nicht begegnen. Also dreht er um und lenkt seine Schritte stattdessen Richtung Fliedergasthof.

Es ist brechend voll. Wie üblich geht er hinüber auf die ruhige Seite und quetscht sich auf den Hocker, den er allmählich als seinen Stammplatz betrachtet. Er bestellt ein Großes vom Fass bei Asta, die zusammen mit dem Eigentümer Bjarne ausschenkt. Als Bjarne Juncker entdeckt, geht er zur Kasse, öffnet sie und holt einen Briefumschlag heraus, der zusammen mit Münzen und Scheinen in der untersten Schublade liegt. Bjarne legt ihn vor Juncker auf den Tresen.

»Den hier haben wir gestern auf einem der Tische gefunden, als wir nach Zapfenstreich sauber gemacht haben.«

Es ist ein kleiner weißer Luftpolsterumschlag. *Polizeikommissar Martin Junckersen*, steht darauf. Geschrieben in regelmäßigen Blockbuchstaben mit rotem Stift.

»Weißt du, wer den dagelassen hat?«

Bjarne schüttelt den Kopf. »Keine Ahnung. Gestern war viel los.«

»Wer hat bedient?«

»Kitty. Aber sie kann sich auch nicht erinnern, wer an diesem Tisch saß. Hab sie schon gefragt. Vielleicht hat ihn ja auch jemand beim Rausgehen dort hingelegt, als wir geschlossen haben.«

Juncker überlegt, ob er es einem Kriminaltechniker überlassen soll, den Umschlag zu öffnen, weiß aber, dass außer denen von Kitty und Bjarne sowieso keine Fingerabdrücke auf dem weißen Papier sein werden. Genauso wenig wie DNA-Spuren. Denn er hinterlässt keine solchen Spuren.

Er öffnet den Umschlag und schüttelt den Inhalt heraus. Eine Patronenhülse fällt klirrend auf den Tresen.

Juncker starrt auf das kleine Messingteil. Er braucht weder Lineal noch Messschieber, um zu wissen, dass der Durchmesser der Patrone, die einst in der Hülse gesteckt hat und die sich jetzt in einem Plastiktütchen bei den Kriminaltechnikern in Ejby befindet, neun Millimeter beträgt.

Erst das Paket mit Katja Lütsachs Kleidung, und jetzt das. Der Mörder weiß nicht nur, wo er wohnt, sondern auch, wo er zum Biertrinken hingeht.

Er zeigt direkt auf ihn.

Juncker wickelt die Hülse in eine Serviette, steckt sie in den Umschlag und schiebt ihn in die Manteltasche. Dann ruft er Asta und bestellt einen doppelten Whisky.

18. November

Kapitel 54

Signe sieht deutlich weniger erschöpft und ausgezehrt aus als gestern, findet Juncker. Sie war bei Trisse Jacobsens Obduktion. Vielleicht hat sie heute Nacht tatsächlich eine Mütze voll Schlaf abgekriegt.

Was er von sich nicht behaupten kann. Zwei große Bier und die Whiskys haben nicht geholfen. Als er sich nach Mitternacht ins Bett legte, wanderten seine Gedanken trotzdem zielgenau hin zu dem bevorstehenden Termin in der Klinik.

Doomsday, wie er den kommenden Donnerstag im Stillen getauft hat. Etwas melodramatisch vielleicht, aber ein Körnchen Wahrheit steckt unbestreitbar dahinter.

Dabei war es eigentlich mehrere Tage her gewesen, seit sein Hirn zuletzt heftig gependelt hatte zwischen dem Glauben, dass der Krebs besiegt ist und er in einem halben Jahr für vollständig genesen erklärt werden wird, und der Angst, dass der Dreck sich ausgebreitet hat und er bald sterben wird. Zwei Stunden lang wälzte er sich im Bett hin und her, bis er in einen unruhigen Schlaf fiel, aus dem er um halb sieben ruckartig hochschrak.

Signe setzt sich an seinen Tisch.

»Und, was hat die Obduktion ergeben?«, erkundigt sich Juncker.

»Unter anderem einen relativ präzisen Todeszeitpunkt.

Basierend auf ihrer Körpertemperatur geht Markman davon aus, dass sie zwischen dreiundzwanzig Uhr und Mitternacht getötet wurde. Weißt du noch, die Sache mit der chemisch induzierten Erstickung? Markman hat tatsächlich einen kleinen Piks auf ihrer Schulter gefunden, von dem er ganz sicher meint, dass er von einer Injektionsnadel stammt. Deshalb warten wir jetzt auf das Ergebnis der toxikologischen Untersuchung. Außerdem hatte Trisse Jacobsen wie Katja Lütsach Abdrücke an den Handgelenken, die darauf hindeuten könnten, dass er ihr Handschellen angelegt hat.«

»Ja, ich hatte mich auch schon gefragt, wie er Katja eine Plastiktüte über den Kopf ziehen und sie dicht halten konnte. Selbst falls er groß und stark ist, stelle ich es mir schwierig vor, wenn sich die Frau heftig wehrt. Dasselbe gilt, wenn man jemandem eine Spritze verpassen will. Insofern würde das mit den Handschellen Sinn ergeben.«

»Auf jeden Fall. Und wahrscheinlich hat er sie außerdem mit einer Waffe bedroht und gezwungen, stillzuhalten.«

»Sonst noch was?«

»Jepp. Vielleicht tatsächlich der erste Fehler, der ihm unterlaufen ist.«

Juncker beugt sich vor. »Und zwar?«

»Markman hat natürlich nach Spurenmaterialien unter ihren Fingernägeln gesucht. Unter neun der Nägel war es absolut sauber. So sauber, dass Markman ziemlich sicher ist, dass der Täter ihr die Nägel gesäubert hat. Aber bei einem hat er geschlampt. Unter dem Nagel des rechten Zeigefingers hat Markman ein winziges Stückchen von einem schwarzen Material gefunden, bei dem es sich ziemlich sicher um Neopren handelt.«

»Neopren? Benutzt man das nicht für Taucheranzüge?«

»Genau.«

»Also trägt er einen Neoprenanzug, wenn er tötet?«

»Oder er hat selbst einen Anzug aus dem Material hergestellt. Das könnte erklären, warum sich keinerlei DNA von ihm auf den Leichen findet. Jetzt müssen wir also nur noch einen total bekloppten, aber hochintelligenten Psychopathen in einem enganliegenden Neoprenanzug finden. Nichts leichter als das«, sagt sie. »Aber was jetzt?«

»Ich habe mit Malene verabredet, dass wir uns treffen, und zwar ...« Er schaut auf sein Handy. »Jetzt.«

Im selben Moment kommt die Psychologin durch die Tür.

»Wenn man vom Teufel spricht«, bemerkt Signe säuerlich.

»Hallo, Malene«, grüßt Juncker.

»Hi.« Sie zieht einen Stuhl heran und setzt sich. »Und hi, Signe.«

Signe nickt reserviert.

Juncker berichtet von den römischen Ziffern, dem Parfüm, mit dem Trisse Jacobsen besprüht worden ist, und von dem Umschlag mit der Patronenhülse.

»Kannst du anhand dessen etwas mehr darüber sagen, wie er ist? Wer er ist?«

Malene zieht einen Notizblock aus ihrer Tasche und blättert darin.

»Um daran anzuschließen, was ich über den intelligenten Psychopathen gesagt habe: Ich glaube nicht, dass er ein armer Teufel ist. Er könnte durchaus als Selbstständiger oder Angestellter in einer guten Position tätig sein. Anzugpsychopathen nennt man diese Sorte Mann. Solche Typen, die ihren Macht- und Geltungsdrang dadurch ausleben, dass sie hohe Gewinne einfahren. Wenn dann etwas schiefgeht – und schuld daran sind natürlich niemals sie, sondern immer die anderen – oder wenn es zu trivial wird, wird er häufig versuchen, sein Machtbedürfnis auf andere Weise zu befriedigen. Beispielsweise indem er anfängt zu töten.«

»Wird man so geboren?«

»Manche schon. Die Typen, die schon als kleine Kinder Fliegen die Flügel ausreißen oder die Katze der Familie quälen ... die gibt es wirklich. Manche Leitungen in ihrem Gehirn sind einfach nicht verbunden. Aber Gefühlskälte kann auch einem Mangel an Liebe in der Kindheit entspringen.«

»Und unser Mann, zu welchem Typ gehört der?«

»Ich tendiere zu der Vermutung, dass seine Psychopathie angeboren ist. Er könnte durchaus in einer intakten, liebevollen Familie aufgewachsen sein, aber irgendetwas stimmt nicht in seinem Hirn.«

»Was noch?«, fragt Signe ungeduldig.

Malene lächelt sie entgegenkommend an. »Was mir mit als Erstes klar geworden ist: Er sieht sich mit dem, was er tut, voll im Recht. Die Frauen sind selbst schuld. Vielleicht findet er, dass sie zu vorlaut waren, zu präsent in den Medien, und jetzt hat er ihnen gezeigt, dass letzten Endes nicht sie, sondern er die Macht über ihr Schicksal hat. Er ist nicht nur in seinem eigenen Leben der König, er ist es auch in ihrem. Und der König hat entschieden, dass einige seiner Untertanen sterben müssen.«

»Sie waren also keine zufälligen Passantinnen? Er hat sie ausgewählt?«, fragt Juncker.

»Darauf deutet zumindest einiges hin.«

Signe schüttelt den Kopf. »Wie krank im Kopf können Männer eigentlich sein?«

»So richtig krank. *Believe me*«, antwortet Malene. »Was außerdem auffällt: Seine Wahl der Tatorte eskaliert ganz zweifelsfrei. Nummer eins im Vestskoven war ein relativ abgeschiedener Ort, recht weit entfernt von den nächsten Gebäuden. Nummer zwei in Ørestad war etwas näher an anderen Menschen. Nummer drei im Fælledparken war noch näher dran und zudem eine Stelle, wo Leute vorbeikommen. Nummer vier war mitten in einem Wohngebiet, er ist in das Zuhause einer Frau eingedrungen. Wobei, falls die Theorie mit den römischen Ziffern ... also falls es noch zwei weitere Morde gibt, von denen wir nichts wissen, dann wäre es Mord Nummer sechs. Wie auch immer, sie werden immer riskanter, und das gibt ihm einen Kick. Während er der Welt gleichzeitig demonstriert, wie mächtig und brillant er ist.«

»Aber widerspricht sich das nicht? Einerseits scheint er es auf bestimmte Frauen abgesehen zu haben, gleichzeitig aber wählt er zunehmend risikobehaftete Tatorte? Ich meine, wenn er jetzt zum Beispiel eine Stelle im Fælledparken ausgewählt hat, in der Nähe eines Weges, also einen Ort mit hohem Risiko, wie kann er dann so sicher sein, dass ausgerechnet dort eine starke und selbstbewusste Frau vorbeikommt, die er umbringen kann?«, wendet Signe ein.

Malene schüttelt den Kopf. »Erstens sage ich nicht, dass er auf bestimmte Frauen aus ist, sondern auf einen bestimmten Typ Frau. Er richtet sich nach zwei Parametern: Er sucht nach einer selbstbewussten, extrovertierten Frau, die am von ihm ausgewählten Tatort vorbeikommt. Das ist eine Frage der Planung. Und unser Mann ... er ist ein *Mastermind*, was Planung angeht.«

Junckers Handy klingelt. Unbekannte Rufnummer.

»Entschuldigt mich kurz«, sagt er und geht ein Stück zur Seite. Eine Frauenstimme stellt sich als Helene Martinus vor.

Es dauert einen Moment, ehe der Groschen fällt. Helene Martinus ist die Chefpolizeiinspektorin der Polizei Nordseeland. Mit dem Ruf, kompetent und effektiv zu sein – aber auch eine Frau, mit der nicht zu spaßen ist, wenn die Situation es erfordert.

»Was kann ich für Sie tun?«, fragt Juncker.

Am anderen Ende der Leitung ist es still.

»Hallo?«

»Ja, ich bin noch da.«

Juncker hört, dass sie tief Luft holt.

»Ich war auf der Polizeischule mit Troels Mikkelsen in einer Klasse.«

Ihm fällt das Bild von der Abschlussklasse '93 ein, das in Troels' Arbeitszimmer hängt. Helene Martinus ist eine der Personen darauf, die ihm bekannt vorkamen.

»Okay. Und?«

»Könnten wir uns vielleicht treffen? Ich möchte Ihnen etwas erzählen.«

»Natürlich. Können Sie mir sagen, worum es geht?«

»Nicht am Telefon.«

»Na gut. Wann ...«

»So schnell wie möglich. Um drei?«

»Äh, klar ... Wo?«

»Ich wohne in Vedbæk und würde gern den Zug in die Stadt nehmen. Also am besten irgendwo in der Nähe des Hauptbahnhofs. Wie wär's mit der Hotelbar im Plaza?«

»In Ordnung«, sagt Juncker. »Dann bis später.«

Als er das Gespräch beendet hat, schaut Signe ihn fragend an. »Wer war das?«

»Helene Martinus.«
»Die aus Nordseeland?«
»Ja.«
»Was wollte sie?«
»Mir etwas erzählen. Troels und sie waren auf der Polizeischule in derselben Klasse.«
»Interessant.«
»Wir werden sehen.«

Kapitel 55

Helene Martinus ist schon da. Mit Ausnahme der Barkeeperin ist sie der einzige Gast in der Library Bar. Sonntagnachmittag herrscht nicht gerade Hochbetrieb in Lokalen, die sich auf Biegen und Brechen bemühen, eine Bibliothek in einem englischen Herrenhaus zu mimen.

Sie sitzt an einem der am weitesten vom Bartresen entfernt stehenden Tische, auf einem lederbezogenen Chesterfieldsofa. Eine schlanke grauhaarige Frau, bekleidet mit Islandpulli, Jeans und blauen Turnschuhen. Als sie Juncker entdeckt, steht sie auf, die beiden begrüßen sich und nehmen Platz. Die Bedienung kommt zu ihnen an den Tisch, Helene Martinus bestellt ein Glas Weißwein, Juncker ein Mineralwasser. Sie tauschen ein paar höfliche Floskeln aus, versuchen, sich daran zu erinnern, ob sie sich schon mal begegnet sind, und gelangen zu dem Ergebnis, dass sie sich wohl bei ein, zwei Gelegenheiten gesehen haben.

»So, aber was wollten Sie mir erzählen?«, fragt Juncker, als sie ihre Getränke bekommen haben.

Helene Martinus wendet den Blick ab und sammelt sich einige Sekunden lang. Dann schaut sie ihm direkt ins Gesicht.

»Was ich Ihnen jetzt erzähle, habe ich noch nie jemandem erzählt. Weder meinem Ex-Mann noch einer meiner Freundinnen. Niemand hat es je erfahren.«

Sie macht eine Pause, und Juncker bemerkt, dass ihre Hand zittert.

»Im Sommer '91 wurde ich von Troels Mikkelsen und einem weiteren Mann vergewaltigt.«

Obwohl ein schummriges Licht in der Bar herrscht, sieht Juncker, dass Helenes Augen feucht werden und sie sich zusammennehmen muss, um fortfahren zu können.

»Mehrere von uns aus der Klasse waren in der Stadt feiern. Ich bin in Troels Mikkelsens Wohnung in Vesterbro geendet, zusammen mit ihm und einem anderen aus der Klasse. Wir haben weiter getrunken, obwohl ich eigentlich schon mehr als reichlich intus hatte. Ich saß mit Troels auf dem Sofa, als er auf einmal anfing mich zu befummeln, und irgendwann setzte sich der andere dazu und fing ebenfalls an, mich an den Brüsten und im Schritt zu betatschen.«

Sie schluckt und atmet tief durch.

»Lassen Sie sich Zeit«, sagt Juncker.

Sie nickt. »Ich habe mich wirklich gewehrt und sie gebeten aufzuhören, aber ohne Erfolg. Sie waren natürlich beide stärker als ich, ich hatte keine Chance. Troels hat meine Arme festgehalten, während der andere begann mir die Hose runterzureißen. Ich habe versucht, ihn zu treten, da hat er sich halb aufgerichtet und mir einen heftigen Schlag seitlich gegen den Kopf verpasst. Dann meinte er, ich sei eine Schlampe und er würde mich umbringen, wenn ich nicht stillhalte. Er hat mir direkt in die Augen geschaut, und sein Blick war vollkommen kalt, und ich hatte solche Angst, dass er es ernst meinte, dass ich einfach getan habe, was er gesagt hat. Er hat seine Hose und seine Unterhose runtergezogen und sich auf mich gelegt, und ich konnte Troels lachen hören.« Sie räuspert sich. »Als er in mich eingedrungen war, hat er mich am Hals gepackt und zugedrückt. Ich dachte, ich würde sterben.«

Jetzt laufen Helene Martinus die Tränen über die Wangen. Sie versucht, sie mit dem Handrücken wegzuwischen. »Tut mir leid«, sagt sie.

»Sie brauchen sich wirklich nicht zu entschuldigen«, erwidert Juncker.

Sie nimmt eine Serviette, tupft sich die Tränen weg und putzt sich die Nase, ehe sie fortfährt.

»Ich habe das Bewusstsein verloren, und als ich wieder zu mir kam, lag Troels auf mir. Als sie fertig waren, haben sie beide ihre Hosen wieder angezogen, Troels hat neue Drinks geholt, und dann haben sie sich hingesetzt und weitergetrunken. Ich habe meine Kleider genommen und bin ins Bad. Ich hatte Angst, dass ich nicht lebend von dort wegkommen würde. Aber als ich zurück ins Wohnzimmer kam, war es, als sei nichts passiert. Sie haben mir noch etwas zu trinken angeboten. Ich habe abgelehnt und wollte nur nach Hause und durfte ohne Probleme gehen. Sie haben mich in keiner Weise daran gehindert. Troels meinte: ›Bis Montag‹. Als hätten wir einfach zusammengesessen und Kniffel gespielt.«

Juncker spürt heftigen Zorn in sich aufwallen. Auf die beiden Männer, aber ebenso auf sich selbst. Weil er sich in seiner Einschätzung eines anderen Menschen so fatal geirrt hat.

»Haben Sie überhaupt nicht daran gedacht, die beiden anzuzeigen?«, fragt er.

»Doch, natürlich. Aber direkt im Anschluss war ich schlicht nicht in der Lage dazu. Auch wenn ich das Gefühl hatte, schlagartig nüchtern geworden zu sein, war ich natürlich immer noch ziemlich betrunken und wollte nur so schnell wie möglich nach Hause in mein Bett. Am nächsten Morgen bin ich mit einem üblen Kater und Schmerzen im Unterleib und im Hals aufgewacht. Ich habe überlegt, was passieren würde, wenn ich sie anzeige, und dann habe ich versucht, mir vorzustellen, wie das Ganze von außen erscheinen musste. Ich war immerhin freiwillig mit zwei Männern nach Hause gegangen, und wir waren alle drei betrunken. Ich fing an mich zu fragen, ob ich es vielleicht herausgefordert hatte. Ich war damals so ein Mädel, das es ziemlich krachen ließ und gern flirtete, und das wussten alle, die mich kannten, und wenn letztlich Aussage gegen Aussage stünde ... Tja, dann wären es zwei gegen einen.«

»Aber es muss doch physische Spuren gegeben haben. Verletzungen in Ihrem Unterleib. Abdrücke am Hals.«

Sie nickt. »Gab es auch. Sogar sehr deutliche.«

»Das wären schwerwiegende Beweise gewesen, die Ihre Anschuldigungen gestützt hätten.«

»Schon. Aber sie hätten ja immer noch behaupten können, dass ich es auf die harte Tour wollte. Und ich habe mir Sorgen gemacht, wie es sich auf meine Karriere auswirken würde. Falls das Gerede anfing, dass ich mich erst abgeschossen und durchgefeiert hatte und dann spät in der Nacht mit zwei aus der Klasse nach Hause gegangen war – diese Helene, die nichts anbrennen lässt –, um dann am nächsten Tag meine beiden Kollegen der Vergewaltigung zu beschuldigen ... damals, Anfang der Neunziger? Wie, glauben Sie, hätte das ausgesehen? Was hätte das mit meinem Ruf gemacht? Wie hätte man über mich geredet?«

Sie schaut Juncker mit geröteten Augen an. Er weiß, dass ihre Sorge damals vollkommen begründet war.

»Ich habe tagelang darüber nachgedacht. Ein paarmal hatte ich beinahe den nötigen Mut zusammengenommen. Aber dann begannen die physischen Spuren zu verblassen. Ich meldete mich eine Woche krank, und als ich zurück in die Schule kam und die beiden traf, war es, als wäre es nie geschehen. Sie haben mit mir herumgealbert, und ich fing an mich zu fragen, ob es vielleicht tatsächlich nie passiert war und ich gerade dabei war, verrückt zu werden. Einmal kam Troels sogar zu mir und hat mir den Arm um die Schulter gelegt, ich weiß nicht mehr, warum, aber ich hätte mich fast übergeben.« Sie führt ihr Glas an den Mund und trinkt. »Jedenfalls sind Sie der Erste, dem ich es je erzählt habe. Als ich gehört habe, dass Troels umgebracht worden ist, war mir auf einmal klar, dass ich es den Ermittlern sagen muss. Schließlich ist es eine wesentliche Information, dass er früher – und vielleicht immer noch – so ein Mann war. Dass er außer mir eventuell noch andere vergewaltigt hat. Ich dachte, das ist wichtig für euch zu wissen, wenn ihr nach dem Motiv für den Mord an ihm sucht. Ich konnte nicht einfach schweigen, wenn mein Wissen womöglich zur Aufklärung eines Mordes beitragen kann. Was glauben Sie, kann es das?«

»Ja, mit ziemlicher Sicherheit. Dieser andere Mann … wie hieß der eigentlich?«

»Jens Christensen.«

»Wissen Sie, wo er heute ist?«

Sie schüttelt den Kopf. »Ich glaube, direkt nach unserem Abschluss war er für zwei Jahre in Næstved. Aber ich bin ihm seitdem nie mehr begegnet und habe keine Ahnung, was er inzwischen macht. Ehrlich gesagt hatte ich auch kein großes Bedürfnis, es herauszufinden.«

»Verständlich.« Juncker leert sein Glas. »Ich muss jetzt gehen.«

»Natürlich. Sie und Ihre Kollegen haben viel zu tun. Ich bleibe sitzen und trinke noch ein Glas.«

Er steht auf und reicht ihr die Hand.

»Danke«, sagt er.

»Kein Grund zu danken. Ich habe nur meine Pflicht getan.«

Kapitel 56

Rune, der jüngere der beiden Söhne, öffnet die Tür. Als er sieht, wer draußen auf den Stufen steht, starrt er sein Gegenüber feindlich an. Offenbar hat seine Mutter ihm von Junckers und Signes gestrigem Besuch erzählt.

»Ja?«, fragt er reserviert.

»Ist Ihre Mutter zu sprechen?«

»Sie schläft. Kann es warten?«

Juncker spürt eine heftige Wut auf den jungen Mann in sich hochkochen. Gleichzeitig ist ihm klar, dass es ungerecht ist, denn der Sohn ahnt vermutlich nichts, und in diesem Morast gibt es keine Erbsünde, für die er büßen müsste. Also bewahrt er die Fassung.

»Nein, kann es nicht.«

»Meine Mutter schläft momentan nachts nicht, deshalb möchte ich sie ungern wecken, wenn sie endlich mal kurz eingenickt ist. Kann ich Ihnen nicht helfen?«

»Na schön. Im Arbeitszimmer Ihres Vaters hängt ein Foto von seiner Abschlussklasse an der Polizeischule. Das würde ich mir gern ausleihen.«

»Darf ich fragen, warum?«

Eigentlich nicht, Bursche.

Juncker bewahrt abermals die Ruhe. »Ich kann Ihnen lediglich sagen, dass ich das Foto für die Ermittlungen im Mord Ihres Vaters brauche.«

»Hm.«

»Es ist wichtig.«

»Na gut. Warten Sie.«

Einige Minuten später kehrt Rune mit dem Foto zurück.

»Danke. Möchten Sie eine Quittung dafür, dass ich es erhalten habe?«

»Ist das notwendig? Ich gehe natürlich davon aus, dass Sie es zurückgeben.«

»Das werde ich. Grüßen Sie Ihre Mutter.«

Juncker holt seine Brille hervor und starrt auf das vergilbte Foto vor sich auf dem Tisch. Es ist eindeutig Zeit für eine höhere Sehstärke. Um genau zu sein, ist es längst überfällig. Bislang hat er sich hartnäckig geweigert, den Sprung von minus zwei auf minus zweieinhalb Dioptrien zu machen. Es besteht kein Grund, den traurigen und unvermeidbaren Verfall des Körpers öfter einzugestehen als unbedingt notwendig. Andererseits kann das Handicap, die Welt durch eine Art dünnen Film aus Vaseline zu sehen, auch eine Nummer zu groß werden, und an diesem Punkt ist er jetzt wohl angelangt.

Troels ist leicht zu identifizieren. Etwas schlanker, aber dieselbe Frisur, dieselbe Körperhaltung, derselbe unbekümmerte, etwas überhebliche Gesichtsausdruck. Auch Helene Martinus macht er problemlos aus, jetzt, da er weiß, dass sie es ist. Außer ihr meint er noch eine weitere der drei Frauen auf dem Bild zu kennen, kann ihr jedoch keinen Namen zuordnen. Ansonsten kommt ihm keiner der Absolventen bekannt vor. Er wendet den Rahmen, biegt die vier Metallhaken auf und nimmt die Pappscheibe heraus, um zu schauen, ob etwas auf der Rückseite des Fotos steht, aber Fehlanzeige.

Wer von ihnen ist Jens Christensen? Das kann ja wohl nicht so schwer herauszufinden sein. Er könnte das Bild natürlich mit dem Handy abfotografieren, es Helene Martinus schicken und sie bitten, ihn zu identifizieren, aber er will sie nach Möglichkeit nicht weiter mit der Sache belästigen. Ihm kommt eine andere Idee, und er wählt die Nummer von Thor Outzen, dem Leiter der Polizeischule.

»Juncker?« Outzen klingt verblüfft, als er abnimmt. »Welchem Umstand schulde ich die Ehre?«

»Hallo, Thor. Du kannst mir hoffentlich helfen. Ich brauche ein Porträtfoto von einem Schüler der Abschlussklasse 1993. Wenn ich mich recht entsinne, werden neben dem Klassenfoto doch auch immer Einzelfotos von den Abgängern gemacht, oder?«

»Ja, ich meine schon. Das lässt sich mit Sicherheit rausfinden. Wann brauchst du es?«

»Sofort.«

Am anderen Ende wird es kurz still. »Juncker, heute ist Sonntag.«

»Ich weiß. Aber es ist wichtig.«

»Ich nehme an, es geht um eine der aktuellen Mordermittlungen?«

»Genau.«

»Den Mord an Troels?«

»Ja.«

»Na schön. Weißt du was, das kriegen wir hin. Wie heißt er?«

»Jens Christensen.«

»Und es war die Abschlussklasse '93?«

»Ja.«

»Ich melde mich so schnell wie möglich.«

Juncker hat gerade das Handy weggelegt, als es klingelt. Es ist Helene.

»Hallo noch mal. Sind Sie okay?«, fragt er.

»Ja. Es war hart, darüber zu sprechen, aber jetzt geht es mir besser. Nachdem Sie gegangen waren, bin ich noch eine Weile sitzen geblieben und habe über alles nachgedacht, und dabei ist mir etwas eingefallen, was ich Ihnen nicht erzählt habe. Vielleicht, weil es nichts richtig Konkretes ist. Aber ... ich weiß noch, dass es mir damals vorkam, als hätten die beiden es schon mal gemacht. Das Ganze wirkte eingespielt, so als gingen sie nach Drehbuch vor. Auch wenn man bedenkt, wie sie sich anschließend verhalten haben. Komplett unberührt ... oder vielleicht eher wie Sportler, die nach einem gewonnenen Spiel noch ein paar Bier zusammen trinken. Ich meine, sie hatten gerade eine schwere Vergewaltigung begangen, und wäre es das erste Mal gewesen, hätten sie sich doch sehr viel stärker davon berührt zeigen müssen. Ich weiß nicht, ob Ihnen das was nützt.«

»Das ist enorm wichtig.«

»Gut. Und da wäre noch etwas: Troels hat Jens irgendetwas Merkwürdiges genannt ... ein Wort, das ich noch nie gehört hatte und von dem ich nicht wusste, was es bedeutet. Es klang wie ein Titel. Ein Beiname oder so.«

Junckers Puls steigt. »Was für ein Name?«

»Das weiß ich leider nicht mehr.«

»Gar nichts? Nicht mal ein paar Silben?«

»Ich war ja betrunken und stand total neben mir. Aber ich bin ziemlich sicher, dass es nichts Dänisches war. Vielleicht Spanisch. Oder Latein.«

»War es ›Constrictor‹?«

»Constrictor? Kann sein. Aber ich bin mir nicht sicher. Tut mir leid.«

»Das braucht Ihnen nicht leidzutun. Sie sind eine große Hilfe.«

»Was bedeutet Constrictor?«

»Constrictare bedeutet würgen beziehungsweise zusammenziehen.«

Schweigen.

»Ziemlich gruselig.«

»Ja.«

Eine Stunde später landet eine E-Mail mit einer angehängten Bilddatei in Junckers Postfach. Er schickt ein stilles Dankeschön an Thor Outzen und klickt auf das Foto-Icon.

Der junge Mann auf dem Bild lächelt in Richtung des Fotografen. Er hat ein sonnengebräuntes, breites Gesicht und eine kräftige Kieferpartie. Das Haar ist blondgelockt und etwas länger im Nacken. Der Schnurrbart unter der leicht gebogenen Nase ist kräftig, aber sorgfältig getrimmt und etwas dunkler als die Haare. Er sieht aus wie ein Darsteller aus einer amerikanischen Sitcom aus der ersten Hälfte der Neunziger.

Juncker schaut auf das Klassenfoto und findet Jens Christensen. Dann wendet er den Blick wieder zum Bildschirm. Irgendetwas ... auf dem Klassenfoto lässt es sich nicht erkennen, der Abstand ist zu groß, die Details sind zu undeutlich ... aber auf dem Porträt ...

Irgendetwas am Blitzen in Jens Christensens Augen kommt Juncker bekannt vor. Glaubt er jedenfalls. Er steht auf und streckt sich. Rollt die Schultern, lässt den Kopf kreisen, sodass der Nacken knackt.

Die Erkenntnis trifft ihn wie ein Blitzeinschlag. Plötzlich und ohne Vorwarnung.

Er hat das Gefühl, als hätte ihm jemand mit voller Wucht die Faust in den Magen gerammt. Sein Zwerchfell zieht sich zusammen, er klammert sich an der Stuhllehne fest und setzt sich wieder hin. Starrt in die Augen des frisch gebackenen Polizeibeamten. Die freundlichen Augen.

Er *ist* es.

Kapitel 57

In Merlins Büro sind drei Personen anwesend, und es herrscht Totenstille.

Merlin starrt Juncker an, als säße ihm der Teufel leibhaftig gegenüber. Dann klappt der Chef seine Kinnlade wieder hoch.

»Also noch mal zum Mitschreiben. Du willst also sagen, dass Peter Rolf, der Sonderberater des Justizministers, und Troels Anfang der Neunziger zusammen Chefpolizeiinspektorin Helene Martinus vergewaltigt haben?«

»Ja.«

»Und das weißt du, weil …?«

»Weil Helene Martinus es mir erzählt hat. Beziehungsweise sie hat mir erzählt, dass sie von Troels und einem anderen Mitschüler aus ihrer Klasse auf der Polizeischule vergewaltigt wurde. Einem Typen namens Jens Christensen. Was Martinus allerdings nicht weiß, ist, dass Jens Christensen mit vollem Namen Jens Peter Rolf Christensen heißt und er heute nur noch seine Mittelnamen benutzt. Fast dreißig Jahre lang hat sie über ihre Vergewaltigung geschwiegen, aber nach dem Mord an Troels fand sie, dass sie ihr Wissen nicht länger für sich behalten kann. Sie meinte, er könnte ja noch andere vergewaltigt haben, die damit ein Motiv hätten, ihn umzubringen.«

Signe sitzt mit verschränkten Armen und steinernem

Gesicht da. Juncker berichtet von Martinus' Gefühl, dass es nicht die erste Vergewaltigung der beiden Männer war. Dass sie es beinahe als eine Art Sport betrieben.

»Eine Art Vergewaltigungsclub? Mit zwei Polizeibeamten als Mitgliedern?« Merlin schüttelt den Kopf, als könne er noch immer nicht recht glauben, was er da hört.

»Ja. Ganz zum Schluss hat Helene noch erzählt, dass Troels Peter Rolf bei irgendeiner Art Spitznamen genannt hat, sie konnte sich aber nicht mehr daran erinnern, wie er gelautet hat. Ich habe euch von dem Wort erzählt, das Troels in den Ordner mit den Unterlagen aus dem Martina-Fall geschrieben hat, ›Constrictor‹, versehen mit einem Fragezeichen. Ich habe sie gefragt, ob das das Wort war, das sie gehört hat. Sie war sich nicht sicher, meinte aber, es könne gut sein.« Juncker hält inne. »Ich würde wetten, dass es das war«, sagt er dann.

Signe nickt. »Davon abgesehen, dass die beiden es anscheinend klasse fanden, Frauen zu vergewaltigen, haben sie offenbar auch einen Fetisch fürs Luftabschnüren geteilt. Was wir für Troels' Teil ja bereits wussten.«

Sie sitzen eine Weile stumm da und lassen das Ganze sacken. Dann bricht Juncker das Schweigen.

»Kurz gesagt deutet einiges darauf hin, dass es sich bei Peter Rolf um Constrictor handelt. Und dass ...«

»Ja, dass der Sonderberater des Justizministers ...« Merlin scheint die Worte nur mit Mühe über die Lippen zu bringen. »Dass er ein psychopathischer Serienmörder ist.«

Juncker nickt. »Und wie es aussieht, hatte Troels denselben Verdacht.«

Merlin steht auf und geht zum Fenster. Einige Minuten lang starrt er hinaus in die Dunkelheit. Dann kommt er zurück und setzt sich wieder hinter den Schreibtisch. Im selben Moment klingelt sein Handy. Er wirft einen Blick aufs Display, dann schaut er zu Juncker und Signe.

»Er ruft an.«

Merlin atmet tief durch. Dann nimmt er ab.

»Ja, Peter ...? Nein, es gibt noch nicht wirklich was Neues ... Ja, wir gehen weiter den Spuren nach, von denen ich Ihnen erzählt habe ... Ja, das ist verständlich ... Alles klar ... Machen wir es so ... Ja. Bis dann.«

Merlin legt kopfschüttelnd das Handy auf den Tisch.

»Wollte er wissen, wie es läuft?«, fragt Juncker.

»Ja. Großer Gott. Ich hab mich mehrfach mit ihm getroffen, seit die Sache hier angefangen hat. Ihn über unsere Ermittlung auf dem Laufenden gehalten. Ich habe ihm das meiste erzählt. Gerade erst gestern war er hier.«

»Aber das konntest du ja nicht wissen«, sagt Signe. »Sollten wir uns nicht überlegen, wie wir jetzt weiter vorgehen?«

»Doch.« Merlin strafft den Rücken. »Wir sprechen von einem der mächtigsten Männer des Landes. Wir müssen absolut diskret sein und es für uns behalten, bis wir uns hundertprozentig sicher sind, dass wir mit unserer Vermutung richtig liegen.«

»Das Problem ist, dass wir nicht wissen, ob er noch mal tötet, und falls ja, wann«, gibt Juncker zu bedenken. »Und wir können nicht damit leben, dass er einen weiteren Menschen ermordet, während wir wussten, wer er ist. Wir müssen ihn überwachen.«

»Unbedingt«, nickt Merlin. Er schaut auf sein Handy. »Es ist spät. Ich möchte ungern zu dieser Stunde noch Leute mit seiner Überwachung beauftragen, ohne ihnen sagen zu können, was Sache ist. Ich fürchte also, die erste Nachtschicht müsst ihr zwei übernehmen.«

Juncker schaut Signe an, die nickt. »Na klar«, sagt sie.

»Hast du eigentlich schon was aus dem Ausland gehört?«, fragt er.

»Nein, es ist ja Wochenende, dementsprechend gibt's weder aus Lyon noch Den Haag Neuigkeiten. Gestern habe ich mit einem FBI-Mann gesprochen, den ich mal bei einem Seminar in Quantico kennengelernt habe. Er hört auf den imponierenden Namen Elmer B. Kafka II, er sitzt im Büro des FBI in New York und war gleich Feuer und Flamme, als ich ihm gesagt habe, worum es geht. Er hat erzählt, dass sein Vater, der Polizist in Nebraska war, in den Sechzigerjahren lustigerweise mal einem skandinavischen Kommissar bei den Ermittlungen zu einem Mord an einer amerikanischen Touristin geholfen hat. Er wusste nicht mehr, ob es Norwegen, Schweden oder Dänemark war. Wie auch immer: Als er gehört hat, dass wir einen Serienmörder jagen, hat er versprochen, sich umgehend darum zu kümmern – Wochenende hin oder her. Mal sehen, vielleicht meldet er sich ja morgen schon.«

Kapitel 58

Peter Rolf wohnt in einer Penthouse-Wohnung in dem neuen Viertel, das in Nordhavn in die Höhe geschossen ist. Signe findet es kalt und windig zwischen den Gebäuden, die in vielen Fällen mehr als zehn Etagen hoch aufragen. Die Aussicht ganz oben ist sicher atemberaubend, persönlich aber würde Signe sich lieber einen Weisheitszahn ohne Betäubung ziehen lassen, als ihr Haus in Vanløse gegen eine Wohnung hier einzutauschen.

»Was, glaubst du, kostet eine Wohnung wie die von Peter Rolf?«

Juncker zuckt mit den Achseln. »Frag mich nicht. Ein Vermögen wahrscheinlich. Kommt natürlich darauf an, wie groß sie ist.«

»Was verdient der Sonderberater des Justizministers? Mehr als eine Million?«

»Garantiert. Vermutlich mehr als der Minister selbst.«

Die beiden sitzen in Junckers Auto, etwa zwanzig Meter entfernt von Peter Rolfs Adresse. Es geht gegen Mitternacht, und in der Wohnung brennt immer noch Licht. Zweimal haben sie einen Schatten hinter einem der Fenster gesehen, und sie haben sich versichert, dass Rolfs Audi auf der Straße parkt und das Gebäude keine Hintertreppe hat, über die er ungesehen hinuntergelangen könnte.

Der Audi ist übrigens weiß, bemerkt Signe, die sich daran

erinnert, dass das Auto, aus dem der alte Mann mit dem Hund vor zwei Wochen im Artillerivej einen schwarz gekleideten Mann hat aussteigen sehen, ebenfalls weiß war.

Sie ist total kaputt und kämpft gegen die Müdigkeit.

»Wie er wohl in Trisse Jacobsens Haus gekommen ist?«, fragt sie – hauptsächlich, um sich wachzuhalten.

»Ist er nicht eingebrochen?«

»Nope.«

»Vielleicht stand eine Tür oder ein Fenster offen. Oder vielleicht hat er ganz einfach geklingelt, und sie hat ihm aufgemacht.«

»Spätabends?«

»Vielleicht haben sie sich gekannt, das können wir nicht wissen. Oder vielleicht hat sie die Tür aufgemacht, und dann hat er sie mit einer Waffe bedroht.«

»Hm.«

Sie schaltet das Radio ein. Nachdem er sich eine Minute lang einen ziemlich unerträglichen Popsong mit einem Falsett singenden Mann angehört hat, schaltet Juncker aus. Signe protestiert.

»Hey, warum ...«

»Er hat dich vergewaltigt, stimmt's?«

Sie ist total unvorbereitet und reagiert, wie sie es seit inzwischen mehreren Jahren tut, wann immer sich jemand bewusst oder unbewusst dem entzündeten Bereich in ihrer Seele auch nur nähert: Sie starrt stur durch die Windschutzscheibe und will gerade ihre Standardantwort »Keine Ahnung, wovon du da redest« heraushauen, als Juncker etwas tut, was er noch nie zuvor getan hat.

Er legt seine Hand auf ihre.

»Troels hat dich vergewaltigt«, sagt er leise, und es klingt nicht wie eine Frage, sondern wie eine Feststellung.

Signe sitzt regungslos da, während sich ihre Augen mit Tränen füllen. Sie presst die Kiefer zusammen und versucht, den Kloß im Hals herunterzuschlucken. Dann nickt sie.

»Wann?«

»Vor vier Jahren. Nach der Weihnachtsfeier 2014«, sagt sie heiser.

»Hast du es Niels erzählt?«

»Nein.«

»Wer weiß es?«

»Keiner. Das heißt doch, eine Psychologin, bei der ich nach Sandsted zum Debriefing war.«

Juncker zieht die Hand zurück. »Du hättest es mir sagen sollen.«

»Das konnte ich nicht, Juncker. Ich konnte einfach nicht.«

»Aber Signe, ich hätte ...«

»Nein, hättest du nicht, Juncker. Niemand hätte etwas tun können. Niemand außer mir selbst.«

Juncker schweigt eine Weile. »Und jetzt ist er also tot.«

»Ja.«

»Freut dich das?«

»Ja! Tut es.«

Juncker nickt. »Das kann ich nachvollziehen. Vielleicht ist die Welt ein besserer Ort geworden, jetzt, wo Troels Mikkelsen nicht mehr da ist.« Er schaut sie an.

Sie erwiderte seinen Blick und lächelt schief. »Ohne Frage. Aber ich war's nicht, die ihn umgebracht hat.«

»Gut.«

»Hast du das gedacht?«

Er zuckt mit den Achseln. »Ich weiß nicht genau. Das heißt, ja, schon, ich hatte es befürchtet. Ich konnte ja sehen, dass irgendetwas zwischen euch total im Argen lag. Du hast blanken Hass gegen ihn ausgestrahlt.«

»Ich habe darüber nachgedacht, es zu tun. Ihn zu töten. Tausendmal.«

»Du solltest es Niels sagen.«

»Warum?«

»Weil ...« Juncker sucht nach Worten.

»Was sollte das jetzt noch bringen?«

Er holt tief Luft. »Ich weiß nicht«, sagt er und schaltet das Radio wieder ein.

19. November

Kapitel 59

Um sieben Uhr werden sie abgelöst.

Das Licht in der Wohnung wurde gegen halb eins ausgeschaltet. Juncker und Signe haben die Nacht hindurch abwechselnd gedöst.

Auf der Fahrt zurück nach Teglholmen spürt Signe eine enorme Erleichterung, fast wie eine Befreiung. Es Juncker erzählt zu haben, hat eine schwere Last von ihren Schultern genommen. Was eigentlich merkwürdig ist, denkt sie, da es nach Troels' Tod keinen wirklichen Unterschied macht, ob andere davon wissen oder nicht. Es ist überstanden. Nichts lässt sich mehr ändern. Er ist weg.

Sie spürt noch etwas anderes, das sie zunächst nicht identifizieren kann. Dann aber wird ihr bewusst, dass es ein Gefühl von Leere ist. Sie hat etwas verloren, das ihrem Leben über so lange Zeit gewissermaßen einen Sinn verliehen hat. Eine verquere Art von Sinn, aber doch einen Sinn.

Wie viel Zeit sie in den letzten Jahren darauf verwandt hat, sich ihre Rache auszumalen. Jetzt ist ihr die Rache genommen worden.

Sie sitzen in Merlins Büro. Der Chef steht auf und schließt die Tür zum Gang.

»Was machen wir, wenn er zur Arbeit fährt? Denn das wird er ja sicher tun. Es ist ein normaler Wochentag.« Juncker nippt an seinem dritten Kaffee heute Morgen.

»Wir beobachten ihn rund um die Uhr. Geir hat ein Überwachungsteam zusammengestellt. Die Lage ist unter Kontrolle«, sagt Merlin.

»Also wissen alle in der Abteilung Bescheid?«

»Ich musste die anderen beim Morgenbriefing einweihen, es ging nicht anders, wenn so viele involviert werden. Ich habe ihnen eingeschärft, dass die Sache höchster Geheimhaltung unterliegt, bis ich etwas anderes sage.«

»Der Polizeidirektor?«

»Dem gebe ich gleich Bescheid.«

»Und er muss dann wohl den Minister informieren, oder?«

»Ja. Die Angelegenheit könnte ihn seine politische Karriere kosten, auch wenn er vermutlich keinerlei Schuld trägt.«

Juncker schnaubt. »Ich habe nicht den Eindruck, dass Begriffe wie Schuld und Unschuld eine allzu große Rolle in Christiansborg spielen. Und der Minister dürfte nicht der Einzige sein, dem es an den Kragen gehen könnte. Rolf muss ja eine ziemlich hohe Sicherheitsstufe gehabt haben. Da werden bestimmt auch beim PET einige Köpfe rollen.«

»Was wissen wir eigentlich über ihn?«, fragt Signe.

»Nicht sehr viel. Ich habe heute Nacht zwei Leute einen Lebenslauf von ihm zusammenstückeln lassen. So gut es eben ging.«

Merlin greift zu einem Blatt Papier.

»Achtundsechzig in Randers geboren. Dreiundneunzig wurde er verbeamtet. Nach drei Jahren bei der Schutzpolizei in Næstved hat er sich bei der Kriminalpolizei beworben, die Stelle aber nicht bekommen. Daraufhin hat er Jura studiert und 2003 sein Examen gemacht. Danach war er einige Jahre als Oberregierungsrat im Justizministerium tätig. 2009 ist er in die USA gegangen, 2014 kam er zurück nach Dänemark.« Merlin hebt den Blick. »Was er da drüben gemacht hat, haben wir noch nicht rausgefunden. Nach seiner Rückkehr hat er für ein Jahr an seinem alten Arbeitsplatz im Justizministerium gearbeitet, bis er eine Stelle im Parteisekretariat der Sozialdemokraten bekommen hat. Seit März 2016 ist er der Sonderberater des Justizministers.«

»Ist er verheiratet? Hat er Kinder?«

»Weder noch, wie es scheint.«

Signe gähnt, murmelt eine Entschuldigung und trinkt einen Schluck Kaffee. »Eins verstehe ich nicht so richtig. Findet ihr es nicht ein bisschen seltsam, dass Helene Martinus nicht gewusst haben will, dass der Mann, der sie damals vergewaltigt hat, heute der Berater des Justizministers ist?«

»Falls sie ihm überhaupt mal zufällig über den Weg gelaufen ist, kann ich gut verstehen, wenn sie ihn nicht wiedererkannt hat«, sagt Juncker. »Wenn du die Aufnahmen von ihm von 1993 damit vergleichst, wie er heute aussieht, lässt sich wirklich schwer erkennen, dass es derselbe Mann ist. Mir ist es auch nur aufgefallen, weil mir irgendetwas am Ausdruck in seinen Augen bekannt vorkam, und ich saß ja sogar zweimal mit ihm hier in diesem Büro. Er sieht total anders aus als damals. Und dann hat er ja noch seinen Mittelnamen verwendet.«

»Hm. Also was haben wir gegen ihn? Ganz konkret?«

»Tja, nicht sehr viel«, antwortet Juncker. »Eine Vergewaltigung, die über fünfundzwanzig Jahre her ist und damit juristisch verjährt. Dann haben wir ein Fitzelchen Neopren, das unter dem Fingernagel von einem der Opfer gefunden wurde und, so vermuten wir, von einem Anzug stammt, den er trägt, wenn er tötet. Allerdings können wir das Neopren im Augenblick nicht mit ihm in Verbindung bringen. Der Rest sind Spekulationen, inwiefern er und Troels irgendeine Art von Club gehabt haben, bei dem es darum ging, Frauen zu vergewaltigen und zu strangulieren, und dass Peter Rolf sich in diesem Zusammenhang Constrictor genannt hat. Es sieht so aus, als hätte Troels ihn im Verdacht gehabt, Martina Jensen umgebracht zu haben. Gesetzt den Fall, wir deuten den Umstand, dass Troels ›Constrictor?‹ in seinen Martina-Ordner geschrieben hat, richtig. Alles in allem nichts, was ein auch nur halbwegs ambitionierter Verteidiger nicht wie eine Staubflocke von seinem Mandanten bürsten könnte.«

»Aber wir sind uns sicher, oder?« Merlin schaut sie fragend an. »Dass er es ist?«

»Todsicher«, sagt Juncker.

Drei Stunden später hat Signe versucht, die beiden anderen Frauen der Abschlussklasse von 1993 ausfindig zu machen. Schließlich liegt die Überlegung nahe, dass Troels und Peter Rolf, wenn sie Helene Martinus vergewaltigt haben, es auch bei den beiden anderen versucht haben könnten. Wie sich jedoch herausstellt, ist die eine vor fünf Jahren an Brustkrebs gestorben, während die andere der Polizei vor drei Jahren den Rücken gekehrt hat, um nach Mexiko auszuwandern. Wo genau sie sich heute aufhält, hat Signe nicht in Erfahrung bringen können.

Juncker stand zweimal in Kontakt mit dem Überwachungsteam, das gemeldet hat, dass Peter Rolf *nicht* zur Arbeit gefahren ist, sondern sich nach wie vor in seiner Wohnung befindet. Er grübelt eine Weile über den Grund nach, der natürlich einfach darin bestehen könnte, dass der Mann krank ist – oder einen Homeoffice-Tag einlegt. Jedenfalls erleichtert es die Aufgabe, ihn zu überwachen.

Darüber hinaus hat er zum x-ten Mal Vernehmungsprotokolle und Tatortbeschreibungen des Martina-Falls gewälzt, in der Hoffnung, dass ihm mit seinem jetzigen Wissen über den Täter doch noch etwas auffällt. Aber natürlich vergebens.

Sein Handy klingelt. »Kommt mal kurz rüber«, sagt Merlin.

Juncker steht auf, Signe schaut ihn fragend an. Er nickt ihr zu, und gemeinsam gehen sie zum Büro des Chefs.

Juncker sieht ihm an, dass es Neuigkeiten gibt, aber nicht, ob es gute oder schlechte sind. Dann schlägt Merlin mit der geballten Faust auf den Tisch.

»Verdammt, jetzt aber.«

»Jetzt aber was?«

»Unser Freund in New York, Kafka, hat offenbar den Großteil der Nacht darauf verwendet, ihre Systeme nach ungelösten Mordfällen zu durchforsten, die unseren ähneln. *And guess what* ... Er ist auf zwei Fälle gestoßen, die unseren Morden zum Verwechseln gleichen.« Merlin schaut sie an. »Überschlagt euch nicht vor Begeisterung.«

»Ich bin bloß müde. Aber das ist natürlich toll. Richtig toll«, sagt Signe. »Wo und wann wurden die Morde verübt?«

»Der erste in Maryland im Oktober 2012. Der zweite in Virginia im Juni des darauffolgenden Jahres. Die Opfer hießen Marleen Tucker und Christine Hansson.«

»Beide wurden also in dem Zeitraum getötet, als Peter Rolf in den USA war«, stellt Juncker fest.

»Genau. Ich habe außerdem in Erfahrung bringen können, dass er in Washington, D.C. gewohnt hat, was ja bekanntlich an die beiden Staaten angrenzt.«

»Sieht aus, als schulden wir unserem amerikanischen Kollegen was«, sagt Signe.

»Und zwar einiges«, erwidert Merlin. »Da ist nämlich noch mehr. Bei einem der Opfer, der Frau aus Maryland, haben die Mediziner DNA unter den Fingernägeln gefunden, von der die Polizei vermutet, dass sie vom Täter stammt. Kafka hat versprochen, das Profil so schnell wie möglich zu schicken.«

Juncker spürt, wie sich ein warmes Gefühl in seinem Körper ausbreitet.

»Kann er auch Bildmaterial von den Tatorten schicken?«

»Bestimmt. Ich frage ihn.«

»Können wir ihn beschuldigen?«, fragt Signe.

Juncker massiert seine Schläfen. Merlin starrt an die Decke.

»Wir haben die Vergewaltigungsanklage von Helene Martinus«, beharrt Signe.

»Wie schon gesagt, der Fall ist verjährt«, sagt Juncker. »Außerdem wissen wir nicht, ob Martinus überhaupt bereit ist, ihn anzuzeigen. Aber selbst wenn wir ihn nicht beschuldigen können, reicht das, was wir jetzt wissen, als Begründung, um ihn zu einem Gespräch vorzuladen. Ungeachtet der Verjährung ist es eine schwerwiegende Anschuldigung – die ihn obendrein mit Troels in Verbindung bringt. Allein schon, dass er uns verschwiegen hat, Troels zu kennen, verlangt, auch wenn es kein Verbrechen ist, nach einer Erklärung.«

»Wie machen wir es? Ich meine, wie greifen wir ihn uns?«

»Diskret. Du und ich, und zwei Mann unten auf der Straße.«

Kapitel 60

»Er hat die Wohnung nicht verlassen«, sagt Laust, einer der beiden, die Signe und Juncker am Morgen abgelöst haben.

»Gut. Wir gehen rein«, sagt Juncker.

Er drückt auf die Klingel. Keine Reaktion. Nach etwa dreißig Sekunden klingelt er erneut. Immer noch keine Antwort.

»Komisch«, murmelt er und versucht es ein drittes Mal, mit demselben Ergebnis.

»Versuch es bei ein paar der anderen Wohnungen«, sagt Signe.

Erst bei der vierten Wohnung meldet sich eine Frau. Juncker stellt sich vor, der Summer ertönt, und sie nehmen den Aufzug zum achten und damit obersten Stock. Signe klopft an die Tür, aber nichts regt sich. Es ist vollkommen still.

Irgendetwas stimmt hier ganz und gar nicht, denkt Juncker. Er zieht seine Pistole und spannt den Hahn, Signe tut es ihm gleich. Dann dreht er den Türknauf. Die Tür ist unverschlossen und schwingt langsam auf.

»Polizei!«, ruft er. »Peter Rolf?!«

Vorsichtig betreten sie den Flur. Signe entdeckt einen Schalter und macht Licht. Drei Türen führen ab, von denen zwei geschlossen sind. Die erste ist nur angelehnt, Signe stößt sie mit dem Fuß auf, dann geht sie langsam mit vorgestreckten Armen und der Pistole im beidhändigen Anschlag hinein.

»Leer«, sagt sie.

Juncker öffnet eine Tür, die zum Badezimmer führt. Er schaltet das Licht ein. Auf einem elektrischen Handtuchtrockner hängt ein schwarzes Badelaken und neben dem Doppelwaschbecken aus grauem Granit ein ebenfalls schwarzes Handtuch. Es ist noch feucht und wurde heute benutzt. Auf der Ablage unter dem Spiegel steht neben einem Glas mit Zahnbürste und Zahnpasta ein blassgrüner Eau-de-toilette-Flakon mit einem Namen, den er noch nie gehört hat.

Signe öffnet die letzte Tür. Sie führt zu einem riesigen, langgestreckten Raum. Links die offene Küche und ein Esstisch mit sechs Stühlen und rechts das Wohnzimmer. Am Ende des Raumes ist eine weitere Tür. Juncker geht hin und öffnet sie. Er steckt den Kopf ins zweite Schlafzimmer der Wohnung, das ebenfalls leer ist. Ein großes Doppelbett und ein Nachttisch sind die einzigen Möbel. Vom Schlafzimmer geht ein begehbarer Kleiderschrank ab.

»Verdammter Mist«, flucht er und eilt durchs Wohnzimmer und den Flur zurück ins Treppenhaus und in den Aufzug.

Unten auf der Straße angekommen, marschiert er geradewegs zum Auto, wo Laust und der Kollege warten. Als Laust Juncker entdeckt, steigt er aus.

»Stimmt was nicht?«, fragt er nervös.

»Das will ich meinen. Er ist nicht da«, sagt Juncker.

»Was?!«

»Du hast mich schon richtig verstanden. Rolf ist verschwunden.«

»Das kann überhaupt nicht sein.«

»Es ist aber so. Habt ihr geschlafen?«

»Was? Nein!«

»Und da bist du dir ganz sicher? Nicht mal für einen kleinen Moment die Augen zugemacht?«

»Nein, natürlich nicht. Keine Sekunde. Er hat das Gebäude während unserer Schicht unter Garantie nicht verlassen. Fünf Personen sind zur Haustür rausgekommen, drei davon waren Frauen und die anderen beiden Männer, die deutlich kleiner waren, als Rolf es der Beschreibung, die wir von ihm bekommen haben, nach ist.«

»Hm. Habt ihr überprüft, ob sein Auto noch um die Ecke steht?«

»Vor einer halben Stunde war es jedenfalls noch da.«

Juncker geht zurück zur Haustür und klingelt. Signe lässt ihn herein, und er nimmt den Fahrstuhl nach oben.

»Haben sie gepennt?«, fragt sie.

»Angeblich nein. Aber es gibt keinen anderen Weg aus der Wohnung als über die Haupttreppe.«

Er schaut sich um. Die Einrichtung ist spartanisch. Eine Mönchszelle würde im Vergleich übermöbliert wirken. Neben der Essgruppe besteht das Inventar aus einer schwarzen Ledercouch und einem großen Sofatisch mit einer Tischplatte aus grauem Granit wie im Badezimmer.

»Hast du das hier schon gesehen?« Signe deutet auf ein Terrarium, das hinter dem Sofa steht. In einer Ecke, unter einer Wärmelampe, liegt eine zusammengerollte weißgelbe Schlange. Eine Albino-Boa, tippt Juncker. Daneben, auf einem metallenen Rolltischchen, steht ein Käfig, in dem eine Schar weißer Mäuse umherwuselt.

»Er hat garantiert da auf dem Sofa gesessen und den

Anblick genossen, wie dieses schleimige Biest die Mäuse zu Tode drückt und sie verschlingt. Abartig«, sagt Signe.

»Schlangen sind nicht schleimig«, erwidert Juncker und setzt sich auf einen der Esstischstühle. »Sie sind trocken und kühl, wenn man sie anfasst. Ein bisschen wie Porzellan.«

Er reibt sich die vor Müdigkeit brennenden Augen. Könnte sich jemand anders als Peter Rolf in der Wohnung aufgehalten haben? Jemand, der das Licht ein- und ausgeschaltet hat?

Theoretisch besteht die Möglichkeit natürlich. Dass einer der Männer, die Laust zufolge heute Vormittag durch die Haustür gekommen sind, hier in der Wohnung waren. Aber wo ist dann Peter Rolf?

Die gesamte eine Längsseite des großen Raumes besteht aus Fenstern, die zu einem über die volle Länge des Raumes verlaufenden Balkon zeigen. Die Aussicht aufs Meer ist fantastisch. Juncker steht auf, öffnet eine der Glastüren und tritt auf den Balkon. Seine Höhenangst meldet sich mit voller Wucht, und es kribbelt ihm in den Fingern, als er zwei Schritte aufs Geländer zu macht. Er holt tief Luft, beugt sich vor und schaut hinunter. Es dauert einen Moment, bis ihm klar wird, was er da sieht.

»Verdammt«, murmelt er und dreht sich um.

»Was ist los?«, fragt Signe.

»Komm mit!«, ruft Juncker, der bereits im Treppenhaus ist.

Er hastet die Treppe zwei Stufen auf einmal nehmend hinunter und ignoriert die Proteste seiner eingerosteten Kniegelenke und des Unterleibs. Im Erdgeschoss klopft er an die linke Tür. Kurz darauf öffnet eine jüngere Frau.

»Martin Junckersen, Kopenhagener Polizei«, sagt er

und zückt seinen Ausweis. »Ist ein Mann durch Ihre Wohnung gegangen?«

Sie schaut ihn verblüfft an. »Was meinen Sie?«

»Ich weiß, es klingt verrückt, aber haben Sie einen Mann hereingelassen, der durch Ihre Wohnung und zur Gartentür hinausgegangen ist?«

»Nein!«

»Okay. Danke.«

Die Frau schließt die Tür, und Juncker klopft nebenan. Keine Reaktion. Er klopft erneut. Noch immer kein Lebenszeichen in der Wohnung.

»Kannst du versuchen, eine Telefonnummer für diese Adresse zu finden?«, wendet sich Juncker an Signe.

Sie nickt. »Hier müsste ein Janus Peidersen wohnen«, sagt sie nach einer halben Minute.

»Ruf ihn an.«

»Okay.«

Ein Moment verstreicht, dann schüttelt sie den Kopf. »Es geht keiner ...«

»Schh.« Juncker legt ein Ohr an die Tür. »Da drinnen klingelt es«, sagt er und dreht den Türknauf. Verschlossen.

Er nimmt die wenigen Stufen hinunter zur Straße mit einem Satz, reißt die Tür auf, läuft die Straße entlang und biegt gefolgt von Signe in die erste Seitenstraße ein. Nach etwa fünfundzwanzig Metern führt ein offenes Tor aufs Grundstück des Gebäudes. Aus naheliegenden Gründen verfügen die Wohnungen im Erdgeschoss nicht über einen Balkon. Dafür haben sie einen kleinen Garten. Juncker bleibt stehen und versucht abzuschätzen, welche Wohnung die von Janus Peidersen ist. Signe fasst ihn am Arm.

»Da.« Sie zeigt auf ein angelehnt stehendes Gartentor.

Juncker eilt zum Garten, der auf einer grasbewachsenen

Erhebung liegt. Eine Frau mit einem Christiania Bike und einem Kind auf der Ladefläche schaut Signe und Juncker neugierig an.

»Was ist los?«, fragt sie.

»Nichts, worüber Sie sich Gedanken machen müssten«, sagt Signe.

»Also, Sie können nicht einfach ...«

Signe reißt ihren Ausweis heraus und hält ihn ihr vor die Nase. »Polizei! Fahren Sie weiter.«

Die Frau macht ein erschrockenes Gesicht, radelt aber davon.

Juncker steigt über eine niedrige Buchenhecke und geht in die Wohnung.

Auf dem Boden bei der Tür zum Flur liegt ein lebloser Mann auf dem Rücken. Er hat stark aus einer Wunde am Kopf geblutet, doch die Blutlache auf dem Boden ist bereits etwas eingetrocknet, er muss hier also schon eine Weile liegen. Juncker kniet sich hin und sucht angstvoll am Hals des Mannes nach dessen Puls. »Komm schon«, murmelt er. Er findet ihn und nickt Signe erleichtert zu. »Ruf einen Rettungswagen!«

Zehn Minuten später tragen die Sanitäter den noch immer bewusstlosen Mann hinaus. Es sieht nach einem offenen Schädelbruch aus. Juncker betet, dass Janus Peidersen überlebt.

»So ein elender Dreck«, sagt er zu Signe.

»Das kannst du laut sagen. Ein komplett durchgeknallter Serienmörder auf freiem Fuß, und wir haben keine Ahnung, wo er abgeblieben ist.«

»Ich hätte vorhersehen sollen, dass er auf diese Weise entkommen könnte.«

»*Wir* hätten es vorhersehen sollen. *Wir*«, sagt Signe mit

Nachdruck. »Er muss erkannt haben, dass er aufgeflogen ist und wir ihn beschatten würden. Er hat gewusst, dass wir unten auf der Straße saßen.«

»Sieht so aus.«

»Also was machen wir?«

»Teglholmen. Vielleicht hat Malene eine Idee, wie sein nächster Zug aussehen könnte.«

Kapitel 61

Hin und wieder vermisst sie ihn.

In der ersten Zeit, als er in Sandsted war, konnte sie nichts anderes fühlen als Wut und Enttäuschung über seinen Vertrauensbruch. Sie hatte es nicht kommen sehen. Dass er, ihr Mann, ihr bester Freund, ihr engster Vertrauter, sie derart verraten könnte. Sie beide. Ihre Beziehung. Dass es ihm überhaupt in den Sinn kommen könnte, so etwas zu tun.

Aber es hätte ja überhaupt nichts bedeutet, wie er immer wieder beteuerte. Ein gleichgültiger Seitensprung, eine momentane Verirrung.

Als würde das seine Schuld mindern. Als würde das überhaupt einen Sinn ergeben.

Tatsächlich hatte eben das Charlotte am meisten getroffen. Dass er bereit gewesen war, so viel für so wenig zu riskieren.

Als er aus Sandsted zurückgekehrt war, hatte es in der Luft gelegen, dass sie es noch mal miteinander versuchen sollten, und sie hatte daran geglaubt. Doch nach nur wenigen Wochen musste sie sich eingestehen, dass es eine Illusion war. In dem Zeitraum, den sie voneinander getrennt gewesen waren, hatte sich ihre Toleranz gegenüber seinen Macken – seine Verschlossenheit, seine Bärbeißigkeit, seine ewige Besserwisserei – erschöpft.

Jetzt stecken sie mitten in der Scheidung, und gerade vermisst sie ihn tatsächlich.

Merkwürdig.

Sie nimmt eine Flasche Weißwein aus dem Kühlschrank und schenkt sich ein. Fast schon rituell ermahnt sie sich aufzupassen. Denn so fängt es an, meine Liebe. Aus dem einen Gläschen, das man sich gönnt, weil man es verdient hat, werden fast immer zwei und nicht selten sogar drei oder vier.

Sie setzt sich an den Esstisch, greift zum Handy und öffnet die Nachrichtenseite der Zeitung. Zuoberst prangt ein weiterer Artikel über die soeben überstandenen Zwischenwahlen in den USA und die Niederlage, die der aus unerfindlichen Gründen von den Amerikanern zum Präsidenten gewählte Clown erlitten hat. Darauf folgt ein Konvolut aus drei Artikeln über die Frauenmorde der letzten Wochen und den Mord an Troels Mikkelsen. Sie hat Troels ein paarmal bei Stehempfängen getroffen, aber auch wenn Martin meinte, er sei ein sehr guter Ermittler, hat sie ihn schon immer für einen Lackaffen gehalten. Krasse Geschichte allerdings, dass er ermordet worden ist.

Charlotte gehört nicht zur ängstlichen Sorte, ganz im Gegenteil. Aber die vier Morde setzen ihr zu. Erfüllen sie mit einer Unruhe, die sie so nicht von sich kennt. Irgendwie ist es so ... normalerweise findet sie den Ausdruck furchtbar, aber hier passt er: so undänisch. Frauenhassende Serienmörder, die gibt es in den USA, in Großbritannien, mitunter auch mal in Deutschland oder Frankreich, aber doch nicht in Dänemark.

Sie zuckt zusammen, als es an der Tür klopft. Sie schaut auf ihr Handy, das Display zeigt 21.14 Uhr, und sie erwartet keinen Besuch. Sie steht auf, geht in den Flur und öffnet.

Erst erkennt sie ihn nicht, die Glühbirne in der Lampe über der Haustür ist kaputt, wodurch es stockdunkel auf den Stufen ist. Es bläst und regnet heftig.

»Hallo«, sagt er, und als sie seine Stimme hört, erkennt sie ihn.

»Äh, hallo«, erwidert sie verblüfft. »Was ...?«

»Tut mir leid, dass ich zu so unchristlicher Stunde einfach aufkreuze.«

»Nein, nein, das macht doch nichts. Was kann ich für Sie tun?«

»Ich würde Ihnen gern etwas erzählen. Wenn ich ...«

»Was? Ja, na klar. Kommen Sie rein.«

Er schüttelt den Regen von seiner Jacke, tritt ein und streift sich die Schuhe gründlich auf der Fußmatte ab. Er zeigt nach unten.

»Soll ich ...?«

»Nein, behalten Sie sie an. Der Boden wurde sowieso seit Ewigkeiten nicht mehr gewischt«, sagt sie mit einem schiefen Lächeln.

Sie geht in die Küche, und er folgt ihr.

»Ich habe mir gerade ein Glas Weißwein eingeschenkt. Möchten Sie auch eins?«

»Ja, gern.«

Als sie damals die Leiterin des Politikressorts war, hatte sie relativ oft Kontakt mit ihm, so wie mit allen Beratern der wichtigen Ministerien. Zu Peter Rolf hatte sie eine besonders gute Beziehung. Er ist wirklich kompetent, geradeheraus und vertrauenswürdig, stets aufrichtig, was seine Motive angeht, sich an die Presse zu wenden, und im Gegensatz zu den meisten anderen Spindoktoren, die sich und ihre Herren und Meister in zunehmendem Grad hinter nichtssagenden E-Mail-Antworten oder der Standardphrase »Hierzu gibt der Minister keinen Kommentar« verstecken, praktisch immer erreichbar, jedenfalls für sie.

Er war auch immer schon ein Flirt. Und ist es noch, merkt sie.

»Gefällt es Ihnen beim Investigativteam?«

»Ja, auf jeden Fall.«

»Glückwunsch auch noch zum Cavlingpreis. Wohlverdiente Lorbeeren.«

»Danke. Ja, es war eine gute Story.«

»Ich muss ganz ehrlich sagen, wir vermissen Sie. Im Ministerium, meine ich. Auch wenn viele Ihrer Artikel nicht allzu schmeichelhaft für uns waren, haben Sie einen guten Ruf. Sowohl unter Beamten als auch Politikern.«

Sie lacht trocken. »Sie wissen schon, dass Journalisten so gut wie immer nervös werden, wenn Quellen – ganz besonders solche wie Sie – einen derart beweihräuchern? Wir müssen ja ganz schön leicht zu manipulieren sein, denken wir dann.«

»Ha. Ja, aber so war es wirklich nicht gemeint.«

Sie stellt ihr Glas ab.

»Aber Sie sind wohl kaum gekommen, um mir auf die Schulter zu klopfen. Also, welchem Umstand schulde ich die Ehre?«

Er schaut sich im Zimmer um.

»Schön haben Sie und Ihr Mann es hier.«

»Einzahl. Mein Mann und ich lassen uns gerade scheiden.«

»Stimmt, das habe ich gehört. Also wohnen Sie jetzt allein?«

»Ja.«

»Mit Ihrem Mann hatte ich in letzter Zeit ein paarmal zu tun.«

»Im Zusammenhang mit den Morden an den Frauen und Troels Mikkelsen?«

»Genau. Er und sein Chef waren sehr entgegenkommend und haben uns laufend über die Ermittlungen informiert.«

»Das freut mich für Sie.« Sie leert ihr Glas, steht auf und holt die Flasche aus dem Kühlschrank. »Noch einen Schluck?«

Er nickt. »Gern.«

Sie schenkt nach. »Sagen Sie, warum sind Sie hier?«

Er mustert sie eingehend. Der freundliche und interessierte Ausdruck in seinen Augen ist schlagartig gewichen und durch etwas ersetzt worden, das sie nicht richtig einordnen kann.

»Ich habe eine Story für Sie. Eine echt gute Story.« Er hebt sein Glas und prostet ihr zu. »Ich hoffe, Sie werden sie schreiben. Darauf ein Prosit.«

Kapitel 62

Er hat schon früher mit Psychopathen zu tun gehabt. Männern – denn es waren immer Männer –, die schreckliche Verbrechen begangen hatten und praktisch null Empathie für Menschen im Allgemeinen und ihre Opfer im Besonderen aufwiesen.

Aber einem Menschen wie Peter Rolf ist Juncker noch nie begegnet.

Er ist rastlos. Zum dritten Mal binnen weniger Minuten steht er auf, geht zum Regal neben der Tür von Merlins Büro und lehnt sich dagegen, nur um sich kurz darauf wieder zu setzen.

»Er operiert von einem anderen Ort als seiner Wohnung aus«, sagt Juncker.

»Warum glaubst du das?«, fragt Merlin.

»Hauptsächlich ein Gefühl. Wir haben seine Wohnung ja noch nicht durchsucht, kann also sein, dass wir noch Kleidung und Ausrüstung finden, die ihn mit den Morden in Verbindung bringen, aber ich glaube es nicht. Er hat eine Werkstatt oder eine Zweitwohnung ... vielleicht auch eine Garage irgendwo.«

»Hast du was vom Justizministerium gehört?«, fragt Signe Merlin.

»Ja, gleich zweimal von der Ministerialdirektorin. Sie stehen unter Schock, war mein Eindruck. Vor allem der

Minister ist anscheinend komplett von der Rolle. Sie bitten uns inständig, diskret vorzugehen. Der Ministerpräsident ist auch unterrichtet, und der Koordinationsausschuss der Regierung ist einberufen.«

»Entschuldigung, aber wie fängt man diskret einen Massenmörder?« Signe sieht skeptisch aus.

Merlin lächelt gequält. »Tja, da wusste der Minister auch nicht so recht einen Vorschlag zu machen. In gewisser Weise kann ich die hohen Herren und Damen ja verstehen, denn was sagt es schon über ihr und insbesondere das Urteilsvermögen des Ministers aus, dass man in der obersten Instanz für Gesetz und Ordnung so einen Mann in einer Spitzenposition sitzen hatte?«

»Aber er hat ja alle getäuscht. Uns inklusive«, sagt Signe.

»Der Polizeidirektor?«, erkundigt sich Juncker. »Was sagt der?«

»Der drückt sich für seine Verhältnisse ungewöhnlich einfach aus: Bringt die Sache zu Ende.«

»Und der PET?«

»Noch nichts. Bis auf Weiteres sind wir also am Ball.«

»Die Medien?«

»Soweit ich weiß, ist noch nichts durchgesickert.«

»Das kann nur eine Frage der Zeit sein. Nach unserer Aktion in Nordhavn würde es an ein Wunder grenzen, wenn nicht sehr schnell jemand der Presse einen Tipp gibt«, sagt Juncker.

Es klopft an der Tür. Malene Hanslev kommt herein und setzt sich. Juncker gibt ihr eine knappe Zusammenfassung über die jüngsten Ereignisse.

»Der Berater des Justizministers«, sagt sie. »*Holy shit*. Aber das passt ja perfekt ins Bild. Ein Machtmensch.«

Juncker nickt. »Kann man so sagen. Tatsächlich halten

viele Peter Rolf für mächtiger als den Minister selbst. Die Frage ist, was er jetzt macht?«

»Das lässt sich natürlich schwer sagen. Aber von Anfang an, beginnend mit dem allerersten Mord an Martina, war das Ganze hier ein Projekt für ihn«, sagt sie.

»Das welchen Zweck verfolgt?«

»Zwei Dinge, die natürlich eng zusammenhängen. Erstens demonstrieren, wie gerissen und intelligent er selbst ist, und zweitens zeigen, wie hoffnungslos dämlich und ineffektiv wir sind.«

»Verdammt, aber wir sind ihm doch dicht auf den Fersen«, ruft Signe. »Wir wissen, wer er ist …«

»Aber nicht, wo er ist. Und in seiner Erzählung sind wir ihm nur deshalb so nahe gekommen, weil er es zugelassen hat. Er hat die Spuren gelegt. Die römischen Ziffern. Katja Lütsachs Kleidung, die er vor Junckers Haustür abgelegt hat. Die Duftspur an Trisse Jacobsens Leiche. Die Patronenhülse.«

Irgendetwas regt sich tief drinnen in Junckers Gehirn. Er beugt sich vor und vergräbt das Gesicht in den Händen.

Die anderen schauen ihn verblüfft an. »Juncker?«, fragt Merlin. »Geht's dir nicht gut?«

Er winkt ab. »Doch, doch. Es ist nur …« Er zieht sein Handy heraus, öffnet die Galerie, scrollt etwas zurück und klickt auf ein Foto. »Gib mir mal bitte einen Zettel und was zu schreiben«, sagt er zu Merlin.

Juncker schaut auf das Foto, schreibt vier Wörter auf den Block und unterstreicht jeweils die ersten beiden Buchstaben. Dann hält er das Handy hoch, damit die anderen das Bild sehen können, hält aber seine Notizen noch bedeckt.

»Was ist das?«, fragt Signe.

»Diese Buchstaben waren mit Kreide auf den Asphalt des Weges geschrieben, der an der Stelle vorbeiführt, wo Eva Basel ermordet wurde. Als ich das erste Mal am Tatort war, sind sie mir nicht aufgefallen, aber sie könnten zu dem Zeitpunkt trotzdem schon da gewesen sein.«

»Was stand da?«

»A L M A V I Ø R «, buchstabiert Juncker.

»Und was soll das bedeuten?«

»Tja, das habe ich mich natürlich auch gefragt. Wie ihr seht, war hinter die Buchstaben noch ein Herz gemalt, deshalb dachte ich, jemand hätte vielleicht eine Liebeserklärung an ein Mädchen oder eine Frau namens Alma Viør geschrieben. Und habe weiter keinen Gedanken daran verschwendet.«

»Alma Viør?« Signe runzelt die Stirn. »Also, Alma ist ein Name, aber Viør, so heißt doch kein Mensch.«

»Nein, ich habe den Namen auch noch nie gehört und glaube nicht, dass es einer ist. Schaut euch das an«, sagt Juncker und hält den Block hoch.

ALbertslund
MAryland
VIrginia
ØRestad

»Er wollte uns damit nur mal eben mitteilen, dass der Mord an Eva Basel der vierte in der Reihe war. Er hat uns schlicht und ergreifend gefüttert mit Hinweisen und Spuren.«

»Wahnsinn, so ein gestörter Freak.« Signe schüttelt den Kopf. »Aber wirklich auf seine Spur geführt hat uns erst

Helene Martinus, als sie uns von der Vergewaltigung erzählt hat. Das hatte er doch nicht geplant, oder?«

»Danach sieht es jedenfalls nicht aus«, räumt Malene ein. »Aber wie ich gerade gesagt habe, sind wir in ›seiner Erzählung‹ Vollidioten, weil er davon überzeugt ist, derjenige zu sein, der die Fäden zieht, und diesen Eindruck können solche Bagatellen nicht ändern.«

»Der Mord an Troels …?«, fragt Signe.

»Ich glaube nicht, dass er Teil seines ursprünglichen Plans war, sondern dass er ihn ab einem gewissen Punkt als Bedrohung für sein gesamtes Projekt ansah. Er fürchtete, vor dem von ihm beabsichtigten Zeitpunkt aufzufliegen und gefasst zu werden, deshalb musste er Troels eliminieren«, sagt Malene.

»Ja, Troels war ihm eindeutig dichter auf den Fersen als wir. Aber soll das etwa heißen, Ziel seines ganzen Projekts, oder wie auch immer man es nennen will, ist es, am Ende von uns geschnappt zu werden?«

»Das wäre absolut denkbar. Stellt euch mal vor, was er damit für eine Plattform bekommen würde. Für einen Narzissten wie ihn käme das dem Paradies gleich. Sämtliche Medien würden über den Prozess berichten. Alle Augen wären auf ihn gerichtet. Er hätte jede Menge Redezeit und haufenweise Gelegenheit, euch ins Lächerliche zu ziehen. Die Geschichte davon zu erzählen, wie er selbst bestimmt hat, wann und eventuell auch … na ja, warten wir ab, wie das Ganze endet.«

»Aber er würde doch für den Rest seines Lebens im Kittchen verschimmeln«, wendet Signe ein.

»In seinen Augen wäre das bloß eine weitere Möglichkeit zu brillieren. Er würde es als spannende Herausforderung betrachten, Gefängnispersonal, Psychologen,

Psychiater und alle, mit denen er sonst noch so zu tun hat, zum Narren zu halten. Solange er nur jemanden hat, mit dem er seine Spielchen treiben kann, leidet sein Selbstwert nicht. Er würde natürlich auch versuchen, ob es ihm nicht gelingt auszubrechen. Das wäre die ultimative Demütigung des Systems. Schlussendlich würde er sicherlich eine größere Fangemeinde aus sowohl Männern als auch Frauen draußen in der Welt um sich scharen. Das trifft auf viele inhaftierte Psychopathen zu.« Malene schaut in die Runde. »Und dann gibt es noch einen weiteren Aspekt, von dem ich zunehmend sicher bin, dass er ein starker Antrieb für ihn ist.«

»Und zwar?«, fragt Juncker.

»Rache. Ihm wurde irgendeine Ungerechtigkeit zugefügt, für die er sich jetzt rächen will. Das könnte alles sein ... zum Beispiel, dass er mal von irgendeiner öffentlichen Instanz schlecht behandelt wurde. Am wahrscheinlichsten, glaube ich, von der Polizei.«

Merlin nickt. »Dazu kann ich vielleicht etwas beitragen. Wir wissen, dass Peter Rolf sich drei Jahre nach Abschluss der Polizeischule, also 96, um eine Stelle bei der Kriminalpolizei beworben hat und abgelehnt wurde. Ratet mal, wer die Stelle gekriegt hat?«

»Troels«, sagt Juncker.

»Ganz genau.«

»Aber kann so eine Bagatelle, die außerdem Jahre her ist, wirklich ein Motiv sein, sieben Menschen zu töten?«, fragt Signe.

»Definitiv. So etwas kann eine äußerst starke Motivation für einen Psychopathen sein. Und sie haben ein Elefantengedächtnis. Selbst an die winzigsten Details erinnern sie sich. Kombiniert man das Ganze dann mit einer ordentlichen Portion Frauenhass und einem offenkundigen Fetisch, anderen die Luft abzudrehen, ergibt es einen tödlichen Cocktail.«

Juncker steht auf und stellt sich ans Regal.

»Was macht er jetzt?«, wiederholt er seine Frage an Malene.

Sie zuckt mit den Achseln. »Es würde mich wundern, wenn er nicht irgendeine Form von *Grande finale* geplant hätte. Aber wie das aussehen wird, weiß ich natürlich nicht.«

»Wird er noch mal töten?«

Sie schaut ihn traurig an. »Das könnte durchaus sein. Leider.«

Und, denkt Juncker, was können wir tun, um es zu verhindern? Praktisch nichts.

»Wäre auch denkbar, dass er Selbstmord begeht?«

»Das bezweifle ich stark. Der Gedanke liegt ihm völlig fern. Egal wie brenzlig die Lage für ihn wird, er wird weiterhin daran glauben, dass seine Intelligenz ihn rettet.«

»Nicht mal die Aussicht, für den Rest seines Lebens hinter Gitter zu kommen, schreckt ihn?«

»Nope. Das löst sich schon irgendwie, wird er denken.« Malene steht auf. »Ich bin an meinem Platz, solltet ihr mich brauchen.« In der Türöffnung bleibt sie stehen und dreht sich um. »Was ist mit euch? Seid ihr Peter Rolf irgendwann mal in die Quere gekommen?«

»Ich nicht«, sagt Signe. »Ich war noch gar nicht bei der Polizei, als er aktiv im Dienst war.«

Malene schaut Juncker und Merlin an. »Und ihr zwei?«

»Nein. Jedenfalls nicht, dass ich wüsste«, antwortet Juncker.

Merlin schüttelt den Kopf. »Ich auch nicht.«

»Bist du ganz sicher, Juncker? Er scheint sich dich im

Speziellen ausgeguckt zu haben. Ich meine, das Paket vor deiner Haustür. Und der Brief in der Bar.«

»Schon ... Aber das könne doch schlicht und ergreifend dem Umstand geschuldet sein, dass ich der Ermittlungsleiter bin.«

»Das stimmt natürlich.« Sie schaute ihn besorgt an. »Aber sei sicherheitshalber auf der Hut, solange er auf freiem Fuß ist.«

Die drei Polizisten starren noch eine Weile auf die geschlossene Tür.

»Okay«, sagt Merlin dann, mehr zu sich selbst.

Junckers Handy klingelt. Es ist Peter Lundén von der Kriminaltechnik.

»Wir haben da etwas gefunden, was euch vielleicht weiterbringt«, sagt er.

»Schieß los.«

»Im Mülleimer unter der Spüle lag ein zusammengeknüllter Zettel von PostNord. Sie haben vor zehn Tagen vergebens versucht, ein Paket bei einem Mann namens Jens Christensen abzugeben, allerdings nicht bei der Adresse hier in Nordhavn.«

»Wo dann?«

»Skånegade 5. Zweiter Stock. Das ist drüben auf Amager.«

»Klasse, Peter, danke dir. Bis dann.«

Juncker berichtet Merlin und Signe von dem Fund.

»Das ist vermutlich der Ort, von dem aus er operiert. Signe, wir fahren mit einem Schlüsseldienst hin.«

Merlin hebt eine Hand. »Halt, stopp. Die Sache mit der Diskretion, damit ist jetzt Schluss. Mit dem Kerl dürfen wir kein Risiko eingehen. Also betretet ihr die Wohnung nicht ohne die AKS im Rücken.«

»Weiß der PET Bescheid?«, fragt Signe.

»Müssen wir nicht auch nach Rolf fahnden lassen und eine detaillierte Personenbeschreibung rausschicken? Momentan kann er sich ja mehr oder weniger risikolos bewegen«, sagt Juncker.

»Doch, machen wir«, sagt Merlin. »Ich kümmere mich drum.«

»Die Medien werden Amok laufen. Wieder mal. Das sind echt goldene Tage für sie.«

»Es ist, wie's ist.« Merlin schaut auf seinen Monitor. »Da ist noch eine E-Mail von Kafka gekommen. Der Mann liegt nicht gerade auf der faulen Haut.«

»Nein, aber es ist wohl auch nicht ganz unerheblich für ihn, die beiden Frauenmorde endlich aufzuklären«, erwidert Juncker. »Was schreibt er?«

Merlin übersetzt den Text für alle. »In der ersten Zeit, als er, also Peter Rolf, in Washington war, hat er als Jurist in einem Gefängnis gearbeitet. Das hat er ein Jahr lang gemacht. Danach bekam er eine Stelle bei der Bezirksstaatsanwaltschaft, 2010 war das. Nebenbei hat er politische Arbeit gemacht, und das lag ihm offenbar. Er hat einem Staatsanwalt geholfen, gewählt zu werden. Anschließend wurde ein Headhunter der Demokraten auf ihn aufmerksam und hat ihn engagiert, sodass er bei einem erfolgreichen Wahlkampf für einen Senator dabei war. 2014 ging er dann zurück nach Dänemark.«

Signe steht auf. »Und während er sich in den USA und hier zu Hause an die Spitze gearbeitet hat, hat er sechs Frauen umgebracht. Wollen wir uns dieses Schwein nicht endlich schnappen?«

Kapitel 63

Die Spezialeinheiten der AKS müssen nicht auf den mitgebrachten Rammbock zurückgreifen, da die Tür zur Wohnung in der Skånegade unverschlossen ist. Drei Polizisten in grünen Uniformen und mit Sig-Sauer-Maschinenpistolen in den Händen gehen zuerst hinein. Nach gerade mal einer halben Minute haben sie die Wohnung gesichert, woraufhin Signe und Juncker ihnen folgen.

Die Wohnung ist winzig. Sie erinnert Juncker an seine eigene in Nordvest, bloß dass diese hier noch kleiner, heruntergekommener und schäbiger ist. Im Schlafzimmer gegenüber der Tür steht ein weißer Kleiderschrank, auf dem Boden liegt eine alte, versiffte Matratze mit einer schmuddeligen Tagesdecke und einem Kopfkissen mit gelben Flecken. Es braucht eine lebhafte Fantasie, um sich den gepflegten Peter Rolf auf dieser Bettstatt vorzustellen.

Überhaupt braucht es eine lebhafte Fantasie, um bei diesem Fall noch mitzukommen, denkt Juncker.

Im Wohnzimmer steht ein Tisch mit einem Schreibtischstuhl. Andere Möbel gibt es nicht. Auf dem Tisch liegt ein Laptop. Die vergilbten Leinenvorhänge sind vor die beiden Wohnzimmerfenster gezogen. Einzige Lichtquelle ist eine runde Deckenlampe aus Reispapier. An der Wand hängt eine große weiße Magnettafel, an der sieben Fotografien mit schwarzen Magneten befestigt sind. Das erste

Bild zeigt eine junge, lächelnde Martina Jensen. Die beiden nächsten sind von Frauen, die Juncker noch nie gesehen hat, von denen er sich aber denken kann, wer sie sind, nämlich Marleen Tucker und Christine Hansson. Nummer vier, fünf und sechs sind Aufnahmen von Eva Basel, Katja Lütsach und Trisse Jacobsen. Alle drei sind mit Blitzlicht geschossen – an den Tatorten, nachdem die Frauen umgebracht wurden.

Beim Anblick des siebten Fotos läuft es Juncker kalt den Rücken herunter. Es ist grobkörnig und unscharf, aufgenommen aus der Entfernung, und er ist sich nicht sicher, ob er die Frau vor ein paar Tagen erkannt hätte.

»Wer ist das?«, fragt Signe.

»Helene Martinus.«

»Shit«, murmelt sie.

Er zieht sein Handy heraus, sucht ihre Nummer im Adressbuch und wählt. Aber sie geht nicht dran, nur die Mailbox antwortet. Juncker legt auf, ruft stattdessen Merlin an und bittet ihn, einen Streifenwagen zu Helene Martinus' Adresse zu schicken.

Woher weiß Peter Rolf, dass sie ihm von der Vergewaltigung erzählt hat? Könnte Merlin es in einem Briefing erwähnt haben? Nein, seit Junckers Treffen mit Martinus hat Merlin Rolf nicht mehr im Detail informiert. Vielleicht hat er sich gedacht, dass die einzige Möglichkeit, wie Juncker ihm auf die Spur kommen könnte, darin bestünde, wenn die Chefpolizeiinspektorin ihm ihre Geschichte erzählt.

Oder vielleicht stand Helene Martinus schon von Anfang an auf Peter Rolfs Todesliste.

Signe ruft ihn aus dem Schlafzimmer. Sie hat den Schrank geöffnet. In den Fächern liegen einige schwarze

Kleidungsstücke, Kabelbinder, zwei Sturmmasken, Schuhe, ein Barttrimmer, ein Stück Schnur und ein dünner Draht. Außerdem steht dort ein Flakon mit dem Eau de Toilette von Aramis. Auf einem Kleiderbügel hängt ein schwarzer Neoprenanzug.

Juncker geht zurück ins Wohnzimmer und schaut sich um. Er ist sich so gut wie sicher, dass Peter Rolf eine Spur hinterlassen hat. Es wäre natürlich naheliegend, mit dem Laptop zu beginnen, allerdings wohl etwas zu naheliegend. Außerdem dürfte es einige Zeit dauern, bis die Techniker das Passwort geknackt und sich Zugang verschafft haben.

Und diese Zeit haben sie nicht.

Sein Handy klingelt.

»Ich habe gerade Meldung vom Streifenwagen erhalten, der zu Martinus' Adresse geschickt wurde«, berichtet Merlin. »Sie ist nicht daheim. Das Haus ist leer.«

»Und sie waren drinnen?«

»Ja.«

»Wohnt sie allein?«

»Soweit ich auf Anhieb feststellen konnte, ja.«

»Sie sollen eine großflächige Suchaktion starten. Sie *muss* gefunden werden.«

»Ich leite es weiter.«

»Gut. Nach Peter Rolf wird gefahndet?«

»Ja, sämtliche Streifenwagen suchen nach ihm.«

»Und die Presse?«

»Wir posten es nachher gleich auf Twitter und geben morgen früh eine Pressemitteilung raus.«

»Wie spät ist es eigentlich?«

»Kurz nach halb elf. Was macht ihr jetzt?«

Juncker fühlt sich komplett ideenlos. Und so müde,

dass er sich an Ort und Stelle auf den Boden legen und einschlafen könnte.

»Ich weiß es nicht«, sagt er.

Zwei Kriminaltechniker kommen, und Juncker setzt sie kurz ins Bild.

Als er fertig ist, schaut Signe ihn fragend an.

»Wir fahren«, sagt er.

»Wohin?«

»Zu seiner Wohnung.«

Kapitel 64

Es schüttet wie aus Eimern, und der Wind, der durch die Stadt fegt, ist gnadenlos. Juncker bibbert und schaltet die Autoheizung auf die höchste Stufe. Keiner von ihnen spricht ein Wort auf dem Weg von Amager nach Nordhavn. Die Straßen sind fast völlig ausgestorben, ein geduckter Fußgänger hier, ein gebeugter Radfahrer da. Dafür begegnen ihnen auf der relativ kurzen Fahrt ganze vier Streifenwagen.

Aber sie werden ihn nicht auf der Straße fassen, davon ist Juncker überzeugt. Sie können bloß beten, dass die massive Polizeipräsenz ihn davon abhält, einen weiteren Mord zu verüben.

Vielleicht eine vergebliche Hoffnung, falls er Helene Martinus in seiner Gewalt hat. Vielleicht ist sie bereits ... Juncker weigert sich, den Gedanken zu Ende zu führen.

Hätte er vorhersehen müssen, dass sie in Gefahr ist?

Er parkt an derselben Stelle wie am Vortag, als sie die Überwachung von Peter Rolf eingeleitet haben. Ein Streifenwagen hält direkt vor der Haustür. Juncker schaut sich um. Kein Mensch zu sehen. Nicht mal ein Fotograf. Früher gab es mindestens eine Handvoll Presse- und Fernsehfotografen, die routinemäßig den Polizeifunk abhörten und nicht selten noch vor der Kriminalpolizei am Tatort waren. Aber heutzutage, wo jeder mit einer Kamera in der

Tasche herumläuft, gehören sie einer aussterbenden Spezies an.

Der Kollege auf dem Fahrersitz des Streifenwagens lässt das Fenster herunter und grüßt sie.

»Sind die Techniker noch da?«, fragt Juncker.

»Nein, die sind vor einer Stunde gefahren.«

Sie nehmen den Fahrstuhl nach oben. Juncker bricht die Versiegelung, und sie gehen hinein.

Nichts lässt erkennen, dass die Wohnung vor Kurzem auf den Kopf gestellt wurde. Selbst die Schlange liegt unbeweglich in derselben Haltung in der Ecke.

»Wonach suchen wir?«, fragt Signe.

»Wenn ich das wüsste«, schnauzt er.

Sie starrt ihn wütend an. »Auf mich brauchst du nicht sauer zu sein.«

»Du hast recht, tut mir leid. Na ja, ähm, wir suchen nach der Spur, die er gelegt hat.«

»Wie, gelegt? Und wo soll die uns hinführen?«

»Dorthin, wo das Ganze seiner Absicht nach enden soll, vermute ich mal.«

»Wir sind also mitten in einer Art ... *Endgame*?«

»So könnte man es wohl nennen.«

»Und wir sollen jetzt eine Spur finden, die uns den Weg weist?«

»Ja.«

»Sag mal, glaubt der, das ist eine beschissene Schatzsuche hier, oder was?«

»Ich denke, ziemlich genau so sieht er es.«

Sie schüttelt fassungslos den Kopf und schaut sich um. »Wie kann ein Mensch hier leben?«

Juncker zuckt mit den Achseln. »Menschen sind verschieden.«

»Offenbar«, sagt Signe. »Also schön, fangen wir an? Sonst schlafe ich ein.«

»Ja. Nimm du das Schlafzimmer, dann gehe ich in die Küche.«

»Noch mal: Wonach, sagst du, suchen wir?«

»Nach einem Zeichen. Irgendetwas, das heraussticht. Etwas Ungewöhnliches. Schau seine ganze Kleidung durch. Und guck unter dem Bett. Überall. Es könnte alles sein.«

Mehrere der Küchenschubladen sind leer. In einem Messerblock stecken fünf Messer. Juncker zieht eines davon heraus und befühlt die Klinge. Sie ist wahnwitzig scharf. Er öffnet den großen amerikanischen Kühlschrank. In der Tür stehen zwei Karaffen mit Wasser, drei alkoholfreie Bier und eine Flasche Weißburgunder. In einem der Fächer steht ein Becher Skyr, daneben liegt eine Packung luftgetrockneter Parmaschinken. Das ist alles.

Das Einzige, was in der Küche – wenn nicht in der ganzen Wohnung – ein wenig heraussticht, sind vier Kühlschrankmagneten, die an der blanken Oberfläche der Tür haften. Sie stammen allesamt aus Washington, D.C. und der näheren Umgebung. Einer ist vom Nationalfriedhof Arlington und zeigt das Grab von John F. Kennedy. Der zweite ist ein Andenken an die Redskins – die Mannschaft nennt sich mittlerweile Washington Football Team, wie Juncker neulich zufällig mitbekommen hat –, der dritte ist vom Medienmuseum Newseum, und auf dem vierten ist das Kapitol mit seiner großen weißen Kuppel abgebildet. Unter zweien der Magneten hängt je ein Brief. Juncker nimmt den ersten ab und liest. Es ist eine Erinnerung von Peter Rolfs Mechaniker an den bevorstehenden Winterreifenwechsel. Juncker klemmt ihn zurück unter den Redskins-

Magneten und greift zum zweiten Brief, einem Schreiben der Krankenkasse, aus dem hervorgeht, dass Rolf einhundertfünfundsiebzig Kronen Zuschuss zu einer Zahnarztbehandlung erhalten hat. Als Juncker das Papier gerade zurückhängen will, bemerkt er, dass in der rechten Ecke mit Bleistift ein kleiner Pfeil gezeichnet ist. Er wendet das Blatt und sieht, dass etwas auf der Rückseite steht. Fünf Wörter, geschrieben mit regelmäßigen Blockbuchstaben.
Senkt sich die Dunkelheit hernieder.

Juncker setzt sich an den Tisch. Er erinnert sich nicht, den Satz schon mal gehört zu haben, und zieht sein Handy hervor, öffnet den Browser und googelt die Worte. Wie sich zeigt, ist es der Titel von Lied siebenhunderteinundneunzig im Gesangbuch der Dänischen Volkskirche. Er klickt auf den Link und liest.

Senkt sich die Dunkelheit hernieder,
erstirbt das letzte Licht des Tages,
gemahnt uns diese Stunde wieder
des Todes dunklen Grabes.
Leuchte uns, Jesus lieb,
allzeit bei jedem Schritt
bis hin zur Grabes Stätt'
und selig Tod uns gib!

»Signe«, ruft er.

Sie kommt zu ihm, und er reicht ihr das Blatt.

»Was ist das?«

»Der Titel von einem Kirchenlied«, sagt er und liest die ganze Strophe vor.

Sie setzt sich an den Küchentisch. »›Und selig Tod uns gib‹?«

Juncker nickt.

»Ist das eine Spur?«, fragt sie.

»Da bin ich ziemlich sicher. Was sollte es sonst sein?«

»Aber wohin führt sie uns?«

»Keine Ahnung«, antwortet Juncker und scrollt in den Suchergebnissen nach unten. »Das Lied wird auch ›Wächtervers‹ genannt. Anscheinend ist es ein altes Stadtwächterlied.«

»Und bringt uns das weiter?«

»Nein, auf Anhieb nicht. Lass uns zurück nach Teglholmen fahren. Wir müssen rauskriegen, was er damit meint.«

Nach fünf Minuten Fahrt klingelt Junckers Handy. Es ist Merlin.

»Sie ist aufgetaucht«, sagt er.

»Martinus?«

»Jepp.«

»Wohlbehalten?«

»Ja.«

Juncker stößt einen erleichterten Seufzer aus. »Gott sei Dank. Wo war sie? Warum ist sie nicht ans Telefon gegangen?«

»Sie hat einen Vortrag im örtlichen Rotary Club gehalten und hatte das Handy ausgeschaltet, und dann hat sie vergessen, es wieder einzuschalten, als es anschließend noch ein Glas Wein gab. Sie hat unsere Nachricht erst gesehen, als sie eben nach Hause gekommen ist.«

»Weiß sie, dass Rolf es womöglich auf sie abgesehen hat?«

»Ja, das habe ich ihr gesagt. Sie hat es ziemlich gelassen genommen.«

»Aber sie hat jetzt Polizeischutz, oder?«

»Ja, zwei Mann. Wo seid ihr?«

»Auf dem Weg zurück. Wir müssen dir was zeigen.«

Juncker legt auf.

Signe gähnt und lehnt den Kopf gegen die Seitenscheibe. »Meinst du wirklich, er ist auf Helene Martinus aus?«

»Kann man nicht wissen.«

»Warum sonst sollte ihr Foto zusammen mit denen der toten Frauen an der Magnettafel hängen?«

»Um uns in Alarmbereitschaft zu versetzen.«

»Also … eine reine Finte?«, fragt Signe.

»Könnte man sagen.«

»Mein Gott. Was kommt als Nächstes?«

Juncker wirft ihr einen Blick zu. »Tja, das sollten wir möglichst rausfinden, bevor er es in die Tat umsetzt.«

20. November

Kapitel 65

Er steht am Rande eines tiefen Abgrunds und denkt voller Panik daran, dass er gleich an die Kante treten muss, weil er wissen will, was sich dort unten verbirgt.

Es ist nicht die Höhe an sich, die ihm Angst macht. So ist seine Phobie nicht gestrickt. Er hat Angst, in die Tiefe zu blicken und dem Drang, sich hinunterzustürzen, nicht widerstehen zu können. Deshalb rührt er sich nicht, obwohl er nach vorn gehen sollte, weil er Charlottes Stimme von unten rufen hört.

Und dann wacht er auf. Kurz ist er verwirrt, doch dann fällt ihm ein, dass er in einem der Besprechungsräume auf dem Boden liegt, mit seinem zusammengerollten Jackett als Kopfkissen und dem Mantel als schlechtem Ersatz für eine Decke. Er merkt, dass er vom Klingeln seines Handys wach geworden ist.

Unter heftigen Protesten seiner Bauchmuskeln setzt er sich auf, greift nach dem Handy und sieht auf dem Display, dass der Anruf von Charlotte kommt. Gerade hat er ihre Stimme noch in einem Albtraum gehört, und jetzt ist sie direkt in seinem Ohr.

»Martin, bist du da?«

»Ja«, sagt er mit heiserer Stimme und räuspert sich. »Ich bin da.«

»Wo bist du?«

»Auf der Arbeit. Was gibt's?«

Sie schweigt einige Sekunden, und auf einmal spürt Juncker, dass sie nicht ganz sie selbst ist. Irgendetwas ist passiert.

»Ich hab gerade euren Tweet gesehen. Dass in Verbindung mit den Frauenmorden nach Peter Rolf gefahndet wird.«

»Ja. Und?«

»Er war gestern Abend hier.«

Einen Moment lang verschlägt es ihm die Sprache.

»Was ... Was sagst du?«

»Ja. Er kam gegen Viertel nach neun. Natürlich habe ich mich gewundert, als er plötzlich vor der Tür stand. Ich kenne ihn zwar aus meiner Zeit als politische Redakteurin, damals hatte ich häufiger mit ihm zu tun, aber in den letzten Jahren hatten wir nur sporadisch Kontakt, und er war noch nie bei uns zu Hause.«

»Was wollte er?«

»Es war ziemlich merkwürdig. Ich habe ihn reingebeten, und wir haben ein Glas Wein getrunken und über dies und das geredet. Dann meinte er, er hätte eine gute Story, die ich exklusiv bekommen könnte.«

»Und hatte er die tatsächlich?«

»Na ja, es war irgendwas mit der Rolle der Opposition in Zusammenhang mit den Verhandlungen zum Haushaltsplan und dem Etat für Polizei und Staatsanwaltschaft ... Eine ziemlich langweilige Systemgeschichte, für die ich mir ganz bestimmt kein Bein ausreißen würde, um sie zu bekommen. Und dann hat er etwas Komisches gesagt: dass er hofft, ich werde den Artikel schreiben.«

»Hast du nicht gefragt, was er damit meint?«

»Doch, klar. Aber er hat keine Antwort darauf gegeben.«

Juncker hört, dass Charlotte hin und her läuft, während sie mit ihm spricht, etwas, was sie tut, wenn sie nervös ist.

»Martin, was wollte er?«

Juncker denkt nach, ehe er antwortet. »Das kann ich dir nicht sagen. Aber vielleicht wollte er mir ein Zeichen geben.«

»Was für ein Zeichen?«

»Schwer zu ...«

»Dass er mich umbringen kann, falls ihm danach ist? Um dich zu treffen?«

Er zögert. »So was in der Richtung vielleicht, ja.«

»Verdammt, Martin. Hegt er wegen irgendetwas einen Groll gegen dich?«

»Nicht dass ich wüsste. Ich habe versucht zurückzudenken, aber mir fällt nichts ein.«

»Was ist mit Karoline und Kasper? Sind sie auch in Gefahr?«

Der Gedanke ist Juncker auch schon gekommen. »Ich gebe Merlin Bescheid, damit er für Polizeischutz sorgt. Auch für dich, natürlich. Ich rufe die Kinder an.«

»Gut.«

»Aber, Charlotte ...«

»Was?«

»Er hat dir ja nichts getan, oder? Obwohl er die Möglichkeit hatte.«

»Nein, und das ist wirklich sehr beruhigend«, sagt sie sarkastisch. »Bis dann.«

Juncker steht auf. Es ist nicht das erste Mal, dass er so geschlafen hat, aber er spürt es deutlich mehr in den Knochen als sonst. Umständlich hebt er sein Jackett auf. Es sieht aus, als hätte es wochenlang zusammengeknüllt in einer Plastiktüte gelegen. Dann geht er auf die Toilette, pinkelt und stellt zufrieden fest, dass die Einlage trocken ist und er nun anscheinend auch beim Schlafen dichthält.

Er geht zu seinem Platz und nickt Laust Larsen und zwei anderen Kollegen zu. Es ist kurz vor sieben. Er ruft Merlin an und berichtet ihm von Peter Rolfs Besuch bei Charlotte.

»Grundgütiger«, murmelt der Chef.

»Du musst für Polizeischutz sorgen. Für sie, aber auch für Karoline und Kasper.«

»Natürlich.«

Juncker ruft seine Kinder an und informiert sie über die Situation und darüber, dass ein Streifenwagen bei ihren Adressen postiert wird. Beide reagieren gelassen, und er fragt sich, ob mit einem Polizisten als Vater aufzuwachsen Kinder wohl dagegen immunisiert, sich wegen solcher Nachrichten Sorgen zu machen.

»Ich dachte, er wäre nur hinter Frauen her?«, fragt Kasper.

»Bis auf Weiteres stimmt das auch«, sagt Juncker.

Karoline gibt zu bedenken, dass der Mann seine Opfer bis jetzt ausschließlich im Großraum Kopenhagen ausgewählt hat.

»Und in den USA«, ergänzt Juncker.

»Ist es dann nicht ziemlich unwahrscheinlich, dass er plötzlich hier in Aarhus auftaucht?«

»Doch, vermutlich. Aber sicherheitshalber …«

»War schön, von dir zu hören, Papa«, sagt Karoline, als er das kurze Gespräch beendet, und er ist sich nicht sicher, ob es ironisch gemeint war. Es ist lange her, seit er zuletzt mit seiner Tochter gesprochen hat. Sein notorisch schlechtes Gewissen regt sich, aber er schiebt es beiseite.

Anschließend ruft er Malene Hanslev an, die damit

rechnet, in einer halben Stunde für das Morgenbriefing auf Teglholmen zu sein. Vor ihm auf dem Schreibtisch liegt ein Ausdruck von *Senkt sich die Dunkelheit hernieder* – alle zehn Strophen des Liedes.

Juncker liest sie ein weiteres Mal, kann aber nichts entdecken, was in irgendeine bestimmte Richtung weisen würde.

Er fühlt sich komplett aufgeschmissen. Hat nicht den leisesten Schimmer, was Peter Rolf ihm sagen will. Denn das ist so ziemlich der einzige Punkt, in dem Juncker Gewissheit zu haben meint: Rolf richtet sich an ihn und sonst niemanden. Was ihn gleichzeitig besorgt und vollkommen ruhig macht. Denn besser er als so gut wie jeder andere.

Kapitel 66

Das Morgenbriefing hat hauptsächlich den Charakter einer Veranstaltung, die bloß überstanden werden muss. Merlin berichtet, dass sämtliche fahrbaren Untersätze der Kopenhagener Polizei in Bewegung sind und es im Lichte dessen reichlich unwahrscheinlich sein dürfte, dass Peter Rolf es wagen wird, sich frei auf den Straßen zu bewegen.

»Sein Erscheinungsbild ist ja ziemlich charakteristisch«, wie Merlin sich ausdrückt.

Signe entgegnet, dass er – sofern er sich in der Öffentlichkeit bewegen muss – wohl clever genug sein dürfte, sich eine Perücke aufzusetzen sowie eventuell einen künstlichen Bart ins Gesicht zu kleben und oder eine Mütze auf- und die Brille abzusetzen, was reichen sollte, um ihn praktisch unkenntlich zu machen.

»Da hast du natürlich recht«, gibt Merlin zu. »Jedenfalls sind wir massiv präsent, viel mehr können wir an dieser Front im Augenblick nicht tun.«

Man könnte »an dieser Front« problemlos streichen und damit ein sehr genaues Bild der Gesamtlage erhalten, denkt Juncker, sagt es aber nicht laut. Das Team fühlt sich ohnehin schon wie gelähmt, kein Grund, die Leute noch weiter zu demotivieren.

Juncker erzählt von Helene Martinus' Foto und der angsterfüllten Wartezeit, bis sie von sich hören ließ. Peter

Rolfs Besuch bei Charlotte lässt er hingegen unerwähnt, nur Signe und Merlin wissen davon.

Als das Briefing beendet ist, setzt er sich mit Signe und Malene zusammen. Er berichtet Malene vom Fund der Verszeile am Kühlschrank in Rolfs Wohnung und von dessen Besuch bei seiner Ex-Frau. Er reicht ihr den Ausdruck mit dem Liedtext. Als sie fertig mit Lesen ist, lehnt sie sich auf ihrem Stuhl zurück.

»Ein elender Mist, das alles«, sagt sie.

»Was will er damit sagen?«, fragt Juncker.

»Zunächst mal untermauert es meine Theorie, dass er dabei ist, das große, minutiös geplante Finale auszuführen. Außerdem besteht ein wichtiger Teil seines Projekts schlicht und ergreifend darin, uns vorzuführen.«

»Ja, verflucht, das wissen wir. Aber was hat er vor?«

Malene schaut Juncker erstaunt an. »Hey, anzuschnauzen brauchst du mich nicht, oder?«

Juncker seufzt. »Nein, tut mir leid. Aber wie deutest du das hier?«

»Die Zeile, die ins Auge springt, ist natürlich ›und selig Tod uns gib‹. Denkt man an sein Faible fürs Ersticken, möglicherweise gekoppelt mit sexuellem Genuss, tja, dann scheint die Annahme auf der Hand zu liegen, dass er glaubt, von ihm erstickt zu werden sei der selige Tod.«

»Er lässt uns also wissen, dass er erneut töten wird?«

»So kann man es jedenfalls interpretieren.«

»Aber gibt es noch eine andere Möglichkeit?«

»Woran denkst du?«

»Dass das Lied mit einem bestimmten Ort verknüpft ist. Oder mit einem bestimmten Ereignis. Dass er uns an eine bestimmte Stelle locken will.«

»Vielleicht.« Malene nimmt erneut das Blatt mit den

zehn Strophen in die Hand. »Aber auf Anhieb sehe ich hier nichts, was auf einen konkreten Ort hinweisen würde.«

»Nein. Aber vielleicht kann uns ein Experte weiterhelfen.«

»Ein Experte?«

»Ja, ein Historiker. Oder vielleicht eher ein Theologe. Ich muss versuchen, jemanden zu finden.«

Merlin kommt durch die Tür.

»Ein Mädchen ist verschwunden«, sagt er.

»Wann? Und wo?«, fragt Signe.

»Sie wurde heute Morgen als vermisst gemeldet. In Hvidovre.« Merlin schaut auf ein Blatt Papier, dass er in der Hand hält. »Vanessa Bækgaard heißt sie. Vierzehn Jahre alt.«

Signe schüttelt den Kopf. »Das verstehe ich nicht. Wie kann ein vierzehnjähriges Mädchen morgens als vermisst gemeldet werden? Warum haben ihre Eltern sie nicht schon gestern Abend vermisst?«

»Ich kenne nicht alle Details, aber irgendwas mit einer alleinerziehenden Mutter, einer Pflegerin, die Nachtdienst in einem Altersheim hatte. Als sie gestern Abend zur Arbeit gegangen ist, war Vanessa bei einer Freundin. Vermutlich ist sie auf dem Heimweg verschwunden. Dass sie nicht nach Hause gekommen ist, hat die Mutter erst heute Morgen gemerkt.«

Keiner sagt etwas. Dann bricht Signe das Schweigen: »Für verschwundene Mädchen sind wir nicht zuständig. Warum erzählst du uns das? Das hat doch nichts mit Peter Rolf zu tun.«

»Doch, hat es.«

Alle drei blicken Juncker an.

»Er ist es«, sagt er tonlos.

»Das steht noch nicht fest«, sagt Merlin.

»Er ist es«, wiederholt Juncker.

»Wie kannst du das wissen?«, fragt Signe.

Er schaut sie an. Dann zuckt er mit den Achseln. »Keine Ahnung.« Er wendet sich an Malene. »Was bedeutet das?«

»Falls er es ist, glaube ich nicht, dass er sie entführt hat, weil er sie umbringen will.«

»Das glaube ich auch nicht. Außer wir treiben ihn dazu. Er hat sie als Geisel genommen.«

Juncker steht auf, Signe ebenso.

»Fahrt ihr nach Hvidovre?«, fragt Merlin.

»Ich will der Sache mit dem Kirchenlied auf den Grund gehen. Signe, kannst du Laust mitnehmen?«

»Klar«, sagt sie und verschwindet durch die Tür.

»Tut mir leid, dass ich euch nur so wenig helfen kann«, sagt Malene.

Er schenkt ihr ein mattes Lächeln. »Braucht es nicht. Keiner von uns ist eine sonderlich große Hilfe in diesem Fall. Der Kerl ist gut. Schwer zu lesen, ganz einfach.«

Ihm kommt ein Gedanke, und als er an seinem Schreibtisch sitzt, öffnet er die Gelben Seiten im Internet und tippt einen Namen und eine Adresse ein. In der Straße in den Kartoffelreihen, in der Charlottes Haus steht und wo er selbst über zwanzig Jahre lang gewohnt hat, lebt auch der Dompropst des Doms zu Kopenhagen. Juncker hat ihn ein paarmal bei Straßenfesten getroffen. Ein netter Typ namens Andreas Gjorslev. Juncker wählt seine Nummer.

»Hallo, Andreas. Hier ist Martin Junckersen ... also Juncker. Aus der Straße.« Er hat keine Lust, die Scheidung zu erwähnen, über die der Propst unter Garantie ohnehin bestens im Bilde ist. So etwas geht in den Reihen nicht unbemerkt vonstatten.

»Juncker, was kann ich für Sie tun?«

Juncker erzählt von dem Lied, ohne jedoch allzu sehr ins Detail zu gehen, weshalb er sich dafür interessiert.

»›Senkt sich die Dunkelheit hernieder‹?«, wiederholt der Dompropst. »Das kenne ich nicht sehr gut. Ich muss schnell ein Gesangbuch holen. Moment.« Einen Augenblick später ist er zurück. »Wissen Sie noch, welche Nummer das Lied hat?«

»Siebenhunderteinundneunzig.«

»Danke.« Er blättert. »Hier ist es ... Ja, zu diesem Lied habe ich keine besondere Verbindung. Was möchten Sie wissen?«

»Ob es mit einem bestimmten Ort verknüpft ist?«

»Nein, nicht dass ich wüsste. Es ist ein Wächterlied, und die verschiedenen Strophen beziehen sich mit Sicherheit auf bestimmte Uhrzeiten am Abend und in der Nacht. Die Stadtwächter haben auf ihrem Rundgang durch die Straßen die Strophe gesungen, die zum jeweiligen Glockenschlag passte. Aber ein bestimmter Ort? Meines Wissens nicht.«

Juncker bedankt sich und legt auf. Und flucht innerlich.

Sein Handy vibriert. Eine SMS. Von einer unbekannten Nummer. Er öffnet sie und liest.

Passiert bald mal was?

Kapitel 67

Vanessa Bækgaards Mutter heißt Winnie, und sie steht kurz vor dem Zusammenbruch. Die zierliche Frau sitzt auf ihrem abgewetzten dunkelblauen Sofa, zusammengekrümmt und reglos, wenn sie nicht gerade mechanisch die Hand mit der Zigarette zum Mund führt und mit erloschenem Blick in den Augen den Rauch in die Lungen zieht. Im Aschenbecher auf dem Couchtisch liegen acht Stummel.

»Winnie, wissen Sie, wo Vanessas Freundin wohnt?«, fragt Signe. »Die, bei der sie gestern Abend war?«

»In der Helenas Alle«, antwortet die Frau mit brüchiger Stimme.

»Treffen die beiden sich oft?«

»Ja. Vanessa und Sandra sind ständig zusammen. Sie gehen in eine Klasse.«

»Welchen Weg, glauben Sie, ist Vanessa gestern Abend nach Hause gegangen?«

»Den direkten Weg. Also den Hvidovrevej entlang. Das habe ich ihr immer gesagt. Dass sie den direkten Weg nach Hause nehmen soll.« Winnie drückt die Kippe aus und schaut Signe angriffslustig an. »Glauben Sie, ich bin eine schlechte Mutter, weil ich meine Tochter allein im Dunkeln nach Hause gehen lasse?«

Signe schüttelt den Kopf. »Überhaupt nicht.«

»Ich habe mit den Nachbarn ausgemacht, dass Vanessa zu ihnen kommen kann, wenn sie allein zu Hause ist und Hilfe braucht. Oder Angst vor irgendwas hat. Aber das macht Vanessa so gut wie nie. Sie ist ein liebes Mädchen. Und schlau. Sie hat immer gute Noten in der Schule.«

Mit zitternden Händen steckt sie sich eine neue Zigarette an.

»Denken Sie, ich finde es toll, meine Tochter allein zu lassen? Aber ich brauche die Nachtdienste ... um ein bisschen extra zu verdienen. Es ist teuer, eine Teenagerin zu versorgen und ihr kaufen zu können, was sie sich wünscht. Ich will nicht, dass es ihr an etwas fehlt, nur weil ich ...« Sie verstummt.

»Das kann ich absolut verstehen«, sagt Signe. »Würde Vanessa bei jemandem ins Auto steigen, den sie nicht kennt?«

Winnie schaut sie empört an. »Natürlich nicht. Auf keinen Fall.«

»Gestern Abend hat es in Strömen geregnet, es war windig und bitterkalt. Da wäre es ja nachvollziehbar, wenn jemand ihr anbietet sie mitzunehmen und ...«

»Nein, so was macht sie nicht«, erwidert Winnie, nun etwas unsicherer. »Das kann ich mir nicht vorstellen ... Ich habe ihr immer eingetrichtert, dass sie niemals mit Fremden mitgehen darf. Oder irgendwas von jemandem annehmen. Unter keinen Umständen.«

»Okay.« Signe betrachtet die Frau auf dem Sofa. Winnie beugt sich vor, um zu aschen, doch die Asche fällt auf ihren Schoß. Apathisch schnippt sie sie weg. Dann starrt sie Signe mit zusammengekniffenen Augen an.

»Könnte es eines von diesen Pädoschweinen sein? Vor einer Weile gab es Gerüchte, dass nicht weit von hier so ein Perversling eingezogen ist, der jahrelang im Knast saß, weil er kleine Mädchen betatscht hat. Aber ich weiß nicht ... Glauben Sie, es könnte so was sein?«

»Winnie, es könnte auch eine ganz natürliche Erklärung ...«

»Natürliche Erklärung? Dafür, dass meine Tochter nachts nicht nach Hause kommt?«

»Bei Weitem die meisten verschwundenen Personen tauchen wohlbehalten wieder auf. Hat sie einen Freund?«

»Was? Einen Freund? Wovon reden Sie? Sie ist vierzehn.«

»Und Sie und Ihre Tochter haben eine enge Beziehung?«

»Was meinen Sie damit?«

»Nichts, Winnie. Wirklich nichts. Es ist nur ... Ich habe selbst eine Tochter in Vanessas Alter, und ich weiß, wie zickig Mädchen sein können. Ich frage allein aus dem Grund, weil so etwas wichtig für uns zu wissen ist, wenn wir sie finden sollen. Haben Sie jemanden, den Sie anrufen können? Damit Sie nicht ganz allein sind?«

»Meine Mutter weiß Bescheid. Sie ist auf dem Weg.«

Signe verabschiedet sich und geht hinunter auf die Straße. Laust steht auf dem Bürgersteig und spricht mit einem uniformierten Polizisten.

»Ist noch eine weibliche Kollegin hier?«, fragt sie.

»Ja, Pernille, sie steht da drüben«, antwortet der Polizist.

»Könnten Sie sie bitten, hoch in die Wohnung zu gehen und sich zur Mutter zu setzen, bis jemand kommt, der sich ein bisschen um sie kümmert? Sie soll nicht allein sein.«

»Na klar.«

Signe überdenkt die Situation. Unter normalen Umständen würde sie eine größere Anzahl Kollegen anfordern, damit sie entlang der Strecke, die Vanessa gestern Abend aller Wahrscheinlichkeit nach gegangen ist, an den Türen klingen und nachfragen, ob jemand sie gesehen hat. Man würde prüfen, ob es Geschäfte mit Videoüberwachung gibt und eine der Kameras das Mädchen vielleicht auf dem Heimweg eingefangen hat. Man würde mit ihren Freunden, Mitschülern und eventuell ihren Lehren sprechen, um in Erfahrung zu bringen, ob jemand von ihnen etwas weiß, was das Verschwinden des Mädchens erklären könnte.

Aber das hier sind keine normalen Umstände. Sie jagen einen Serienmörder, und es lässt sich nicht ausschließen, dass er Vanessa entführt hat. Oder besser gesagt sie vertraut vollkommen auf Junckers Gefühl, und das heißt mit anderen Worten: Wenn sie das Mädchen finden wollen, müssen sie Peter Rolf finden.

»Nehmen wir mal an, er benutzt ein Auto, was das Plausibelste wäre ...«

»Aber sein Audi steht ja nach wie vor in Nordhavn«, unterbricht Laust sie.

»Schon, aber hätte er nicht einen Wagen mieten können?«

»Doch, vermutlich. Wir nehmen also an, dass er ein Auto hat. Aber wie hat er dann das Mädchen dazu gebracht einzusteigen? Und sich ruhig zu verhalten?«

Signe zuckt mit den Schultern. »Da gibt es mehrere Möglichkeiten. Er könnte sie mit einer Waffe bedroht haben. Sie könnte auch freiwillig eingestiegen sein. Gestern Abend hat es geschüttet, und er könnte ihr angeboten haben, sie nach Hause zu fahren.«

»Aber als sie dann gemerkt hat, dass er sie nicht nach Hause fährt, da hätte sie doch ...«

»Was hätte sie?«, fährt Signe ihm dazwischen. »Hätte

sie anfangen sollen, auf ihn einzuschlagen? Ihn zwingen, anzuhalten und sie gehen zu lassen? Einen großen, muskulösen und bewaffneten Mann? Den Fotos in der Wohnung nach zu schließen, ist sie ein zierliches Mädchen. Wie wahrscheinlich ist es, dass sie sich hätte wehren können?« Sie schüttelt fassungslos den Kopf. »Warum ist es für so viele Männer so schwer zu begreifen, dass Frauen, ganz zu schweigen von kleinen Mädchen, in der Regel vollkommen gelähmt sind vor Angst, wenn sie von Männern bedroht werden?«

Laust schluckt. »Tut mir leid. So war es nicht ... Ich wollte bloß ...«

»Schon gut, vergiss es.«

Am liebsten würde Signe zurück in die Wohnung gehen, Winnie in den Arm nehmen und ihr sagen, dass sie keine Angst haben soll, dass sie ihre Tochter schon wohlbehalten wieder finden werden. Aber sie kann nicht. Ihre Beklemmung und das Gefühl, dass Vanessas Leben am seidenen Faden hängt, machen es ihr ganz einfach unmöglich, die verzweifelte Mutter überzeugend anzulügen.

»Wir fahren zurück«, sagt sie zu Laust.

Kapitel 68

Er hat sowohl versucht einen Theologieprofessor zu erreichen als auch den Bischof von Kopenhagen sowie zwei Historiker mit dem Spezialgebiet ältere Geschichte Kopenhagens, aber keiner von ihnen ist ans Telefon gegangen, und jetzt sitzt er an seinem Schreibtisch und fragt sich, warum diese Ermittlung so verhext ist.

Sein Handy klingelt. Es ist Andreas Gjorslev.

»Ja?«

»Hören Sie, es hat mich etwas gefuchst, dass ich Ihnen nicht helfen konnte«, sagt der Propst. »Ich hatte den Eindruck, die Sache ist wichtig für Sie.«

»Äußerst wichtig, ja.«

»Also habe ich einen Kollegen angerufen. Er ist Pfarrer in Nørrebro, und er wusste tatsächlich etwas, was Ihnen vielleicht weiterhilft.«

Junckers Herz hämmert. »Und zwar?«

»Etwas, worauf ich eigentlich auch selbst hätte kommen können.«

»Ja was denn nun?«, fragt er und verkneift sich gerade noch ein »verdammt«.

»Passen Sie auf. Das Lied ist tatsächlich direkt mit einem Kopenhagener Ort verknüpft. Es wird nämlich jeden Abend, wenn es Mitternacht schlägt, von einem Glockenspiel gespielt. Und das wusste ich eigentlich auch, jetzt, da ...«

»Wo?«

»Wo was?«

»Welche Kirche«, und jetzt kann Juncker seine Ungeduld nicht länger verbergen, »Herrgott noch mal!«

»Habe ich das nicht schon gesagt? Oh, also, es ist die Erlöserkirche.«

»In Christianshavn?«

»Genau. Sie hätten das wahrscheinlich auch selbst auf Google rausfinden können, wenn Sie ...«

»Danke, Andreas. Bis dann.«

Juncker springt auf und hastet zu Merlins Büro, stößt, ohne anzuklopfen, die Tür auf und schmettert sie dem Chef, der gerade auf dem Weg hinaus ist, fast an den Kopf.

»Ich weiß, wo er ist. Oder wohin er unterwegs ist. Zur Erlöserkirche«, sagt Juncker leicht außer Atem.

»Woher weißt du das?«

»Das erkläre ich dir später. Ich fahre jetzt sofort da hin. Sorgst du dafür, alle in der Nähe befindlichen Streifenwagen zur Kirche zu schicken?«

Im Laufschritt eilt Juncker hinunter zu seinem Wagen, springt hinein und fährt mit viel zu hoher Geschwindigkeit vom Parkplatz auf die Teglholm Allé. Er ist am Fisketorvet, als Merlin anruft.

»Ich habe gerade die Meldung bekommen, dass sich ein offenbar bewaffneter Mann irgendwo im Kirchturm befindet. Das kann nur Peter Rolf sein.«

»Und Vanessa ... das entführte Mädchen aus Hvidovre?«

»Der Mann hatte auch ein Mädchen dabei.«

»Also, wenn er sie mit oben im Turm hat ...«

»Ganz ruhig. Die Einsatzkräfte sind schon auf dem Weg und riegeln jeden Moment die Straßen um die Kirche ab. Ich gebe dem PET Bescheid, wir brauchen natürlich ein Team der AKS vor Ort. Und Verhandlungsführer und einen Helikopter. Außerdem wird der PET garantiert darauf bestehen, Scharfschützen einzusetzen.«

»Scharfschützen?«, fragt Juncker skeptisch.

»Ja. Wir wissen ja beide, dass weder die AKS noch Scharfschützen in so einer Situation viel taugen«, antwortet Merlin. »Er befindet sich in einem Gebäude, wo es mit Sicherheit nur einen Weg nach oben gibt und man etliche steile und enge Treppen rauf muss, um Sichtkontakt mit ihm zu bekommen, sollte er sich in der Nähe der Turmspitze aufhalten. Und anscheinend hat er eine wehrlose Geisel, die er als Schild benutzen kann. Er hat kurz gesagt alle Asse in der Hand.«

»Richtig«, sagt Juncker. »Das ist eine Aufgabe für eine, maximal zwei Personen. Oberste Priorität ist, das Mädchen da rauszuholen.«

»Natürlich.«

»So wie die Dinge liegen, gibt es nur eine Option. Und es ist nicht sicher, dass sie klappt.«

Merlin schweigt.

»Du weißt, was ich meine, oder?«

»Ja«, sagt er.

»Übrigens hat er mir vorhin eine SMS geschickt.«

»Was? Das hättest du gern erwähnen können.«

»Es war so viel anderes, da hab ich's vergessen.«

»Was hat er geschrieben?«

»›Passiert bald mal was?‹«

»Das war alles?«

»Ja.«

»Was hast du geantwortet?«

»Gar nichts. Aber das mache ich jetzt. Bis später.« Juncker fährt an die Seite, öffnet die SMS von Peter Rolf und tippt *Erlöserkirche. Bin auf dem Weg* ins Antwortfeld.

Eine halbe Minute später geht eine neue SMS ein.

Bravo. Wurde auch Zeit.

Einige Sekunden lang sitzt er reglos da. Dann knallt er beide Hände aufs Lenkrad und brüllt aus vollem Hals.

Kapitel 69

Die Prinsessegade ist bereits knappe einhundert Meter vor der Erlöserkirche durch zwei Streifenwagen abgeriegelt. Juncker parkt direkt vor der Absperrung und steigt aus. Es ist wieder ein kalter, feuchter und diesiger Tag, weshalb er sich einen Schal um den Hals wickelt und den Reißverschluss des Mantels hochzieht. In der Sankt Annæ Gade, die am Haupteingang der Kirche und am Eingang zum Turm entlangführt, stehen ein Mann und eine Frau bei einem schmiedeeisernen Zaun, der das Kirchengelände umgibt, und sprechen mit einem uniformierten Polizisten. Als er näherkommt, erkennt Juncker Einsatzleiter Axel Damgaard. Die beiden begrüßen sich.

»Axel, sorg dafür, alle Uniformierten etwas auf Abstand zu halten. Das gilt auch für die Leute von der AKS, wenn sie auftauchen.«

»Alles klar.«

Juncker wendet sich an den Mann und die Frau.

»Und Sie sind?«

»Ich bin Lone Villadsen, die Kantorin.«

»Und ich bin Kris Nielsen. Küster«, antwortet der Mann, der groß, kräftig gebaut und rotwangig ist.

»Erzählen Sie, was passiert ist.«

»Na ja.« Kris Nielsen räuspert sich. »Als wir heute Vormittag geöffnet haben, waren die ersten Gäste ein Mädchen in Begleitung von einem Mann, der plötzlich eine Pistole gezogen hat.«

»Und dann, was habt ihr dann gemacht?«

»Ich selbst war ja nicht dabei, aber die beiden anderen sitzen da drüben im Kirchenbüro. Sie sind völlig durch den Wind. Das Publikum, das hierherkommt, ist normalerweise ziemlich gemischt, aber es war weiß Gott das erste Mal, dass sich jemand Zutritt mit einer Pistole verschafft hat. Also ja, die beiden haben getan, was er ihnen befohlen hat. Und dann hieß es warten. Als draußen Sirenen laut wurden, hat er sie angewiesen, zu verschwinden und die Tür abzuschließen, damit keine Besucher hereinkommen. Und dann sind der Mann und das Mädchen die Treppe zum Turm hochgegangen.«

»Verstehe.«

»Falls Sie mit ihnen sprechen möchten … Falls Sie zum Beispiel wissen möchten, wie er aussieht …«

»Das ist nicht nötig. Wir wissen, wer er ist.«

»Okay«, sagt Kris Nielsen. Nach ein paar Sekunden macht es klick. »Oh Gott, ist es der, nach dem gefahndet wird?«

»Ja.«

»Mann, der ist gefährlich, oder?«

»Ja, er ist gefährlich.«

Juncker legt den Kopf in den Nacken und schaut an der charakteristischen spiralförmigen Turmspitze mit der außen verlaufenden Wendeltreppe hinauf, die zu einer vergoldeten Kugel und eine Christusstatue führt. Seine Höhenangst regt sich, er spürt ein Kribbeln in den Fingerspitzen und in den Fußzehen wie auch ein nervöses Ziehen im Bauch.

»Wie hoch ist der Turm?«, fragt er.

»Bis zur Spitze der Statue sind es neunzig Meter«, sagt Lone Villadsen, eine Frau in seinem Alter mit raspelkurzen schneeweißen Haaren und einer roten Brille. »Waren Sie schon mal oben?«

Juncker schüttelt den Kopf.

»Okay. Das letzte Stück, bevor man ins Freie tritt, geht es Treppen hinauf, die schmaler und steiler werden, je höher man kommt. Überhaupt ist es recht eng dort oben, schon wenn man also nur ein bisschen Höhenangst hat, kann es eine heftige Erfahrung sein. Wenn man an Klaustrophobie leidet, ist es auch kein Spaziergang.«

Juncker überlegt, ob die Angst, sich eines schönen Tages von irgendeinem hohen Punkt hinunterzustürzen, sein Unbehagen vor engen, geschlossenen Räumen übersteigt. Er kommt zu dem Ergebnis, dass der Wettbewerb zwischen den zwei Phobien wohl unentschieden ausgeht.

»Waren Sie selbst schon mal oben? Also ganz oben auf der Spitze?«, fragt Juncker.

Sie lacht schallend. »Sind Sie verrückt? Da bringen mich keine zehn Pferde hoch.«

Die Kantorin und der Küster gehen ein Stück weiter und bleiben dann stehen. Juncker sieht Signe und Malene im Eilschritt um die Ecke kommen. Er winkt sie zu sich.

»Ist er in der Kirche?«, fragt Signe.

»Im Turm«, antwortet Juncker.

»Und er hat Vanessa?«

»Ja.«

»Shit«, murmelt sie und schaut ihn an. »Wir müssen sie rausholen.«

Juncker nickt. »Ganz deiner Meinung.«

»Da drinnen haben wir keine Chance, ihn zu überrumpeln. Jedenfalls nicht, ohne ihr Leben zu gefährden.«

»Richtig.«

»Also gibt es eigentlich nur eine Möglichkeit.«

»Ja.«

Sie mustert ihn eingehend. »Du oder ich?«

»Ich«, sagt Juncker.

»Du glaubst nicht, er würde es genießen, ein weiteres Mal eine Frau demütigen zu können?«

»Er hat mich bereits ausgewählt.«

»Was meinst du?«

»Er hat mir eine SMS geschickt.«

»Hm. Du solltest nicht zu lange warten. Jeden Moment trudeln die Vorgesetzten ein, sowohl unsere eigenen als auch die vom PET, und die werden im Leben nicht zulassen, dass du allein in diesen Turm gehst.«

»Sicherlich nicht, nein.«

»Weiß Merlin, was du vorhast?«

»Ja.«

»Und was hat er gesagt?«

»Nichts. Er klang fast, als hätte er mich nicht gehört.«

Sie lächelt. »Ganz der routinierte Chef.«

Juncker zieht sein Handy heraus, öffnet die letzte SMS von Rolf und schreibt *Ich komme rauf.* Eine halbe Minute vergeht.

Freut mich. Unbewaffnet natürlich. Klamotten ausziehen, bis auf Schuhe und Unterhose. Bringen Sie die Sachen in einer Plastiktüte mit.

Wo sind Sie?

Gehen Sie einfach immer weiter nach oben, dann finden Sie uns.

Ist das mit der Kleidung wirklich nötig?

Ja.

»Dir ist schon klar, dass du null Verhandlungsbasis

hast?«, sagt Signe. »Wenn es ihm einfällt, kann er euch beide als Geiseln nehmen, und du kannst nichts machen.«

»Das Risiko besteht natürlich. Ich muss eben versuchen, ihn zu überreden, Vanessa gehen zu lassen. Vielleicht ging es ihm die ganze Zeit darum, mich als Geisel zu bekommen. Vor allem soll das Mädchen nicht länger allein mit ihm sein als unbedingt nötig, und falls ... falls das denkbar Schlimmste eintrifft, soll er nicht der letzte Mensch sein, den sie in ihrem kurzen Leben sieht.« Juncker geht zum Küster. »Können Sie mir eine Plastiktüte besorgen?«

»Ja, ich glaube, wir haben eine im Büro. Moment.«

Juncker geht zu Malene und Signe zurück. Er begegnet Malenes Blick, fünf Sekunden lang schauen sie sich in die Augen, dann nimmt sie seine Hand. Juncker schenkt ihr ein schwaches Lächeln. Dann zieht er die Hand zurück und wendet sich Signe zu.

»Bis später«, sagt er.

Sie nickt. Er geht aufs Gittertor zu.

»Juncker?«

»Ja, Signe?«

Sie kommt zu ihm. Steht reglos da. Dann umarmt sie ihn, zieht ihn zu sich und legt ihre Stirn auf seine Schulter. Er hebt die Hand und streicht ihr übers Haar. Dann macht er sich los und geht zur grün gestrichenen Eingangstür des Turms. Einen Moment später erscheint Kris Nielsen mit der Plastiktüte.

»Schließen Sie mir auf?«, fragt Juncker.

»Natürlich.«

Er öffnet, und Juncker tritt ein.

»Geht es einfach auf direktem Weg nach oben?«

»Im Großen und Ganzen. In einigen der Stockwerke

muss man sich kurz umschauen, um die nächste Treppe zu finden, aber es führt immer nur eine weiter nach oben. Wie Lone allerdings schon gesagt hat, werden sie steiler und enger, je höher man kommt.«

»Alles klar, danke Ihnen.«

Der Küster schließt die Tür von außen. Juncker geht zum Schalter, wo man normalerweise die Tickets kauft, und beginnt sich auszuziehen, bis er nur noch in Unterhose dasteht. Er stopft seine Kleider in die Tüte und zieht die Schuhe wieder an. Schaut an seinen Beinen hinunter, bleich wie Spargel. Er hasst die Demütigung, muss aber zugeben, dass er an Peter Rolfs Stelle dasselbe verlangt hätte. Ihm bleibt also nichts anderes übrig, als der Anweisung Folge zu leisten. Alles andere wäre ein Spiel mit dem Feuer.

Er beginnt den Aufstieg. Sein Körper überzieht sich mit einer Gänsehaut, es ist kühl hier drinnen – keine Eiseskälte, sondern die Art klamme Kühle, wie sie fast immer in Kirchen herrscht, gemischt mit dem Geruch gekalkter Wände und altem Holz. Dem Geruch von Andächtigkeit.

Die ersten Treppen sind nicht steiler als normal. Er hält sich an dem rot gestrichenen Geländer fest und zählt die Stufen. Im ersten Stock angekommen, ist er bereits leicht außer Puste und merkt erst jetzt so richtig, wie schlecht er nach der OP in Form ist – und um seine Kondition war es vorher schon nicht gut bestellt. Er bleibt stehen und lauscht, hört aber nichts außer seinem eigenen Atem. Das überwältigende Gefühl, vollkommen allein zu sein, erfasst ihn. Jetzt wird ihm richtig kalt, und er setzt den Aufstieg fort. Treppen hinauf, die nicht länger gestrichen und fein gearbeitet sind, sondern grob und primitiv – mit ausgetretenen Stufen und Geländern, die durch jahrelange Abnutzung blankgerieben sind. Er schaut durch ein Bogenfenster auf die Häuser von Christianshavn und erschrickt, als er sieht, wie hoch er bereits ist. Allmählich realisiert seine Amygdala, was da gerade geschieht, und Juncker beginnt zu zittern. Er bleibt stehen und atmet ein paarmal tief durch. Reiß dich zusammen, Mann.

Er kommt an einem Drahtkäfig vorbei, in dem etwas liegt, das aussieht wie ein abgebrochener Engelsflügel aus Gips. In einem zweiten Käfig, umgeben von einem beinahe fluoreszierenden lila Licht, sind mehrere Gipsengel auf dem nackten Holzboden aufgestellt. Die Figuren sind verzerrt, als würden sie sich unter heftigen Schmerzen winden.

Weiter hinauf, an riesigen Glocken und dem Uhrwerk vorbei. Jetzt ist er nicht nur außer Atem, sondern erschöpft, und jede neue Treppe ist eine Herausforderung. Er erreicht ein weiteres Stockwerk – mit einem plötzlichen und unerwarteten Element von Moderne, von etwas Neuerem: ein schönes Instrument, eine Art Orgel oder ein großes Klavier, eingeschlossen hinter großen Glasscheiben. Natürlich, das Konzertglockenspiel, schießt es ihm durch den Kopf, als ihn eine dunkle Stimme zusammenzucken lässt.

»Willkommen.«

Sie kommt von irgendwo hinter dem Glaskasten, und er erkennt sie augenblicklich. Der Mann steht auf, sein Gesicht ist in ein bleiches Licht getaucht, und für einen Moment glaubt Juncker, er hätte den Verstand verloren und würde Oberst Kurtz aus *Apocalypse Now* in Gestalt von Marlon Brando gegenüberstehen.

Er hat das Gefühl, gleichzeitig zu frieren und zu schwitzen.

Peter Rolf lächelt ihn freundlich an. »Schön, Sie zu sehen.«

Juncker antwortet nicht. Seine Zähne klappern.

»Sie frieren. Möchten Sie sich etwas anziehen?«

Juncker nickt.

»Schmeißen Sie die Tüte rüber.«

Er wirft sie zu Peter Rolf hinüber, der seine Pistole in den Hosenbund steckt und sie aufhebt. Er holt die Sachen nicht heraus, sondern begnügt sich damit, die Tüte von außen zu befühlen.

»Das ist Ihr Handy, das ich da spüre, oder?«

Juncker nickt.

»Ich nehme an, es ist ausgeschaltet. Falls nicht, schalten Sie es aus.«

»Es ist aus.«

Rolf mustert ihn ein paar Sekunden lang. »Gut«, sagt er und wirft die Tüte zurück. Juncker zieht sich an.

»Ich gebe zu, hier ist es etwas frisch. Wir sind ja fast im Freien. Waren Sie schon mal da oben? Ganz oben auf der Turmspitze, meine ich?«

»Noch nie«, antwortet Juncker.

»Na, so was«, sagt Peter Rolf in verblüfftem Tonfall. »Dann wird es aber höchste Zeit.«

Juncker schaut sich um. »Wo ist Vanessa?«

»Ah, Vanessa heißt sie also. Ich habe ganz vergessen, sie nach ihrem Namen zu fragen. Wie unhöflich von mir. Aber sie liegt direkt da drüben.« Er zeigt auf eine Stelle, die Juncker wegen des Glockenspiels nicht sehen kann.

»Ist sie ... Haben Sie ...?«

»Habe ich was?« Peter Rolf runzelt die Brauen. »Ach so, das. Nein, nein, sie ist nur müde. Wir haben heute Nacht nicht viel Schlaf abbekommen.«

»Lassen Sie sie gehen, Peter. Jetzt haben Sie mich.«

Er wiegt den Kopf. »Ahhh, das ist noch etwas früh, finde ich.«

»Sie ist unschuldig.«

»Und Sie nicht, oder wie? Wir sind zwar nicht hier, um uns mit pseudophilosophischen Fragen zu befassen, aber trotzdem: unschuldig? Wer ist schon unschuldig? Sind wir unschuldig, wenn die Defizite, die wir besitzen, angeboren sind? Eine große Frage, nicht wahr?« Er lächelt.

»Kommen Sie, sparen wir uns das«, entgegnet Juncker. »Verraten Sie mir lieber, was wir hier eigentlich machen.«

»Nicht so hastig. Alles zu seiner Zeit.« Rolf stampft mit den Füßen auf, um sich warm zu halten. »Sagen Sie, Juncker, diese Psychologenfotze – die, die euch geholfen hat, ein Profil von mir zu erstellen –, was hat die eigentlich über mich gesagt? Ich bin neugierig.« Er schaut Juncker erwartungsvoll an, hebt dann allerdings eine Hand. »Nein. Halt. Lassen Sie mich raten. Also ... Die naheliegende Vermutung wäre natürlich, dass ich ein Psychopath bin. Wobei, den Ausdruck verwendet man ja nicht mehr, aber dann eben: Ich leide an einer ›dissozialen Persönlichkeitsstörung‹, stimmt's?«

»Ja«, bestätigt Juncker. »Das stimmt ganz genau, und soweit ich erkennen kann, liegt sie mit ihrer Einschätzung auch absolut richtig.«

Peter Rolf lacht trocken. »Das tut sie ganz bestimmt. Und das alles ist vollkommen gleichgültig hier, wo wir jetzt sind, nicht wahr?«

»Und wo sind wir genau, Peter? Warum stehen wir beide hier? Ich meine, abgesehen von der Tatsache, dass Sie mindestens sieben Menschen ermordet haben und es mein Job ist, Sie zu fassen, damit Sie vor Gericht gestellt und für die schrecklichen Verbrechen, die Sie begangen haben, zur Rechenschaft gezogen werden können?«

»Und wie klappt es so mit diesem Vorhaben, würden Sie sagen? Mir scheint, Sie und Ihre Kollegen haben keine besondere Glanzleistung abgeliefert. Hätte ich es nicht selbst gewollt, wären Sie mir niemals auf die Schliche gekommen.«

Juncker schüttelt den Kopf. »Das stimmt nicht. Helene Martinus hat Sie entlarvt, und darüber hatten Sie keine Kontrolle, stimmt's?«

»Vielleicht nicht«, gibt Peter Rolf zu. »Umgekehrt war es aber auch nicht der große Ermittler Martin Junckersen, der mit seinem messerscharfen Verstand brilliert hat. Es war nicht das Ergebnis ausgezeichneter Ermittlungsarbeit von Ihnen und Ihren Kollegen. Es war ganz einfach saumäßiges Glück.«

Juncker antwortet nicht. Es gibt nicht wirklich was zu sagen. Denn der Mann hat recht.

»Sagen Sie, was haben Sie eigentlich für ein Problem mit der Polizei?«

Peter Rolfs Blick wird hart. Das Lächeln ist verschwunden, sein Gesicht strahlt nichts als Kälte aus.

»Können Sie sich noch daran erinnern, wie sich vor vielen Jahren ein junger Polizist an Sie gewandt hat, weil er sich bei der Kriminalpolizei bewerben wollte? Er hat Sie gefragt, ob Sie vielleicht Zeit für ein kurzes Gespräch und ein paar Tipps für ihn hätten, was er in seiner Bewerbung wie gewichten soll.«

»Nein, daran erinnere ich mich nicht.«

»Der junge Polizist dachte, wenn jemand der richtige Ansprechpartner in dieser Situation wäre, dann Martin Junckersen, der viel gerühmte und allseits bewunderte Ermittler. Aber Sie wissen vermutlich auch nicht mehr, was Sie geantwortet haben.«

Juncker schüttelt den Kopf.

»Sie haben geantwortet, und ich zitiere: ›Für so was ist mir meine Zeit verflucht noch mal zu schade.‹«

»Ich nehme an, der junge Polizist, von dem Sie sprechen, waren Sie selbst.«

»Ding, ding, ding.«

»Und die Stelle hat Troels bekommen.«

»Ebenfalls korrekt.«

»Sie wollen mir also sagen, nur weil ich Sie vor Jahren unhöflich behandelt habe, stehen wir heute hier, nachdem Sie einen Haufen Menschen umgebracht haben, die weder mit Ihnen noch mit mir das Geringste zu tun haben? Verhält es sich wirklich so, Peter?«

Rolf schnaubt. »Das habe ich mitnichten behauptet. Außerdem schulde ich Ihnen keinerlei Erklärungen. Ich fand lediglich, Sie sollten daran erinnert werden, was Sie damals getan haben.«

»Und das ist hiermit geschehen. Aber warum mussten all die Frauen sterben?«

Er zuckt mit den Schultern. »Wir müssen alle sterben, Juncker, das wissen Sie besser als die meisten.«

»Was meinen sie?«

»Ganz im Ernst, Juncker, Sie sind seit vielen Jahren Mordermittler. Sie leben vom Tod anderer Leute. Jetzt fragen Sie: ›Warum ausgerechnet diese Frauen?‹, und darauf kann ich nur eins erwidern: Ihre Zeit war gekommen. So wie für Menschen, die an Krebs sterben. Oder an allen möglichen anderen Krankheiten. Irgendwann ist unsere Zeit abgelaufen, und dann verschwinden wir.«

Juncker holt tief Luft. »Aber Krankheiten versuchen wir zu bekämpfen.«

Peter Rolf lächelt. »Ja, so wie die Polizei versucht, mich zu bekämpfen. Eben deshalb stehen wir ja hier, Juncker. Sie und Ihre Kollegen waren bislang bloß nicht allzu erfolgreich damit.«

»Was haben Sie jetzt vor?«

»Das große Ganze zu einem anständigen Abschluss bringen.«

»Peter, lassen Sie Vanessa gehen. Das ist eine Sache zwischen Ihnen und mir, Sie brauchen das Mädchen nicht.«

»Bei allem Respekt, Juncker: Das ist Schwachsinn. Sie wissen genauso gut wie ich, dass da draußen Scharfschützen sind. Ich brauche ein Schutzschild. Jedenfalls noch eine Weile.«

Juncker sieht ein, dass er sich in exakt der Situation befindet, die Signe vorhergesehen hat: Peter Rolf wird das Mädchen nicht freilassen, und er hat nichts, womit er verhandeln könnte. Er kann nichts tun, außer versuchen, Zeit zu schinden. Ohne zu wissen, was er mit dieser Zeit weiter anfangen soll, als darauf zu hoffen, dass etwas Unerwartetes passiert.

»Ich habe mich etwas gefragt«, sagt er.

»So? Lassen Sie hören.«

»Was hätten Sie getan, wenn ich schneller herausgefunden hätte, dass die Erlöserkirche Ihr Ziel ist? Wenn ich vor Ihnen da gewesen wäre?«

Peter Rolf lächelt. »Erstens schien mir dieses Szenario eher unwahrscheinlich. Zweitens: Glauben Sie etwa, ich hätte keinen Plan B?«

»Der da lautet?«

»Das spielt jetzt doch keinerlei Rolle mehr. Plan A ist schließlich auf ganzer Linie aufgegangen.« Er schaut zu dem Mädchen hinunter. »Hopp, hopp, hoch mit dir. Wir wollen ein bisschen die Aussicht genießen.«

Kapitel 70

Signe entdeckt Merlin, der auf dem Weg zu ihr ist.
»Ich halte es nicht aus, in meinem Büro zu sitzen und Däumchen zu drehen«, sagt er.
»Verständlich.«
Er schaut zum Turm hinauf. »Wie lange ist Juncker schon drin?«
»Zwanzig Minuten.«
»Und es hat sich nichts getan? Ich meine, sie wurden nicht draußen auf der Turmspitze gesehen?«
»Nein.«
Merlin schüttelt den Kopf.
»So eine Scheißsituation.«
»Könnte schlimmer sein«, sagt sie.
»Inwiefern?«
»Jemand anders als Juncker könnte drin sein.«
»Das stimmt natürlich«, räumt Merlin ein. »Übrigens haben wir von den Amerikanern wegen der DNA gehört, die unter den Nägeln des einen Opfers gesichert wurde, und unsere Techniker haben sie mit der DNA von den beiden Haaren verglichen, die wir bei Katja Lütsach gefunden haben. Es war *kein* Match.«
»Oh«, sagt Signe tonlos und spürt, wie eine leise Unruhe von ihr Besitz ergreift.
»Jetzt wissen wir also mit Sicherheit, dass es nicht Peter

Rolfs Haare sind. Außerdem hat er ja eine Glatze. Daraus folgt, dass er auch die beiden Vergewaltigungen 2013 und 2014 nicht begangen haben kann.«

»Ja, das ist logisch.«

»Es sei denn also, Lütsach hat einen Vergewaltiger in der Familie oder im Bekanntenkreis, wovon eher weniger auszugehen ist, oder es war neben Peter Rolf eine weitere Person dabei, als sie umgebracht wurde.«

»Oder jemand war danach in der Nähe der Leiche, hat aber die Polizei nicht informiert«, sagt Signe und schaut weg.

»Unwahrscheinlich. Ich meine, wer entdeckt eine Leiche und meldet es nicht?«

»Stimmt auch wieder.«

Merlin schaut auf den Boden und kickt einen Zigarettenstummel in den Rinnstein.

»Ich habe mir überlegt, dass es noch eine dritte Möglichkeit gibt.«

»Und zwar?«

»Dass die beiden Haare von jemanden platziert wurden.«

Signe hält für einen Moment die Luft an und bereitet sich darauf vor, ihrem Chef ganz ruhig in die Augen zu sehen.

»Und wer sollte so was tun?«, fragt sie.

Merlin schaut sie an. »Keine Ahnung.«

Eine Weile schweigend beide.

»Ich habe mir noch etwas anderes überlegt. Wir wissen, dass dem einen Vergewaltigungsopfer ein besonderes Parfüm aufgefallen ist, dass der Täter benutzt hat, richtig?«

»Ja, das war Marta Olufsen. Die, die im Valbyparken vergewaltigt wurde.«

»Und sie hat den Geruch des Mannes als süßlich und würzig beschrieben, oder?«

»Ja.«

»Troels hat ein Parfüm benutzt, das süß und schwer war, richtig?«

»Ja. Und davon reichlich.«

Merlin nickt. »Wir wissen, dass Troels wenigstens eine Vergewaltigung begangen hat, auch wenn es viele Jahre zurückliegt.«

»Mhm.«

»Wäre es nicht um einen Kollegen gegangen, hätten wir dann nicht gleich untersucht, ob ein Zusammenhang besteht? Also ob Troels derjenige war, der Marta vergewaltigt hat? Und die andere Frau?«

»Doch, wahrscheinlich schon.«

»Denn sollte sich herausstellen, dass Troels es getan hat ... Tja, dann gibt es zwei Möglichkeiten: Entweder er war dabei, als Katja Lütsach umgebracht wurde, sei es als Zuschauer oder als aktiver Mittäter. Oder aber Peter Rolf hat zwei seiner Haare auf der Leiche platziert.«

»Warum hätte er das tun sollen?«

»Um Troels ans Messer zu liefern, der ihm offenbar auf der Spur war.«

»Und wie sollen wir das rauskriegen?«

»Wir könnten entweder Peter Rolf fragen. Sofern er lebend vom Turm runterkommt ...«

»Oder?«

»Oder wir machen einen DNA-Test bei Troels, um zu schauen, ob seine DNA mit der von den beiden Vergewaltigungen übereinstimmt.«

»Braucht es nicht das Einverständnis der Hinterbliebenen, wenn wir die DNA einer Leiche testen wollen?«

»Das weiß ich gar nicht. Vielleicht, aber das lässt sich ja …«

Signe legt Merlin eine Hand auf den Arm und zeigt zur Turmspitze hinauf. »Schau.«

Kapitel 71

Hier oben bläst es sehr viel stärker als unten am Boden. Als Juncker durch die kleine Metalltür hinaus auf die hölzerne Plattform tritt, die um den Fuß der Turmspitze herumläuft, bringt ihn der Druck des Windes fast zum Taumeln. Mit einer Hand greift er nach dem vergoldeten Eisengeländer, mit der anderen hält er Vanessas fest. Er rüttelt leicht am Geländer, um dessen Stabilität zu testen. Es wackelt nicht und wirkt solide – und natürlich ist es das, versucht er, sich selbst zu beruhigen. Schließlich ist die Plattform der Öffentlichkeit zugänglich, selbstverständlich wird sie regelmäßig auf ihre Sicherheit hin überprüft.

Er zwingt sich, nicht nach unten zu schauen. Der holzbedeckte Fußsteig ist zum Rand hin leicht geneigt, vermutlich damit das Regenwasser abfließen kann, was sein Gefühl, förmlich in die Tiefe gesogen zu werden, noch verstärkt.

Vanessa sieht jünger aus als ihre vierzehn Jahre. Sie umklammert seine Hand so fest mit beiden Händen, dass es wehtut, und er sich wundert, wie viel Kraft in einem so zierlichen Mädchen steckt. Der Wind bläst ihr die langen dunkelblonden Haare ins Gesicht, das bis auf den vom Weinen rot geschwollenen Bereich um die Augen leichenblass ist.

Peter Rolf tritt mit der Pistole in der rechten Hand und einem kleinen Rucksack auf dem Rücken hinter ihnen ins Freie. Juncker überlegt, ob er ihn überraschen und ihm die Waffe aus der Hand schlagen kann, doch selbst wenn es gelingen würde und sie beide unbewaffnet wären, ist er physisch unterlegen. Und die Vorstellung, hier mit Rolf kämpfen zu müssen, auf einer Fläche von nur etwa einem Meter Breite und mit einem gerade mal eins zwanzig hohen Gitter als einziger Barriere zwischen ihnen und dem sicheren Tod, ist furchteinflößend. Ihm graust es beim Gedanken, dass Rolf das schmale Mädchen mit Leichtigkeit hochheben und in die Tiefe schleudern könnte und er vermutlich auch stark genug ist, um dasselbe mit ihm zu tun.

»Beeindruckend, nicht?«, ruft Peter Rolf gegen den Wind an.

Juncker drückt sich gegen die kupferbekleidete Wand. Er legt den Arm um Vanessas Schultern und zieht sie zu sich. Das Mädchen zittert.

»Sagen Sie, Juncker, Sie haben doch keine Höhenangst, oder?«

Er antwortet nicht.

Peter Rolf betrachtet ihn amüsiert.

»Na, da sieh einer an. Tja, aber es gibt nur einen Weg nach vorn, Juncker, und zwar, indem man seinen Dämonen ins Auge sieht. Wir müssen also weiter rauf. Gehen Sie vor. Vanessa, du kommst zu mir.«

Juncker drückt Vanessas Arm, beugt sich zu ihr herunter und flüstert: »Tu, was er sagt. Wir schaffen das schon. Alles wird gut.«

Das Mädchen schaut ihn erschrocken an und tappt die wenigen Schritte zu Peter Rolf hinüber.

»Los, Juncker, vorwärts!«, ruft dieser gegen den Wind, der in den wenigen Minuten, die sie hier stehen, spürbar an Stärke gewonnen hat.

Juncker beginnt dicht an der Wand entlangzugehen. Er wirft einen Blick über die Schulter. Rolf folgt ihm in einem Abstand von drei oder vier Metern. Mit einem Arm hält er Vanessa eng an seinem Körper, in der anderen Hand hält er die Pistole.

Ob die Scharfschützen in Position sind?, überlegt Juncker. Es braucht seine Zeit, geeignete Stellen zum Schießen zu finden. Ein Stück vor sich sieht er die mit Kupfer verkleidete Treppe, die sich außen um die Turmspitze herum bis zum höchsten Punkt windet.

Bei der Treppe angekommen, bleibt er stehen und dreht sich um.

»Was haben Sie vor?«

»Sind Sie religiös, Juncker? Glauben Sie an Gott?«

Juncker schüttelt den Kopf.

»Nein? Ich auch nicht. Aber selbst mit einem überzeugten Atheisten wie mir macht es etwas, dort oben zu stehen, so hoch oben, wie es hier überhaupt nur möglich ist. Hoch erhoben über den Zwistigkeiten des Alltags. Ein guter Ort, um alte Rechnungen zu begleichen, finden Sie nicht?«

»Welche Rechnungen?«

Peter Rolf lächelt. »Die großen, Juncker. Die großen.«

»Es gibt keinen Grund, Vanessa hier hochzuzwingen. Lassen Sie das Mädchen gehen, Peter.«

Rolf schüttelt den Kopf. »Na los. Weiter!«

Juncker bleibt noch einen Moment stehen und sammelt sich, während er gegen den beinahe unwiderstehlichen Drang kämpft, ans Geländer zu treten und sich so weit hinauszulehnen, bis er genau zwischen Leben und Tod in der Schwebe hängt. Er richtet den Blick auf die Treppe vor sich.

Es dauert ein paar Minuten, bis er oben ist. Er dreht sich um. Peter Rolf gibt Vanessa einen sanften Schubs, und sie stolpert die letzten Stufen zu Juncker hinauf.

»Setz dich hin!«, befiehlt er dem Mädchen.

Der Wind bläst jetzt so heftig, dass Juncker das Gefühl hat, die gesamte Konstruktion der Turmspitze würde unter dessen Kraft schwanken, aber das muss Einbildung sein, denn allmählich hat er den Eindruck, nicht länger zwischen Wirklichkeit und Wahn unterscheiden zu können.

Peter Rolf steht sechs Stufen unter ihm, in einem Abstand von zwei Metern. Sollten die Scharfschützen bereit sein, dann ist jetzt der Moment gekommen, denkt Juncker. Aber nichts passiert. »Und jetzt?«, fragt er.

Das Lächeln und der amüsierte Ausdruck in Rolfs Augen sind verschwunden. Er steckt die Pistole zurück in den Hosenbund.

Das Ganze geht innerhalb von zwei Sekunden vonstatten, vielleicht drei. In einem leuchtenden Schimmer sieht Juncker ihn kommen. Den goldenen Augenblick, seine einzige Chance, und wenn er sie nicht ergreift, sind er und Vanessa dem Tod geweiht. Er weiß nicht, wie, aber er weiß, dass sie sterben werden.

Rolf fasst mit beiden Händen an die Riemen des Rucksacks. Juncker umschließt mit der linken Hand einen der Geländerstäbe und spannt die Muskeln an, während er den richtigen Moment abwartet.

Jetzt hat Peter Rolf beide Daumen unter jeweils einen Riemen geschoben und zieht diese nach vorn und dann zur Seite, um den Rucksack abzunehmen. Wie jeder, der diese Bewegung schon einmal ausgeführt hat, weiß, entsteht nun eine Situation, in der beide Arme mehr oder weniger gefesselt sind und man sie erst aus den Riemen herauswinden muss, ehe sie die volle Beweglichkeit zurückerlangen.

Die kurze Sekunde, in der Rolf vollkommen entblößt ist.

Mit aller Kraft stößt Juncker sich ab und stürzt sich mit beiden Beinen voran auf den Mann. Er sieht die Überraschung in Peter Rolfs Augen aufblitzen und einen Sekundenbruchteil darauf die Verzweiflung, als ihm klar wird, dass er weder ausweichen noch die Pistole ziehen oder vereiteln kann, dass Junckers Füße mit voller Wucht auf seine Brust donnern, wobei er sich das Brustbein sowie vier Rippen bricht und sämtliche Luft aus der Lunge entweicht.

Rolf fällt rückwärts, knallt mit dem Kopf gegen das Geländer und rutscht einige Stufen hinunter, bis er reglos liegen bleibt.

Juncker prallt mit dem Kreuz auf die Kante einer Stufe, kann den Sturz aber mit Händen, Ellbogen und Armen so weit abfangen, dass Kopf und Nacken unverletzt bleiben. Trotzdem wird ihm für einen Moment schwarz vor Augen, er kann aber noch denken: Ist das wirklich passiert? Er stöhnt und braucht kurz, ehe er sich wieder berappelt, dann stemmt er sich hoch, zunächst in eine sitzende Haltung, dann auf die Beine. Er geht zu dem bewusstlosen Peter Rolf hinunter, der stark aus einer Wunde am Hinterkopf blutet, nimmt ihm die Pistole ab und prüft, ob sie gesichert ist. Dann angelt er sein Handy aus der Tasche und schaltet es ein. Seine Hände zittern so sehr, dass er Mühe hat, die PIN einzugeben. Beim dritten

Versuch trifft er endlich die richtigen Tasten, und er ruft Merlin an.

»Schick die AKS rauf«, sagt er mit brüchiger Stimme.

»Was ist mit Peter Rolf passiert?«

»Er ist ... unschädlich gemacht.«

Juncker legt auf und wendet sich zu Vanessa um, die wie versteinert dasitzt. Er geht zu ihr hinauf, setzt sich und zieht sie an sich.

Ganz oben unter der Goldkugel. Am Fuße des Erlösers.

Kapitel 72

Es wäre übertrieben, die Stimmung beim Debriefing vorhin als ausgelassen zu bezeichnen. Dafür waren die Ermittler nach zwei Wochen harter und enorm frustrierender Arbeit zu erschöpft. Aber die Leute waren froh und erleichtert, dass ein Fall, der sich so albtraumartig entwickelt hatte, nun endlich überstanden und der Täter gefasst war. Merlin verteilte reichlich Lob nach allen Seiten, was bestimmt nicht jeden Tag vorkam, und die Leute sonnten sich darin – auch wenn allen klar war, dass nicht nur ihre Kompetenz, sondern ebenso der Zufall den Ausschlag gegeben hatte.

Mittendrin erschien Juncker – humpelnd und lädiert –, nachdem er im Rigshospital zwei Stunden lang gründlich untersucht worden war. Da passierte etwas, das Signe außer im Film vorher noch nie erlebt hatte: die Leute standen auf und klatschten. Juncker wusste nicht, wohin mit sich selbst, und so setzte er sich schnell auf einen Stuhl und starrte verlegen auf den Boden. Aber als er endlich aufschaute, fing sie seinen Blick und lächelte, und nach einem kurzen Augenblick nickte er ihr fast unmerklich zu und lächelte zurück. Kein breites Lächeln – Menschen, die ihn nur oberflächlich kannten, hätten es womöglich nicht mal bemerkt. Aber Signe sah es.

Merlin fragte nach Vanessa, und Juncker erzählte, dass

sie im Krankenhaus mit ihrer Mutter und ihrer Großmutter wiedervereint worden war und dass ihr körperlich nichts fehle. Wie sich das traumatische Erlebnis mental auf das Mädchen ausgewirkt hatte, ließ sich noch nicht sagen, aber wie Malene nun bemerkte, wäre es nicht verwunderlich, wenn sie in den nächsten Wochen und Monaten, vielleicht sogar Jahren, intensive psychologische Betreuung bräuchte, um das Ganze zu verarbeiten.

Und Peter Rolf?

Die letzte Meldung lautete, dass er neben den beträchtlichen Verletzungen im Brustkorb, die auch eine punktierte Lunge umfassten, einen schweren offenen Schädelbruch erlitten und sehr viel Blut verloren hatte. Er war nun ins künstliche Koma versetzt worden.

Also würde er überleben?

Es sah so aus.

»Was hatte er eigentlich im Rucksack?«, fragte Signe.

»Ein Seil, Kabelbinder, zwei Paar Handschellen und einen dünnen Draht von einem Meter Länge mit je einem Holzgriff an beiden Enden«, sagte Merlin. Möglicherweise hatte er also vorgehabt, Vanessa und Juncker ans Geländer zu ketten und dann zu strangulieren.

Und das Seil?

Eine Erklärung wäre, dass er im Widerspruch zu Malenes Einschätzung geplant hatte, Selbstmord zu begehen.

Warum aber der ganze Aufwand mit Handschellen und Draht und weiß der Teufel noch allem, wenn er Vanessa und Juncker doch einfach hätte erschießen können?, fragte jemand.

»Weil er seine Opfer nach Möglichkeit stranguliert beziehungsweise erstickt«, sagte Merlin.

Abschließend berichtete er, der einzige Wermutstropfen sei, dass gewisse Personen in der Führungsebene unzufrieden waren, weil Juncker mit seinem Alleingang im Turm sämtlichen geschriebenen und ungeschriebenen Regeln, wie man solche Situationen handhabe, zuwidergehandelt hatte.

Aber dieser Sturm im Wasserglas würde angesichts des glücklichen Ausgangs sicherlich bald abflauen.

Als das Debriefing überstanden war, war es bereits halb fünf am Nachmittag gewesen, und Merlin hatte allen den strengen Befehl gegeben, auf der Stelle nach Hause zu fahren und morgen unter keinen Umständen vor neun auf der Arbeit zu erscheinen.

Aber Signe und Juncker sitzen immer noch an ihren Schreibtischen. Er räumt die Papierstapel zusammen und legt Aktenordner in die Pappkartons auf dem Boden. Sie schaut ihm mit verschränkten Armen und langgestreckten Beinen dabei zu.

»Was hättest du eigentlich gemacht, wenn er nicht das Bewusstsein verloren hätte? Er hatte ja immer noch die Pistole.«

Juncker schaut auf die Tischplatte. Dann schüttelt er den Kopf. »Keine Ahnung. Dann wäre wohl nicht viel zu machen gewesen, er hätte uns bestimmt erschossen. Es war die einzige Chance ... der einzige Moment, in dem er sich angreifbar gemacht hat. Es gab also nicht viel zu überlegen.«

»Und zum Glück ist es ja gut gegangen.« Sie steht auf und nimmt ihre Daunenjacke. »So, ich hau ab. Bis morgen«, sagt sie und schlägt ihm auf die Schulter.

Auf dem Weg zum Auto ruft sie Niels an. »Du wirst es nicht glauben, aber ich bin auf dem Heimweg.«

»Da bin ich jetzt platt.« Ihr Mann klingt ehrlich verblüfft. »Soll ich 'ne Party schmeißen?«

»Nicht nötig. Es reicht, wenn du eine gute Flasche Wein aufmachst.«

»Signe, es ist Dienstag.«

»Mir egal. Ich will ein Glas Wein.«

Nicht mal der hoffnungslose Nachmittagsverkehr auf dem Weg nach Vanløse kann ihr die Stimmung vermiesen, und als sie vor dem Haus parkt und aus dem Auto steigt, tut sie es mit einem Gefühl, das sie schon lange nicht mehr gespürt hat. Dem Gefühl, dass jetzt ein neues Kapitel beginnt. Dass unter das alte ein Schlussstrich gesetzt worden ist.

Wenn auch ein dünner.

22. November

Kapitel 73

Das Gespräch findet im selben fensterlosen Büro wie vor knapp drei Wochen und mit demselben Oberarzt statt – dem, der ihn operiert und später das Entlassungsgespräch mit ihm geführt hat. Und der jetzt verspätet ist, wie ihm die Sekretärin mitgeteilt hat.

In den hektischen Stunden, als sich die Jagd auf Peter Rolf zuspitzte, hat er kaum an den Termin gedacht, aber gestern, als Merlin ihn zwang, den ganzen Tag freizunehmen, um sich »zu regenerieren«, waren sie mit voller Wucht zurückgekehrt: die düsteren Gedanken, wie sein Leben aussehen wird, sollte es den Ärzten nicht gelungen sein, alles zu entfernen. Sollte sich der Tumor ausgebreitet haben. Sollte er sterben müssen.

Heute Morgen ist er unruhig und mit dem unguten Gefühl aufgewacht, vor etwas Schicksalhaftem und Unabwendbarem zu stehen, und auch wenn er sich einzureden versucht hat, dass natürlich alles gut gegangen ist – so schließlich wurde es ihm im Anschluss an die Operation gesagt –, kam er nicht gegen seinen Pessimismus an.

Zehn Minuten nach der vereinbarten Zeit taucht der Oberarzt auf.

»Tut mir leid. Ich hing grade noch in einem anderen Termin fest. Kommen Sie rein«, sagt er, öffnet die Tür und schaltet das kreideweiße Deckenlicht ein.

Juncker, der sich heute falls möglich noch erschlagener fühlt als gestern, steht mühsam auf, humpelt hinter dem Oberarzt ins Büro und nimmt Platz.

»Sind das die Folgen der Jagd auf diesen schrecklichen Menschen?«, fragt der Arzt.

»Ja. Es ist nichts Ernstes, ich bin nur übel aufs Kreuz gefallen.«

»In den Medien sind Sie ja fast schon ein Held.« Der Oberarzt lächelt. »Beeindruckende Leistung, muss man auch wirklich sagen, zumal für einen Mann Ihres Alters.«

Juncker nickt stumm.

»Aber wie geht es Ihnen ganz allgemein nach der OP?«

»Gut. In der ersten Woche hat es ab und zu wehgetan, aber die Schmerzmittel haben geholfen. In letzter Zeit habe ich es immer mal gemerkt, zum Beispiel wenn ich mich zu schnell gebückt habe ... Solche Sachen.«

»Das klingt völlig normal. Wie sieht es mit Ihrer Kontinenz aus? Konnten Sie einhalten?«

»Weitgehend. Ich glaube, ich habe gut unter Kontrolle, wann ich auf Toilette muss.«

»Dann sind Sie einer der Glücklichen. Viele haben noch lange nach der Operation Beschwerden damit. Wie sieht es in Bezug auf die Sexualität aus? Gibt es da etwas zu besprechen?«

Wegen mir nicht, denkt Juncker und schüttelt den Kopf, aber der Oberarzt scheint es nicht zu bemerken.

»Es ist ganz normal, wenn es einige Zeit dauert, bis man sich wieder bereit fühlt, um, sagen wir mal, sein Glück zu versuchen. Aber sobald die Lust kommt, dann frei drauflos. In dieser Beziehung gibt es keinerlei Einschränkungen. Das heißt also, Sie haben noch gar nicht versucht ...? Sie können nicht sagen, wie es mit Ihrer Potenz aussieht?«

»Eher nicht«, murmelt er.

»Sie wissen natürlich, dass Sie bei Bedarf medikamentöse Unterstützung bekommen können? Und ich kann nur betonen, dass Sie sich weiß Gott nicht zurückzuhalten brauchen. Wie wir immer sagen: *Use it or lose it.*«

Der Oberarzt lacht schallend. Juncker lächelt – etwas angestrengt.

»So, jetzt wollen wir aber mal besprechen, wie es gelaufen ist.«

Junckers Magen schnürt sich zusammen.

»Wie ich Ihnen letztes Mal bestimmt schon gesagt habe, haben die Pathologen Ihre entfernte Prostata untersucht, um zu sehen, ob wir den Tumor restlos entfernen konnten, und sie haben diese hübsche Zeichnung hier gemacht, auf der die verschiedenen Schnitte in der Drüse dargestellt sind. Sie haben sie schlicht und ergreifend in Scheiben geschnitten, um erkennen zu können, wo genau der Tumor sitzt.«

Komm endlich zum Punkt, Mann.

Der Oberarzt schaut ihn an. Mit bekümmertem Blick, denkt Juncker plötzlich und spürt Kälte die Wirbelsäule hinaufkriechen.

»Und es sieht gut aus.«

Juncker starrt ihn an.

»Was?«

»Der Befund der histologischen Untersuchung ist zufriedenstellend.«

Schlagartig löst sich der Knoten in seinem Magen auf und wird durch ein sprudelndes Gefühl ersetzt. Am liebsten würde er aufspringen und dem Oberarzt um den Hals fallen. Aber er bleibt natürlich sitzen, schließt die Augen und spürt die Erleichterung durch seinen Körper strömen.

In den nächsten Minuten informiert ihn der Arzt über seinen Krebstyp, der bei Weitem nicht zu den schlimmsten zählt, über Resektionsränder und den PSA-Wert, der bei null liegt, ganz wie es sein soll ... Juncker nimmt praktisch kein Wort davon auf. Alles, was er hört, ist die Stimme in seinem Kopf, die wieder und wieder ruft: Du wirst nicht sterben!

»Eine kleine Sache noch«, sagt der Oberarzt da.

Juncker horcht auf. »Was?«

»In der einen oberen Ecke hier sehen Sie eine kleine Markierung am Resektionsrand. An dieser Stelle geht der Tumor bis ganz an den Rand. Wir sind uns so gut wie sicher, dass alles entfernt wurde, allerdings besteht das minimale Risiko, dass lebendes Krebsgewebe im Körper verblieben ist. Das beobachten wir natürlich bei den Nachsorgeuntersuchungen – der nächste Termin ist in drei Monaten.«

Juncker sackt in sich zusammen. Der Oberarzt mustert ihn.

»Wissen Sie was, deswegen sollten Sie sich keine Sorgen machen. Wie gesagt, höchstwahrscheinlich ist es völlig ungefährlich.«

»Heißt das also, ich bin geheilt?«

»Wie Sie vielleicht wissen, ist ›geheilt‹ ein Ausdruck, den wir bei Krebspatienten ungern verwenden.«

»Welchen Ausdruck verwenden Sie dann?«

»Im Moment sieht es aus, als wären Sie krebsfrei.«

Juncker setzt sich auf eine Bank in der großen Eingangshalle des Krankenhauses. Es ist, wie's ist, denkt er. Am besten, er gewöhnt sich gleich daran: an die Ungewissheit, ob der Krebs eines schönen Tages zurückkommt.

Verdammt, aber so ist das Leben nun mal. Alles Mögliche kann passieren, und im Moment zählt einzig und allein, dass er nicht an Prostatakrebs sterben wird. Er muss lächeln und bekommt gleichzeitig zufällig Augenkontakt mit einer vorbeigehenden jungen Frau mit Kopftuch. Sie lächelt zurück.

Er steht auf und geht zum Ausgang.

Hanne Jensen zeigt keinerlei Anzeichen von Überraschung, als sie die Haustür öffnet und sieht, wer geklingelt hat.

»Wir dachten schon, dass du kommen würdest«, sagt sie.

Sie gehen in die Wohnküche. Bertil sitzt am Esstisch, auf demselben Platz wie vor knapp zwei Wochen, und liest die Zeitung. Beim Anblick des Gastes verzieht sich sein Gesicht zu einem breiten Grinsen, und er versucht, etwas zu sagen, das Juncker nicht versteht.

»Bertil sagt, toll gemacht. Und Juncker …« Sie greift seine Hand. »Dem kann ich mich nur anschließen. Ihr habt fantastische Arbeit geleistet. Wir sind euch so dankbar.«

Juncker schüttelt den Kopf. »Wir hatten Glück.«

»Das Glück ist mit den Tüchtigen«, erwidert sie und drückt seine Hand. »Möchtest du eine Tasse Kaffee?«

Als er eine knappe Stunde später wieder im Auto sitzt, zieht er sein Handy aus der Tasche und setzt an, Malene Hanslevs Nummer zu wählen, hält jedoch mitten in der Bewegung inne. Er legt das Telefon auf seinem Schoß ab und starrt eine Weile durch die Windschutzscheibe. Dann nimmt er es in die Hand und wählt eine andere Nummer.

»Hi, Papa.« Kasper klingt überrascht.

»Hallo, Sohn. Wie geht's?«

»Äh, gut so weit. Und dir? Ich meine, bei dir war ja ganz schön was los, was?«

»Kann man sagen. Hast du heute Abend schon was vor?«

»Nee ... eigentlich nicht. Warum?«

»Hast du Lust, was essen zu gehen?«

»Ähm, klar. Gern. Gibt's was zu feiern?«

»Tja ...« Juncker zögert einen Moment. Dann nickt er für sich selbst. »Ja, ich denke schon.«

Danke

An alle, die mitgelesen und uns mit Rat und Tat zur Seite gestanden haben: Rasmus Bisbjerg, Niels Ellekjær, Tina Ellekjær, Jette Vibe-Petersen, Jens Møller Jensen, Hans Petter Hougen, Kim Kliver, Bettina Wøhlk, Charlotte Kappel, Palle Binderkrantz, Finn Nielsen, Lotte Thorsen und Jesper Stein.

An die lieben, kompetenten und unerschütterlichen Menschen bei Politikens Forlag. Ihr seid die Besten.

Und an unseren Lektor, Anders Wilhelm Knudsen. Unsere Bücher sind auch deine Bücher.